VerlagRegioKom

Über den Autor:

Thomas Meßenzehl wurde 1960 in Oberafferbach geboren. Er arbeitete bis 2003 als Postbeamter und beschäftigt sich bereits seit einigen Jahren mit der regionalen Geschichte. Unter anderem schrieb er zahlreiche Märchen und Geschichten aus seiner Heimat. Sein erster Roman erschien 1998 im Selbstverlag unter dem Titel »Schicksalsstürme«. Besonders erfolgreich sind seine Märchensammlung »Kahlgrundzauber« sowie der historische Roman »Hexenfeuer«, dessen Erstauflage innerhalb von nur 5 Wochen vergriffen war. Thomas Meßenzehl lebt mit seiner Frau Iris in Hörstein.

Thomas Meßenzehl

Schwedenmond

Historischer Roman
aus Aschaffenburg und Kahlgrund

VerlagRegioKom

Bitte besuchen Sie uns im Internet:
www.verlagregiokom.de

Vollständige Taschenbuchausgabe 2007
Verlag RegioKom GbR, Aschaffenburg

Umschlaggestaltung: Petra Wegmann
Umschlagabbildungen:
Schlacht von Lützen. Das Gemälde von Carl Wahlbom (1810 - 1858) zeigt den Tod von Gustav II. Adolf von Schweden am 16. November 1632;
Sandsteinbogen an der Stiftskirche Aschaffenburg, Foto: Thomas Meßenzehl;
Karte des Vizedomamtes Aschaffenburg, aquarellierte Federzeichnung, um 1575, Stadt- und Stiftsarchiv Aschaffenburg, Original im Staatsarchiv Würzburg;
Flennels, Figur am Haus Metzgergasse 15 in Aschaffenburg, Foto: Thomas Meßenzehl.
Satz: Verlag RegioKom GbR
Druck und Bindung: Druckerei C.H.Beck, Nördlingen
Printed in Germany
ISBN 978-3-9810660-1-2

Vielen Dank an alle, die zur Entstehung
dieses Buches beigetragen haben.

Ein spezieller Dank gilt den Mitarbeitern
des Stadt- und Stiftsarchivs Aschaffenburg,
insbesondere Matthias Klotz, Marita Mischon
und Barbara Hippeli, die mich bei der
ausführlichen Recherche tatkräftig unterstützt haben.

Dieses Buch ist allen Menschen gewidmet,
die jemals unter unbegreiflicher Gewalt von
Dogmatismus, Frömmigkeit und Selbstgerechtigkeit
zu leiden hatten.

Außer den Personen der Zeitgeschichte
sind alle Namen frei erfunden.

Vorwort

30 Jahre Krieg – auch in unserer Heimat hat der Dreißigjährige Krieg eine Spur der Verwüstung hinterlassen. Die Folge von Hexenverbrennungen, Hungersnöten, Seuchen und Kriegs(miss-)handlungen war, dass viele Dörfer zu mehr als der Hälfte dezimiert oder sogar ganz entvölkert waren. Häuser waren abgebrannt oder verfallen. Infolge des Bevölkerungsmangels gab es nur noch wenig Vieh, und ein Großteil der Felder war verwüstet. Es sollte noch Jahrzehnte dauern, bis die Einwohnerzahlen wieder die Stärke wie zu Kriegsanfang erreichten.

Der Verfasser Thomas Meßenzehl schildert hier sehr anschaulich die Vorgänge, die er in den 1630er Jahren spielen lässt. Die durchziehenden Soldatenverbände gingen zu dieser Zeit nicht gerade zimperlich mit der Zivilbevölkerung um!

Rosina, die wir bereits im Roman »Hexenfeuer« schon als Kind und junge Erwachsene kennen gelernt haben, spielt auch hier wieder eine Schlüsselrolle – als fürsorgende Großmutter. Als ihre zwei Enkel Niklas und Maria in den Wirren des Dreißigjährigen Krieges verloren gehen, ist aber auch sie machtlos… Wird sie ihre Enkel wieder finden?

Verfolgen Sie das spannende Geschehen in und um Rosinas Familie, und seien Sie froh, dass Sie nicht selbst mit dabei waren!

Matthias Klotz
Stadt- und Stiftsarchiv Aschaffenburg

Prolog

In Aschaffenburg ist in der Metzgergasse ein historisches, unter Denkmalschutz stehendes Gebäude zu betrachten. An und für sich unterscheidet sich dieses zweistöckige, markante Anwesen mit der Nummer 15 außer durch seinen kühlen blaugrauen Farbton nicht sonderlich von den übrigen Häusern der Altstadt.
Trüge es da nicht an seiner Giebelseite einen eingemauerten, ganz besonderen Stein. Ein späterer Besitzer des 1338 erstmals urkundlich erwähnten Hauses der Ysindrudis ließ an der Außenfassade eine mittelalterliche Sandsteinfratze anbringen, eine Figur, mit der man böse Geister abwehren wollte. Ursprünglich war diese »Teufelsfratze«, ein »Flennels« oder sogenannter »Narrenkopf«, draußen an einem der Stadttore angebracht gewesen, um damit das fahrende Volk abzuweisen. Wandernde Musikanten, Gaukler und Zigeuner sollten vor dem Betreten Aschaffenburgs gewarnt werden, dass empfindliche Strafen bei Nichtbefolgen des Verbotszeichens auf den Übeltäter warteten. Teilweise waren auf jenen Flennelsteinen noch Beizeichen wie Besen - als Symbol der zu erwartenden Strafe des Stäubens - oder Spruchbänder angebracht, die helfen sollten, jene unliebsamen Besucher zu vertreiben.
Um das Haus in der Metzgergasse Nummer 15 rankt sich aber auch ein großes Geheimnis. Beim Abbruch der alten Muttergottespfarrkirche 1768 wurde von außen her ein unterirdischer Zugang zur Krypta entdeckt. Das andere Ende des schmalen, durchs Erdreich gegrabenen Tunnels mündete direkt in den Gewölbekeller des gegenüberliegenden besagten Hauses Metzgergasse Nummer 15. Bevor die Arbeiter jedoch dort angelangten, stießen sie auf ein Hindernis. Das andere Tunnelende war mit kleinen Sandsteinquadern zugemauert. Aber das war noch nicht alles. Man fand obendrein das Skelett eines Mannes. Anschließende Untersuchungen ergaben, dass vom damaligen Zeitpunkt aus gerechnet vor mehr als 100 Jahren hier einem Unglücklichen ein mehr als schreckliches Schicksal zuteil wurde. Die 1.000 Guldenstücke, die der Unbekannte in mehreren Lederbeuteln bei sich trug, hatten ihm auch nicht geholfen, aus seiner tödlichen Falle zu entkommen. Doch wer war der Ermordete, der seinen Reichtum mit ins Jenseits nahm, und wer alljene, die Schuld an seinem tragischen Ende hatten...

Buch 1

Blutwunder

1

»Die Einfalt und Leichtgläubigkeit der Menschen wird nur durch ihre Grausamkeit und Intoleranz gegenüber Andersgläubigen übertroffen.«

Voltaire, 1759

Beinah zärtlich strich ein angenehmer Windhauch über die wogenden Getreideähren. Eine einsame Bäuerin auf weiter Flur sah sich damit beschäftigt, das gemachte Korn zu festen Garben zu bündeln. Nichts schien die Idylle ländlichen Friedens stören zu wollen. Doch plötzlich vernahm sie aus der Ferne Hufgeklapper. Sonderbar, das Geräusch klang gar nicht nach einem galoppierenden Pferd. Es klang vielmehr nach einem lauten Trommelwirbel, der von Augenblick zu Augenblick an Lautstärke gewann. So, als käme eine ganze Armee von Soldaten anmarschiert.
Erschrocken hielt die Frau in ihrer Feldarbeit inne. Der Holzrechen in ihrer Hand glitt zu Boden. Sie schaute zum Horizont auf, wo ein feiner dunkler Strich rasch näher kam. Ein Schwall eisiger Kälte ließ die Frau gewaltig frösteln. Schlagartig verstummte das melodische Singen der Vögel. Aufs ärgste verschreckt, flogen sie in Windeseile auf und davon. Eine unheimliche Stille senkte sich über das Land. Allein das immer lauter werdende Hufgeklapper erfüllte die Luft.
Aus dem anfangs noch schmalen Strich wuchs zusehends ein Pferd, auf dem ein Reiter saß. Der orangerote Glutball der Sonne tauchte die Landschaft ins gespenstische Licht eines blutigen Meeres. Von nackter Furcht befallen ergriff die Frau schleunigst die Flucht. Dem nahen Dorf zugewandt begann sie, um ihr Leben zu laufen. Doch sie konnte noch so schnell rennen, es schien ihr, als käme sie überhaupt nicht vom Fleck. Der Reiter hielt genau auf sie zu. Trotz der immensen Kälte, die mit ihrem Verfolger regelrecht heranflog, schwitzte die Frau aus allen Knopflöchern. Plötzlich, kurz bevor die Flüchtende den Schutz der ersten Häuser erreichte, stieg ihr ein penetranter, ja ekelerregender Geruch in die Nase. Der unheimliche Reiter hatte sie fast eingeholt. Es gab kein Entkommen...
Sie wagte es, einen gehetzten Blick über ihre Schultern zu werfen. Doch was sie dabei zu sehen bekam, ließ ihr auf der Stelle das Blut in den Adern gefrieren: Ein breites, hohnlachendes Grinsen zog sich über die bleiche Knochenfratze hinweg. Deutlich wurden die beiden Zahnreihen

sichtbar. Statt in ein Augenpaar sah sie in zwei dunkle leere Höhlen. Die Feder eines Rabenvogels zierte den schwarzen breiten Hut, der den kahlen Totenschädel bedeckte. Unter dem dunklen weit herabfallenden Mantel, der weit nach hinten hochflog, kam das nackte Gerippe eines Skeletts zum Vorschein. Die langen Beinknochen endeten in riesigen schwarzen Stiefeln, die dem feurigen Rappen kräftig in die Seite drückten, um ihn zu einem noch schnelleren Galopp anzutreiben. Das Donnern der Hufe war derweil zu einem ohrenbetäubenden Lärm angeschwollen. Linkerhand hielt Gevatter Tod mit bleichen Fingerknochen die Zügel, während er auf seiner rechten Schulter eine lange Sense hielt, an der eine kleine Waage befestigt war. Wie zur Salzsäule erstarrt, blieb die Frau stehen. Ein mächtiger Kälteschauer streifte ihren Nacken.
Dem hämisch grinsenden Totenschädel entglitt ein höhnisches Lachen. »Oh ihr erbärmlichen Erdenwürmer - eure Zeit ist bald abgelaufen. Ihr seid alle von mir gewogen und für zu schwer befunden. Keiner von euch, ob alt oder jung, wird mir entrinnen. Hahaha...« Aus seinem weit aufgerissenen Rachen entstieg der alles verderbende Gestank nach Pestilenz. Es raubte ihr fast den Atem. Kaum dass Gevatter Tod sein verhängnisvolles Urteil gefällt hatte, holte er auch schon mit seinem scharfen Schnittwerkzeug zum Hieb aus. Dem Sensenmann schien es sehr eilig zu sein, ihr Lebenslicht auszublasen - als stünde ihm noch jede Menge Arbeit bevor und jeder Aufschub würde nur verlorene Zeit bedeuten.
Die vor Furcht völlig gelähmte Frau sah die breite, im Sonnenlicht aufblitzende Sensenschneide auf sich zukommen. Jeden Moment würde ihr Haupt vom Rumpf abgetrennt, blutig in den Staub der Landstraße rollen...
«Neiiin!« Ihr Schrei brach sich an den weißgetünchten Wänden der Schlafkammer. Völlig in Schweiß gebadet fuhr sie von ihrem Kissen hoch. Gleichzeitig drückte ein heftiger Windstoß das Stubenfenster auf. Ein Schwall kühler Herbstluft strömte ins Innere. Ermattet sank die Frau zurück. Sie brauchte eine Weile um zu begreifen, dass sie nur einen schlimmen Alptraum durchlebt hatte. Es war aber keiner von jener Sorte, die einen hinterher wieder getrost sein Tageswerk fortsetzen lassen. Nein, das war er wirklich nicht...
Der Schrecken stand ihr ins bleiche Antlitz geschrieben. Sie wischte sich ihre schweißverklebten Strähnen aus dem Gesicht. Im Schopf ihres silbergrauen Haares kam an einigen Stellen ein leuchtendes Rot zum Vorschein. Unzählige Sommersprossen besprenkelten die Hautfalten auf ihren ebenmäßigen Gesichtszügen. In ihrer Jugend war sie ein hüb-

sches Weibsbild gewesen. Sie war es immer noch. Auch wenn sie zwischenzeitlich sechs Jahrzehnte auf ihrem Buckel und so manches durchgemacht hatte. Viele hätten an ihrer Stelle dieses mehr als bewegte Leben kaum ertragen. Sie wären elendig auf der Strecke geblieben.
Schon seit ihrer Kindheit sagte man dem Feuerköpfchen nach, sie besitze die Zähigkeit einer Katze mit neun Leben. Ja, die hatte sie auch bitter nötig gehabt. Als Kind hatte sie ihre Mutter auf dem Scheiterhaufen sterben sehen. Aufgewachsen bei einem Scharfrichter, lernte sie früh die schlimme Lektion, was es hieß, als »Unehrliche« von seinen Mitmenschen verstoßen zu sein. Erst nach dem gewaltsamen Tod ihres Ziehvaters erfuhr sie, dass er es gewesen war, der ihre Mutter getötet hatte.
Um Meister Quirins furchtbares Los nicht teilen zu müssen, floh sie aus Aschaffenburg. Weit abseits jeglicher Zivilisation fristete sie gemeinsam mit einem Wolf, ihrem einzigen Gefährten, in einer einsamen Waldhöhle ein erbärmliches Dasein, bis sie eines Tages einem hohen Herrn, dem Kurfürsten, nach einem Jagdunfall das Leben rettete. Aus »Dank« dafür schaffte es ein Teufel in Menschengestalt, sie als Hexe anzuklagen und auf den Scheiterhaufen zu bringen. Doch das scheinbar gänzlich gnadenlose Schicksal hatte sie nicht vollends im Stich gelassen. Ein junger Franzose sollte es schließlich sein, der als Hugenotte verfolgt den weiten Weg in den Spessart machte, um gleich zweimal als Lebensretter die Bühne ihres Lebens zu betreten.
Allein die entsetzlichen Qualen und Torturen in der schaurigen Folterkammer hatten Rosina furchtbar an Leib und Seele zugesetzt. So sehr, dass sie zeitlebens darunter zu leiden hatte. Schwer zu sagen, welche Pein davon mehr wog. Tapfer kämpfte sie an Alberts Seite, der sie zur Frau nahm, gegen die Härten und Nöte des bäuerlichen Alltags. Aber nur soweit, wie es die nicht allzu starken Kräfte ihres gemarterten Körpers zuließen. Trotz zweier Totgeburten hatte es Rosina geschafft, ihrem Albert einen gesunden Sohn, den Jörg, zu schenken - ihr einziges Kind.
Was den niemals zu kittenden Schaden an ihrer malträtierten Seele betraf, so machte Rosina mit der Zeit eine äußerst merkwürdige Wandlung durch. Anfangs noch sah sich die Ärmste immer wieder von schrecklichen Alpträumen heimgesucht. Es verging kaum eine Nacht, in der nicht jener unheimliche Pater Imbert, der Inquisitor erschien.
Rosina, die sich seit ihrer Kindheit auf die Kunst der Heilkräuter verstand, versuchte mit den Wurzeln des Hexenkrautes oder dem gekochten Blütensud des Bienenkrautes und Nervenkräutels dagegen anzuge-

hen. Vergebens! Selbst die Blüten und Wurzeln des Himmelsschlüssels, die gegen Wahnvorstellungen und dämonische Kräfte helfen sollten, brachten keinen Nutzen.
Mit der Zeit jedoch begannen die Träume sich zu verändern. Die Fratze ihres Peinigers verblasste allmählich, dafür jedoch stellten sich ganz andere Träume ein - die aber ebenfalls zu wahren Alpträumen ausuferten. Worüber Rosina aber am heftigsten erschrak, war die erschütternde Tatsache, dass ihre Träume nach und nach in Erfüllung gingen. Anfangs hielt sie das Ganze noch für das Verwirrspiel ihres schlechten Nervenkostüms und schenkte dem folglich auch keinerlei Beachtung.
Als jedoch im Sommer 1606 der Johannesberg vom verderblichen Todeshauch einer Pestepidemie gestreift wurde, kam Rosina nicht umhin, ihren seltsamen Träumen mehr Beachtung zu schenken. Spätestens zu diesem Zeitpunkt horchte sie auf, was für einige Mitglieder ihrer Familie allerdings leider zu spät kam.
Kathérine und Pierre, die Eltern von Albert, fielen der Seuche zum Opfer. Rosina hatte immer wieder vom Einzug von Krankheit und Pestilenz geträumt, sich aber nie getraut, im Kreis ihrer Familie offen darüber zu reden. Ja selbst das Gesicht und das Aussehen des bereits kranken Salzsieders aus Orb, der mit seiner mit Salzsäcken beladenen Maultierkarawane durchs Dorf zog, glaubte sie im Traum genauestens vorhergesehen zu haben.
Rosina hätte sie warnen müssen, dann hätten sie alle miteinander fliehen können. Aber hätte man auch auf sie gehört? Vielleicht wäre sie auch nur für ihre Träume belächelt worden. Und ihre Warnungen wären als bloßes Hirngespinst abgetan worden. Ins Narrenhaus der Stadt wollte sie auch nicht eingesperrt sein. Nein, damit konnte und wollte sie sich nicht trösten. Innerlich hin und her gerissen, führte Rosina einen schweren Kampf. Sie gab sich noch immer die Schuld an der schlimmen Katastrophe, die damals über ihre Familie hereingebrochen war. So etwas durfte sie niemals wieder zulassen...
Plötzlich wurde die Stubentüre aufgerissen.
»Mutter, hast du etwa schon wieder geträumt...?« Im Türbogen erwuchs die hochaufgeschossene Gestalt eines jungen Mannes. Er trug ein blitzsauberes Wams. Jörg war seinem Vater wie aus dem Gesicht geschnitten. Seine dunkle Haartracht war zum Nacken hin zu einem langen Zopf zusammengebunden. »Du bereitest uns immer mehr Kummer, Mutter!« Seine von einem schmalen Spitzbärtchen umschlossenen Lippen pressten sich zu einem dünnen blutleeren Strich zusammen.
«Oh, ihr braucht euch keine Sorgen machen!« Rosina wehrte mattlä-

chelnd ab.
»Ist es derselbe Traum wie letzte Woche?«
»Ja, ich kann ihn nur nicht richtig deuten...«
An Jörgs leinenen Beinlingen schoben sich zwei Kinder nach vorne, die seinigen - Maria und Niklas. Auch für Rosinas Enkel war es nichts Neues mehr, ihre Großmutter derart erschöpft im Bett liegen zu sehen. Beide stürmten zu ihrer Schlafstatt. Langsam hellte sich Rosinas Miene auf. Ein strahlendes Lächeln verscheuchte den letzten Rest von Schrecknis und Grauen, der vor kurzem maskenhaft auf ihren Gesichtszügen gelegen hatte.
»Kommt nur her zu mir, meine Lieben!« Sie richtete sich ein wenig auf und schloss die sechsjährige Maria und den achtjährigen Niklas herzend in die Arme. »Es ist schon wieder vorbei, alles halb so schlimm...«
»Träum doch bitte nicht mehr solche schlimmen Sachen«, meinte Maria, und drückte sich fest an Rosinas Brust. »Erzähl uns doch lieber von dem Wolf, den du früher einmal als Spielkameraden gehabt hast.«
»Ja, bitte, bitte!«, heischte Niklas, der sich, gepackt von purem Übermut, aufs Bett warf. »Das wäre echt toll, dann sind wir auch ganz brav. Ich verspreche es.«
»Das seid ihr doch immer!« lobte Rosina und fuhr ihrer Enkelin zärtlich übers rotleuchende Haar. Dieselbe Haartracht, die sie als Kind getragen hatte. Sie konnte sich noch gut daran erinnern, als sie dazu eine rote Mütze auf hatte. Doch dies war eine Geschichte für sich. Ihre Enkel sollten diese eines Tages erfahren, aber erst wenn sie größer waren. Jene rote Mütze hatte sie nicht einfach so zum Spaß getragen...
Gemeinsam mit Jörg schob sich eine junge Frau ins Zimmer: Anna, ihre Schwiegertochter. Sie war um einiges jünger als Jörg, was jedoch kaum auffiel. Die Bauerstochter aus Reichenbach hatte denselben Tribut zu zahlen wie alle anderen. Auch sie nahm allen Naturgewalten zum Trotz den täglichen Kampf auf, um dem steinigen Boden ein Stückchen fruchtbares Land abzuringen.
Unter ihrem häubchenartigen Kopftuch lugte ein Teil ihres blonden, geflochtenen und zu einem Knoten aufgesteckten Haares hervor. Wie alle Frauen, trug Anna tagsüber unter dem Trägerkleid das Nachthemd als Unterwäsche. Es gab keine Unterhosen. Sie besaß ein reichverziertes Hemd, das sie aber zuletzt vor vielen Jahren am Hochzeitstag an hatte. Dieses lag nun in einer Truhe, solange, bis es zu ihrem Totenkleid werden würde. Unter dem geschnürten Leibchen blitzte ein blütenweißes Halstuch hervor. Eine graue Schürze schützte ihren Rock. Anna ging ans offene Fenster und schloss es wieder.

Diese vier Personen, die sie in diesem Augenblick umgaben, waren Rosinas Familie. Vielmehr das, was seit jener unheilvollen Pestwelle am Leben geblieben war.
Von Antoines Familie hatte hingegen niemand überlebt. Auch er, der kleine pausbäckige Kerl mit dem Herzen eines Löwen in der Brust, war nicht mehr am Leben. Der einstige Diener der Familie Laurent, der seinerzeit vor vielen Jahren in der unglückseligen Bartholomäusnacht seiner Herrschaft bei der Flucht aus Paris treu zur Seite gestanden hatte, war den Seinigen schon vor Jahren in die Ewigkeit vorausgegangen. Inmitten der Kornernte, an einem glühendheißen Julitag zu St. Ulrich, bereitete ein plötzlicher Herzschlag seinem schaffensreichen Leben ein jähes Ende.
»Was ist mit Großvater?«, fragte auf einmal Maria. »Kommt er wieder heim oder ist er auch schon gestorben...?«
Für einen Moment hielt in der Schlafkammer Grabesstille Einkehr. Die stummen, aber vielsagenden Blicke der Erwachsenen sprachen Bände.
»Sagt doch, was ist mit ihm?« Maria sah in die bleichen Mienen ihrer Eltern.
Rosina drehte seufzend ihren Kopf zur Seite. Sie streckte ihre Hand aus, als wollte sie damit nach jemandem greifen. Die andere Betthälfte neben ihr war leer. »Ach, du mein liebster Albert...«

2

»Den Bösen sind sie los, die Bösen sind geblieben.«
Johann Wolfgang von Goethe, 1790

Das weite Rund des Pfarrhofes versank in der brodelnden Suppe des Novembernebels. Nur schemenhaft gaben sich die Umrisse von Wohnhaus, Stallung und Scheune zu erkennen. Das nicht allzuweit entfernt stehende Gotteshaus, das zu Ehren von »St. Johannes Baptist« erbaut wurde, war samt des Friedhofes wie vom Erdboden verschluckt. Kurzum, die ganze Spitze des Johannesberges war in den dichten Nebelschleiern verschwunden. Die feinen Tropfen des Nieselregens benetzten die Fensterscheibe.

»Bei Gott und der heiligen Jungfrau – heute ist ausgerechnet St. Elisabeth!« Der Träger der völlig schnörkellosen, ja beinahe büßerhaft wirkenden Priestersoutane sah voll Missmut hinaus ins Freie. Sollten die Wetterregeln recht behalten, würde der kommende Winter genauso werden wie der heutige Tag. Den Lippen des hageren Mannes entwich ein tiefer Seufzer. Dieses trostlose, triste Grau da draußen tat seinen alten morschen Knochen nicht gerade gut, ebenso drückte es ihm schwer aufs Gemüt. Resignierend kratzte er sich an seiner hohen Stirn. Selbst die wohlige Wärme des prasselnden Herdfeuers vermochte seine schlechte Stimmung nicht zu heben.

Er hasste das scheußliche Wetter genauso wie die Armee der Schweden. Seit der Schlacht von Breitenfeld, Septembri 1631, fraß sich der »Löwe aus Mitternacht« durch die deutschen Lande. Eine Stadt nach der anderen fiel Gustav Adolf in die Hände. Selbst Tilly, der große Feldherr des Kaisers, konnte den Siegeszug des Feindes nicht stoppen. Überall dort, wo die geschlagenen kaiserlich-ligistischen Truppen wichen, erzwang der Schwedenkönig die Zulassung der Augsburger Konfession und die Rückgabe der im bisherigen Verlauf des Krieges eingezogenen Güter der Protestanten.

»Oh Herr, bewahre uns vor dem nordischen Ketzer!« Adam Mehlmann sah händeringend zur linken Wand hoch, wo ein großes Kruzifix hing. Ein begnadeter Holzschnitzer hatte aus einem leblosen Stück Holz einen herrlichen Corpus Christi geschaffen.

Doch bei all seiner Vorstellungskraft erhielt Mehlmann kein himmlisches Zeichen. Was sollte es, er hatte es längst aufgegeben, hier auf Erden auf Wunder zu hoffen. Nur durfte er dies nicht an die große Glocke hängen.

Schnell hätte man ihm dies als Gotteslästerung ausgelegt. In einem solchen Fall war der Weg selbst für einen Geistlichen hinauf auf den lodernden Holzstoß nicht allzuweit.
Auf dem breitausladenden Schreibtisch, vor dem er saß, stapelte sich ein Berg voller Bücher. Bibel, Brevier, der große Katechismus von Canisius, all das, was ein guter Pfarrer brauchte. Neben weiteren für die Erhaltung und Bewahrung des wahren Glaubens unverzichtbaren geistlichen Werken fand sich auch Ecks »Enchiridion«. Der Pfarrgeistliche war seit anno domini 1628 für das Seelenheil der Bewohner aus dem Amt Affholderbach zuständig. Er hatte sich auf seine Predigt vorzubereiten. Doch dazu fehlte es ihm an der rechten Stimmung. Schon seit dem gestrigen Abend brütete er an seiner Arbeit, wie die beiden großen, auf halbe Höhe herabgebrannten Kerzen bewiesen. Die Tinte im offenstehenden Glas war eingetrocknet. Die Schreibfeder lag unbenutzt daneben, während der Pergamentbogen nur so vor leeren Zeilen strotzte. Lob für eine gute Predigt hörte man selten. Viel eher gingen da höchstens Beschwerden bei den Stiftsherren in Aschaffenburg ein. Allein seiner lautgewaltigen Stimme hatte er es zu verdanken, nicht ins Lamento seiner Amtsbrüder miteinstimmen zu müssen, die über die Unzufriedenheit und den »Verrat« ihrer Schäfchen klagten.
»Mein Gott, warum hast Du diese Teufel nicht mit Vernichtung geschlagen und gleich am Anfang mit Ross und Reiter im Meer der Ostsee ertränkt, wie einst die Soldaten des ägyptischen Pharaos bei der Verfolgung vom Volk Moses durchs Rote Meer?« Mehlmann ergoss sich ins Zwiegespräch. »Herr erbarme Dich alljener, die im hehren Kampf gegen diese Lutheraner ihr Leben verloren.« Er faltete die Hände zum Gebet. Seine Gedanken schweiften zurück. Im Sommer 1622 war Pfarrer Johannes Rein aus Damm, einer seiner Amtsvorgänger, einem blutigen Tumult zum Opfer gefallen. Eine Schwadron Mansfelder – im Dienste des Kaisers kämpfend – hatte ihn erschlagen, weil er sich geweigert hatte, ihnen sein Vieh auszuhändigen. Jetzt stand der Stall leer, das Fleisch der geschlachteten Tiere war in die hungrigen Bäuche der Soldaten gewandert und Rein selbst lag drüben auf dem Gottesacker begraben.
Ein merkliches Zucken glitt über seine bartlosen Mundwinkel. Was mochte ihn wohl erwarten? Ein mulmiges Gefühl schlich in seinen Magen. Das unheilige Heer des gefürchteten Schwedenkönigs hatte vor kurzem Würzburg eingenommen und die Feste Marienberg erstürmt. Es sollte dabei zu einem schauerlichen Massaker zwischen der Besatzung und den Zivilisten gekommen sein. Die »Ordentliche Wöchentliche Postzeitung« aus Frankfurt, die irgendwo unter die Flut der Bücher getaucht war, hatte vom schier unaufhaltsamen Vordringen der Schweden berichtet. In eine

Welt voll finsterer Gedanken versinkend, stierte er hinaus in den Nebel, als könnte er von dort die Weissagung seines weiteren Schicksals erfahren. Plötzlich setzte das aufgeregte Kläffen des Hofhundes ein. Erschrocken fuhr Mehlmann hoch. Zwei Gestalten tauchten unversehens aus den wabernden Nebelschwaden auf.
»Himmel hilf – die Schweden kommen!« Mehlmann verspürte einen höllisch stechenden Schmerz in der Brust. Zitternd fuhren seine Hände über den vollbeladenen Schreibtisch. Nach einigem Suchen ertastete er seine Augengläser und setzte sie auf. Wenigstens klaren Auges wollte er seinen Mördern ins Angesicht sehen können .
Doch von einem Moment zum anderen schoss das erstarrte Blut wieder in sein kalkweißes Angesicht zurück. Seine Angst zerstob in Windeseile. Gottlob, es waren keine Feinde, die soeben mit ziemlich raschem Schritt auf das Pfarrhaus zuhielten. Mehlmann kannte die beiden Männer recht gut. Und zwar besser als ihm lieb war. Nicht dass er vor ihnen Furcht empfand, nein, es waren ihrer nur zwei Zeitgenossen, denen man wegen ihrer Sündhaftigkeit und Schuftigkeit nie gern über den Weg lief. Auch er nicht. Im Beichtstuhl hatten ihm beide schon so manch dreistes Sündenstück gebeichtet. Dafür hatte er ihnen jedesmal auch ganz gehörig die Leviten gelesen, die ihre Ohren zum Glühen brachten – und eine Buße aufgetragen, dass ihnen Hören und Sehen verging. Ihr beider Kerbholz war längst voll, übervoll.
Von irdischer Schuld hatte Mehlmann sie stets freigesprochen. Ob die Barmherzigkeit des himmlischen Richters ebenso milde ausfallen würde, da hatte er allerdings seine Bedenken. Wenn der Landschöffe Peter Junckers in Begleitung seines Dorfbüttels Hans Reusing auf der Bildfläche erschien, geschah dies meist aus einem gewichtigen Grund. Oftmals verhieß es nichts Gutes. Wehe der Person, die sie dabei im Augenschein hatten. Am besten, man suchte schleunigst das Weite. Die beiden Besucher waren nur wenige Schritte von der steinernen Haustreppe entfernt. Ihm graute. Ihre Mienen troffen nur so vor Grimm und Zorn.
»Oh Herr, was mögen sie wohl heute wieder im Schilde führen...« Mehlmann seufzte. »Zum Beichten kommen diese Kriwwelbisser bestimmt nicht.« Nur Meister Paul, der Scharfrichter aus der Stadt und sein Peinknecht, erweckten einen schlimmeren Eindruck. Ein leises Schlurfen draußen im Hausflur verriet die Anwesenheit von Anna, einer alten Wittsfrau, die für ihn kochte und ihm den Haushalt führte. Mehlmann wollte die treue Seele nicht missen. Bereits seit seinem ersten Tag auf dem Johannesberg hegte und umsorgte sie ihn, als wäre er ihr eigen Fleisch und Blut. Ihre eigenen Angehörigen waren schon vor einigen Jahren 1606 der nie gänz-

lich erlöschenden, immer wieder aufs Neue auflodernden Pestilenz zum Opfer gefallen. Nun gehörte sie zusammen mit dem Pfarrer zu den immerhin noch 60 verbliebenen »Mannschaften«, wie die Obrigkeit die nach »Herdstätten« umschriebenen Familien in ihren Inventarlisten auch bezeichnete.

Obwohl er nun schon um den Besuch wusste, schoss ihm das laute Pochen an der Haustüre durch Mark und Bein. Auch Anna hatte nun vom Erscheinen der zwei im Amt Affholderbach am meist gehassten Männern erfahren. Sie öffnete ihnen. Es fehlte nicht viel und die Hereinstürmenden hätten das alte Mütterchen glattweg über den Haufen gerannt. Wort- und grußlos eilten sie an der völlig verdatterten Frau vorbei und hielten schnurstracks auf das Arbeitszimmer des Pfarrers zu. Mitten ins Anklopfen hinein wurde auch schon die Türe mit weitem Schwung aufgerissen. Wie ein Blitz aus heiterem Himmel stand Peter Junckers samt seines Begleiters im Raum.

Unter seinem hohen Hut mit Krempe quoll die dunkle noch volle Haartracht auf die Schultern des Landschöffen. Aus dem krebsroten Gesicht des Endvierzigers schob sich das bartumschlossene Kinn energisch weit nach vorne.

»Wollt ihr denn nicht ablegen, meine Herren?« Mehlmann übersah die schlechten Manieren seiner Gäste. Sie für ihr forsches Eintreten jetzt noch lange zu tadeln hieße nur, unnötig Öl ins Feuer zu gießen. Dafür kannte er diese Heißsporne zu gut. Eine gütliche Miene aufsetzend, versuchte er jeglichen Ärger zu vermeiden. Spätestens bei der nächsten Beichte würde er sie für ihr schlechtes Benehmen bestrafen.

Peter Junckers bebte vor Erregung am ganzen Leib. Wutentbrannt zog er seinen weiten Mantel aus und schleuderte diesen achtlos über den nächststehenden Stuhl. Seine hochaufragende, keineswegs schlecht genährte Figur steckte in einem reich bestickten Wams. Ein kurzgeschnittener Umhang schlang sich über seine breiten Schultern. Zu den kurzen bauschigen Pluderhosen trug er ebenfalls bestickte Schuhe, die von Überschuhen geschützt wurden, um sie vor Schmutz zu bewahren. Zierend schlang sich eine gestärkte, weite weiße Halskrause um seinen Hals. Mit diesem der spanischen Mode nachempfundenen Aufzug eines Edelmannes hob sich Junckers weit von der Masse seiner Mitmenschen ab, zumindest was die Bewohner des Amtes von Affholderbach betraf, das immerhin die Dörfer und Höfe von Ober-Affholderbach, Johannesberg, Breunsberg, Daxberg, Hohl, Reichenbach, Rückersbach, Steinbach und Sternberg umfasste.

Wie es der einstmalige gemeine Hammelbube nur schaffte, das hohe Amt eines Landschöffen zu bekleiden, blieb Mehlmann ein ewiges Rätsel. Wenn er jedoch die vielen Beichtgänge seines Gegenübers in die Waagschale warf, wurde ihm so Einiges klar. Hans Reusing erschien, im Gegensatz zu Junckers, wie ein Bettler. Sein schäbiges, abgewetztes Wams strotzte nur so vor Flecken, von seiner Hose gar nicht erst zu sprechen. Von den Stiefeln löste sich bereits das Leder. Im strengen Bergwinter hätte er sich längst die Zehen erfroren. Einzig und allein seiner Kraft eines Ochsen hatte es Hans zu verdanken, nicht im Armenhaus oder in der Gosse gelandet zu sein. Oder einer jener endlosen Bettlerkarawanen anzugehören, die durchs Land zogen. Einerseits waren es seine ungeheuren Muskelkräfte, die ihm das Amt des Dorfbüttels einbrachten, wofür er von seinen Mitmenschen allerdings nicht den geringsten Neid erntete. Andererseits war es seine seit Kindheit angeborene Geistesschwäche, die Hans zum willenlosen Werkzeug des Landschöffen machte.

Hans' Kräfte wirkten keineswegs nur bei der Arbeit draußen auf den Feldern. Nein, hauptsächlich galt es, seinem Herrn persönlich zu Diensten zu sein. Das Amt eines Landschöffen mochte allen Vorteilen zum Trotz nicht immer ganz einfach sein. Oftmals regte sich hier und da in den Reihen der von Zehntabgaben und Frondiensten geknechteten Bauernschaft so mancher Widerstand. Besonders dann, wenn ganze Ernten ausfielen, Hunger und Not in den meist ärmlichen Hütten und Häusern Einkehr hielten und der oberste Landesherr nichts Besseres zu tun wusste, als zusätzlich noch die Steuerlast zu erhöhen. Um die Anordnungen und Erlasse der Obrigkeit auch in seinem Amte durchzusetzen, bediente sich Junckers gerne Hans' starker Fäuste. Im Handumdrehen sah sich so meist jedwedes Aufbegehren im Keim erstickt. Nur ein einziges Mal hatte sich ein Bürger aus Ober-Affholderbach stärker als die rechte Hand des Landschöffen erwiesen...

Auch wenn dies mittlerweile ein paar schöne Jährchen her sein mochte: Das entstellende Andenken an einen einzigen gezielten Faustschlag würde Hans zeitlebens mitten in seiner blöddreinschauenden und grobschlächtigen Fratze tragen. Seine gleich mehrfach gebrochene Nase war nie wieder richtig zusammengewachsen. Selbst dem alten Stadtmedicus zu Aschaffenburg blieb es versagt, sie wenigstens halbwegs zu richten. Fortan glich sie dem stark gebogenen Schnabel eines hässlichen Geiervogels, wodurch das Gesicht nicht gerade an Liebreiz gewann.

»Hochwürden, stellt euch vor: Sie hat es schon wieder getan!«, schoss es wie eine Musketenkugel aus Junckers' Mund.

»Was wollt ihr mir damit sagen?« Die schwachtrüben Augen des Pfarrers tasteten irrlichternd hinter den großen Brillengläsern hervor.

»Rosina! Sie hat wieder geträumt!«

Mehlmann wurde auf einmal höllenheiß zumute. Erschrocken zurückfahrend, sank er schwer auf den Stuhl.
»Herr.. Herr Pfarrer... ihr kennt d-doch.. das al-te Ved-del a-aus dem... Unter-dorf...« Hans versuchte stotternd seinen Senf dazu zu geben.
»Halt's Maul!«, zischte Junckers und stieß Hans dabei derb in die Seite.
»Ja, ja! Ich weiß schon, wer gemeint ist«, wehrte Mehlmann ab, er hatte sich wieder im Griff. »Und da seid ihr euch ganz sicher?« Er richtete das Wort an Junckers.
»Ja, die Kunde brauchte keine Stunde, bis sie an meine Ohren drang.«
»Wisst ihr, was das Gesicht dieses Mal angedeutet hat?« wollte Mehlmann wissen.
»Ach, was wohl? Wie immer den Tod!«, ereiferte sich Junckers. »Sie soll etwas vom Gevatter Hein geplappert haben, der auf einem feurigen Rappen geritten kam...«
Mehlmann verfiel ins Grübeln. Nervös fuhren seine Finger übers Kinn. »Und jedes Mal ging es in Erfüllung. Beim ersten Traum ereilte uns die Pest. Nach dem zweiten stellten sich garstige Unwetter ein, die unsere Ernten vernichteten. Und nie haben wir auf ihre Warnungen gehört. Wenn das nur nicht die Apokalypse ist. Bei der heiligen Jungfrau...«
»Hochwürden, kommt zu euch! Welch wirres Zeug redet ihr denn da?« Junckers packte den Pfarrer und schüttelte ihn kräftig. »Ihr wollt doch dem Geschwätz dieser alten Hexe keinen Glauben schenken..."
»Nein, um Himmels Willen, natürlich nicht! Ich dachte nur...« Mehlmann kam wieder zur Besinnung.
»Potztausendsakrament, warum hat man dieser Teufelsbuhlin damals nicht gleich ein zweites Mal den Prozess gemacht. Am besten mit diesem verdammten Hugenotten, der sie seinerzeit gerettet hat.« Junckers hieb mit solcher Wucht auf die Tischplatte, dass der Bücherstapel umstürzte.
»Bedenkt doch, sie besitzt jenes Papier, diese Urkunde, die der Kurfürst für sie ausstellen ließ«, erwiderte Mehlmann. »Darin soll geschrieben stehen, dass sie sich damals nichts zu Schulden hat kommen lassen...«
»Ach, papperlapapp, das ist längst schon alles überholt«, schmetterte Junckers mit wegwerfender Handbewegung ab. »Das ist doch nur falscher Zauber. Rosina hat alle miteinander verhext, selbst diesen Erzbischof. Der Teufel hat ihr genug Macht gegeben, um selbst ein Heer von Soldaten vernichten zu können. Diese Oberhexe ist all den schwach verderblichen Weibern voran sein bestes Werkzeug. Sie wird uns vernichten.«
»W-wie gut,... d-dass ich nie-mals ge-hei-ratet... ha-be!", warf Hans ein und schlug rasch ein Kreuzzeichen.
»Schweig! Wer hätte dich Dummkopf schon jemals zum Mann genom-

men?«, fuhr Junckers seinen Dorfbüttel grob an und bedachte ihn mit einem spöttischen Blick. »Jetzt ist das Maß voll!« Junckers Stimme steigerte sich allmählich ins Geplärr. »Erst träumt sie von Tod und Zerstörung und später sorgt sie mit ihrem Schadenszauber dafür, dass ja alles so eintrifft, wie sie vorhersagt. Das ist Teufelswerk, damit hat sie sich selbst überführt. Dafür soll sie brennen, oder seid ihr da vielleicht einer anderen Meinung – Hochwürden?«

Tieferschrocken rückte Mehlmann seinen Stuhl zurück. Was er aber weniger wegen des Geschreies des Landschöffen tat, als vielmehr ob dessen drohend finsterem Blick. Für ein Augenzwinkern lang vermeinte er, dem Vorsitzenden eines Inquisitionsgerichts ausgeliefert zu sein. Sofort schoss ihm die furchtbare Zeit in den Sinn, als beinahe wöchentlich auf dem Galgenbuckel vor den Toren Aschaffenburgs die Hexenfeuer gelodert hatten. Unzählige Menschen, die meisten davon Frauen, aber auch Männer und Kinder, hatten sterben müssen, weil man sie der Buhlschaft mit dem Teufel angeklagt hatte. Jene unheilvollen Zeiten, als mancher Amtsbruder sich weigerte, die heilige Messe zu zelebrieren, denn selbst Pfarrgeistliche gerieten in den Verdacht, als Erzhexer dem Höllenfürsten zu dienen, indem sie angeblich heimlich die Hostien stahlen, um mit dem abgekochten Sud von ausgegrabenen Kindsleichen daraus jene berüchtigte Teufelsschmiere zu machen, mit der dann die Hexen ihre Besen bestrichen, um Nachts aus dem Schornstein zu fahren. Damit sie sich anschließend mit ihren Gespielinnen und Zauberern auf den Hexentanzplätzen treffen konnten, um dort zu beratschlagen, wie man am besten das Maleficium in die Welt brachte.

»Ihr wäret gut beraten, wenn ihr mehr von der Kanzel gegen das Laster der Hexerei und Zauberei predigen würdet.« Mehr brauchte es nicht. Junckers' Drohung war unmissverständlich. Selbst Hans hatte zumindest an dieser Stelle begriffen, was die Uhr geschlagen hatte.

»Bei Gott und der heiligen Jungfrau, unser ehrwürdiger Erzbischof Georg Friedrich verbot selbst dem Stiftsdekan Wetzel und dem Frühmessner Hennigius, jemals wieder auf die Kanzel zu steigen, weil sie gegen die Hexerei das Wort ergriffen haben«, verteidigte sich Mehlmann, dem es unter der Soutane zunehmend heiß wurde. »Unser hochedler Anselm Kasimir Wambold von Umstadt hat bislang noch keinen auf den Holzstoß geschickt. Und es sind nun immerhin schon zwei Jahre, dass er als Kurfürst das Land regiert.«

»Und deshalb rutscht euch jetzt das Herz in die Hose, Hochwürden?«, bemerkte Junckers mit beißendem Zynismus.

»Seid ihr denn nur gekommen, um mich in meinem Haus zu beschimp-

fen?«, gab Mehlmann entschlossen zurück.
»Das liegt mir fern, aber bedenkt doch die Möglichkeit! Der Moment war nie so günstig wie jetzt. Wir können endlich zuschlagen!«
»Wie und gegen wen?«
»Gegen die verruchte Teufelsbrut aus dem Unterdorf natürlich. Wieviele Beweise sind denn noch nötig, um diese elende Sippschaft der Laurents ein für allemal auszumerzen...« Junckers wurde zusehends ungehaltener. »Es soll euer Schaden nicht sein, Hochwürden. Ihr müsstet nur bei den Stiftsherren vorsprechen.« Plötzlich versuchte er also, auf andere Art ans ein Ziel zu kommen.
»Und führe mich nicht in Versuchung, heißt es schon in der Schrift«, stieß Mehlmann kopfschüttelnd hervor. »Das müsstet ihr als guter Christenmensch wissen.« Die ersten Schweißtropfen traten auf seine Stirn. Ihm kam das Geschwafel des Landschöffen wie das Zischen einer falschen Schlange vor.
»Haus und Hof der Laurents, Wiesen und Acker nicht zu vergessen, das alles hat gut und gern einen Wert von nahezu 200 Gulden«, rechnete Junckers vor.
»200... Gul-den!«, bemerkte Hans, ohne dass er überhaupt wusste, von was er eigentlich sprach.
»Hinzu kommt noch das Vieh, das dieses Hexengelichter besitzt. Wenn man überlegt, dass eine Kuh acht Gulden und ein Schwein drei Gulden kosten, kommt da bei dem Stallbestand der Laurents so einiges zusammen...«
»... u-und... die Och-sen...«, fügte Hans hinzu, der aufeinmal gar nicht mehr so dumm wirkte.
»Ja, allein die beiden Viecher bringen gemeinsam an die 26 Gulden. Ich habe zu Hause in meiner Amtsstube bereits alles genau durchgerechnet«, tönte Junckers, der sich seiner Sache recht sicher schien. »Angenommen, das Verfahren und die Hinrichtung der Maleficanten würden etwa 50 Gulden an Kosten verschlingen und ein Großteil des Hexengeldes in die Domkapitularkammer nach Mainz verschwinden, so dürfte für uns immerhin auch ein gehöriger Batzen Geld abfallen...«
»Als Denunziantenlohn, meint ihr wohl?!«, platzte es verächtlich aus Mehlmann hervor, der dabei die Augenbrauen hochzog.
»Wie meint ihr?« Junckers zeigte sich verwirrt.
»Ihr wisst recht gut, was ich damit sagen will«, entgegnete Mehlmann ablehnend. »Ausgerechnet ich als Geistlicher kann doch nicht einfach falsch Zeugnis wieder den Nächsten ablegen. Das ist eine Todsünde...«
»Habt ihr denn etwa schon die Sache mit dem Bluwunder vergessen?«

Junckers blieb hartnäckig wie ein Jagdhund des Kurfürsten, der sich in ein Wild verbissen hat. »Dank meiner Anzeige hat man Albert Laurent neulich verhaftet. Er ist der erste aus seiner Sippe, der seiner gerechten Strafe zugeführt wird, wenn dies nicht vielleicht schon geschehen ist. Wäre aber schade, sollte ich die Hinrichtung verpasst haben...«
Hans fuhr sich augenblicklich über den krummen Nasenrücken. Er schmerzte. Allein die Nennung von Alberts Namen genügte, um diese Pein zu spüren. Ja, Rosinas Mann war es gewesen, der ihm vor Jahren in einem fürchterlichen Streit um ein paar Stecken Holz das Nasenbein zertrümmert hatte. »Jetzt wird er mir nichts mehr antun«, freute sich Hans diebisch.
»Selbstverständlich weiß ich noch gut um das recht seltsame Geschehen des Blutwunders. Es ist ja schließlich erst wenige Wochen her.« Mehlmann senkte seinen Kopf. »Ich werde euch helfen, aber mein Geld nehmt bitte für die Armen im Ort.«
Junckers hatte seinen Willen durchgesetzt, auch ohne Gewalt. Er strahlte innerlich regelrecht vor Triumph.
»Alea jacta est!«, sagte Mehlmann mehr zu sich selbst, der Würfel war gefallen. Ihm war hundeelend zumute, ihm war, als hätte er soeben damit eigenhändig das Todesurteil über Rosina und ihre ganze Familie gefällt.

3

»Bey Jungen und alten Leuten -
Da ist kein Zucht noch Ehr -
Man thut Gott nimmehr förchten -
man fragt nach keiner Lehr -
die Zauberey nimpt oberhandt -
wie mans dann wol thut spüren -
Ja fast in allem Land...«

aus einem Gedicht von Hans Fleischbein,
1629 in Aschaffenburg gedruckt

Das Loch, in dem der einsame Gefangene kauerte, maß höchstens achteinhalb Schuh in der Breite wie in der Länge – wohl eher die Ausmaße für eine Grabkammer als für eine Gefängniszelle. Wer hierher gebracht wurde, der durfte meistenfalls in seinem Dasein auf Erden nicht mehr allzuviel erwarten als den Tod. Und diesen nahm derjenige als Erlösung dankend in Kauf, was angesichts unsäglicher Not und Pein, die man hier an diesem schaurigen Ort durchlitt, nicht verwundern konnte.

Es mochte schon ein halbes Jahrhundert her sein, dass er noch als junger Mann in haargenau demselben Kummerloch eingesperrt gewesen war, worauf er bereits seinerzeit liebend gerne verzichtet hätte. Damals waren es aber ganz besondere Umstände, die ihn dazu bewogen hatten, freiwillig jene Hölle auf Erden aufzusuchen. Es geschah nicht seinetwegen. Er hatte sie nur aus ihrem schrecklichen Gefängnis befreien wollen, seine Rosina. Doch als sich Albert schon am Ziel geglaubt hatte, seiner großen Liebe die Freiheit wieder zu geben, war er aus dem Hinterhalt überrumpelt worden und fortan selbst ein Gefangener gewesen. Dass Albert schon kurze Zeit später wieder freigekommen war, hatte er dem glückhaften Geschick einer hohen irdischen Macht zu verdanken gehabt.

Viel geändert hatte sich seitdem nicht. Das Verlies war immer noch die gleiche übelriechende Jauchegrube geblieben. Außer dass das alte Mauerwerk mittlerweile zusehends löchrig geworden war. Der Wind pfiff sein Lied durch die vielen Ritzen und Spalten. In dem gräulich schmutzigen Leinenkittel, in den man Albert gesteckt hatte, fror er erbärmlich. Es grenzte schon an ein Wunder, dass er nicht längst fieberte oder an einer Lungenentzündung litt. Albert war zur Tatenlosigkeit verurteilt, sich gegen die beißende Kälte zu schützen war ihm nicht möglich. Man hatte ihn wie einen Schwerverbrecher gleich an Hals, Armen und Beinen in Eisen geschlagen, sodass er sich nicht einmal gegen die Ratten, Flöhe und sonstiges Ungeziefer erwehren konnte, die ständig über ihn herfielen. Ein Königreich für einen Bintscher! Wie gut für ihn, dass sich bislang noch keine Steinmarder ins baufällige Gemäuer verirrt hatten.

Der nur spärlich in die beinahe völlige Dunkelheit hereinschimmernde Lichtschein verriet Albert den hellen Tag draussen. Was ihm die ersehnte Freiheit aber auch nicht zurückbrachte. Die Aschaffenburger, egal ob Alt oder Jung, vermieden es, auch nur in die Nähe des städtischen Zehnt- und Folterturmes zu kommen. Es sei denn, man besuchte das Grab eines Verstorbenen auf dem angrenzenden Friedhof von St. Agatha. Einerseits wollte begreiflicherweise niemand die unliebsame Bekanntschaft mit jener verrufenen Stätte machen. Andererseits jagte einem das bloße Geschrei der Eingekerkerten und Gefolterten einen furchtbaren Schrecken ein, den man zeitlebens nicht vergaß. Allein schon die Erwähnung des »Kummerlochs« in einem Gespräch ließ viele erbleichen oder das Kreuzzeichen schlagen.

Ein Rascheln im fauligen Stroh schreckte Albert auf. Er blieb ruhig liegen. Er bekam wieder einmal Besuch. Obwohl er die Ratte nicht sehen konnte, wusste er, dass es sich nur um den Späher handeln konnte, den das Rudel vorausschickte. Sie kamen niemals alle auf einmal auf ihn zugestürzt. Albert hatte in den letzten beiden Wochen einen erstaunlichen Hörsinn entwickelt, der für ihn nun fast schon so gut wie ein Auge war.

»Ja, komm nur, du kleines Biest, ich werde dir schon noch heimleuchten!«, stieß Albert kalt lächelnd hervor. Anfangs hatte er sich aus Leibeskräften zur Wehr gesetzt, was das Zeug hielt. Was seine Fesseln aber so gut wie unmöglich machten. Er scheuerte sich nur seine Gelenke blutig und lockte damit seine unerbittlichen Quälgeister bloß zusätzlich an. Dieses Mal wartete er geduldig ab. Die Ratten gingen meist zuerst an die Beine. Da! An einem seiner bereits stark angefressenen Stiefelsohlen spürte er eine leise Bewegung. Albert hielt reglos inne, bis der graue Nager direkt zwischen seinen Stiefelspitzen herumkroch. Just in diesem Moment drückte er mit seinen Füßen zu. Die Ratte war gefangen, es gab kein Entkommen. Ein jämmerliches Fiepen und Quieken ertönte. Aber noch gab er den wild zappelnden Plagegeist nicht frei. Erst als es nach einiger Zeit wieder mucksmäuschenstill wurde im Kummerloch, löste er seine Stiefelspitzen. In einem leisen, kaum zu ver-

nehmenden Plumps fiel der Kadaver leblos ins Stroh.
»Ha! Jetzt könnt ihr euch gegenseitig auffressen, ihr schrecklichen Bestien«, meinte Albert voller Sarkasmus. »Lasst mich gefälligst in Ruhe!« Nicht einmal seinen schlimmsten Feind hätte er hierher gewünscht. Doch halt, einen wüsste er schon, dem er dieses »Vergnügen« nicht vorenthalten würde. So weit ging seine christliche Nächstenliebe nun auch wieder nicht, als dass er dem überall verhassten Landschöffen des Amtes Affholderbach den Aufenthalt in dem ratten- und flohverseuchten Kerker nicht gegönnt hätte. Ein flüchtiges Lächeln huschte über seine eingefallenen, grauen Wangen bei der Vorstellung, wie jener Peter Junckers statt seiner jetzt bibbern und schlottern würde. Schließlich und letztendlich hatte es Albert ja gerade ihm zu verdanken, seit Martini hier eingesperrt zu sein.
Albert hätte mit Sicherheit auch in eines der Gefangnisse am Tönges, auch Marktturm genannt, hineingepasst. Doch dort, wo es zum Stiftsberg hochging, blieb es den üblichen Verbrechern wie Dieben, Ehebrechern, Wippern und Kippern, sogar selbst Mordbrennern und Halsabschneidern vorbehalten, ein »Quartier« zu beziehen. Auch in den Zellen des »Bürgerhauses« im Rathaus und im »Narrenhaus« war Platz für vielerlei Scharlatane und Tunichtgute. Im letzteren fanden sich die Arrestaten wegen leichterer Vergehen wie Waldrügen, leichter Körperverletzung, Flucherei oder Diebstahl von Obst.
Albert war aber keiner von all jenen, die in gewöhnlicher Art und Weise gegen Recht und Gesetz verstoßen hatten. In den nimmermüden Augen des Malefizgerichtes brachte er es zum Staatsfeind! Der Zwölferrat der Stadt hatte auch dementsprechend keinen gewöhnlichen Verhörtag in »Policeysachen« abgehalten. In Alberts Fall war dringend ein jurisdiktionelles Sonderverfahren notwendig. Niemand konnte mehr Schuld auf sich laden als ein Zauberer oder Hexenmeister.
Der mit schwarzer Farbe angestrichene Malefizwagen, der draußen am Ende des langen Seilerganges verwaist herumstand, hatte seit fast zwei Jahren kein Hexengelichter hinaus auf den Galgenbuckel fahren müssen. Seit dem Bau des neuen Schlosses Johannisburg war die alte Richtstätte an der Galgenmühle aufgegeben und vor die Tore des kleinen Dorfes Damm verlegt worden. Bald würde das Gefährt höchstens noch als Brennholz taugen. Aber nur für ein Feuer um sich daran zu erwärmen, keines um jemanden zu verbrennen.
Unter dem Zepter des neuen Landesherrn, dem Kurfürsten Anselm Kasimir Wambold von Umstadt, ging der Wahn der grausamen Hexenjagden erstmals stark zurück. Es kam gottlob nur noch zu wenigen Prozes-

sen, die aber bislang allesamt mit Freispruch ein glückliches Ende nahmen. Noch schwelte unter dem Volk der unauslöschliche Aberglauben, dass Hexen und Hexenmeister die Fähigkeit zum Schadenszauber besaßen, egal welcher Art. Ein Sündenbock musste bisweilen noch her, der für Unfruchtbarkeit, Kindstod, Unfälle, Krankheit, Tod, Missernten, Unwetter und sonstige Katastrophen zu büßen hatte.
Und genau solch ein Sündenbock sollte Albert Laurent vom Johannesberg werden. Vielleicht wartete jener verstaubte Schinderkarren darauf, ihn zur Richtstätte zu fahren... In der völlig aufgebrachten Bevölkerung rumorte es zur Zeit ganz gewaltig. Von Tag zu Tag nahm die Aufgeregtheit der Massen zu. Immer wieder kam es vor dem Rathaus zu Versammlungen und Protestkundgebungen, in denen die Bürger Alberts Captur forderten. Aschaffenburg ähnelte einem Pulverfass, allein der berühmte Funken fehlte, um die Stadt aus ihren Mauern zu sprengen. Die hohe Obrigkeit, allen voran Vizedom und Stadtschultheiß, mochten heilfroh sein, dass sich in dieser aufgeheizten Atmosphäre jede Menge Soldaten in der Stadt befanden. Ein österreichisches Regiment unter dem Befehl des kaiserlichen Obristen von Hütten war vor kurzem eingerückt, um Aschaffenburg vor den anrückenden Schweden zu schützen. »So gut dies eben möglich sei«, wie es der Kurfürst befahl. Dank der Soldaten konnte der drohende Aufstand verhindert werden. Ob die Truppen allerdings im Stande waren, auch den Feind in die Flucht zu schlagen, stand auf einem anderen Pergament.
Darüber musste sich Albert keine Gedanken machen. Was wusste schon ein kleiner Bauersmann wie er von der undurchschaubaren, von verworrenen Intrigen umsponnenen Politik der großen Staatsmänner. Einer wie er war glücklich und froh, wenn er in Frieden seinem Tagewerk nachgehen konnte. Doch damit war es für ihn ein für allemal vorbei. Ein schlimmerer Frevel als das »Blutwunder vom Johannesberg« war bislang im ganzen Spessart nicht vorgefallen.
Auch wenn Albert bislang die Tortur der peinlichen Befragung erspart geblieben war, so bedeutete allein schon die Haft für den über Sechzigjährigen die wahre Hölle auf Erden. Ewig quälender Durst und Hunger hatten ihn fast um den Verstand gebracht. Das »Armesündergewand« schlackerte um seinen abgemagerten Leib. Was hätte er nicht alles für eine einfache Mehlsemete gegeben. Der schimmelige Kanten Brot, den Krug abgestandenen Wassers oder die »Hexensuppe« mit vergammelten Essensresten waren nie und nimmer die vier Gulden und 25 Albus wert, die der Kerkermeister Alberts Familie dafür in Rechnung stellte. Sie hätten dafür gut und gerne ein halbes Schwein kaufen können.

Auch die bohrende Ungewißheit über das Weitere machten Albert von Tag zu Tag mürber. Er machte sich dabei aber weniger Gedanken über sein eigenes Schicksal als vielmehr darum, was mit Rosina und dem Rest der Familie geschah. Hoffentlich ließ man wenigstens sie ungeschoren. Er als alter Mann hatte vom Leben nicht mehr viel zu erwarten, aber Rosina und die Jungen daheim auf dem Laurenthof sollten weiterleben, und zwar in Ruhe und Frieden. Albert konnte seinen Kopf zermartern wie er wollte, es gelang ihm einfach nicht, sich jenes seltsame »Prodgium« zu erklären, das sich unmittelbar vor Martini zu Hause ereignet hatte. Alberts düstere Gedanken schweiften an jenen verhängnisvollen Abend zurück, der ihn in sein Unglück gestürzt hatte...

Lediglich an die behaglichwohlige Wärme, die der offene Kamin in der Küche daheim verströmt hatte, erinnerte sich Albert gern zurück. Der Rest war nur noch ein einziger Alptraum. Wie Boten aufkommenden Unheils schoben sich die düsteren Schatten aus den Ecken des kleinen, nur mäßig vom Licht des Herdfeuers erhellten Raumes. Gemeinsam mit dem Küchenschrank, einem alten Lehnstuhl und den offenen Wandregalen ringsum verlor sich ein aufgehängtes Bild. Das einzige schmückende Kleinod in der bescheiden eingerichteten Küche zeigte Albert zusammen mit seinen Eltern und seiner längst verstorbenen Schwester Simone als glückliche Hugenottenfamilie. Es war eigentlich wie immer gewesen, als sich die Laurents nach vollbrachtem langen und harten Tagewerk zum Abendessen eingefunden hatte. Gemeinsam saßen sie alle am alten, mit Messerkerben übersäten Holztisch beisammen. Nach alter Tradition brach Albert als Oberhaupt der Familie nach kurzem Segensspruch das Brot.

Als er es dann austeilte, fuhren die anderen erschreckt von ihren Plätzen, so als habe das Brot wahrhaftig die Pest im Laib. Etwas ähnliches war es dann auch. Albert legte seine Brotkante ebenfalls aus der Hand. Der gebackene Teig wies überall Flecken auf, die aussahen wie geronnenes Blut. Der ganzen Familie schoss ein mächtiger Schreck in die Glieder. Keiner rührte etwas vom Essen an. Auch die mit Wein oder Wasser gefüllten Holzbecher blieben unberührt.

Wie war eine solch unerklärliche Merkwürdigkeit nur möglich? War es Teufelsspuk oder gar eine himmlische Strafe, die die Laurents für ihre Sünden erfuhren? Da man sich das Ganze nicht erklären konnte, beschloss man, den Rat des Pfarrers zu suchen. Doch selbst eine eigens deswegen gelesene Messe vermochte nicht, das Unheil aus der Welt zu schaffen. Das Gegenteil trat ein, es wurde alles nur noch schlimmer. Die Neugier trieb die Menschen auf den Hof, bis hinein ins Haus der Lau-

rents. Jeder wollte sich eigenhändig ein Bild vom merkwürdigen »Blutwunder« machen.
So kam es schließlich, dass kurze Zeit später auch in den Stuben und Kammern anderer Bauernhäuser jene seltsamen Erscheinungen mit den blutroten Belägen auf dem Brot und auch auf anderen Lebensmitteln auftraten. Die Bauern bekamen es mit der Angst zu tun. Letztlich geriet ganz Ober-Affholderbach in Aufruhr. Albert und seine Familie sahen sich zunehmend bedroht, weil bei ihnen das unheilvolle »Blutwunder« ja seinen Anfang genommen hatte. Blitzschnell wurde Rosinas Vergangenheit herausgekehrt, um die nicht wenige wussten. Manchen war sogar der seltsame Vorgang mit dem »Geisterspuk« in Erinnerung geblieben, als in den anfangs halbverfallenen Ruinenresten des alten Sauerhofes eigenartige Schreie die Leute beinahe zu Tode geängstigt hatten. Dass es sich um harmlose Tierlaute gehandelt hatte, wie sich dank Alberts verstorbenem Vater Pierre herausstellte, wollte nun niemand mehr wissen. Heute hieß es nur noch: »Schon damals hat der Teufel auf dem Hof sein Unwesen getrieben...«
Es fehlte nicht viel, und das Anwesen der Laurents wäre ein zweites Mal in Rauch und Flammen aufgegangen. Der Landschöffe dürfte wohl der Einzige gewesen sein, der nicht unfroh über den Vorfall war. Der Laurenthof war gleich nach dem seinigen Besitztum der größte im Amte Affholderbach. Vielleicht fiel für Peter Junckers der eine oder andere Morgen an Ackerland und Wiese ab. So hatte er es dann auch besonders eilig, die Nachricht vom »Blutwunder« persönlich dem Vizedom Johann Philipp von Hoheneck in der Stadt zuzutragen.
Man konnte regelrecht darauf warten, bis bald darauf ein Trupp bewaffneter Stadtknechte im Unterdorf erschien und den teuflischen Magier Albert gefangen nahm und in Stricken gefesselt nach Aschaffenburg brachte.

*

Weder Albert noch irgendein anderer Zeitgenosse wussten um den wirklichen Ursprung dieses recht seltsamen Phänomens, das die Menschen derart aufbrachte. Wie sollten sie auch, sie alle waren schließlich und letztendlich nur »Kinder ihrer Zeit«. Durch den Krieg in Furcht und Schrecken versetzt, fand der Aberglaube im wundergläubigen Volk guten Nährboden. Jene rätselhaften Blutzeichen, die auch an anderen Orten Europas auftraten, wurden als Vorboten neuer Not, künftigen Elends, drohender Krankheiten, Seuchen und des bevorstehenden Todes gedeutet. Dass es jedoch einzig und allein auf eine grobe bakterielle Verunreinigung aufgrund unhygienischer Verhältnisse zurückzuführen war und kein gefährlicher Hexenzauber Schuld daran trug, sollte erst sehr viele, viele Jahre später von klugen Wissenschaftlern herausgefunden werden... Getrieben von dümmlicher Einfalt und blinder Wut, kamen bis zu diesen Erkenntnissen mehr Unschuldige durch Menschenhand um als durch jene harmlosen Keime (von einigen wenigen pathogenen Keimen abgesehen).

*

Das Poltern an der eisenbeschlagenen Kerkertüre brachte Albert in die rauhe Wirklichkeit zurück. Ein Schlüssel klackte metallisch im Schloss. Er wusste, dass sie heute zu ihm kamen. Nein, nicht um ihm Brot und Wasser zu bringen. Heute kamen sie, um ihn zu holen.

Gleich zu Beginn seiner Verhaftung hatte man Albert im Rathaus der Stadt der gütlichen Examination unterzogen. Der Scharfrichter, Meister Paul, zeigte ihm hierbei ein großes Arsenal an Folterwerkzeugen. Obwohl allein der schaurige Anblick der »Spanischen Stiefel« ihm eine ordentliche Portion Furcht einjagte, verweigerte Albert das geforderte Geständnis, sich des »Blutwunders« schuldig gemacht zu haben.

Schwer in ihren rostigen Angeln ächzend gab die Türe nach. Vor dem unruhig in der Zugluft aufzuckenden Licht einer brennenden Fackel wich die Dunkelheit zurück. Albert schloss geblendet die Augen.

»Mach schon, du Lahmarsch! Hol den Alten raus!«, herrschte am Eingang eine rauhe Männerstimme. »Der Stadtschultheiß will den Hexer heute der peinlichen Befragung unterziehen – und zwar höchstpersönlich.«

Gerade die letzten Worte klangen besonders bedrohlich. Ein Kleinwüchsiger sprang behende ins Kerkerloch. Sein buckliger Rücken erinnerte an das schiefe Kreuz eines Kiepenkerls. »Verhex mich nicht, alter Zauberer!«, sagte er sarkastisch und befreite Albert von seinen Fesseln. Der Kleine grinste frech. Zwischen seinen Zahnreihen taten sich einige hässliche Lücken hervor. Der trübe Lichtschein verlieh dem »Kippes« das Aussehen eines kleinen Teufels, so empfand es Albert mit leichtem Schaudern. Mit den ungeheuren Kräften eines Ochsen, die Albert niemals in dem Kleinen vermutet hätte, wurde er gegriffen und aus dem Verlies gezerrt.

»Stoffel, pack ihn am Schlafittchen und raus mit ihm!«, tönte es barsch am Eingang des Kerkerlochs. »Da haben wir ihn ja, den großen Magier«, spöttelte der zweite, ein Hüne, der Albert auf der steinernen Turmtreppe in Empfang nahm. Schmerzhaft schnitt die raue Kordel des Hanfstricks in Alberts vom Eisen eh schon wundgescheuerte Handgelenke. Der Hüne fesselte ihm die Hände auf den Rücken. Dessen hatte es wirklich nicht bedurft. Wohin in Gottes Namen sollte Albert fliehen. Er war gerade noch fähig, einigermaßen auf seinen wackligen Füssen zu stehen. Die zwei hatten doch nicht etwa Angst vor seinen gefürchteten Zauberkräften...

Beide Männer, Riese wie Zwerg, trugen das gleiche unverkennbare ritzerote Habit der Henkerstracht. Es erinnerte Albert an Meister Quirin und den »Schindermichel«. Beide hatte er seinerzeit als Junge kennengelernt, als er Rosina bei einem Sturz in den Fischweiher des Stiftsprobtes am alten St. Elisabethen-Hospital erstmals das Leben gerettet hatte.

Von den beiden, denen er alleweil gegenüberstand, ging ein entsetzlicher Geruch aus, vielmals schlimmer stinkend als die Pest. Der Gestank nach allerlei Dreck, Kloake und Tierkadavern stieg in seine gerümpfte Nase. Deutlich spürte er den untrüglichen Hauch des Todes, der an diesen Männern haftete. Der Eindruck, den sie bereits beim ersten Aufeinandertreffen bei der gütlichen Examination auf ihn gemacht hatten, war für Albert furchteinflössend. Was wohl auch niemand seiner Mitmenschen abstreiten würde, galten beide doch als wahre Meister des Folterns und des Tötens. Und trotzdem waren und blieben sie lediglich nur die Werkzeuge einer schier unbarmherzigen Rechtsprechung von weltlicher und geistlicher Obrigkeit. Wehe der Armen Seelen, die ihnen und jenen auf Gedeih und Verderb ausgeliefert waren. Nun war es Albert, dessen Schicksal in ihren blutigen Henkershänden lag. Doch was war es noch wert, vielleicht noch einen verdammten Pfifferling...

»Noch hast du Gelegenheit, deine Schandtat zu gestehen«, mahnte ihn Meister Paul eindringlich.

»Den Teufel werde ich tun«, erwiderte Albert voller Trotz. Noch hatte ihn der Mut nicht verlassen. »Ich habe mir nichts zu Schulden kommen lassen.«

»Obacht Alter, dein Widerborst wird dir noch vergehen!« Meister Paul hob bedrohlich die Brauen. »Gleich wirst du unten in der Folterkammer deine Feng bekommen!«

»Lasst mich, ihr elendigen Schinder!« Albert versuchte sich aus der Umklammerung der Henkersleute zu winden. Was ihm aber nicht gelang.

»Stoffel, hör dir den an, meint er, mit seinem zügellosen Schandmaul

vielleicht uns?« Aus dem Mund des Scharfrichters drang ein höhnisches Gelächter.
»Ich glaub, der ist im Arsch verrückt!« Über das dreckverschmierte Gesicht des Peinknechtes blitzte ein schurkisches Grinsen. Albert wurde nicht wohl dabei. Er wollte tapfer sein, aber was konnte er gegen die beiden ausrichten? Nichts! Albert schwang zwischen Himmel und Hölle, wobei letztere für ihn näher schien...
Zu welch Gemeinheit und Brutalität mochten diese üblen Leuteschinder wohl fähig sein, schoss es ihm durch den Kopf. Sicher, er würde es bald erfahren, schneller als ihm lieb war. »Himmel hilf...«

*

Ein derber Stumper in seinen Rücken ließ Albert in die Schreckenskammer torkeln. Ein paar Fackeln und Kerzen sowie der spärliche Schimmer des Tageslichts, das durch ein kleines vergittertes Fenster fiel, schafften eine gespenstische Atmosphäre. Genau vor Alberts Augen hing von der gewölbten Kellerdecke ein langes Seil zum Aufziehen. Albert schluckte trocken. Es sollte nicht das letzte Mal an diesem Tag sein. Der düstere Raum war gesäumt von Folter- und Marterwerkzeugen aller Art, von denen Albert bereits einige beim gütlichen Verhör gezeigt und erklärt bekommen hatte. Viele der Beschuldigten ließen sich allein schon durch die bloße Androhung von Gewalt im Vornherein zum Geständnis bewegen. Die arme Rosina, was mochte sie hier inmitten dieses furchterregenden Gemäuers seinerzeit nur mitgemacht haben... Albert schauderte bei diesem Gedanken. Er empfand grenzenloses Mitleid für seine Frau. Nur wer sich selbst einmal der von Sadisten, Eiferern und Menschenfeinden erfundenen »Gerätschaft«, der schrecklichen Tortur ausgesetzt sah, wusste um das unsägliche Leid in der Schreckenskammer. Kein Wunder, wenn Rosina bis heute von ihren seltsamen Alpträumen nicht mehr loskam.
Albert zog die Stirn kraus. Der hölzerne Bock, in den man die Füße der Delinquenten einsperrte oder die entwürdigenden Straf- und Schandmasken, versehen mit Eselsohren und langen Nasen, stellten dabei noch einfache Marterwerkzeuge dar. Sie bereiteten wenigstens keine körperliche Pein. Zu ihnen gehörte die »Doppelgeige« zum Einsperren der Köpfe und Hände zweier zanksüchtiger Frauen.
Die »Spitznäglige Sitzbank« und das »Halseisen« mit Nägeln am eisernen Ringkragen, waren hingegen wahre Hölleninstrumente, wie jener »Gespickte Hase«, eine mit Eisennägeln versehene Rolle, mit der man

dem Angeklagten über den Rücken fuhr. Nur ein krankes, fehlgeleitetes Gehirn konnte sich derart abscheuliche, der Menschheit unwürdige Erfindungen ausdenken.
Albert versuchte ruhig zu bleiben. Seine Augen irrlichterten voller Schrecken und Angst an den düstergrauen Wänden entlang. Überall hingen oder lagen Werkzeuge, deren Anwendung einem Armen Sünder das Leben zur Hölle machte.
Auch wenn die Lenkung eines Prozesses grundsätzlich alleinig in den Händen der Mainzischen Landesregierung lag, verstand sich Reigersberger stets seiner Einflussnahme und zeigte gerne Eigeninititative. Schließlich war das Hexenbrennen ein recht einträgliches Geschäft. Die vier Gulden, die es für die Verurteilung einer Hexe oder eines Zauberers gab, konnte auch er nicht verachten. In Großkrotzenburg gab es sogar acht Gulden als Entlohnung für jede Aburteilung, und als Unkostenerstattung für seine Fahrten erhielt er vom St. Peter-Stift weitere Zahlungen.
Obwohl er dies bei seiner guten Bezahlung als Stadtschultheiß von Aschaffenburg eigentlich gar nicht nötig hatte. Die Hofkammer zahlte ihm jährlich 100 Gulden als Bestallung. Hinzu kamen zwei neue Kleider, 30 Stecken Holz, zwölf Malter Korn und ein Kostgeld von 100 Gulden. Nicht zu vergessen seine Vergütung als Hofrat. Seine monetären Einkünfte aus den Hexenprozessen betrugen bislang an die 2.230 Gulden. Eine mehr als stattliche Summe, wenn man bedachte, dass ein einfacher Handwerker es zu einem Wochenlohn von gerademal ein bis zwei Gulden brachte...
Doch von alledem wusste Albert nichts. Kurzum, es hätte ihn wohl auch nicht die Bohne interessiert, auf welche Art und Weise sich sein Gegenüber, nach der Manier eines Vielfraßes, das Geld nur so in die weiten Taschen stopfte - und dies allein auf die Kosten unschuldiger Männer, Frauen und Kinder.
»Wie äußert ihr euch dazu, Angeklagter?«
»Ich bin unschuldig!«, beteuerte Albert, dem der erste Angstschweiß auf die Stirn trat.
»Das glaube ich euch nicht!«, schleuderte ihm Reigersberger hart entgegen. »Ihr glaubt gar nicht, wie oft ich dies schon zu hören bekam. Am Ende gestehen sie alle...« Mit vielsagendem Blick starrte er Albert in die Augen. »Schon bei der gütlichen Befragung habt ihr euch besonders halsstarrig verhalten. Mit Gottes Hilfe wird die Wahrheit heute noch ans Tageslicht kommen, verlasst euch darauf.«
Albert spürte die unheilsschwangere Bedeutung, die frostig aus dem Munde des Vorsitzenden drang. Er nahm allen Mut zusammen, er war

bereit, um sein Leben zu kämpfen.
»Meister Paul, waltet eures Amtes, wie es Recht und Gesetz verlangen, verliert nicht viel Zeit und beginnt sogleich mit der Territio Stricte Sic Dieta‹!« Reigersberger schien es plötzlich sehr eilig zu haben. Für einen Moment hielt er sein Ohr in Richtung der Türe gerichtet. In der Stadt tat sich was. Nach dem Räderrollen und Hufgeklapper zu urteilen, war allerhand los.
»Jawohl, ergebenster Herr, wie ihr befehlt!« Meister Paul drückte Albert auf einen niedrigen Holzschemel. Schelmisch grinsend legte Stoffel Alberts Daumen zwischen jeweils zwei flache Eisenstücke. Schnell Windung um Windung andrehend, zog Stoffel die Daumenschrauben an. Der Peinknecht freute sich regelrecht auf die Traktur.
Anfangs spürte Albert nicht viel, doch urplötzlich wurde ihm siedendheiß zumute. Die erste Schmerzwelle raste durch seine Daumen. Er wimmerte leise, er keuchte vor Angst und Pein. Seine Lippen pressten sich fest zusammen. Da – die Haut platzte auf und das erste Blut schoss hervor. Doch Albert verlor nicht einen einzigen Laut.
Die Folter, ursprünglich dem germanischen Rechtsempfinden fremd, fand erst durch das römische Recht auch in den deutschen Landen ihre Anwendung. Die »Peinliche Halsgerichtsordnung« Kaiser Karls V. war es schließlich, die für die gesetzmäßige Einführung verwerflicher Foltermethoden sorgte. Eiserne Handfesseln, Kneifzangen, Peitschen mit kleinen Eisenkugeln, Ketten, Brandeisen, Messer, Beile und Schwerter sowie Folterbirnen, die man zum Verhindern der Schreie dem Torquierten in den Mund schob, bildeten ein reichhaltiges Arsenal an Instrumenten richterlicher Verbrechen. Mit Haken versehene Steine, die beim Aufziehen dem Gefolterten an die Füße gehängt wurden – der Mannigfaltigkeit der Folterwerkzeuge waren keine Grenzen gesetzt.
»Oh mein Gott, wo bin ich nur gelandet?« Albert taumelte mehr als er ging. Eine fürchterliche Eiseskälte schlich in seine zittrig schwachen Glieder und begann seine Muskeln zu lähmen.
»Du wirst doch wohl keine Schiss haben, Väterchen, oder?«, spottete Meister Paul und stieß Albert weit nach vorne, weiter in den Raum hinein.
»Da seid ihr ja! Bürger Albert Laurent?« Erschrocken sah Albert auf. Aus dem Halbdunkel des hinteren Kellergewölbes schälten sich die Konturen einer Personengruppe. Es waren ihrer sieben. Sechs der Männer saßen auf einer langen Holzbank, während der siebente aus ihrer Reihe auf einem gepolsterten Sessel seinen Platz einnahm. Ihre im grauen Schatten verborgenen Gesichter wirkten wie starre Masken, ohne

jegliche Regung.
Unheimlich! Albert fuhr ein kalter Schauer über den schmerzenden Rücken. Im dämmrigen Licht konnte er keinen der Anwesenden richtig sehen. Dies wäre für Albert auch nicht groß von Belang gewesen. Hilfe oder Unterstützung seitens jener Versammelten würde er wohl kaum erwarten können. Im Gegenteil, gleichsam gierte jene einzig und allein nach seiner Vernichtung.
Der Doktor der Rechte, Nicolaus Georg Reigersberger, drei Ratsherren, zwei Landschöffen und der Amtsschreiber, sie alle bildeten das Malefizgericht. Einer der beiden Landschöffen war kein geringerer als Peter Junckers, der sich nicht zu erkennen gab und gleich einem Felsen fest auf seinem Platz verhielt.
»Bürger Albert Laurent, ihr seid beschuldigt der Zauberei, die in den heiligen zehn Geboten, den beschriebenen Rechten, vorab ›Kaiser Karls V. Peinlicher Halsgerichtsordnung‹, in dem einhundertneunten Artikel heilsamtlich und versehen bei hoher und großer Leib- und Lebensstraf verboten ist.« Kalt und gebetsmühlenartig trug Reigersberger die Anklageschrift vor. So, als sei es nichts Neues für ihn, den Vorsitz eines Hexengerichtes zu führen. In der Tat, er hatte seine Erfahrungen darin, und zwar reichlich.
Seit dem Frühjahr 1628 führte der Sohn eines Metzgermeisters aus Lothringen persönlich die Hochgerichtsbarkeit bei den Verfahren gegen die Hexen von Aschaffenburg und Damm. Bis zum April 1629 sollte er gegen 43 Angeklagte das Todesurteil vollstrecken lassen, das da hieß: »Tod durchs Feuer«. Als Untervogt des St. Peter-Stiftes oblag Reigersberger auch der Vorsitz bei den Hochgerichtsprozessen in den Amtsbezirken von Großkrotzenburg, Oberrodenbach, Bürgel und Wörth. Allein in Großkrotzenburg schickte er weitere 48 Maleficanten auf den Scheiterhaufen.*
»Der Fall ist klar.« Triumphierend sah Meister Paul hinüber zu den Hexenrichtern. »Ihr könnt es mit euren eigenen Augen sehen, wohledle Herren. Ein deutlicheres Zeichen braucht es nicht. Der Inquisit verliert nicht eine Träne. Der Teufel steht ihm bei!«
»Wahrlich, der Malleus Maleficarum hat wieder einmal recht behalten«, tönte es aus dem einsetzenden Gemurmel der Richter. Welch eine von Perversion geprägte Farce. Selbst wenn Albert tränenüberströmt

---

** Nach anderen Quellen sogar 93 weitere Personen.*

vor ihnen gestanden hätte, hätte man ihn keineswegs für unschuldig befunden. Denn Gottes Ratschlüsse seien stets verborgen, befanden die Autoren des »Hexenhammers«. Ob Albert nun also weinte oder nicht – verloren war er doch.
»Haltet alles genauestens fest!«, befahl Reigersberger mit Blick hin zum Schreiber. In schwungvollen Zügen huschte der Federkiel kratzend übers Pergament.
»Angeklagter, ihr seid hiermit der Hexerei und Zauberei überführt. Gesteht endlich eure Schuld ein, jenes unheilige Blutwunder in die Welt gesetzt zu haben.« Reigersberger wandte sich wieder Albert zu. Dieser war inzwischen schweißgebadet, vor blanker Furcht und rasenden Schmerzen. Stumm schüttelte er sein ergrautes Haupt.
»Ihr werdet schon noch reden.« Reigersbergers Stimme klang scharf und eindringlich. »Bei mir hat noch jeder seine Urgicht bekannt. Meister Paul, setzt ihm den Krebs ans Bein!«
Ohne die Daumenschrauben zu lösen, setzten sie ihm zusätzlich die Beinschrauben an. Seine bleiche Miene verzog sich zu einer schmerzverzerrten Fratze. Der Schweiß lief ihm jetzt in Sturzbächen den Rücken hinunter.
»Du verruchter Hexenmeister, gib endlich zu, dass du deine dunkle Seele dem Teufel verschrieben hast!« Als ob die Qual nicht genügte, schlug ihm Meister Paul mitten ins Gesicht, worauf Albert Blut spuckte.
»Mein Gewissen ist rein, ich habe mir nichts vorzuwerfen!«
»Hat euch der Leibhaftige zu der Zauberei mit dem Brot angestiftet?« Alberts Worte ungehört, setzte von neuem die Fragelitanei ein. »Was hat er euch dafür versprochen? Wo habt ihr euch mit dem Teufel getroffen? Wer sind eure Gespielinnen? Was hat Rosina damit zu tun, hat sie euch alle auf eurem Hof verhext?«
»Nein, nein, nein!« Die Pein raubte Albert fast den Verstand. »Lasst mich doch endlich in Ruhe!«
»Das könnt ihr gerne haben. Aber erst will ich euer Geständnis hören, unbußfertiger Sünder!«
»Um Himmels Willen, beendet eure elende Menschenschinderei!« Albert war inzwischen außer sich vor Schmerzen. Das Blut lief ihm die Beine herunter. Noch war sein Widerstand nicht gebrochen. »Es ist doch alles nur falscher Zauber, Humbug, was ihr da mit euren Schergen treibt.«
»Was, ihr wagt es, das Heilige Offizium zu beleidigen?« Erzürnt sprang Reigersberger von seinem Sessel und stürzte auf Albert zu. »Allein dafür habt ihr den Tod auf dem Scheiterhaufen verdient.«

Albert wurde fast ohnmächtig. Er nahm die hagere Gestalt im schwarzen Mantel nur schemenhaft wahr, selbst als Reigersberger ganz dicht vor ihm stand und ihm ins Gesicht schrie. Eingerahmt vom dunklen lockigen Haar, tat sich ein wutverzerrtes Gesicht hervor. Um den Spitzbart begann es wild zu zucken. Seine Augenbrauen zogen sich in einer drohenden Gebärde zusammen.
»Gestehe, gestehe endlich - sonst lasse ich euch am Seil aufziehen!« Reigersbergers Drohung erschien Albert wie das Knurren eines räudigen Gassenköters.
»Meister Paul! Dieser Gotteslästerer will es nicht anders, ans Seil mit ihm. Die Schwere seiner Vergehen duldet keinen Verzug«, forderte Reigersberger. Schon packten die beiden Henkersleute Albert und schleppten ihn hinüber zum Seil. Albert schwanden zusehends die Sinne.
»Gleich wirst du singen wie ein Vögelchen...« Meister Paul band ihm die Arme nach hinten, bereit zum Aufziehen mit dem Seil.
Just in diesem Augenblick drang von draußen heftiges Stimmengewirr ins Innere der Folterkammer. Meister Paul und Stoffel hielten inne. Jemand kam in ziemlich hurtigen Schritten die Steintreppe herab. Ein Keuchen kam näher. Am Eingang erschien ein völlig abgehetzter dicklich untersetzter Mann. Sein Gesicht war rot vor Anstrengung und Aufregung. Immerzu wischte er sich den Schweiß von der Stirn. Es war der Kerkermeister Christoph Schnabel, jener Mann also, der für Alberts »Verpflegung« gute Entlohnung erhielt, diesem jedoch nur einen billigen Schweinefraß vorsetzte. Von dem Geld, das ihm Alberts Familie zusteckte, ließ es sich gut leben, wie sein Leibesumfang unweigerlich zeigte. Zum Abholen seines Hüterlohnes kam er wohl ein bisschen zu früh, noch hatte der Maleficant nicht gestanden. Zudem war es ihm verboten, mitten in ein Verhör hinein zu platzen. Es sei denn...
»Die Schweden kommen! Die Schweden kommen!« Sein Rufen klang eher nach dem Gekrächze eines altersschwachen Hahnes, derart hatte sich Christoph Schnabel inzwischen heiser geschrien. Trotzdem sollte der Warnruf seine Wirkung nicht verfehlen. »In Miltenberg soll der Schwede schwer gehaust haben...«
Von einem Moment zum anderen änderte sich die ganze Situation. Plötzlich hatte niemand mehr Interesse daran, einem alten Mann das Leben weiter zur Hölle zu machen. Die Masken fielen - Angst schoss in die Teufelsfratzen der Hexenrichter. Als seien sie von Wespen gestochen, fuhren sie allesamt von ihren Plätzen. Allen voran hatte es gerade einer ganz besonders eilig fortzukommen: Reigersberger! Mit flie-

gendem Mantel stürzte er dem Ausgang zu.
»Was sollen wir mit dem Gefangenen machen?«, rief ihm Meister Paul verdutzt nach, ehe er verschwand.
»Ach, tut doch was ihr wollt«, antwortete der Flüchtende nervös und eilte weiter. »Von mir aus könnt ihr ihn auch einen Kopf kürzer machen...«
»Hol schon mal das kleine Richtschwert«, warf Meister Paul seinem Knecht zu.
Von alledem bekam Albert nichts mehr mit. Tiefe Ohnmacht hatte ihn übermannt und von seinen Leiden erlöst. Bewusstlos war er zusammengebrochen.
Kurz vor dem oberen Treppenabsatz blieb Reigersberger abrupt stehen. Er drehte sich um. »Nein, der Hexenmeister soll für seine Frevel büßen. Ihm bloß den Kopf abzuschlagen, das käme ja nur einer Begnadigung gleich. Nein, werft ihn ins Kerkerloch zurück. Dort soll er schmoren bis er schwarz wird.«
»Herr, wie ihr befehlt...« Meister Paul sah kopfschüttelnd dem Stadtschultheiß nach.
»Warum sie es wohl alle so eilig haben?«, staunte Stoffel.
»Frag nicht lange, du Dummbeutel, am besten wir geben dann auch ordentlich Fersengeld, wenn wir mit dem hier fertig sind«, sagte Meister Paul und wies auf den leblosen Albert. »Die Schweden verstehen keinen Spaß, sagt man...«

*

Ganz Aschaffenburg glich einem aufgescheuchten Ameisenhaufen, in den jemand einen Stein geworfen hatte. Allerorts herrschte panikartige Aufbruchstimmung. Niemals zuvor hatten es die Menschen derart eilig, aus der Stadt zu verschwinden. Der schlechte Ruf, der der schwedischen Soldateska vorauseilte, ließ nahezu alle Dämme brechen.
Der Zweispänner des Stadtschultheiß kam auf der Herstallgasse kaum vorwärts. Zu allem Unglück hatten sich zwei Fuhrwerke mit den Rädern ineinander verkeilt, sodass alles versperrt wurde. Statt mit Besinnung und Geduld zu Werke zu gehen, hieben die beiden Wagenlenker wie die Dummen auf die Rösser ein. Reigersbergers Kutsche zeigte auf beiden Seiten ein Wappen, mit dem Motiv zweier weißer flugbereiter Schwäne, verziert mit drei silbernen Lilien - das Wappen seiner Familie. An seinem Kutschenfenster drängten sich gehetzte und angstvolle Gesichter. Es schien, als sei der Leibhaftige hinter den Leuten her. In

seinem Inneren sah es nicht anders aus. Auch er saß wie auf glühenden Kohlen. Längst hatte er jedwedes Interesse am »Blutwunder vom Johannesberg« verloren. Albert, der große Zauberer und Hexenmeister, war schnell aus seinem Gedächtnis gestrichen. So wie Reigersberger dachten wohl auch die anderen Menschen in der Stadt. Es galt für alle nur eine Devise: Weg mit Kind und Kegel, egal wie – sei es in Planwagen oder Kutsche, zu Pferde oder einfach nur zu Fuß.
Manche schoben ihre rasch zusammengetragenen Habseligkeiten in einem Karren, andere, die noch weniger besaßen, schleppten ihr letztes Hab und Gut in Säcken verpackt auf ihren Rücken mit sich fort. So mancher, der sich dabei übernahm, brach noch vor der Stadtgrenze erschöpft zusammen. Wertvoller Hausrat ging scheppernd zu Bruch. Kinder waren im hektischen Geschiebe und Gedränge verloren gegangen und schrien sich jetzt die Seele nach ihren Eltern aus dem Leib.
Wahre Flüchtlingsströme ergossen sich aus dem Dingstalltor. Auch am Sand-, Wermbach-, Fischer- und Brückentor sah es nicht anders aus.
Inmitten der Menschenmassen fiel Reigersberger die hochaufgeschossene Gestalt eines vornehm gekleideten Herrn auf. Sein rechtes Auge lag unter einer Augenklappe verborgen. Dieser fremde Edelmann, allem Anschein nach ein reicher Patrizier, schien im Gegensatz zu den übrigen Leuten weder Furcht noch Eile zu kennen. Bevor Reigersberger den seltsamen Vogel genauer betrachten konnte, wurde jener vom dichten Gewimmel der Menschenleiber verschluckt .
Ein heftiges Pochen am Kutschenfenster riss ihn aus den Gedanken. Einer der Stadträte gab sich zu erkennen. Reigersberger öffnete das Fenster.
»Eine verdammte Bredouille, in der wir sitzen, was?« Caspar Herrmann musste seine Stimme schon gewaltig heben, sollte sie im tobenden Geschrei der Massen nicht untergehen.
»Das kann man wohl sagen«, entgegnete Reigersberger, dem eigentlich der Sinn nicht nach einer Unterhaltung stand.
»Die feinen Stiftsherren sind mit ihren Schätzen längst auf der Flucht nach Mainz. Oder bis in die Niederlande oder nach Spanien unterwegs. Unser ehrwürdiger Kurfürst Anselm dürfte sicher schon rheinabwärts in Köln Quartier bezogen haben. Schon vor etlichen Tagen hat er zusammen mit seinem Hofstaat die Stadt verlassen. Die Jesuiten suchen ihr Heil in Frankreich...« Der Redeschwall des völlig aufgelösten Mannes riss nicht ab. Reigersberger hätte am liebsten das Fenster wieder geschlossen.
»Neben der geistlichen und weltlichen Obrigkeit fliehen auch alle

Beamten und sämtliche angesehenen Bürger nach Mainz...« Der Stadtrat fuhr mit seiner Litanei des Klagens fort. Und der Gute sollte Recht behalten, von der Priesterschaft verlassen, würden die Kirchen als verwaiste Stätten zurückbleiben. Von ursprünglich 7.000 schmolz die Zahl der Aschaffenburger bis zum Abend auf weniger als die Hälfte zusammen. Einzig und allein die einfachen und ärmeren Bürger waren mit der Handvoll Kapuziner um ihren Guardian Pater Bernhard in der Stadt geblieben.

»Hört endlich auf zu lamentieren«, blaffte Reigersberger, »seht zu, dass ihr euch schnell in Sicherheit bringt. Der alte Truchseß, der Stadtschultheiß von Würzburg, soll in seinem eigenen Blut erstickt sein...«

Weiß wie die Wand ließ der Stadtrat ab und trieb bald im Strom der Flüchtlinge fort.

Dem Kutscher gelang es, die Abkürzung durch den Entenpfuhl zu nehmen - eine kleine bogenschlagende Gasse, die gesäumt war von Scheunen, Gärten und einigen wenigen kleineren Wohnhäusern, und die ihren Namen einem früheren Weiher, in dem sich Wassergeflügel vergnügte, verdankte.

In wilder Fahrt jagte die reigersbergersche Kutsche die Treibgasse entlang, an St. Agatha vorbei bis hin zur Strickerpforte und von da aus den Viehberg hoch - eine Verbindung, die es erst seit dem Bau des neuen Schlosses Johannisburg gab. Vorher hatte lediglich ein schmales Brücklein, das in schwindelerregender Höhe über den Stadt- und Burggraben des Landings geführt hatte, als einzige Verbindung zwischen dem Viertel um St. Agatha hoch zur Altstadt auf dem Stiftsberg geführt.

»Schneller, schneller! Gib den Pferden die Peitsche!«, schrie Reigersberger dem Kutscher zu. Haltlose Ungeduld packte den Hexenjäger. Er hatte wenig Lust, den Schweden in die Hände zu fallen. Sie ereichten den Schlossplatz, doch auch hier ging es nur noch im Schritttempo voran. Ein tiefer Seufzer entglitt Reigersbergers Lippen. Er wandte den Blick dem Schloss zu. Viele schöne Stunden hatte er dort im erlauchten Kreis des kurfürstlichen Hofstaates verbringen dürfen. An eine Fortsetzung all dessen war wohl lange Zeit nicht zu denken.

Nach einer Bauzeit von nahezu acht Jahren war anno domini 1615 der mächtige, ganz aus leuchtendem Rotsandstein errichtete Prunkbau mit dem schwarzem Schieferdach, die neue Residenz, das Epochalschloss Johannisburg fertig geworden. Es war überhaupt das erste Mal, dass in Deutschland eine vollkommen einheitliche und symmetrische Schlossanlage sozusagen aus einem Guss gebaut worden war. Das große Geviert mit vier Flügeln um einen quadratischen Hof und den hohen mit welschen Hauben gekrönten Treppentürmen in den Hofecken, schloss sich um den alten Bergfried, dem letzten Überbleibsel des alten Schlosses, das 1552 durch den Markgrafen Albrecht Alcibiades von Brandenburg-Kulmbach zerstört worden war. Den dreigeschossigen Flügeln waren große reichverzierte Giebel aufgesetzt worden, ein Ausdruck der Zierfreudigkeit deutscher Spätrenaissance. Sie bargen eine Vielzahl an Nischen, Obelisken, Pilaster, Rollwerk, Finienzapren und Maskenkonsolen. Die aufsitzende Ballustrade verriet, dass keinerlei Wehrabsicht mit dieser monumentalen Schlossanlage verbunden war. Nicht weniger als 1.032.142 Gulden hatte Baumeister Georg Ridinger für die Errichtung des neuzeitlichen Präsentationsbaues mit seiner reichen Fassadenarchitektur einschließlich der Inneneinrichtung benötigt. Allein 15.122 Gulden, 19 Albus und zwölf Pfennige flossen aus Hexengeldern ein.

Mitten hinein ins chaotische Gewirr der Flucht mischten sich auf einmal die Soldaten des österreichischen Regiments. Jener zu den Kaiserlichen zählende Truppenverband, der eigentlich dazu da war die Stadt vor den anrückenden Schweden zu schützen, ergriff nun seinerseits die Flucht. Aber nicht ohne vorher dem Schloss einen »netten« Besuch abgestattet zu haben.

Einige wenige noch verbliebene treue Hofdiener versuchten, sich den Plünderern in den Weg zu stellen, wurden aber erbarmungslos von den Eindringlingen niedergemacht. Beladen mit allem, was nicht niet- und nagelfest war, stürzten die Österreicher über die rote Holzbrücke aus dem Tor des Schlosses. Bilder, Stühle, Sessel, Gewänder, Teppiche, Vorhänge, Geschirr, Leuchter, Waffen, Essensvorräte und Weinfässer wechselten den Besitzer.

»Mein Gott, sie werden doch nicht...« Entgeistert sah Reigersberger, wie die völlig entfesselte Soldateska ihr Beutegut auf ihre Trainwagen lud oder an die Pferde band.

Das nahe Marstallgebäude, das in seinen Stallungen bis zu 50 Rösser aufnehmen konnte, war längst verwaist. Ebenso wie das erst kürzlich fertiggebaute Jesuitenkolleg, mit Kirche und Schulgebäude, das nun leer stand.

In der Pfaffengasse standen, wie der Name schon verriet, etliche Stiftshöfe, die von Stiftsherren bewohnt wurden. Auch das großzügig angelegte Anwesen des »Bienbacherhofes« mit seinem steinernen Wohnhaus - eines der ältesten in den deutschen Landen überhaupt, machte, wie all die anderen Höfe mit den hohen Mauern, einen durchaus wehrhaften Eindruck. Dennoch hatte auch jener Besitzer, der Kapitular und Stiftskantor Johann Colchon, das Weite gesucht.

Es dauerte lange, ehe die Kutsche am Pilgerbrunnen vor der Stiftskirche vorbeifuhr. Vor dem Rathaus ließ Reigersberger anhalten. Da tauchte plötzlich die Gestalt des fremden Patriziers wieder auf. Obwohl er zunächst darüber ziemlich erstaunt war, verschwendete er keine Zeit damit, sich um den Geheimnisvollen zu kümmern. Ihn drängten viel wichtigere Dinge.

*

Ohne Zeit zu verlieren, stürmte er in die Kammer, wo stets die Kornkiste der Stadt aufbewahrt wurde. Es waren nur noch ein paar wenige Bedienstete anwesend. Der Rest war bereits über alle Spessartberge oder nach Hause geeilt...

»Ihr ladet mir die Kiste auf, draußen wartet meine Kutsche. Sie ist abfahrtsbereit«, wies Reigersberger an.

»Herr, ihr könnt euch doch die Kiste nicht einfach so aneignen, bedenkt welchen Wert die Kiste beinhaltet«, meldete einer der Stadtdiener Bedenken an. »Es sind bestimmt an die 8.000 Gulden...«

»Habt ihr etwa einen besseren Vorschlag zu machen...?«, schnitt ihm Reigersberger barsch das Wort ab. »Soll das Geld vielleicht lieber den Schweden in die Hände fallen?«

»Nein, um Gottes Willen!«

»Na also, ich werde es vor dem Feind schon rechtzeitig in Sicherheit bringen. Das heißt, wenn ihr mir nicht noch lange im Weg steht«, stieß Reigersberger ungeduldig hervor.

»Wohin wollt ihr die Kiste denn schaffen?,« wollte der Diener wissen.

»Was fällt euch ein, mich, den Schultheiß der Stadt, derart mit Fragen zu löchern?«, brauste Reigersberger entrüstet auf. »Wir befinden uns doch hier nicht beim Verhör in einer Policeysache...«

»Nein, Herr, ich meinte...«

»Ihr habt gar nichts zu meinen, verstanden?« Reigersbergers Stimme hob sich zu einem Donnern. »Außerdem ist es gar nicht gut, wenn viele um den Ort wissen, an den die städtischen Geldreserven in Sicherheit gebracht werden!«

»Warum?«, entfuhr es dem recht kleinlauten Diener.

»Blinder Hess'! Stellt euch nur vor, ihr würdet den Schweden in die Hände fallen! Sie würden euch das Geheimnis im Handumdrehen aus dem Leib kitzeln. Und dann...«, der Blick des Dieners war starr vor Schreck, so als glaubte er, einer der Feinde käme gleich die Türe hereingestürmt, »... würde er euch als Lohn die Gurgel durchschneiden!«

Um das Schreckgespenst, das er soeben in den Raum stellte, zu untermalen, bedeutete Reigersberger die unmissverständliche Geste des Halsabschneidens. Kreidebleich gab der Diener den Weg in die Kammer frei, in der die Stadtkasse aufbewahrt wurde.
»Und jetzt helft mir, die Kornkiste aufladen...«

*

»...am Abend des 21. November 1631, haben die eigenen Soldaten der Kaiserlichen Liga das kurfürstliche Schloss geplündert. Vielleicht wollten sie es den ehrwürdigen Herren unserer Stadt gleichtun und sich lieber das Hab und Gut vor Ort selbst unter den Nagel reißen, als es dem bösen Feind zu überlassen. Als die Plünderer noch einmal nach Aschaffenburg hineinwollten, um auch den kleinen Leutchen noch das Letzte wegzunehmen, setzten diese sich alle Achtung gebührend, energisch mit Waffengewalt zur Wehr. Bei dem, mit dem Mute der Verzweiflung geführten Kampf, gelang es den tapferen Bürgern gottlob die Eindringlinge in die Flucht zu schlagen...« *

Vorher war es in der Geschichte der Stadt nur einmal gelungen, einen Feind von den Mauern abzuwehren. Anno domini 1463 hatte sich ein heftiger Streit um den Thron des Kurfürsten erhoben. Obwohl ihn der Bannstrahl des Papstes getroffen hatte, hielt die Stadt zu Diether von Isenburg. Selbst dann noch, als Kurfürst Adolf II. von Nassau Aschaffenburg von einem großen Heer belagern ließ, zeigten die Bürger Mut und Zähne und setzten sich erfolgreich zur Wehr. Die Angreifer hatten unverrichteter Dinge abziehen müssen - und später war Diether von Isenburg gar wieder auf den Thron des Kurfürsten gekommen.
Auf seiner feigen Flucht ins heimatliche Thionville hatte Reigersberger neben seinem persönlichen Besitztum, der gut gefüllten Kornkiste und weiteren Wertsachen der Stadt, auch die kostbaren Kirchenornate des Stiftes an sich genommen. Trotzdem war sein Herz voller Trauer - um die 16 Fuder Wein, die er im Weinkeller seines Hauses in der Großen Metzgergasse zurücklassen musste. An die vielen schutzlosen Bürger Aschaffenburgs, die er als ihr Schultheiß schäbig im Stich gelassen hatte, dürfte er wohl kaum einen Gedanken verschwendet haben.

** Aus der Chronik der Stadt Aschaffenburg.*

4

»...sie wollten sich mit dem Kurfürsten von Mainz bereden, antworteten die Ratsherren (zu Frankfurt) ausweichend. Was Kurfürst von Mainz! rief der König aus, der sei jetzt er, nachdem er Aschaffenburg erobert habe...«

Ricarda Huch,
aus: »Der Dreißigjährige Krieg«, 1912/14

Johann Wentzel, der Stadtschreiber von Aschaffenburg, machte einen neuen Eintrag ins Buch der Stadt. Er notierte das Datum des 23. Novembri 1631, drei Tage nach St. Elisabeth.

»Die Schweden sind da! Von Würzburg aus kamen sie über Wertheim, Miltenberg und Obernburg, linksmainisch vorrückend vor die Tore der Stadt. Die Infanterie marschierte mit über 20.000 Mann in geordneter Abteilung. Verstärkt von einer 6.000 Mann starken Reiterei, der finnländischen Kavallerie.
Nicht nur zu Lande, auch auf dem Fluss kam der schier übermächtige Feind in unsere Heimat. Unzählige Schiffe und Flöße schwammen beladen mit weiteren Soldaten, Geschützen und anderem Kriegszeug den Main abwärts.
Im Verlauf des Nachmittags übergab der Stiftsstäbler Thomas Lares vor dem Brückentor dem finnischen Oberstleutnant Torsten Stahlhandske auf einem silbernen Teller die Schlüssel der Stadt. Durch seinen heldenhaften Wagemut, dem Feind entgegenzutreten, vermied unser wohlgeborener Bürger Thomas Lares ein unnötiges, weil auch sinnloses Blutvergießen...«

*

Zuckelnd kam der Wagen bei seiner einsamen Fahrt durch die hereinbrechende Abenddämmerung nur langsam voran. Zu einem schnelleren Tempo ließ sich das Gespann der zwei Ochsen nicht bewegen. Deshalb hatte es die dick vermummte Gestalt auf dem Kutschbock längst aufgegeben, mit der Peitsche zu schnalzen. Für den Leblosen, der hinten auf der offenen Ladepritsche ruhte, bedurfte es weder Eile noch Hast. Die abgelaufenen Schuhe, die unter der alten abgewetzten Decke hervorlugten, würden die tote Person nicht mehr auf irdischen Pfaden wandeln lassen.

Der Wagenlenker schaffte es bestimmt auch ohne Hast, noch rechtzeitig in die Stadt zu kommen. Dicht vor ihm schälten sich die beiden Vortürme des großen Herstalltores mit dem hochgezogenen Fallgitter aus dem gräulichen Dunkel der fallenden Schatten.
»Wo kommt ihr denn noch so spät her?« Einer der beiden mit Hellebarden bewaffneten Torwächter rieb sich verwundert die Augen. »Haben euch die Sicherungsposten der schwedischen Armee denn so ohne Weiteres passieren lassen?«
»Wie ihr seht wurde mir nicht ein einziges Haar gekrümmt«, tönte es unter der hochgeschlagenen Kapuze hervor.
»Beim heiligen Sankt Martin, dem Schutzpatron unserer Stadt, da habt ihr aber mehr Glück als Brot zu fressen gehabt«, staunte der Torwächter anerkennend. »Jetzt aber sputet euch, es ist an der Zeit, das Tor für die Nacht zu schließen«, drängte er. Wie sein Kamerad fror auch er erbärmlich. Sicher waren die beiden froh, bald von ihrer langen Wache abgelöst zu werden, um endlich nach Hause in ihre warmen Stuben zu kommen.
Ähnlich wie die Handwerker sich der Bewachung des Dingstalltores und des Strickertorturmes annahmen und die Fischer ihrerseits nach altem Brauch das Fischertorhaus bewachten, oblag es den Angehörigen der Häckerzunft, das Sand- und Herstalltor zu beschützen. Das gekreuzte Hellebardenpaar gab den Weg frei, als plötzlich ein Haufen schwerbewaffneter Soldaten aufmarschierte.
»Halt! Welch Zweck hat eure Einfuhr?«, gellte eine energische Stimme im lupenreinsten Ursächsisch.
Der Fahrer des Ochsengespanns straffte die Zügel. Im Nu sah er sich von allen Seiten gleich von einer halben Kompanie bunten Kriegsvolks umstellt. Selbst als sich zahlreiche Mündungen der Luntenschlossmusketen auf ihn richteten, blieb der Wagenlenker mucksmäuschenstill auf dem Kutschbock sitzen. Zumindest nach außen hin bewahrte er Ruhe. In Wirklichkeit aber rann ihm der Schweiß in Sturzbächen den Rücken hinunter. Was angesichts der vielen Musketiere nicht verwundern konnte.
Für einen jeden Musketier war neben seinem Gewehr, Degen oder kurzen Säbel das Bandelier um den Uniformrock unverzichtbar. An ihm hingen in Schnüren die hölzernen Pulverflaschen, die jeweils die Ladung für einen Schuss enthielten, den Kugelbeutel nicht zu vergessen. Außer ihren Sturmhauben, dem spanischen »Morionhelm«, besaßen diese Schützen keine Panzerung. Anstatt des enganliegenden Wams trug man einen loseren Rock, mit langen aus Seide oder Atlas verfertig-

ten Vorderschößen. Das männliche Aussehen unterstützten die auffallenden Schulterstücke dieser Röcke. Jene waren mit breitem Spitzenkragen versehen. Die bauschige Pluderhose der Landsknechte war verschwunden, dafür trugen die Musketiere Hosen mit röhrenähnlicher Form, die bis zu den Waden reichten. Die einstmals spanischen Schuhe waren hohen Lederstiefeln gewichen.
»Haltet nicht länger Maulaffen feil, wo wollt ihr jetzt, wo es dunkel wird, noch hin?«, fragte der Sachse. Sein großer, mit Federn reich geschmückter Hut ließ ihn unzweifelhaft als einen Offizier erkennen. Zwischen dem aufgeschlagenen Radmantel leuchtete ein blitzblank polierter Brustharnisch auf. Mit blankem Degen ging er auf den Wagen zu.
»Mein Ziel ist der Friedhof von St. Agatha.«
»Seid ihr denn von Sinnen? Was wollt ihr denn um diese Zeit an einem solchen Ort?«
»Hinten auf meinem Wagen habe ich eine Tote liegen«, antwortete er, als handelte es sich um die normalste Sache der Welt.
»Wollt ihr mich, einen Fahnenjuncker von adligem Geblüt, der im Dienste des großen Schwedenkönigs kämpft, auf den Arm nehmen?«, zürnte der milchgesichtige Jüngling und fuchtelte dabei wild mit seinem Degen in der Luft herum, als wollte er es gleich mit einer ganzen feindlichen Schwadron aufnehmen. »Wahrlich, es soll euch schlecht bekommen, wenn ihr uns zum Narren haltet. Mit so etwas macht man keine Scherze.«
»Das läge mir fern«, erwiderte der Fahrer und hob unschuldbeteuernd seine Hände.
»Los Männer, durchsucht den Wagen!«, erklang barsch der Befehl des jungen Sachsen.
»Seid vorsichtig!«, rief der Fahrer den Musketieren warnend zu. »Lasst lieber eure Hände weg.«
»Was? Ihr wagt's, uns zu drohen...« Die Augäpfel des Fahnenjunckers quollen bedrohlich aus ihren Höhlen. »Für diese Dreistigkeit lasse ich euch Spießrutenlaufen.«
»Wenn ihr euch unbedingt an der Pest anstecken wollt, dann bitte...«
»Halt, zurück, niemand rührt hier etwas an!« Der Offizier taumelte erschrocken zurück. Ums Haar wäre dem tapferen Krieger der Degen aus der Hand geglitten. Kalter Angstschweiß benetzte seine Stirn. Nein, angesichts dieser gefährlichen Seuche war jeglicher Heldenmut vergessen, selbst für einen sonst unerschrockenen Musketier des Königs.
Auch die beiden Torwächter, die das Ganze aus sicherer Entfernung

beobachteten, bekamen kalte Füße, was aber weniger an der Kälte, als vielmehr an der Furcht vor der Pest lag. Erst vor wenigen Jahren, anno domini 1624 bis 1626, hatte der Schwarze Tod in ihrer Stadt reihum viele Opfer gefordert. Die meisten von ihnen lagen auf dem neuen Pestfriedhof in der Nähe des Entenpfuhls begraben. Weiter mainabwärts, in Seligenstadt, waren kürzlich im vergangen Sommer die Familien von 350 auf ganze 50 zusammengeschmolzen.
»Beiseite, Männer! Lasst den Totengräber passieren...« Der Sachse ließ den Degen in seiner Hand sinken.

*

Die Häuser der Herstallgasse hoben sich aus den grauweißen Schleiern des mainaufwärts kriechenden Nebels. Nirgendwo ließ sich hier eine einheimische Menschenseele blicken, geschweige denn hören. In kaum einem der wie ausgestorben wirkenden Häusern war es noch hell. Fast überall herrschte nur gähnende Leere hinter den Fenstern. Und dies obwohl es nicht einmal so spät war, um sich bereits in der Schlafkammer in den warmen Alkoven zu legen. Auch in den Gasthäusern »Zum Hirschen«, »Zum Riesen«, »Zur Rose» oder »Zum Schuch» brannte kein Licht. Dass die Wirte die »Weinglocken» läuteten, dazu war es noch zu früh. Aber es gab niemanden, der heute groß Lust zum Zechen verspürte.
Der erhabene Blick hin zum hochaufragenden Stiftsberg mit dem imposanten Bau der Stiftskirche blieb im dunklen Himmel des Novemberabends und den langsam aufsteigenden Nebelschwaden verborgen. Das Ochsengespann wollte in die lange Gasse des Seilergangs einbiegen. Aber die Zufahrt in den »Armesünderweg«, wie die Aschaffenburger die mit Scheunen, Stallungen und jeder Menge Misthaufen gesäumte Gasse auch nannten, blieb versperrt. Gleich ein ganzer Tross an Soldaten hatte sich hier ein Quartier für die Nacht gesucht. Im Schein brennender Lagerfeuer und dampfender Kessel erkannte der Fahrer die Soldaten und ihre aufgeschlagenen Zelte. Mitten hinein in den Gesang von Landsknechtsliedern aus rohen Kehlen krachte das Scheppern der Steinkrüge. Ein Windhauch trieb den Geruch nach gebratenem Fleisch in seine Nähe.
»Verflucht und zugenäht!« Seinen Lippen entfuhr ein zerknirschter Laut. Damit hatte er nicht gerechnet. Durch den Seilergang gab es kein Durchkommen. Er sah sich gezwungen, die Herstallgasse weiter in Richtung Stadtmitte hinunter zu fahren. Zum Glück war Aschaffen-

burg für ihn kein unentdecktes Neuland. Dank der vielen Markttage, an denen er in der Vergangenheit schon seine Feldfrüchte, Obst oder geflochtenen Körbe verkauft hatte, war ihm ein Teil der Gassen, Winkel und Plätze vertraut.

»Du kannst jetzt ruhig wieder herauskommen«, rief er auf einmal nach hinten und hielt das Gespann an.

Plötzlich kam jede Menge Bewegung in die scheinbar leblose Gestalt, die noch vor kurzem in völliger Leichenstarre auf der Ladefläche des Wagens gelegen hatte. Die Decke wurde zurückgeschlagen und eine wundersame Auferstehung geschah!

»Hast du sehr gefroren, Mutter?«, fragte Jörg Laurent, und half Rosina zu sich nach vorne auf den Kutschbock.

»Lass gut sein, mein Junge, hier ist es auch nicht viel anders«, wehrte sie ab. Sie warf sich die Decke über und rieb sich ihre klammen, frierenden Gliedmaßen. »Das ewige Geschaukel war vielmals schlimmer. Mir ist richtig schwummrig davon. Aber sag, wohin fährst du eigentlich, zum Folterturm hätten wir doch vorhin schon abbiegen müssen.«

»Ich weiß, aber dort gab es kein Durchkommen. Die Schweden haben es sich dort gemütlich gemacht. Gut, dass sie unsere Ochsen nicht zu Gesicht bekamen, sonst würde ihr Fleisch bestimmt bald über ihren Feuern braten.«

Ein lauter Peitschenknall dicht über ihren Köpfen ließ die Tiere wieder antraben. So als hätten sie seine Worte verstanden, legten sich die Ochsen auf einmal mächtig ins Zeug. Auch sie schienen sich noch eine Weile ihres Lebens erfreuen zu wollen.

»Wir müssen halt eben einen Umweg in Kauf nehmen.«

»In Gottes Namen, wenn es uns nur weiterbringt«, Rosina seufzte leise. »Für Albert würde ich wenn nötig bis in die hinterste Ecke des Spessarts laufen, auch barfuß...« Liebevoll schlang Jörg seinen Arm um Rosinas Schultern.

*

Je weiter sie in Richtung des Salzmarktes kamen, umso lebhafter wurde es. Bald begann es, vor Schweden nur so zu wimmeln. Anfangs noch in kleinen Zügen, bald in großen Eskadronen aufmarschierend, kreuzten Soldaten ihren Weg. Doch niemand kümmerte sich um die beiden auf dem Ochsenwagen. Man ließ sie in aller Ruhe gewähren, so als ob sie überhaupt nicht vorhanden seien.

Fast die Hälfte der schwedischen Armee bestand aus Söldnern. Dem

Heer standen also nicht nur Schweden und Finnen zu Diensten, ihm gehörten auch Brandenburger, Sachsen und Hessen an. Nicht zu vergessen die »Waffenbrüderschaft« von Engländern, Iren, Walisern und Schotten. Wobei es sich bei den Briten vornehmlich um angeworbene Offiziere handelte.
Eine große Abteilung des »stacheligen Gewalthaufens« der Pikeniere mit ihren bis zu 20 Schuh langen Spießen rückte in einiger Entfernung zum Freihof vor. Mit Helm, Panzer und Beintaschen bis zum Oberschenkel geschützt, bildete dieses Fußvolk das feste Rückgrat der Infanterie.
Von Zivilisten war weit und breit nichts zu sehen. All jene, die nicht aus der Stadt geflüchtet waren, hielten sich in ihren Häusern versteckt. Der schlechte Ruf, der den Schweden vorauseilte, ließ eine grausige Welle von Plünderung, Schändung, Raub und Mord befürchten, die über ganz Aschaffenburg hereinbrechen würde. Wenn schon die Kaiserlichen zu Übergriffen ausgerechnet gegenüber ihren Schutzbefohlenen neigten, wie sollte es da den Menschen erst ergehen, wenn der Feind in die Stadt kam. Oh welch Graus...
Doch von wenigen Ausnahmen abgesehen sollte sich das allseits befürchtete Höllenszenario nicht einstellen. In den Gassen herrschte Frieden. Lediglich gegen das Stift gingen die Schweden vor. Den wenigen verbliebenen Stiftsherren wurden die Schlüssel ihrer Häuser abgenommen, bevor sie schließlich der Stadt verwiesen wurden. Was die Stiftsgeistlichen bei ihrer Flucht zum Teil zurückließen, sah sich konfisziert. So auch der große Weinvorrat des Stadtschultheiß Reigersberger. Ein Teil der erbeuteten Feldfrüchte und des Weines fiel für die Armen in der Stadt ab.

*

»Wir nehmen jetzt am gescheitesten den Weg über die Treibgasse...«, schlug Jörg vor.
»...und dann am Sitz des Vizedoms vorbei bis zum Pfarrhof von St. Agatha«, fuhr Rosina fort. »Ich würde sogar mit verbundenen Augen dorthin finden.«
»Ich weiß, Mutter, du hast ja schließlich hier in der Stadt einen Teil deines Lebens verbracht, wie du uns schon so oft erzählt hast.«
»Mir ist eine geheime Pforte bekannt, die vom Pfarrhof aus direkt hinüber zum Folterturm führt...« – Jörg warf ihr einen staunenden Blick zu – »...der Zutritt soll bei höchster Strafe verboten sein«, bemerkte Rosina,

ohne dass sie dabei auch nur einen Hauch von Angst verspürte. »Jetzt, mitten in der Nacht, sind alle Katzen grau«, grinste sie.

»Mutter, was ist denn mit deinem Traum? Hat er sich wiederholt?«

»Ja, aber nur ein einziges Mal«, gab Rosina zur Antwort. »Aber ich weiß jetzt um seine Bewandtnis.«

»Ist es wegen Vater?«

»Nein, die vielen Soldaten, die wir heute Abend in der Stadt zu Gesicht bekamen, sie bedeuten nichts Gutes.« Ihre Augen wurden feucht. »Viel Blut und Tränen werden noch fließen...«

»Mal den Teufel nicht an die Wand.« Jörg fröstelte es plötzlich. »Der Krieg ist eine Erfindung der Städte, wir aber leben auf dem Land. Da werden diese Kriegsknechte kaum etwas von uns wollen.«

»Da irrst du dich aber gewaltig!« Rosina schüttelte den Kopf. »Du vergisst, dass bereits vor ein paar Jahren Reitervolk auf dem Johannesberg erschienen ist und aus vielen Ställen das Vieh fortschleppte. Nur das Unterdorf blieb damals von dem Raubzug verschont. Aber auch nur, weil zufällig ein heftiges Sommergewitter einsetzte und die wilde Horde deswegen Reißaus nahm. Doch dieses Mal sind wir alle in großer Gefahr.«

»Dann werden wir eben fliehen!«, meinte Jörg lakonisch.

»Mein Sohn, glaube deiner alten Mutter – es gibt kein Entrinnen!«

»Du darfst nicht alles so schwarz sehen!« Jörg versuchte, das Angstgespenst zu verscheuchen. »Du wirst sehen, wenn wir Vater erst einmal bei uns haben, wird alles besser. Auch mit deinen Nerven und der ewigen Träumerei. Jetzt aber zu, nichts kann uns mehr aufhalten, ihn zu befreien...«

*

Sie hatten das Ende der Treibgasse erreicht. Die mainzische Oberkellerei, das Amtshaus des Vizedoms, lag in völligem Dunkel. Auch der höchste Vertreter der kurmainzer Landesherrschaft, Johann Philipp von Hoheneck, war samt seiner Beamtenschaft und Knechten geflohen.

Jetzt hatten es Rosina und Jörg nicht mehr weit. Hinter dem schlicht gehaltenen Renaissancebau der Oberkellerei lag die St. Agatha-Kirche mit Pfarrhof und der St. Anna-Kapelle.

»Da vorne muss es gleich sein.« Rosina verspürte eine mächtigen Welle der Anspannung in ihrem Innersten. Aber nicht aus Furcht, sondern weil sie es nicht mehr abwarten konnte, Albert endlich in die Arme zu schließen. »Höchstens noch ein, zwei Steinwürfe, dann kommt die

Stelle...«
Plötzlich lösten sich zwei Schatten aus dem schwer zu durchdringenden Gespinst von Dunkelheit und Nebel. Sie hielten auf sie zu. Der Schreck konnte nicht größer sein, der auf einmal Rosina und Jörg in die Glieder fuhr. Wie zu Salzsäulen erstarrt saßen sie fest auf dem Kutschbock. Ihnen stockte schlichtweg der Atem.
»Ihr beiden kommt uns wie gerufen!« Eine in Mantel und Hut gekleidete Gestalt kam nahe zu ihnen heran. Jörg konnte das Blecken seiner Zähne erkennen. Sein Gesicht wurde von einer schmalgratigen Hakennase beherrscht. Auch dass er sein rechtes Auge hinter einer Klappe verborgen hielt, entging Jörg nicht.
»Verflucht, was wollt ihr von uns?« Jörg reagierte gereizt. Er hatte seinen anfänglichen Schrecken rasch überwunden. »Gebt gefälligst den Weg frei, ihr Galgenvögel. Sonst...«
»Was sonst, he?« Der Mann schob eine langläufige Radschlosspistole zwischen einer Mantelfalte hervor und hielt die Mündung direkt auf Jörg gerichtet. »Das verschlägt dir wohl die Sprache, du Großmaul?« Der Begleiter des Einäugigen tat das gleiche und bedrohte nun seinerseits Rosina mit einer Pistole.
»Was wollt ihr denn von uns?«
»Euren Wagen«, forderte der Einäugige, »und mit Verlaub auch eure Hilfe, damit wir schleunigst aus der Stadt kommen.«
»Und wenn wir uns weigern?« Jörg zeigte sich trotz der Bedrohung stur. Er war nicht willens, sich so mir nichts dir nichts in sein Schicksal zu ergeben.
»Dann wird das heute Abend eure letzte Spazierfahrt gewesen sein, Zwiebelkutscher«, giftete der Einäugige zurück und hob die Pistole bedrohlich nahe an Jörgs Schläfe.
»Hilfe, zu Hilfe! Räuber und Schurken!« Plötzlich, wie ein Blitz aus heiterem Himmel, begann Rosina zu schreien, was ihre Stimme hergab. Damit hatten die beiden nächtlichen Wegelagerer wirklich nicht gerechnet. Nun waren sie es, die völlig verdutzt zusammenzuckten. Ehe der Einäugige und sein Kumpan die neue Situation begriffen, dröhnte vom nahen Strickertorturm eine plärrende Stimme. »Was zum Henker geht denn da unten vor sich, ihr verfluchten Störenfriede?«
»Hilfe, so kommt uns doch bitte zu Hilfe!« Rosina schrie sich fast heiser.
»Alarm, Alarm!«, lärmte es zur Antwort vom Turm herab. Gleichzeitig blies der Stadtpfeifer in den »Zinken«. Der Warnruf seines hornartigen Instrumentes aus lederüberzogenem Holz schallte mit hoher Stimmla-

ge über die Hausdächer der Dingstallvorstadt hinweg. Beinahe zu Tode erschrocken wirbelten die Strauchdiebe herum. Geistesgegenwärtig griff Jörg nach der Peitsche, keinen Wimpernschlag zu früh. Der Einäugige legte mit wutverzerrter Miene die Pistole an, bereit zum tödlichen Schuss.

Klatsch! In einem lauten Wehgeschrei ließ er die Waffe fallen. Jörg hatte gut gezielt. Ein blutiger Striemen zog sich längs über die rechte Handfläche des Banditen.

Aus dem Hintergrund erhob sich auf dem nassen Pflaster der Gasse das geschäftige Getrappel von Stiefelsohlen. Waffen klirrten. Lungen keuchten.

»Da vorne sind die Übeltäter, los ergreift sie!« Aus der Dunkelheit schob sich im Schein wild zuckender Fackellichter rasch eine Schar Bewaffneter heran.

Für das Schurkenpaar war nun höchste Eile geboten, die Platte zu putzen. Ohne sich weiterhin um Jörg und Rosina zu kümmern, ergriffen sie Hals über Kopf die Flucht. Keiner von ihnen verspürte große Lust, die Braut des Seilers zu heiraten. Der Einäugige ließ seine Radschlosspistole am Boden liegen und sprang in einem behenden Sprung auf den Wagen. Nicht, dass er vielleicht darauf mitfahren wollte, vielmehr benutzte er lediglich die leere Ladepritsche, um von ihr aus die hohe Mauerkrone des Pfarrhofes zu erklimmen.

»Irgendwann lauft ihr mir schon noch über den Weg, dann sollt ihr für den Verrat an zwei Kaiserlichen büßen...« Kaum, dass er die Drohung ausgestoßen hatte, war der Einäugige schon verschwunden. Ein schweres Plumpsen in einen Haufen vertrockneten Herbstlaubes kündete von seiner Landung jenseits der Mauer.

Sein Begleiter ergriff ebenfalls nach Hasenmanier das Weite. Da peitschte ein Schuss auf. In einem erstickten Laut fiel der Flüchtende rücklings von der Mauer, die er schon erklommen hatte. In einem harten Aufprall schlug er genau vor dem Ochsengespann auf.

*

»Habt tausend Dank für eure schnelle Hilfe!« Jörg sprang vom Wagen und lief auf die Retter zu. Dem ersten von ihnen streckte er die Hand entgegen. Dieser Geste ungeachtet, stolzierte der Uniformierte geradewegs hin zum Wagen. Mit seinen Händen hielt er eine Muskete umklammert. Ihrem Laufende entströmte Pulverdampf.

»Ein wahrer Meisterschuss, Herr Feldwebel!«, zollte einer der anderen

Soldaten eifrig Lob. »Ihr habt den Schurken genau zwischen die Augen getroffen.«
Ein kurzes zufriedenes Nicken war auch schon alles, was der grimmig dreinschauende Unteroffizier von sich gab. »Ist der Bursche eine der gesuchten Personen?«
»Jawohl!«, erklang es zackig. Im Lichtschein der Fackel nahm ein ganzer Trupp den Toten und den Wagen musternd in Augenschein.
»Und nun zu euch, ihr Schuhflicker. Was treibt euch denn zu vorgerückter Stund' noch auf die Gasse?« Der Feldwebel wandte sich nun Jörg und Rosina zu.
Stumm trafen sich ihre verwunderten Blicke. Ihr Spiel schien zu Ende zu sein. Jörg sah sich insgeheim in Ketten liegen.
»Na, jetzt wisst ihr nicht mehr weiter, ihr Stockfische, was?« Der Feldwebel drehte mit seiner Linken an seinem langen, bis weit über die Wangen reichenden Zwirbelbart. Seine Augen leuchteten voll Misstrauen. »Am Ende wolltet ihr den beiden kaiserlichen Spionen zur Flucht verhelfen. Da haben wir aber einen schönen Fang mit euch gemacht!« Auf den Wink des Feldwebels hin, griffen zwei seiner Männer zu Stricken. Die Sache war klar, man gedachte sie beide gefangen zu nehmen.
»Wir haben nichts Unrechtes getan!«, schrie Jörg erregt den Häschern entgegen und griff zur Peitsche.
»Lass ab, du setzt unser Leben nur unnötig aufs Spiel.« Rosina legte ihre Hand auf die seine.
»Mutter, was...?« Jörg zeigte sich verwirrt.
»Glaub mir, es hat keinen Zweck, es sind einfach zu viele.« Obwohl ihr Herz zum Zerreißen gespannt in ihrer Brust raste, behielt Rosina Ruhe.
»Hört gut auf das Mütterchen, dann wird euch nichts geschehen, vorerst zumindest«, tönte der Feldwebel. »Beim frühen Tageslicht wird ein Kriegsrat über euer Wohl und Wehe entscheiden, bis dahin legen wir euch in Ketten.«
»Ich verlange, dass man uns auf der Stelle zu eurem ranghöchsten Offizier bringt!«, stieß Rosina bestimmend hervor. Die mehr als prekäre Lage, in der sie sich zusammen mit Jörg befand, war eigentlich nicht dazu angetan, den Ruf nach irgendwelchen Forderungen laut werden zu lassen. Schon gar nicht einer Abteilung Soldaten gegenüber, die feindliche Spitzel und Späher jagte. Aber Rosina wusste, was sie tat. Sie setzte alles auf eine Karte.
Dem Feldwebel war, als träfe ihn ein wuchtiger Keulenhieb. Für einen Moment wirkte der Gute wie benommen.

»Ich glaube, ich höre nicht recht. Wie kommt ihr dazu, den Soldaten des Königs hier Befehle zu erteilen, Weib!« Im Inneren des Feldwebels begann es mächtig zu brodeln.
Bevor ihr Gegenüber, der im Gesicht bereits krebsrot anlief, in ein gewaltiges Donnerwetter ausbrach, zog Rosina aus ihrer Rocktasche ein kleines, zusammengerolltes Pergament hervor.
»Potzblitz!« Dem Feldwebel klappte der Kinnladen herunter. »Was besitzt ihr da?« Er kam aus dem Staunen nicht heraus. Auch Jörg erging es nicht anders. Was, um Himmels Willen, was hatte seine Mutter da plötzlich zu schaffen?
»Es ist ein äußerst wichtiges Dokument!«, gab Rosina betont ruhig zurück.
»Dann gebt es mir!«
»Nein!« Rosina steckte das Pergament wieder in den Rock.
»Mir platzt jetzt gleich der Kragen, törichtes Frauenzimmer!«, zürnte der Feldwebel.
»Na, na, na - jetzt vergesst ihr aber eure gute Kinderstube. Ihr werdet euch doch nicht an einer Frau vergreifen!«, fuhr unverhofft eine Männerstimme dazwischen.
Der Feldwebel fuhr erschrocken herum. Von einem starken Begleitkommando eskortiert erschien unversehens ein Offizier auf der Bildfläche, wie der breitkrempige Hut mit dem bunten Federschmuck unzweifelhaft belegte.
»Herr Major, ich habe soeben einen der gesuchten Spione eigenhändig zur Strecke gebracht. Er liegt dort vor dem Wagen, er ist mausetot.« In strammer Haltung und mit stolzgeschwellter Brust, meldete der Unteroffizier seine Heldentat. »Uns ist außerdem dieses schöne Pärchen verruchter Helfershelfer in die Falle gegangen...«
»Wohl, wohl - ihr wart fleißig, mein Bester«, sagte der hohe Offizier. Doch das Lob schlug schnell in Tadel um. »Ich weiß über alles Bescheid. Man hat euch schon um alle Ecken plärren gehört. Warum kümmert ihr euch um diese harmlosen Zivilisten, anstatt dass ihr euch dem anderen Spitzel an die Fersen heftet?«
Die anfangs stark geschwellte Brust des Feldwebels sackte schlagartig in sich zusammen. »Dieses Weib, sie trägt ein sehr wichtiges Dokument bei sich, wie sie behauptet. Sie will es mir nur nicht aushändigen.« In seiner Stimme schwang Trotz.
»Ist gut Feldwebel, nun aber geht und nehmt die Verfolgung des kaiserlichen Agenten auf.«
»Zu Befehl, Herr Major!« Der Feldwebel machte auf den Stiefelspitzen

kehrt. So wie er gekommen war, verschwand er mit seinen Mannen in der Dunkelheit.
»Nun aber zu euch. Seid ihr wirklich das, wofür man euch hält? Der Major wandte sich Jörg und Rosina zu.
»Nein, Herr Offizier - natürlich nicht«, antwortete Jörg mit leicht brüchiger Stimme. Er hatte den Mut und die Stärke seines Vater vererbt bekommen, wie er bereits vorhin unter Beweis gestellt hatte. Jetzt jedoch drohte das Ganze sein Nervenkostüm zu überfordern. Aber er befand sich in der glücklichen Situation, seine Mutter an der Seite zu haben.
»Wo habt ihr jenes Dokument, wovon der Feldwebel die Rede hatte?«
Rosina überlegte scharf. Dieser Offizier schien auf den ersten Blick hin die Freundlichkeit in Person zu sein. Konnte sie ihm aber auch so ohne weiteres trauen? Nein, sie musste ihr gewagtes Spiel ganz zu Ende führen. Noch hatte sie ja einen Trumpf im Ärmel, ihn jetzt schon auszuspielen, erschien Rosina zu riskant ...
»Ihr könnt mir das Schriftstück ruhig geben«, sagte der Major nach wie vor im völlig ruhigen Tonfall und hob seine behandschuhte Rechte.
»Ich möchte das Dokument eurem ranghöchsten Offizier, der heute Abend in der Stadt verweilt, persönlich aushändigen.« Rosina drehte sich zur Seite. »Schließlich trägt es das Siegel und die Unterschrift des Kurfürsten.«
Die Augen des Majors weiteten sich. »Nun denn, wenn ihr unbedingt darauf besteht, so will ich euch gern zum Schloss begleiten.«
»Was sollen wir denn dort?« fragte Rosina verblüfft.
»Ihr wollt doch bei unserem ranghöchsten Offizier vorsprechen oder etwa nicht...?!«

*

Vom Viehhof aus bot sich ein herrlicher Blick hin zum hell erleuchteten Schloss Johannisburg. In fast allen Räumen brannte Licht.
»Es ist beinahe so, als würde unser hochedler Kurfürst die hohen Herrschaften zu einem rauschenden Fest einladen.«
Heinrich Hoffmann, der kurfürstliche Hofbeständer, verfiel ins Schwelgen in alten, längst verflossenen Zeiten. Zusammen mit Martin, dem Hammeljungen, stand er vor dem großen Tor zur Hofeinfahrt, von wo aus sie zum prachtvollen Renaissancebau hochsahen.
»Mit dem Festefeiern dürfte es vorerst einmal vorbei sein«, bemerkte der blondlockige, recht schmächtige Junge. »Ich weiß gar nicht, was die

Schweden überhaupt noch im Schloss zu suchen haben. Die Österreicher haben doch alles mitgenommen...«
»Erinnere mich nur nicht an diese vermaledeiten Hundsfotte, das ganze Faselvieh haben uns diese erbärmlichen Feiglinge geraubt«, schimpfte der Viehhofmann. »Nicht einmal das Korn haben sie uns gelassen.«
»Herr, bedenkt, das hat auch seine gute Seite, so braucht ihr wenigstens den teuren Pachtzins nicht zu zahlen.«
Obwohl es eigentlich gar nicht in seiner Absicht lag, über das traurige Schicksal seines Herrn zu spotten, so stach er damit in ein Wespennest.
»Pass nur auf, du Lausebengel, ich werde es dir gleich tüchtig mit dem Rohrstock geben«, brauste Hoffmann auf. »Wovon sollen wir denn jetzt leben, du neunmalkluger Naseweis?«
»Auuuh!« Er packte den Jungen grob bei den Ohren.
»Wenn du nicht folgst, jage ich dich in den Spessart zurück, wo sich Fuchs und Hase Gutenacht sagen!«
»Herr, ich wollte doch nur...«, gab Martin weinerlich von sich.
»Nein, du hast nichts zu wollen!«, brüllte Hoffmann, der nun seinen ganzen aufgestauten Frust und Zorn an dem unschuldigen Jungen ausließ. Der von allerlei Jähzorn geplagte Mann war bereit, auf sein hilfloses Opfer einzuschlagen.
Doch da kam für den zu Unrecht schwer gescholtenen Martin noch einmal Rettung in letzter Sekunde. Jörg und Rosina tauchten mit ihrem Ochsengespann aus der Dunkelheit auf, begleitet vom Major und dessen Soldaten. Heinrich Hoffmann ließ von Martin ab.
»Was für Prachtburschen, die müssten mir gehören...« Während er grün vor Neid den beiden Zugtieren nachsah, nutzte Martin die Gelegenheit und nahm schleunigst Reißaus. Das hieß, so gut ihm das mit seinem steifen, rechten Bein überhaupt möglich war. Trotzdem ihm dieses an einen der Gewaltausbrüche seines Herrn erinnernde Andenken mehr als hinderlich war, schaffte er es, rechtzeitig vom Viehhof in den Schutz der Nacht einzutauchen.

*

Es begann leicht zu schneien. Vom Main her wehte ein frischer Wind. In der Verlängerung hin zum Hauptportal des Schlosses bildete ein Riesenaufgebot an Soldaten eine lange breite Gasse. Ein riesiger Fackelzug beleuchtete die Ankunft der Schlachtkavallerie in den Schlosshof.
Nationalschweden und Finnen machten den Hauptteil der Kürassiere

aus. Ein Teil der Reiter trug einen Dreiviertelharnisch, andere wiederum besaßen ein bis zu den Knien hin reichendes dickes Lederkoller, Brust- und Rückenplatten und Helm. Bewaffnet waren sie aber alle mit zwei in Sattelholsten aufbewahrten langläufigen Radschlosspistolen und einem schweren Degen, dem »Haudegen« mit langer und breiter Klinge.
Die finnische Kavallerie ritt auf kleinen Pferden, einem besonders zähem Pferdeschlag. Den Hakkapelitern, genannt nach ihrem Kriegsruf »Ha kka päälle« - was soviel wie »hau drauf« bedeutete - eilten Angst und Schrecken voraus. Die »Tapfersten unter den Tapferen« waren als ein fürchterlicher Haufen verrufen, so zumindest brachte es die katholische Propaganda unters Volk. Aber nicht nur dies - die Finnen wären sogar in der Lage, Nebel und Wind zu machen, um so jeden Gegner zu besiegen, hieß es.
Von ungutem Gefühl beseelt, verfolgten Rosina und Jörg die Militärparade. So viele Soldaten, Pferde und Waffen hatten sie ihr Lebtag nicht zu Gesicht bekommen, schon gar nicht auf einem Haufen. Sie hätten wohl auch gerne darauf verzichtet. Männer in Uniform, egal welcher Art und Farbe und auf wessen Seite sie fochten, sie bedeuteten schließlich und letztendlich nur eines: Unsägliches Leid, Kummer, Not und Tod!
Nach der Kavallerie folgten die von Pferden gezogenen leichten Geschütze der Infanteriebrigade. Den »Regimentsstücken«, massive bronzene Drei-Pfünder, hatten die Kaiserlichen nichts Gleichwertiges entgegenzusetzen. Die schweren »Batteriestücke«, Zwölf- und 24-Pfünder der schwedischen Artillerie unter Oberst Torstensson, vermochten jede Steinmauer einzuschießen. Die Besatzung von Steinheim wusste ein Lied davon zu singen. Wahrlich, eine geballte zerstörerische Feuerkraft, die einzig und allein dazu diente, Vernichtung und Untergang zu säen.
Lauter Trommelwirbel und kräftige Trompetenstöße kündigten sie an: die Leibkompanie des schwedischen Königs marschierte, in Reih und Glied geordnet, auf. Den blauröckigen Gardisten voran flatterte das seidene Fahnenblatt. Auf schwarzem Hintergrund hob sich umschlungen vom aufgemalten Lorbeerkranz und goldenen Zierkordeln das kronenbehauptete Wappenschild des schwedischen Reichs hervor.
Plötzlich ertönte aus zahllosen Männerkehlen ein einziger ohrenbetäubender Jubelruf. »Hoch lebe unser König Gustav Adolf!«
Rosina und Jörg reckten neugierig ihre Köpfe. Noch war hinter dem Meer wehender Regimentsfahnen, geschwenkter und fliegender Hüte und Helme nichts zu sehen.

»Hoch, hoch, hoch!« Aber jetzt: In einem prunkvoll bestickten Sattel, dem Neujahrsgeschenk der Königin sitzend lenkte der König sein braunes Ross »Streiff«. Mit der freien Hand lüftete er seinen weißen Filzhut mit grüner Feder und bedankte sich bei seinen Soldaten für den begeisterten Empfang, den sie ihm bereiteten. Der Jubel der Massen kannte keine Grenzen. Ein gelbes Lederkoller, mit grüner Seide gefüttert, schlang sich um seinen massigen Leib. Unter seinem kurzen blonden Haar blitzte das Blau seiner Augen hervor. Der König wirkte sichtlich müde und erschöpft. Er saß bestimmt wieder einmal seit unzähligen Stunden im Sattel. Nicht nur seine staubbedeckten Hosen und hohe Lederstiefel, auch Streiffs schweißnasse Flanken kündeten von einem langen Ritt längs des Mains. Allen Widrigkeiten zum Trotz umspielte ein anmutiges, gelassenes Lächeln seine vom roten Spitzbart umschlossenen Lippen.

»Seht, das ist euer höchster Offizier, nach dem ihr heute Abend verlangt habt!« Nur schwerlich verschaffte sich die Stimme des nun ebenfalls hutschwenkenden Majors Gehör durch das tobende Geschrei der Soldaten.

Rosinas und Jörgs stumme, aber vielsagende Blicke begegneten sich und sie lenkten ihren Schritt hinein ins Innere des Schlosses.

*

»In welcher Höhe soll die Kontribution erfolgen, Majestät?«

»Graf Hörn, für diese Stadt halte ich einen Betrag von 8.000 Reichstalern für angemessen!«

»Meint ihr nicht, dass eine solche Summe vielleicht zu hoch ist?«

»Nein, warum?«

»Für dieses Geld kann man gut und gerne an die 80.000 Schweine oder 16.000 Schafe kaufen. Ob die Bürger das alles aufbringen können, ist mehr als zweifelhaft«, warf Graf Hörn mit Bedenken ein.

»Das darf nicht unsere Sorge sein. Sie mögen es sich halt leihen«, erwiderte Gustav Adolf aufbrausend. »Wir müssen an unsere Soldaten denken. Sie wollen gut versorgt sein. Mit leerem Bauch lässt sich schlecht kämpfen. Ihr als General müsstet es eigentlich am besten wissen. Schließlich haben wir noch ein großes Ziel vor Augen. Und außerdem ist Aschaffenburg auch die Residenz der Kurfürsten, vergesst das nicht.«

»Jawohl, wenn königliche Hoheit meinen...«

*

Rosina und Jörg waren soeben unfreiwillig Ohrenzeugen dieser wichtigen staatsmännischen Unterredung geworden. Durch die geschlossenen, mit kostbarer Holzarbeit reich verzierten hohen Türflügel drang das Gespräch ins geräumige Vorzimmer.
Nach wie vor in der Begleitung des Majors mussten sie unter der Anwesenheit von vier mit Musketen und Säbeln bewaffneten Wachposten warten. Mit misstrauischem und grimmigem Mienenspiel beobachtend ließen die Blauröcke keinen Moment die zwei Zivilisten aus den Augen. Die Soldaten würden ohne mit der Wimper zu zucken jeden auf der Stelle töten, der es wagte, das Leben des Königs zu bedrohen oder auch nur ungebeten in seine Nähe zu kommen. Sie selbst waren bereit, ihr Leben allezeit für ihn zu geben.
Man hatte Rosina und Jörg unter strengster Bewachung in das zweite Stockwerk des Schlosses geführt. In dem der Schloßkapelle gegenüberliegenden Flügel lagen die Zimmer des Kurfürsten. Und genau hier, umringt von mit Ornamenten reichverzierten getäfelten Decken und durch Schreinerhandwerk edel verkleideten Wänden, standen sie nun. Es fiel auf, dass nirgendwo auch nur ein Teil des sicherlich ebenfalls recht kostbaren Mobiliars vorhanden war. Von Bildern fehlte genauso jede Spur. Die Vorhänge an den Fenstern waren entweder heruntergerissen oder verschwunden. Der mit Intarsien besetzte Holzfußboden zeigte tiefe häßliche Kratzspuren - alles unübersehbare Zeichen der rohen Plünderung.
Keine normalsterbliche Seele kam jemals in jene heiligen Hallen, in die sich der Kurfürst zurückzog, um sich von seinen anstrengenden »Staatsgeschäften» auszuruhen. Es sei denn, man gehörte zum engsten Kreis des Hofquartiers - oder jemand trug ein Pergament mit dem kurfürstlichen Siegel bei sich, wie es bei Rosina der Fall war.
Vom hinteren Treppenaufgang wurden auf einmal geschäftige Schritte laut. Erik Ralamb, seines Zeichens königlicher Kammerjuncker, erschien mit einem ganzen Zug Soldaten im Schlepptau. Beladen mit Schinken, Speck, Brot, Eiern, gedörrtem Fisch sowie Wein in Krügen und Ledereimern und allem, was sie auftreiben konnten, sogar einem Tisch, den sie mit sich trugen, hielt der Trupp auf die Türe des kurfürstlichen Hauptzimmers zu. Es gab wohl keinen unter den Anwesenden, dem nicht das Wasser im Mund zusammengelaufen wäre angesichts der Speisen.
Der Kammerjuncker klopfte an. Das Gespräch im Inneren des Zimmers verstummte. Schon kurz darauf öffnete sich die Türe und ein Mann mit großer und kräftiger Statur trat heraus. In seinen Adern floss das Blut

seiner stolzen Vorfahren, der Wikinger. Als Seeleute waren sie einst vor langer, langer Zeit mit ihren Drachenbooten vom Norden aus aufgebrochen. Aber nicht nur, um ihre gefürchteten Raubzüge zu starten, sondern auch, um als angesehene Kaufleute Handel zu treiben. Die stahlblauen Augen ließen Kühnheit und Mut dieses Mannes und Loyalität bis hin zur Selbstaufopferung erahnen. Die langen, glatten Strähnen seines blonden Haarschopfes fielen bis weit auf seinen mit Schulterstücken versehenen blauen Uniformrock. Über seine breite Brust zog sich querlängs eine weiße Schärpe, an deren Ende zu linker Hand ein langer Degen hing.

»Ihr könnt das Abendmahl hereinbringen!« Anders Jönsson, kein geringerer als der persönliche Leibwächter des Königs, stieß nun auch den anderen Türflügel zurück. Der Blick ins Innere des von unzähligen Kerzen hellerleuchteten Raumes wurde frei. Auch dieses Zimmer zeigte sich mit derselben kunstvollen Werkart ausgestattet wie all die Räumlichkeit davor.

Der Betrachter dieses verschwenderischen und blenderischen Prunks drohte darin zu versinken. Aber weder Rosina noch Jörg verspürten den Wunsch, hier zu leben. Nein, das war nicht ihre Welt. Hier würden sie sich niemals wohlfühlen. Könnten sie wählen, würden beide unweigerlich ohne zu überlegen in ihr vertrautes Tagewerk mit all seinen Nöten zurückkehren.

Doch kaum jemand dachte in diesem Augenblick daran, wie und wodurch der Bau des Schlosses erst möglich geworden war: Hohe, erdrückende Steuerlasten und Frondienste hatten die Bürger nicht gerade aus freien Stücken ihr »Scherflein« dazu beitragen lassen. Ganz zu schweigen von den vielen Menschen, die unschuldig als Hexen verurteilt ihr Leben verloren und dessen Eigentum man konfisziert hatte, um davon Steine und Ziegel zu kaufen. Nicht zu vergessen die Arbeiter, die beim Bau zu Tode gekommen waren...

Die beiden Männer, die sich auf zwei ganz gewöhnlichen Holzstühlen gegenüber saßen, schienen sich fast in der Weite des großen Raumes zu verlieren. Nur für einen kurzen Moment waren ihre Konturen zu erkennen. Die Türflügel wurden wieder geschlossen.

»Major von Lubbenwald – was für eine Freude, euch bei bester Gesundheit wiederzusehen.« Mit Handschlag begrüßte Jönsson Rosinas und Jörgs Begleiter.

»Bislang ist noch keine Bleikugel gegossen worden, die meinem Leben ein Ende gesetzt hätte«, entgegnete der Major mit einem Augenzwinkern »Jönsson, ich habe mit euch zu sprechen, es geht um diese beiden

Zivilisten hier an meiner Seite.«
»Sind das Bittsteller? Oder gar Spione?« Anders Jönsson zog die Augenbrauen hoch. Der Major zog ihn beiseite. Ihr Gespräch sank zu einem leisen Flüstern herab. Nach nur kurzer Dauer erhob sich die Stimme des Leibwächters: »Das Weib kann passieren, der Mann bleibt zurück!« Seine Hand wies ins Zimmer.
Rosina sah erschrocken zu Jörg. Unbehagen ergriff von ihr Besitz. Aber da musste sie durch, schließlich wollte sie ja Albert das Leben retten!
»Geh ruhig Mutter, es wird dir schon nichts geschehen. Wenn, dann hole ich dich da raus!« Was bei den bis zu den Zähnen bewaffneten Leibgardisten wohl nicht gerade leicht werden würde. Jörg hätte keinerlei Chance, sich gegen sie durchzusetzen, aber er würde es zumindest versuchen.

*

Er wirkte müde, sein Gesicht war in aschfahles Grau getaucht. Unter seinen Augen zeichneten sich dunkle Ringe der Übermüdung ab. Der von der hirschledernen Weste umspannte fleischige Leib drückte ihn schwer auf den Stuhl. Die in hohen Lederstiefeln steckenden Beine streckten sich lang über den Boden. Gustav Adolf war auch an jenem Tag nicht aus dem Sattel gekommen. Selbst zum Essen und Trinken schien der König zu erschöpft zu sein. Den von seinen Männern vor ihm mit Speis und Trank aufgebaute Tisch ließ er unberührt. Wenigstens ein paar Stunden Schlaf wollte sich Gustav Adolf an jenem Abend noch gönnen. Sein Kammerjunker Ralamb schleppte soeben unter den Armen einen großen Packen Bettzeug in den angrenzenden Raum, wohl das Schlafgemach des Kurfürsten. Lediglich sein jüngeres Gegenüber Graf Hörn, General der schwedischen Armee im prächtigen Tuchmantel mit roten Farben, ließ es sich schmecken. Er schnitt sich gerade ein großes Stück Schinkenspeck ab und schob es genüßlich in den Mund.
»Kommt nur, vor mir habt ihr nichts zu befürchten.« Gustav Adolf winkte Rosina zu sich. Der starke nordische Akzent in seiner hellen Stimme war nicht zu überhören. Zaghaft kam sie näher.
»Das muss man euch schon lassen – Mut habt ihr ja, Mütterchen, dass ihr euch hierher wagt. So manch Schandbube und Schlotterbein kann sich da eine Scheibe abschneiden.« Obwohl er sich wie gerädert fühlte, zeigte er sich dennoch gesprächig. »Man sagt, ihr habt ein Pergament bei euch, das das Siegel des Kurfürsten trägt. Ihr seid also eine geheime

Botschafterin?«
»Nein,... hoher Herr!«, entgegnete Rosina.
»Sprecht gefälligst unseren König mit Majestät an«, fuhr Jönsson zornig dazwischen.
»Ist schon gut!«, wehrte Gustav Adolf mit versöhnlicher Geste ab.
»Ich komme nicht im Auftrage eines Statsmannes«, sagte Rosina, »sondern aus freien Stücken, um euch um etwas zu bitten.«
Gustav Adolf sah erstaunt auf. Selbst Graf Hörn vergaß für einen Augenblick das Kauen, ihm drohte der Bissen im Hals stecken zu bleiben. Rasch tat er einen großen Schluck aus dem Silberbecher.
»Dann stimmt das Ganze mit dem geheimnisvollen Papier gar nicht?«
War es anfänglich noch Enttäuschung, so begann er vor Ärger zu sprühen. Er sah sie groß an. Schlagartig wechselte die Stimmung. In seinen Adern floss das Blut der Wasa, mit ihm auch das Erbteil mit der Neigung zu cholerischen Ausbrüchen. Überanstrengung, die fortwährende nervliche Anspannung, die menschlichen Enttäuschungen, welche ihm seine deutschen Schützlinge andauernd bereiteten, trugen diesen schlechten Wesenszug deutlich zu Tage. »Wollt ihr uns hier vielleicht eine Komödie vorspielen?«
»Ihr sollt das Schreiben haben, Majestät.« Rosina griff in ihren Rock und holte die Pergamentrolle hervor. »Es ist schon lange in meinem Besitz.«
»Ich weiß immer noch nicht, was ihr damit meint, ihr sprecht in Rätseln«, platzte es voller Ungeduld aus ihm heraus. Es schien, als wollte das blitzende Blau seiner Augen bis tief in ihr Innerstes dringen, um endlich die Wahrheit zu erfahren.
»Hier bitte, lest selbst!« Rosina gab ihm die Rolle. Gustav Adolf rollte das stark zerknitterte Pergament auseinander und hielt es dicht an seine kurzsichtigen Augen. Er begann laut zu lesen.

»An den Hauptmann der Stadtwache!

Hiermit ergeht folgender Befehl:
Rosina, die Tochter der Margarethe Hartmann zu Hörstein, ist frei.
Der Allmächtige, unser Herr und Schöpfer, hat in seinem unergründlichen und gerechten Ratschluss entschieden, Rosina von jeglicher Schuld freizusprechen.
Das barmherzige Gottesurteil hat vor jeglicher irdischer Gerichtsbarkeit Bestand. In der Kraft meines von Gott und weltlicher Macht gegebenen Amtes tue ich dies hiermit kund.
Rosina ist ein freier Mensch. Sie mag ihren Fuß an jeden Ort setzen, wonach

ihr beliebt. Die Tore der Stadt stehen ihr offen.

Erlassen an Sankt Peter, zu Aschaffenburg 1582

Wolfgang von Dalberg«

»Das ist ja schon fast fünfzig Jahre her«, er ließ das Papier sinken. »Was ist damals vorgefallen?«
»Man hat mich seinerzeit unschuldig der Hexerei angeklagt.«
Wieder richtete er seinen musternden Blick auf Rosina. »Wir wollen nicht in der Vergangenheit rühren, die fast ein Menschenleben zurückliegt. Wir wollen sie ruhen lassen. Aber was wollt ihr mit diesem inzwischen nutzlosen Wisch?«
»So nutzlos, wie ihr meint, eure Majestät, ist das alte Papier gar nicht.« Rosina lächelte. »Es trägt, wie ihr ja selbst sehen konntet, die Unterschrift und das Siegel des Kurfürsten. Damit kam ich durch alle Kontrollen eurer Wachen. Es brachte mich schließlich zu euch.«
»Alle Achtung! So ein durchtriebenes Schindaas wie ihr ist mir selten über den Weg gelaufen!« Der König brach in ein schallendes Gelächter aus. »Glaubt ihr an Gott?« fragte er dann auf einmal und sah sie ernst an.
»Ja, es gibt eine höhere Macht!«
»Seid ihr protestantischen oder katholischen Glaubens?«
»Es gibt nur den einen Gott, zu dem die Menschen beten können«, geschickt wich Rosina seiner Frage aus. In ihren Ohren klang noch immer die peitschende Stimme von Pfarrer Mehlmann, wenn er in den Gottesdiensten von der Kanzel predigte und ohne Unterlass wider den Schweden wetterte. »Dem Herrgott ist es völlig gleich, auf welcher Seite ein Mensch steht. Hauptsache ist doch wohl, dass man seinen Namen ehrt und die zehn Gebote befolgt.«
»Gut, gut!« Um seinen roten spitzigen Bart huschte ein gelassenes Lächeln. »Wem wünscht ihr eigentlich den Sieg?«
»Dem, der uns den Frieden bringt.«
»Wer soll denn eurer Meinung nach regieren?«
»Derselbe!«
Gustav Adolf wirkte gedankenversunken. »Habt ihr keine Angst vor uns Schweden?«
»Was mich persönlich betrifft – nein« , antwortete Rosina und sah ihm aufrecht ins Gesicht. »Warum sollte ich?«
»Wie oft habe ich hören und lesen müssen, dass im Deutschen Reich

geklagt wird, der Schwede hause mit Mord und Brand, Wir würden das Land verwüsten und es zu Grunde richten. Aber seht selbst, Mütterchen, als bestes Beispiel mag dieser einstmals prächtig ausgestattete Raum dienen. In Wirklichkeit sind es die deutschen Herren und Fürsten, die wie Wölfe ihr eigenes Vaterland in Stücke reißen. Mein Blut verwandelt sich in Galle, wenn ich all diese Habgier und den Verrat betrachte...«

Er zeigte auf die schmucklosen Wände und die zerschnittenen und zerstochenen Bilder, die Männer und Frauen in fürstlichen Gewändern darstellten, die man aus den Goldrahmen gerissen hatte und die nun achtlos auf dem Boden verstreut umherlagen.

»Wir wollen nur den Frieden«, betonte Rosina erneut. »Der Krieg bringt nur viel Leid. Egal ob wir arme oder reiche Leute sind.«

»Ihr gefallt mir wirklich, Mütterchen Rosina, ihr tragt euer Herz auf dem richtigen Fleck. Aber ihr seid doch nicht zu mir gekommen, um mich um Frieden zu bitten?«

»Obwohl dies nicht in meiner ursprünglichen Absicht lag, kann ich hier wohl kaum nein sagen, gnädige Majestät«, gab Rosina zur Antwort. »Aber ich kam, um euch um die Freilassung meines Mannes Albert Laurent zu bitten. Man hält ihn im Folterturm der Stadt gefangen.«

»Nur dass ihr es gleich wisst, bei Diebesgesindel kenne ich keine Gnade«, polterte Gustav Adolf los, »auch meinen eigenen Soldaten gegenüber nicht.«

»Nein, Albert hat nichts gestohlen!«

»Was hat er sich denn aufs Kerbholz geladen?«

»Er ist... der... Zauberei angeklagt!« Nur stockend kamen ihr die Worte über die Lippen. Gespannt wartete sie auf seine Reaktion.

»Glaubt ihr an den Teufel?«

»Ehrlich gesagt - nein. Aber es gibt Menschen, die sich eben wie solche aufführen.«

»Ihr scheint sehr überzeugt zu sein von eurer Meinung.«

»Ja, das bin ich auch«, sprach Rosina selbstbewusst. »Es sind die Menschen selbst, die getrieben von Hass, Neid, Rachsucht oder Habgier das Leid in die Welt bringen. Da braucht es keinen Teufel aus der Hölle. Ihrer gibt es genug auf der Erde.«

»Hört, hört - meine liebe Rosina, würdet ihr auch so reden, wenn ihr statt meiner dem Papst gegenüber stündet?«

»Ja!« schoss es ohne Zögern ausRosinas Mund. »Selbst auf die Gefahr hin, dass man mich ein zweites Mal auf den Scheiterhaufen führt.«

»Gut, das wollte ich von euch hören. Euer Gatte soll frei sein!«

»Habt tausend Dank, königliche Majestät!« Rosinas Herz hüpfte vor Freude. Glückdurchströmt sank sie vor Gustav Adolf auf die Knie.
»Kommt, steht wieder auf!«
Rosina ergriff seine dargebotene Rechte. Sie stutzte, ein eigenartiges Gefühl nahm von ihr Besitz. Seine Hand fühlte sich irgendwie kalt und kraftlos an. Rosina konnte nicht um jene polnische Musketenkugel wissen, die ihm im Gefecht bei Dirschau im August 1627 oberhalb seines Schlüsselbeins in den Hals eingedrungen und zwischen dem oberen Ende des Schulterblattes und dem Rückgrat steckengeblieben war. Seitdem waren einige seiner Finger steif und taub. Aber da war noch etwas anderes, sie konnte es sich nicht erklären. Das Gefühl kam einfach aus ihrem Bauch heraus. So, als könnte sie Gedanken lesen.
»Ihr seid in großer Gefahr!« Sie fürchtete regelrecht um sein Leben.
»Seid ihr denn eine Seherin?«
»Nein, eine solche Gabe besitze ich nicht. Aber ein Mann wie ihr hat sicherlich nicht nur Freunde. Nehmt euch bitte in Acht!«
»Ein guter Feldherr muss sein Schlachtfeld riechen!«
»Warum tragt ihr nicht einen Brustharnisch wie der Offizier, der uns hergeführt hat?«
»Der Herr ist mein Harnisch. Außerdem halte ich nichts von schweren Rüstungen.«
Vielleicht lag es auch an seiner Eitelkeit, dass Gustav Adolf nie einem Fremden, schon gar nicht einer Frau, gegenüber ein Wort über seine dereinstige Verletzung verloren hätte. Er würde wegen der Druckempfindlichkeit seiner verwundeten Schulter nie wieder eine Panzerung tragen können, was ihm im Schlachtengetümmel sehr zum Nachteil gereichte. Eine Kugel oder eine Degenspitze machten keinen Unterschied, in welchen Leib sie drangen.
»Majestät, ich wünsche euch alles Glück der Welt!« Rosina verabschiedete sich.
»So glücklich und zufrieden werde ich erst sein, wenn ich mein schönes Schweden wiedersehe...«, sprach der König. In leichte Melancholie verfallend, ließ er ein wehmütiges Lächeln über sein Gesicht huschen.

*

Die letzte Nacht waren sie über ihn hergefallen. Wie gut, dass er gerade noch rechtzeitig nach langer Bewusstlosigkeit wieder zu sich gekommen war. Wer weiß, wie es sonst für ihn ausgegangen wäre. Nur mit äußerster Müh und Not hatte er sich des Rattenrudels erwehren können. Zum Glück hatten ihn die Henkersleute nur ins Kummerloch hineingeworfen, ohne ihn wieder in Ketten zu legen. Sie hatten es wohl vergessen oder gedacht, für den Alten lohne es sich nicht mehr. Den ganzen elendlangen Tag war niemand mehr bei ihm aufgetaucht, selbst der Kerkermeister ließ sich nicht blicken. Kein Wasser, kein Schweinefraß - nichts!

Die Nacht war zwischenzeitlich hereingebrochen. Völlige Schwärze hüllte den einsamen Gefangenen ein. Albert war heilfroh, keinen seiner Peiniger zu sehen, auch wenn ihm vor lauter Hunger der Magen revoltierte. Am schlimmsten aber quälte ihn der Durst. Die Lippen waren aufgerissen, seine Zunge schon ganz angeschwollen. Die Schmerzen in den zerquetschten Daumen und den ramponierten Schienbeinen gewannen zusehends die Oberhand. Die Wunden pochten. Albert musste ständig an Rosina denken. Sie hatte damals ja noch weit Schlimmeres in der schrecklichen Folterkammer durchmachen müssen. Im Gegensatz zu ihm war die Ärmste zusätzlich mit dem Seil aufgezogen worden. Nein, mit ihm würden diese Teufel nicht das gleiche anstellen!

Albert tastete sich durch das fauligstinkende Stroh. Er suchte nach dem leeren Steinkrug. Dem ersten, der durch den Eingang zu ihm ins Verließ kam, würde er ihn auf den Kopf hauen, damit dieser samt des Kruges zerplatzte. Albert kauerte sich wieder nieder und horchte in die Stille der Nacht.

Vor einiger Zeit hatte er in der Nähe aufgeregtes Geschrei und einen lauten Pistolenknall vernommen. Für einen Augenblick hatte er sogar geglaubt, Rosinas Stimme zu hören. Doch was sollte sie mitten in der Nacht in Aschaffenburg zu schaffen haben - undenkbar! Albert hatte das Gehörte bald wieder als irrsinnige Einbildung verworfen. Wahrscheinlich sorgten seine Not und Pein für ein Trugbild, das allmählich seine Sinne verwirrte.

Plötzlich tat sich etwas. Schnelle Schritte kamen die Steintreppe herauf. Männerstimmen drangen zu ihm ins Kerkerloch. Sollten sie nur kommen! Albert erhob sich auf seine zittrig wackligen Beine. Er hielt den Krug fest umklammert, bereit damit zu werfen...

»Bumm - bumm - bumm!« Jemand hieb laut in heftigen Stößen gegen die Kerkertüre. Hatten der Scharfrichter oder der Kerkermeister etwa ihre Schlüssel vergessen? Albert stierte verwundert durch die Schwärze hin zur Türe.

Da - in einem berstenden Krachen flog sie auf! Im Lichtschein brennender Fackeln erkannte Albert eine Schar uniformierter Blauröcke, die in ihren Händen einen kleinen Rammbock hielten. Was hatte das alles nur

zu bedeuten? Er konnte sich keinen Reim darauf machen. Ihm blieb nicht viel Zeit, um sich darüber den Kopf zu zerbrechen.
Schon machte einer der Soldaten Anstalten, ins Kerkerloch zu schlüpfen. Nach wie vor von tiefer Angst beseelt, er müsse in die Folterkammer zurück, hob Albert den Krug und schleuderte ihn mit voller Wucht in Richtung des Soldaten.
»Getrommelt und gepfiffen! Hier wird aber scharf geschossen!« Im letzten Augenblick konnte der fluchende Schwede dem Wurfgeschoss um Haaresbreite ausweichen, viel Platz blieb ihm ja in dieser Enge nicht. Krachend zerschellte das Steingut an der Wand.
»Kommt nicht näher!«, warnte Albert. »Ich drücke jedem die Kehle zu, der es wagt, Hand an mich zu legen!«
»Tätest du das auch bei mir?«
Fassungslos starrte Albert zum Eingang. Zwischen den Soldatenleibern gab sich eine Frau zu erkennen.
»Ro...sina... du?«
»Ja, Liebster, ich bin gekommen, um dich aus deinem Gefängnis zu befreien, so wie du es einmal für mich tun wolltest.« Rosina kroch zu ihm ins Kerkerloch.
»Mein Gott...!« Er brachte kein Wort mehr über die Lippen. Rosina schloss ihn fest in die Arme. Sie spürte, wie eine seiner Tränen ihre Wangen benetzte. Es war mit Sicherheit das erste und wohl auch einzige Mal, dass sich eine solch herzberührende Szene in diesem vor Grauen und Elend schaudernden Gemäuer abspielte. »Danke für die Rettung aus der Hölle!«
»Wenigstens einmal konnte ich es dir zurückzahlen«, hauchte Rosina an sein Ohr und küsste ihn. »Komm, wir gehen!«
»Ja, der Allmächtige mag uns davor bewahren, dass wir jemals wieder einen Fuß an diesen schrecklichen Ort setzen müssen.«

Buch 2

Krieg, Pest, Not und Tod

1

»Und als es das dritte Siegel auftat, hörte ich die dritte Gestalt sagen: Komm! Und ich sah, und siehe, ein schwarzes Pferd. Und der darauf saß, hatte eine Waage in seiner Hand. Und ich hörte eine Stimme mitten unter den vier Gestalten sagen: Ein Maß Weizen für einen Silbergroschen und drei Maß Gerste für einen Silbergroschen (...)«

Die Offenbarung des Johannes 6, 5 - 6

Seit den letzten Ereignissen waren vier Jahre vergangen. Man schrieb inzwischen anno domini 1635. Johann Eitel Spessart hatte mittlerweile das kurzzeitig verwaiste Amt des Stadtschreibers von Aschaffenburg angetreten. Sein Vorgänger Johann Wentzel hatte den Einmarsch der Schweden nicht lange überlebt. Ein Herzschlag nahm ihm den Federkiel für immer aus der Hand. Nun lag es am neuen Stadtschreiber, seine Arbeit fortzuführen. Er schrieb:

»...wir erleben ein von Gott gegebenes, für uns Menschen schicksalhaftes Jahr. Abertausende sind bereits an Not, Elend, Hunger, Krankheiten und Kriegsgräueln gestorben. Viele Tausende werden sicherlich auf gleichermaßen furchtbare Art und Weise ihren Ahnen in die Ewigkeit folgen...«

Auch der »Löwe aus Mitternacht«, der einst von Schweden auszog, die Krallen des »habsburgischen Adlers« zu stutzen, lebte nicht mehr. Rosinas schlimme Vorahnung war nur ein Jahr später, sogar fast auf den Tag genau, in Erfüllung gegangen. Vielleicht hatte er noch die Zeit gehabt, sich ihrer zu erinnern? In der Schlacht bei Lützen beendete am 16. November 1632 eine Pistolenkugel aus nächster Entfernung, feige aus dem Hinterhalt abgefeuert, Gustav Adolfs Leben. Sein bis auf das Hemd und die Strümpfe ausgeraubter Leichnam wies nicht weniger als fünf Schuss- und drei Hiebwunden sowie eine Stichwunde auf. An seiner Seite fiel auch sein Leibwächter Anders Jönsson. Mit dem König starb der Traum von der Errichtung eines skandinavischen Kaisertums. Am 5. und 6. November 1634 musste die schwedisch-deutsche Armee unter Herzog Bernhard vom Weimar und Feldmarschall Gustav Hörn bei Nördlingen eine schwere Niederlage gegenüber der kaiserlich-ligistisch-spanischen Armee unter Erzherzog Ferdinand von Österreich

und General von Gallas hinnehmen.
Das Übergewicht Schwedens war damit gebrochen. Der Süden und Westen des Reiches fielen weitgehend in die Hände des habsburgisch-spanisch-katholischen Lagers, was letztlich am 30. Mai 1635 zum Frieden von Prag führte. Eigentlich hätte der Krieg zu diesem Zeitpunkt das lang ersehnte Ende gefunden, denn ein Religionskrieg war er schon lange nicht mehr. Doch die überraschende Wende im politischen Kräfteverhältnis veranlasste nun seinerseits Frankreich, auf Seiten der protestantischen Mächte auf den Plan zu treten. Das entsetzliche Völkermorden auf deutschem Boden entfachte von neuem. Habsburg und Bourbon kämpften jetzt um die Vormachtstellung in Europa.
Während die Fürsten, Könige und Kaiser weiterhin heftig um Macht und Einfluss stritten, litt das Volk größte Not. Die Menschen schrien förmlich nach Nahrung.
Der Sommer fiel lange und zudem ungewöhnlich regenarm aus. Weil zahllose Flüsse und Bachläufe austrockneten, sahen sich die Müller gezwungen, ihre Mühlen stillzulegen. Das sonnenversengte Land ließ keine Ernte wachsen. Wieder einmal ergoss sich, wie bereits in der Vergangenheit, ein endloser Strom an Bettlerkarawanen dies- und jenseits des Mains entlang. In Zeiten bittersten Elends wechselten ganze Äcker oder Felder für einen Butterweck den Besitzer und Häuser wurden für einen Laib Brot verkauft. In schier unvorstellbarer Not aßen die Ärmsten selbst Katzen, Mäuse und andere tote Tiere. Sogar tote Menschen sollen mancherorts verzehrt worden sein. Der Winter 1634/35 brachte mit seiner strengen Eiseskälte nur weiteres Elend und Tod. Viele Menschen und Tiere erfroren.

*

Auch in den Dörfern des Johannesberges sah es nicht anders aus. Hier herrschte haargenau das gleiche Bild des Jammers und des Schreckens wie überall. Wenigstens die alles Leben restlos vertilgende Pest hatte das Amt Affholderbach die letzten Jahre hinweg verschont. Die Raubzüge durchziehender Soldatenhaufen dezimierte die ohnehin nicht gerade gut gefüllten Viehbestände auf den Höfen.
Bei den Laurents war gerade mal eine gute Milchkuh und ein kleines Schwein übriggeblieben. So brauchte Peter Junckers wenigstens keinen neuerlichen Versuch zu wagen, den Laurents etwas in die Schuhe zu schieben. Selbst wenn er denn etwas vorzubringen gehabt hätte, es gab niemanden, der ihm Gehör geschenkt hätte. Der unbeliebte Landschöf-

fe war inzwischen von einem Conrad Mönlich in seinem Amt abgelöst worden. Junckers besaß zur Freude seiner Mitmenschen keine Macht mehr über andere. Er hatte fortan nur noch für sich selbst zu sorgen. Und damit hatte er wie jedermann alle Hände voll zu tun, so dass ihm keine Dummheiten mehr in den Sinn kamen.
Hans Reusing, seine ehemals »rechte Hand«, hatte aus einem völlig nichtigen Grund heraus ein wildes Raufhändel begonnen und dabei einen jungen Burschen aus Reichenbach erschlagen und sah in Aschaffenburg im finsteren Verlies eingesperrt seinem unrühmlichen Ende entgegen. Das letzte, was er in seinem verpfuschten Leben noch sehen und spüren würde, war die scharfe Klinge des Richtschwertes.
Alberts Wunden waren längst verheilt. Der Schrecken an jene unheilvolle Zeit im Folterturm blieb hingegen unvergessen. Von starkem Willen und nie ermüdender Tatkraft angetrieben, packte er tüchtig mit an, wo immer er auch gebraucht wurde.
Einzig Rosina war es, die in den letzten Monaten mit ihren Kräften etwas nachließ. Doch stand sie nach wie vor tagein tagaus zusammen mit ihrer Schwiegertochter Anna am Herd, um für ihre Familie zu kochen. Wenn denn etwas Essbares aufzutreiben war. Das Sammeln von Kräutern, Blüten, Knollen und Wurzeln zum Bereiten von Medizin hatten allerdings mittlerweile Maria und Niklas übernommen. Sie zählte bereits zehn, er zwölf Jahre. Beiden bereitete es ein unheimliches Vergnügen, wenn sie dabei über Hänge, Hügel und Wiesengründe zogen. Oder bis hinein ins weite Dickicht des Spessartwaldes eindrangen. Das Geschwisterpaar hatte in ihrer Großmutter eine gute Lehrmeisterin. Sie gab all das kostbare Wissen an ihre Enkel weiter, das sie einst von Meister Quirin in Aschaffenburg erhalten hatte.
Bald wussten sie um Nutzen und Gefährlichkeit einer jeglichen Pflanze und ihre Anwendung. So zerrüttete beispielsweise die Tollkirsche bei innerlichem Gebrauch den menschlichen Geist und rief schwerste Halluzinationen hervor, dass man glaubte, man stünde mit dem Teufel in Verbindung. Bei der richtigen, der äußeren Anwendung jedoch, half sie in Salben gegen größere und kleinere Geschwüre. Auch dass die Wurzel des Alant gegen Schlangenbisse half, wussten die Halbwüchsigen. Und bei der Zubereitung verschiedener Kräutersalben, Öle, Pulver, Tränke oder Tinkturen und beim Zerreiben von Wurzeln stand ihnen Rosina mit Rat und Tat geduldig zur Seite. Selbst bei »Schelmo« – einer Seuche, die das Vieh befiel – wusste sie, welche Mittel am besten anzuwenden waren.
Die Sache mit dem unglückseligen »Blutwunder vom Johannesberg«

war längst in Vergessenheit geraten. Niemand nahm mehr Anstoß am gefährlichen Zauberer und Hexenmeister Albert Laurent. So mancher Zeitgenosse mochte, angeführt von Peter Junckers, vielleicht noch insgeheim daran zurückdenken, was jedoch die wenigsten davon abhielt, Rosina wegen ihrer Heilkräuter aufzusuchen oder Rat bei ihr einzuholen, wenn sich kleinere oder größere Gebrechen und Leiden in den Bauersfamilien einstellten. Den teuren Medicus in der Stadt konnte sich ehedem kaum jemand leisten. Die Laurents waren deshalb in der glücklichen Lage, Rosinas wertvolle Arzneien gegen das eine oder andere Nahrungsmittel eintauschen zu können, was ihre Not um Einiges linderte. Rosina wusste in vielen Fällen zu helfen. Doch sich selbst zu heilen, das vermochte sie am allerwenigsten. Gerade in der letzten Zeit verging kaum eine Nacht, in der sie nicht schweißgebadet von ihren schrecklichen Alpträumen aufschreckte. Das zweite Gesicht gewann zusehends an Stärke. Aber egal bei welcher Gelegenheit auch immer sie ihre Familie zur Flucht weit weg vom Johannesberg bewegen wollte, Rosina erntete jedesmal nur Ablehnung und mitleidvolle Blicke.

*

Seit St. Franziska fiel dünner gleichmäßiger Landregen. Letzte Schneereste, verborgen in schattenreichen Winkeln und Ecken, lösten sich tröpfelnd in kleine, munter springende Bäche auf. Die Märzluft war bereits von ungewöhnlicher Wärme erfüllt. Dies sei kein gutes Zeichen, meinten viele der Bauern. Die Wetterkatastrophen vergangener Jahre hatten gezeigt, dass meist auf einen warmen und feuchten Frühling ein trockener Sommer mit überraschenden Kälteeinbrüchen folgte, der keine Ernte gedeihen ließ.

Dem Nieselregen zum Trotz waren Maria und Niklas bereits beim ersten fahlen Morgenlicht aus ihren Betten gekrochen. Während der Rest der Familie noch schlief, verließen sie klammheimlich den Hof. Der Wald lag nicht allzu weit entfernt, nur eine schmale, steil abfallende Talsohle lag dazwischen.

Für das Sammeln von Blutwurz, Hexenbesen, Pfaffenröhrlein oder Frauenmantel war es noch zu früh. Höchstens dem Wurzelstock der Quecke lohnte die Suche. Doch ihr beider Blick galt an jenem Morgen nicht dem am Wegesrand wachsenden Kraut. Auch nicht der Rinde des Katzenstrauches. Nein, ihr Ziel waren die Wolfslöcher!

Die mainzische Kellerei in Aschaffenburg zahlte guten Lohn für einen jeden gefangenen Wolf, egal ob es sich dabei um einen alten oder ein

Jungtier handelte. Der graue Räuber war seit Beginn des Krieges zu einer regelrechten Landplage geworden. Der Kurfürst hatte lange Zeit von seinen »glänzenden und großherrschaftlichen Hofjagden« absehen müssen. Dadurch hatten Hirsche, Rehe, Wildschweine und Hasen die Gelegenheit gehabt, sich in Massen zu vermehren. Aber nicht nur das Wild, sondern auch die Raubtiere nahmen an ihrer Zahl stark zu - allen voran der Wolf. Von den zur Mast in die Wälder eingetriebenen Schafe sahen sich die Wölfe angelockt. Selbst das Erzstift Mainz hielt eine große Schafherde, um die Hofküche stets mit frischem Hammelfleisch versorgen zu können.
Hin und wieder kam es auch vor, dass die Schäfer und ihr Gesinde den Schafhammel selbst verspeisten und hinterher behaupteten, der Wolf habe ihn gerissen. Die Obrigkeit beschloss die Ausrottung der Wölfe, wobei die Kellerei einen Teil des Fanglohnes bezahlte und die andere Hälfte das Amt trug.
Niklas und Maria hatten die Erwachsenen darüber reden hören, dass für einen jeden Wolf eine Prämie von einem Malter Korn ausgesetzt sei. Wahrlich ein einträgliches Geschäft, das Getreide wog viel, wenn man bedachte, dass man für Geld kein Brot mehr kaufen konnte!
Der Jäger, welcher drei alte oder junge Wölfe fing, konnte einen Lohn einstreichen, der einem Jahreseinkommen entsprach. Der beste Wolfsjäger von allen, hatte Niklas gehört, war Hans Hasenstab aus Rothenbuch, der alleine 87 Jungwölfe einbrachte. Beim Fang von Jungtieren wurden beinahe mehr als viermal soviel Wölfe zur Strecke gebracht wie durch Treibjagden.
Ein Rotmilan glitt ohne Flügelschlag mit seinen ausgebreiteten Schwingen in den Aufwinden, lautlos hoch über den Köpfen des Geschwisterpaares hinweg. Maria wischte sich eine wilde Strähne ihres roten Haares aus ihrem vollen runden Gesicht, das zwischen ihrem weiten Kopftuch zum Vorschein kam. Ein Hauch von Melancholie lag auf ihren ebenmäßigen Gesichtszügen rund um ihre kleine Stupsnase. Wie die Erwachsenen trug auch sie ihr langes Nachthemd als Unterwäsche, darüber Rock und Leibchen.
In Niklas' Antlitz spiegelte sich das typische Lausbubenlächeln, beseelt vom kecken Übermut. Sein Unterhemd blitzte als schmückender Ringkragen und mit langen Ärmeln aus dem ledernen ärmellosen Wams hervor. Seine dünnen, fast stelzenhaften Beine steckten in kurzen Pluderhosen und endeten in Strumpfhosen aus Stoff in einem Paar Lederschuhen. Auf seinem kurzgeschnittenen dunkelblonden Haarschopf saß eine tellerartige, randlose Mütze.

»Das ist bestimmt der verdammte Greif, der Großvaters Hühner holt!«, schimpfte Niklas und reckte seine Faust drohend nach oben. »Dem will ich es aber verderben, ein für allemal.« Er blieb stehen und griff in die rechte Tasche seiner Pluderhose. Schließlich zog er einen Zwockel hervor. Eine kleine Astgabel, an deren Enden ein weit dehnbarer Lederriemen befestigt war. In der Hand eines treffsicheren Schützen stellte diese Steinschleuder eine durchaus wehrhafte Waffe dar.
»Spar dir den Stein, der Raubvogel fliegt doch viel zu hoch.« Maria winkte ab. »Den triffst du nie im Leben.«
»Wir werden es ja sehen!« Niklas wollte seiner nur zwei Jahre jüngeren Schwester zeigen, dass er es jederzeit mit einem Wildschützen des Kurfürsten aufnehmen konnte. Sein Handeln war aber mehr von Trotz als von kluger Überlegung geprägt. Mit der Linken hielt er den Zwockel umklammert, mit der anderen legte er den Stein ins Leder und spannte fest an. Kurz darauf flog das Geschoss wie eine Musketenkugel davon. Doch von einem Höhenflug konnte nicht gerade die Rede sein. Statt senkrecht hoch in die Lüfte zu schnellen, flitzte der Stein auf einen umgestürzten alten Nussbaum zu und riss dabei einen der vielen dürren Äste ab.
»Hahaha!« Maria brach in ein schallendes Gelächter aus. »An dir ist ein wahrer Meisterschütze verlorengegangen...« Maria schlug sich inzwischen vor lauter Schadenfreude auf die Oberschenkel.
»Getroffen habe ich aber!»
»Ja, aber es fragt sich nur, was, hahaha!« Maria bog sich.
Niklas überkam die blanke Wut, sein Gesicht lief krebsrot an. »Dann mach es halt besser...«
»Versager, du wolltest doch unbedingt zeigen, welch toller Hecht du bist.« Noch immer glitt ein neckisches Grinsen über ihre von Sommersprossen übersäten Wangen.
»Jetzt reicht es mir aber!« Mit weit ausgebreiteten Armen, beinahe so groß wie Dreschflügel, sprang er wie ein Luchs auf sie zu. Maria machte einen behänden Satz beiseite. Sein Angriff ging ins Leere, wobei er prompt mit seinem zornverzerrten Gesicht mitten in einem großen Kuhfladen landete. Jetzt brachen natürlich bei Maria alle Dämme. Der milde Wind trug ihr lautes Lachen über die Talsohle zur gegenüberliegenden Hangseite des Waldes. Das Echo warf ihr Gelächter wie eine Antwort zurück.
In den Ohren des armen, durchaus bemitleidenswerten Niklas klang es nur wie ein zusätzlicher Spott. Warum um Himmels Willen musste sein Vater ihre einzige noch verbliebene Milchkuh ausgerechnet hier zur

Weide führen...
Beinahe vor Ekel vergehend, versuchte er, sich den stinkenden Kuhdreck aus dem Gesicht zu wischen. Seine bedröppelte Miene schlug schnell in Zorn um.
»Hia - hij - hiy - hiä!« Der sonst wie ein Jammern anmutende Schrei des Rotmilans erschien ebenfalls wie ein schadenfreudiges Rufen. Mit tiefem, weichem Flügelschlag drehte der Raubvogel ab, auf der Suche nach Beute.
»Dich krieg ich noch, du verfluchter Greif!«, plärrte Niklas und warf ihm einen hasserfüllten Blick zu.
Als Maria den wütenden Ausdruck in sein Gesicht geschrieben sah, machte sie, dass sie Land gewann, und zwar möglichst schnell. Keinen Moment zu früh trugen sie die flachen Sohlen ihrer Lederschuhe den Hügel hinunter.
Es dauerte nicht lange, und sie verspürte seinen keuchenden Atem in ihrem Nacken. Er war zweifellos der bessere Läufer. Schritt für Schritt holte er sie von Rachsucht getrieben ein. Seine Rechte griff bereits nach ihren aus dem Kopftuch herausflatternden Haaren. Maria fürchtete den Schmerz, wenn er gleich daran ziehen würde, deshalb ließ sie sich ganz einfach ins nasse Gras fallen. Niklas, der nicht darauf gefasst war, stürzte glattweg über ihre ausgestreckten Beine. Seine Mütze flog im hohen Bogen davon. Beide kullerten nun einem Wollknäuel gleich den steilen Abhang hinab. Maria gab einen vergnügten Laut von sich und es brauchte nicht lange, bis auch Niklas Spaß am tollen Gewälcher fand. Sein ganzer aufgestauter Zorn war verraucht, als habe es ihn nie gegeben.
Sie lenkten ihre Schritte auf den nahen Wald zu, wo plötzlich von ihrem Erscheinen am Rand der Dickung ein Reh schreckte und floh. »Schade, jetzt haben wir es verjagt«, seufzte Maria.
»Ach, wir bekommen noch genügend Tiere zu Gesicht«, versprach Niklas und nahm seine Schwester an der Hand. Aus einem völlig unbewussten Grund heraus sah er kurz zu seiner Rechten, zum äußeren Ende der Talsenke hin. Von nickenden, vorjährigen Rohrkolben und welkem Riedgras umsäumt, dehnte sich ein breiter Sumpfstreifen in seinem fahlen Gelb aus. Wie ein einsamer mahnender Wächter streckte mittendrin eine Korbweide ihre schlanken Zweige gen Himmel.
»Wer dort einmal hineingerät, der kommt zu Lebtag nicht mehr heraus«, meinte er und fühlte einen leichten Schauer über seinen Rücken kriechen. »Nicht für alles Geld und gute Worte, würde ich je einen Fuß dorthin setzen...«

»Ja, lass uns nur rasch weitergehen«, drängte Maria und zog ihren Bruder fort.
Sie tauchten ein in die tiefe Stille des Spessartwaldes. Für einen Augenblick brach das Sonnenlicht aus dem tristen Wolkengebräu und blitzte durch die zerzausten Fichtenwipfel. Noch streckten die Buchen und Eichen ihre nackten, kahlen Äste zum Firmament, es würde noch eine geraume Weile dauern, ehe sie das neue schmückende Blattwerk des Lenzes trugen. Hin und wieder erhob sich feierlich flötend der Gesang des Rotkehlchens, dem sich der Zaunkönig laut schmetternd anschloss. Auch der Buchfink fiel mit seinem melodischen Zwitschern ins Konzert der Sänger ein, die zusammen jenen Vorfrühlingstag begrüßten. Noch ahnte niemand, weder Mensch noch Tier, welch dramatische Ereignisse sich heute auf dem Johannesberg zutragen sollten...

*

»Schau, hier waren vor kurzem noch Hirsche gewesen!« Niklas blieb an einer von Faulbaumstämmen überragten sumpfigen Wasserstelle stehen
»Wo? Ich sehe keine Tiere.« Enttäuscht ließ Maria ihre Blick rundherum schweifen. Er zeigte auf die Trittsiegel der Spuren, die die Läufe des Rotwildes im Schlamm hinterlassen hatten. »Jetzt sind aber keine Hirsche mehr da.« Maria zog ein langes Gesicht.
Sich über Hügel und Tal, durch Dickung und Tannicht hindurchquälend, kamen sie immer weiter in den Wald.
»Ist es noch sehr weit?«, fragte Maria. »Meine Füße tun mir schon ganz weh vom vielen Laufen.«
»Du musst dich schon noch ein wenig gedulden«, antwortete Niklas, »aber lange dauert es bestimmt nicht mehr, bis wir den Wolfsgrund erreicht haben.«
»Weißt du überhaupt den genauen Weg?«
»Freilich, ich war schon mit Vater und Großvater zusammen dort gewesen«, tönte er recht großspurig. In Wirklichkeit aber war er gerade ein einziges Mal dabei gewesen, und dies lag schon einige Jahre zurück. Irgendwann würden sie schon an die richtige Stelle kommen. Beseelt von einer tüchtigen Portion Gottvertrauen und Wagemut führte Niklas seine Schwester immer weiter in den Wald hinein.
Sie schlugen sich durch einen dicht bewachsenen Gürtel aus Gestrüpp und Sträuchern. Ganz in ihrer Nähe trommelte ein Specht in kurzen Wirbeln. Inmitten der hohen, ächzenden grauen Buchenstämme hatte

sich hier aus einer bloßen Laune der Natur heraus eine kleine Lichtung gebildet. Niklas ging durch das kniehohe Gras voran. Maria war zwischenzeitlich etwas zurückgefallen.
»So warte doch, bitte...« Mit langsamen Schritten trottete sie quengelnd hinterher.
»Wenn du jetzt auch noch zu weinen anfängst, nehme ich dich nie mehr mit, egal wohin.« Niklas schien allmählich die Geduld zu verlieren. Statt auf den Waldboden vor seinen Füßen zu achten, warf er ihr einen vorwurfsvollen Blick zu. »Du lahme Ente...«, giftete er. Plötzlich mitten im Satz, stürzte er unversehens der Länge nach hin. »Himmeldonnerwetternocheinmal!«, schimpfte Niklas zeternd wie ein Rohrspatz und rieb sich seine angeschlagenen Knie.
»Fluche nicht, sonst musst du wieder zu Hochwürden Mehlmann in die Beichtstunde«, schalt Maria. »Es tut immer so verdammt weh, wenn er einem die Ohrläppchen hochzieht.«
»Du verweichlichte Memme, verschon mich gefälligst mit deinen kindischen Sprüchen.« Niklas hatte sich sein linkes Hosenbein ein Stück weit aufgerissen. Zwischen den Stofffetzen schaute das blanke Fleisch heraus.
»Oh weh, du blutest ja...« Maria schlug sich entsetzt die Hände vors Gesicht.
»Ach, das bisschen vergeht schon von ganz allein«, wehrte Niklas ab. Insgeheim biss er jedoch die Zähne fest zusammen. Er war viel zu stolz, ihr gegenüber seine Pein einzugestehen. »Hier im Gras muss etwas versteckt sein, worüber ich soeben gestolpert bin.«
Niklas riss gespannt die Grasbüschel auseinander. Vor seinen ungläubigen Augen taten sich die wenigen, moosüberwucherten und verwitterten Skelettreste eines längst verendeten Tieres auf. Die beiden langen Geweihstangen eines einst mächtigen Zwanzigenders verrieten, dass es Überreste eines Rotwildes waren.
»Schau, da steckt sogar noch ein abgebrochener Bolzen einer Armbrust.« Niklas wies auf einen der Rippenbögen.
»Bestimmt haben ihn die Jäger erlegt«, meinte Maria etwas traurig. Sie konnte es überhaupt nicht leiden, wenn Tiere durch Menschenhand sterben mussten. Selbst wenn im Frühjahr und Herbst bei ihnen daheim Schlachttag war, ließ sie sich draußen auf dem Hof nicht blicken und schloss sich in ihrer kleinen Kammer ein, bis alles vorbei war.
»Aber warum hat man denn diese herrlichen Stangen nicht als Trophäen mitgenommen?« Niklas schüttelte verwundert den Kopf. »Was ein richtiger Waidmann ist, lässt so etwas doch niemals zurück...«

»Vielleicht konnte der Hirsch ja fliehen und er ist später hier verendet.« Diese Möglichkeit rief in Maria einen Hauch von Freude darüber hervor, dass die blutrünstigen Jäger um ihren Lohn gekommen waren. In der Tat, Maria hatte, ohne es zu wissen, mit ihrer Vermutung recht. Der Hirsch »Tabor«, einst der mächtige König des Bergwaldes, hatte hier vor langer Zeit bei der kurfürstlichen Treibjagd sein Ende gefunden.
»Welch prächtiges Geweih!« Staunend entriss Niklas dem vermoosten Waldboden Tabors starke Krone. Sie wog unheimlich schwer in seinen Händen, er konnte sie auch nur ein Stück hochnehmen. Nur die Waldmäuse hatten bislang um dieses Geheimnis gewusst und an einigen Stellen ihre Nagespuren hinterlassen. Auch wenn Wind, Regen und Licht das riesige, vormals ebenholzschwarze Geweih mit seinen elfenbeinfarbenen Enden inzwischen ziemlich ausgebleicht hatten, hatte die Krone nichts von ihrer majestätischen Ausstrahlung verloren.
»Dafür bekommen wir bestimmt auch etwas«, meinte Niklas, der vor lauter Freude über seinen Fund mordsmäßig weit über beide Wangen strahlte.
»Aber wir wollen doch zu den Wolfsjungen...«, warf Maria ein.
»Ach, das kann noch warten, bis auf ein andermal«, gab Niklas zurück.
»Du hast aber selbst gesagt, dass es an der Zeit ist, dass die jungen Wölfe den Bau verlassen. Dann verkriechen sie sich ins dichte Unterholz und wir können sie dann nicht mehr fangen.«
»Ist ja gut, du kleine Nervensäge.« Niklas legte die Geweihstange wieder ab, genau auf die gleiche Stelle, wo sie vorher gelegen hatte. Rasch rupfte er einige Grasbüschel aus und streute sie darüber. Niemand sollte von seinem großen Schatz erfahren. »Dann werde ich eben ein anderes Mal hierher kommen müssen, um das Geweih zu holen.« Es tat ihm aufrichtig in der Seele weh, seinen prächtigen Fund nicht gleich auf der Stelle mitnehmen zu können.
Maria hingegen war erleichtert darüber, dass es weiter ging. Sie war nicht gerade erpicht darauf, ein solch schweres Trumm den ganzen weiten Weg über Stock und Stein bis nach Hause schleppen zu müssen.

*

Der brusthohe Farn teilte sich.
»Da vorne muss er sein, der Wolfsbau!« Leise flüsternd hob Niklas seinen Mund dicht an Marias Ohr. Beide gingen sie kutschend, vom Farn geschützt, tief in die Hocke. Unter dem halb freiliegenden Wurzelwerk einer großen Eiche tat sich eine höhlenartige Mulde hervor.

»Du hältst von jetzt an deine Klappe, kapiert...?« Mahnend legte er seinen rechten Zeigefinger auf die Lippen.
»Jaaa!«, hauchte Maria langgezogen. »Ich bin doch kein kleines Kind mehr.«
»Das wird sich ja gleich zeigen.« Niklas hob einen kleinen Stein auf und warf diesen in Richtung der Höhle. Es rührte sich nichts. Dennoch wartete Niklas einige Augenblicke geduldig ab. »Die alten Wölfe durchstreifen bestimmt den Wald, auf der Suche nach Beute. Sonst wären sie längst da...«, raunte Niklas ihr zu. »Los komm, wir wollen nachsehen, ob die Höhle überhaupt befahren ist.«
Dem äußeren Anschein nach wies nichts darauf hin, dass hier eine Wölfin ihre Jungen zur Welt gebracht hatte. Das Muttertier fraß die Losung auf, um den Wurf nicht zu verraten. Mit einem dicken Knüppel bewaffnet kroch Niklas auf die von der herrschenden Windrichtung abgewandte Seite der Höhle zu. Dicht hinter ihm folgte Maria. Ihr war gar nicht wohl bei der ganzen Sache. Ein mulmiges Gefühl kroch in ihre Magengrube.
»Bitte, tue ihnen nichts, schlag sie nicht gleich tot!«, bat sie flehend.
»Du sollst doch ruhig sein, du elendes Kreischmaul«, platzte es aus ihm hervor. »Wenn ich es nicht mache, dann tut es eben später der Rentmeister in der Stadt.«
»Nein!«
»Dann halt nicht, in Gottes Namen, wenn du meinst, dass es ihre Qualen nicht verlängert, du ewige Nörglerin!« Niklas gab sich geschlagen. ›Oh diese Mädchen!‹, dachte er abschätzig und verdrehte die Augen. Ganz langsam, Stück für Stück, schob sich Niklas die letzten Paar Schritte vorwärts. Er brauchte nicht lange zu graben. Sie hatten Glück! In einem von Waldgras ausgepolsterten Lagerstreu lag eine dicht zusammengedrängte, wollige graubraune Masse beieinander. Satt und zufrieden schliefen drei junge Wölfe ahnungslos dem Frühlingstag entgegen.
»Schnell, gib den Sack her!«, verlangte Niklas. Maria reichte ihm den großen, löchrigen Leinensack, den sie schon die ganze Zeit über bei sich trug. Ehe die Wölfe begriffen, welch schreckliches Unheil da plötzlich über sie hereinbrach, war es auch schon um sie geschehen. Im Handumdrehen packte sie Niklas hintereinander im Genick und steckte sie in den Sack. Erst in diesem Augenblick erkannten die kleinen Wesen das schlimme Schicksal, das sie wie ein Blitz aus heiterem Himmel überkommen hatte. Es war zu spät, aus diesem finsteren Gefängnis gab es kein Entrinnen. Das Gezappel nahm kein Ende. Der Freiheitsdrang

der erst wenigen Wochen alten Wölfe schien unbändig. Doch alles Grollen, Kratzen und Beißen ihrer kleinen Krallen und Zähne half nichts. Unbarmherzig zog sich die Hanfschnur des Fängers um die Öffnung des Sackes. Das Licht der Welt verschloß sich.
Plötzlich erklang aus dem nahen Fichtenunterwuchs der laute Warnruf eines Eichelhähers, der im Tiefflug zwischen den Bäumen hindurchflog.
»Die Altwölfe kommen zurück!« Es brauchte keine weiteren Erklärungen. Niklas warf den Leinensack mit den klagenden Welpen über den Rücken und er begann zu laufen was das Zeug hielt. Ihre Augen vor lauter Schreck weit aufgerissen, nahm Maria ihre Beine ebenfalls in die Hände und folgte ihrem Bruder dicht auf den Fersen. Jetzt gab es nur noch eines, die Flucht vor den grauen Räubern. Von wilder Panik ergriffen schlugen sie sich querfeldein durch die Büsche. Einem tollwütigen Keiler gleich, brachen sie ins Tannicht und zerkratzten sich dabei Gesicht und Hände. Marias Kopftuch blieb an einem weit herunterhängenden Astwerk hängen. Achtlos ließ sie es zurück. Nur weiter!
Maria schluchzte, ob aus Furcht oder Schmerz, dies war ihr in all der Aufregung selbst nicht bewusst. Doch sie hielt tapfer durch. Heimlich wischte sie sich die Tränen von den zerschundenen Wangen. Ihr Bruder sollte nichts davon mitbekommen. Keiner von beiden wagte es, auch nur einen Blick über die Schulter zu werfen. Keiner wollte den reißenden Bestien in ihren weit aufgesperrten Rachen mit den furchterregenden Zähnen sehen. Die vielen von allerhand Schrecken und Grausamkeit erfüllten Märchen und Erzählungen, die Maria und Niklas über den bösen Wolf des öfteren zu Ohren kamen, hatten ihre Wirkung in keinster Weise verfehlt. Von einigen schlimmen Hungerwintern abgesehen hatten die Geächteten in Wahrheit jedoch viel mehr Angst vor dem Menschen als andersrum.
Die beiden Altwölfe hatten die Witterung ihrer entführten Jungen aufgenommen und waren dabei der Fährte der Kinder gefolgt. Keine Sekunde ließen sie die beiden aus ihren harten Lichtern. Die Wölfe achteten darauf, dass zwischen ihnen und den verhassten Menschen eine gewisse Entfernung lag. Nichts war es mit den fürchterlich aufgerissenen Rachen, die sie verschlingen wollten. Die Altwölfe verfolgten sie bis hin zum Waldrand, wo sie schließlich im Schutz der Dickung zurückblieben.
Schweißgebadet vor Furcht und Anstrengung, erreichten Niklas und Maria, mit ihren Kräften ziemlich am Ende, die offene Talsenke. Am oberen Rand der beidseitig steilen Anhöhe hoben sich die Umrisse des

Laurenthofes vom Märzhimmel ab. Gott sei Dank, die Flucht war gelungen. Niklas war ein guter Fanglohn sicher.

*

»Da seid ihr ja, ihr beiden Ausreißer!« Rosina war die erste auf dem Hof, die die recht zerzausten Heimkehrer in Empfang nahm. Sie saß vor dem Wohnhaus auf einer Holzbank und rührte in einer Schüssel einen Teig.

»Wir haben einen Wolfsbau ausgehoben!« Triumphierend stellte Niklas den Leinensack seiner Großmutter vor die Füße. Das wilde Gezappel war einem ängstlichen Wimmern und Winseln gewichen.

»Die armen Geschöpfe!« Rosina empfand Mitleid. Vor ihren altersträben Augen kehrte ein längst entschwundenes Bild ins Gedächtnis zurück, an den Tag, als ihr Meister Quirin und der »Schindermichel« einen kleinen Wolf von der Jagd mit nach Hause gebracht hatten, in einem ebenso zerlumpten und löchrigen Leinensack wie dem, der vor ihr lag. Aus einem anfangs kleinen hilflosen und tollpatschigen Welpen war später ihr treuer Spiel- und Weggefährte herangewachsen, der nie von ihrer Seite gewichen war.

»Werden die Wölfchen jetzt alle totgemacht?« Maria hoffte auf Gnade. Rosina senkte den Blick und sah auf den völlig still vor ihr liegenden Sack. Die Gefangenen schienen sich bereits in ihr Schicksal ergeben zu haben.

»Vielleicht können wir ja ein Junges großziehen«, sagte Rosina und warf Niklas ein vielsagendes Augenzwinkern zu.

»Mir soll es recht sein.« Er konnte seiner Großmutter keine Bitte abschlagen. »Wir müssen aber vorher noch Vater fragen.«

»Au, fein, das wäre echt toll!« Maria brach in lauten Jubel aus.

»Dafür musst du uns auch die Geschichte von ›Wolf‹ erzählen«, bat Niklas, der endlich die Gelegenheit sah, einer spannenden Geschichte lauschen zu dürfen. »Wie er damals euer Leben gerettet hat, im Eiswinter, du weißt schon...«

»Du Schlingel bist ein richtiges Schindaas«, erwiderte Rosina und willigte in den Tausch ein. Die Enkelkinder nahmen beiderseits von ihr auf der Bank Platz. Neugierig und voller Spannung klebten ihre Augen förmlich an Rosinas Lippen.

»... zu Sebastiani hatte die grimmige Kälte ihren Höhepunkt erreicht. Alle Seen und Flüsse waren meterdick zugefroren. In den Fässern gefror der Wein und in den Kübeln die Milch. Auch in unserem kleinen

Keller am Brunnen wurde der Wein in den Flaschen zu Eis und sie zerplatzten alle. Weil auch sämtliche Mühlenräder eingefroren waren, bekamen die Bäcker kein Mehl und es konnte infolgedessen kein Brot gebacken werden. Wieder einmal mussten Menschen wie Tiere wegen eines harten und langen Winters elendig zugrunde gehen. Sogar unser Nussbaum hinten auf der Wiese, wo es zum Wald hinuntergeht, fiel der Eiseskälte zum Opfer.«

Nicht nur Maria, auch Niklas begann auf einmal ganz gewaltig zu frösteln. Ob es allein nur an Rosinas Erzählung lag oder am kurzen kühlen Windhauch, der vom Westen her über den Hof fegte, war schlecht zu sagen.

»Wer von den Bauern im Herbst nicht genügend Heu eingefahren hatte, sah sich bald gezwungen, sein abgemagertes Vieh notzuschlachten. In vielen Fällen bedurfte es eines Schlachtermessers gar nicht mehr, die Tiere verhungerten ganz einfach vor ihren leeren Trögen.

Ein schneidend kalter Ostwind hatte über Nacht für neuen Schnee gesorgt. Die aufgetürmten Schneewehen reichten bis zu den Fensterbänken hoch. Zwischen den einzelnen Gehöften bestand keine Verbindung mehr. Nur ein Lebensmüder hätte es gewagt, sich durch den brusthohen Schnee zu kämpfen. So mancher Wagemutige, den die blanke Not ins Freie trieb, blieb in den ungeheuren Schneemassen erschöpft stecken, nur um anderntags zu einem Eisblock gefroren von seinen Angehörigen entdeckt zu werden. Die Leichen konnte man nicht einmal begraben. Damit mussten die Leute warten, bis der tief ins Erdreich ragende Eispanzer endlich geschmolzen sein würde. Doch bis dahin sollte es noch einige Zeit dauern.

Eure Urgroßeltern, Katherine und Pierre, sowie Großvater Albert und ich hielten uns während des schlimmsten Abschnitts des Winters meistens in der guten Stube auf. Fest in dicke Kleidung und Decken eingemummt, drängten wir uns dicht ums Herdfeuer. Aber wir waren nicht allein. Auch Antoine und seine Frau waren gemeinsam mit ihren beiden Töchtern zu uns herüber geflüchtet, als der Schnee noch nicht allzu hoch lag. Ihnen waren Holz und Reisig ausgegangen, sie drohten zu erfrieren.«

»Einen hast du aber vergessen, Großmutter!« warf Maria ein.

»Wen denn?«

»Deinen Wolf!«

»Ach so, der darf natürlich nicht fehlen.« Rosina lachte. »Keine Bange, ich hätte ihn schon nicht übersehen. ›Wolf‹ gehörte fest zur Familie, ihn bei diesem entsetzlichen Wetter draußen zu lassen wäre zweifelsohne

sein Tod gewesen. Nein, sein Platz war selbstverständlich hier bei uns. Über 15 Sommer und Winter blieb er treu und brav an meiner Seite. Als ich noch eine junge Frau war, hatte er mir schon das Leben gerettet...«
»Wie kam es dazu?« Neugierig platzte Niklas dazwischen.
»Ich lebte damals noch in der Stadt, ich hab' euch ja schon oft davon erzählt...«
»Bei diesem Meister Quirin bist du groß geworden, weil du keine Eltern mehr hattest, stimmt's?«, fügte Niklas hinzu.
»Ja, bei ihm«, sagte Rosina gedankenversunken. Vor ihrem geistigen Auge lebten plötzlich wieder Bilder auf, die sie größtenteils liebend gern für immer vergessen hätte. »In Aschaffenburg war es eines Tages zum Aufruhr gekommen. Die aufgeregte Menge stürmte den Löhergraben hinunter, wo unser Haus stand und zündete es an. Ich musste flüchten, einer der Männer verfolgte mich...« Atemlos vor Spannung lauschten Maria und Niklas ihren Worten. »Im hintersten Winkel einer der Gassen stürzte ich plötzlich entkräftet zu Boden und mein Verfolger kam hinterher. Er stand bereits über mir und holte mit einem großen Schmiedehammer zum Schlag gegen mich aus,...« Ihre beiden Enkelkinder sperrten ihren Mund weit auf, gefesselt fieberten sie mit. »...doch da kam im buchstäblich letzten Augenblick Hilfe! ›Wolf‹ packte den Mann fest mit den Zähnen, so dass jener sofort von mir abließ.«
»Aber warum geschah das alles?«, wollte Niklas begierig wissen.
»Das ist eine völlig andere Geschichte«, entgegnete Rosina, »ich erzähle sie euch später, heute bleibt nicht viel Zeit.«
»Ohhh, schade!«
»Denkt an eure arme Mutter«, sie hob ihre Stimme, »Annas Wehen kommen inzwischen in immer kürzeren Abständen. Wir müssen nachher auch gleich nach ihr sehen. Jetzt sollt ihr aber erfahren, wie wir alle durch unseren tapferen ›Wolf‹ gerettet wurden...«
Niklas und Maria rückten noch enger an Rosina heran.

*

Ein klarer, strahlendblauer Wintermorgen spannte sich weit über die Höhen des Johannesberges. Die schwache Sonne vermochte es nicht, die zahllosen Eiszapfen an Häusern und Bäumen zum Schmelzen zu bringen. Bis hinunter in die weite Mainebene reichte das große Leinentuch der Schneedecke, die das Land seit etlichen Wochen einhüllte. Mit schneidender Kälte fegte der frostige Atem des Jänners über die endlose Eiswüste hinweg.

»Mon dieu, die letzte Nacht war vielleicht schlimm, kann ich euch sagen.« Pierre Laurent legte zwei große Holzscheite ins offene Kaminfeuer. Die hochstiebenden Funken der gierig zuckenden Feuerzungen warfen einen gespenstischen Lichtschein ringsum auf die grauen schmucklosen Wände. Nur mit mäßiger Wärme erfüllte sich die Luft im Raum. Eisblumen klebten zierend an den Fensterscheiben.

Auf hoch aufgeschütteten Strohhaufen liegend und eng um das Herdfeuer versammelt hatte Pierres Familie gemeinsam mit Antoine und den Seinigen die letzte Nacht verbracht. Nach und nach schälten sie sich aus Decken und Fellen.

»Der Wind zog durch alle Löcher und Ritzen. Ich hatte schon die Befürchtung, das Feuer ginge aus. Ich habe kein Auge mehr zugetan.«

»Aber warum hast du denn nicht geschlafen, Chéri?« Kathérine strich ihm zärtlich über die stoppelbärtigen Wangen. »Du brauchst doch noch deine Kraft.«

»Madame, das Furchtbarste aber war das ewige Geheul der Wölfe. Es hat mich bis aufs Mark erschüttert.« Antoines pausbäckiges Gesicht lugte unter einer alten Koldern hervor. Er gähnte wie ein Löwe. »Trotz des Sturmgebraus' war das schaurige Rufen der Grauen zu hören. ›Wolf‹ trieb es immer wieder zur Tür, wo er mit den Pfoten kratzte.«

»Kein Wunder, wenn du alte Memme so mit deinen Zähnen geklappert hast, hahaha!« Pierre lachte, auch wenn ihm eigentlich überhaupt nicht danach zumute war. Doch selbst angesichts größter Not verlor er nichts von seinem Humor. Auch wenn es nur reiner Galgenhumor sein mochte.

»Monsieur, ich darf doch bitten!« Antoines Gesicht lief rund um seine dicke Knollennase rot an.

»Schluss jetzt, ihr beiden Kindsköpfe«, mischte sich Kathérine dazwischen. »Nehmt doch einmal Rücksicht auf unsere arme Rosina – sie braucht dringend ihren Schlaf...«

»Ich bin schon lange wach!« Rosina zog sich ein paar Strohhalme aus ihrem roten Haarschopf. »Auuuh, ich habe solche Schmerzen! Die Wehen, ich glaube, heute ist es soweit...« Gekrümmt kauerte sie auf ihrer Lagerstätte. Hart an ihrer Seite hielt »Wolf« seinen Kopf zwischen die Vorderpfoten gelegt. Auch er hatte letzte Nacht nur wenig Schlaf gefunden. Mit verkniffenen Lichtern beäugte er seine Herrin und leckte ihr liebkosend übers Gesicht. Er fühlte ganz genau, wie es um Rosina bestellt war.

»Heiliger Strohsack!«, entfuhr es Pierre aufgeregt. »Nach drei Fehlgeburten muss es jetzt einfach gut gehen.«

»Ja, ich will Albert endlich ein Kind schenken!«, stöhnte sie mit schmerzverzerrter Miene.

»Ich weiß, das wirst du schaffen, Liebes!« Albert nahm Rosina in die Arme und fuhr ihr mit einem Tuch über die schweißnasse Stirn. »Ich glaube, die Ärmste hat sogar Fieber. Diesesmal wollen wir nichts dem Zufall überlassen. Ich bringe Rosina auf der Stelle in die Stadt.«
»Was willst du denn dort?«, fragte Pierre verblüfft.
»Zum neuen Medicus gehen natürlich. Wenn denn einer helfen kann, dann er...« Für einen Augenblick war nur das Knistern und Prasseln des Herdfeuers zu hören.
»Bis du denn des Wahnsinns, mein Sohn? Bei diesem Wetter...« Pierre sah entgeistert auf.
»Ja. Oder siehst du etwa einen anderen Ausweg?«, gab Albert festentschlossen zurück. »Der Sturm hat sich gelegt.«
»Trotzdem, selbst mit einem Schlitten wird es wohl kaum möglich sein, durch den hohen Schnee vorwärts zu kommen.«
»Mon ami, ihr müsst ständig mit neuen Schneefällen rechnen«, pflichtete Antoine bei.
Albert stand auf und ging ans Fenster, er kratzte eine Handbreit der Eisblumen weg und spähte hinaus ins Freie. »Ich sehe nirgendwo eine Wolke am Himmel. Heute gibt es mit Sicherheit keinen Neuschnee mehr.«
»Mein Junge, sei doch vernünftig.« Kathérine versuchte, ihn zum Bleiben zu bewegen. »Nein, ich muss es wagen, auf Gedeih und Verderb!«

*

Das kleine Schlittengefährt näherte sich dem Salzmarkt. Der Ochse, der es zog, hatte sich sein Futter redlich verdient. Sein Fell war eisverkrustet, der Schaum um sein Maul war ebenfalls gefroren. Tapfer und unter Aufbietung ihrer buchstäblich letzten Kraftreserven hatten es Pierre und Albert doch tatsächlich geschafft, sich nach Aschaffenburg durchzukämpfen. Sie brauchten schließlich auch fast den ganzen Tag dafür. Ihre frostgeröteten und eisverklebten Gesichter sprachen Bände. Mehr als nur einmal waren sie dem Aufgeben nahe gewesen. Aber mit ihrem schier unbeugsamen Willen hätten die Laurents wohl noch ganz andere Dinge fertiggebracht. Allein die hinten auf dem Schlitten liegende dick eingemummte Rosina ließ immer neue bereits verlorengeglaubte Kräfte in die frierenden und ausgelaugten Körper der Männer strömen. Stark fiebernd und sich heftig vor Schmerzen windend sah Rosina in Kürze ihrer Niederkunft entgegen.
Vom Scharfen Eck aus trennten sie nur drei, vier Steinwürfe von ihrem Ziel. Der Schlitten hielt an. Pierre und Albert hoben die Hochschwangere

herunter. Vorsichtig trugen sie Rosina über den schmalen Holzsteg der alten Salzbrücke, die über den zugefrorenen Ohmbach führte. Auch »Wolf« war mitgekommen. Gemeinsam mit Rosina war er auf dem Schlitten mitgefahren und hatte sie die ganze Zeit über nicht aus den Lichtern gelassen. »Wolf« musste beim Ochsen zurückbleiben, um ihn samt des Schlittens zu bewachen. Er machte es sich derweil auf den Decken bequem.

Obwohl Ochse und Schlitten den hungernden und frierenden Aschaffenburgern als ein mehr als lohnendes Ziel erschien, machte niemand den Versuch, auch nur annähernd in »Wolfs« Nähe zu kommen. Auch einige auf der Suche nach Futter umherstreunende abgemagerte Gassenköter schlugen einen regelrechten Bogen um den alten Grauen. Er, der sich einst vor etlichen Jahren hier in der Stadt den anderen Vierbeinern gegenüber gehörigen Respekt verschafft hatte, hätte es durchaus noch mit jedem anderen Hund aufgenommen. So mancher alte Rüde trug noch in Form einer zerbissenen Pfote oder zerrupften Felles ein Andenken an ihn mit sich herum.

*

Das schmale Gässchen zwischen den Toren ging geradewegs zum Stiftsberg hoch. Zum Glück mussten sie jetzt nicht mehr weit gehen. Am Tönges – auch Marktturm genannt – streckten sich ihnen aus einem kleinen vergitterten Fenster stumm einige Hände entgegen. Die Insassen des Gefängnisses bettelten um Essen. Aber weder Pierre noch Albert hatten einen Kanten Brot oder sonst etwas Essbares in den Manteltaschen, das sie jenen bemitleidenswerten Kreaturen hätten geben können.

Sie standen nicht weit von der Apotheke »Zum güldenen Löwen« entfernt. Doch um das wohl mit Abstand schönste Fachwerkgebäude der Stadt zu bewundern war heute nicht der richtige Tag. Behutsam Rosina in ihre Mitte nehmend, stiegen sie den linken Treppenturm hoch. Dieser führte direkt zu den Laborräumen der Apotheke. Auch der neue Medicus hatte hier ein kleines Behandlungszimmer für seine Patienten eingerichtet.

Meister Nikolaus Gryn war der erste studierte Mediziner, den es in der Geschichte Aschaffenburgs überhaupt gab. Erst auf das Geheiß des Kurfürsten hatte sich der Arzt in der Stadt niedergelassen. Dass noch alles recht neu war, zeigten die strahlend weißen Wände ringsum. Der Geruch der frischen Farbe war noch nicht verflogen. Auf den vollgestellten Regalen standen allerlei Bücher, Flaschen, Tonkrüge, große und kleinere Gläßchen und verschiedene Gefäße. Es roch hier nicht anders als daheim in Rosinas kleiner Kräuterkammer, lediglich mit einem Hauch von Äther und

Schwefel vermischt. Dem offenen Kamin zugewandt ragte ein Bett aus der Ecke ins Zimmer. Einige Stühle scharten sich um einen breitausladenden Tisch. Auf ihm lag eine große Auswahl an Instrumenten, die wohl zum operativen Eingriff gedacht waren.
Viele der fein säuberlich auf einem weißen Linnen ausgebreiteten Bestecke ähnelten fast der grausigen Gerätschaft aus der städtischen Folterkammer. Neben einer kleinen und einer großen Säge, verschiedenen Messern, Zangen, Bohrern, Scheren und Mundsperren, fand sich sogar ein Beil...
Durch die Butzenscheiben der vier kleinen Fenster fielen bereits die ersten Schatten der hereinbrechenden Abenddämmerung. Allein die brennenden Kerzen im hochgezogenen Kronleuchter drängten die Dunkelheit zurück. Die Ankömmlinge hatten sich vergebens auf eine warme Stube gefreut.
»Merkwürdig, das Licht brennt, aber vom Medicus ist weit und breit nichts zu sehen«, sagte Pierre verwundert. »Hoffentlich kommt der Gute heute noch einmal hierher zurück.«
»Bestimmt, denn ich glaube kaum, dass er die kostbaren Kerzen derart unnötig vor sich hinbrennen lässt«, bemerkte Albert. »Der Kerzenkorb ist fast leer, wie ich sehe.« Er warf einen tief besorgten Blick auf Rosinas aschfahles Antlitz. Sie legten sie auf das Bett. Von einem heftigen Schub von Schüttelfrost gepackt sank ihr Kopf ins Kissen. Ihre Zähne klapperten.
»Die Ärmste glüht ja förmlich!« Albert tastete ihre Stirn, es fiel ihm schwer, sein Entsetzen zu unterdrücken. »Es wird schon, Liebes, du hast es bald überstanden.« Mit einem gequälten Lächeln versuchte er, ihr Mut zu machen.
»Am besten, ich mache uns erst einmal Feuer...« Pierre ging zum Kamin. Nestelnd fuhr seine Hand in die Manteltasche und zog einen kleinen, eisernen Feuerschläger, einen Feuerstein sowie eine Zündbüchse mit angesengtem Werg hervor. Er schlug mit dem ovalen Eisen solange fest gegen den Stein, bis schließlich ein Funken auf den Zunder fiel, und blies den aufglimmenden Zunder an. Einen Strohwisch dagegenhaltend entzündete er das Feuer im offenen Herd.
»Räuber und Hausierer haben hier nichts verloren!«, tönte es plötzlich hinter ihren Rücken. Der Sprecher hatte hörbar Mühe seiner leisen, beinahe krächzenden Stimme mehr Kraft zu verleihen. Erschrocken fuhren die beiden Laurents herum. An der Türe tauchte ein Mann auf, der sich auf einen Stock gestützt hielt. In seiner Rechten hielt er einen alten Folianten. Um seinen vierschrötigen untersetzten Leib schlackerte ein grauer Rock. In wirren Strähnen fiel sein graues Haar weit in die Stirn. Zornig funkelten zwei kleine Augen hinter den runden Gläsern eines Kneifers hervor.
»Seid ihr Meister Nikolaus?«, fragte Pierre, ohne sich lange selbst vorzu-

stellen.
»Ja. Was wollt ihr von mir?« erwiderte Nikolaus Gryn widerwillig. Er schien dem Ganzen nicht recht zu trauen. »Hat es denn nicht Zeit? Meine Sprechstunden sind Vormittags von zehn bis zwölf Uhr. Außerdem wartet jetzt meine Alchimistenküche auf mich...«
»Das werdet ihr wohl vorerst sein lassen!«, schoss es nicht gerade freundlich aus Pierres Mund. Hinter seinem Rücken ballten sich seine Fäuste.
Nikolaus Gryn gab seinen Widerstand auf, er spürte die Hartnäckigkeit seines Gegenübers. Es schien sich wirklich um eine ernste Geschichte zu handeln. Den schweren Folianten beiseite legend, ging er zu Rosina ans Bett. Der alte erfahrene Mediziner musste nicht erst lange überlegen. »Sie bekommt ein Kind, außerdem hat sie hohes Fieber! Los, zieht ihr die Klamotten vom Leib, rasch!« Albert und Pierre taten was von ihnen verlangt wurde.
»Jakob, Jakob!«, krächzte Gryn wie ein Rabenvogel. »Wo bleibt denn der faule Bengel? Immer wenn ich ihn brauche, ist er nicht da...« Plötzlich schneite der Gerufene wie ein Wintersturm ins Zimmer.
»Hier bin ich, Meister. Sagt, wo brennt's?« Ein Jüngling von noch recht zartem Alter gab sich zu erkennen.
»Füll einen Kessel mit Wasser und hänge ihn dann an den Kesselhaken ins Feuer«, befahl Gryn. »Und hol uns ein paar saubere Tücher, draußen aus dem Schrank. Es pressiert.« Gryn wandte sich wieder der halbentkleideten Rosina zu. »Ihre Fruchtblase ist geplatzt, der Muttermund hat sich bereits geöffnet...«
»Heiliger Strohsack!«, entfuhr es Pierre.
»Der hilft uns jetzt auch nicht weiter«, bemerkte Gryn mit kaltem Lächeln. »Jetzt ist ärztliche Kunst gefragt.« Rosina wand sich vor Schmerzen.
»Nehmt eure ganze Kraft zusammen«, sprach Gryn beruhigend auf Rosina ein. »Ihr müsst tüchtig pressen, habt ihr gehört?«
Nur schwerlich drangen seine Worte in Rosinas getrübtes Bewusstsein. Von heftigen Fieberschüben und von Schüttelfrost gepackt, raste eine Schmerzwelle nach der anderen durch ihren geschwächten Leib. Mit einem Aufbäumen versuchte sie den letzten Funken an Kraft zum Leben zu erwecken – sie kämpfte. Während ihr Albert den Schweiß aus dem Gesicht wischte, hielt Pierre sie fest mit seinen Armen gepackt auf dem Bett.
»Ja, so macht ihr es gut, meine Teuerste.« Gryn spornte sie weiter an. »Pressen, pressen! Ich kann schon das kleine Köpfchen sehen... noch ein Stück ...ja, jetzt haben wir ihn... es ist ein Junge!« Der Medicus schnitt gleich die Nabelschnur entzwei und schlug einen Knoten.
Zu Tode erschöpft fiel Rosinas Kopf zurück. Sie röchelte schwer. Nun war

sie mit den Kräften restlos am Ende. Doch die atemlose Stille, die jäh vom Raum Besitz ergriff, schreckte Rosina noch einmal hoch.
»Mein Gott, lass das Kind bitte leben!« Sie bettelte förmlich, ihre weinerliche Stimme erstickt in einer Flut von Tränen. Ein eisiger Schauer kroch den wie versteinert dreinstarrenden Männern in die Glieder. Das Neugeborene verlor keinen einzigen Laut. Nikolaus Gryn hielt eine scheinbar leblose Kreatur in den Händen. Wieder hatte Rosina eine Totgeburt...
»Du sollst leben!« Gryn schrie und packte das Kind an den Füßchen und hob es in die Höhe.
Was machte der alte Arzt da? Voller Erstaunen und geladener Spannung erfüllt verfolgten die Laurents das seltsame Gebärden. Noch tat sich nichts... doch plötzlich begann das Kind schwach zu hüsteln, bis sich endlich ein alles befreiender Schrei von seinen Lippen löste.
»Der neue Erdenbürger hat sich wohl nicht so recht in unsere Welt getraut. War ihm wohl zu kalt hier, was?«, meinte Gryn mit leicht ironischem Grinsen, und wischte sich mit dem Handrücken den Schweiß von der Stirn. Nicht nur ihm fielen große Wackersteine der Erleichterung von der Seele.
Rosina konnte ihr Glück gar nicht fassen. Sie weinte, doch diesmal waren es Tränen der Freude, die ihr über die blassen Wangen kullerten. »Bitte, gebt mir meinen Jungen!«
Vorsichtig, als könnte er unter ihren Fingern zerbrechen, nahm Rosina ihren Sohn aus den Händen des Medicus entgegen. Zärtlich drückte sie ihn an sich. Seine winzigen Fingerchen klammerten sich um ihren rechten Zeigefinger, so als suche er daran Halt in der fremden Welt. Rosina strahlte. Nie zuvor in ihrem Leben hatte sie eine derartige Glückseligkeit empfinden dürfen.
»Wie soll er denn heißen, der neue Laurent?«, hauchte sie schwach.
»Jörg!«, antwortete Albert, ohne lange zu überlegen. »Er wird in unsere Fußstapfen treten und wie schon sein Großvater und Vater einmal ein Ackermann, ein Bauer sein!»

*

Rosina schlief. In ihren Armen hielt sie, in saubere Tücher gewickelt, ihren Sohn. Erschöpfung und Müdigkeit hatten die tapfere Kämpferin übermannt. Ihr Körper bekam nun die Möglichkeit, sich wieder zu erholen. Albert, der stolze Vater, saß auf einem Stuhl daneben und ließ die beiden nicht mehr aus den Augen.
»Kommt ihr aus der Stadt?«, fragte Gryn, der sich soeben in einer Schüssel

warmen Wassers die Hände wusch.
»Nein, wir sind von außerhalb«, gab Pierre zurück.
»Von wo seid ihr denn?«
»Vom Johannesberg!«
»Da habt ihr ja allerhand gewagt, aber auch viel gewonnen«, zollte Gryn anerkennend Respekt. »Habt ihr denn überhaupt ein Lager für die Nacht?«
»Nein, daran haben wir in all der Aufregung und Sorge gar nicht gedacht.«
»Die Herbergen in der Stadt sind seit etlichen Tagen restlos belegt. Ich habe es selbst gesehen, alles steckt voll von Pilgern, die vom langen Winter überrascht hier noch immer festsitzen und nicht mehr weiterkommen«, erklärte Gryn. »Aber wenn ihr wollt, könnt ihr von mir aus die Nacht hier verbringen. Allerdings kann ich euch kein weiteres Bett anbieten.«
»Das macht nichts«, wehrte Pierre mit einem freundlichen Lächeln ab. »Habt vielen Dank für euer Angebot, wir wollen es gerne annehmen. Doch vorher müssen wir unserem Ochsen und dem Wolf ein Quartier für die Nacht suchen.«
»Habe ich da recht gehört? Ihr erwähntet soeben doch einen Wolf, oder?«
»Ja, er ist zahm, ihr braucht euch nicht vor ihm zu fürchten«, beruhigte ihn Pierre.
»Nein, nicht dass mir Bange vor ihm wäre, aber heißt die junge Frau hier im Bett nicht zufällig... Rosina?«
»Ja, aber woher wisst ihr um sie?« Pierre sah verdutzt auf.
»Die Leute in der Stadt haben mir schon viel über sie erzählt. Hut ab vor ihr, sie hat es früher wahrlich nicht leicht gehabt, die Ärmste. Ausgerechnet bei einem Scharfrichter und Schinder musste sie als Waise aufwachsen...« Er warf einen bewundernden Blick auf sie. »Bis auf das Aufschneiden schwerkranker Körper versteht sie sich wie ein gelehrter Medicus auf das Kurieren von Kranken. Eine solche Kraft könnte ich gut gebrauchen. Ich will ihr später noch einen heißen Sud aus Dreifaltigkeitskraut, Weidenrinde und Tausendgüldenkraut geben, um ihr Fieber etwas zu senken, es ist viel zu hoch.« Gryn schickte seinen Gehilfen Jakob zum nahen Freihof, damit er dem Ochsen einen warmen Stall und reichlich Futter für die Nacht suchte. Pierre holte derweil »Wolf« und nahm ihn mit hinauf ins Patientenzimmer, wo er vor dem Bett seiner schlafenden Herrin Wache hielt.

*

»Ihr wollt heute wirklich schon aufbrechen?«, fragte Gryn verwundert.
»Ja, wie ihr selbst seht, Rosina fühlt sich schon wieder gut bei Kräften. Und

unsere Familie daheim macht sich bestimmt schon allerhand Sorgen um unser langes Ausbleiben«, erklärte Pierre.
»Habt Obacht, das Wetter schlägt bald um«, warnte Gryn mit erhobenem Zeigefinger.
»Draußen ist es glockenhell.« Albert sah ins Freie. »Ich sehe nirgendwo auch nur die kleinste Wolke am Himmel.«
»Ohhh, das kann ganz schnell gehen, junger Freund. Ach, ich vergaß, ›junger Vater‹!«
Albert schmunzelte. »Wir wollen nicht unhöflich erscheinen, aber wir möchten auf der Stelle los. Noch können wir den Heimweg rechtzeitig schaffen.«
»Meine lieben Freunde, ich an eurer Stelle wäre noch eine Weile geblieben. Keine zehn Rösser könnten mich heute aus der Stadt ziehen. Nun denn, wenn ihr es wirklich nicht mehr länger abwarten wollt , vertraut auf Gott und geht.«
Die Laurents dankten dem Medicus für alles, gaben ihm seinen Lohn und reichten ihm die Hand zum Abschied.
Rosina war überglücklich, sie hatte sich einigermaßen erholt, das Fieber war über Nacht gesunken. Hauptsache, ihr lange ersehntes Kind lag endlich in ihren Armen. In dicke Tücher eingehüllt hielt sie Jörg ganz nahe an ihre Brust gedrückt. »Wolf« spürte, dass er trotz seiner alten Tage künftig mehr auf seine Herrin achten und sie beschützen musste. Aber irgendwie machte er an diesem Tag einen unruhigen, ja gar recht nervösen Eindruck, so als ahnte er etwas, aber was nur? Immer wieder spitzte er sein linkes Ohr und hielt seinen Kopf in Richtung Osten gerichtet. Pierre führte »Wolfs« Verhalten auf Rosinas Geburt zurück.
Nikolaus Gryn sah ihnen nach, bis sie an den Bettlern am Heumarkt vorbei den Freihof erreichten, um dort den Ochsen samt des Schlittens für den Heimweg abzuholen. Stirnrunzelnd sah er, wie von Westen her ein graues Wolkenband allmählich näher zog.

*

Der Schneesturm erwischte sie auf halber Strecke. Binnen kürzester Zeit stieg die Temperatur an. Mit schier unvorstellbarer Macht fegte der milde Westwind über das freie Feld der tiefverschneiten Landschaft. Flockenwirbel, vermischt mit Regenschauern hüllten das einsame Schlittengefährt ein. Tief gebeugt stemmten sie sich gegen die Wucht des Sturmes vorwärts. Einmal mehr versanken sie bis über die Knie hin im tauenden Schnee. Auch der Ochse kam mit seinen Hufen immer weiter in die weichen Schneemassen, bis er schließlich laut brüllend stecken blieb. Den beiden Männern blieb nichts anderes übrig, als das völlig entkräftete Zugtier mit den bloßen Händen frei zu graben, nur um einen Steinwurf entfernt wieder aufs Neue im Schnee einzubrechen.

Rosina hatte alle Hände voll zu tun, damit sie mit ihrem Kind von den heftigen Böen nicht vom Schlitten heruntergeweht wurde. Man konnte inzwischen kaum noch die eigene Hand vor den Augen sehen, derart peitschten Eiskristalle und Regentropfen im dichten Vorhang nieder.

Pierre wäre ums Haar auf ihn getreten. Nur wenige Ellen trennten ihn von der leblosen Gestalt, die geradeмal noch mit der oberen Brusthälfte aus der weißen Not ragte. Die beiden Arme streckten sich in makabrer Weise einem Wegweiser gleich, leichenstarr seitlich in die Höhe. Allem Anschein nach hatte hier vor kurzem der Eiswinter ein weiteres Menschenleben gefordert.

»Heiliger Strohsack!« Pierre ging in die Hocke und wischte dem Unbekannten die Flocken aus dem beinah gänzlich zugeschneiten Gesicht. Erschrocken fuhr er zurück.

»Himmel... Antoine?!« Das pausbäckige Gesicht mit der Knollennase hatte bereits eine bläuliche Farbe angenommen. Doch wenn Pierre geglaubt hatte, es wäre um den kleinen Kerl geschehen, so sah er sich alsbald getäuscht. Der Mann aus der Gascogne lebte, er war noch lange nicht soweit, die letzte Reise ins Jenseits anzutreten. Höchstens ein Blitz konnte ihn töten. Aber nach einem Gewitter sah es heute nicht aus.

»Oh Monsieur...« Er schlug die Augen auf. »Endlich habe ich euch gefunden!« drang es gerade noch so vernehmlich über seine eisverkrusteten Lippen.

»Was, um Himmels Willen, tust du hier?« Pierre packte seinen einstigen Diener und treuen Weggefährten. Albert kam ihm zu Hilfe, gemeinsam zogen sie Antoine aus dem Schneeloch, das ihm beinahe zu seinem eisigen Grab geworden wäre.

»Madame hatte keine Ruhe mehr, sie war in heller Aufregung, euch sei vielleicht etwas zugestoßen. Deshalb bin ich heute in aller Herrgottsfrühe vom Hof aufgebrochen, um nach euch zu suchen.«

»Wie kann man als erwachsener Mensch nur so unvernünftig sein, sich ganz allein in die weiße Hölle zu wagen?« Pierre ließ eine wahre Schimpfkanonade vom Stapel, dass Antoine Hören und Sehen verging. Insgeheim war Pierre jedoch voller Freude, ihn lebend vorzufinden Die Geschichte hätte auch anders ausgehen können.

»Du armer Teufel, du bist ja schon ganz steif.« Zusammen mit Albert begann er, den Halberfrorenen heftig an Armen und Beinen zu reiben. Allmählich kehrten erste Lebensgeister in Antoine zurück, so dass er sich

wieder etwas bewegen konnte. Gemeinsam schleppten sie ihn zum Schlitten.
»Ist er tot?« Rosina erschrak, als sie ihn brachten.
»Nein, aber viel hat nicht gefehlt«, gab Albert zu Antwort. »Wir müssen ihn aber auf schnellstem Weg nach Hause bringen. Hoffentlich kommt jetzt nichts mehr dazwischen...«
Plötzlich brach das Unheil ohne jegliche Vorwarnung über sie herein. Der Boden unter ihren Füßen geriet, einem Erdbeben gleich, heftig in Bewegung. Das breite Schneebrett, auf dem sie standen, brach unversehens ab und stürzte in eine tiefe Senke. Der Schlitten überschlug sich. Ihr Kind geistesgegenwärtig an sich pressend, rollte Rosina kopfüber in den Schnee. Auch die drei Männer fanden keinen Halt mehr. Doch sie hatten noch einmal Glück im Unglück, zumindest was diese Sache betraf. Außer ein paar blauen Flecken würde keiner einen ernsthaften Schaden davontragen. Während es auch für »Wolf« glimpflich ausging, war dem Ochsen hingegen weniger Glück beschieden. Vergeblich versuchte das vor Schmerzen laut brüllende Tier hochzukommen.
»Oh weh, hier ist nichts mehr zu machen.« Pierre schnaufte tief durch. »Er hat sich beide Vorderläufe gebrochen. Wir können nicht einmal seine Leiden verkürzen, meine Axt ist beim Sturz irgendwo im Schnee verloren gegangen.«
»Auch wenn es uns noch so schwer fällt, wir müssen den Ochsen seinem Schicksal überlassen«, pflichtete ihm Albert mit hilflosem Achselzucken bei.
»Mon dieu, jammerschade um das gute Fleisch«, seufzte der im Schnee kauernde Antoine, der auf einmal wieder Hunger zu haben schien.
»Wie ich höre, scheint es dir wieder besser zu gehen...«, meinte Pierre, der sich trotz der verteufelten Lage ein flüchtiges Lächeln abrang.
Ein Hauch von Röte schoss über Antoines Wangen.
»Wolf« nahm die neue Gefahr, die ihnen allen drohte, als erster wahr, er stellte das linke Ohr. Seine Rückenhaare sträubten sich. Ein leises Grollen entströmte seinem Rachen. Mit harten Lichtern blickte er gen Osten. Zuerst waren die unverkennbaren Laute noch ganz schwach zu hören, doch zunehmend drang das schaurige Heulen der Wölfe durch das Sturmgebraus.
»Oh mein Gott, sie kommen!«, schrie Rosina entsetzt. Nicht nur in ihren Adern erstarrte das Blut. Jetzt war schnelles Handeln angesagt. Von fieberhafter Eile getrieben, spannten die Männer den Schlitten aus dem Geschirr und zogen ihn aus der Senke hoch. Wertvolle Zeit ging dabei verloren.

»Kannst du einigermaßen gehen, Antoine?«, fragte Pierre gehetzt.
»Ich kann es versuchen, Monsieur!«
»Du musst, hörst du! Wir können Rosina und dich unmöglich zusammen auf dem Schlitten ziehen. Für euch beide reicht die Kraft nicht. Los komm, wir haben schon viel brenzligere Situationen erlebt!« Pierre beschwor ihn regelrecht.
»Ja, wie damals bei unserer Flucht aus Frankreich«, gab Antoine zurück. Eine Flut von Angst flackerte vor seinen Augen. Schon allein das durch Mark und Bein dringende Wolfsgeheul verhalf ihm auf die Füße. Steifbeinig und mit klammen Gliedern setzte sich Antoine in Bewegung. Er empfand keineswegs Lust, von den hungrigen Bestien verschlungen zu werden.
Rosina sah zu »Wolf« hinüber, er schüttelte sein nasses glattes Fell. In seinen gelben Lichtern lag ein eigenartiges, ja sonderbares Glitzern. Langsam trottete er zu Rosina und leckte ihr mit seiner weichen Zunge über die Haut.
»Komm mein treuer Gefährte, es geht weiter. Los, spring auf!« Der Schlitten zog an. Höchste Zeit für »Wolf«, Rosinas Worten zu folgen. Doch nein, er blieb zurück. Seine gräulichweiße Schnauze zeigte stur zum dichten Schneevorhang, aus dem die Wölfe bald hervorspringen würden. Witternd zog er die Gerüche in die Nase, die ihm der Sturm entgegentrieb.

*

Ihre langen, dünnen Läufe trugen sie schnell über die freie weite Schneefläche. Das Rudel hatte sich eng zusammengeschlossen. Zwölf dunkle Gestalten tauchten aus einer leichten Bodenwelle auf. Sobald die zottigen Wölfe den Ochsen erspähten, schlug das Rudel einen fächerförmigen Kreis. Nur der Leitwolf sprang geradewegs der Beute entgegen.
Die tödliche Gefahr witternd, versuchte das schwerverletzte Tier in einem letzten verzweifelten Aufbäumen auf die Hufe zu kommen, vergebens. In den großen angstglotzenden Augen spiegelte sich der weit aufgerissene Rachen des Angreifers wieder. Unbarmherzig fuhren die dolchspitzen Zähne des grauen Räubers dem Ochsen an die Kehle. Derweil nahmen zwei der Verfolger »Wolfs« Fährte auf. Mit grimmigen Zähnen stellte er sich ihnen in den Weg. Doch die beiden bis auf die Rippenbögen abgemagerten Artgenossen machten nicht Halt. Halb wahnsinnig vor lauter Hunger stürzten sie sich voller Ungestüm auf »Wolf«.
Blitzschnell sprang er dem Ersten von ihnen an die Kehle und biss zu. Seine fürchterlichen Reißzähne gruben sich tief in das struppige Fell seines

Gegners. Als »Wolf« zurücksetzte, hatte er keinen Blick mehr für den Besiegten, der mit durchbissener Kehle mit heftig zuckenden Läufen sein Leben aushauchte. Warum auch, er sah sich bereits dem Angriff des zweiten Wolfes ausgesetzt. Der Blutgeruch des Sterbenden, versetzte diesen in einem regelrechten Rausch. Als wild schnappender Klumpen wälzten sich die kämpfenden Tiere über den Schnee.
Das schauerliche Gebiss seines Widersachers schlug mit höllisch brennendem Schmerz in »Wolfs« bebende Flanke und riss eine klaffende Lücke. Doch noch gab sich der alte Wolf nicht geschlagen. Er kämpfte nicht nur um sein eigenes Leben, nein, er kämpfte auch für die großen Zweibeiner, die ihn einst vor vielen Jahren aus dem Wald geholt und bei sich aufgezogen hatten. »Wolf« hatte die Liebe und Zärtlichkeit eines kleinen Mädchens kennen gelernt, nun war er bereit, für das Leben der jungen Frau zu sterben... In einem beherzten Sprung krachten die beiden Wölfe heftig zusammen, dass sie in den Schnee wirbelten. »Wolf« verbiss sich fest in der dichten Haarmähne seines Gegners. Das Fell färbte sich blutigrot. Den Schwanz zwischen die Beine geklemmt, schlich der Besiegte mit einem leisen Winseln vom Kampfplatz.
Plötzlich raste eine Schmerzwelle durch »Wolfs« rechten Hinterlauf. Ein weiteres Tier, das lautlos wie eine Wildkatze angeschlichen war, ließ seine Zähne zuschnappen.
»Wolf« ließ von seinem Kontrahenten ab, um sich der neuen Bedrohung zuzuwenden. Sein todesmutiger Kampf forderte seinen Tribut, schwindelig und torkelnd stellte er sich dem neuen Angreifer. Das Rudel hatte ihn inzwischen von allen Seiten her eingekreist. Wild mit den Zähnen fletschend und knurrend zogen die Wölfe die Schlinge enger und enger. Sobald er geschlagen am Boden lag würden sie über ihn herfallen und nach dem unverhüllten, grausamen Gesetz der Wildnis verschlingen. Doch ganz so einfach wollte er es ihnen nicht machen. Mit weit geöffnetem Fang sah er in die grünschillernden Lichter des kühnen Leitrüden. »Wolf« war bereit für seinen letzten Kampf.

*

»...wir hatten mittlerweile den Hof erreicht, als plötzlich aus weiter Ferne ein Wolf seinen Triumph in die Dämmerung hinausheulte. Wie zur Antwort stimmte das Rudel in das Geheul ein. Uns allen wurde es in diesem Augenblick gewiss, dass ›Wolf‹ für immer von uns gegangen war. Doch sein Tod war nicht umsonst, er hatte sich für uns geopfert, indem er jenen von vornherein völlig aussichtslosen Kampf mit dem ganzen Rudel aufgenommen hatte. Als Albert und Pierre Tage später die Stelle des Kampfplatzes aufsuchten, fanden sie nicht weniger als fünf Wolfskadaver...«

»...und einer davon war ›Wolf‹!« Fiebernd fiel Niklas Rosina ins Wort. Ihre Erzählung hatte ihn bis zuletzt gefesselt.

Auch Maria fand nur schwerlich in die Wirklichkeit zurück. Sie sah zum Schluss nur noch kämpfende Wölfe vor ihrem geistigen Auge.

»Was habt ihr dann mit dem armen ›Wolf‹ gemacht?»

»Seht, da links neben der Bank, auf der wir sitzen, da war sein Lieblingsplatz. Hier lag er oft und ließ sich von der Sonne das Fell wärmen«, erklärte Rosina. »Wir haben ihn da begraben.« Dass außer dem Schädel, seinem angebissenen Lauf und dem Schwanz vom tapferen Tier damals nichts mehr übrig geblieben war, behielt sie für sich. Beinahe ehrfurchtsvoll starrten ihre Enkelkinder hin zur Grasnarbe, unter der »Wolfs« kümmerlichen Überreste ruhten.

»Puh, so eine spannende Geschichte möchte ich meinen Kindern auch mal erzählen können, wenn ich groß bin«, schwärmte Maria, deren Wangen vor lauter Aufregung förmlich glühten.

»Doch was machen wir jetzt mit den kleinen Wölfen?«, fragte Niklas, der es plötzlich nicht mehr ganz so eilig hatte, sie zu erschlagen und sie in die Stadt zu bringen.

Rosina sah zu dem Sack, der dicht vor ihren Füßen lag. Längst war das Zappeln und Fiepen verstummt.

»Ich werde nachher mit eurem Vater sprechen. Ich werde ihm vorschlagen, dass wir einen der Wölfe großziehen.«

»Auuuh fein!« Nicht nur Maria, auch Niklas klatschte sich freudestrahlend in die Hände.

Rosina stand von der Bank auf und ging zur Haustüre. Sie wollte nach der langen Geschichte endlich nach ihrer Schwiegertochter sehen, deren Niederkunft bevorstand.

2

»Bet, Kinnl, bet!
oitza kinnt da Schwed,
oitza kinnt da Oxensterna,
wiard ma Kinnl betn lerna.
Bet, Kinnl, bet!«

Kinderlied, 17. Jahrhundert

Plötzlich, mitten in der Bewegung zur kurzen Steintreppe hin, verharrte Rosina auf der Stelle. Kreidebleich vor Schreck stierte sie zum dicht mit Bäumen bewachsenen steilen Berghügel hoch. In der unmittelbaren Nähe des alles beherrschenden Kirchturms über der steilsten Anhöhe des Johannesberges stiegen hohe Rauchsäulen in den trüben Märzhimmel.
»Herr im Himmel, es ist soweit. Jetzt müssen wir alle sterben!« Ihre anfänglich gesenkte Stimme schwoll rasch zu einem lauten Wehgeschrei an.
»Mutter, was ist geschehen?« Mit leichenblassen Mienen stürzten Albert und Jörg aus der Haustüre.
»Da! Seht selbst!« Rosina zeigte mit leicht zitternder Hand zum Horizont, wo sich mittlerweile weitere Brand- und Rauchwolken vom Azur abhoben. »Mein Traum – heute ist er schreckliche Wirklichkeit geworden!«
»Helft mir, meine Anna herauszuholen!« Jörg eilte ins Haus zurück. Albert folgte ihm auf dem Fuße.
»So, ihr beiden kommt mit mir!« Rosina fasste Maria und Niklas an den Händen und lief mit ihnen so schnell sie konnten über den Hof schnurstracks die weite Talsenke hinunter dem nahen Wald zu. Auf dem benachbarten Gehöft brach nun ebenfalls von Furcht getragene Hektik aus. Auch dort hatte man inzwischen das weit ins Firmament aufragende Fanal der Vernichtung bemerkt. Schleunigst suchten die Menschen ihr Heil in der Flucht. Es blieb keine Zeit, schnell noch etwas von ihrem ohnehin nur spärlichen Hab und Gut zusammen zu raffen. Niemand besaß mehr als nur das bloße Hemd auf der nackten Haut, wenigstens diese wollte man retten.
Behutsam trugen die beiden Laurents die hochschwangere Frau ins Freie. Die letzten Wehen setzten mit aller Macht ein. Jeden Moment konnte es mit der Geburt soweit sein. Schweißüberströmt krümmte sich

Anna vor Pein.
»Was sollen wir nur tun, Vater?« Jörg war der Verzweiflung nahe. »Wir können sie unmöglich hier gebären lassen!«
»Aber wenn sie unterwegs das Kind bekommt...« Jörgs Widerrede ging im tobenden Geschrei vorbeihetzender Frauen und Kinder unter.
»Zu Hilfe, die Schweden kommen!«
»Wir tragen Anna in den Wald hinunter, es bleibt uns sonst keine andere Wahl«, beschied Pierre, als sich plötzlich in seinem Rücken eine Stimme erhob.
»Was ist mit euch, ihr Hasenfüße? Wollt ihr denn etwa alles den verruchten Plünderern überlassen?« Erschrocken fuhren sie herum. »Habe ich es mir doch gleich gedacht, dass ihr Hugenotten ein feiges Pack seid.« Peter Junckers Augen sprühten vor grenzenloser Verachtung. Umringt von einer Schar Bauern aus Affholderbach stand er draußen auf der Dorfgasse. Allesamt waren sie mit langstieligen Sensen, Mistgabeln, Beilen, Piken, alten Schwertern, einfachen Messern oder nur mit großen krummen Knüppeln bewaffnet.
»Ihr seid ein Tunichtgut, euch alle soll doch der Teufel holen«, gab Albert erzürnt zurück.
»Pah, damit mag es noch ein wenig Zeit haben«, tönte der frühere Landschöffe des Amtes großspurig. »Vorher fahren aber noch ganz andere Kreaturen zur Hölle. Dem ersten der Schweden, der vor mir aufkreuzt, knalle ich eins vor den Latz, dass ihm augenblicklich das Licht ausgeht, und zwar für immer.« Stolz hob er seine Muskete. Doch welch erbärmlichen Anblick bot diese... Das fast schon vorsintflutlich anmutende Gewehr hatte eher Ähnlichkeit mit einem Prügel als mit einer Feuerwaffe, mit der man jemand totschießen konnte. Wer wusste, wie lange dieses Ding schon in seinem Besitz war und ob überhaupt jemals damit ein Schuss abgefeuert worden war.
»Ihr wollt euch doch nicht etwa damit gegen die Soldaten stellen?« Albert rang mit der Fassung.
»Warum denn nicht? Ihr seid schief gewickelt, wenn ihr glaubt, dass wir tatenlos zusehen wollen, wenn uns dieses Dreckspack ausraubt und den roten Hahn auf unsere Häuser setzt«, entgegnete Junckers scharf. »Wir sind ja schließlich keine solch schäbigen Feiglinge wie ihr!«
»Ich werde euch gleich zeigen, wie ein Laurent kämpft«, stieß Jörg zornig hervor.
»Sei vernünftig, lass dich nicht von ihm herausfordern. Er ist es nicht wert, dass man ihn auch nur ansieht.« Albert versuchte, seinen Sohn zurück zu halten.

»Nein, Vater, ich werde bleiben«, gab Jörg zurück. »Man soll uns später nicht nachsagen, wir hätten unser Dorf im Stich gelassen.« Peter Junckers schickte ein dämonisches Grinsen in die Welt, wie es wohl der Leibhaftige nicht besser fertig gebracht hätte. Er hatte erreicht, was er wollte.
»Steckt es euch gut an euren Hut, ihr habt uns nichts mehr zu befehlen«, wandte sich ihm Albert zu.
»Nein, das nicht«, erwiderte Junckers mit einem scheelen Grinsen, »aber an der Ehre packen will ich euch!«
»Dann bleibe ich ebenfalls!«
»Heißt das, du willst auch kämpfen?« Jörg warf seinem Vater einen erstaunten Blick zu.
»Hast du denn gedacht, ich lasse dich hier alleine zurück?«
»Aber meine Anna...«
»Um die kümmern sich ab jetzt die anderen Weibsbilder«, schnarrte Peter Junckers im Befehlston eines Feldwebels. Er rief die fliehenden Frauen zurück. Gemeinsam nahmen sie Anna in ihre Obhut.
»Jörg, Jörg, lass mich nicht allein«, bettelte sie händeringend, während man sie in Richtung des Waldes fort trug.
»Liebes, ich folge dir nach, sobald das alles hier vorbei ist...« Der Rest seiner Worte ging in wild dröhnendem Hufgetrampel und plärrenden Männerkehlen unter. Von einer dichten Staubwolke umhüllt galoppierte eine ganze Reiterschwadron säbelschwingend das Unterdorf herunter.
Mit wehendem Rock tauchte Rosina, vorbei an wildwucherndem Heckengestrüpp, ins schützende Dickicht des Waldes ein. Ihre Lungen brannten, der Schweiß lief ihr an den ergrauten Schläfen herab. Mit der Kraft am Ende sank sie hinter einem großen umgestürzten Baumstamm mit den Knien ins vertrocknete Laub des letzten Herbstes. Auch Maria und Niklas drohte das Herz aus der Brust zu springen. Vorsichtig streckten sie die Nasen aus ihrer Deckung und beobachteten die Flucht ihrer Nachbarn.
»Sie kommen einfach nicht...« Maria seufzte änstlich. Vergeblich hielten sie Ausschau nach ihren Familienangehörigen. Rosina spähte durch das noch kahle Astgezweig und sah, wie ein paar Frauen umringt von einer Kinderschar eine weitere Person mit sich schleppten.
»Hierher! Kommt her zu uns, hier sind wir!« Heftig mit den Armen rudernd, trat Rosina aus dem Versteck. Die Frauen reckten ihre Köpfe. Sie hatten sie bemerkt. Sie liefen auf den Waldrand zu.
»Auuuh!« Anna stieß einen kurzen Wehschrei aus, ihre Fruchtblase war geplatzt.

»Komm, du hast es ja gleich geschafft.« Rosina wies die Frauen ins Versteck. »Lehnt sie am besten da an den Baumstamm.«
Plötzlich sprang Maria auf und rannte weg. »Warum läufst du denn fort? Du brauchst doch keine Angst zu haben.« Rosina rief ihr nach. »Deine Mutter kriegt doch nur ein Kind...«
»Nein, es ist nicht deswegen«, antwortete Maria, während sie davonlief. »Wir haben noch etwas vergessen!«
»Ja, was denn...?«
»Ich will nur rasch den Sack mit den kleinen Wölfen holen...«

*

Die Marodeure waren ihnen an Zahl und Waffen deutlich überlegen. Dennoch stellte sich die kleine Schar um Peter Junckers todesmutig den Angreifern entgegen. Ein peitschender Knall aus dessen Muskete hob den ersten von ihnen im hohen Bogen aus dem Sattel. Doch damit allein war die wilde Horde nicht aufzuhalten. Einer Sturzflut gleich, ergossen sich die ungestümen Reiter über die kühnen Helden, die Frauen und Kinder und ihre wenigen Habseligkeiten verteidigen wollten. Sie wurden in heftiger Wucht allesamt buchstäblich hinfort gerissen. Wer nicht gleich beim ersten Aufprall durch Degenstoß oder Säbelhieb zu Boden ging oder einfach unter die Hufe der Pferde geriet, den streckte eine Pistolenkugel aus dem Hinterhalt abgefeuert nieder.
Ehe Peter Junckers seine Muskete ein zweites Mal zum neuen Schuss laden konnte, stürzte er mit gespaltenem Schädel nieder. Wenigstens in den letzten Augenblicken seines Erdendaseins bewies er Anstand und Mut, sich für eine gute Sache einzusetzen, auch wenn er dies letztlich mit seinem Leben teuer bezahlen musste. Einer nach dem anderen aus den Reihen seiner tapferen Mitstreiter hauchte binnen kürzester Zeit sein Leben aus. Die letzten wackeren Recken, die von den Bauern in diesem mehr als ungleichen Kampfgetümmel übrig blieben, waren die beiden Laurents. Albert sah nur noch die Flucht ins Wohnhaus, die scharfe Klinge eines Säbels hatte in seinen rechten Oberarm eine weit klaffende Wunde geschlagen. Er drohte zu verbluten. Jörg versuchte, mit einer Mistforke seinen Rückzug zu decken. Von schierer Verzweiflung getragen, stürmte er nach vorne und rammte dem am nächsten stehenden Schlachtross die Spitzen der Forke in den Leib. Es tat ihm in der Seele weh, dem Tier dies anzutun, aber beim Kampf um Leben und Tod sah auch er sich gezwungen, zu derart rohen Mitteln zu greifen.
Wild aufbäumend stieg das tödlich verletzte Pferd auf seine Hinter-

beine und warf den Reiter ab. Ungläubiges Entsetzen stand auf das finstere Gesicht des Plünderers geschrieben, als er rücklings zu Boden stürzte. Ehe der Schurke begriff wie ihm geschah, war es passiert. Beim Aufprall brach er sich sogleich sein Genick. Jörg wollte den heftig auskeilenden Hufen des sterbenden Pferdes ausweichen, er versuchte noch beiseite zu springen, doch zu spät. Ein gewaltiger Schlag auf seinen Kopf schickte ihn auf der Stelle auf die Knie. Halbverschwommen sah er den Rest der entfesselten Soldateska auf sich zueilen. Er öffnete die Lippen zu einem Schrei...

*

»Ahhh!« In einem Atemzug erschallten, von der Talsenke getrennt, gleichzeitig die Schreie zweier Menschen. In einem letzten, aufbäumenden Pressen brachte Anna ihr Kind zur Welt. Der Schmerzensschrei, der vom Hof aus zu hören war, übertönte den des Neugeborenen bei weitem.

Anna wusste sofort um denjenigen, der den markerschütternden Schrei ausgestoßen hatte. Vom Weinkrampf überwältigt, sank sie auf den Waldboden. Sie war alles, nur keine glückliche Mutter. Im selben Augenblick als ihr zweiter Sohn geboren wurde, starb sein Vater - sozusagen ein Leben für das andere. Rosina biss die Nabelschnur durch und machte einen Knoten. Eine der Frauen trennte sich einen Teil ihres Trägerkleids ab, damit wickelten sie das Neugeborene ein. Mehr konnten sie vorerst nicht tun.

»Hör auf zu flennen, hier, nimm lieber dein Kind!« Rosina gab das kleine Bündel ihrer Schwiegertochter in die Arme. »Vielleicht war es ja gar nicht unser Jörg, der soeben so schrie...« Sie versuchte Anna zu trösten, obwohl ihr die Stimme ihres eigen Fleisch und Blut besser vertraut war als jedem anderen. Nur mit Mühe unterdrückte Rosina ihre Tränen. Ein unbeschreiblicher Schmerz durchströmte ihr Herz. Jörg - und Albert! Ihm war bestimmt das gleiche grausige Schicksal zuteil geworden wie ihrem Sohn.

»Nein, ich vermag Jörgs Stimme aus einem ganzen Dutzend Männer herauszuhören. Es war sein Todesschrei.« Anna drückte ihr Kind an die Brust, ohne dass sie es überhaupt richtig wahrnahm. Ihre ganze Fürsorge und Aufmerksamkeit galt seit jeher nur einem Menschen: Jörg. Mit hartem Blick sah sie zur jenseitigen Anhöhe hoch, wo ihr Hof lag. »Wenn ich jetzt doch nur bei ihm sein könnte...« Ihre Worte wurden von einer weiteren Tränenflut erstickt.

»Du musst dich jetzt um dein Kind kümmern, hörst du?« Rosina packte Anna fest an den Schultern und schüttelte sie. Sie sah ihr beschwörend ins verweinte Gesicht. »Unsere Männer sollen nicht umsonst gestorben sein...«
Niklas hatte es nicht länger im Versteck ausgehalten. Während sein kleiner Bruder das Licht dieser wahrhaft schrecklichen, von Gottlosigkeit geprägten Welt erblickte, stahl er sich unbemerkt zwischen den Büschen davon. Geschwind rannte er seiner Schwester hinterher. Niklas musste sich gewaltig ranhalten, wollte er sie noch rechtzeitig abfangen, bevor sie den Raubgesellen in die Arme lief.
Marias Gedanken kreisten einzig und allein nur um die kleinen Wolfswelpen. Selbst als ihr der furchtbare Schrei ihres Vaters entgegendrang, blieb sie nicht stehen. Sturheil setzte sie ihren Weg fort.
Trotz aller Mühe konnte Niklas sie nicht mehr einholen. Ihr Vorsprung war einfach zu groß. Unaufhaltsam lief sie ahnungslos ihrem Verderben entgegen...
»Mein Gott, unsere armen Kinder...!« Rosina schreckte auf. Mit weit aufgerissenen Augen sah sie ihre beiden Enkel über das freie Feld den steilen Berghang hoch rennen.
Anna kauerte, einem Häufchen Elend gleich, darnieder. Die Trauer um ihren liebsten Menschen hatte ihr schier das Herz gebrochen. Völlig geistesabwesend starrte sie mit leerem Blick zu Boden. Das Neugeborene an ihrer Brust schien sie nach wie vor überhaupt nicht zu interessieren. Die vier Frauen vom Nachbarhof scharten sich mit ängstlichen Mienen um Rosina. Von den Kindern verlor nicht ein einziges auch nur einen Mucks. Atemlose Stille legte sich auf die kleine Schar der um ihr Leben fürchtenden Menschen. Die Zeit zerrann in einem zähen, von Hoffen und Bangen durchsetzten Strom qualvoller Gedanken. Was würde nur aus ihnen werden?

*

Jörg war noch am Leben. Man hatte ihn gefangen, gleich vier Mann hielten ihn an Armen und Beinen fest umklammert. Da half kein Winden und kein Aufbäumen. Er hätte am liebsten seine Augen geschlossen, doch er wollte seinen Peinigern offen ins Angesicht blicken.
Hilflos musste er mit ansehen, wie die Plünderer mit brutalen Tritten und Schlägen die gute Milchkuh und das Schwein, das letzte Vieh des Laurenthofes, aus dem Stall trieben. Schallend vor Schadenfreude belustigte sich das Soldatenvolk über das ängstliche Gebärden des total

verschreckten Viehs, das bald in ihren Kochtöpfen landen würde. Ein Trupp stürmte ins Wohnhaus hinüber.

»Mein armer Vater...!«, seufzte Jörg in sich hinein.

Mühsam schleppte sich Albert die steile Klötzchenstiege hoch. Das Blut tropfte schwer auf die abgewetzten Holzstufen. Der hohe Blutverlust setzte ihm ganz schön zu. Er taumelte zur Speicherkammer, wo er neben einem kleinen Vorrat an Mehl und Saatgut für das anstehende Frühjahr auch alte Kisten, Säcke und Hanfstricke aufbewahrte. Mit dem letzten Funken seines Selbsterhaltungstriebes rutschte Albert auf den Knien zu einer alten Truhe. Er öffnete sie. Zitternd wühlte er nach einer festen Schnur. Ungelenk versuchte er, eine Schlinge zu schlagen, um sich seinen rechten Arm abzubinden. Nach einigen umständlichen Versuchen gelang es ihm, die Blutung zu stoppen. Das knarrende Geräusch der alten Holzdielen hinter seinem Rücken ließ den fast Ohnmächtigen herumfahren. Albert spürte den kräftigen Schlag des Musketenkolbens nicht mehr. Ihm schien, als stürze er weit in einen tiefen Abgrund. Gähnend schwarze Finsternis umhüllte sein schnell schwindendes Bewusstsein...

*

In langsamem, beinahe gemächlichem Trab näherte sich ein Reiter dem Laurenthof. Er schien es nicht gerade eilig zu haben, so als könne ihm nichts davonlaufen, so wie der Gefangene, vor dem er jetzt nur zwei Schritte entfernt seinen Falben zügelte.

Bereitwillig machten ihm die umstehenden Männer Platz, als er abstieg. Wahrscheinlich handelt es sich um ihren Anführer, schoss es Jörg träge durch seine benommenen Sinne. Und so war es auch. Dragon, ein einstmals in den Diensten der kaiserlichen Armee stehender Kavallerieoffizier, hatte sich über den bunt zusammengewürfelten Haufen verschiedenster Uniformen und Sprachen zum Hauptmann aufgeschwungen.

Die Reiterhorde, die auf sein Kommando hörte, war ein einziges Völkergemisch: Kroaten, Ungarn, Spanier, Österreicher, Deutsche, Schweden und Finnen. Alles Söldner, die sich als erbitterte Feinde auf den Schlachtfeldern gegenübergestanden hatten und nun gemeinsame Sache machten.

Die einen hatten sich von ihrer Truppe entfernt, weil man ihnen den Sold schuldig blieb, die anderen, insbesondere die welche auf Seiten der besiegten Schweden gekämpft hatten, streunten wiederum wie wölfische Vagabunden durchs Land, weil sie nichts anderes gelernt

hatten als das blutige Soldatenhandwerk.
In ihren Reihen gab es aber auch viele, die früher für den Kaiser fochten und nun dem Leben der Marodeure, Plünderer, Schänder und Mordbrenner frönten.
Die wenigsten unter ihnen besaßen noch einen halbwegs sauberen Uniformrock. Sie kamen vielmehr in völlig heruntergerissener Gestalt, fast schon in Lumpen gehüllt, daher. Den meisten war es egal was sie anhatten, Hauptsache, man hatte etwas womit man Leib und Knochen bedeckte und gegen Wind und Wetter schützte. In den Reihen der Gesetzlosen war auch ein kunterbunter Mischmasch aus halben Uniformen gemischt mit Zivilkleidung zu erkennen, wobei es darauf ankam, wie gut eben die Beute ausgefallen war. So manch braver unbescholtener Bürger hatte sein bestes Sonntagswams gegen sein Totenhemd tauschen müssen...
Unter Dragons pelzbesetzter roter Mütze kam, zu zwei Zöpfen geflochten, das schwarze Haar zum Vorschein. Ein dichter Schnurrbart, der beidseitig über die breitgerundeten Kinnhälften fiel, verlieh dem Rund seines Gesichts einen besonders markanten Zug. Die nach außen hin hochziehenden Lidspalten ließen seine schwarzbraunen Augen schief erscheinen.
Unter dem scharlachroten, weit herabfallenden Kapuzenmantel kam eine bauschige Pluderhose zum Vorschein, die in zwei von Riemen zusammengehaltenen einfachen Ledersohlen endete. In Dragons breitem Ledergürtel, der sich gleich doppelt um seinen kurzen, gedrungenen Leib schlang, steckte ein ganzes Waffenarsenal. Neben zwei stets geladenen Radschlosspistolen fand sich ein langer, gebogener Schleppsäbel mit reich verzierter Scheide. Dragon griff zum Gürtel und zog einen langen spitzen Dolch mit gewundener Klinge hervor. Seine feurig blitzenden Augen, die unter den buschigen Brauen hervorstachen, schenkten den beiden Toten seines »Regiments« und den erschlagenen Bauern rings um den Hof nicht die geringste Beachtung. Für den Kroaten gehörten Leichen und alles was mit Mord und Totschlag zusammenhing längst zum Alltag.
Ohne lange Umschweife ging er zu Jörg und kniete sich schwer auf dessen Brust. »Brüderchen, sag mir nur eines: Wo habt ihr euer Geld versteckt und wo sind eure Weiber?«, drang es hart und unmissverständlich aus Dragons Mund.
»Wir haben keine Frauen!«
»Du lügst schwerer als wenn zehn Gäule von einem Dach herunterziehen!« blaffte Dragon und hielt die Spitze des Dolches an Jörgs Kehle.

»Du willst mich wohl für dumm verkaufen? Ich nehme es dir nicht ab, dass ihr hier wie die Mönche lebt.« Dragon kniff die Augen zu einer verschlagenen Miene zusammen. »Wahrlich, du bist ein tapferer Kerl, Brüderchen, aber wollen wir doch einmal sehen, ob du es auch sein wirst, wenn ich dir jetzt deine Ohren abschneide...«
»So glaubt mir doch...« Auf Jörgs Stirn perlte der kalte Schweiß.
In Dragons Hand blitzte der Dolch. Sein blaues Stahl war vielmals schärfer als jede Rasierklinge. Ein höllisch brennender Schmerz legte sich auf Jörgs rechte Schläfenhälfte. Im hohen Bogen warf der Kroate das abgeschnittene Ohr auf den Misthaufen.
»Willst du jetzt immer noch den Held spielen, Brüderchen?« Dragon nahm den blutverschmierten Dolch in die linke Hand. Jörg schwieg beharrlich, trotz seiner gewaltigen Pein, drang kein Laut über seine verzerrten Lippen.
Der Räuberhauptmann zögerte lediglich für die Kürze eines Augenzwinkerns, ehe er, ohne mit der Wimper zu zucken, ein zweites Mal zustieß... Jörgs zweites Ohr fehlte, er wimmerte, blieb aber stumm.
»Du elender Sturkopf, dir werde ich es noch zeigen!« Dragon verlor allmählich die Beherrschung. Er durfte sich vor seinen Männern jetzt nicht die kleinste Schwäche leisten, sonst war es mit seiner Autorität vorbei, und zwar schneller, als ihm lieb sein würde. Diesem überaus rohen, keineswegs zimperlichen Haufen gab es nichts Heiliges auf Erden. Bei ihnen galt das gleiche Gesetz wie in der Wildnis, wer schwächelte, den fraßen die anderen, oder er sah sich auf immer verstoßen. Nur durch Stärke waren jene Gesetzlose zu beeindrucken und im Zaum zu halten.
»Sperrt ihm das Maul auf«, befahl Dragon, »und schöpft einen Eimer voll von der Jauche dort vom Misthaufen. Wir wollen ihm einen besonders schmackhaften Trank zubereiten, dann wird das Vögelchen schon zwitschern...«
Plötzlich ertönte ein Geräusch, sein grimmiges Lächeln erstarb. Erschrocken fuhr das versammelte Mordgesindel herum.
»Da war doch was?« Dragon glaubte, zwischen den Gebäuden von Stall und Scheune einen flüchtigen Schatten gesehen zu haben. Rasch gewann er die Fassung zurück. »Svensson, du hast von allen hier das schnellste Pferd. Sieh nach, egal wer es auch sein mag, bring ihn hierher!«
Der Genannte setzte seinen großen, breitkrempigen Hut auf und schwang sich behände auf seinen Schimmel. Rücksichtslos gab ihm der Reiter die Sporen. Insgeheim hoffte Svensson auf eine Frau zu stoßen, ihm war nach »Mausen« zumute...

*

Maria zuckte gehörig zusammen, als sie versehentlich auf das dürre Aststück trat, das vor ihr auf dem Boden lag, und es in verräterischem Knacken zerbrach. In Windeseile ergriff sie die Flucht. Außer Dragons böse klingender Stimme und der großen Menge an fremden Männern, die dicht gedrängt einen Kreis bildeten, hatte Maria nichts mitbekommen. Wen sie da in ihrer Gewalt hatten, konnte sie nicht sehen. Es blieb keine Zeit, jener armen, bedauernswerten Kreatur Mitleid zu schenken. Mit fliegendem Haar rannte Maria den steilen Berghügel hinunter. Noch war weit und breit kein Verfolger zu erkennen.
Maria sah rasch über ihre Schulter. Da, auf einmal jagte ein Reiter zwischen den Gebäuden hervor. In seiner Rechten blitzte die blanke Klinge eines Haudegens. Der Schimmel kam schnell näher, das Trommeln der Hufe auf dem triefnassen Geläuf des Wiesengrundes gewann an Lautstärke. In Kürze musste der gemeine Mordbrenner sie erreichen...
Niklas blieb nicht viel Zeit, um lange seine Bestürzung in die Welt zu schreien. Sofort langte er in den hinteren Säckel seiner kurzen Pluderhose und zog den Zwockel heraus. Er hatte nur noch einen Stein, dieser musste treffen, sonst war seine Schwester verloren. Einen Fehlschuss wie am frühen Morgen, als er den Rotmilan vom Himmel schießen wollte, durfte er sich jetzt nicht erlauben. Sein Ziel kurz anvisierend, ließ er den fest gespannten Lederriemen schnalzen.
Nur einen Säbelhieb war Svensson noch von Maria entfernt. Der Schwede war bereit zum tödlichen Schlag. Plötzlich, mitten im gestreckten Galopp, stieg der Schimmel mit laut klagendem Wiehern steil mit den Vorderhufen nach oben. Niklas' Stein saß genau im Ziel, Gott sei Dank - er hatte getroffen!
Der Reiter musste all seine Kräfte aufbieten, wollte er das jäh aufgeschreckte Tier wieder unter Kontrolle bringen. Dabei entglitt ihm der Degen und fiel ins Gras. Ein garstiger Fluch löste sich von Svenssons bartumschlossenen Lippen.
»Los, lauf weiter, Maria!«, schrie Niklas ihr zu. Er selbst hob seine Hände und ruderte mit Blick hin zum Reiter wild mit seinen Armen in der Luft. »Hier bin ich! Hier! Krieg mich doch, wenn du kannst, fetter Popanz!« Niklas streckte ihm frech die Zunge heraus.
Seine List gelang. Svensson reagierte. Er hatte den Übeltäter ausgemacht, der ihn ums Haar aus dem Sattel geworfen hätte. Sein aufkeimender Zorn lenkte ihn von Maria ab. Von endloser Rachsucht gepackt wollte er es dem Jungen, der ihm den schlimmen Streich gespielt hatte,

umgehend heimzahlen. Doch sein nervöses Pferd hatte sich noch nicht beruhigt. Aufgeregt tänzelte es auf den Hinterbeinen. Noch konnte der mordsmäßig plärrende Svensson die Verfolgung nicht aufnehmen. Sein Geschrei trug auch nicht gerade zur Beruhigung des Tieres bei.
Dies gab Niklas die Gelegenheit, wertvolle Zeit zu gewinnen. Er war schon immer ein guter Läufer gewesen. Wenn er zusammen mit der anderen Dorfjugend beim Wettrennen seine Ausdauer maß, ging er meistens als Sieger hervor. Doch dieses Rennen, das er nun lief, war keineswegs aus purem Spaß oder Laune begonnen worden. Nein, es war einzig und allein ein Rennen auf Leben und Tod. Sein Gegner war kein geringerer als ein wütender Schwede auf einem pfeilschnellen Kavalleriepferd. Niklas lief bereits einen großen Vorsprung heraus, ehe sein Verfolger, schimpfend wie ein Rohrspatz, endlich die Verfolgung aufnehmen konnte.
»Warte nur du Satansbraten, wenn ich dich in die Finger kriege, wird es dir schlecht ergehen!« Maria schien gerettet, ihr Bruder setzte sein Leben aufs Spiel, damit das ihre verschont wurde. Mit großen Schritten rannte sie weiter. Sie drehte ihren Kopf beiseite und sah, wie Niklas geradewegs ins Röhricht des Sumpfes hineinlief, gefolgt vom Reiter. Plötzlich geschah es: Eine lange Wurzel schlang sich quer über ihren Weg. Unachtsam trat sie gegen das von hohen Grasbüscheln verdeckte Hindernis. Maria kam zu Fall, sie hatte keine Gelegenheit, sich irgendwo abzustützen. Sie stürzte vornüber zu Boden, so unglücklich, dass sie mit dem Kopf aufprallte und dabei die Besinnung verlor. Von weitem sah es aus, als wollte Maria in einer Bodenwelle blitzschnell Deckung suchen um dort reglos zu verharren .
Rosina und die anderen Frauen verfolgten mit angehaltenem Atem die dramatischen Szenen, die sich am jenseitigen Berghang vor ihren Augen abspielten.
»Was für ein tapferer Kerl!« Rosina bewunderte die Tat ihres Enkels. Als dieser auf einmal auf das Sumpfgebiet zuhielt, fuhr ihr ein eiskalter Schauer über den Rücken. Der Sumpf schien ihn wie ein Magnet regelrecht magisch anzuziehen.
»Warum macht er das?« Anna erwachte aus ihrer stumpfsinnigen Lethargie. »Jetzt verliere ich auch noch meinen Sohn...« Sie wollte aufspringen, doch Rosina zog sie sofort wieder zurück.
»Willst du uns denn alle verraten?« Sie sah ihr ernst ins verheulte Gesicht. »Die Gefahr ist noch nicht vorüber. Sei vernünftig und verhalte dich still. Kümmere dich viel lieber um das Neugeborene, es braucht dich jetzt. Hast du mich verstanden?« Mit einem tiefen Seufzer sank

Anna zu Boden.
Niklas fürchtete nichts mehr als den Sumpf. Wenn er jedoch eine klitzekleine Chance gegen den übermächtigen Gegner haben wollte, musste er den Weg dorthin nehmen. Eine andere Möglichkeit gab es nicht für ihn. Vielleicht hatte der Reiter ja Angst und blies die Jagd auf ihn ab und ließ ihn laufen.
Mit wildpochendem Herzen und rasselnder Lunge brach Niklas ins Rohrdickicht ein. Zwischen dem Altrohr wuchs schon das erste Grün der neuen Pflanzen. Raschelnd schlug er das Schilf beiseite. Der Schweiß lief ihm aus allen Poren. Niklas erinnerte sich an die Geschichte eines anderen Jungen, der erzählte, er sei einmal bis zur Mitte des Sumpfes gekommen, wo die alte Korbweide stand. Es gäbe sogar einen Weg, der genau dorthin führte. Auch Niklas hatte den Aufschneider stets als bloßen Lügenbold abgetan. Doch in diesem Augenblick war selbst ein Märchen wie ein Strohhalm, nach dem man in dieser Not gerne griff. Aber wo sollte ein solch geheimer Pfad nur sein?
Niklas sah sich alsbald aufs Furchtbarste getäuscht. Svensson kannte keine Angst vor dem Sumpf, er hatte den Schimmel wieder zur Raison gebracht. Im gestreckten Galopp jagte er dem Jungen nach. Schon kam der Verfolger unaufhaltsam näher. Niklas riskierte einen scheuen Blick über seine Schulter.
»Ja, renn dir nur die Seele aus dem Leib, Bürschchen, ich krieg dich doch!« Svensson war seiner Sache todsicher. Der Schnauzbart griente im breiten Grinsen fast bis an die Ohren.
Niklas hetzte weiter, die Schilfblätter schlugen ihm ins Gesicht und schnitten feine Wunden in die Haut, worauf er in der heillosen Aufregung überhaupt nicht achtete. Nur weiter, er durfte nicht verzagen. Das erste Morastwasser spritzte unter seinen Schuhsohlen. Er wollte es seinem Häscher nicht leicht machen. Er begann wie ein Hase Haken zu schlagen, wodurch er wieder ein paar Schritte mehr zwischen sich und den Reiter brachte.
Plötzlich sackte Niklas mit dem linken Fuß tief im braunen Morast ein, er steckte bis über den Knöchel hin fest. Er saß in der Falle, er war verloren. Furcht kroch wie ein schleichendes Gift in seinen Körper. Niklas hatte ein Gefühl, als klammere sich eine unsichtbare Hand um seinen Hals.
Inzwischen holte Svensson Elle um Elle auf, bald würde er sein hilfloses Opfer erreicht haben...

*

»Obwohl mir schon in jungen Jahren viel Leid angetan wurde, glaubte ich immer, dass es einen Gott gibt - bis heute.« Rosinas Stimme klang brüchig. »Doch jetzt kann ich nur sagen, ich bin einem Irrtum aufgesessen.« Restlos zu Tode betrübt, sank sie in sich zusammen. Von ihrem Blickwinkel aus, konnte sie das Sumpfgebiet nicht weiter einsehen. Wahrscheinlich war es auch besser so, niemand hatte das Verlangen, dem armen Niklas beim Sterben zuzusehen.

»Hört auf, so zu lästern!«, bellte Elisabeth, die Bäuerin vom Nachbarhof. »Wenn euch jetzt Hochwürden hören würde...«

»Ja und?«, schnaubte Rosina zurück, »Will er mir die Leviten lesen? Nur zu, wenn ihm die Soldaten nicht schon lange die Kehle durchgeschnitten haben.«

Die beiden Frauen konnten nicht ahnen, dass sich Pfarrer Mehlmann noch bester Gesundheit erfreute. Auch wenn ihm gerade hundeelend zumute war und er wie Espenlaub um sein bisschen Leben zitterte. Aber wem erging es in jenen schrecklichen Augenblicken schon anders. Die meisten Bewohner des Johannesberges hatten es hinter sich gebracht, sie waren tot. Zusammen mit seiner alten Haushälterin hatte sich der Geistliche jedoch noch rechtzeitig in Sicherheit bringen können. Irgendwo tief bei den Fuchslöchern im Wald hielten sich die beiden versteckt, in der Hoffnung, von den Reitern der Apokalypse nicht aufgespürt zu werden.

»Auf wessen Seite steht Gott eigentlich?« Rosina setzte das Gespräch fort.

»Er steht all jenen bei, die an ihn glauben.«

»Frömmlerin! Wieso geschieht dann all das Furchtbare hier? Warum lässt der ach so Allmächtige Tod und Zerstörung zu?«

»Was durch Menschenhand getan, darauf hat er keinen Einfluss«, hielt Elisabeth Schreiber, die Enkelin von Contz, dem alten, längst verstorbenen Dorfschultheiß, dagegen.

»Warum betet ihr dann überhaupt?«, spottete Rosina. Ihr Herz krampfte sich zusammen. Die Trauer um Albert und Jörg machte sie hart wie Felsgestein. Und nun würde zudem ihr Enkel Niklas nicht wieder zu ihr zurückkehren. Mit einem Schlag hatte sie den Großteil ihrer Familie verloren.

»Rosina, ihr seid nicht die Einzige, die sich heute für immer von einem geliebten Menschen verabschieden musste. Wahrscheinlich liegen oben im Dorf auch unsere Männer erschlagen auf der Gasse. Warum ausgerechnet euch unser Herrgott mit der Gabe eurer Träume gesegnet hat,

bleibt mir ein Rätsel...«
Rosina lachte höhnend auf. »Selbst wenn es so wäre, was hat es denn genützt?«, erwiderte sie gereizt. »Hat auch nur einer aus eurer Mitte mir geglaubt, hä?« Ihr Blick schweifte verächtlich über die leichenblassen Mienen der anderen Frauen. Nichts, nur Schweigen schlug ihr entgegen. »Pah, heimlich belacht habt ihr mich alle, als ich euch von der schrecklichen Heimsuchung erzählt habe, deren wir heute anheim gefallen sind.«
»Auch wenn wir auf euch gehört hätten, wohin hätten wir denn fliehen sollen?«, erwiderte Elisabeth. »Es ist doch überall Krieg...«
»Und Gott lässt uns dabei im Stich! Nein, es gibt nur eine Macht auf dieser seelenlosen Welt...« Keine der Frauen wagte es, die bis aufs Blut verbitterte Rosina in ihrem Redeschwall zu unterbrechen. »Allein das große Geld der Kaiser und Könige ist die wahre Macht hier auf Erden, die unser aller Geschicke regiert. Nur wer genug klingende Goldtaler besitzt, braucht sich wegen des Hungers in der Welt nicht mehr zu sorgen. Die Fürsten, welche den meisten Mammon in ihren Schatzkammern haben, können die dicksten Kanonenkugeln gießen, die besten Schwerter schmieden und die größten Heere aufstellen. Nur Reichtum bringt den Sieg und verleiht den gekrönten Häuptern letztlich die Macht, über andere Menschen zu herrschen oder gar ganze Völker unters Joch zu bringen. Die Mächtigen besitzen alles, doch was bleibt uns? Und wenn Gott bei all dieser himmelschreienden Ungerechtigkeit nicht helfen kann, wozu braucht man ihn dann?« Rosina musste sich trotz ihrer heftigen Rage schwer zusammen nehmen, um ihren ganzen aufgestauten Zorn nicht lauthals hinaus zu kreischen und damit das Versteck zu verraten.
»Rosina, aus euch spricht der Teufel!« Elisabeth wich entsetzt zurück und schlug rasch ein Kreuzzeichen.
»Hütet eure Zunge! Ich sage nur die Wahrheit, die sich viele nicht trauen auszusprechen.« In Rosinas Worten spiegelte sich die schier grenzenlose Machtlosigkeit, die tiefe Ohnmacht der kleinen Leute wider, die sich zu Recht um ihr bisschen Leben betrogen fühlten. Von Gott vergessen, von den machthungrigen Herren des Landes in ein unwürdiges Dasein gepresst, blieb den Elenden nur der Sturz ins blanke Verderben.

*

Die bebende Furcht ließ Niklas auf der Stelle verharren, doch der braune Morast zog ihn merklich Stück für Stück gnadenlos nach unten. Er musste es wagen! Das Verlangen zu Überleben sprengte wohl in letzter Sekunde schließlich die lähmenden Fesseln der Angst. Der verzweifelte Satz nach vorne, gab ihn noch einmal frei. Das Sumpfwasser schlug über ihm zusammen. Prustend spuckte er angewidert die eklige Brühe aus. Er griff nach ein paar Büscheln Schilfgras und zog sich daran heraus.

Dicht vor seinen Augen jagten Johannispferde in Stößen vorschnellend in eine dichte Mückenwolke. Ihm blieb keine Zeit, sich an dem kleinen Schauspiel der Natur zu ergötzen. Plötzlich vernahm Niklas das laute Wiehern des Pferdes. Sein Verfolger kam unerbittlich näher.

Vorsichtig zwischen dem Schilf hindurchspähend, erkannte er, dass Svensson vorhin seinen Säbel verloren hatte. Dafür kreiste nun in wilder Drohgebärde der Kolben einer Muskete über seinem breiten Hut. Ein fester Hieb auf Niklas Schädel würde unweigerlich sein Ende bedeuten.

Weiter! So oft er bis zu den Knien in die listig tückischen Fänge des Sumpfes einbrach, so oft schaffte er es auch wieder heraus. Unversehens bekam Niklas seinen Fuß auf eine feste Stelle. Der Junge, der ihm vom geheimen Weg in den Sumpf erzählt hatte, hatte ihm also doch keinen Bären aufgebunden...

Jetzt gab es für Niklas kein Halten mehr - weiter! Das Schilf beiseiteschlagend kämpfte er sich in Richtung der Korbweide vorwärts. Er hatte nicht mehr weit. Aber mitten hinein ins befreiende Gefühl des Überschwangs gab plötzlich der Boden unter seinen Füßen nach. Niklas erschrak fast zu Tode, ihm schien, als zöge ihn eine Geisterhand fest an beiden Füßen tief nach unten. Obwohl er buchstäblich zwischen Himmel und Hölle schwebte, gab Niklas keinen Laut von sich, er wusste um die bedrohliche Nähe seines Verfolgers. Mit einem Mal steckte er bis zur Brust im Morast. Sollte der Sumpf am Ende doch noch als Sieger über ihn triumphieren? Ein zweites Mal gab er Niklas wohl bestimmt nicht mehr frei.

So also sah sein Ende aus! Ausgerechnet hier in den gefährlichen Sumpfwassern, die er vielmals mehr fürchtete als die Pest, sollte er nun elendig vor die Hunde gehen und niemand war bei ihm. War ein Mensch denn immer allein, wenn er sterben musste? Es war wohl so. Ein Schwall Tränen schoss ihm in die Augen. Sein törichter Plan war nicht aufgegangen. Wie konnte er auch versuchen, ihm ausgerechnet einen mit allen unheiligen Wassern gewaschenen Schweden auf den Leim gehen zu lassen. Hoffentlich war es ihm wenigstens gegönnt, mit seinem Opfer das Leben seiner Schwester zu retten.

Aber dieser Zustand von Selbstmitleid, Trauer und Aufgabe währte nicht lange. Beseelt vom nackten Selbsterhaltungstrieb, streckte Niklas seine rechte Hand aus, um nach dem berühmten Strohhalm zu greifen. Nur eine Elle von ihm entfernt reckte ihm ein umgestürzter, längst abgestorbener Baum einen Ast entgegen. Das Leben wollte den Jungen zurückhaben. Ihm perlte der Schweiß auf die Stirn. Seine Rechte weit ausgestreckt, versuchte Niklas den Rettungsanker zu packen. Doch je näher er diesem kam, umso mehr schien er sich von ihm zu entfernen. Niklas kämpfte mit dem letzten Mut der Verzweiflung. Langsam schob er sich nach vorne. Endlich! Seine Fingerspitzen bekamen die äußere Astspitze zu fassen. Sie durfte alles, nur nicht abbrechen, sonst war er verloren.

»Jetzt habe ich dich endlich!« Der leicht böig ins raschelnde Schilf blasende Wind trug Svenssons wildes Triumphgeheul an Niklas' Ohren. Das Pferd wieherte aufgeregt. Er glaubte, es sei voller Zorn auf ihn, weil er vorhin den Stein geschleudert hatte. In Wirklichkeit jedoch spürte die von seinem Retter auf das Schlimmste gequälte Kreatur die ungeheure Gefahr, in der sie sich befand. Immer wieder gab Svensson seinem Pferd die Sporen. Der Ast hielt. Langsam zog sich Niklas aus der tödlichen Falle. Mit den Kräften am Ende, sank er zitternd auf die Knie. Erschöpft wischte er sich den Schweiß aus seinem dreckverschmierten Gesicht. Ein dünnes Blutrinnsal lief ihm über seine rechte Wange, die er sich an einem spitzen Schilfhalm aufgeschlitzt hatte.

Da! Dicht vor ihm streckte die einsame Korbweide ihre langen dünnen Äste gen Himmel. Niklas schlug rasch zwei, drei Haken und setzte zum weiten Sprung an. Er riskierte alles! Getrieben von nackter Angst blieb ihm nur dieser letzte Ausweg. Wenn er erneut ausgerechnet jetzt in einer Untiefe landete, war er für immer verloren...

Svensson hatte ihn bemerkt. Ein dämonisches Grinsen huschte über sein finsteres Gesicht. Vom Trieb eines Jägers gepackt, der dem Wild nachstellt, gierte dem Menschenjäger nach dem Leben des Jungen.

»Jetzt bekommst du deine Strafe, mich hält niemand zum Narren!«

Niklas wirbelte mit heftig rudernden Bewegungen durch die Luft. Purzelnd kam er auf dem glitschnassen Boden auf. Ihm stand mehr als nur ein Schutzengel helfend zur Seite. Der Abgrund der grausigen Tiefe des Sumpfes blieb ihm erspart. Welch ein Glück, ausgerechnet hier, nur zwei Fußschritte rund um die Korbweide, war halbwegs fester Untergrund, so dass man nicht untergehen konnte. Niklas hatte jedoch nur wenig Grund zur Freude. Dicht hinter ihm brach kurz darauf Svensson aus dem Schilf. Atemlos und wie gelähmt verfolgte er den Sprung des

Pferdes. Er sah schon die Hufe auf sich zukommen...
»Aaarrrgh!« Einen viehisch entsetzten Schrei ausstoßend, landete der Reiter samt seinem Ross mitten im aufspritzenden Sumpfwasser. Der pure unberechenbare Zufall wollte es, dass Niklas' Verfolger ein anderes Schicksal zuteil wurde als ihm. Im Nu versank das arme geschundene Pferd bis zum Hals im Morast. Svensson selbst blieb hingegen noch die Möglichkeit zur Rettung.
»Mein Junge, hilf mir. Du musst nur einen der Äste abbrechen und ihn zu mir herreichen« In Svenssons Augen flackerte die nackte Todesangst. Der Jäger befand sich plötzlich in der Rolle des Gejagten. Aber auch er kämpfte um das Überleben. Während sein Pferd in einem letzten, markerschütternden Laut mit seinem Schädel für immer im Sumpf versank, schaffte er es von alleine, fast bis an den Rand des festen Bodens zu gelangen, dort wo Niklas kauerte. Niklas kroch ein Stück zurück. Doch unversehens verhielt er mit schreckgeweiteten Augen auf der Stelle. Nahe am Baumstamm, auf einem trockenen Flecken Erde, starrte ihm eine Kreuzotter mit lidlosen Augen und feuriger Iris entgegen. Sein Puls jagte hoch, Niklas saß in der Bredouille, wie sie schlimmer nicht sein konnte.
»Bitte, hilf mir doch!« Flehend streckte der Ertrinkende ihm seine Rechte entgegen, während er zusehends in der dreckigbraunen Brühe unterging.
Niklas wäre es ein Leichtes gewesen, ihm einen Ast zuzureichen. Aber was würde danach geschehen? Welche Art von Dankbarkeit würde ihm wohl dieser schäbige Mordbube entgegenbringen, der vorhin noch seine Schwester mit seinem Säbel in Stücke hauen wollte. Svenssons Hand reichte zwei, drei Ellen zu ihm ans rettende Ufer heran. Niklas zog die Beine fest an den Körper, er hatte Angst, der Schwede könne nach ihm greifen. Er warf einen scheuen Blick zur Schlange. Noch lag sie völlig bewegungslos da, anscheinend verspürte sie keine Lust zum Angriff und verdaute gerade ihre letzte Mahlzeit. Aber darauf konnte sich Niklas nicht verlassen. Kreuzottern konnten verdammt schnell zuschnappen, so schnell guckte man nicht.
»Du Hundling willst mich also hier elendig krepieren lassen, was?«, stieß Svensson zornig hervor. »Aber ich werde es dir zeigen. Ich kriege dich doch!« In einem letzten verzweifelten Aufbäumen schaffte er es tatsächlich, ein Stück nach vorne zu kommen. Jetzt lag zwischen ihm und Niklas nur die kurze Spanne einer Elle. Schweißgebadet vor Erschöpfung und Furcht sah Niklas Svenssons Hand auf sich zukommen. Gleich würde er nach seinen Füßen packen. Doch plötzlich, mitten in

der Bewegung, zog es ihn nach unten. »Fahr zur Hölle...«, schrie er, ehe ihm das Sumpfwasser in den weitaufgerissenen Rachen lief und seine Stimme erstickte.
Niklas sah zum ersten Mal in seinem noch jungen Leben einen anderen Menschen sterben. Und dies aus nächster Nähe, sozusagen von Angesicht zu Angesicht. Ohne aufgeregt zu sein und ohne jegliche Gefühlsregung sah er stumm zu, wie die rechte im Todeskampf verkrampfte ausgestreckte Hand des Schweden im Sumpf eintauchte. Ein paar blubbernde Luftbläßchen an der Oberfläche des Sumpfwassers - und nichts erinnerte mehr an Svenssons schreckliches Ende und das seines Pferdes.
Innerhalb der letzten Minuten war Niklas zum Mann gereift, trotzdem er gerade erst zwölf Jahre zählte. Die hehre Rettungstat für Maria, sein mutiger Kampf mit dem gefährlichen Sumpf und der eigene Tod vor Augen nahmen ihm für immer die Kindheit. Mit harter, ausdrucksvoller Miene, sah er in die Richtung des steilen Berghügels hoch, dort wo der Hof seiner Eltern lag. Dieser schreckliche Tag, der so vieles veränderte, war noch nicht zu Ende...

*

Seine Augen starrten glasig zum Märzhimmel. Das Licht des allmählich schwindenden Tages nahmen sie nicht mehr war. Jörgs Blick war längst in die Ewigkeit gerichtet, aus der es kein Zurück mehr gibt. Der berüchtigte »Schwedentrunk«, den ihm Dragons Männer verabreicht hatten, hatte ihn erstickt. Aus den halb aufgesperrten Mundwinkeln troffen Reste der Jauche.
»Dieser sture Bauernschädel hat es ja nicht anders gewollt«, zischte Dragon wütend. Er war stinksauer, weil er es nicht fertig gebracht hatte, seinem Opfer das Versteck der Frauen und Kinder zu entlocken. Und das trotz dieser schlimmen Tortur. Zornbebend schleuderte er den leeren Ledereimer beiseite, mit dem man den Toten den übelriechenden Mistpfuhl eingegossen hatte.
Plötzlich schlug drüben am Wohnhaus die Türe auf. »Schaut mal, Leute, mir ist noch so ein Bäuerchen in die Hände gefallen. Wollte sich doch glatt heimlich in seiner Stube verkriechen, der Feigling!« Jubelnd hielt einer der Plünderer Albert an der Halskrause gepackt und zog ihn ins Freie. »Aus dem hier können wir endlich herauskitzeln, wo Geld und Weiber verborgen sind...«
Der Schurke trug das Messgewand eines Priesters. Vielleicht hatte er es

vorhin erst aus der Sakristei der Johannesberger Pfarrkirche gestohlen. Dass der ungläubige Heide darin seinen Mordkumpanen eine Predigt halten würde, war unwahrscheinlich. Er machte sich wohl eher einen riesen Spaß daraus, das heilige Kleid eines fürchtigen Gottesmannes mit Hohn und Spott zu beschmutzen. Dafür dürfte ihm die ewige Verdammnis in der Hölle sicher sein. Der Frevler gehörte zu jenen Galgenvögeln, deren finstere Seelen seit einiger Zeit dem Teufel verfallen waren. Ihm und seinen Spießgesellen kam es seit jeher nur auf Raub, Schändung und Mord an. Getreu nach der Devise: »Pack schlägt sich, Pack verträgt sich« machten sie mit der desertierten Soldateska gemeinsame Sache.

Auf der Stirn des Schurken prangte ein leicht vernarbtes »F«. Wahrscheinlich war es der Scharfrichter zu Frankfurt gewesen, der ihn mit diesem scheußlichen Brandmal für ein Verbrechen gekennzeichnet hatte. Sollte er bei einem weiteren Gesetzesbruch auf frischer Tat ertappt werden, waren seine Stunden gezählt. Bis es jedoch einmal soweit war, würde noch viel Wasser den Main hinabfließen.

»Lasst ihn, aus dem bekommen wir nichts mehr heraus.« Ein Mann von hochgewachsener und hochbeiniger Statur meldete sich zu Wort. Sein völlig klar gezeichnetes, bartloses Gesicht verlief von einer ziemlich schmalen Stirn über eine schmale hochgebaute Nase bis zu einem ebenso schmalen Unterkiefer, der in einem betonten Kinn auslief. Letzteres verlieh dem lichtblonden Finnen recht eigentümlich kühne Züge. Auch er trug eine beidseitig hochgeklappte Pelzmütze. Über seinem grauen Schoßrock zog sich querlängs ein breiter Lederriemen, an dessen unterem Ende statt eines Degens eine kurzläufige Luntenschlossmuskete hing. »Seht ihr denn nicht, dass der Alte schon halb tot ist?«

»Grels Eriksson, seit wann hast du Mitleid mit diesem lausigen Bauernpack, he?« Dragon warf seinem Gegenüber ein spöttisches Grinsen zu. »Du wirst doch nicht etwa weich werden auf deine alten Tage?«

»Ich mag es nicht leiden, dass man derart grob mit diesem Alten umspringt«, erwiderte Grels Eriksson mit gereizter Stimme. In scheinbarer Seelenruhe saß er auf seinem Rappen. Das Pferd gehörte einer kleinwüchsigen, aber absolut ausdauernden Rasse an, wie sie hauptsächlich von den Hakkapelitern bevorzugt geritten wurde.

Der Finne hatte vom großen Krieg schon viel gesehen und erlebt. Als Söldner im Dienst des schwedischen Königs schanzte er bereits 1628 vor Stralsund und war 1631 bei der Belagerung und Zerstörung Magdeburgs durch die Kaiserlichen schwer verwundet worden. Es folgte der Feldzug durchs Altmühltal nach Regensburg und Straubing, von wo er bei der Einnahme der Stadt als neuerliche Narbe die gut sichtbare rosafarbene Schramme über dem rechten Auge davongetragen hatte. Nach dem unglücklichen Ausgang der Schlacht bei Nördlingen 1634 geriet Grels in Gefangenschaft. Während er schwer Hunger litt, musste er Verwundete aus beiden Lagern pflegen, wovon die meisten jedoch elendig vor die Hunde gingen. Ihm gelang schließlich die Flucht, bis er eines Tages als einsamer, wandernder Bettler Dragons Haufen in die Arme lief. Vor die Wahl gestellt, entweder am nächsten Baum aufgeknüpft zu werden oder sich der Bande anzuschließen, entschloss sich Grels Eriksson für das Leben.

»Vielleicht leben hier wirklich keine Frauen«, betonte Grels. »Und außerdem können wir nicht überall fette Beute machen, die wir dann später in irgendeiner Stadt für gutes Geld einlösen können...«

»Brüderchen, das kannst du deiner Großmutter als Gutenachtgeschichte erzählen«, höhnte Dragon. »Verlass dich drauf, hier wird sich schon was finden, und wenn es nur ein paar silberne Gürtel oder Weißzeug sind. Vergesst nicht den Wein in den Kellern.« Dragon gab ein paar Männern einen Wink. »Her mit dem Väterchen, er soll sich nachher nicht beschweren, dass wir ihm unseren kostbaren Trunk vorenthalten haben...«

»Halt zurück! Keiner rührt ihn an!« Grels ließ sein Pferd antraben und stellte sich ihnen in den Weg. In seiner Hand hielt er ein kleines Beil. Während die vordere Schneide nicht nur Holz und Reisig in Stücke schlagen konnte, ließ sich mit der anderen, hammerartigen Spitze auch ein Schädel mühelos einschlagen. Niemand traute sich, den Bewusstlosen anzurühren. Albert lag mit weit ausgestreckten Armen vor der Haustüre, wohin ihn der Plünderer geschleppt hatte. Nur das leichte Heben und Senken seines Brustkorbes unter seinem Bauernkittel verriet, das noch Leben in ihm steckte. Die bange Frage war allerdings, wie lange noch.

»Seit wann hast denn du hier das Sagen?«, stieß Dragon wutschnaubend hervor und ging mit gezücktem Dolch auf Grels zu.

»Ich finde es nicht gut, was du vorhast«, erwiderte der Finne. »Rauben und Töten ist eine Sache, aber die Leute auch noch unnötig zu drangsalieren eine andere...«

»Du wirst hier nicht nach deiner Meinung gefragt, du Moralapostel!«, polterte Dragon wild drauf los. »Es ist Krieg, und da sind alle Mittel rechtens und damit basta!«

»Sicher, Blutvergießen lässt sich nicht vermeiden«, gab Grels zurück, »aber du führst deinen eigenen Krieg, Hauptmann. Du machst dabei deine eigenen Gesetze. Mir ist schon lange speiübel wegen dieser übertriebenen Grausamkeit, die du an den Tag legst.«

»Dann geh doch gefälligst hin, wo der Pfeffer wächst!« Dragons Stimme dröhnte laut über den Hof. Der Kroate war fuchsteufelswild, es ärgerte ihn maßlos, dass er sein Gegenüber damals nicht gleich an Ort und Stelle an der alten Hexeneiche von Großkrotzenburg aufgehängt, sondern ihn verschont hatte. Er hielt den Dolch mit einer solch zorndurchströmten Kraft umklammert, dass beinahe das Weiß seiner Fingerknochen zum Vorschein kam. Am liebsten hätte er die Klinge Grels in den Leib gerammt. Aber was nicht war, konnte ja noch werden. Bei nächster Gelegenheit würde er den Aufmüpfigen aus dem Weg räumen. Wer unter seinem Kommando stand, der hatte sich ihm ohne Wenn und Aber bedingungs- und klaglos unterzuordnen.

Plötzlich erhob sich aus der Ferne ein verzweifelter Hilferuf. »Das muss Svensson sein!« Dragon schwang sich unversehens in den Sattel.

»Wir wollen nachsehen, vielleicht können wir ihm noch helfen. Hoffentlich hat ihn dein so überaus geliebtes Bauernvolk nicht in einen tödlichen Hinterhalt gelockt!« Dragon warf Grels einen vorwurfsvollen Blick zu. Doch der Finne widerstand, er gedachte keine Sekunde, seine Augen zu senken. Stolz sah er dem aufgebrachten Hauptmann ins grimmige Gesicht.

Wie die wilde Jagd galoppierte die Horde vom Hof, den steilen Berghang hinab. Zurück blieben nur der tote Jörg und der nach wie vor völlig bewusstlose Albert. Suchend hielt das Schurkenpack nach allen Seiten Ausschau nach ihrem vermissten Spießgesellen. Da! Ein neuerlicher Aufschrei, die Banditen zügelten ihre Pferde.

»Das Rufen kommt von da vorne!« Dragon deutete in die Richtung des Sumpfes.

Auch wenn sie ihre ungewaschenen Hälse noch so mächtig streckten, niemand konnte etwas Genaueres erkennen.

»Nein Männer, das lohnt sich nicht mehr, für Svensson kommt jede Hilfe zu spät!« Dragon sprach das Todesurteil, ohne dass er überhaupt versucht hatte, seinem Gefährten das Leben zu retten. »Nur jammerschade um den schönen Gaul.«

Dragon bedauerte lediglich den Verlust des Tieres. Svenssons schreckliches Schicksal hingegen ließ ihn völlig kalt. Kurzum, der Schwede war ihm nicht einmal das Schwarze unter den Fingernägeln wert. In den Reihen der verrohten und abgebrühten Halsabschneider fand sich so manch Finsterling, der mit heftig schluckendem Adamsapfel Svenssons furchtbares Ende mitverfolgte.

In Grels wurde jäh die Erinnerung wach, als in der Silvesternacht 1634 beim Überfall auf die Burg Alzenau einer seiner Kameraden samt seines Pferdes durch das Eis der Kahl gebrochen und dort jämmerlich ersoffen war. Das gleiche Schicksal ereilte nun auch den guten Svensson.

»Zurück ins Dorf!« Dragon stieß seine Rechte gebieterisch in die Höhe und gab seinem Pferd tüchtig die Sporen, sodass die Grassoden unter den Hufen nur so spritzten.

Als letzter ritt Grels Eriksson vom Schauplatz und folgte dem Haufen. Kurz bevor es den Berg hochging, bemerkte er im halbhohen Gras eine kleine, reglos daliegende Gestalt. Er hielt darauf zu. Den Rappen zügelnd sprang er ab. Behutsam drehte er das Mädchen mit den roten Haaren auf den Rücken. Sie hielt ihre Augen geschlossen. An ihrer rechten Stirnseite prangte eine leicht blutunterlaufene Beule. Vermutlich war sie soeben unter die Pferdehufe geraten, dachte Grels. Wie er Dragon kannte, schreckte jener wüste Unhold nicht davor zurück, selbst einem unschuldigen Kind etwas anzutun, indem er es einfach ohne mit der Wimper zu zucken über den Haufen ritt.

Grels hielt seinen Kopf ganz dicht an Marias Brust gedrückt. Gespannt horchte er auf das Schlagen ihres Herzens. »Welch Glück, sie lebt!« Über seine harten, kühnen Gesichtszüge huschte ein befreiendes Lächeln. Vorsichtig hob er sie vom Boden auf und ging mit ihr zu seinem Pferd. Er legte sie quer über den Sattel.

»Was willst du denn mit ihr?«

Grels zuckte zusammen, er sah über seine Schulter. Dragon! Er hatte ihn zunächst gar nicht bemerkt. Er musste sich regelrecht wie eine Wildkatze angeschlichen haben. Was mochte er nur im Schilde führen? Vorsicht war geboten...

»Ist die kleine Göre nicht längst tot?«

»Nein, sie lebt!«

»Jetzt bist du wirklich ein barmherziger Samariter geworden, du Weichling!«, schnaubte Dragon verächtlich.

»Ich denke in erster Linie an Malin, das Waisenkind im Lager. Sie hat so gut wie niemanden, mit dem sie spielen kann. Ständig bringt sie uns wilde Tiere mit. Letzthin schleppte sie eine giftige Schlange an, dann einen halbverhungerten Wolf und jetzt streunt ein junger Bär hungrig zwischen unseren Zelten umher«, erklärte Grels. »Du bist doch nicht zurückgeritten, um mich neuerdings zu verspotten, oder?«

Der Kroate grinste teuflisch. »Am besten, wir tragen es hier an Ort und Stelle aus.« Die beiden waren ganz allein, die anderen Männer befan-

den sich ausnahmslos auf dem Laurenthof.
»Was meinst du?«, fragte Grels, obwohl ihm das Vorhaben seines Gegenübers schwante.
»Ein ehrlicher Zweikampf unter Männern!«
»Warum sollen wir beide uns die Köpfe einschlagen?«, gab Grels erstaunt zur Antwort.
»Hast du etwa Angst und willst kneifen?«
»Nein!«, schoss es wie aus der Pistole aus Grels Mund. Entschlossen griff er an das im Gürtel steckende Beil. »Wenn dir nach Streit zumute ist, so soll es mir nur recht sein.«
»Ich kann es nicht mehr länger ertragen, dass du dich ständig als Retter der Menschheit aufführst und dich fortwährend meinen Befehlen widersetzt.« Dragons schwarzbraune Augen loderten vor Hass. Behände sprang er vom Pferd und zückte seinen Dolch. Ohne zu zögern ging er direkt auf Grels zu.
Beide warfen sie ihre Mäntel ab. Sie begannen, sich mit vorgestreckten Waffen zu umschleichen. Nur darauf wartend bis sich die beste Möglichkeit zum Angriff bot oder der Gegner einen Fehler machte.
»Habt ihr denn alle geglaubt, ich sei stockblind?«, stieß Dragon zornig hervor, ohne dass er dabei Grels aus dem Blickfeld verlor. »Wenn ich mich des Nachts klammheimlich aufmache, um unsere schlafmützigen Wachen im Lager zu inspizieren, kommt mir immer wieder zu Ohren, wie die Männer über dich sprechen. Sie hätten viel lieber dich zu ihrem Anführer anstatt meiner.«
»Aha, daher weht also der Wind«, entgegnete Grels mit einem leichten Schmunzeln. »Du hast keinen Grund, neidisch oder eifersüchtig zu sein. Ich will überhaupt kein Hauptmann sein, das wäre mir zu viel des Guten. Am liebsten möchte ich in meine Heimat zurückkehren.«
»Pah, das kannst du erzählen wem du willst, behalte deine verlogenen Ammenmärchen gefälligst für dich!«, zischte Dragon und stürmte wutschnaubend nach vorne, bereit, Grels den Dolch in den Leib zu rammen. Doch der Finne war darauf vorbereitet, geschickt wich er zur Seite aus, sodass der Angriff ins Leere lief. Dragons Lippen entglitt ein zerknirschter Laut. Grels kam nicht umhin, sich ein flüchtiges Grinsen abzuringen, was Dragon nur noch böser machte.
»Dir soll das freche Lachen gleich vergehen!« Wieder stürzte Dragon nach vorne, diesmal hatte er jedoch mehr Glück. Sein Dolchstoß saß. Grels fuhr zurück, aus dem zerfetzten Stoff seines rechten Ärmels sickerte ein Schwall Blut.
»Wenn du mich umbringen willst, musst du schon etwas besser zie-

len!« Grels kümmerte sich nicht um seine Wunde, dafür blieb ihm keine Zeit. Mit ständigem Gerede versuchte er seinen Kontrahenten zu irritieren.
»Quassel nicht lange, kämpfe endlich!« Dragon umkreiste ihn wie ein hungriger Wolf, der seine Beute zu reißen gedenkt. Immer wieder gelang es dem Finnen, den ungestümen, aber letztendlich erfolglos geführten Attacken des Kroaten auszuweichen. »Renn mir doch nicht ständig davon...«
Grels tat plötzlich so, als sei er müde. Auf der Stelle verharrend, senkte er kurz sein kleines Beil.
Dragon sah die Gelegenheit, nun den alles entscheidenden Stich zu setzen. Alle Vorsicht außer Acht lassend, stürmte er nach vorne. Doch er hatte nicht mit Grels blitzschneller Reaktion gerechnet. Im Nu fuhr das Beil im kurzen Aufblitzen wieder nach oben und schlug den Dolch aus Dragons Hand.
Die Überraschung darüber stand ihm buchstäblich ins Gesicht geschrieben. Ehe er richtig begriff wie ihm geschah, streckte ihn ein wuchtiger Fausthieb ans Kinn nieder. Grels warf sich auf den liegenden Hauptmann und drückte ihn mit seinen Knien fest ins Gras. In seiner Rechten schwang sein Beil.
»Ja, nur zu, töte mich! Jetzt hast du ja erreicht, was du wolltest...« Kein weinerliches Klagen, kein Gejammer. Dragon war fest entschlossen, dem Tod entgegen zu sehen.
»Was habe ich denn davon, wenn ich dich jetzt umbringe?« Grels senkte seine Waffe und steckte sie in seinen Gürtel. Er stand auf und gab sogar Dragon den Dolch zurück, der im Gras lag. »Ich weiß, dass ich es eines schönen Tages bitter bereuen werde was ich jetzt tue, und dass noch viele Menschen durch deine Hand ihr Leben verlieren werden, aber du sollst weiterleben.« Dragons erstaunte Miene sprach Bände. Wortlos nahm er seine Waffe an sich.
»Was ist nur aus uns geworden?« sprach Grels, während er sich seiner Verletzung annahm. Der Stich erwies sich als harmlos, die Blutung ließ inzwischen nach. »Einst gingen wir als bezahlte Söldner im ehrlichen Kampf Mann gegen Mann in die Schlachten und heute morden, rauben und schänden wir uns durchs Leben. Wie lange kann das noch so weitergehen? Wohin wir auch kommen, wir bringen nur Tod und Verderben unter die Menschen. Vielleicht ist es ja unser aller von höherer Macht bestimmtes Schicksal, bis zum Sanktnimmerleinstag so weiterzumachen, bis wir am Ende alles Leben auf Erden getilgt haben...«
»Wir sind wohl wie die sieben Plagen. Einmal im Land, wird man sie

nicht mehr los!« Dragon brach sein Schweigen. »Aber was zum Donnerwetter sollen wir denn anderes machen, Brüderchen? Außer dem blutigen Kriegshandwerk haben wir nichts gelernt«, meinte er achselzuckend. »Der Krieg ernährt eben den Krieg, wie es so schön heißt. Wenn wir uns nichts von anderen holen, leiden unsere Frauen und Kinder im Lager furchtbare Not. Viele sind elendig krepiert, nur weil wieder einmal nichts zum Beißen da war und die Kochtöpfe leer blieben.«

»Dragon, es ist nicht unsere ureigene Schuld, weshalb wir zu dem wurden, was wir jetzt sind. Auf deiner Seite waren es die Werber des Kaisers, auf der meinen die des schwedischen Königs, die uns für ihren Krieg in Sold nahmen. Die eigentlichen Schuldigen am ewigen Rauben und Morden, die großen mächtigen Herrscher, wird man nie zur Verantwortung ziehen. Uns würde man am liebsten die Köpfe abschlagen.«

»Wir sind mit Sicherheit nicht die einzigen, die durchs Land ziehen und dabei eine Spur der Verwüstung hinterlassen. Es existieren bestimmt ganze Heerscharen, und alle wollen sie nur eines: Überleben!«

»Deshalb habe ich dich am Leben gelassen. Dragon, du kannst diesen Haufen am besten führen. Ohne dich wären sie alle längst in alle Winde zerstreut und verloren. Bei so manchem Galgenvogel in unseren Reihen wäre es allerdings nicht schade, wenn sich die Henkershand seiner annehmen würde. Ich kann das alles nicht mehr länger ertragen. Ich werde in meine Heimat nach Leistilä zurückkehren. Vielleicht nehme ich die kleine Malin mit mir. Sie hat ja niemanden mehr, seit ihr Vater bei Lützen gefallen und ihre Mutter an der Pest gestorben ist.«

»Und wo ist dieses Leis...« Dragon fiel es schwer, das Wort nachzusprechen.

»Hoch oben im Norden, über dem Meer, in Finnland. Leistilä ist ein kleines verträumtes Dorf im Kirchspiel Ulvila.«

»Und du willst wirklich kein Hauptmann sein?« Dragon war noch immer voller Misstrauen.

»Nein, wie oft muss ich es dir noch sagen, ich will dir deine Stellung nicht streitig machen«, antwortete Grels und ging zu seinem Pferd. Nach wie vor hing Maria reglos quer über dem Sattel. Sie war weiterhin ohne jegliches Bewusstsein, aber sie lebte.

»Tust du mir einen Gefallen?«

»Seit wann bittest du um etwas, Dragon?« Grels zeigte sich überrascht.

»Es wäre mir sehr recht, wenn du den Männern gegenüber nichts von unserer Sache soeben erwähnen würdest. Einen Hauptmann, der im Zweikampf unterliegt, schätzt die Bande nicht sonderlich, weißt du.«

»Wenn du sonst keine Sorgen hast, will ich schweigen wie ein Grab.« Grels stieg aufs Pferd und setzte Maria zu sich in den Sattel. »Jetzt aber lass uns reiten, bevor die Meute unruhig wird.«

*

Der Hof war nicht wieder zu erkennen, die Plünderung im vollen Gang. Alles, aber auch wirklich alles, was die Banditen zu Greifen bekamen, schleppten sie ins Freie. Bettzeug, Kissen, Kleider – der Inhalt umgestürzter Truhen ergoss sich in weitem Rund über den Boden.
»Jetzt wollen wir dem Bauernpack den roten Hahn aufs Dach setzen!« Einer der Reiter hielt eine brennende Fackel in der Hand, bereit das Haus anzuzünden. Jenes Haus, dass einst der Hugenotte Pierre Laurent im Jahre 1572 zusammen mit den Bauern aus Affholderbach gebaut hatte und das seitdem seinen Nachkommen als Heimstätte diente, sollte der sinnlosen Zerstörungswut zum Opfer fallen.
»Schmeiß die Fackel weg, Mann, es reicht! Wir reiten augenblicklich ins Lager zurück«, befahl Dragon.
Enttäuscht ließ der »Feuerteufel« die Fackel zu Boden sinken. Bei dem Blick hin zu der kleinen Herde an Rindern, Schweinen und alten Kleppern, die man allesamt aus den aufgebrochenen Ställen der Johannesberger Höfe zusammengetrieben hatte, lief nicht nur ihm das Wasser im Munde zusammen. An manchem Sattelknauf hing baumelnd so einiges Geflügel, das man gefangen und dem man den Hals umgedreht hatte.
»Heute Abend wollen wir wieder einmal ein richtiges Fest feiern!« Dragons Ankündigung ließ das Gesindel in ein ohrenbetäubendes Gejohle und Gegröle ausbrechen. Ehe er als erster sein Pferd vom verwüsteten Laurenthof lenkte, warf er schnell noch einen Blick zum Wohnhaus hinüber, wo vor der Türe der alte Bauer nach wie vor so dalag, wie man ihn dort hingeschleift hatte. Der Schlag mit dem Musketenkolben, der Albert niedergestreckt hatte, tat immer noch seine Wirkung. Vielleicht war es auch besser für ihn, dass er von all den Ereignissen um ihn herum nichts mitbekam. Sie hatten ihn also wirklich nicht angerührt. Die Männer besaßen, zu Dragons größtem Ärger, doch gehörigen Respekt vor dem Finnen.
Grels spürte Dragons hasserfüllten Blick, den ihm jener in einem falschen Grinsen flüchtig zuwarf. Er musste künftig mehr auf der Hut sein. Die Dankbarkeit des Kroaten, dass er ihn am Leben gelassen hatte, hielt nicht lange an. Sie war schneller verflogen, als der Morgentau im

Lichtschein der Sonne.
Die Plünderer ritten vom Hof, bis auf einen. Dragon hatte ihm rasch etwas zugeflüstert, ohne dass die anderen Männer oder Grels davon Wind bekamen. Der Reiter stieg ab und ging zu Albert hinüber. Er nahm einen langen Hanfstrick und fesselte ihn damit an Händen und Füßen. Zum Schluss schlug der Schurke das Strickende um den Sattelknauf, sprang in einem Satz aufs Pferd und gab diesem die Sporen.
Wie gut für den armen Albert, dass ihn die dunklen Schleier der Bewusstlosigkeit fest einhüllten. Die Folgen der schrecklichen Traktur, die man ihm jetzt antat, würde er früh genug zu spüren bekommen, sofern er sie überhaupt überlebte. Der Reiter schleifte ihn brutal zum Dorf hinaus. Sie passierten das Pesthellchen. Das Amt Affholderbach hatte jene runde Steinsäule vor wenigen Jahren zur Abwehr des Schwarzen Todes errichtet. Doch genauso wenig wie das Hellchen mit dem Kreuz gegen die Pest half gab es ein Allheilmittel, um eine wild entfesselte Räuberhorde abzuschrecken. Plötzlich riss der Strick entzwei. Es schien, als wollte eine höhere Macht dieses unwürdige Schauspiel beenden. Den Schurken juckte dies in keinster Weise. Ohne sein Opfer auch nur mit einem Blick zu bedenken, verschwand er in einer dichten Staubwolke. Zurück blieb ein zuckendes und blutiges Bündel, das mit einem Menschen wenig Ähnlichkeit besaß.

*

Zwischenzeitlich war die Dämmerung hereingebrochen. Die Schatten der kommenden Märznacht hüllten die Stätte des Grauens mitleidsvoll in tiefstes Dunkel. Noch immer harrte Rosina gemeinsam mit den anderen Frauen und ihren Kindern in ihrem Versteck aus. Mit atemloser Spannung und höher schlagenden Herzen hatten sie miterlebt, wie einer der Reiter Maria aufs Pferd gehoben hatte und mit ihr davon geritten war. Für ein bangendes Mutterherz war es längst kein Trost, wenn ein Kind von einem üblen Unhold »nur« entführt wurde. Einerseits musste Anna froh darum sein, dass Maria noch lebte, aber was hatten die Strolche nur mit ihr vor?
Ein urplötzliches Rascheln und Knacken der Zweige dicht hinter ihren Rücken ließ die Frauen und Kinder erschrocken herumfahren. Wie gelähmt starrten sie auf die mit dem Dämmerlicht fast zerfließende Gestalt, die soeben unter einer hochgewachsenen Buschhecke hervorgekrochen kam und direkt auf sie zuhielt.
»Ihr heiligen 14 Nothelfer, steht uns bei – ein Moorteufel!« Elisabeth

sank auf die Knie und bekreuzigte sich und dies gleich mehrmals. Die Kinder eilten Schutz suchend unter die Rockschürzen ihrer Mütter.
»Es gibt sie also doch, diese Teufel!«, gab eine der Frauen, die dem Herzschlag nahe war, von sich.
»Warum ängstigt ihr euch denn so vor mir, ich bin es doch nur. Sagt, kennt ihr mich nicht mehr?« Nur das leuchtende Weiß in den Augen erinnerte bei der vom Kopf bis zu den Füßen über und über mit Morast und Dreck besudelten Gestalt an einen Menschen. Es schien, als trüge er nicht einmal einen Kleidungsfetzen, derart starrte sein Körper vor Schmutz.
Rosina erkannte ihren Enkel als erstes. »Niklas, du scheinst ein Bad dringend nötig zu haben. Wenn du jetzt in einen Spiegel schauen könntest, würdest du vor dir selbst in wildem Geschrei Reißaus nehmen.« Sie drückte ihn herzend an ihre Brust.
Auch seine Mutter vergoss eine Freudenträne. »Wenigstens du bist mir noch geblieben...«
»Wo ist Maria?« Suchend schweifte sein Blick in die Runde, doch von seiner Schwester war weit und breit nichts zu sehen.
»Die Reiter haben sie mitgenommen«, erklärte Rosina.
»Wohin sind sie geritten, diese verfluchten Kerle?«
Wortlos zuckte Rosina mit den Achseln.
»Egal, ich werde Maria schon finden und zurückbringen«, stieß Niklas wild entschlossen hervor. »Ich komme nicht eher wieder heim, bis ich sie aus den Klauen dieser Verbrecher befreit habe. Das verspreche ich euch!« Schon sprang Niklas aus dem Versteck und rannte den Berghügel hoch.
»Warte! Sei vorsichtig, vielleicht sind die Soldaten noch im Dorf!«, rief ihm Rosina nach.
»Macht euch meinetwegen keine Sorgen«, gab Niklas mit einem flüchtigen Lausbubenlächeln zurück. »Ich habe den Sumpf bezwungen, da werde ich auch mit diesem Schurkenpack fertig«, tönte er großspurig. »Ihr bleibt solange in Deckung bis ich euch ein Zeichen gebe, dann könnt ihr nachkommen.«
Rosina war voller Stolz auf ihren Enkel. Ja, er war aus dem gleichen Holz geschnitzt wie Pierre, Albert und Jörg, eben ein richtiger Laurent!
Ohne dass er es bemerkte, wurde Niklas verfolgt. Lautlos auf ihren Pfoten schleichend hatten sich zwei Wölfe an seine Fersen geheftet. Der bis aufs Blut verhasste Geruch des Menschen ließ die Grauen stets die Flucht ergreifen, wenn nicht gerade ein unbarmherziger Eiswinter herrschte. Doch diesmal war es anders, schon seit dem Morgen waren

die beiden Altwölfe Niklas gefolgt und dies aus triftigem Grund. Schließlich hatte er gemeinsam mit Maria ihre Jungen aus dem Bau gestohlen. Seitdem hielten sie sich in unmittelbarer Nähe auf, erst jetzt bei Einbruch der Dunkelheit trauten sich die Wölfe ins Freie. Sie würden Niklas kein Leid antun, ihr Erscheinen galt einzig und allein den Welpen, die sie in ihren leeren Bau zurück holen wollten.

Als große runde Scheibe leuchtete der Vollmond zwischen der weit aufgerissenen Wolkendecke hervor. Das silbrig schimmernde Licht war ausreichend um sehen zu können, wohin man seinen Fuß setzte. Niklas hätte wohl nichts dagegen gehabt, wenn der Leichnam seines Vaters in schwärzester Finsternis verschluckt geblieben wäre. In seiner Kehle ballte sich ein stummer Schrei, während er mit weit aufgerissenen Augen auf ihn zutaumelte. Niklas sank neben ihm nieder.

Jörgs Gliedmaßen waren längst erkaltet und steif. Er würde Niklas gegenüber niemals wieder das Wort erheben, sei es aus Zorn oder zum Lob. Es brauchte eine Weile, ehe Niklas die bedeutungsvolle Schwere der grausamen Wirklichkeit begriff. Seine hart versteinerte Miene blieb unter der dick verkrusteten Morastschicht verborgen. Tränen liefen ihm über die Wangen, die sich Niklas aber nicht fortwischte.

Ihm fielen die Frauen ein. Nein - er konnte sie nicht herholen. Der Anblick des Toten würde für die Seinigen wohl das Ende bedeuten. Hier in unmittelbarer Nähe des Misthaufens wollte Niklas seinen Vater nicht beerdigen. Er drückte ihm die offen stehenden Augenlider herunter und zog den Leichnam hinter die Scheune, wo der Garten angrenzte. Ihm blieb nicht viel Zeit, er musste sich ranhalten, wenn die Frauen nichts davon merken sollten. Zumindest durften sie den Toten so nicht zu Gesicht bekommen. Mit bloßen Händen konnte Niklas kaum ein Grab ausheben, er ging deshalb zum Wohnhaus hinüber.

Zerschlagenes Mobiliar, zerissenes Bettzeug, zerwühlte Kleiderhaufen, sozusagen die gesamte Hauseinrichtung fand sich vor ihm über den Hof zerstreut. Wenigstens eine der Schippen war noch heil geblieben. Niklas kam an der Bank vorbei, wo er gegen die Mittagszeit noch gemeinsam mit Maria gesessen und Rosinas spannender Geschichte gelauscht hatte. Aus Versehen trat er gegen den Sack, in dem noch immer die Wolfswelpen gefangen waren. Ein jämmerliches Fiepen und Winseln kam prompt zur Antwort. Am liebsten hätte Niklas sie auf der Stelle mit der Schippe erschlagen. Schließlich waren sie schuld, dass Maria jetzt selbst eine Gefangene war, wenn sie überhaupt noch am Leben war. Niklas empfand grenzenlosen Zorn, doch er ging weiter, es war heute schon genug Blut geflossen. Er überließ die Tiere ihrem

Schicksal, er hatte jetzt etwas viel wichtigeres zu tun.
Die Frauen um Rosina vergingen derweil aus lauter Angst und Sorge, weil Niklas nicht mehr zurückkam, geschweige denn ihnen das verabredete Zeichen gab. Als sie schon glaubten, es sei ihm ebenfalls etwas Schlimmes zugestoßen, sahen sie aus der Dunkelheit eine brennende Fackel leuchten. Niklas schwenkte sie weithin sichtbar im weiten Bogen über seinem Kopf.
»Endlich!« Von tiefen Stoßseufzern begleitet, machten sich die Frauen mit ihren Kindern auf und verließen ihre Deckung. Doch was würde sie erwarten? Von den Männern war kein einziger mehr zurückgekehrt, sie wussten ja um ihr Versteck... Ohne dass sie sich auch nur annähernd des schrecklichen Ausmaßes der ganzen Tragödie bewusst waren, die bald wie eine Lawine auf sie einstürzen würde, strebte das Häufchen der Elenden dem Unterdorf entgegen. Vergebens hatte Niklas nach seinem Großvater gesucht, er blieb wie vom Erdboden verschluckt. Auch unter den Toten, die nahe beim Laurenthof draußen auf der Dorfgasse in ihrem Blut lagen, war er nicht zu finden.
»Oh die armen Frauen und Kinder!«, empfand Niklas schwermütig. Er war heilfroh, dass er nicht dabei sein musste, wenn die Rückkehrer auf die Erschlagenen stießen. Ohne dass er noch einmal einen Blick auf die Stätte des Elends warf, nahm ihn auch schon das staubige Band der Gasse auf.
Kaum dass der Junge den Hof verließ, tauchten die zwei Wölfe auf. Während der Rüde, das Fell gesträubt, mit hart blickenden Lichtern in sicherem Abstand verhielt, lief das Muttertier zum Wohnhaus. Ihr guter Geruchsinn hatte die Wölfin nicht getrogen. Schnuppernd nahm sie den Sack in Augenschein, bis sie diesen letztlich vorsichtig ins Maul nahm und ihre Jungen davontrug. Für ihre scharfen Zähne war es ein leichtes, das löchrige Leinengewebe zu zerreißen, um ihren Welpen wieder die Freiheit zu schenken.
Niklas hatte das Pesthellchen erreicht, als plötzlich, getragen vom milden Wind aus dem Unterdorf, das Klagegeheul der Frauen und Kinder einsetzte. Sie hatten die toten Männer - Väter, Söhne und Brüder - gefunden. Er konnte das herzzereißende Jammern nicht ertragen. Er drückte seine Handflächen fest an die Ohren. Zeitlebens würde er das Weinen und Geschrei nicht vergessen.
Niklas ergriff die Flucht. Fort, nur fort! Plötzlich, mitten im Laufen, geriet er ins Stolpern. Den Halt verlierend, stürzte er nach vorne ins Dunkel hinein. Autsch, die Landung tat verdammt weh! Zum Glück schrammte er sich nur seine Handballen auf, er stand schon wieder auf

den Füßen. Aber was zum Teufel hatte ihn jäh zu Fall gebracht? Suchend glitten seine Augen über den Boden. Da! Was anfänglich aussah wie ein umgestürzter Baumstamm, entpuppte sich bei näherem Hinsehen und Betasten als eine reglose Gestalt. Niklas kniete sich zu ihr nieder und drehte den völlig zerschundenen Körper eines Menschen auf den Rücken.
Ein wimmerndes Stöhnen drang von dessen Lippen. Seine Kleidung bestand nur noch aus lauter Fetzen. Dort, wo die Schuhe sein sollten, waren zwei blutige Füße zu erkennen. Das ganze Gesicht, Arme, Füße, einfach alles war voller hässlicher, blutverkrusteter Schürfwunden. Es grenzte schon fast an ein Wunder, dass das Herz noch schlug.
Niklas wusste nicht, wenn er da eigentlich vor sich hatte. Er musste kein Hellseher sein, um zu erkennen, dass es sich mit größter Sicherheit um ein Opfer der Vandalen handelte. Doch wer mochte die bedauernswerte Person nur sein? Plötzlich öffnete der Schwerverletzte die Augen.
»Bist du es,... mein... Junge? Niklas,... dich schickt der Himmel!«
Niklas musste sein Ohr fast an den Mund seines Großvaters legen, damit er dessen schwächliche Stimme verstand.
»Wasser! Gib mir... bitte etwas zu... Trinken.«
»Oh mein Gott! Was hat man dir nur angetan?« Niklas machte ein erschrockenes Gesicht. Viel mochte an Albert nicht heil geblieben sein. »Warte hier, ich laufe rasch ins Dorf zurück und hole Hilfe!«
»Nein,... bleib hier«, flehte Albert, »lass mich nicht allein. Ich habe Angst,... ein wildes Tier fällt mich an. Meine Hände und Füße... sind gebunden. Ich kann mich... nicht wehren.« Erst jetzt bemerkte Niklas, dass sein Großvater in Fesseln lag. Leider hatte er kein Messer dabei, um ihn zu befreien. »Wasser! Bring mir doch etwas... Wasser.«
Niklas brauchte nicht lange zu überlegen. Nicht weit entfernt grub sich seit ewiger Zeit ein kleines Rinnsal sein nasses Bett durch das steinige Erdreich des Johannesberges. Als sei er von einem wilden Hornissenschwarm getrieben, rannte Niklas los. Ohne sich zu verlaufen fand er den schmalen Bachlauf in der Senke eines Wiesengrundes. Ins taufrische Gras kniend tauchte er seine Hände ins kühle Nass und tat ein paar schnelle Schlucke. Anschließend schöpfte er mit beiden Handflächen neues Wasser. Nur wenige Tropfen davon verschüttend kehrte Niklas zu seinem Großvater zurück.
Er musste noch etliche Male den Weg zum Bach machen, damit er Alberts Durst wenigstens halbwegs löschen konnte. Vorsichtig zog Niklas ihn dann von der Landstraße hinüber zu einem Baum. Den Kopf des Alten in seinen Schoß bergend lehnte sich Niklas mit dem Rücken an

den Stamm. Albert sank gleich darauf in einen tiefen und langen Schlaf der Erschöpfung. So blieben ihm zumindest für eine Zeitlang die entsetzlichen Schmerzen, die er durchlitt, erspart.
Niklas wandte seinen Blick in die Richtung, wo die weite Ebene des Maintals in der Finsternis untertauchte. Dort irgendwo war jetzt Maria. Er würde nach ihr suchen und sie auch finden...

*

Schweigend standen Rosina und Anna vor dem einsamen Grab. Quälende Ungewissheit und heftig nagende Zweifel umgaben die beiden Frauen. Welcher ihrer Männer hatte hier seine letzte Ruhestätte gefunden und wer war vielleicht noch am Leben?
Für Anna blieb die vage Hoffnung um ihren Herzallerliebsten. Für Rosina hingegen war es schlimm genug: Entweder hatte sie hier ihren Mann oder den Sohn verloren. Am Ende vielleicht auch beide...
»Wollt ihr beiden euch uns denn nicht anschließen?« Elisabeth tauchte in Begleitung der übrigen Frauen und Kinder auf. Sie hatten einige wenige, noch halbwegs brauchbare Habseligkeiten unter die Arme gepackt und wollten aufbrechen.
»Wo wollt ihr eigentlich hin?«, fragte Rosina.
»Runter nach Hörstein, dort lebt eine alte Muhme von mir. Sie lebt ganz allein in ihrem großen Haus, seit damals die Pest so furchtbar wütete. Es wird sich bestimmt auch ein Platz für euch finden«, erklärte Elisabeth.
»Ehrlich gesagt, hier hält mich auch nichts mehr«, sprach Anna mit tränenerstickter Stimme. »Von meinen Kindern fehlt jede Spur, ich hege keine Hoffnung, dass sie jemals wieder heimkommen.«
»Wen habt ihr denn da begraben?«, wollte Elisabeth wissen.
»Das Grab hat vermutlich unser Niklas angelegt, ehe er gestern Abend aufbrach um seine Schwester zu suchen. Wer jedoch unter diesem aufgeschichteten Steinhaufen liegt, wissen wir nicht...«
»Auch wenn es euch vielleicht kein Trost sein mag, auch wir haben letzte Nacht unsere Männer begraben«, schluchzte Elisabeth. Ihre Hände strotzten nur so vor Schwielen und Blasen, was sicher von der anstrengenden Graberei herrührte. »Obwohl wir auf dem Johannesberg unsere Wurzeln haben, so wollen wir dennoch nicht hier bleiben. Kommt mit uns! In Hörstein wird euch nichts geschehen. Eine feste Ringmauer schützt den Ort vor allem Diebesgesindel. Dort seid ihr wirklich sicher«, gab Elisabeth zum Schluss von sich.

Vor Rosinas geistigem Auge lebten ganz plötzlich Bilder auf, die zu den schlimmsten ihres Lebens zählten. Als junges, zartes Wesen von gerade mal sieben Jahren hatte sie den Tod ihrer Mutter hautnah miterlebt. Die Winzerin und Witwe Magdalena Hartmann sollte sich damals der Hexerei schuldig gemacht haben und musste dafür den Scheiterhaufen besteigen.

Nach der Hinrichtung, der sie auf Geheiß des Zentgrafen gemeinsam mit ihrer Ahne Katharina beiwohnen musste, waren die beiden geflüchtet. Der aufgebrachte Pöbel hatte nämlich auch Rosina nach dem Leben getrachtet. Am traurigen Ende hatte sich Rosina selbst von ihrer Ahne im Stich gelassen gesehen, die sie mutterseelenallein im Schnee ausgesetzt hatte. Einzig und allein dem Mörder ihrer Mutter, dem Scharfrichter von Aschaffenburg, Meister Quirin, war es letztlich zu verdanken, dass Rosina überhaupt am Leben geblieben war. Er nahm sie bei sich auf seinem Schinderhof auf, wo er sie als Ziehvater großzog. An ihren leiblichen Vater konnte sie sich hingegen kaum noch erinnern. Stefan Hartmann war eines Tages nicht mehr nach Hause gekommen. Ein Blitz habe ihn im Wingert auf dem Räuschberg erschlagen, hieß es.

Nach Hörstein, geschweige denn gar in ihr ehemaliges Fachwerkhaus in der Mainzischen Keltergasse war Rosina seitdem nicht wieder zurückgekehrt. Sie hatte auch nicht vorgehabt, dies jemals zu tun. Ihre völlig verzweifelte und zutiefst erschütterte Schwiegertochter mit dem neugeborenen Erdenwurm auf den Armen dauerte sie. Deshalb fiel es Rosina trotz alledem nicht schwer, das Angebot der Nachbarsbäuerin anzunehmen, mochten ihre Erinnerung an damals noch so schmerzhaft sein.

»Elisabeth, wir kommen mit euch mit...«

*

Niklas hatte die letzte Nacht wie einen wilden Fiebertraum durchlebt. Ständig sah er sich vom schwedischen Reiter verfolgt. Immer wieder aufs Neue rannte er vor Svensson davon, hinein in den Sumpf. Die verwegene Flucht vor seinem Häscher schien einfach kein Ende nehmen zu wollen. Er war richtig froh, als sich endlich die Morgendämmerung über den Johannesberg spannte. Gestern früh um diese Zeit war die Welt für ihn und seine Familie, auch die der anderen, noch in Ordnung gewesen. Nun herrschte allerorts nichts als blankes Chaos.

Hatte er den gestrigen Tag, getrieben von den sich überschlagenden Ereignissen, eher wie im Taumel durchgemacht, begriff er erst jetzt in der frühen Morgenstille nach und nach das ganze Ausmaß des furchtbaren

Schreckens, der über sein Dorf hereingebrochen war und was die Katastrophe für ihn selbst und seine Familie eigentlich bedeutete. Der schwerverletzte Großvater, der mit dem Kopf in seinem Schoß ruhte, war bittere Realität, vor der es kein Davonlaufen gab. Im Tageslicht erkannte Niklas die schaurigscheußlichen Schürfwunden an Alberts Körper. Vorsichtig ließ er den Kopf des Schlafenden zu Boden sinken und stand auf. Niklas lief geschwind ins Unterdorf, um Hilfe zu holen. Alles glich einer einzigen ausgestorbenen Geisterstätte, so als habe hier niemals zuvor ein Mensch gelebt. Nur eine Katze, die ihn überhaupt nicht beachtete, ließ sich blicken. Auf der Jagd nach einer fetten Ratte, sprang sie auf einem der verwaisten Nachbarshöfe umher.

Niklas suchte das Grab seines Vaters auf, auch dies war bittere Wirklichkeit, die er nicht geträumt hatte. Doch was war das denn? Mitten auf dem kleinen Steinhügel, den er gestern bei Dunkelheit mühsam aus den Überresten einer alten, verfallenen Mauer zusammen getragen hatte, steckte ein schlichtes Holzkreuz. Jemand hatte es mittels zweier abgebrochener Zaunlatten und eines Strickes errichtet. Es musste demnach also jemand da gewesen sein, vermutlich seine Mutter und Rosina. Doch wo waren seine Angehörigen jetzt? Niklas ging zum Wohnhaus hinüber, aber es war niemand mehr da. Nicht einmal eine Nachricht hatte man für ihn hinterlassen.

»Bei Gott und der heiligen Jungfrau! Endlich ein Überlebender!«

Niklas wirbelte herum, diese Stimme kannte er doch. Meistens dröhnte diese laut von der Kirchenkanzel.

»Sag mein Sohn, wie geht es deinen Leuten?« Pfarrer Mehlmann erschien auf der Bildfläche. Er klopfte sich den Staub aus seiner verschmutzten Soutane, der sicherlich noch von seinem Versteck in den Fuchslöchern herrührte.

Wortlos führte Niklas ihn zum Grab. »Hier liegt mein Vater!«

»Warte, ich will die Ruhestätte segnen«, sprach der Geistliche, der schnell ein paar Worte murmelte und das Kreuzzeichen schlug. »Es ist nicht das letzte Grab, das ich in diesen Tagen segnen werde. Der Herr hat uns die Apokalypse geschickt, damit wir allesamt der Verderbnis anheimfallen...«

»Warum? Was haben die Menschen denn Böses getan?«

»Würdest du in der Kirche und im Unterricht besser aufpassen, wüsstest du von der Sündhaftigkeit der Menschheit, für die uns der Herrgott jetzt straft.«

»Muss man denn gleich fürs Lügen und Fluchen den Kopf abgehauen bekommen oder weil man vor lauter Hunger einmal heimlich einen

Kanten Brot beim Nachbarn stiehlt?« fragte Niklas mit großen Augen.
»Der Sohn Gottes ist für uns am Kreuz gestorben, damit wir das ewige Leben erlangen.« Mehlmanns Stimme steigerte sich in Rage, wie immer bei seinen Predigten. »Und weil wir sein großes Opfer mit unserem Sündenpfuhl danken, erleiden wir nun zurecht seine himmlische Strafe. Das gilt auch für kleinere Vergehen!«
»Wenn das alles ist, was der Herrgott kann, dann soll er mir gestohlen bleiben«, platzte es aus Niklas heraus.
»Hinfort mit dir, du kleines Lästermaul. Wenn du so weiter machst, landest du eines Tages auf dem Scheiterhaufen.« Mehlmann fuhr ob der Gottlosigkeit des Jungen entgeistert zurück. »Wie die Alten so die Jungen...«
»Mein Vater ist tot, meine Mutter ist mit Rosina spurlos verschwunden. Maria hat man entführt und mein Großvater ist schwer verletzt. Soll das etwa der Wille Gottes sein?« In Niklas' Augen sammelten sich die Tränen.
»Der gute Albert lebt! Welch ein Wunder«, stöhnte Mehlmann erleichtert auf. »Hoffe auf die Barmherzigkeit des Herrn, der dir dein loses Mundwerk verzeihen möge, sonst wird deine sündhafte Seele auf ewig in der Hölle schmoren. Du bist dir der furchtbaren Qualen des Höllenfeuers nicht bewusst, mein Junge...« Das Donnerwetter des Pfarrers, das Niklas schon über sich hereinbrechen sah, fiel gar nicht so schlimm aus wie befürchtet. Schlimmer als der Sumpf und der schurkische Reiter im Nacken konnte das höllische Reich Luzifers auch nicht sein.
»Sag, wo steckt dein Großvater?«
»Er liegt draußen am Pesthellchen.«
»So wollen wir nicht länger Wurzeln schlagen und ihn heimholen.« Gemeinsam zogen Niklas und Mehlmann einen alten klapprigen Handwagen mit schief stehenden Rädern aus der Scheune und machten sich auf den Weg.

*

Außer Albert, Niklas und dem Pfarrer waren noch ganze sechs Frauen, drei davon bereits im Greisenalter, auf dem Johannesberg verblieben. Hinzu kamen zwei kleine Mädchen und ein weiterer Junge.
Die meisten Bewohner aus dem Amt Affholderbach waren bei der tapferen, aber letztlich vergeblichen Verteidigung ihrer Familien und ihres Hab und Guts der Schändung oder der reinen Mordlust zum Opfer gefallen. Auch einige der Gesetzlosen hatten ihr Leben lassen müssen,

was aber für niemanden ein Trost sein konnte. Der Rest der Menschen war von Schock und Angst getrieben weit in die umliegenden Wälder geflüchtet oder hatte es Rosina und ihren Begleiterinnen gleich getan, indem sie in anderen Ortschaften Schutz suchten. Das verschwindend kleine Häuflein der einsam Verlorenen fand sich in Alberts enger Schlafkammer ein.
So gut es ging hatte man für den Verletzten das Bettlager hergerichtet und seine Wunden versorgt. Einen Medicus, geschweige denn einen Barbier gab es weit und breit nicht. Jetzt hieß es, auf Gott zu vertrauen. Darüber hinaus kam es einzig und allein auf Alberts körperliche Verfassung an. Die Verbände mussten natürlich auch das ihre dazu tun.
Glücklicherweise wussten die Plünderer nichts mit den Zauberkräften aus Rosinas Kräuterkammer anzufangen und hatten all die vielen Tinkturen, Mixturen, Pülverchen, Salben, Knollen und getrockneten Pflanzen als wertlosen Kram oder verruchte Hexenmagie abgetan. Sie hatten sich nicht einmal die Mühe gemacht, ihr Feuer an das Ganze zu verschwenden.
Wie gut, dass Niklas in der Kunst der Kräutermedizin mit Rosina eine gute Lehrmeisterin besessen hatte. So konnte er seinem Großvater wenigstens einen Verband aus Beinwurz, Hirtentäschl, Jesuwundenkraut, Sandbeere, Schafrippl und Totenblume anlegen. Albert würde die grausige Traktur bestimmt überleben, aber es würde seine Zeit brauchen, ehe er wieder richtig auf die Beine kam. Sich vor Schmerzen windend lag er wimmernd in seinen Kissen und sprach andauernd Rosinas Namen.
»Wer ist dafür, dass wir woanders hingehen?« Mehlmann sah in die Gesichter der Anwesenden, die noch immer geprägt waren vom Schrecken, der gestern über sie hereingebrochen war. Niemand regte sich. Stumm starrten sie in seine fragenden Augen.
»Wenn wir wenigstens etwas zum Essen dahätten, so wäre unsere Not fürs erste gelindert...« Mehlmann wiederholte seinen Blick in die Runde.
Plötzlich kam Bewegung in Alberts schwer malträtierten Leib. Mühsam hob er seine Rechte und winkte den Pfarrer zu sich ans Bett.
Mehlmann hielt sein Ohr weit zu ihm herab, sodass er überhaupt hören konnte, was Albert sagte. Das Sprechen strengte ihn sehr an. Erschöpft sank Alberts Kopf ins Kissen zurück.
»Was hat er geredet, Hochwürden?«, fragte Niklas ganz gespannt.
»Komm mit, du Naseweis, ich brauche deine Hilfe.« Die beiden gingen in den Hof hinaus, bis sie schließlich, nur einen Steinwurf von Jörgs

Grab entfernt, stehen blieben.
»Was wollen wir hier?« Niklas wurde es plötzlich siedendheiß zumute. »Müssen wir jetzt auch noch für Großvater das Grab schaufeln?«
»Der Herr bewahre, soweit ist es zum Glück noch nicht.« Mehlmann kniete sich nieder und griff mit beiden Händen ins hohe Gras. Niklas schaute ihm mit ungläubigem Blick dabei zu, wie dieser ein großes Stück Grassoden aus der Erde zog. Was wollte der Gottesmann nur damit?
»Komm, hilf mir lieber, anstatt dass du nur Däumchen drehst. Gemeinsam kommen wir schneller ans Ziel!«
Niklas tat es ihm gleich und hob selbst einen festen Erdbrocken samt Gras hoch und warf es beiseite. Nach und nach kamen darunter ein paar Bretter zum Vorschein. Niklas wusste immer noch nicht, was das Ganze eigentlich sollte. Ihm wurde nur klar, dass hier jemand etwas heimlich versteckt hielt, aber was? Als sie die Bretter weglegten, offenbarte ihnen das Versteck in der Grube endlich sein Geheimnis. Der Geruch nach geräuchertem Schinkenspeck und Wurst strömte den »Schatzgräbern« verlockend entgegen.
»Halleluja!«, drang es jubelnd und frohlockend über Mehlmanns Lippen. »Der Herr hat ein Einsehen mit uns leidgequälten Kreaturen, er schickt uns diese gut gefüllte Vorratskammer...«
Dass dies in Wirklichkeit weniger himmlischer Macht zu verdanken war als einzig und allein Alberts vorrausschauender Art, dies übersah der brave Pfarrer in all seiner Freude. Auch wenn Albert es Rosina gegenüber nie offen eingestand, so gaben ihm ihre Träume doch sehr zu denken. So sehr, dass er beschlossen hatte, nach und nach klammheimlich Vorräte beiseite zu schaffen, für den Fall, dass eines Tages Rosinas Prophezeiung doch bittere Wirklichkeit werden sollte und eine schlimme Heimsuchung über das Dorf und ihre Familien kam.
Mehlmann konnte nicht länger an sich halten, er langte gleich nach der fettesten Wurst aus einem der vielen aufgestapelten Holzkästen und biss ein großes Stück davon ab.
»Hhmm!« Selbst er, ein unermüdlicher und eifriger Prediger und Verkünder der Worte Gottes, war schließlich und letztendlich auch nur ein Sterblicher aus Fleisch und Blut, der nicht allein von der Heilslehre und dem Ambrosia leben konnte. Ehe der Pfarrer, der vom Genuss berauscht bereits im siebten Himmel schwebte, eine neue Lobeshymne auf den Allmächtigen in die Welt hinausposaunte, schwang sich Niklas aus der weit ins Erdreich getriebenen Grube. »Warte, du sollst nicht länger Hunger leiden...« Mehlmann versuchte ihn zurückzuhalten und

streckte ihm eine kleine, dürre Wurst entgegen.
»Habt Dank, aber gebt es lieber den anderen«, gab Niklas zurück, »sie haben es nötiger.«
»Mein Sohn, an dir ist ein wahrer Samariter verlorengegangen«, sagte Mehlmann und schob sich den letzten Rest der großen Wurst schmatzend in den Mund.
»Ich sehe, ihr braucht mich jetzt nicht mehr, deshalb will ich aufbrechen, um nach meiner Schwester zu suchen«, rief Niklas in die Grube hinab und ging weg.
»Gott behüte dich!« Diese gut gemeinten Worte des Pfarrers hörte er schon nicht mehr. Erst als er sich weit außer Sichtweite des Hofes befand, zog Niklas aus seiner ausgebeulten Hosentasche ein großes Schinkenstück hervor. Unter einem Baum sitzend begann er voller Heißhunger, genüsslich die »himmlische Gabe« zu verspeisen.

3

»Und es kam heraus ein zweites Pferd, das war feuerrot. Und dem, der darauf saß, wurde Macht gegeben, den Frieden von der Erde zu nehmen, dass sie sich untereinander umbrächten, und ihm wurde ein großes Schwert gegeben.«
Die Offenbarung des Johannes 6, 4

Seine Zunge fuhr ihr leckend übers Gesicht. Blinzelnd öffnete Maria ihre Augen. Mit seiner spitzen, schwarzglänzenden Nase war er dicht über ihr. Aus dem braunen, breiten Bärengesicht glitzerten ihr zwei kleine Augen entgegen. Seinem Rachen entströmte ein leises Brummen.
»Ahhh!« Einen wilden Schrei ausstoßend, fuhr Maria entsetzt zurück. Eine solch grauenhafte Bestie war ihr niemals zuvor begegnet. Beide, sowohl Maria als auch der Bär, versuchten erschreckt voreinander Reißaus zu nehmen. Doch die im Rauch gegerbten Hirschlederriemen, an die beide jeweils gefesselt waren, gaben nicht nach. Während der noch recht junge Braunbär mit klagendem Winseln davon zu trollen versuchte, kauerte Maria am anderen Ende und zitterte wie Espenlaub im Herbststurm.
»Hahaha, da hat ja einer mehr Schiss als der andere...« Prustend vor Lachen schob sich eine kleine Gestalt zwischen den Zeltreihen hervor. Auf den ersten Blick wusste man nicht, wen man hier eigentlich vor sich hatte, ein männliches oder ein weibliches Wesen. Nach dem dunkelblonden Haar, das in zwei geflochtenen Zöpfen auf die zierlichen Schultern fiel, mochte man auf ein Mädchen schließen. Das lederne Wams, die kurze Pluderhose und die langen Beinlinge mit den halbhohen Lederstiefeln passten als Kleidung eher zu einem Jungen. Doch es war ein Mädchen, von ungefähr derselben Statur und Größe wie Maria. Sie mochte auch etwa in ihrem Alter sein. Ihre Wangen waren betupft mit lauter kleinen Blatternarben, Zeichen einer überstandenen Infektionskrankheit. Ein Hauch von Wildheit lag in ihren harten Gesichtszügen, gemischt mit einem Ernst, der sonst eher bei Erwachsenen zu Tage trat. Demnach schien sie in ihrem kurzen Erdendasein schon so Einiges durchgemacht zu haben.
»Wo bin ich hier?« Maria sah fragend von einem der spitzen, aus Lederwerk oder eingefettetem Leinen gefertigten Zelte zum anderen. Auf nicht wenigen der Zelte flatterten kleine Banner oder Fahnen in kunter-

bunten Farben. Die Motive waren so unterschiedlich wie sie nur sein konnten. Zwischen krallenbewehrten Adlern und Kronen bauschten sich im Wind auch Heiligenbilder, Wappen bekannter Landesfürsten oder auch ganz schlicht gehaltene Symbole wie Kreuze und Flammenzungen. Da nur ganz wenige Söldner lesen und schreiben konnten, war es allein wichtig, die Fahne ihres Truppenteils zu kennen, unter der sie kämpften. Ging im Kampf eine jener Fahnen verloren, bedeutete dies einen schmerzlichen Verlust für jene Einheit, der einer Niederlage gleichkam.

Jetzt aber war für diesen wild zusammengewürfelten Haufen diese eigenartige »Fahnenparade« lediglich eine Zurschaustellung von Beutestücken von den verschiedensten Schlachtfeldern. Oder die Fahnen dienten ganz einfach nur als eine Art Kennzeichnung, ähnlich einer Hausnummer, damit der jeweilige Bewohner das richtige Zelt fand. Die markanteste Fahne soll nicht unerwähnt bleiben, es war jene des hessischen »Grünen Regiments«, die das Ablicht eines lorbeerumkränzten Totenkopfes trug. Darüber prangte der Schriftzug: »Vincit post punera virtus!« Unterhalb des Totenkopfes stand die Jahreszahl 1634 geschrieben.

Die kleinen Ohren gespitzt, hielt der Bär mit der großen weißen Halsblesse seine Nase schnuppernd in den Wind und sah dabei gespannt zu Maria. Das anfängliche Misstrauen in seinem scheuen, lauernden Blick zerstob. Er schien auf einmal vor lauter Freude zu grinsen. Tollpatschig trugen ihn seine Läufe näher, er hielt aber dann doch einen kleinen Abstand zu Maria und blieb verharrend auf der Stelle.

»Ich möchte nach Hause!«, rief Maria und versuchte, ihre Fesseln am linken Bein loszuwerden.

»Das hier ist jetzt dein Zuhause!« Das Mädchen mit den Zöpfen kam näher .

»Nein!«, erwiderte Maria widerborstig.

»Du hast niemanden mehr, zu dem du zurückkehren kannst«, redete das fremde Mädchen eindringlich auf sie ein. »Wenn unsere Männer von ihren Raubzügen heimkehren, bringen sie die Überlebenden mit. Der Rest bleibt erschlagen zwischen den brennenden Häusern zurück. Sollte unter den Weibsbildern dort drüben deine Mutter sein, hast du noch einmal Glück gehabt, andernfalls...« Maria spähte in die Richtung, wo eine Schar verängstigter Frauen vollgepackt mit Wäsche vorbeiging. Zwei bis an die Zähne bewaffnete Männer begleiteten sie.

»Nein, sie ist nicht dabei. Ich sehe auch Rosina nicht«, seufzte Maria traurig. »Wohin bringt man die Frauen?«

»Sie sind jetzt sozusagen unsere Sklaven, sie müssen unsere Wäsche unten am Fluss waschen, später kochen sie das Essen.« Maria begann zu weinen.

»Ja, heul dich nur aus. Das tut dir gut. In ein paar Tagen hast du dich wieder gefangen. Ich habe auch kein Mütterlein mehr. Sie ist an der Pest gestorben, wenn man dabei überhaupt von sterben reden kann. Meinen Vater haben sie irgendwo totgemacht.« Sie sprach mit kalter Stimme, ohne jegliche Gefühlsregung.

»Und was soll ich tun?«

»Du... gehörst jetzt mir!« Sie kutschte sich neben Maria auf ein gehäutetes Bärenfell.

»Wie heißt du?«

»Malin!«

»Ein seltsamer Name, klingt irgendwie fremd, aber schön, genauso wie deine Zöpfe. Ich bin Maria.«

»Deine roten Haare gefallen mir, ich habe mir vorhin, als du noch schliefst, eine Strähne davon abgeschnitten.« Sie zeigte auf ihren linken Zopf, wo sie Marias Strähne ein Stück weiter unten mitangeflochten hatte. Entsetzt griff Maria in ihr Haar.

»Hahaha! Keine Angst, du hast noch genug davon übrig«, lachte Malin. Sie fasste in einen großen Leinenbeutel und zog ein Stück abgenagtes Hühnerbein heraus. »Magst du Tiere?«

»Ja, sehr«, hauchte Maria, die allmählich ihren ersten Schrecken überwunden hatte. Sie hörte auf zu flennen.

»Schau, das ist ›Ursus‹, der Starke«, erklärte Malin. »Er ist zahm wie ein Lamm.« Sie hielt dem Bärenjungen den Leckerbissen hin. Kaum dass seine spitze Nase den Braten gerochen hatte, kam er auch schon auf seinen Tatzen angetrollt. Winselnd und bellend wie ein Hund verlangte er nach seinem Futter. Bettelnd wedelte er mit seiner rechten Vorderpranke in der Luft herum.

»Ursus kann schlingen und fressen, bis ihm der Bauch platzt.« Malin kugelte sich vor Lachen. »Los, gib ihm auch etwas.« Sie reichte Maria eine Hühnerkeule. »Keine Angst, er beisst nicht. Ihr beiden müsst euch aneinander gewöhnen...«

Vorsichtig hielt ihm Maria den Happen hin. Schwups, ehe sie sich's versah, war er auch schon in seinem Rachen verschwunden. Zum Dank zeigte Ursus sein schönstes Bärengrinsen. Beide, Mensch wie Tier, hatten im Handumdrehen die Scheu voreinander verloren. Übermütig stupste er Maria vor die Brust. Dafür kraulte sie ihm liebkosend sein dickes Fell, worauf ein wohliges Brummen aus seinem Rachen fuhr. Wenigstens für wenige Momente entschwand Maria der Gedanke an ihre Familie.

»Na, wen haben wir denn da?« Gleich fünf Jungen kamen ums Zelt geschlichen. Ihren schurkisch aufgelegten Mienen nach zu urteilen schienen sie etwas im Schilde zu führen, das unzweifelhaft schwer nach Ärger roch.
»Aus dem da machen wir einen Vorleger für unser Zelt, seine Mutter ist ja schon einer. Der Bär ist eh nur zum Fressen da, machen wir Schinken aus ihm...« Ein derbschlanker, kurzköpfiger Junge mit leicht bräunlicher Hautfarbe deutete zähnebleckend auf Ursus, der munter und vergnügt mit Maria spielte. Plötzlich hielt der Bär inne und sah zu den kleinen Zweibeinern hoch. Er schüttelte mehrmals seinen Kopf, als ahnte er, was man mit ihm vorhatte. Ein knurrendes Gurgeln entströmte seinem Rachen.
»Du bist neu, Feuerkopf, was?« Der Junge wandte sich Maria zu. Sie zog es vor zu schweigen. Solch großspurige Maulhelden gab es auch in ihrem Dorf daheim zuhauf. Aber dort stand ihr meist ihr Bruder zur Seite. Ein düsterer Schatten legte sich auf ihre Seele.
»Armer Niklas, wenn du doch jetzt nur hier sein könntest...«, seufzte Maria. »Dann würde diesem frechen Kerl hören und sehen vergehen.«
»Du kommst mit uns mit, verstanden...« Der schwarzhaarige Junge streckte bereits seine Hand nach Maria aus.
»Wenn hier jemand über etwas bestimmt, dann bin ich es!« Breitbeinig stellte sich Malin dem Eindringling entgegen. »Pfoten weg, Francisco! Ich sag es dir und deinen schleimigen Hosenscheißern nur einmal: Verschwindet!«
»Oh, hört, sie droht uns!«, höhnte der Spanier. »Mir zittern schon die Knie.« Seine stummen Begleiter schickten ein breites Grinsen in die Welt.
»Kannst es wohl nicht abwarten, dir soll es gleich noch ganz anders ergehen!« Blitzschnell wie ein Luchs sprang Malin den Jungen an. Noch im Sprung zog sie hinten aus dem Gürtel einen kleinen Dolch hervor. Ehe Francisco begriff wie ihm geschah, lag er bereits auf dem Boden und Malin war über ihm. Die Klinge am Hals spürend, trieb es ihm die Schweißperlen auf die Stirn.
»Na was ist, hast du sonst noch irgendwelche Wünsche?« Malin starrte ihm ins angstverzerrte Gesicht, ohne dass sie dabei mit der Wimper zuckte. »Soll ich dich in die Hölle schicken, auf dass du uns künftig in Ruhe lässt...?«
»He, du finnische Wildkatze, willst du ihn wohl loslassen...« Kein geringerer als Dragon selbst erschien auf der Bildfläche. »Du wirst doch nicht unserem Nachwuchs den Hals abschneiden wollen. Aus Francis-

co wird mal ein tapferer Krieger...«
»Pah, der und mutig, ein Feigling ist er, samt seiner Bande von Waschlappen«, zischte Malin verächtlich, ohne dass sie dabei den Dolch zurücknahm. »In die Hosen hat er sich soeben gepinkelt, vor lauter Furcht...«
»Das reicht jetzt!« Dragon packte Malin in einem festen Griff und zog sie von ihrem Opfer weg. Sie ließ die Waffe fallen. Fauchend wie eine wildgewordene Katze fuhr sie mit ihren weit ausgespreizten Fingernägeln durch die Luft. Nur um Haaresbreite entging Dragon ihren Krallen.
»So jung und schon so verdorben, aus dir könnte man gut und gerne ein Dutzend Jungens machen. Auf Spitz und Kopf, da hast du aber Mordsglück gehabt.« Dragon warf dem bleichgesichtigen Francisco einen finsteren Blick zu, vermischt mit Mitleid und Verachtung, weil er sich ausgerechnet von einem Mädchen hatte niederringen lassen. Aber Malin war kein gewöhnliches Mädchen.
Francisco erhob sich auf die Beine. Er sah zu, dass er schleunigst außer Reichweite kam. Malin behielt Recht, zwischen seinen Hosenbeinen zeichnete sich ein großer nasser Fleck ab. Seine Blase hatte sich tatsächlich entleert. Mit dem bis auf die Knochen blamierten »Helden« verschwanden auch seine schlotterbeinigen Kameraden wie geprügelte Hunde rasch irgendwo inmitten der endlosen Zeltreihen. Eines stand mit Sicherheit fest: So schnell würden sie nicht mehr in Malins Nähe kommen.
»Ich möchte nicht, dass dies noch einmal vorkommt, hörst du?«, schimpfte Dragon.
»Sag das gefälligst auch den Männern, wenn sie sich Abends an den Lagerfeuern in ihrem Rausch prügeln und sich oftmals dabei gegenseitig abstechen.« Malin setzte ihm ihren ganzen Trotz entgegen. Maria traute ihren Ohren nicht. Das Mädchen an ihrer Seite nahm sich einiges raus. Sie war ein richtiger Frechdachs, empfand Maria, so hätte sie niemals zu einem Erwachsenen gesprochen.
»Dir fehlt jede Erziehung, das werde ich jetzt nachholen«, blaffte Dragon und wollte sie übers Knie legen. »Ich versohle dir so den Hintern, dass du auf ewig und drei Tage nicht mehr sitzen kannst...«
»Was geht hier vor?« Grels Eriksson schob sich aus dem Kreis der gaffenden Zuschauer hervor, die sich von Dragons Gebrüll angelockt fühlten. Söldner, Galgenvögel samt Frauen, Kindern und Dirnen, eben alles, was zum Tross jenes Nomadenvolkes gehörte, hatte sich voller Neugier vor Malins Zelt eingefunden. Und dies, obwohl Raufhändel

längst zum Alltag des Lagerlebens gehörte.
»Ich will diesem Satansbraten endlich heimleuchten!« Wutschnaubend ging er auf Malin los. Geschickt wich sie seinem Griff aus. Sie rannte zu Grels hinüber, wo sie hinter seinem Rücken Schutz suchte.
Dragon verharrte in der Bewegung. »Wenn es dir nicht bald gelingt sie zu zähmen, setze ich sie demnächst samt ihres Bären irgendwo im tiefsten Spessartwald aus.« Bebend vor Zorn riss Dragon sich die Pelzmütze vom Kopf und schleuderte sie weit über die Zeltdächer und stiefelte wortlos davon.
»Was hast du nur wieder angestellt, Malin?« Grels zeigte sich in Sorge.
»Es war einmal mehr dieser Stinkstiefel von Francisco, der uns mit seinen Freunden einen unangenehmen Besuch abstattete«, gab sie zur Antwort und hob ihren kleinen Dolch auf, um ihn wieder in den Gürtel zurück zu stecken. »Man wollte mir Ursus und den Feuerkopf wegnehmen... »
»Wegen Ursus brauchst du dir keine Gedanken zu machen, den wird dir bestimmt niemand stehlen«, sprach Grels und sah ihr dabei fest in die blauen Augen. »Bei diesem Mädchen dort ist es allerdings etwas anderes...« Er wies zu Maria hinüber, die aufs Neue mit dem Bären ins Spiel vertieft war.
»Was meinst du damit?«
»Kein Mensch kann einen anderen als seinen Besitztum betrachten, es sei denn, derjenige erklärt sich aus freien Stücken bereit, bei jemandem bleiben zu wollen. Verstehst du?«
»Nicht ganz, aber irgendwie schon«, sagte Malin. »Aber wie ist es mit den Frauen, die Dragon bei uns im Lager als Sklaven hält...?«
»Soll das Mädchen denn deine Sklavin sein?«
»Nein. Ich möchte sie als Spielkameradin an meiner Seite haben.«

*

Niklas wusste nicht, in welche Richtung er sich wenden sollte. Es gab viele Richtungen in der weiten Mainebene. Aber egal welche er auch einschlagen mochte, es gab keine Gewissheit über die Richtigkeit des Weges. Die meisten führten überhaupt zu keinem Ziel, höchstens hinein in die Endlosigkeit, wo der Tod mit vielen Gefahren lauerte.
Seine wehen Füße, die Sohlen waren längst durchgelaufen, hatten ihn letzthin sogar schon bis vor die Tore von Hanau getragen. Die Kaiserlichen unter Oberst Götz hielten mit einem ganzen Heerlager die Stadt samt ihrer Festung umringt. Die Besatzer – die Schweden unter Gene-

ralmajor Freiherr Jakob von Ramsay – saßen in der berühmt-berüchtigten Mausefalle. Ein Entkommen, geschweige denn ein Ausfall, schien kaum möglich. Und wenn, wurde ein solcher Versuch meist blutig niedergeschlagen.
Bürger und Bauern, die sich nachts aus der Stadt schlichen, um in der Gegend Lebensmittel aufzutreiben, wurden von den Belagerern über kurz oder lang aufgegriffen. Das Galgenzeichen auf die Stirn gebrannt, wurden sie wieder in die Stadt zurückgeschickt. Bei neuerlichen Versuchen wurden drei Bürger und 18 Bauern vor der Morastschanze an fünf Galgen aufgeknüpft.
Wohin Niklas auch sah, überall wimmelte es von Soldatenvolk, als bestünde die ganze Welt einzig und allein aus Uniformträgern und Waffen. Die Liebe und Sorge um sein entschwundenes Schwesterherz ließ alle Ängste von ihm abfallen und trieb ihn nachts heimlich ins Lager, in die Höhle des Löwen.
Egal wo er suchte, ob in Planwagen oder Zelten, nirgends war eine Spur von Maria. Sie schien wie vom Erdboden verschluckt. Doch war sie überhaupt noch am Leben? Verzweiflung nahm von Niklas Besitz, was ihm dann beinahe zum Schicksal geriet. Nur um Haaresbreite entging er dem Zugriff patrouillierender Wachen, aber auch nur, weil jene dem Wein tüchtig zugesprochen hatten und sie zu langsam waren, ihn zu fangen. Wie es ihm denn wohl ergangen wäre, wenn sie ihn geschnappt hätten, daran wagte Niklas lieber nicht zu denken. Als feindlicher Spion verdächtigt wäre zweifellos nur der Strick für ihn übrig geblieben.
Müde und zerschlagen, der Hoffnung beraubt seine Schwester jemals wieder in die Arme schließen zu dürfen, wandte sich der einsame Wanderer schließlich gen Osten.
Hinter ihm lag Dettingen, eine von vielen Ortschaften längs des Mains. Auch dieses Dorf war, wie all die anderen durch die er bereits gekommen war, so gut wie ausgestorben. Das bisschen Leben, das noch an den verelendeten Stätten flackerte, kam höchstens einem unwürdigen Siechtum gleich, mehr aber auch nicht. Es war nur eine Frage der Zeit, ob Tage oder auch Wochen spielte keine Rolle, bis es schließlich auch den letzten Überlebenden einer vormals blühenden Lebensgemeinschaft dahinraffen würde.
Wo vielleicht noch eine Handvoll Bauern existierten, rotteten sich jene Verlorenen in einem letzten Aufbäumen, getrieben von Not und Elend, zu einer wilden Horde aus Mordbrennern und Strauchdieben zusammen und überfielen wiederum andere unschuldige Bauersleute. Selbst

kleinere, unvorsichtige Soldateneskorten und nur dürftig bewachte Nachschubkolonnen sahen sich vor den Bauern nicht sicher. Mit dem Willen zum Überleben beseelt zahlten sie der verhassten Soldateska ihre Schandtaten, die sie an den braven Menschen begangen hatte, Auge um Auge und Zahn um Zahn zurück. Keine der beiden Seiten kannte Gnade.

Doch bald gab es fast nichts mehr, worum es sich zu schlagen lohnte, Äcker und Felder waren von Unkraut und Heckengestrüpp überwuchert. Einzig und allein der Wind war es, der mit Leben erfüllt darüber hinwegstrich. Das staubige Band der einsamen Landstraße blieb leer. Längst ausgebleichte Knochen Erschlagener und verendeter Tiere säumten den Wegesrand.

Das angrenzende Gebiet des großen Spessartwaldes war seit jeher durch die vielen dämonischen Schreckensbilder berüchtigt, welche die Durchreisenden ängstigten. In Notzeiten wie dieser verlangte es erst recht keinen Kaufmann nach Geschäften hier in dieser Gegend, egal ob vom Rheinland her oder aus dem Osten. Dafür war die Haut, die man am Leibe trug, einfach zu teuer.

Niklas wusste nicht um die Namen der zahllosen verwaisten Geisterstätten, die am Rand der Landstraßen lagen. Auch dieses Dettingen kannte er nicht, keine zehn Pferde würden ihn mehr dorthin zurückbringen. Ihn fror es bei dem Gedanken, was er da vorhin erst erlebt hatte...

Auf den verdreckten und mit allerlei Unrat gesäumten Gassen, rund um die St. Hippolytus-Kirche, lagen die von der Hitze weit aufgeblähten Kadaver von krepiertem Getier. Dazwischen aber auch die Leichen von Menschen. Niemand war da, der jenen Unglücklichen wenigstens eine würdige letzte Ruhestätte gab. So stürzten sich Rabenvögel, streunende Hunde und Raubtiere auf die sterblichen Überreste.

Manche der Häuser und Hütten trugen merkwürdige Zeichen. Einfache Kreuze, draußen an der Haustüre mit Kreide hingekritzelt, oder aufgestellte Strohbüschel sollten vor Einkehr und Zutritt warnen. Dass dies Orte unvorstellbaren Schreckens waren, um dieses Geheimnis sollte Niklas bald seine eigene Erfahrung machen. Noch schlug er jedes Mal einen großen Bogen um solche Gemäuer... Den Durst hatte sich Niklas stets an unzähligen Brunnen, Quellen, Bächen, am Main oder aus halbwegs klaren Wasserpfützen löschen können. Aber der ewig nagende und quälende Hunger trieb den in den letzten Wochen völlig abgemagerten und ausgezehrten Jungen immer wieder in die leerstehenden Häuser. Doch die spärlichen und harten Brotkrumen auf den

leeren Tellern waren zum Leben zu wenig und zum Sterben zu viel.
Die Forellen, die er mittels eines alten, halb zerrissenen Fischernetzes aus der Kahl gefangen hatte, hatte er schon vor Tagen aufgegessen. Den letzten Fisch hatte er roh verspeist, samt der Gräten, die er einfach hinunterschluckte, selbst auf die Gefahr hin, daran ersticken zu müssen.
Heute hatte er Glück! In einer verlassenen Backstube fand er unter einem Stapel leerer Säcke etwas Mehl. Das bisschen an Resten mochte gerade mal für einen halben Laib Brot reichen. Für Niklas war es wie ein Geschenk. Ein Ameisenvolk zog krabbelnd seine Spur darüber hinweg, was ihn aber nicht im geringsten störte.
Wie ein hungriger Wolf stopfte er sich das blanke Mehl in den Mund. Dass er dabei einige der Insekten verschluckte, nahm er gar nicht richtig zur Kenntnis. Es interessierte ihn auch nicht, Hauptsache, er hatte etwas zum Beißen.
Sein knurrender und schmerzender Magen konnte sich mit dieser »Mahlzeit« nicht zufrieden geben. Niklas war es regelrecht übel zumute, er brauchte dringend mehr zu Essen. Er blieb vor dem nächsten Haus stehen. Das mahnende, von der Witterung fast verblasste Kreidezeichen hatte für ihn seine eindringliche Warnung verloren. Vielleicht gab es ja gerade hier, wonach er suchte. Niklas wollte, nein, er musste es wagen. Die Türe war nicht verschlossen, laut in ihren rostigen Angeln kreischend ließ sie sich öffnen. Eingehüllt in ein düsteres Schattenreich schlug Niklas ein übler Geruch entgegen, schlimmer stinkend als jede Pfuhlkaute. Der Gestank raubte ihm fast den Atem. Es war bestimmt schon sehr lange her, seitdem hier jemand zum letzten Mal ordentlich durchgelüftet hatte. Der mit menschlichen Exkrementen, Urin, Verwesung und stickigem Mief erfüllte Brodel stach wie ein Messer in seine Lungen. Es würgte ihn in der Kehle, aber er blieb. Niklas hielt sich die Nase zu und ging weiter den Hausflur entlang.
Ihm fiel ein schönes neues Wams auf, das einladend an einem Kleiderhaken hing. Es war höchste Zeit, dass er sein eigenes zerlumptes Gewand gegen ein neues eintauschte. Jetzt war die beste Gelegenheit dafür, er würde sich nachher darum kümmern. Vorher musste er zusehen, dass er endlich etwas Vernünftiges zwischen die Zähne bekam.
Suchend schweiften seine Augen mit leuchtendem Weiß in der Düsternis umher. Nirgendwo war eine Menschenseele zu erkennen, geschweige denn zu hören. Niklas wurde es von Schritt zu Schritt unheimlicher zumute. Kälte schlich in seine müden Knochen. Seine hallenden Fußtritte hörten sich an, als ob er in einer Gruft wandelte.
Da! Mitten im Halbdunkel einer Stube sah er sie liegen, die schemen-

haften Konturen von Köpfen und Leibern hoben sich nur schwer aus dem Grau der Schatten ab. Es waren gleich mehrere Leichen, wahrscheinlich die einer ganzen Familie, die hier dicht beieinander in ewiger Stille vereint auf einem großen Bett zusammen lagen. Umschwirrt von einem riesigen Schwarm Fliegen.

Niklas wusste nicht, warum er nicht gleich in wilder Flucht auf und davon lief. Vielleicht lag es auch nur daran, dass er inzwischen zu abgestumpft war, wegen der vielen Toten, die er beinahe jeden Tag zu sehen bekam. Oder dachte er in jenem Augenblick an seine eigene Familie und wie es ihnen wohl gehen mochte? Plötzlich, mitten in seine Gedankenverlorenheit hinein hob sich ganz langsam aus der Reihe der starren Leiber eine Hand. Niklas überkam ein eisiger Schauder. Wie gelähmt verharrte er auf der Stelle.

»Hilf uns!« Die knöcherne Hand streckte sich ihm gespenstisch entgegen. »Die Pestilenz hat uns befallen...«

Niklas standen auf einmal die Haare zu Berge. Taumelnd wich er zurück.

»Ach, fremder Jüngling, so bleib doch!« Die letzten Worte des Sterbenden hörte er schon nicht mehr. So, als sei ein ganzes von Angriffslust erfülltes Bienenvolk hinter ihm her, stürmte Niklas aus der Stube hinaus ins Freie. Sein Schritt verlangsamte sich erst, nachdem er ganz Dettingen samt seiner Gassen, Plätze und Winkel hinter sich gelassen hatte. Nur langsam kam er zur Besinnung. Das grausige Erlebnis würde ihn bestimmt bis in seine tiefsten Träume hinein verfolgen. Niklas war jedenfalls heilfroh, jenem grässlichen Spuk entronnen zu sein. Nur schade um das schöne Wams, es hätte ihm bestimmt gut gestanden. Aber wer weiß, für was es gut war. Vielleicht blieb ihm dadurch der ansteckende Biss eines Flohs aus dem pestverseuchten Haus erspart.

Niklas verließ die Landstraße und lief querfeldein über ein großes brachliegendes Ackergelände in Richtung des nahen Waldes. Im Schatten der Bäume suchte er dringend nach etwas Ruhe. Die ungewöhnliche Hitze dieses Frühlingstages und der anstrengende Lauf hatten seinem erschöpften Körper ziemlich zugesetzt. Anfangs achtete er gar nicht darauf, aber dann merkte er es doch. Niklas kannte alle Spuren des Getiers, das draußen im Feld und Wald heimisch war. Doch diese frische und tief eingedrückte Fährte vor seinen Augen war ihm bislang fremd. Er kniete nieder, um die seltsamen Trittsiegel genauer zu betrachten. Im weichen Waldboden gab sich die Spur eines fünfzehigen Sohlengängers zu erkennen, der seine Krallen nicht einziehen konnte. Nein, ein solches Tier war ihm nicht bekannt. Wahrscheinlich war es ein Bär, der sich hier herumtrieb. Bislang hatte er noch keinen persönlich zu Gesicht bekommen. Er musste auf der Hut sein. Von Bären und ihrer ungeheuren Kraft war ihm schon so einiges zu Ohren gekommen. Diese braunen Riesen sollten doch nur ganz tief im Herzen des Spessarts zuhause sein, hieß es... Mit einem Schlag fiel alle Mühsal von ihm ab. Die Augen weitaufgesperrt, lief Niklas weiter.

*

Seine Tatzen wühlten, was das Zeug hielt. Brocken um Brocken des vermoderten Baumstumpfes flogen umher. Grollend und brummend war Ursus emsig in seine wilde Buddelei vertieft. Sein unersättlicher dicker Wanst verlangte wieder einmal nach etwas Fressbarem. Immer wieder stieß seine spitze Schnauze ins mehlige Holz hinein. Noch ein paar Mal mit der Pranke kratzend, hatte der Braunbär endlich die fetten weißen Käferlarven gefunden. Mit einem laut vernehmlichen Schmatzen machte er sich über seinen leckeren Fund her. Nachdem er alles ratzeputz aufgefressen hatte, setzte er sich wuffend und grunzend auf seine Hinterkeulen. Die weit heraushängende Zunge begann zu tropfen. Die verschmitzten Augen starrten gierig in die Runde, verlangten nach einem Nachschlag.

»Na, du Nimmersatt, hast du denn immer noch nicht genug?« Die Hände in die Hüften gestützt, stellte sich Malin breitbeinig vor ihm auf und lachte. »Hahaha! Maria, sieh dir nur den vollgefressenen Fettwanst an!«

Ursus feixte über sein ganzes Bärengesicht. Mit leisem Winseln hob er bettelnd seine rechte Vordertatze. Er war noch lange nicht satt. Malin behielt recht, Ursus hatte im Verlauf der letzten Wochen deutlich an Körperfülle zugelegt, besonders was seinen Bauch betraf.

»Was ist denn mit dir los, du Trantüte? Ist dir etwa eine Laus über die Leber gelaufen?« Malin sah zu Maria hinüber. Traurig saß sie auf einem stark bemoosten Stein. »Du ziehst ja ein Gesicht wie drei Tage Regenwetter...«

»Ich hab' Heimweh!«

»Aber du hast doch mich und Ursus. Genügt dir das denn nicht?«

»Nein, das ist es nicht. Aber sie fehlen mir alle – meine Eltern, Großvater, Rosina und nicht zu vergessen Niklas!«

»Ach du Dummkopf, wie oft muss ich es dir noch erklären, dass deine Leute tot sind, mausetot. Kapier das endlich!«

»Ich kann einfach nicht glauben, dass es so sein soll. Tief in mir sagt

eine Stimme, dass sie noch am Leben sind. Niklas – irgendwie spüre ich sogar seine Nähe...«
»Du spinnst doch!« Malin machte eine abwertende Handbewegung. »Du denkst doch wohl nicht im Ernst, der Gute hält sich hier mitten im Wald hinter einem Baum versteckt, bis er dann hervorspringt und dich in seine Arme nimmt...«
»Hör endlich auf, so zu spotten. Ich fühle es ganz deutlich, dass mein Bruder noch lebt...«
»Weisst du was, ich glaube allmählich, du verträgst die viele Sonne nicht«, hielt Malin trotzig dagegen.
Plötzlich begann Ursus zu zittern, seine Schnauze schnüffelte aufgeregt in der Luft. Lauschend spitzte er seine kleinen Ohren. »Er hat etwas gewittert, da muss sich jemand in der Nähe herumtreiben!« Malin zückte den Dolch.
»Niklas?«
»Was hast du denn immerzu mit deinem Bruder?«, zischte Malin ihr garstig ins Gesicht. »Es ist bestimmt nur ein Tier.« Ursus richtete sich auf die Hinterbeine auf, seine Nase zog prüfend die Luft ein. Die Haare seiner Halskrause sträubten sich. Ein gurgelndes Knurren strömte aus seinem Rachen.
»Da drüben im Gebüsch scheint was zu sein!« Malin zeigte zu einer großen dichtbewachsenen Buschhecke, die sich linkerhand, zwei ganze Steinwürfe von ihnen entfernt, längs über den Waldboden schlängelte. Auf einmal stürmte Ursus wie ein Irrwisch nach vorne. Er tat dies mit einem Elan, den man hinter seinem feisten, massigen Körper wohl unmöglich vermutet hätte. Ursus war nicht mehr aufzuhalten.

*

Die Müdigkeit hatte ihn am Schluss doch übermannt. Um vor einem ungebeteten Besuch einigermaßen gewappnet zu sein, suchte Niklas unter einer dichtbewachsenen Buschreihe Schutz. Das warme Wetter hatte die Knospen und Triebe von Sträuchern und Bäumen überall zum Sprießen gebracht und das erste zarte Grün der Blätter wachsen lassen. Er wusste nicht, wie lange er auf dem blanken Waldboden auf Moos und Laub geschlafen hatte. Jedenfalls war es mit der Ruhe Schlag auf Blitz vorbei. Erschrocken öffnete Niklas die Augen. Die Buschhecke, der Boden, nein, alles um ihn herum geriet in Bewegung.
»Um Himmels Willen, was geht da vor...?« Niklas glaubte sich im Mittelpunkt eines kleinen Erdbebens. Er wollte auf und davon springen,

doch irgendetwas hielt ihn unten an den Beinen fest. Sein linker Fuß hatte sich unglücklicherweise im Gewirr eines freiliegenden Wurzelstocks verheddert. Alles Ziehen und Zerren half nicht, er kam einfach nicht frei.
Ursus kam voller Ungestüm und Wucht ins Gebüsch gestürmt. Abbrechende Zweige und aufstiebende Blätter kündeten von der Schneise der Verwüstung, die Ursus einem Sturmwind gleich anrichtete. Aus irgendeinem Grund, vielleicht war es glattes Gestein, kam er aus dem Gleichgewicht. Der ungeschlachte Geselle verlor den Halt und taumelte nach hinten. Mit einem scheinbar ärgerlichen Brummen kam er jedoch nach einer ungelenken Bewegung gleich wieder auf die krallenbewehrten Pfoten. Er richtete sich auf die Hinterbeine auf, die Zähne gefletscht, und schnappte mehrmals mit seiner Schnauze ins Gebüsch. Doch er bekam den Störenfried, oder was es auch immer war, nicht zu fassen.
Niklas glaubte, sein letztes Stündlein sei gekommen. Keine Elle lag zwischen seinem Kopf und dem furchteinflößenden Gebiss des Bären. Er wünschte sich in diesem Augenblick nichts sehnlicher, als eine kleine Wühlmaus zu sein, um in ein winziges Löchlein schlüpfen zu können. Niklas drückte sich immer tiefer in den Boden hinein, bis es nicht weiter ging.
Ursus raste förmlich vor Zorn, er stieß ein Gebrüll aus, wie es selbst die beiden Mädchen bislang von ihm nicht gehört hatten. Maria drängte sich ängstlich fest an Malins Seite. »Komm, lass uns wieder ins Lager zurückgehen!« Ihre Stimme zitterte. »Ursus kämpft bestimmt mit einem wilden Tier, hoffentlich kann er es besiegen oder in die Flucht schlagen...« Malin zückte ihren Dolch.
Die Prankenhiebe nahmen sich fast aus wie ein Trommelfeuer das auf die Buschhecke niederging. In Ursus war der Beschützerinstinkt erwacht, er wollte Malin und Maria verteidigen. Auch wenn er die Menschen bereits gewöhnt war und als zahm galt, so reizte ihn dennoch der Geruch des Fremden bis aufs Blut. In seinen Bärenaugen galt Niklas als Eindringling, als eine Gefahr. Sein Instinkt sagte ihm, er musste Niklas verjagen oder, wenn es gar nicht anders ging, töten. Die Krallen kamen immer näher. Plötzlich spürte Niklas ein höllisches Brennen auf seiner linken Wange. Ursus hatte ihn erwischt. Das Blut lief ihm in die Haare. Niklas presste fest die Augen zusammen. Es war weniger der Schmerz, der ihn quälte. Die Angst vor dem Tod nahm ihm fast das Bewusstsein. Aber warum sollte ausgerechnet er mit dem Leben davonkommen, wo doch schon so viele gestorben waren und kaum jemand am Leben war, außer den Soldaten. Der nächste Hieb würde tödlich sein...

Niklas glaubte sich schon im Jenseits. Komisch, das Sterben tat gar nicht weh, empfand er. Der Schmerz des Todes war nicht schlimmer als das Brennen auf seiner Wange. Eine seltsame Leichtigkeit hielt ihn umfangen. Alles um ihn herum war stockfinstere Nacht. Das Brüllen des Bären war verstummt, das Gewackel und Gezerre rund um das Gebüsch verebbte. Doch die Stille dauerte nicht lange. Wie aus weiter Ferne drangen Trompetenstöße an seine Ohren. Waren dies etwa die himmlischen Chöre, die ihn willkommen hießen? Pfarrer Mehlmann hatte im Katechismusunterricht vom Reich des himmlischen Vaters mit seinen endlosen Engelschören regelrecht geschwärmt. Gleich würde er einem der vielen Heiligen von Angesicht zu Angesicht gegenüberstehen...

Doch mitten in die Himmelfahrt hinein erhoben sich Musketenschüsse und Geschrei. Die furchtbare Stimme des Krieges hatte mit himmlischen Sphären nichts gemein. Niklas schlug seine Augen auf. Mit einem Schlag war er der Erde näher als jeder Himmelstüre, vor der er sich bereits geglaubt hatte. Welch ein Glück, er war gar nicht gestorben! Ob dies aber auch wirklich eine glückliche Fügung war, darauf wollte Niklas lieber keine Wetten abschließen. Das tobende Gelärme eines Gefechtes, nicht weit von ihm entfernt, verhieß nichts Gutes. Es war wohl besser, wenn er vorerst noch eine Weile in der vom Bären arg zerrupften Buschhecke ausharrte. Aber wo blieb der Bär, warum war das Ungeheuer auf einmal so plötzlich verschwunden? Hatte ihn etwa das Kampfgetümmel verschreckt, woraufhin er die Flucht ergriffen hatte?

*

Auch Maria und Malin sahen sich von der Schießerei überrascht.

»Das kommt doch von unserem Lager...« Ein kleiner Waldeinschlag gab den Blick frei in Richtung des Mains. Unweit des jenseitigen Ufers, eingebettet zwischen endlosen, dichten Schilfstreifen, zogen die Rauchspuren zahlloser Lagerfeuer dünn und steil gen Himmel. Zwischen den beiden Mädchen und dem Zeltlager lagen höchstens zehn Minuten Gehzeit, wenn sie rannten vielleicht nur fünf.

»Was sollen wir nur tun?« Maria stammelte verdattert und ließ den Mund offen stehen.

»Erst einmal gar nichts, wir warten ab, was geschieht.« Malin zog Maria unweit der Buschhecke in eine tiefe Mulde, wo sie sich gemeinsam zu Boden kauerten.

»Die Bastarde sind in der Überzahl, sie kommen von allen Seiten.« Fast wie ein Kriegsberichterstatter schilderte Malin das Kampfgeschehen.

»Sie haben das Lager umzingelt. Außer am Mainufer, da ist der Weg frei...«

»...aber dort ist doch der Sumpf!« Maria schaute auf. »Dann gibt es für niemanden ein Entkommen!« In Malins Gesicht zeigte sich kaum eine Regung. Seit dem Verlust ihrer Eltern wog ihre Seele wie ein Stein und fühlte sich ebenso schwer und kalt an.

Das Einzige, was Malin wirklich erregte, war die Brutalität, mit der die Angreifer vorgingen. »Jetzt greifen sie richtig an, die Kavallerie reitet zwischen die Zeltreihen. Wer sich ihr in den Weg stellt wird niedergemacht...« Malins Bericht war untermalt vom Geknall der Musketen, den Kampfrufen der Soldaten und den Todesschreien der Sterbenden.

Maria legte die Hände vors Gesicht, sie wollte die entsetzliche Schlächterei nicht mit ansehen.

»So ein verdammtes Pech auch, ausgerechnet jetzt ist Dragon mit den besten Männern unterwegs...« Malin steckte ihre beiden Zeigefinger in den Mund und pfiff. Vermutlich haargenau im richtigen Moment, ehe Ursus zum letzten und tödlichen Hieb auf Niklas ausholen konnte. Ursus ließ von ihm ab, um dem Ruf seiner kleinen Herrin zu folgen. Seinen Kopf hin und her schüttelnd, kam er langsam brummend ins Versteck gewatschelt. Er schien nicht gerade davon begeistert zu sein, das man ihn zurückpfiff. Lange hätte es bestimmt nicht gedauert, bis er das Gebüsch samt des Jungen dem Erdboden gleichgemacht hätte. Schwer beleidigt legte er seinen Schädel auf die Vorderpranken und bedachte keines der beiden Mädchen auch nur eines Blickes. Dafür ließ er die Buschhecke nicht aus den Augen, es konnte sich ja noch etwas tun. Und dann musste er bereit sein...

So nah beieinander wie in jenen Augenblicken waren sich Niklas und Maria seit dem Tag des Überfalls auf ihr Dorf nicht mehr gewesen. Sie hätten sich fast die Hände reichen können. Ohne dass sie voneinander wussten, hielt jeder für sich, nur wenige Schritte voneinander entfernt, in seinem Versteck aus, darauf wartend, dass der Lärm des furchtbaren Scharmützels endlich verstummte. Aber da mussten sie noch lange warten. Hätte ein heimlicher Betrachter dieser bewegenden Szene beigewohnt, so wäre dieser sicher auf der Stelle lauthals aufgesprungen, um dem Drama ein rasches Ende zu bereiten, damit das Geschwisterpaar wieder zusammenfand. So aber blieb alles im Schleier der Unwissenheit verborgen...

*

Die Sonne stand inzwischen tief und warf die dunklen Schatten der Bäume auf die abkühlende Erde. Totenstille legte sich über den Landflecken längs des Mains. Wieder einmal hatte der Tod über das Leben triumphiert, gleich hundertfach war es ausgelöscht worden. Die Mansfelder unter dem Befehl des Generalquartiermeisters Christian von Lerchenfeld machten keinen Unterschied zwischen der Sippschaft der Mordbrenner und ihren Gefangenen, meist waren dies nur Frauen und Kinder. Egal ob man den Kaiserlichen mit einer Waffe in der Hand entgegentrat oder im Staub kniend mit gefalteten Händen um Gnade flehte, man war verloren. Alles, einfach alles, selbst die Hunde, wenn sie nicht schnell genug davonsprangen, wurden von den Pferdehufen tot getrampelt oder von den Soldaten niedergemetzelt. Es gab kein Pardon, der Befehl lautete: »Keine Gefangenen«. Man hieb und drosch solange auf die zuckenden und windenden Leiber, bis der letzte Funken an Leben verlosch. Wer zu fliehen versuchte, fand ein grausiges Ende in den tückischen Sumpfwassern. Das einst zusammengeraubte Vieh und alles was sonst noch von Nutzen war, wanderte erneut in Räuberhand. Der Krieg ernährte eben den Krieg.
Die Flammen fanden längst keine Nahrung mehr, die blutbespritzten Leinwände der Zelte waren zusammen mit dem Stangengebälk zu Asche zerfallen. Mit krächzendem Gezeter ließ sich unweit der blutgetränkten Wallstatt eine große Schar an Krähenvolk auf Feld und Bäumen nieder. In den nächsten Tagen würden die schwarzgefiederten Vögel hier einen reich gedeckten Tisch vorfinden...

*

Der Brandgeruch, den die mildströmende Abendluft dem Reitertrupp entgegentrieb, verhieß nichts Gutes. Sie konnten ihren Gäulen noch so die Sporen geben, eine jegliche Eile nützte nichts mehr. Dragon kam zu spät! Doch selbst wenn er zum Zeitpunkt des Überfalls zusammen mit Grels Eriksson und den anderen Männern da gewesen wäre, hätte er sein Lager nicht vor der Zerstörung durch das Kavallerieregiment aus Aschaffenburg bewahren können. Sie hätten höchstens zwei, drei Dutzend der Kaiserlichen erschlagen, ehe auch sie am Ende tot zu Boden gesunken wären. Stumm lenkten die Reiter ihre Pferde durch das verwüstete, von den Reihen der Erschlagenen gesäumte Lager.
»Dafür werden sie teuer bezahlen, diese elenden Hundsfotte!« Dragon stieß seine Rechte zur Faust geballt zum Himmel.
»Spar dir deine Kraft, dein Geplärr nützt auch nichts mehr!« Grels lenk-

te seinen Rappen dicht an Dragon heran.
»Willst du mir etwa den Mund verbieten?«, brauste Dragon auf.
»Mitnichten. Du bist nach wie vor unser Hauptmann. Aber wir müssen damit rechnen, dass die Soldaten womöglich noch hier in der Nähe stecken…«
»Pah! Und wenn schon, dann ramme ich die Kerle mit den Schädeln voran ungespitzt in den Boden, und zwar einzeln.« Dragon raste vor Zorn, er kannte kein Halten mehr. Am liebsten hätte er auf der Stelle den Nächstbesten ergriffen und erschlagen.
»Das geht alles nur auf deine Kappe, du verfluchter Schwede, du!« Seine funkensprühende Wut bohrte sich wie ein Pfeil tief in Grels Augen.
»Warum willst du mir die Schuld für etwas zuschieben, das früher oder später doch eingetroffen wäre?« Grels zeigte sich verwundert, blieb aber ruhig im Sattel sitzen.
»Du warst es doch, der mir in den Ohren lag und mich andauernd beschwatzte, dass wir unsere Beutezüge in entferntere Gebiete ausdehnen, anstatt weiter in der Nähe zuzuschlagen.«
»Erstens gab es hier an den Ufern des Mains seit einiger Zeit nichts mehr zu rauben in all den leeren und ausgestorbenen Nestern, in denen höchstens noch wildes Getier haust und die Pest lauert – selbst der große Landflecken des Freigerichtes ist bis auf eine Ortschaft, hinter deren großen Ringmauer eine starke Besatzung stationiert ist, fast völlig ausgestorben.« Jetzt war es Grels , den es plötzlich nicht mehr ruhig in den Steigbügeln hielt »Und zweitens haben wir uns mit unseren Plünderungen und Überfällen vor unserer eigenen Haustüre sozusagen selbst verraten. Es war doch letztlich nur eine Frage der Zeit, bis uns die Kaiserlichen auf die Schliche kommen würden…«
»Du ewig Neunmalkluger! Was hat uns denn unser weiter Ausflug heute eingebracht, he?« Dragon nahm seine Rechte an den Schwertknauf. »Eine Kuh und ein alter Gaul, das ist unsere mickrige Ausbeute, für die wir zwei volle Tage unterwegs waren.«
»Wir hätten weiterziehen müssen«, antwortete Grels. »Der Spessart bietet mit seinen großen Wäldern gute Möglichkeiten zum Versteck. Aber du hast nie auf meine Worte gehört.«
»Ich kann deine Sticheleien und Vorhaltungen nicht mehr länger ertragen!« Dragon zog sein Schwert aus der Scheide. »Jetzt will ich es wissen, ein für allemal. Unsere Waffen sollen entscheiden – es kann nur einen geben, der künftig unsere Schwadron anführt!«
»Du sprichst von einer Abteilung, die es gar nicht mehr gibt, höchstens noch auf einem Fetzen Papier.« Grels' Blick schweifte über die Kontu-

ren der umstehenden, einen kleinen Kreis bildenden Reiter, die langsam mit den Schatten der hereinbrechenden Dunkelheit verschwammen. »Wenn ich so in die gelichteten Reihen sehe, bekomme ich kein Dutzend Köpfe mehr zusammen.«
»Das reicht, um weiterzumachen!«
»Mit was denn? Sieh es doch endlich ein, es gibt nichts mehr zu stehlen und rauben!«, schleuderte ihm Grels entgegen. »Wir können höchstens noch als Jäger dem Wild nachstellen, um zu überleben.«
»Du willst mir nur meinen Schatz wegnehmen!« Von schierem Wahnsinn gepackt irrlichterten Dragons Augen blitzend umher. Von einem Moment zum anderen stürzte sein Verstand in tiefste Finsternis, aus der es keine Wiederkehr mehr gab. Der Anblick des zerstörten Lagers mit all den vielen Toten war einfach zu viel für ihn gewesen – ausgerechnet für ihn, einen Mann, der mit eigener Hand Ströme fremden Blutes vergossen hatte.
»Von was redest du denn da?«, fragte Grels ungläubig.
»Von meinem Gold natürlich und den vielen Silberstücken, Brüderchen, die ich mir heimlich beiseite geschafft habe. Und du willst mir jetzt alles stehlen...« Dragon fuchtelte wild mit der Waffe vor Grels' Nase herum. »Aber ich werde niemandem das Geheimnis preisgeben, wo ich den kostbaren Schatz vergraben habe!«
»Ist dir nicht wohl?« Grels fürchtete mehr um Dragons Geisteszustand als dessen Schwert. »Komm endlich zu Sinnen...«
»Was? So klar wie in diesem Augenblick war ich noch nie.« Dragon holte zum tödlichen Stich aus. Aber Grels war darauf vorbereitet, er bog sich weit aus dem Sattel. Dragons Attacke ging ins Leere. Durch die Heftigkeit seines geführten Stoßes verlor Dragon plötzlich selbst den Halt und stürzte vom Pferd. Ein dumpfer, von einem kurzen Aufstöhnen begleiteter Aufprall kündete von seiner unsanften Landung. Dragon tat keinen Mucks mehr, still lag er bäuchlings auf dem Boden.
»Was ist denn los mit dir?« Mit vorsichtigen Schritten kam Grels näher, er wusste um die Verschlagenheit des Hauptmanns, der wirklich mit allen Tricks kämpfte. »Hat es dir die Sprache verschlagen?«
Grels kniete sich in die noch halbwarme Asche eines verbrannten Zeltes. Zuerst berührte er Dragon ganz leicht an der Schulter, darauf vorbereitet, dass jener unversehens auf ihn einstach. Doch nichts dergleichen geschah. Kurzum: Es tat sich gar nichts mehr.
Grels drehte Dragon auf den Rücken. Das Schwert steckte ihm fast bis zum Heft hin tief in der Brust. Dragon war tot, gestorben durch seine eigene Hand! Alles hätte Grels erwartet, aber dass Dragon einmal so

kläglich enden würde? Nein, niemals. In die Reihen der Schurken kam Leben. Stimmengewirr flammte auf – keineswegs aus Trauer, zu solch sensiblen Gefühlsregungen waren diese Finsterlinge gar nicht fähig.
»Ist Dragon wirklich tot?« Einer der Männer sprang aus dem Sattel, und ging zur Leiche.
»Ja. Das sieht doch ein Blinder«, antwortete Grels gereizt. Er hatte den Kroaten schon seit dem ersten Tag nicht besonders leiden können, allein schon wegen seiner Grausamkeiten Wehrlosen gegenüber. Irgendwie berührte es ihn doch, vielleicht aber auch nur, weil sein Ende für alle gar so überraschend kam. Jeder hatte einen letzten großen Kampf erwartet...
Der abgesessene Reiter tat einen kräftigen Stiefeltritt gegen Dragons Rippen, dass es nur so krachte. So etwas hätte sich der Mann zu Dragons Lebzeiten nie getraut, nicht einmal im Traum hätte er daran gedacht. »Tatsächlich, der Kerl rührt sich nicht mehr. Schade, allzu gerne hätte ich noch von ihm erfahren, wo er seinen Schatz aufbewahrt. Aber Morgen in aller Herrgottsfrühe wollen wir danach suchen!«
»Oh, ihr dümmlichen Kleingeister, selbst wenn es denn einen solchen wirklich gäbe, wo sollten wir denn hier danach suchen?« Der Reiter sah ein, dass sein Vorhaben keinen Zweck hatte. Die Suche hätte wohl bis zum Sanktnimmerleinstag gedauert. Bis dahin wäre er längst schwarz geworden.
»Was machen wir jetzt?«
»Verschwinden, was sonst?« Grels schwang sich aufs Pferd. »Ich habe keine Lust, von den Kaiserlichen geschnappt zu werden. Ihr seht ja selbst, zu was sie in der Lage sind.«
»Wo wollen wir denn hin?«
»Ich für meinen Teil reite gen Norden. Der Krieg ist für mich beendet, ich hätte schon längst wieder in meiner alten Heimat sein sollen!«
Niemand sah seine Tränen in den Augen. ›Arme Malin, gerne hätte ich dich jetzt mitgenommen...‹ Wenigstens ihre Leiche wollte er begraben, aber die Suche nach ihr hätte zu viel Zeit in Anspruch genommen. Die Gefahr, auf Kaiserliche zu stoßen, war einfach zu groß – bei Morgengrauen wollte er schon über alle Berge sein. Mit tiefer Trauer im Herzen nahm Grels die Zügel in die Hände.
»Und was soll aus uns werden?«
»Ihr seid doch keine kleinen Kinder mehr, oder?« Grels musste an sich halten, wollte er nicht in lautes Gelächter ausbrechen ob des weinerlichen Getues des Mordbrenners, der wie ein Kind beim Dreck stand. »Wenn ihr mögt, könnt ihr alle mit mir kommen. Alleine reitet es sich wohl schlecht in diesen unruhigen Tagen...«

Er gab seinem Rappen die Sporen. Dies ließen sich die Reiter natürlich nicht zweimal sagen, ohne zu zögern folgten sie ihm. Zurück blieb eine Stätte von Vernichtung und Tod, ein vertrauter Anblick, wie er in diesem scheinbar endlosen Krieg immer öfter anzutreffen war. Entweder fielen die Plünderer gegenseitig über sich her und löschten sich das scheele Lebenslicht aus, oder es kam wie in diesem Fall zu einem Angriff von regulären Truppen - einerseits, um der ewigen haltlos hausenden Landplage an Mordbrennern, Strauchdieben und Heckenreitern wenigstens halbwegs Herr zu werden, und andererseits, um den eigenen Soldatenmund mit Essen zu versorgen. Auf diese Weise dezimierten sich der Reihe nach die kleineren und auch größeren Lager der »Geißeln der Menschheit«. Aber es sollten noch Jahre ins verwüstete und öde Land gehen, ehe auch die letzte Halunkenhorde für immer zum Teufel gehen würde.

*

Ob Dragons Sinne wirklich so verwirrt waren wie alle glaubten, konnte keiner mehr in Erfahrung bringen. Vielleicht ruht ja noch heute sein von ihm angeblich zusammengeraubter Schatz irgendwo an den Ufern des Mains. Bewahrt von fränkischer Erde, bis hin zum Ende aller Tage.
Die Lebensspur von Grels Eriksson, dem tapferen Hakkapeliter, der einst vor Jahren mit dem großen Schwedenkönig Gustav Adolf über das weite Meer der Ostsee in die deutschen Lande gekommen war, verlor sich bald irgendwo tief im Dunkel der Geschichte.
Nicht vergessen hingegen sind Malin und Maria. Während sie gemeinsam mit ihrem Beschützer Ursus weiter in der Deckung verhielten, kroch Niklas unbemerkt unter der Buschhecke hervor. Fast wäre sein Versteck für ihn zum Grab geworden. Niklas wollte leben! Die wilde Bestie, die sich vor Stunden auf ihn gestürzt hatte, war - Gott sei Dank - verschwunden. Er musste damit rechnen, dass der Bär jederzeit wieder zurückkehrte, ob er dann ebenfalls so glimpflich davon kam, war zu bezweifeln. Deshalb hielt es Niklas für besser, sich jetzt sofort im Schutz der Dunkelheit vom Acker zu machen. Ursus bekam nichts vom heimlichen Verschwinden des Jungen mit.

Buch 3

Pesthauch, Finsterlinge und Neiderkopf

1

»Und als es das vierte Siegel auftat, hörte ich die Stimme der vierten Gestalt sagen: Komm! Und ich sah, und siehe, ein fahles Pferd. Und der darauf saß, dessen Name war: Der Tod, und die Hölle folgte ihm nach. Und ihnen wurde Macht gegeben über den vierten Teil der Erde, zu töten mit Schwert und Hunger und Pest und durch die wilden Tiere auf Erden.«

Die Offenbarung des Johannes 6, 7 - 8

Eine Woche nach dem Gedenktag der Heiligen Sophie begann es zu schneien. Solche Schneeschauer hatte man um diese Jahreszeit eigentlich nicht mehr erwartet, schließlich zeigte das Kalenderblatt den 23. Mai. Ein Datum, an dem ein derartiger Kälteeinbruch nicht eintreffen durfte, allein schon wegen der Ernte. Aber was war schon normal in diesen Tagen, wo das blanke Chaos unter den Menschen regierte. Kurzum, die ganze Welt war aus den Fugen geraten. So, als läge über allem der Fluch eines unheiligen Zaubers. Die Blüten der Bäume und anderer Pflanzen, die sich den »Eisheiligen« entronnen glaubten, erfroren restlos. Wieder einmal schlug das Wetter eine verrückte Kapriole. Eine neue Hungerkatastrophe, verbunden mit unsäglichem Elend, war vorprogrammiert.

Der Greis sah aus dem Fenster. Der dichte Vorhang eines Schneeschauers ging über dem Hof auf dem Elmertsberg nieder. Der Blick hin zu seinem Weinkeller blieb ihm durch den wilden Tanz der Flockenwirbel verwehrt. Stöhnend sank er in seinen gepolsterten Lehnsessel zurück. Lange hatte er sich nicht auf seinen wackligen Beinen halten können. Und schon gar nicht auf seinem rechten. Seitdem er vor etlichen Jahren auf einer Eisplatte ausgerutscht war, konnte er niemals mehr richtig gehen. Dieses Unglück lag bereits mehr als ein Menschenalter zurück, doch teilte er bis zum heutigen Tag das schlimme Los eines »Krüppels«, wie er selbst sagte.

Seinen großen Wingert hoch droben am Räuschberg hatte er niemals wieder aufgesucht. Aber wer dachte, der alte Winzerbaron sei des Lebens überdrüssig und würde nur noch auf den Tod warten, sah sich auf dem Holzweg.

Dass der über Neunzigjährige in Anbetracht der herrschenden Notzeiten überhaupt noch am Leben war, grenzte an ein Wunder. Matthes

war der mit Abstand älteste Einwohner des ganzen Freigerichts. 1605, als die furchtbare Seuche der Pestilenz erstmals in Hörstein auftrat, wurden viele Seelen dahingerafft. Unter den Überlebenden befand sich kein geringerer als Matthes. 1625 starben täglich an die 19 Personen, selbst Säuglinge in den Wiegen blieben nicht verschont. Innerhalb weniger Wochen forderte die aufs heftigste wütende Epidemie 400 Menschenleben. Doch erneut schritt Gevatter Tod an Matthes' Bett vorbei. Von seiner eigenen Familie war mittlerweile außer ihm nur noch sein Sohn Philipp am Leben. Die Gebeine von Frau, Kindern und Enkeln vermoderten längst im Pestfriedhof an der »Unteren Pforte».
Was war es wohl, das Matthes' Herz solange am Schlagen hielt? War er dem Teufel zu schade oder lag es einfach nur an seiner robusten Natur? Hatte ihn der Sensenmann vielleicht vergessen, weil jener an gar so vielen Orten gleichzeitig seinen vielgestaltigen und ermüdlichen Totentanz aufführte? Nein, der Grund war ein ganz anderer...
»Sapperment, wenn das so weitergeht, wird es heuer wieder nichts mit der Ernte.« Kraftlos hieb er mit seiner knöchernen Hand auf die Sessellehne. »Daran trägt nur einer Schuld...«
Das Knarren der Kammertüre ließ sein leises Brummeln verstummen.
»Seit wann klopfst du denn nicht mehr an?« In Matthes' dürres Körpergerippe kam ein Hauch von Regung. »Hast wohl geglaubt, ich sei schon tot, was?« Zwischen den Zahnreihen taten sich große Lücken auf. An manchen Stellen steckte nur noch ein halbabgefaulter Zahnstumpf.
»Nein Vater, so ist es nicht...« Philipp trat in gebeugter Haltung in die Schlafkammer. Dies geschah weniger aus Ehrfurcht, als wegen seines schiefen Rückens, der von der jahrelangen Schinderei in den Weinbergen herrührte. Es kränkte ihn in der Seele, wie sein alter Herr mit ihm umsprang. »Ich will dir nur etwas zum Essen bringen.«
»Was ist es diesmal?«
»Ein Teller heißer Kohlsuppe, sie wird dir bestimmt gut tun.«
» Ach, damit kannst du mir gestohlen bleiben«, wehrte Matthes in recht ungehaltenem Tonfall ab. »Du musst dich noch ein wenig gedulden, ehe unser Pfarrer Stachäus Stech meine Grabpredigt hält und du dann endlich mein Erbe antreten kannst.«
»Was soll ich denn erben?«
»Frag nicht so dumm, natürlich dies alles hier - den Hof, den großen Weinkeller, unseren Weinberg, der um einiges größer ist als es der Besitz des Klosters von Seligenstadt jemals war. Und nicht zu vergessen unsere vielen Bäume mit den Mollebuschbirnen und Zwetschgen am Königsberg, im Schwalbenickel und hinten im Bruchhäusener Pfad und

unseren großen Kappesgarten unten im Kahlerweg...«
»Hör auf, du brauchst mir den Reichtum nicht aufzuzählen, den du über Jahrzehnte zusammengetragen und aufgebaut hast«, fuhr Philipp dazwischen, allmählich wurde auch seine Stimme härter. »All das Ganze ist mir sowieso nicht von Nutzen!«
»Warum?«
»Weil uns die Soldaten alles wegnehmen. Sie fressen uns die Trauben schon an den Rebstöcken ab, unsere Keltern stehen seit Jahren still. Das Obst an den Bäumen wird erst gar nicht richtig reif, es endet als Pferdefutter, vom Gemüse und Getreide ganz zu schweigen.«
»Irgendwann ist der Krieg zu Ende und die Soldaten werden wieder abrücken. Du musst nur Geduld haben, du Narr!«
»Auf was soll ich denn geduldig warten?«, ereiferte sich Philipp, »dass uns so wie heuer Frost und Schnee alles kaputt machen? Es ist ein nutzloses Erbe, das ich eines Tages antreten werde.«
»Plagen und Bangen ohne Unterlass gehören zum mühevollen Alltag eines jeden Wingertmannes. Wenn kaum der Schnee zerronnen, beginnen die Arbeiten im Weinberg und dauern bis die rauhen Stürme den nahen Winter künden.«
»Das brauchst du mir nicht zu erklären, ich kenne das Dasein eines Winzers schon von der Pike auf. Aber die harte Schufterei bringt nichts mehr.«
»Daran hat nur einer Schuld...« Matthes sah sich vor Zorn gepackt.
»Wer denn?«
»Na, das verfluchte Hexengelichter! Ich kann mich schon gar nicht mehr richtig erinnern, wann man die letzte Hexe auf dem Spiegelsberg verbrannt hat. Die Allerschlimmste von allen war jene Magdalena Hartmann.« In die blasse schrumplige Haut von Matthes Gesicht schoss ein Schwall Röte. »Sie war die Lieblingsbuhlin des Teufels. Allein schon ihr Aussehen, ihre roten Haare – ein wahres Abbild der Schönheit. Ein solches Blendwerk der Anmut vermag nur der Leibhaftige zu erschaffen. Als sein Werkzeug kam sie in unsere Mitte, um uns mit ihrem falschen Zauber zu schädigen. Bei der Fahrt zum Scheiterhaufen hat sie mich in ihren letzten Minuten ihres Erdendaseins mit dem Bösen Blick bedacht und mich verhext, dass ich zu dem wurde, was ich fast mein Lebtag bin – ein nutzloser alter Krüppel!«
Philipp hatte seinem Vater zugehört, er wusste nicht, wann jener zum letzten Mal derart viel Worte verloren hatte wie heute. Aber er sollte ihn gleich noch ganz anders erleben.
»Du hast da gerade etwas von roten Haaren erwähnt, oder?!«

»Ja!«, kam es kurz und trocken aus Matthes Mund.
»Dann wird es dich vielleicht interessieren, was ich dir jetzt erzähle...«
»Heraus mit der Sprache, ich will es noch erleben«, herrschte Matthes ungeduldig.
»Unten in der Mainzergasse, im Zehnthof, gleich neben dem Kelterhaus, sollen vor einiger Zeit in einem leerstehenden Haus ein paar Frauen eingezogen sein.«
»Woher kommen sie?«
»Aus Affholderbach, die Schweden haben ihr Dorf überfallen und ihre Männer getötet. Jetzt suchen sie hinter unserer Ringmauer Schutz.«
»Das gibt gute Tagelöhnerinnen für die Weinberge. Verflucht und zugenäht, aber was hat es mit den roten Haaren zu tun?«, platzte Matthes heraus.
»Eine der Frauen trägt eben eine solche Haartracht, auch wenn ihre Strähnen inzwischen leicht ergraut sein mögen...«
»Weißt du vielleicht zufällig auch ihren Namen?«
Philipp stutzte. »Ich glaube, sie heißt...«
»...Rosina, stimmt's?« Matthes wurde auf einmal siedendheiß zumute. Auf seinem kahlen, einem Totenschädel ähnelnden Kopf perlte der Schweiß.
»Ja, aber woher weißt du...«
»Sie ist zurückgekehrt!«
»Wer?«
»Die höllische Brut der Teufelshexe! Es hat sich also doch ausgezahlt, so lange am Leben zu bleiben.« Seine alterstrüben, tief in ihren Höhlen liegenden Augen begannen zu lodern wie Feuer. Philipp schien es, als ob seinem alten Herrn plötzlich neues Leben eingehaucht würde. Es war wieder ganz der Alte, so wie er seinen Vater als Kind gekannt hatte: Listig, rücksichtslos und boshaft.
»Darauf müssen wir jetzt unbedingt einen Schoppen Wein trinken. Komm, hole uns rasch von dem besten Tropfen, den wir haben. Wie gut, dass die Bastarde von Kroaten unser heimliches Versteck nicht entdeckt haben. Jetzt wird alles gut!«
»Ich verstehe nicht ganz?« Philipp schüttelte verwundert den Kopf.
»Wir müssen nur noch dieses eine Hexenweib vernichten, damit das Elend ein für allemal ein Ende hat.« Matthes war in heller Aufregung. Er zitterte am ganzen Leib, so nahm das Ganze ihn mit. Sein Sohn fürchtete um die Gesundheit des Alten. »Rosina ist die letzte aus dem Kreis jener verruchten Satansanbeterinnen, die durch ihr unheiliges Maleficium den Krieg, die Unwetter und all die furchtbare Not in die

Welt tragen. Wir müssen sie töten. Du, mein Sohn, wirst mir dabei helfen...«

*

Zur gleichen Zeit näherte sich Hörstein ein einsamer Reiter. Der Schnee dämpfte das Trommeln der Pferdehufe. Zlatko Zipcic, seines Zeichen Meldereiter der kroatischen Kavallerie, hatte eine wichtige Nachricht in seiner Satteltasche. Was auf der Pergamentrolle genau geschrieben stand, wusste er nicht, er scherte sich auch einen feuchten Kehricht darum, welche Botschaften er im Auftrage des Aschaffenburger Stadtkommandanten jenem Obrist-Leutnant Marschalk übermittelte. Hauptsache, er bekam seinen Sold dafür. So manch braves Ross war unter ihm vor Erschöpfung zusammen gebrochen bei seinem wilden Ritt. Der Verschleiß an Pferden war sehr hoch, sie hätten alle miteinander gut und gerne in einen Stall mittlerer Größe gefüllt.
Es gab viele Nachrichten zu überbringen in jenen bewegten Tagen. Der Feind schlief nicht. Ein gut funktionierendes Meldesystem war genauso viel wert wie eine kleine Armee. Oftmals hing der Ausgang einer Schlacht von einem einzelnen Reiter und seinem schnellen Pferd ab.
Heute fühlte sich Zlatko hundsmiserabel. Ihm war regelrecht zum Speien zumute. Gemeinsam mit seinen Kameraden des Meldetrupps teilte er sich im kurmainzischen Schloss eine Kammer, die früher dem Gesinde als Unterkunft gedient hatte. Da er ständig zur Stelle sein musste, um irgendwo ins Land zu reiten - selbst in tiefster Nacht rief man ihn oft - war es ihm verboten, das Schloss zu verlassen. Die letzte Nacht teilte er sein Bettlager jedoch mit einer Dirne unten am Scharfen Eck. Sein vorgesetzter Offizier hatte glücklicherweise nichts von seinem unerlaubten Fernbleiben von der Truppe bemerkt. Die schweren Stockhiebe blieben ihm Gott sei Dank erspart, dafür schüttelte ihn ein heftiger Fieberschub. Ständiger Hustenreiz quälte ihn, begleitet von dunkelblutigem Auswurf. Zum Glück hatte er es gleich geschafft. Ein gemütliches Quartier würde ihm sicher sein.
Zlatko straffte die Zügel. Aus dem dichten Flockenwirbel schälte sich das breitgezogene Band der Ringmauer. Gegenüber dem Torhaus der »Unteren Pforte« wuchsen krumme Kreuze aus Holz und Stein aus der dünnen Schneedecke. Dem Gelände des Pestfriedhofs, das früher dem inzwischen verstorbenen Pfarrer Johann Etzel als Garten diente, schenkte er keinerlei Beachtung. Mochten sich doch die Toten um die Toten kümmern, wie es in der Heiligen Schrift geschrieben stand, höhn-

te Zlatko innerlich. Noch weilte Zlatko in der Welt der Lebenden und dies wollte er noch möglichst lange. Auch wenn es ihm auch noch so dreckig ging. Dass seine Lebenskerze bereits kurz vor dem Erlöschen stand, ahnte er nicht.
Er passierte die ins helle Rot des Buntsandsteins gemeißelten Wappen der Hanauer und Mainzer Landesherrschaft mit der Jahreszahl 1598, der Entstehung des »Tores der Unteren Pforte«. Dies alles besaß für Zlatko nicht die geringste Bedeutung. Wer hier wen regierte und wo irgendeine Grenze verlief, interessierte ihn nicht im Geringsten. Die Namen der Mächtigen und Fürsten in diesem fremden Land, in dem er kämpfte und ritt, waren eh nur Schall und Rauch. Starb einer von ihnen, nahm gleich ein anderer Regent auf dem noch warmen Thron Platz. Zlatko hoffte ebenfalls auf ein warmes Plätzchen, auch wenn es kein Thron war.
Der Torpförtner und die kleine Wachttruppe der kroatischen Dragoner mit den langen Hellebardenspießen ließen Zlatko ungehindert durchs Tor reiten. Keiner von ihnen ahnte um die unsichtbare Gestalt, die in Form eines brandgefährlichen ansteckenden Bazillus bei Zlatko im Sattel saß und nun Einzug in Hörsteins Gassen hielt...

*

Rosina hätte sich wirklich nicht träumen lassen, jemals wieder in ihr altes Elternhaus zurück zu kehren, schon gar nicht freiwillig. Nie wieder hatte sie einen Fuß dorthin setzen wollen, wo sie als kleines Mädchen soviel Schlimmes hatte erleben müssen. Doch von der Laune eines stets unberechenbaren Schicksals erneut aufs Schwerste gebeutelt, blieben ihr in der großen Not weder die Mittel noch die Wahl, woanders Zuflucht zu finden als gerade in Hörstein. Das Haus in der mainzischen Keltergasse war zusammen mit dem Weinberg und allem, was sonst zum Hab und Gut der Magdalena Hartmann gehört hatte, von der Obrigkeit konfisziert worden.
Man wäre versucht zu sagen, der Schreiber irrt, aber aller Ungeheuerlichkeit zum Trotz: Rosinas Mutter hatte selbst ihre Kerkerhaft, die Folter und letztlich auch die Hinrichtung von ihrem eigenen Geld bezahlen müssen! Dem Waisenkind Rosina blieb ein mehr als nur kümmerliches Erbe beschieden. Sie besaß damals nichts außer dem dünnen Wams auf der nackten frierenden Haut.
Vom Mainzer Domkapitular zum Verkauf angeboten, fand sich bald ein neuer Eigentümer für das Haus und wurde von jenem auch be-

wohnt, bis dieser im schweren Pestjahr 1625 samt seiner Familie der Seuche zum Opfer fiel. Nachdem das Haus eine Zeit lang leer stand, erwarb es Elisabeths alte Muhme, die vor kurzem das Zeitliche gesegnet hatte.

Der Schrei nach Leben war es also, der den Rotschopf mehr oder weniger unfreiwillig nach Hörstein zurücktrieb. Mit Rosina, ihrer Schwiegertochter Anna und dem Säugling, der in der Kirche St. Mariä Himmelfahrt von Pfarrer Stech auf den Namen Alexander getauft wurde, fanden die Nachkommen der Magdalena Hartmann am Ort ihres Ursprungs eine neue Bleibe. Mit ihnen auch die anderen Wittfrauen vom Johannesberg samt Kind und Kegel. Rosina durfte sogar in ihre kleine Kammer aus ihrer Kinderzeit einziehen. Trotz all der vielen Jahre, die vergangen waren, hatte sich hier nichts verändert. Es war alles genau so geblieben, wie sie es in Erinnerung hatte - als wäre sie niemals fortgewesen. Die gleichen grauen schmucklosen Wände, der gleiche Tisch, der gleiche wacklige Stuhl, ja selbst der Alkoven, in dessen Kissen sie damals in der Nacht vor der Hinrichtung ihrer Mutter so bittere Tränen vergossen hatte, trug noch dasselbe blau gefärbte Tuch. Ihr machte es nichts aus, auch wenn die Motten zwischenzeitlich das eine oder andere Loch in die Vorhänge hineingefressen hatten. Das kleine Kammerfenster gab den Blick hin zum Kirchturm mit seinem Uhrenhäuschen frei. So wusste Rosina jederzeit, wie spät es war, nur war es für sie nicht von Belang.

Was konnte man eigentlich noch als wichtig bezeichnen? Das bisschen kummervolles Leben vielleicht? Besaß dieses denn überhaupt noch einen Wert? Um Rosinas Seelenheil war es nicht gerade zum Besten bestellt. Mit einem Dasein ohne ihren geliebten Albert konnte und wollte sie sich einfach nicht abfinden. Der Ärmsten wurde es zusehends schwerer ums Herz. Am liebsten hätte sie sich für immer in ihren alten Alkoven verkrochen und wäre niemals wieder aufgestanden.

Allein Anna und Alexander waren es, die Rosina letztlich davor bewahrten, dass sie jeglichen Lebensmut verlor. Die beiden hatten dringend Fürsorge nötig. Wenn auch nur schwach, so glomm Rosinas Lebenskerze doch weiter.

Die Frauen um Rosina führten ein Dasein, um das es Tag für Tag schwer zu ringen galt. Der einfachste Weg zu Nahrung zu kommen, das Erbetteln von Almosen, war von vorneherein zum Scheitern verurteilt. Dazu gab es im Ort viel zu wenig Menschen. Und die wenigen besaßen selbst nichts, was sie den Ärmsten und Bettlern hätten spenden können. Der Markt Hörstein litt nach wie vor sehr unter dem furchtba-

ren Aderlass von Pest, Krieg und Hunger.
Wie gerade noch Rosinas Elternhaus standen auch viele andere Heimstätten leer, die Herdfeuer für immer verloschen. Das unbeschwerte Lachen und Schreien von Kindern und das Rufen der Erwachsenen war einer trostlosen, ja schon beinahe unheimlichen Stille gewichen. Auch vor den Toren der größten Ortschaft des Freigerichts kam kaum jemand vorbei. Und wenn, dann höchstens nur Bettler, deren Säckel gleichsam vor Leere gähnten wie ihre hungrigen Mägen.
Die vielen brachliegenden Weinberge warteten darauf, bewirtschaftet zu werden. Es musste doch irgendwann wieder einmal vorwärts gehen. Aber der unerwartete Kälteeinbruch machte mit einem Schlag vorerst alles zunichte. Von was sollten denn die Leute nun überhaupt noch leben? Von Licht und Sonne wohl kaum, diese schien nur auf ihre bleichen Knochen, wenn der »große Schnitter« mit seiner Sense reihum ging und die Menschen auf die letzte Reise schickte.
Allem großen Unglück zuwider hielten sich in Hörstein die Regimenter kroatischer Dragoner auf. Auch wenn ihre unfreiwillige Einquartierung der an Nahrungsmitteln ausgebluteten Bevölkerung in erster Linie nicht gerade zum Vorteil gereichte, so waren es wenigstens die »Kriegsleute«, die noch etwas zum Essen und Trinken besaßen. Selbst wenn diese Sachen von irgendwelchen Raubzügen herstammten - ein leerer Bauch fragt nicht lange, woher die Nahrung kommt.
Geld und Reichtum, ohnehin schon längst gestohlen und geplündert durch Soldatenhand, hatten jegliche Bedeutung verloren. Es gab schließlich nichts mehr, was man hätte kaufen können. Sogar für einen ganzen Schubkarren voller Geld kriegte keiner mehr einen Laib Brot.
Während sich Rosina und Anna um den Haushalt kümmerten, versuchten die anderen Frauen um Elisabeth ihr Überleben zu sichern. Wo es an Soldatenweibern mangelte, wuschen sie die Wäsche der Kroaten entweder an den Brunnen im Ort oder an den Wassern des Mühlbachs. Sie flickten ihre zerrissenen Uniformen, halfen im Backhäuschen Brot zu backen - so denn etwas zum Backen da war - und tränkten die vielen Pferde. Sie packten selbst dort fest mit an, wo sonst starke Männerhände gefragt waren. In den Wäldern der »Wüstenbach«, »Sölzert« oder am »Himberg« kreischte die Säge oder klackte das Beil in Frauenhänden.
»Der Herr im Himmel mag diese Gottlosen für ihren Frevel strafen!« Erbost kam Elisabeth zur Küchentüre hereingeschneit. Ihr Umhang flog mit einem Wurf auf eine Stuhllehne zu, landete aber prompt auf dem Boden.

»Was schimpft ihr denn schon wieder?« Rosina saß vor dem Kamin und legte gerade neues Holz nach. Wenn die Frauen mit ihren Kindern nach Hause kamen, sollten sie es wenigstens etwas warm haben. Die dünne Krautsuppe, die im geschwärzten Suppenkessel vor sich hinköchelte, reichte zumindest für einen vollen Bauch. Für jede Person einen Schlag, nicht mehr und nicht weniger.
Je nachdem wie die Kroaten gerade gelaunt waren, erhielt der einzige Metzger im Ort die Sülze und das Blut von Schlachttieren, damit er daraus ein paar armselige Würste machen konnte. Doch auch Rosina kam nicht umhin, das Unschlitt, welches ansonsten zur Fertigung von Kerzen benutzt wurde, zum Schmalzen ihrer kärglichen Speisen zu verwenden. Nicht nur an tierischen Fetten fehlte es hinten und vorne, auch Salz gab es keines mehr.
»Diese Heiden haben sämtliche Kirchenbänke herausgerissen und zu Brennholz zerhackt. Sie führen ihre Gäule in die Kirche und machen einen einzigen großen Pferdestall daraus. Den ganzen Vormittag lang mussten wir Hafer, Stroh und Heu hineintragen. Alles ist übersät vom Dreck der Rösser, welch ekelhafter Gestank!« Elisabeth rümpfte ihre Nase. »Das Gotteshaus ist für immer und ewig entweiht.«
»Ihr geht mir langsam auf die Nerven, ihr mit eurer übertriebenen Frömmigkeit«, stieß Rosina wütend hervor. »Wenn ihr sonst keine Sorgen habt ist es ja gut! Habt ihr uns Brot mitgebracht?«
»Ihr seid eine leibhaftige...«
»Sprecht es nicht aus, nicht hier in diesem Haus!«, schnaubte Rosina und nahm einen Holzscheit in die Hand. »Es reicht, wenn meine Mutter damals diesem Irrsinn von Aberglauben, Geldgier und Rachsucht zum Opfer fallen musste.«
»Ist ja schon gut«, wehrte Elisabeth ab, »legt bitte das Holz weg!« Müde sank sie mit den Knien ans knisternde Feuer und streckte ihre frierenden Hände über die wärmenden Flammen. »Brot hat man uns heute keines gegeben, wir sollen aber morgen welches bekommen. Sobald der Wagen des Furiers aus Aschaffenburg kommt...«
»Und was sollen wir nun essen?«, erwiderte Rosina gereizt. »Ich kann uns doch nicht jeden Tag Suppe aus Brennesseln und Wurzeln kochen oder Brot aus Eicheln backen. Wir werden ja sonst alle krank. Habt ihr auch einmal an die Kinder gedacht?«
»Kann ich denn was dafür...« Die Stimmung zwischen den beiden grundverschiedenen Frauen kochte dem Siedepunkt entgegen. Es kam fast täglich zu solchen Reibereien. Wie neulich erst, als Johanna, die Jüngste aus dem Kreis der Frauen, wie so oft erst spät nach Hause ge-

kommen war. Elisabeth hatte sie als »Soldatenliebchen« beschimpft und sogar als eine »Hure« abgetan. Wäre Rosina nicht so vehement dazwischen gegangen, hätte Elisabeth die junge Mutter am Ende gar aus dem Haus gejagt. Selbst wenn sich Johanna denn wirklich mit einem der Soldaten gegen Bezahlung von Naturalien ins Bett legte, so war dies allemal besser, als wenn ihr Kind Hunger litt und starb.

»Zankt ihr euch denn schon wieder?!« Anna erschien an der Türe. Sie hatte sich ihre linke Brust entblößt und säugte den kleinen Alexander. »Wenn euch der alte Zentgraf hört, lässt er euch beide auf der Stelle einsperren«, warnte Anna.

»Und wenn schon, im Turm bekommen wir wenigstens was zum Beißen.« In Rosinas Stimme klang eine ungeheure Müdigkeit mit.

»Vielleicht bringen ja die anderen Weibsleute was zum Essen!« Elisabeth war auf einmal um einen versöhnlicheren Ton bemüht.

»Wollen wir es hoffen...«, brummte Rosina übellaunig.

»Bumm, bumm, bumm!« Mitten in ihre Worte hinein, ertönte draußen an der Haustüre ein schreckliches Gepolter. Der Schreck stand den drei Frauen jäh ins Gesicht geschrieben.

»Da hat es aber jemand verdammt eilig.« Rosina gewann als erste die Fassung zurück. Auf Zehenspitzen schlich sie die knarrenden Dielen in den Hausflur hinaus.

»Bleib lieber hier, am Ende sind es wieder betrunkene Soldaten.« Anna versuchte, sie zurück zu halten. Sie selbst blieb mit Elisabeth in der Küche. Ängstlich lugten ihre bleichen Nasenspitzen hinter dem Türrahmen hervor.

»Lasst keinen herein, ihr wisst, zu was diese Rohlinge fähig sind...« Rosina schenkte Elsiabeths weinerlichem Gewimmer kein Gehör, leise verharrte sie an der Haustüre und horchte angestrengt nach draussen.

»Macht endlich auf, wir wissen, dass ihr da seid, Weibsleute!« plärrte eine schroffe Männerstimme.

Es hatte keinen Zweck, ein leeres Haus vorzuspielen. Rosina musste den ungebetenen Besuchern, wer immer sie auch sein mochten, öffnen, sonst würde man ihnen nur die Türe eintreten und zwar schneller, als sie auf Drei zählen konnten. Rosina schob den Riegel zurück.

»Was wollt ihr? Bei uns gibt es nichts zu holen!« Barsch nahm sie die Dragoner in Empfang.

»Frau, wir wollen nichts von euch mitnehmen«, sprach einer der Soldaten in gebrochenem Deutsch. Es war ein Unteroffizier, ein Kerl, groß und breit wie ein Kleiderschrank. »Wir haben nur einen Kranken dabei, um den ihr euch kümmern sollt...«

»Habt ihr denn keinen Feldscher?«
»Nein, der nächste weilt vor Hanau. Er hat dort alle Hände voll zu tun mit den vielen Verwundeten.«
»Und wer befiehlt uns die Aufnahme?«
»Unser Fähnrich. Er sagt, wenn ihr euch unseres Reiters nicht annehmt, müssen wir euch zur Strafe das Haus anzünden!« Diese Drohung saß wie der Einschlag einer Kanonenkugel.
»Wo habt ihr den Kranken, zeigt her...«
Der Unteroffizier trat beiseite, hinter seinem breiten Rücken traten unten im Hof vier weitere Männer ins Blickfeld. Sie schleppten einen fünften an Armen und Beinen. Zlatko Zipcic war kurz nach dem Einritt durchs »Tor der Unteren Pforte» vom Pferd gestürzt und hatte daraufhin spornstreichs das Bewusstsein verloren.
Zögernd stieg Rosina die Steinstufen der Haustreppe hinab, sie wollte sich den Kranken etwas genauer betrachten. Sie tat dies mit einigem Unbehagen, man konnte nie vorsichtig genug sein. Auch wenn die Sense des Schwarzen Todes vom vielen Wüten vorerst stumpf geworden sein mochte, so wusste niemand, wann diese plötzlich wieder an Schärfe gewann.
»Ich weiß nicht so recht...« Rosina würgte ihren Widerwillen tapfer hinunter. »...wenn er die Pest in sich trägt, kann er unmöglich zu uns ins Haus!«
Die Soldaten spürten die Skepsis, die Rosina an den Tag legte. In den starrenden Augen der Männer lag ein leichtes Flackern von Angst.
»Er hat sehr hohes Fieber.« Rosina brauchte erst gar nicht lange ihre Hand auf Zlatkos Stirn zu legen. Sie merkte auch so, wie er glühte.
»Weibsbild - solltest du dich weigern, müssen wir den roten Hahn aufs Dach setzen. Anschließend jagen wir euch Gesindel zum Dorf hinaus...«
»Bedenkt doch, wir haben Kinder bei uns!«, warf Rosina händeringend ein.
»Lasst mich mit euren Bälgern in Ruhe!«, brüllte der Unteroffizier. »Tut gefälligst das, was man euch befiehlt.«
Rosina zuckte zusammen, der Zwang ließ ihr einfach keine Wahl. Ob sie wollte oder nicht, sie musste den Kranken trotz allem Wagnis aufnehmen.
»Wenn wir uns schon um den Kranken kümmern sollen, dann bringt uns zumindest auch was zum Essen«, verlangte Rosina kaltschnäuzig. »Er soll ja schließlich wieder zu Kräften kommen, oder? Und wir selbst haben auch nichts mehr...«

»Na gut, wenn es halt nicht anders geht, dann sollt ihr von mir aus Verpflegung erhalten«, schnarrte der Unteroffizier unwillig. »Tragt ihn ins Haus!«

Rosina verspürte ein flaues Gefühl in der Magengrube. Auch wenn sie durch ihre Unerschrockenheit dem Soldatenvolk vielleicht was Essbares abschwatzen konnte, bereitete ihr der Kranke zu viel Kummer. Was geschah, wenn er tatsächlich den Keim des Todes in sich trug? Ein zweites Mal wollte sie es nicht miterleben, wie Menschen um sie herum grausam an der Pest zu Grunde gingen, so wie es vor etlichen Jahren mit Pierre und Kathérine Laurent, den Eltern ihres Alberts, geschehen war.

In der vergangenen Nacht hatte Rosina im Traum eine Ratte gesehen, die wie betrunken über die Gasse torkelte. In der Realität war diese zweifelsohne ein Vorbote kommenden Unheils. Verloren jene ungeliebten Nager erst einmal jegliche natürliche Scheu vor dem Menschen und verließen dabei taumelnd und sterbend ihre Schlupflöcher, war es am besten, man ergriff die Flucht, und zwar auf schnellstem Weg. Dem Rattensterben folgte früher oder später Ausbruch der Pest unter der Bevölkerung.

Doch um den genaueren Zusammenhang zwischen der Erkrankung und den Ratten wie auch von dem noch unbekannten Glied in der Infektionskette - eben dem Rattenfloh - wusste niemand. Selbst die gelehrten Wissenschaftler vermochten noch nicht, jenes schreckliche menschenmordende Geheimnis zu lüften. Erst rund zweihundertsechzig Jahre später sollte die Entdeckung des Erregers der Pest gelingen.

Bis dahin vermuteten die Menschen alles mögliche, woher der Pestbazillus eigentlich kam. Allerlei Tiere, Nahrung wie Obst und Gemüse, verschmutztes Trinkwasser, der Schadenszauber der Hexen, das Wetter, all das trüge die Schuld an den furchtbaren Epidemien. Die Kirche predigte von den sündigen Herzen der Menschen, aus denen die »stinkenden und schändlichen Dünste entstiegen«, die jetzt die gerechte Strafe Gottes in die Welt brächten. Gäbe es keine Sünden, gäbe es auch keine Pestilenz - so lautete das immerwährende Credo der hohen Geistlichkeit.

Freilich war es nur ein Traum, aber dass ein solcher durchaus in Erfüllung gehen konnte, darum wusste Rosina so manches bittere Klagelied zu singen. All ihre schlimmen Träume hatten sich irgendwann als »zweites Gesicht« herausgestellt, wie die Vergangenheit traurigerweise bewies.

Sollte es nun ebenfalls so weit kommen? Nein, Rosina würde alles nur

Erdenkliche und Machbare tun, um eine neuerliche Katastrophe zu verhindern.

»Schafft ihn ins obere Geschoss, da wo meine Kammer liegt!« Rosina ging die schmalen abgewetzten Stufen der schrägen Holzstiege voran. Anna streckte den Kopf aus der halboffenen Küchentüre und sah, wie die Soldaten mit dem Kranken in ihrer Mitte Rosina folgten. Genau in diesem Moment wurde Zlatko Zipcic von einem heftigen Hustenkrampf gepackt. Der dunkelblutige Auswurf wurde in feinsten fast unsichtbaren Tröpfchen in die Luft geschleudert. Anna wich angeekelt zurück, zum Glück schien sie nichts abbekommen zu haben...

Sie legten Zlatko in Rosinas Bett. »Und ihr wollt jetzt bei ihm bleiben, gute Frau?!«, fragte der Unteroffizier.

»Nein, das werde ich nicht«, antwortete Rosina. »Wenn euer Reiter vom Schwarzen Tod befallen ist gilt es zunächst, jeden Kontakt mit ihm zu vermeiden«, erklärte sie und hob warnend ihren rechten Zeigefinger. »Sogar seine Kleidung darf man unter keinen Umständen berühren.«

So als würde ein Trompetensignal das Nahen eines Feindes verkünden, stürzten die Soldaten, der Unteroffizier voran, Hals über Kopf aus der Kammer. Ihre Stiefel polterten, einem wilden Trommelwirbel gleich, die Stiege hinunter.

»Vergesst nicht, uns die versprochenen Lebensmittel vorbei zu bringen!« Mitten in Rosinas Satz hinein schlug die Haustüre mit einem lauten Rumms ins Schloss.

»Euer Fortrennen nach Hasenmanier nützt euch auch nichts mehr, wenn sich meine Befürchtung erfüllen sollte...« Mit hartem Gesichtsausdruck starrte sie die von den Soldatenstiefeln dreckverschmierten Stiegen hinab.

*

Niemand hatte bemerkt, wie und wann Zlatko Zipcic aus der Welt schied. Auch wenn es sich bei ihm »nur« um einen verhassten Söldner handelte, so wäre es sicherlich kein angenehmes Schauspiel gewesen, ihm bei seinem qualvollen Sterben zusehen zu müssen. Als Rosina am Abend noch einmal nach ihm schauen und ihm eine Schüssel Wasser bringen wollte, hing er mit entblößtem Oberkörper halb aus dem Alkoven. Leblos hing seine Rechte herab. Irgendwann im Verlauf des Tages hatte er sich, von hitzigen Fieberschüben geplagt, das Wams vom Leib gerissen.

Die längst gebrochenen Augen waren starr zur niedrigen Stubendecke gerichtet, als ersuchten sie flehend eine höhere Macht um Beistand. Doch nicht einmal himmlische Mächte hatten ihm noch helfen können.
»Also doch die Pest!« Rosina schlug entsetzt ihre Hände vors Gesicht. Wie gut, dass keine der Frauen mit dem Todgeweihten in Berührung gekommen war.
Rosina verharrte in eisiger Erstarrung am Eingang des Zimmers. Keinen Schritt würde sie mehr da hinein tun. Die Symptome der garstigen Beulenpest mit ihren eitrigen Geschwülsten und den angeschwollenen Lymphknoten waren ihr ja leider durch die Schwiegereltern bekannt. Die Zeichen, die der Tote vor ihr auf seinem Körper trug, sahen hingegen ganz anders aus. Seine bleiche Haut war übersät von punktförmigen Blutungen, die sich beim Zusammenfließen der Blutflecken vom Dunkelbläulichen ins Schwarze verfärbten. Rosina wusste bislang weder um die Lungenpest, noch dass jene höchst infektiös war. Aber sie hatten offensichtlich die Pestilenz im Haus, ausgerechnet bei ihnen war sie eingekehrt! Alle Frauen und Kinder mussten so schnell wie möglich von hier fort. Rosina eilte die Stiege hinunter, als ihr auf halbem Weg ihre Schwiegertochter entgegenkam.
»Mir geht es gar nicht gut«, stöhnte Anna und hielt sich vor Schwäche am Handlauf fest. »Ich glaube ich habe mir eine Erkältung eingefangen oder so etwas ähnliches...«
»Nein!« Rosina war, als träfe sie ein schwerer Schlag, bestürzt wich sie um ein zwei Stufentritte zurück.
»Was hast du denn, warum fürchtest du dich vor mir?« Anna wurde plötzlich von einem starken Hustenreiz geschüttelt. Ihre Lungen keuchten tief und schwer.
Rosina hielt sich instinktiv ihre Rockschürze vor den Kopf, um zu vermeiden, dass sie etwas vom Sputum abbekam, der durch die Luft flog. Blut! Rosinas Augen drohten aus ihren Höhlen zu fahren. Ihre Rockschürze zeigte lauter feine Bluttröpfchen, sie riss sie sich vom Leib und schleuderte sie beiseite. Entsetzt starrte Rosina in Annas mattschimmerndes Gesicht. Ein dünner schwärzlicher Blutstrom floss aus ihrem linken Mundwinkel.
»Ich habe den Tod ins Haus gelassen!« Rosina saß, einem Häufchen Elend gleich, am Küchentisch und heulte sich die Seele aus dem Leib. Schwer hielt sie ihren Kopf auf den rechten Arm gestützt. »Keine Medizin vermag Anna mehr zu helfen, sie muss genau so elendig sterben wie der Soldat.«
Die Frauen hatten sich am Küchentisch eingefunden, alle bis auf Anna.

Sie lag oben in ihrer Kammer im Bett. Dorthin hatte sie Rosina geschickt und anschließend die Türe zugesperrt, so dass niemand zu ihr konnte. Der kleine Alexander lag, nichts ahnend vom schweren Schicksal seiner Mutter, unweit des Herdfeuers in seiner Wiege und schlief. Der kleine Erdenwurm wusste zum Glück nicht, welche Schrecknisse und Gefahren das Leben für einen bereithielt.
»Nein! Gebt die Hoffnung nicht auf!« Zur Überraschung aller ließ sich ausgerechnet Elisabeth zu keinerlei Vorwürfen gegenüber Rosina hinreißen. Im Gegenteil, sie versuchte ihr sogar beizustehen.
»Wenn ihr bleibt, seid ihr ebenso verloren!« Rosina sah mit rotverweinten Augen auf. »Ich rate euch allen: Geht, wenn euch euer Leben lieb und teuer ist...«
»Aber wohin?«, fragte Elisabeth bestürzt.
»Das ist doch egal, Hauptsache, weit weg von hier. Verlasst zumindest das Haus...«
»Ihr sprecht immerzu nur von uns und was wir tun sollen, was wird denn aus euch?«
»Ich bleibe hier.«
»Waaas? Obwohl ihr wisst, dass Anna stirbt?« Elisabeth schüttelte den Kopf.
»Ich kann sie unmöglich in ihren letzten Momenten alleine lassen.«
Für eine Weile war nur das knisternde Knacken der brennenden Holzscheite zu vernehmen und der Wind, der leise ums Haus schlich, als wolle er zuhorchen, was die Menschen sprachen. Fassungslosigkeit spiegelte sich in den erschrockenen Mienen. Das unruhig flackernde Herdfeuer tat das Übrige dazu, sein gespenstischer Lichtschein verwandelte ihre Gesichter in unheimliche Fratzenbilder.
»Sollen wir denn nicht wenigstens euren Alexander mit uns nehmen?«
»Nein, den lasst lieber einmal hier bei mir. Ich weiß nicht, ob Anna mit ihm in Berührung gekommen ist.«
»Das arme Kind! Oh Heiland, warum hast du uns verlassen...« Johanna sandte ein Stoßgebet gen Himmel und drückte dabei ihren eigenen Buben fest an sich.
»Die Pestilenz macht keinerlei Unterschiede«, sagte Rosina kläglich. »Egal ob Alt oder Jung, ob Bettler oder König, diese schlimme Seuche nimmt auf niemanden Rücksicht.«
»Auch wenn es für uns kein Trost sein mag, Gevatter Tod holt auch die reichen Stinker«, warf Elisabeth mit bitterer Stimme ein.
Die Frauen verließen schon in aller Herrgottsfrühe das Haus. Elisabeth hatte sich vorher noch schnell erkundigt , wo sie sich aufs Neue nieder-

lassen konnten. Sie hatten Glück, das kleine Eckhaus von der Weytgasse zur Enggasse war frei. An jenem Haus war ein Bild angebracht, auf dem das Flehen dreier Pilger zur Mutter Gottes und dem heiligen Bernhard dargestellt war. An genau diesem Ort sollte die Pest vor zehn Jahren ihr Wüten eingestellt haben. Die Hoffnung, dass es auch diesmal so sein möge trugen Elisabeth und ihre Begleiterinnen im Herzen, als sie in jenes Haus einzogen.

*

Rosina war alleine in ihrem Elternhaus zurückgeblieben, mit ihr der kleine Alexander, Anna und ... der Tod! Sie konnte nichts mehr für ihre Schwiegertochter tun. Würden sie noch oben in Affholderbach wohnen, hätte sie Anna aus dem reichhaltigen Vorrat ihrer Kräuterkammer wenigstens etwas zur Linderung ihrer Leiden verabreichen können. Ein Gift hätte ihre Leiden abgekürzt. So aber war Rosina völlig machtlos, sie konnte nur noch abwarten, bis der Tod Anna endlich erlöste.
Für einen flüchtigen Augenblick spielte sie sogar mit dem Gedanken, zum Johannesberg aufzubrechen und von dort etwas zu holen. Doch wahrscheinlich war ihr Hof mit allem was dazu gehörte längst dem Erdboden gleichgemacht worden. Den kleinen Alexander konnte sie unmöglich auf diesen beschwerlichen Weg mitnehmen. Und was geschah, wenn ihr unterwegs etwas zustieß...
Rosina wagte es nicht, nach Anna zu sehen, allein schon wegen Alexander. Die Ansteckungsgefahr war viel zu groß. Als seinerzeit Pierre und Kathérine an der Pest erkrankt waren, hatte man diese von den gesunden Familienmitgliedern getrennt. Pierre hatte es sogar strikt von ihnen verlangt. Rosina hatte noch immer seine eindringlichen Worte in den Ohren: »Euch bleibt nur diese eine Möglichkeit, wenn unsere Sippe nicht gänzlich aussterben soll. Auch wenn es allen Beteiligten noch so schwer fällt, zumindest euch Jungen bleibt so die Chance zum Weiterleben. Werft sie nicht weg! Lasst all unsere Müh' und Plag' nicht umsonst gewesen sein und führt das Lebenswerk, das wir geschaffen haben, fort! So werdet ihr uns auch nie vergessen...« Dies waren Pierres letzten Worte, ehe er sich gemeinsam mit Kathérine in ihre Schlafkammer zurückzog. Ihr beider Todeskampf dauerte zwei volle Tage.
Von einem tiefen Seufzer begleitet, ging Rosina zur Wiege, in der sie vor knapp einem Menschenalter selbst einmal gelegen hatte. Musternd nahm sie Alexander in Augenschein. Sie ließ ihn liegen, er schlief tief und fest, wie die meiste Zeit. Gottlob, noch gab es keinerlei Anzeichen

einer Erkrankung. Der arme Wurm, er würde seine Mutter niemals wieder zu Gesicht bekommen, geschweige denn dass er sich an sie würde zurückerinnern können, wenn er einmal groß war. Hoffentlich hatte ihr Enkel eine Zukunft. Stumpfer Trübsinn legte sich schwer auf Rosinas Seele. Ihr war, als stünde sie am Rande eines tiefen, endlosen Abgrundes. Bis auf Alexander war ihr keiner der geliebten Menschen geblieben.

Tränen kullerten über Rosinas eingefallenen Wangen. Albert und Jörg waren bestimmt beide tot. Maria und Niklas spurlos verschwunden. Auch sie würde sie niemals wieder in ihre Arme schließen können. In dieser furchtbaren Welt da draussen gab es für Kinder keine Möglichkeit zum Überleben, wenn schon die Erwachsenen es kaum schafften.

Die Ahnungslose! Wie sollte Rosina auch wissen, dass neben Maria und Niklas auch Albert noch am Leben war. Ihm erging es schon etwas besser. Auch wenn es noch eine geraume Zeit brauchte, ehe er sich vollends von seinen schlimmen Wunden erholte, so machte seine Genesung doch Fortschritte. Die kleine Schar der Überlebenden um Pfarrer Mehlmann kümmerte sich fürsorglich um den alten Laurent. Doch obwohl sie äußerst sparsam mit dem lebenserhaltenden Schatz aus seiner geheimen Vorratskammer umgingen, neigte sich dieser allmählich seinem Ende zu...

»Du bist jetzt der letzte Laurent, der mir noch geblieben ist«, stöhnte Rosina schwermütig. »Was soll nur aus dir werden? Hoffentlich kommen bald die Soldaten und bringen uns die versprochenen Lebensmittel, sonst ist es auch um uns geschehen...« Im oberen Stockwerk ertönte ein plötzliches Poltern, begleitet von lauter Husterei. Annas Todeskampf schien eingeläutet. Rosina hätte sich am liebsten die Ohren zugestopft. Aber ein Davonrennen vor der Wirklichkeit, und war sie noch so bitter, gab es nicht. Rosina hielt es nicht lange aus, weiter auf dem Küchenstuhl zu sitzen und tatenlos Däumchen zu drehen, während Anna oben in ihrer Sterbekammer eingesperrt vor die Hunde ging.

Rosina ging nach oben. Sie schob den Türriegel zurück und spähte vorsichtig ins Innere der Kammer. Der Anblick, den Anna bot, war mehr als erbarmungswürdig - herzzerreißend! Nie zuvor hatte Rosina einen solch schnellen Verfall eines vor kurzem noch völlig gesunden Menschen erlebt. Es raubte ihr fast den Verstand. Ihr tief aufgewühltes Inneres schrie regelrecht vor Verzweiflung und Ohnmacht, hier nicht mehr helfen zu können.

Anna lag im Bett, trotz ihres hohen Fiebers war sie bei vollem Bewusstsein. Erneut wurde die Sterbende von einem heftigen Hustenreiz ge-

packt. Das Blut lief ihr aus dem Mund. Als sie Rosina an der Türe bemerkte, streckte sie ihr die Hände entgegen.
»Wo ist mein Alexander?« Ihre Stimme hüstelte. »Gib mir meinen Buben, bitte...«
»Nein! Das geht nicht!«
»Warum?«
»Weil du ihn sonst nur ansteckst.«
»Ich will ihn doch nur für einen Augenblick in meinen Händen halten...«
»Nein!« Rosina glaubte, sie stoße sich selbst ein Messer tief ins Herz, derart schmerzte sie es, den wohl letzten Wunsch der Sterbenden abzuschlagen. Auch wenn sie in ihrem bewegten Leben weitaus Schlimmeres hatte durchleiden müssen, so war jener Moment der mit Abstand schwerste.
Weinend sank Anna ins Kissen zurück. Auf ihren mattgrauen Gesichtszügen lag schon der Schatten des Todes.
»Sorge bitte für Alexander. Mit mir geht es zu Ende. Bald bin ich bei meinem Jörg...« Anna sah hoch zur Zimmerdecke.
Rosina vermeinte in ihren Augen ein strahlendes Licht zu erkennen. Sah Anna wirklich das Antlitz ihres verstorbenen Mannes oder lag es nur am stetig steigenden Fieber, das ihr irgendwelche Trugbilder vorgaukelte? Niemand weiß um das Geheimnis eines Sterbenden, was jener in seinem letzten Augenblick im Jammertal irdischen Daseins tatsächlich erlebt und sieht.
»Ich habe dir etwas Wasser mitgebracht.« Rosina stellte den kleinen Holzkübel mit einer Schöpfkelle darin auf den Boden und schob das Ganze mit einem Besenstiel bis hin ans Bett, damit sie gar nicht erst das Zimmer betreten musste. Rosina sah sich zu diesem Handeln gezwungen. Wagte sie auch nur einen Schritt in die völlig verpestete Kammer, riskierte sie nicht nur ihr eigenes Leben, sondern auch das von Alexander.
»Mehr kann ich leider nicht für dich tun...« Rosinas Arme fielen schlapp nach vorne, diese jämmerliche Geste, drückte ihre ganze Hilflosigkeit und Kummer aus.
»Mach bitte alles, damit mein Bub am Leben bleibt, bitte...«
»Ja, das will ich!«

*

Die Kroaten hielten Wort, sie brachten die Lebensmittel und auch ein paar Flaschen Wein. Woher sie welchen bekamen, diese Frage war überflüssig. In Hörstein, wo die meisten der Familien vom Weinbau lebten, gab es zahlreiche Keller, in denen der edle Rebensaft in Fässern und Flaschen gärte und lagerte. Das meiste hiervon war mit Sicherheit schon lange durch die durstigen Kehlen der Soldaten geflossen. Die Kroaten holten sich den Wein überall, selbst gegen den Widerstand der Bürger.

Sie klopften kurz an die Haustüre und stellten die Kiste mit der Verpflegung ab. Unverzüglich machten sie sich aus dem Staub. Rosina konnte gerade noch einen Blick auf den einen oder anderen von ihnen werfen. Diese Männer waren ihr völlig fremd. Sie hatte es insgeheim auch nicht anders erwartet.

Von denen, die den Kranken brachten, war mit Sicherheit wohl keiner mehr am Leben oder auch nur gesund. Die Pest war im Ort nicht mehr aufzuhalten. Rosina musste handeln, doch was sollte sie tun?

*

Der kühle Wettereinbruch war buchstäblich Schnee von gestern, binnen weniger Tage schnellten die Temperaturen von einem heftigen Sturmtief begleitet nur so in die Höhe. Wo vor kurzem noch das weiße Leinentuch des Schnees die Landschaft längs der Kahl einhüllte, verdörrte nun fast schon das Gras langsam aber sicher unter den unglaublichen Hitzestrahlen der Sonne.

Im Haus des alten Winzerbarons kam Philipp in die Stube gestürmt.

»Vater, es ist was ganz Schlimmes passiert...« Der junge Winzer war in heller Aufregung.

»Was ist es denn diesmal, spann mich nicht lange auf die Folter!«, brummte Matthes missmutig.

»Die Pest! Sie ist wieder ausgebrochen!« Philipp schien wie von Sinnen.

»Daran trägt nur einer Schuld – Rosina!« Matthes hob es fast aus dem Lehnstuhl. »Wo steckt das Hexenweib jetzt?«

»Ihr Elternhaus, unten in der Mainzischen Keltergasse ist verlassen. Ein Kreuz aus Stroh zeigt, dass dort die Pest schon Opfer gefordert hat«, erklärte Philipp mit zitternder Stimme. »Man hat Rosina beobachtet, wie sie sich heimlich davonschlich.«

»Halte keine langen Vorträge! Red' schon, wo ist sie?«

»Oben auf dem steilsten Hügel des Räuschbergs, dort wo ihre Mutter einst eine kleine Wingerthütte besaß. Da haust sie nun wie ein Tier in der halbzerfallenen Ruine.«

Um Matthes' schmalstrichige Lippen huschte ein kaltes Lächeln.

»Merke dir gut, mein Sohn, wenn nötig kann sich eine Hexe jederzeit in eine Maus verwandeln, damit sie in ein Loch schlüpfen kann...«
»Rosina soll einen Säugling bei sich haben, erzählen die Leute«, fuhr Philipp weiter fort.
»Waaas? Auch das noch!« Matthes bebte vor lauter Erregung. »Sie hat also mit dem Teufel gebuhlt. Jetzt trägt sie die Saat seiner Lenden in die Welt. Herr, steh uns bei! Wir müssen handeln, und zwar sofort. Nur wir beide können die Herrschaft des Teufels hier auf Erden verhindern...«

2

»Erzittere Welt, ich bin die Pest,
ich komm in alle Lande
und richte mir ein großes Fest,
mein Blick ist Fieber, feuerfest,
und schwarz ist mein Gewande.«

Hermann Lingg

Es war noch früher Morgen. Hinter dem östlichen Horizont schob sich in einem Meer von Licht die Sonne hoch. Die Kraft ihrer Strahlen zerteilte die zähen Dunstschwaden, welche die Bäume, Wiesen und Felder einhüllten. Aus dem gräulichen Weiß der rasch zerfließenden Schleier schälte sich die markante Silhouette einer großen Stadt. Ihre hohen Mauern, stolze Zinnen, Türme, Ecken, Bastionen, Pforten, Tore und das neue Schloss nicht zu vergessen, verliehen Aschaffenburg, geschützt und umschlossen von einem breiten tiefen Graben, einen wehrhaften Anblick.
Dennoch versprach jene Trutzfeste den Bewohnern keinen wirklichen Schutz. Selbst die Regimenter der Kaiserlichen würden es nicht schaffen, den Einfall einer feindlichen Übermacht zu verhindern. Weder Mauerblock noch Eisentor, und seien diese auch noch so dick und stark, konnten der modernen Waffentechnik, eben den Kanonen schwersten Kalibers widerstehen.
Um Aschaffenburg vor einem feindlichen Angriff zu schützen, wären Verstärkungen dringend nötig gewesen. Von der schwedischen Besatzung Hanaus unter General Ramsay waren nämlich Drohbriefe wegen eines Überfalls auf Aschaffenburg eingegangen. Höchste Vorsicht war geboten. Auf dem Areal des »Galgenbuckels« erwuchsen deshalb große Schanzen gegen ein feindliches Heer.
Der Rat der Stadt befahl den bürgerlichen Wachen, beim ersten Trommelschlag sämtlich bewaffnet herbei zu eilen. Jeder kampffähige Mann sollte mindestens zwei Pfund Schießpulver vorrätig haben. Zum Schutz des Oberstifts gegen Franzosen und Schweden lagerte im Sommer zusätzlich der kaiserliche Marquis de Carett mit seinen Streitkräften bei Aschaffenburg. Doch wie sah es eigentlich hinter den Mauern, in der Stadt selbst aus?
»Schlimm« war gar kein Ausdruck! Einfache Worte und Zeilen vermögen es nicht annähernd zu beschreiben, was sich in Aschaffenburg ab-

spielte. Der Generalquartiermeister der Mansfelder gab den Befehl, 100 Malter Korn für die Kaiserlichen zu liefern, »ungeachtet der Nacht, ob es unter oder ober der Erde sei, sofort den Proviantkommissarien zusammen zu verschaffen oder gegenwärtig zu sein, da man die Nacht durch mit Gewalt von Haus zu Haus eingehe und was man find' hinwegnehme.«

Die Not in der Stadt wurde schließlich so groß, dass sie nicht wenige der ursprünglich 5.000 Seelen von Haus und Hof vertrieb. In den verlassenen Heimstätten trieben die Soldaten mit ihren Weibern wildes Hallodria. Selbst bewohnte Häuser waren nicht sicher, abgerissen zu werden, wie es im zurückliegenden Winter geschehen war. Die geschwächte Bevölkerung war der Not nicht mehr gewachsen. Aus ihren vier Wänden, Kisten und Truhen grinste die Armut. Ansteckende Krankheiten breiteten sich in Windeseile aus, die unter Bürgern wie Soldaten zahlreiche Todesopfer forderten. Der Stadtschreiber Notarius Glattbacher vermerkte in einem Aktenstück:

»In unserer armen Stadt sieht es entsetzlich aus! Der Herrgott hat sich für immer von uns abgewendet. In den Straßen liegen überall Leichen umher, die Kadaver verendeter Pferde und die Überreste geschlachteten Viehs, verbreiten einen furchtbaren Gestank. Die Stadtkasse ist geleert bis auf den letzten Heller und um den notwendigsten Verpflichtungen nachzukommen, was kaum gelingt, muss der Rat Geld aufnehmen, wo es sich nur bietet. Selbst kleinere Summen werden geliehen von einem Dechanten, Marketender und Wasserzöllner und anderen Personen.

Es klingt wie Hohn, dass die Mansfelder 10.000 Reichstaler von der Stadt fordern. Diese Erpressung lehnt der Rat erbittert ab, mit dem Hinweis, dass es dem Kurfürsten nicht möglich sei, im ganzen Land eine solch horrende Summe aufzutreiben. Überall fehlt es notwendig am Vieh, die Felder zu bestellen. Nur ein paar elende Kühe sind noch da, die für die Kinder und kranken Leute Milch liefern.

Die Soldaten nehmen unseren Hirten das ohnehin schon viel zu wenige Vieh auf offener Gasse weg, wie es ihnen passt. Selbst ihrer Schuhe werden sie beraubt.

Tag und Nacht werden ganze Häuser eingerissen, um Brennholz zu verschaffen. Bald gibt es mehr unbewohnte Häuser als bewohnte...«

Obwohl die Bürger beim Obrist-Leutnant Marschalk, dem Kommandanten der Stadt, ihr unsägliches Leid persönlich vortrugen, kam es zu keiner Abhilfe, geschweige denn irgendeiner Unterstützung. Das Stift

und seine Geistlichen sollten bei den Einquartierungen der Soldaten geschont werden, doch die Offiziere setzten sich oft mit Gewalt in Besitz ihrer Wohnungen. Mit fortschreitenden Einquartierungen weiterer Truppen breitete sich in Aschaffenburg die blanke Verzweiflung aus und es kam zu vielen gereizten Zusammenstößen zwischen Bürgern und Soldaten. Ebenso zwischen Bürgern und dem Stadtrat.
Als ob all diese fürchterlichen Zustände nicht allein schon genügten und die Stadt in ein Chaos verwandelten, trat ein weiteres Unheil auf den Plan - die Pest begann aufs Neue zu wüten. Die Wärme begünstigte die Ansteckung durch die Seuche enorm. Die beiden Friedhöfe, der um St. Agatha und der nahe der Muttergottes-Pfarrkirche, waren schnell überfüllt, sodass es für die »Abgestorbenen« in der Stadt weder Platz noch Ort gab, wo man sie begraben konnte. Obrist-Leutnant Marschalk gab seinen Soldaten den Befehl, die todgeweihte Stadt zu verlassen. Die Truppe bezog daraufhin auf der linken Mainseite ihr Lager.

*

Seine Füße schmerzten. Ihm war, als ginge er über glühende Kohlen. Jeder einzelne Schritt bereitete ihm höllische Qualen. Es war allerhöchste Zeit, dass sich seiner endlich ein Wundarzt annahm. Aber wo in Dreiteufelsnamen sollte er in der Einsamkeit des Leiderer Feldes einen Medicus finden...
Die Schuhe hatte Niklas schon vor etlichen Tagen weggeworfen, weil das Sohlenleder durchgelaufen war. Mit den Kräften restlos am Ende, blieb er stehen. Staub bedeckte seine aufgeschürften und mit Blasen übersäten Füße. Sein ausgezehrter Körper glich einem Gerippe, dem man Wams und Hose übergestreift hatte, welche aber nur wenig Ähnlichkeit mit einem Kleidungsstück besaßen. Man konnte höchstens noch von Fetzen aus Stoff und Leder reden, die an dem Klappergestell von Jungen hingen. In seinem kläglichen Aufzug fand Niklas jederzeit Aufnahme in den Reihen einer jeden Bettlerkarawane.
Niklas wischte sich die völlig zerzausten und schweißverklebten Haare aus dem ausgemergelten Gesicht. Schweißtropfen zogen lange Rillen auf die schmutzigen Wangen. Grenzenlose Enttäuschung versteinerte seine Miene. Vor ihm tat sich das verfallene Gemäuer eines großen Fachwerkhauses auf. Auch die kleine Kapelle, die daneben stand, bot einen mehr als erbärmlichen Anblick, ihr ganzes Dach war eingestürzt. Von weitem hatte es gar nicht so ausgesehen, als ob er nur eine Ruine antreffen würde.

Niklas kam um einige Jahre zu spät, um hier Hilfe zu finden. Aber ob er ausgerechnet dort, im früheren »Gutsleutehaus«, dem Aschaffenburger Sondersiechenhaus, bei den Aussätzigen gut aufgehoben gewesen wäre, war zu bezweifeln. Auf dem Leiderer »Siechfeld« am Rand der alten Handelsstraße nach Frankfurt wurden bis zum Jahre 1602 die Lepra- und Geschlechtskranken sowie die von der Pest und gefährlichen Hautkrankheiten infizierten »guten Leute« aufopferungsvoll von den Schwestern vom »Orden der Grauen Beginen« gepflegt. Die üblen Gerüche der aufgeplatzten eitrigen Geschwüre, das ständige Läuten der Schellen oder das Betteln um Almosen all jener Unglücklichen gehörte längst der Vergangenheit an. Dafür gab es nun den Neuhof, eine Landsiedelleihe des Schmerlenbacher Klosters außerhalb des Wermbachstores. Und genau in Richtung der Stadt lenkte Niklas jetzt müde seine Schritte. Auch wenn es noch so weh tat, er musste unbedingt durchhalten, wenigstens noch bis dahin. Langsam ging er weiter.
Mit den dunklen Spessartbergen im Hintergrund erhob sich hoch über dem Main auf dem uralten Gneisfelsen stolz der riesige Renaissancebau des neuen Schlosses der Johannisburg. Das einstige Gewirr geborstener Mauern und rauchgeschwärzter Fensterhöhlen des zerstörten alten Schlosses war einem schmucken Prachtbau aus rotem Sandstein gewichen. Einzig der mächtige Turm des Bergfriedes erinnerte an die verschwundene Burg. Einem Wächter gleich, ragte er aus dem quadratischen Geviert mit den vier Türmen des Schlosses hervor.
Die vielen Soldatenhaufen, die rings auf den Mainwiesen ihr großes Heerlager aufgeschlagen hatten, jagten Niklas allerhand Schrecken ein. Gab es denn wirklich nur noch waffentragende und uniformierte Männer auf der Welt? Sogar die Soldatenweiber trugen Röcke aus Uniformtuch geschneidert.
Er würde sich freuen, endlich einmal Leuten zu begegnen, die nichts mit dem verdammten Kriegshandwerk am Hut hatten. Und vor allen Dingen, dass diese noch am Leben waren. Leichen hatte er inzwischen genug gesehen. Sein sehnlicher Wunsch sollte vielmals schneller in Erfüllung gehen als ihm vielleicht lieb war. Doch zunächst näherte er sich zögernd der großen Steinbrücke. Ganze Abteilungen bis an die Zähne bewaffneter Musketiere bewachten die starken Schanzen, die hier den Zutritt zur Stadt sicherten. Zumindest kleinere Angriffsverbände des Feindes würden sich an dieser Stelle blutige Köpfe holen.
Niklas hatte ihn zunächst gar nicht wahrgenommen. Aber dann jagte es ihm einen ganz gehörigen Schauer über den Rücken. Unter dem breitausladenden Astwerk einer Eiche drehte sich leicht der schlaffe Körper

eines Gehenkten. Seine nackten Füße baumelten keine zwei Handbreit über dem Grasboden. Dieser schwindend kurze Abstand hatte genügt, um ihn ins Jenseits zu befördern. Niklas schluckte schwer. Seine Knie zitterten leicht. Der Tote war ja fast noch ein Junge! In seinem Gesicht spriesste bereits der erste zärtliche Flaum eines kommenden Bartes, den er sich jedoch niemals rasieren würde. Warum steckte er überhaupt in einer Uniform und weshalb musste er denn so jung sterben? Welch schwere Schuld mochte sich der Ärmste wohl aufgeladen haben... Eine Flut an Gedanken schoss in wilder Reihenfolge durch Niklas' Hirn.
Die Brückenschanze lag höchstens eine halbe Gassenlänge von ihm entfernt. Aus der Deckung hoben sich neugierig die ersten Köpfe. Er glaubte, das dämonische Grinsen auf den Gesichtern der Soldaten zu sehen. Diese verfluchten Teufel! Niklas war versucht auszuspucken, er ließ es aber. Die Soldaten hätten es ihm bestimmt krumm genommen. Unendlicher Zorn wallte in seinem Inneren auf. Nein, in diese Stadt dort wollte er nicht! Keine zehn Pferde würden ihn da hineinziehen. Wie es aussah, ließ man ihn ja erst gar nicht die Tore passieren.
Sein Blick streifte den Gehenkten. Vielleicht besaß jener auch einen Angehörigen, nach dem er verzweifelt gesucht hatte. Wahrscheinlich hatte er sich eine Uniform gestohlen, um in die Stadt zu gelangen, und die Soldaten hatten ihn dabei erwischt...
›Maria!‹, durchzuckte ihn der Gedanke. Was war, wenn sie sich gerade hinter den Stadtmauern aufhielt, man konnte nicht wissen... Niklas hatte sich geschworen, jeden Weg zu gehen und sei es bis zu den Sternen, um seine Schwester zu finden. Eher wollte er nicht nach Hause kommen. Das Versprechen hatte er nicht nur sich selbst gegeben. Ohne Maria bei der Hand würde Niklas seiner Mutter und Rosina niemals gegenübertreten. Bei aller Wut und Graus, die er angesichts des Gehenkten empfand, beschloss er, das Wagnis, in die Stadt zu gehen, auf sich zu nehmen, und wenn es ihn das eigene Leben kostete. Doch wie sollte er nur nach Aschaffenburg hineingelangen?
»Sieh an, da läutet wieder ein Galgenschwengel die Feldglocke!« Hinter Niklas Rücken erhob sich eine Stimme, getragen von bitterer Ironie. Er erschrak nicht einmal darüber, derart steckte ihm die Müdigkeit wie Blei in den Knochen. Fast schon apathisch drehte er den Kopf beiseite. Ein Karren mit ziemlich schief stehenden Rädern tauchte auf. Er hatte ihn überhaupt nicht kommen hören.
Das recht baufällige Vehikel schien schon einige Jahre auf dem Buckel zu haben. Anscheinend war es einzig dem Teer zu verdanken, dass die ganze Stellage aus Rädern, Ladefläche und den aus Reisigsprossen ge-

fertigten Wänden nicht auf der Stelle zusammenbrach. Die zwei klapprigen Mähren waren auch nicht besser beieinander. Ihr Herr musste mit ihrer Arbeit zufrieden sein, sonst wären die zwei Tiere wohl schon längst auf dem Weg zum nächsten Schlachter.

»Das Bürschlein ist noch ganz frisch, es hängt noch nicht lange!«, bemerkte der Wagenlenker, ein leicht untersetzter Mann mit schwarzer Wuschelmähne. »Die Raben hätten ihm sonst bereits die Augen ausgehackt. Dem schäbigen Diebesgesindel ist wirklich nichts heilig, die Stiefel hat man ihm gestohlen, selbst die Strümpfe sind fort.«

Er rümpfte seine stark gebogene Hakennase. Der rotgefärbte, mantelartige Überwurf, den er über seinem Wams trug, glich dem seines jungen Beifahrers, der gemeinsam mit ihm auf dem Kutschbock saß. Beide hielten sie ihre Kapuzen zurückgeschlagen.

»Da, wo der Kerl jetzt ist, braucht er das alles nicht mehr«, warf der schlaksig wirkende, blondlockige Junge ein.

»Trotzdem ist das eine hundsgemeine Schuftigkeit«, murrte der Hakennasige. »Durchwalken müsste man diese üblen Langfinger, und zwar tüchtig.«

Für Niklas waren es die ersten Zivilisten, die er seit langer Zeit zu Gesicht bekam. Der durchaus ungewöhnlich erscheinende Aufzug ihres roten Habits, das dem der Henkerstracht täuschend ähnlich kam, bereitete so manchem Zeitgenossen Einiges an Unbehagen, wenn nicht sogar Furcht. Ihr Aussehen ließ Niklas völlig kalt. Selbst wenn er dem »König der Unehrlichen« und seinem Peinknecht tatsächlich gegenüberstand. Einmal hatte er sogar einer Hinrichtung beigewohnt.

Es war vor ein paar Jahren gewesen, als der ehemalige Büttel Hans Reusing aus seinem Dorf auf dem »Galgenbuckel« vom Scharfrichter um einen Kopf kürzer gemacht wurde. Obwohl man Niklas daheim verboten hatte, sich ein solch blutrünstiges Schauspiel anzusehen, hatte ihn das Verlangen seiner unstillbaren Neugier zur Richtstätte getrieben. Zusammen mit anderen Jungen vom Johannesberg wollte er das Schwert des Henkers blitzen sehen. Und wie sie es dann auch blitzen gesehen hatten... Damit ihnen in der Masse des lustgeifernden Pöbels ja keiner die Sicht auf den Richtblock nehmen konnte, hatten sie sich gleich die vorderste Reihe gedrängt.

Den rollenden Kopf des Delinquenten hatte Niklas nicht mehr gesehen, er hatte sich im letzten Moment fest die Augen zugepetzt. Dafür hatte er wie die übrigen Lausbuben einige ordentliche Blutspritzer abgekriegt. Vor Ekel und Furcht aufkreischend, als ginge es ihnen jetzt selbst an den Kragen, waren sie unter dem Gespött und Gelächter des Mobs in wilder

Flucht davongerannt. Als man Niklas dann später zu Hause gefragt hatte, woher das viele Blut komme, hatte er gelogen und gesagt, er hätte Nasenbluten gehabt. Dass ihm Rosina daraufhin einen Umschlag machte und er einen ganzen Tag lang sein Bett hüten musste, hatte er geduldig über sich ergehen lassen. Das war immer noch besser als ein schmerzender Hosenboden.

Doch daran dachte er momentan nicht. Der Gestank, der vom Gefährt samt der Menschen und Gäule ausging, raubte ihm fast den Atem. Angewidert fasste sich Niklas an die Nase und hielt sie zu. Das Ganze grenzte ja schon an reinste Luftverpestung...

Unweit von ihnen entfernt streunte eine Meute wilder Hunde umher. Heulend und knurrend zogen die hungrigen Vierbeiner einen Bogen um den einsamen Eichenbaum. Der Bogen wurde zusehends enger. Auf den ersten Blick hin getrauten sie sich nicht recht näher. Die Anwesenheit der Menschen schreckte sie anscheinend ab. Aber, kaum gedacht, stürmte die Meute wie auf ein Zeichen knurrend heran. Sie drängten sich näher, die Augen funkelten böse, der Hunger nahm ihnen jede Angst. Die wilden Hunde waren zu allem bereit. Fast schlimmer als jeder Wolf im Eiswinter sprangen sie mit hochgezogenen Lefzen und gefletschten Zähnen auf die Menschen zu. Die Pferde begannen zu scheuen, ihre Hufe keilten aus.

»Brrr, seid ruhig, ihr Braven, euch geschieht nichts, brrr!« Der Hakennasige zog fest an den Zügeln. Die Meute kam unerbittlich näher. Gleich musste sie da sein. Zwei drei Sätze noch... Niklas sah zu, dass er Land gewann, im letzten Augenblick kroch er rasch unter den Wagen. Noch waren die erschreckten Gäule nicht beruhigt, wie sollten sie auch in all der Aufregung. Wenn sie jetzt anzogen, würde man ihm den Fuß abfahren. Das Rad blieb stehen, geschafft! Durch die Radspeichen starrend, sah Niklas, wie ein großer schwarzer wolfsähnlicher Hund kerzengerade auf ihn zustürzte. Sein Herz klopfte schneller wie eine Soldatentrommel. ›Herrgott, mach was...‹, zuckte es flehend durch seinen Kopf. Er glaubte den stinkenden Atem ihres Rachens zu riechen, so nahe kam die Bestie.

»Jetzt will ich euch tüchtig Mores lehren und zwar mit Sang und Klang!«, brüllte der Hakennasige oben auf dem Kutschbock. Niklas hörte die Peitsche schnalzen.

Patsch! Der Hieb saß genau im Ziel. Keine zwei Schritte vom Wagen entfernt stoppte der Angreifer seinen wilden Sprung. Lauthals aufjaulend, als ziehe man ihm das Fell vom Leib, suchte der Hund mit eingeklemmtem Schwanz das Weite. Die blutige Strieme würde er so schnell nicht vergessen, zumindest nicht die mit ihr verbundenen Schmerzen. Plötzlich verlor auch der Rest der Meute jegliche Lust und trottete feige vom Feld, aber nicht weit. Die Hunde verhielten in sicherer Entfernung, wo sie kein Peitschenschlag erreichte. Den Baum samt des Gehenkten ließen sie dabei streng beäugt. Ihre Zeit würde noch kommen, sie mussten sich nur gedulden. Spätestens dann, wenn das Krähenvolk die Aasfetzen herunterfallen ließ oder die Knochen vom Skelett herabsanken.

»Los, sieh zu, dass du unter dem Wagen hervorkommst, Bettlerjunge«, tönte es in nicht gerade freundlichen Ton. »Im Gegensatz zu dir haben wir heute noch Einiges an Arbeit vor uns...«

Niklas stand auf, er klopfte sich erst gar nicht lange den Staub von seinem Fetzengewand, die Mühe lohnte nicht. »Habt Dank für eure Rettung, Herr!«

Der Hakennasige bedachte Niklas mit keinem Blick und brummte etwas Unverständliches in seinen dunklen Bart. Niklas tat einen Schritt zur Seite.

»Wartet bitte noch einen Augenblick, bevor ihr losfahrt...«, sprach der blondhaarige Junge.

»Was hast du denn jetzt schon wieder?«

»Ich will mir nur kurz die Uniform ansehen.« Staunend nahm er den Gehenkten in Augenschein. »Trotz seiner jungen Jahre hat er es immerhin zum Stückmeister bei der Artillerie gebracht...«

»Oh mein Gott, was faselst du heute wieder einmal für dummes Zeug!« Ereifernd blähte der Hakennasige seine Nasenflügel. »Verdammt und zugenäht, den Tod hat es dem Jüngelchen gebracht und sonst nichts. Du möchtest wohl auch gerne Soldat spielen, ausgerechnet du mit deinem steifen Bein, damit man dich am Ende totschießt oder vollends zum Krüppel macht, was?«

Der Gescholtene verharrte still auf seinem Platz. Dafür meldete sich nun Niklas zu Wort. »Warum hat man ihn denn eigentlich gehängt?«

»Warum, warum?« Der Hakennasige zeigte sich weiterhin in übler Laune. »Wahrscheinlich war er ein Deserteur, der seine Truppe im Stich ließ oder er hat seine Kameraden bestohlen...«

»Nur weil er vielleicht einen Kanten Brot oder eine halbe Wurst wegnahm?« Niklas glaubte seinen Ohren nicht zu trauen.

»Ja. Was denkst du denn? Die Zeiten sind schlecht. Da herrscht Zucht und Strenge, gerade bei den Soldaten.« Der Hakennasige zog die Augenbrauen hoch, er musterte Niklas wie ein Pferdekäufer auf dem Rossmarkt die Gäule. »Wenn ich dich so ansehe, dann glaub ich, dass du bald vom Fleisch fällst. Dein Magen knurrt, als hättest du einen Wolf ver-

schluckt. Du scheinst Speis und Trank dringend nötig zu haben...«
»Herr, habt ihr denn was zum Beißen für mich?« Niklas sah plötzlich so etwas wie einen Hoffnungsschimmer aufblitzen.
»Ja, schon...«, antwortete der Mann mit langgezogener Stimme. »Aber du müsstest mir und meinem Gehilfen auch tüchtig zur Hand gehen.«
»Das will ich gerne!«, platzte es aus Niklas hervor. Die Aussicht, endlich einmal wieder was Vernünftiges zwischen die Zähne zu bekommen, riss alle Schranken ein. Der Gestank nach Fäulnis, Kloake oder sonstigem schrecklichen Gebrodel war plötzlich wie weggewischt.
»Wie nennt ihr euch?«, fragte Niklas.
»Es ziehmt sich, dass du meinen Herrn mit Meister Tobias ansprichst«, warf der blondhaarige Junge dazwischen.
»Hör dir nur den vorlauten Gernegroß an. Martin, irgendwann gerbe ich dir noch das Loch!« Meister Tobias Augen schoben sich bedrohlich weit nach vorne. Der neuerlichen Schelte zum Trotz, grinste Martin übers ganze Gesicht, er schien solch rohe Umgangsformen gewohnt zu sein.
»Wohin fahrt ihr?«, fragte Niklas.
»In die Stadt!«
»Da möchte ich auch hin...«
»Dann halt nicht länger Maulaffen feil und komm endlich auf den Wagen.«
Dies ließ sich Niklas natürlich nicht zweimal sagen und sprang hinten auf. Ums Haar hätte er sich dabei die Knie angeschlagen, so war er mit seinen Kräften am Ende. Außer zwei, drei erdverkrusteten Schaufeln, ein paar langen Hakenstangen und einem alten Bickel verloren sich auf der Ladefläche die spärlichen Reste von Strohhalmen.
Martin warf Niklas einen zufriedenen Blick zu. Er schien froh, eine helfende Hand an seine Seite zu bekommen.
»Meister Tobias, weshalb haben wir den Gehenkten nicht gleich mitgenommen?«, fragte Martin, als der Wagen anfuhr und auf die Brückenschanze zuhielt.
»Das geht nicht, du Dummkopf«, schnautzte er mürrisch. »Der Kerl dient seinen Kameraden zur Abschreckung, damit sie nicht das gleiche Verbrechen begehen wie er.«
»Und wie lange soll das dauern?«
»Bis die letzten Knochen seines Skeletts herabgefallen sind...«
»Was wollt ihr denn mit einem Toten?« Niklas standen auf einmal die Haare zu Berge. Wo war er diesmal nur hingeraten? Meister Tobias blieb ihm die Antwort schuldig. Voller Verwunderung sah Niklas, wie die Brückenwache das Gefährt ohne Weiteres bereitwillig passieren

ließ, als wäre der Kutscher dem Soldatenvolk ein guter Bekannter. In ihren Gesichtern gefror jedwedes Grinsen. Mit steinernen Fratzen glotzten sie dem Karren nach.
Insgeheim schwante Niklas nichts Gutes. Bei aller Vorstellungskraft konnte er jedoch nicht ahnen, welch furchtbare Ereignisse ihm in Bälde bevorstanden. Nicht einmal der heilige Wendelinus hätte Niklas beigestanden, auch wenn er noch so inbrünstig zu ihm gebetet hätte. Auch an der kleinen auf der Brückenauffahrt stehenden Kapelle, die man dem Schutzpatron der Schäferzunft geweiht hatte, war der Krieg nicht spurlos vorrübergegangen. Kriegsleute hatten sämtliche Holzbretter und den eisernen Leuchter mitgehen lassen.
In 13 Bogen überschritt die Steinbrücke das breite Band des Mains. Den Vorgängerbau hatte einst Erzbischof Willigis als erste Brücke bei Aschaffenburg überhaupt im Jahre 989 errichten lassen. Das hölzerne Gerüst hatte immerhin bis zum Winter 1408 gehalten, als großer Eisgang ihr Schicksal besiegelt und sie zerstörte hatte. Erst 1430 hatte unter dem Kurfürsten Conrad III. der Bau einer neuen Brücke begonnen. Ganze 70 Jahre brauchte es, bis die abermalige Verbindung von der Stadt hinüber ans Leiderer Ufer endlich fertig war. Auch dieser glanzvollen Demonstration kurfürstlicher und städtischer Macht, die jene Brückenkonstruktion in all ihrer einstigen kraftvollen Schönheit im Schmuck ihrer Türme darstellte, blieb wie alles Irdische kein ewiges Dasein beschieden. In Form bröckelnden Gesteins verblasste ihre Blüte. Es sollte allerdings noch einige Generationen dauern, bis wieder eine neue Brücke gebaut wurde. Doch dies würde zu einer anderen Zeit geschehen, in einer völlig anderen Geschichte.
Nach den ersten beiden Brückenbogen erreichte das Gefährt einen starken Brückenturm, der auf einem »Wörth«, einer Insel Fuß fasste. Der sechsgeschossige Turm war mit einer Zugbrücke versehen, sodass ein Weiterkommen jederzeit unmöglich gemacht werden konnte, aber nicht für Meister Tobias. Ihn brauchte man in der Stadt fast so nötig wie das tägliche Brot.
Vor dem Turm stand das Haus des Torwartes und auf der Insel das Haus der Aschaffenburger Schützengesellschaft. Der Brückenzöllner samt seines Knechtes machten keinerlei Anstalten, Meister Tobias den Weg zu verwehren. Im Gegenteil, sie winkten ihn einfach rasch weiter. Sie verlangten nicht einmal den gebührenden Brückenzoll von ihm. Mit knirschend rumpelnden Rädern und Hufgeklapper erreichten sie den großen Turm, der kurz vor der Stadtseite die Brücke hoch überragte. Die beiden Tortürme hatten zahlreiche Schießscharten, aus denen sich

die langen Läufe der schwerkalibrigen Feuerbüchsen schoben. Aus den Pechnasen konnte dem anstürmenden Feind jederzeit ein heißer Empfang in Form von siedendem Pech und Schwefel bereitet werden.
Das, was auf Niklas in Aschaffenburg wartete, sollte nicht weniger höllisch ausfallen. Doch selbst wenn er es in diesem Moment geahnt hätte, für das Abspringen vom Wagen war es bereits zu spät. Das starke, ebenholzschwarze, eisenbeschlagene Stadttor ging auf, die Pforten der Hölle öffneten sich...

*

Durch die gekuppelten Fenster flutete helles Tageslicht. Lediglich die in sauberem Weiß gekalkten Wände hoben sich von dem in demutvoller Schlichtheit eingerichteten Raum etwas ab. Ganze drei Personen verloren sich inmitten zahlreicher harter Holzbänke und Tische in der großen Pilgerkammer des Katharinenspitals. Sie nahmen gerade ihr Mittagessen ein. Niklas hatte seinen Teller nicht angerührt. Keinen einzigen Löffel der dünnen Brotsuppe bekam er hinunter, derart steckte ihm der Schrecken wegen des Gehenkten in den Gliedern.
Der Quälgeist fragte seine beiden neuen Weggefährten regelrecht faustgroße Löcher in den Bauch, welcher Arbeit sie denn jetzt eigentlich nachgingen. Niklas stieß jedesmal auf taube Ohren. Meister Tobias und Martin ließen sich nicht beirren. Sie aßen wie die Scheunendrescher. Wenn sie nachher ebenso tatkräftig bei ihrem geheimnisumwitterten Tagewerk anpackten, hatten sie ihre Mahlzeit bestimmt verdient.
Die beiden konnte man nicht als arme Pilger und Reisende bezeichnen. Sie waren auch nicht krank oder »von allem entblößt«, dass man sie um Gottes Willen hier im Spital unter Dach und Fach aufnahm. Sie gehörten auch nicht zu den reichbegüterten Pfründnern, die sich, gegen Erlegung einer Eintrittssumme einkauften. Davon einmal abgesehen, sie hätten leicht und locker über das Geld verfügt, um in jenem Heim ein Plätzchen mit guter Kost und Logis zu bekommen.
Kein geringerer als der kurfürstliche Hofbaumeister Georg Ridinger aus Straßburg, der auch für die Errichtung des neuen Schlosses Johannisburg verantwortlich zeichnete, hatte vor über 20 Jahren jenes neue Katharinenspital errichten lassen. Der Bau war eine vierflüglige, zweigeschossige Anlage, die einen Innenhof malerisch umschloss. Von dem längsseits im Löhergraben stehenden Spital sollte sich allein die im Ostflügel befindliche Kapelle bis in unsere heutige Zeit erhalten.
Mit zwölf Gulden Lohn in der Woche verdienten Meister Tobias und

Martin im Vergleich zu Mitgliedern anderer Zünfte ein »Schweinegeld«. Aber auch nur, weil sich für diese Art Arbeit, die die beiden verrichteten, kaum jemand fand. Selbst inhaftierte Schwerverbrecher, die im Gegenzug ihre Freiheit wieder erlangen konnten, zogen tausendmal lieber das Elendsquartier finsterer Kerkerverliesse vor. Das Geschäft florierte ungemein. Meister Tobias und Martin mussten sogar Sonderschichten einlegen, wollten sie ihren auferlegten Verpflichtungen auch nur halbwegs nachkommen.

Meister Tobias nahm Niklas' unberührte Suppe, schüttete sich die Hälfte davon in den eigenen Teller und gab dann den Rest an Martin weiter.

»Wäre echt eine Sünde, das Essen verkommen zu lassen, das uns die Kapuziner gekocht haben. Niklas, du hättest gescheiter auch etwas gegessen. Du brauchst deine Kraft noch, wenn ich dich als Siechenknecht in meinen Dienst nehmen will.«

»Wie bitte?« Niklas konnte sich darauf keinen Reim machen. »Ich verstehe nicht, was soll ich da tun...«

»Sei doch nicht immer so ungeduldig!«, tadelte ihn Meister Tobias. »Du erfährst alles zu seiner Zeit.«

»Herr, vergesst nicht, dass wir noch im Bettlerstall nachsehen müssen, bevor wir dann aufbrechen«, warf Martin ein.

»Mach die Pferde nicht scheu, mein Junge. Unsere Fracht läuft uns schon nicht davon...« Er führte den Löffel zum Mund.

»Da kann ich nur zustimmen!« Martin setzte ein Grinsen auf, das Bände sprach.

Fragend sah Niklas von einem zum anderen. Vergebens erhoffte er sich eine Antwort. Warum betrieben die zwei nur eine solche Geheimniskrämerei?

*

Der »Bettlerstall« des Katharinenspitals war leer gewesen. Sie mussten ihr »Frachtgut« also woanders einsammeln. Lange würden sie nicht suchen müssen, um die noch leere Pritsche des Wagens vollzubekommen. Bei allen Heiligen und Unheiligen dieser Welt, es war Verlass darauf, dass jemand ganz bestimmtes hierfür in ausreichender Menge Vorsorge traf.

Bevor sie losfuhren, hängte Meister Tobias zwei Glocken ins Geschirr der Pferde. Sie waren zwar nur klein, dafür aber von feinem und hohem Ton, sodass ihr Klang schon von weitem gehört werden konnte. Was sollte man damit bezwecken, fragte sich Niklas. Hatte jener Meister Tobias etwa Angst vor der unheimlichen Ruhe, die sich gespenstisch über die Stadt legte, dass er zu solch einem wundersamen Mittel griff? Niklas sollte es bald erfahren...

Das »Fischerbrückchen« mit der Steinfigur des heiligen Nepomuk auf der Mauerbrüstung führte geradewegs ins Gebiet der Fischergasse mit seinen kleinen Nebengässchen. Hier lebten, wie die Namen unschwer erahnen ließen, vornehmlich die Familien von Fischern und Schiffsleuten. Die Fischersiedlung ging in ihrer Entwicklung weit in die Zeit der Karolinger um 800 zurück und gilt als eine der ältesten in der Stadt überhaupt. 1374 war sie als Fischervorstadt in die Gesamtummauerung der Stadt mit einbezogen worden. Nun fuhr der einsame Karren durch die sich lang hinziehende Fischergasse. Niklas saß hundemüde auf der Ladepritsche. Das langsame ruckende Gezuckel der Räder und die schier unerträgliche Hitze lullten ihn fast ein. Es war tausendmal besser als zu laufen. Mit seinen glühendheißen Füßen war gar nicht daran zu denken.

Es bot sich ihm das gleiche Bild wie anderswo. In der engen Schlucht der Gassen herrschten die schlimmsten Gerüche. Zwischen vielerlei Unrat schoss das Unkraut ellenweit in die Höhe. Niklas staunte über den Berg von Fliegen, der seitlich auf der Gasse auf einem Flecken verhielt. Sowie der Wagen daran vorbeifuhr, stob der aufgescheuchte Schwarm in die Luft. Darunter kam ein Kadaver zum Vorschein. Um welches Tier es sich dabei handelte, war kaum zu erkennen. Viel war jedenfalls nicht mehr übrig davon, selbst der Kopf fehlte. Vielleicht war jener in den Kochtopf eines glücklichen Finders gewandert. Ein Rudel Ratten huschte völlig unbehelligt den Rinnstein entlang. Nirgendwo waren ein Hund oder eine Katze zu sehen, die jenen gefährlichen Nagern auf den Pelz rückten.

Von der Fischhausgasse herauf sorgte ein kühler Windhauch kurz für angenehme Labsal. Niklas atmete tief durch. Er sah zur linken Seite, wo er einen freien Blick hin zum Main erhaschen konnte. Fischerboote lagen vertäut am Ufer. Aufgespannte Fischernetze bogen sich leicht in der milden Brise. Von einem Menschen war hingegen weit und breit nichts zu sehen. Niklas schwor sich fest, sobald er wieder einigermaßen gut auf seinen Füßen stehen konnte, würde er zum Main hinunterlaufen und einen ganzen lieben langen Tag seine Füße ins kühle Nass strecken. Es sollte aber vorerst bei diesem frommen Wunsch bleiben.

Die Fischhausgasse, die später einmal auf Beschluss des städtischen Magistrats kurzzeitig zum »Hexengässchen« umbenannt werden sollte, blieb hinter ihnen zurück. Während der ganzen Fahrt über verloren we-

der Meister Tobias noch Martin eine Silbe, geschweige denn ein Wort. Waren die beiden etwa eingeschlafen? Niklas drehte ihnen sein Kopf zu. Nein. Beide saßen sie aufrecht, wie angewurzelt, auf dem Kutschbock. Scheinbar färbte die lähmende Stille auf ihre abgestumpften Gemüter ab. Auch hier in der Fischergasse war das Feuer des Lebens erloschen und hatte eine aschgraue Stätte des Todes hinterlassen. Sah es etwa an allen Gassen, Plätzen und Winkeln der Stadt so furchtbar trostlos aus? Niklas konnte es kaum fassen.
Diese unwirkliche, ja fast schon Angst einflößende Stille war kaum zu ertragen. Überall Häuser, doch nirgendwo gab es Leben. Kein Lachen, kein Gegröle betrunkener Zecher, keine Musik, kein Schimpfen. Keine Stimme, kein Gockelschrei. Nicht einmal das Krachen eines herunterfallenden Tontopfes war zu vernehmen. Sie befanden sich inmitten einer toten Stadt, einer einzigen großen Geisterstätte. Gäbe es da nicht das Räderrollen, das Hufegeklapper und das Bimmeln der Glocken, es wäre zum Verzweifeln. Überall, wo Niklas auf der Suche nach Maria hinkam, schien es wie ausgestorben. Saß er vielleicht einem unheimlichen Fluch auf? Ausgerechnet hier wollte er seine Schwester finden. Das klappte doch niemals...
Mitten in seine kummervollen Gedanken hinein, blieb der Wagen plötzlich stehen. Sie waren an der Herberge »Zum Rebstock« angelangt, wie das große Wirtshausschild verriet.
Was sollten sie hier? Hatten Meister Tobias und Martin etwa vor, heimlich dem Trunke zu fröhnen? Niklas wartete ab. Auch er hätte gegen einen Krug frischen Wassers nichts einzuwenden gehabt. Seine Kehle war wie ausgedörrt. Hätte er nur vorhin seine Suppe gegessen. Jetzt kam seine Reue zu spät.
»Du bleibst erst einmal auf dem Wagen«, sprach Meister Tobias zu ihm. »Hier kommen wir auch ohne dich klar.« Gemeinsam lief er mit Martin zum Renaissanceportal des dreigeschossigen Fachwerkhauses. Die Türe war abgeschlossen. Martin ging zur Gasse zurück und hob ein paar Kieselsteine auf.
»Los, wirf schon!«, rief ihm Meister Tobias zu.
Schon klatschten die Steinchen wie Hagelkörner gegen die nahezu staubblinden Butzenscheiben. Kurz darauf gab sich schemenhaft das Konterfei eines Mannes zu erkennen.
»Na endlich, wurde auch langsam Zeit, dass sich da was tut!«, stöhnte Meister Tobias ungeduldig.
»Ich habe den Eindruck, unser Herr Wirt wird von Tag zu Tag lahmer«, pflichtete ihm Martin bei.

»Spotte nicht, Kerl, sonst ziehe ich dir deine Rübe lang«, schimpfte Meister Tobias. »Der Gute hat schon viel mitgemacht in seinem Leben. Vor wenigen Jahren erst hat man seine Frau, die schöne Agnes, als Hexe verbrannt. Und nun muss er miterleben...«

Die Türe des Portals öffnete sich. Die Angeln schrien förmlich nach ein paar Tropfen Öl. Es mochte wohl schon lange her sein, dass sich die lustigen Zecher gegenseitig die Klinke in die Hand gegeben hatten. Von Cyriak Geltmann, dem »Rebenwirt«, war nichts zu sehen. Höchstens ein flüchtiger Schatten, der sich drinnen im Halbdunkel des Hausgangs kurz zeigte. Dafür lag ein großes, langgestrecktes, gut verschnürtes Teppichbündel auf dem Fußboden.

»Komm, pack mit an!«, schnarrte Meister Tobias, der sich ein paar Handschuhe übergestreift hatte. Zusammen hoben sie das schwere Bündel auf und schritten damit zum Wagen. ›Was wollen sie denn damit?‹, fragte sich Niklas, und machte sich dünn. Sie warfen die gut verpackte Last auf die Ladefläche, dass es nur so krachte.

»Oh, das war ein ordentlicher Rumms. Da bleibt kein Knochen heil!«, meinte Martin.

»Und wenn schon, die spürt ohnehin nichts mehr«, wehrte Meister Tobias ab.

Dicht vor Niklas' Füßen schlug das obere Ende des Bündels auf. Seine Sinne wollten es gar nicht erst begreifen, was er da plötzlich zu sehen bekam. Erschüttert betrachtete er die lange lockige Haarsträhne, die aus einer Ritze des Packens hervorlugte und ihm auf seine Füße fiel. Er konnte sie nicht mehr zurückziehen, er kauerte bereits dicht gedrängt in der hintersten Ecke des Wagens. Es war nicht nur allein der Schrecken, der ihm angesichts dieser verschnürten Leiche vor ihm auf der Pritsche in die Glieder fuhr. Nein, da war noch etwas anderes, das ihn in einen unheimlichen Bann zog. Die Augen weit aufgerissen, starrte er auf die Locke der Toten. Sie hatte genau das gleiche Rot wie das Haar von Maria! Niklas glaubte, den Verstand zu verlieren.

»Du siehst aus, als wäre dir ein Gespenst begegnet.« Meister Tobias grinste scheel. »Dass du mir die Tote ja nicht anfasst. Sie ist nämlich an der Pest gestorben...«

»Meine Schwester...«, stammelte Niklas fassungslos.

»Was faselst du da für ein wirres Zeug?«

»Das... ist... Maria...«

»Wer soll das sein?«

»Meine Schwester!«

»Ach was, du Schoude, dir hat die Sonne ziemlich zugesetzt, wie ich sehe.«

»Sie...«
»Gib endlich Ruhe!«, schnauzte ihn Meister Tobias an. »Die Tote gehört zur Familie des Wirtes. Sie sind alle krank, jeden Tag stirbt ein anderer von ihnen. Jetzt beruhige dich endlich, sonst werfe ich dich vom Wagen. Und dann kannst du hingehen, wo der Pfeffer wächst...«
Wenn Niklas wirklich in der Lage gewesen wäre, ihn hätten keine zehn Pferde zurückgehalten, sofort auf und davon zu laufen. Doch er war zu keiner Regung mehr fähig. Er brauchte lange, ehe er sich vom Schrecken einigermaßen erholt hatte. Der Leichenwagen ruckte an, erst jetzt bemerkte Niklas das Kreuz aus Stroh, das links neben dem Portal eine Fensterhöhle ausfüllte. Plötzlich stieß es tief in sein Bewusstsein – Meister Tobias und Martin sammelten Leichen auf... Sie waren Totengräber. Und er gehörte nun dazu.

*

Sie hatten die Große Metzgergasse kaum der Hälfte nach durchfahren, als sich die eingesammelten Pesttoten wie Mehlsäcke übereinander auf dem Wagen stapelten. Schon bei der zweiten Leiche wurde Niklas gewahr, was es mit den Glocken am Pferdegeschirr auf sich hatte. Sobald ihr Karren mit »klingendem Spiel« durch die Gassen zuckelte, öffnete sich irgendwo verstohlen eine Haustüre. Die Angehörigen eines Verstorbenen horchten auf das Signal der Glocke, welche die ganze Fahrt über rief: »Bringt eure Toten heraus!« So kam es letztlich zu einem raschen Zuwachs hinten auf der Ladepritsche .
Es gab also doch noch Leben inmitten dieser bereits totgeglaubten Geisterstadt. Aber es war nur eine Frage der Zeit, wie lange noch...
Für heute mochte es genug sein. Morgen war ein neuer Tag zum Leichensammeln. Die alten Mähren, die gemeinsam ihren Platz an der Deichsel teilten, schafften es kaum noch, die letzte Anhöhe der einst mit jeder Menge Leben erfüllten Hauptverkehrsader der Stadt zum Stiftsplatz hoch zu kommen. Eine geraume Weile war es schon her, dass die Metzger an ihren Schirnen Wurst und Fleisch verkauft hatten und die Mercatores und Apothecaris ihre Waren feilgeboten hatten. Viel Menschenvolk und Fuhrwerke von Händlern und Reisenden waren einem wuseligen Ameisenvolk gleich in Richtung Würzburg geströmt oder gen Westen hinüber nach Frankfurt gezogen. Das einstige Treiben der Geschäftsstraße war verstummt. Wie es schien, wohl für immer. Wie sollte hier jemals neues Leben erblühen?
An vielen Fenstern hing das vorgeschriebene Pestzeichen – ein Büschel

aus Stroh. Nicht wenige Türen der Geschäftshäuser waren von außen her zugenagelt. Einzig und allein das Heulen des Windes war zu hören, der sich, aus Südwest kommend, unten am Windfang brach. Es schien, als stimme er ein Klagelied an, ob des unsäglichen Leids in der Welt.
Das letzte Opfer, das sie für heute auflasen, war ein kleiner Junge. Ob ihn der Tod hier mitten auf den Stufen der Stiegengasse ereilt hatte oder man seine sterbliche Hülle wie einen Kübel stinkenden Abfallhaufens aus dem Stockwerk eines der angrenzenden Häuser geworfen hatte, war schlecht zu sagen. Es brächte ihn auch nicht mehr ins Leben zurück. In ein Dasein, wo Menschen mit Messern aufeinander losgingen und sich um den Abfall auf der Gasse stritten, hätte er wohl auch nicht mehr zurückgewollt. Um seine Leiche stritt sich jedenfalls niemand.
Auf der engen Pritsche sah sich Niklas ihm von Angesicht zu Angesicht gegenüber. Er glaubte, in den gebrochenen Augen des Toten einen vorwurfsvollen Blick zu erkennen. Als wollte jener ihm zuwerfen: »Warum bist ausgerechnet du noch am Leben und nicht ich...« Im monotonen Geräusch des fahrenden Wagens fand diese Frage ihre Fortsetzung.
Niklas konnte ihn nicht mehr länger ansehen. Er schloss nicht nur die Augen, so gut er konnte hielt er sich auch die Nase zu. Die meisten der insgesamt neun Leichen stanken fürchterlich. Der alles durchdringende Verwesungsgeruch wurde in der entsetzlichen Wärme auch nicht besser. Wer weiß, wie lange manche der Verstorbenen schon auf ihre Beerdigung warteten. Es raubte ihm fast den Atem. Hinzu kamen die endlosen Schwärme von Fliegen, die dem Wagen folgten und sich nicht nur auf die Toten stürzten. Niklas konnte sich kaum mehr des lästigen Fliegengeschmeiß' erwehren.
Plötzlich, mitten auf dem Weg, blieb der Wagen stehen. Das ewige, nie endende hellende Glockengebimmel verstummte. Die Flanken der Pferde zitterten. Sie schwitzten. Die Tiere waren mit ihren Kräften sichtlich am Ende.
»Niklas, sieh zu, dass du nach vorne kommst!«, rief Meister Tobias. Niklas war heilfroh, dass er endlich die Pritsche mit der grausigen Fracht verlassen durfte. Doch leichter gesagt als getan. Über den Leichenberg wollte er nicht klettern. Es blieb nur ein Ausweg, er stieg über die Sprossen der Wagenwand. Es entsetzte ihn bis ins Mark, als ihm auf einmal die leblose Hand eines Toten auf die Schulter fiel. In einem wilden Satz landete Niklas auf der Gasse. Den höllisch brennenden Schmerz unter seinen Fußsohlen spürte er dabei nicht einmal.
»Setz dich auf den Kutschbock!« Meister Tobias drückte ihm die Zügel in die Hand. Zusammen mit Martin griff er selbst in die Radspeichen.

Niklas ließ die Peitsche knallen, die Pferde legten sich noch einmal kräftig ins Zeug. Die Totengräber hatten Glück, sie kamen ohne fremde Hilfe vorwärts. Und dies war auch gut so, sie hätten schließlich nie welche erfahren. Weder hier noch anderswo. Allein schon wegen der Pesttoten wäre ihnen niemand helfend zur Hand gegangen. Aber es gab da noch etwas, was ebenso schicksalsschwer wog und woran man sich sozusagen auch »anstecken« konnte - nämlich an der »Unehrlichkeit«.
Genauso wie der allseits gefürchtete »König der Verdammten und Verfluchten«, der Henker und sein Peinknecht, gehörte auch der Totengräber zu jener Randgruppe der aus der Gesellschaft Verstoßenen. All jene trugen eine Art verderblichen Keims in sich, vor dem sich jeder brave und unbescholtene Bürger zu schützen trachtete. Schon die geringste Berührung mit einem solchen Unehrlichen konnte die schlimmsten Folgen nach sich ziehen, fast so schrecklich wie die Pest.
Wehe dem Unglücklichen, der selbst aus Unwissenheit einen Gegenstand wie beispielsweise die Grabschaufel oder den Leichenkarren berührte, er sah sich aus der Zunft ausgestoßen, der er angehörte. Zugleich war jener armen Seele der Ausschluss aus der Gemeinschaft sicher. Von allen gemieden wie die Pest, folgte ein kümmerliches Dasein, dem viele den Tod vorzogen.

*

Die drei hatten sich wieder in der großen Pilgerkammer eingefunden. Sie waren erneut ganz allein. Von den Kapuzinern war niemand mehr anwesend, diese waren in ihr Kloster zurückgekehrt. Erst morgen würden ein paar von ihnen zurückkommen, um die Armenspeisung durchzuführen, für ein paar wenige Menschen, die hier in der Nähe wohnten. Wo blieben eigentlich die Pfründner des Spitals? Hielten sie sich etwa aus Furcht vor den Unehrlichen versteckt? Nein, da wo jene Frauen und Männer jetzt waren, oder vielmehr ihre Seelen schwebten, gab es weder Freud noch Leid. Und auch keine Angst. Auch vor ihnen hatte der Bazillus der Pestilenz nicht halt gemacht und reihum eine Stube nach der anderen leergeräumt.
Sie saßen am gleichen Tisch beisammen wie beim Mittagessen. Diesmal stand ein großer Steinkrug vor ihnen. Er war längst leer. Martin musste mehr als dreimal in den Hof hinaus zum Brunnen gehen und ihn jedesmal neu mit Wasser füllen. Ihr Durst kannte keine Grenzen.
Meister Tobias und seine beiden Siechenknechte hatten den ersten Teil ihrer Arbeit für diesen Tag erledigt. Der zweite lag allerdings noch vor

ihnen. Kurz vor neun Uhr am Abend würde der Pfarrglöckner von St. Agatha oben auf dem Pestfriedhof auf sie warten. Sie durften nicht früher, aber auch nicht später kommen. Es geschah nach einem genau festgelegten Plan, egal ob es nun Sommer war oder tiefste Winterzeit. Bis zu ihrem Stelldichein war aber noch ausreichend Zeit.

»Ich haue mich jetzt noch ein bisschen aufs Ohr«, gähnte Meister Tobias müde. »Wird wieder eine verdammt lange Nacht werden für uns. Ich rate euch, tut es mir gleich...« Er stand auf und verließ die Kammer.

»Was meint er damit?«, fragte Niklas, der sich soeben mit ein paar Stofflappen und den langen Streifen eines zerrissenen Leinentuchs seine wehen Füße verwickelte.

»Wir müssen doch noch die Toten unter die Erde bringen. Erst dann ist unser Tagewerk für heute geschafft«, erklärte Martin völlig leidenschaftslos. Wer weiß, wie viele Leichen er schon zur letzten Ruhestätte gebettet haben mochte. Wobei die Bezeichnung »betten« wohl kaum der richtige Ausdruck war. Gemeinsam mit seinem Herrn hatte er einen Corpus nach dem anderen in seelenloser Serienarbeit ins Massengrab befördert. Ohne Sarg und oftmals nicht einmal in ein bloßes Tuch genäht, übergaben sie die Abgestorbenen der Erde. Anschließend schaufelten sie, wie zu einem letzten Gruß, ordentlich Löschkalk hinterher - wenn denn überhaupt noch welcher vorhanden war. So und nicht anders sah das an und für sich schon trostlose Begräbnis von Pesttoten aus. Meist waren nicht einmal die Angehörigen, Freunde oder Bekannten der Toten anwesend, weil jene meist schon selbst krank oder bereits verstorben waren. Oder sie blieben dem Ganzen einfach fern, weil sie befürchteten, dass man sie... doch darauf soll die Geschichte später noch zurückkommen.

Martin war es bei seinem ersten Mal sicherlich genauso ergangen wie jetzt dem tapferen Niklas, der sich hundeelend fühlte.

»Wenn ich das alles gewusst hätte...«, stöhnte Niklas schweren Herzens.

»Und was wäre dann?«, entgegnete Martin. »Hättest wohl die Flucht ergriffen, was?« Niklas wusste nichts zu erwidern. »Frag mich mal, ob ich eine Wahl hatte, hier dem Totengräber als Knecht zu Diensten zu sein...« Er stand auf und ging zum Fenster. Jetzt erst fiel Niklas auf, dass er sein rechtes Bein nachzog.

»Hattest du einen Unfall?«

»Nein, mein erster Herr, bei dem ich in Stellung war, hat mich des öfteren Grün und Blau gedroschen, wenn ihm eine Laus über die Leber lief. Leider waren es einmal zu viel der Schläge, die er mir versetzte. Seit-

dem bin ich ein Krüppel.«
»Nein, das bist du nicht!«
»Hast du Tomaten auf den Augen, schau mich doch nur an...« Ereifernd streckte er ihm sein steifes Bein entgegen. »Ich wäre dem Totengräber glatt davon gelaufen, genau wie du, wenn du gekonnt hättest. So aber muss ich froh sein, dass sich meiner überhaupt jemand erbarmte und mich aufnahm...«
»Aber ausgerechnet als Siechenknecht...«
»Auch diese Arbeit muss gemacht werden, auch wenn sie mir nicht schmeckt«, stieß Martin hervor. »Der Henker, Meister Paul, der nur ein paar Steinwürfe von hier seelenruhig auf seinem Schinderhof lebt, weigert sich beharrlich, die Pesttoten einzusammeln. Deswegen machen wir es halt. So können wir wenigstens unseren Lebensunterhalt verdienen. Die Soldatenwerber oben im ›Schwert‹ haben mich fort geschickt, als ich mich freiwillig zu den Soldaten melden wollte. Ich taugte höchstens noch als Kanonenfutter, lachten sie mich aus.« In Martins Worten schwang arge Verbitterung. Niklas glaubte Tränen in seinen Augen zu sehen.
»Nimm dir doch nicht alles so zu Herzen.« Niklas versuchte ihn zu trösten. »Vielleicht war es dein Glück, dass man dich nicht angenommen hat. Sonst wärst du bestimmt schon tot oder...«
»Ein Krüppel wolltest du doch sagen, oder? Und wenn schon, es gibt niemanden, der mir eine Träne nachweint. Und was ist eigentlich mit dir los? Was tust du hier in Aschaffenburg?«
»Ich suche meine Schwester«, antwortete Niklas. »Ein plündernder Soldatenhaufen hat sie entführt...«
»Und du denkst, sie ausgerechnet hier in dieser Geisterstadt zu finden?«
»Ja. Ich will es zumindest versuchen. Ich weiß nur nicht, wo ich anfangen soll.«
»Gib es auf!«
»Nein! Das werde ich nicht«, gab Niklas mit fester Stimme zurück, »und wenn ich in jeder kleinsten Gasse und hinterstem Winkel suchen muss.«
»Na denn viel Spaß, Zeit hast du ja zur Genüge«, spottete Martin drauf los. »Am besten, du fängst gleich damit an. Sei aber heute Abend ja wieder pünktlich zurück. Sonst wird Meister Tobias sauer...«
»Du Gischbl, du siehst doch, dass ich mich momentan kaum auf den Füßen halten kann«, schleuderte ihm Niklas aufgebracht entgegen und ballte die Faust.

»Ist ja schon gut, friss mich nicht«, erwiderte Martin, »ich habe hier im Spital in einer leeren Stube ein paar Bärendabbe gesehen. Das sind mit Wolle gefütterte Tuchschuhe, damit kannst du vielleicht besser gehen in den nächsten Tagen.«
»Was kann ein fußkrankes Gesindel, wie wir es sind, schon anfangen, außer hier zu sitzen und Däumchen zu drehen...« Niklas raufte sich die Haare.
»Ich wüsste schon was...«
»Heraus mit der Sprache!«
»Wer sagt, dass wir immerzu nur gehen müssen", sprach Martin mit aufgehellter Miene.
»Ich verstehe nicht ganz, was willst du damit sagen...«
»Na, ganz einfach, wir schnappen uns einen der beiden Gäule und ab damit.«
»Meinst du, das erlaubt Meister Tobias?«
»Wer lange fragt, geht lange irr!« Mit frechem Grinsen humpelte er auf den Platz zu, an dem Niklas saß.
»Komm, die paar Schritte schaffst du schon.« Er packte ihn unter den Armen und half ihm beim Gehen.
Niklas musste seine Zähne fest zusammenbeißen, um nicht vor Schmerz laut aufzubrüllen. Sie verließen die Pilgerkammer und kamen in den sonnenüberfluteten Hof. Es gab nur wenig Schatten. Direkt am Brunnen standen die Pferde, samt des Karrens. Wahrlich, diese Art von Fracht lief ihnen nicht davon. Weder Tod noch Teufel würde sie ihnen streitig machen. Der letztere hatte sich vielleicht bereits der einen oder anderen Seele bemächtigt. Und die Guten, in welches Jenseits würden sie jetzt blicken? Dies war und blieb wohl ein ewiges Geheimnis, bis zum Ende aller Tage. Der Leichengeruch überlagerte das ganze Areal des Katharinenspitals. Wie gut, dass hier niemand mehr wohnte, die Leute wären vor Ekel auf und davon gelaufen.
Während Martin zum Wagen und zu den Pferden hinüberging, blieb Niklas an der Türpforte zurück und setzte sich. Von seinem Blickwinkel aus sah er, wie einige der Toten mit ihren nackten Füßen ein kleines Stück über den Rand der Ladepritsche hinaus ragten. Keiner von ihnen würde sich jemals mehr auf die Beine stellen. Niklas schluckte. Er nahm das schmerzende Pochen seiner abgelaufenen Fußsohlen gerne in Kauf. Er war froh, dass er nicht inmitten des grausigen Haufens dort drüben lag.
Bis auf die Zügel schirrte Martin eines der beiden Pferde ab und sprang auf. In einem Satz landete er auf dem Pferderücken.
»Du bist ja ein richtiger Reitersmann!«, staunte Niklas. »Wo hast du

denn das gelernt?«
»Auf dem Hof des Viehhofmannes unten am neuen Schloss«, antwortete Martin und ritt gemächlich auf Niklas zu. »Nur allzu gerne sähe ich meinen einstigen Schinder als Kadaver auf dem Karren liegen.« Er reichte Niklas die Hand, damit er ebenfalls aufs Pferd kam.
»Was nicht ist, kann ja noch werden«, sagte Niklas.
»Ach, der ist dem Teufel zu schade. Keine Volksreden mehr, halte dich lieber an mir fest!« Martin stieß dem Pferd leicht mit den Füßen in die Seiten. Der Braune wieherte. Auch er schien froh zu sein, endlich der üblen Stinkerei entrinnen zu können. Sie ritten vom Hof.
Irgendwo weiter flussaufwärts zügelte Martin das Ross und sie stiegen ab. Unweit des Ufers suchten sie sich unter dem breit ausladenden Geäst einer riesigen Weide ein schattiges Plätzchen.
»Hast du Lust, wir wollen Steintäppeln spielen...«
Niklas zuckte verwundert mit den Schultern.
»Sag nur, das kennst du nicht?«
»Nein, zeig es mir halt.«
»Zuallererst brauchen wir möglichst flache Steine.« Martin suchte das Flussufer ab. Nachdem er schließlich fündig geworden war, nahm er einen der Steine und schleuderte ihn in einem Prellwurf dicht über den Wasserspiegel hinweg. Eins... zwei... drei... vier... gleich fünf Mal schlug das »Wassermännle« auf der Oberfläche des Mains auf.
»Ein schönes Spiel!«, begeisterte sich Niklas.
»Oh, das ist gar nichts, ich habe es schon über zehn Mal geschafft!« wehrte Martin lächelnd ab und warf Niklas einen Stein zu. »Los, zeig mir, was du kannst!«
Niklas versuchte es, doch was war denn das? Mit einem dicken Plumps tauchte der Stein schon bei der ersten Berührung ins Wasser.
»Hahaha!« Martin bog sich vor Lachen.
»Na warte, du sollst dein blaues Wunder noch erleben...« Niklas packte der Ehrgeiz. Er griff sich selbst neue Steine und probierte es.
»Das schaffst du nie!«, höhnte Martin und kugelte sich vor Lachen, während er Niklas' mühsame aber erfolglose Versuche beobachtete. Niklas brauchte lange, um den richtigen Dreh heraus zu bekommen, wie man den »fliegenden Funken« übers Wasser trieb. Und – siehe und staune – seine emsigen Bemühungen waren schließlich von Erfolg gekrönt. Er schaffte es mit der Zeit, mit seinem Kontrahenten gleich zu ziehen und ihn am Ende sogar noch zu übertrumpfen.
»Zwölf zu elf!« Zum Schluss riss Niklas triumphierend seine Arme hoch.

»Pah, Anfängerglück!«, spottete Martin leicht zerknirscht. Er gab sich geschlagen. »Für heute mag es genügen, aber ich will Revanche...«
»Du sollst sie bekommen.«
Die beiden Jungen verstanden sich auf Anhieb. Sie lümmelten sich ins hohe Gras und sahen den vorüberziehenden Wolken nach. Sie begannen, die phantasievollsten Gebilde zu erkennen, die der Wind ins bizarre Himmelsgewölk blies. Sie genossen die unbeschwerte Zeit, die ihnen das Schicksal in diesen Augenblicken schenkte, in vollen Zügen. Bis schließlich irgendwann eine Glocke die Schließung der Stadttore ankündigte.
»Wir müssen zurück! So einen schönen Nachmittag habe ich schon lange nicht mehr verbringen dürfen«, seufzte Martin.
»Schade!«, meinte auch Niklas. Ihm wurde es plötzlich schwer ums Herz. Wenigstens hatten weder er noch sein Freund in den zurückliegenden Stunden auch nur eine Sekunde an ihre beklemmende Lage und ihr grausiges Handwerk gedacht. Spätestens jetzt holte sie im Eiltempo die schreckliche Wahrheit ein, vor der es kein Entrinnen gab. Beide ahnten nicht, welche Überraschung die hereinbrechende Nacht noch für sie bereithielt...

*

Sie kamen noch rechtzeitig ins Katharinenspital zurück. Trotzdem zog Meister Tobias eine griesgrämige Miene, als herrschte drei Tage lang Regenwetter.
»Ihr Hundsfotte, was habt ihr euch nur gedacht, einfach so abzuhauen«, tobte er wild drauflos und ließ gar die Peitsche bedenklich knapp über ihren Köpfen kreisen. »So etwas kommt mir nie wieder vor, verstanden? Wenn euch was zugestoßen wäre, wie stünde ich jetzt da, ohne Knechte...«
»Meister Tobias, es ist doch nichts passiert!«, entgegnete Martin, der sich trotz der Peitsche mutig zeigte.
»Das ist auch euer Glück!«, gab der Totengräber scharf zurück. »Jetzt aber zu, dass ihr auf den Wagen kommt, dalli!«
Sobald Niklas draußen im Hof den Leichenkarren zu Gesicht bekam, begann es ihn zu würgen. Obwohl er heute außer Wasser wirklich nichts im Bauch hatte, musste er sich auf der Stelle übergeben. »Ja, kotz dich nur richtig aus, Jüngelchen«, rief Meister Tobias hohnlachend, »das gibt sich schon von ganz allein. Bei Martin war es nicht anders...«
Aschaffenburg, einst stolze Zweitresidenz der mächtigen Mainzer

Kurfürsten, war nicht gänzlich ausgestorben. Jetzt am Abend, wo es nicht mehr ganz so heiß war wie tagsüber, getraute sich der eine oder andere doch noch aus dem Haus. Vielleicht ließ sich ja irgendwo etwas Essbares auftreiben. Doch sobald die paar wenigen Menschen den Leichenkarren mit seiner schrecklichen Fracht zu Gesicht bekamen, sahen sie zu, dass sie Land gewannen. Niklas glaubte, einige flüchtige Schatten zu erkennen, die schnell hinter verschiedenen Hausecken verschwanden, nur um bald darauf von Neuem an anderer Stelle wieder unvermutet aufzutauchen. Verfolgte man sie etwa? Undenkbar, was wollte schon jemand von einer Leiche...

Die Fahrt ging vom Löhergraben herauf am Salzmarkt vorbei die Herstallgasse hoch. Kurz vor dem großen Herstalltor ließ der Wagenlenker das wackere Pferdegespann links in den Entenpfuhl einbiegen.

Die hereinbrechende Nacht warf allmählich die ersten grauen Schatten über den weiten Ring einer brusthohen Mauer. Sie hatten ihr Fahrtziel, den Pestfriedhof, fast erreicht, sie mussten nur noch den breiten Gitterrost vor dem torlosen Eingang überqueren. Dieses Hindernis sollte dafür sorgen, dass weder Schweine noch sonstige Tiere hier ungehindert hineinspazierten und nachts die Toten ausgruben. Aber man musste sich inzwischen keine Gedanken mehr darüber machen, denn es gab so gut wie überhaupt keine Tiere mehr in der Stadt.

Die endlosen Reihen aufgeworfener schmuckloser Erdhügel nahmen sie in Empfang. Steine oder Kreuze, welche an einen Friedhof erinnert hätten, gab es so gut wie keine, außer einer handvoll Epitaphen, die sich weit im Abseits verloren, so als ob die Toten dort nichts mit den anderen gemeinsam hatten. Nirgendwo standen ein schattenspendender Baum oder Strauch. Kaum ein Grashalm wuchs aus dem zerwühlten Erdreich. Allein der himmlische Vater wusste, wer hier inmitten dieser lieblosen Abladehalde des Todes begraben lag.

Der Pfarrglöckner von St. Agatha stand schon bereit. Außer jenem kleinen, grauen buckligen Männlein war keine Menschenseele zu sehen.

»Ihr seid pünktlich wie ein Maurer, Meister Tobias«, lobte er, während im Hintergrund die Turmglocke von St. Agatha neun Uhr schlug.

»Brrr, meine Braven, halt!« Meister Tobias straffte die Zügel. Der Wagen kam keine zwei Schritte vor dem Pfarrglöckner zum Stehen. Der bestialische Verwesungsgeruch der Leichen ließ ihn wie ein Fisch an Land regelrecht nach Luft japsen. Er ging automatisch ein paar Schritte nach hinten.

»Wir wollen die Toten nicht warten lassen, auch wenn sie eigentlich alle Zeit der Welt hätten.« Es war nicht das erste Mal, dass er einem Begräb-

nis von Pesttoten beiwohnen musste. Theobald Hock, der als Pfarrer die beiden Stadtpfarreien zu »Unserer Lieben Frau« und »St. Agatha« seelsorgerisch zu betreuen hatte, lag gefesselt ans Krankenbett im Pfarrhaus. Auch seine Zeit hier auf Erden war bald abgelaufen. Der Pfarrglöckner musste ihn vertreten. Seine Aufgabe bestand hauptsächlich darin, peinlichst genau darauf zu achten, dass die Totengräber auch ja die richtige Tiefe der Gräber einhielten. Der verderbliche Brodem des Pesthauchs durfte auf gar keinen Fall mehr an die Erdoberfläche geraten. Er hatte schon Leichen im grauenhaftesten Zustand gesehen, was er an und für sich schon schrecklich genug fand. Aber an den Gestank - nein, da erging es ihm wie Niklas, daran konnte er sich nie gewöhnen.
»Habt ihr an die Bleikreuze gedacht?«, hüstelte er und hielt sich ein Tuch vor den Mund.
»Ja, ich habe alles mitgenommen, was in der alten Gießerei aufzutreiben war!«, antwortete Meister Tobias und stieg zusammen mit Martin vom Kutschbock. In seiner Rechten hielt er einen schweren Sack.
»Das dürfte für eine Weile reichen.« Der alte Krummrücken zeigte sich zufrieden.
»Wenn diese armen Seelen ohne Genießung der heiligen Sakramente hinweg starben und ohne jeglichen Sang und Klang unter die Erde kommen, so wollen wir sie wenigstens damit bedenken. Wie viele hat der dürre Rippenkramer diesmal geholt?«
»Neun!«
»Bald sind es mehr Tote als Lebende«, seufzte er. »Am besten, wir begraben sie gleich hier neben den Schweden. Da ist noch ein freies Plätzchen!« Er zeigte zu den abseits stehenden Grabsteinen.
Auf den aus Sandstein gehauenen Denkmälern gaben sich die figürlichen Abbildungen verstorbener Offiziere in Brust und Harnisch zu erkennen. Einst im Dienste des großen Schwedenkönigs, des »Löwen aus Mitternacht« kämpfend, waren sie vom Norden übers weite Meer gekommen, um hier am Fuße des Spessarts ihr Leben auszuhauchen. Meist an einer ansteckenden Seuche verstorben, waren sie ihrem obersten Feldherrn in die Ewigkeit vorausgegangen.
»Mach endlich, dass du vom Wagen herunter kommst, du Lahmarsch!«, grantelte Meister Tobias und bedachte Niklas mit einem recht grimmigen Blick. Dem Guten schien der lange Mittagsschlaf nicht sonderlich bekommen zu sein.
Niklas glühte der Boden unter den Füßen. Aber er wagte nicht zu widersprechen. Da musste er sich jetzt durchbeißen. Meister Tobias

drückte seinen beiden Knechten je eine Schippe in die Hand, er selbst griff zur Spitzhacke. Bevor sie zu graben begannen, steckte er mit ein paar Steinen die Fläche des Loches ab, das sie machen wollten.
Sie begaben sich an ihre gottverdammte Arbeit. Obwohl es schon fast dunkelte, lag die Wärme immer noch wie eine Glocke brütend über der Stadt. Jeder Stich mit der Schippe in den knochentrockenen Erdboden ließ ihnen neuerliche Schweißtropfen aus allen Poren perlen. Niklas biss sich auf die Zähne, so wild raste die Pein durch seine geschundenen Füße. Nur mit Müh und Not hielt er die Tortur durch.
Sie standen schon bis zur Brust hin in der Grube, Aber die Tiefe reichte bei Weitem nicht aus, um den Pfarrglöckner zufrieden zustellen. Die spärliche Enge auf dem Pestfriedhof ließ keinen Spielraum, die Toten nebeneinander zu bestatten. Sie mussten mit einem Massengrab Vorlieb nehmen. Die Toten waren nicht wählerisch, wie und mit wem sie die Zeit bis zur Auferstehung am Jüngsten Tag verbrachten.
Niklas hielt erschöpft inne und wischte sich den Schweiß von der Stirn. Da waren sie doch wieder, die geheimnisvollen Schatten. Er sah zur Treibgasse hinüber, die am Entenpfuhl rechts in Richtung Vizedomamt, Pfarrhaus und Kirche weiterführte. Bevor er richtig begriffen hatte, waren die Schatten bereits vom Grau der Dämmerung verschluckt.
»Halt nicht lange Maulaffen feil, Kerl, mach weiter!« Meister Tobias stieß ihm mit dem Ellenbogen grob ins Kreuz. »Du musst dir dein Abendbrot nachher schon verdienen.«
»Ja, ja, ich mach ja schon!«, gab er zurück und stach das Blatt der Schippe in die Erde.
Plötzlich gellte ein Pfiff über das weite Rund. Auch Martin horchte auf und stellte die Arbeit ein.
»Soll ich denn heute alles alleine machen?«, fuhr Meister Tobias die beiden schroff an.
»Habt ihr denn das nicht gehört...«
»Was?«
»Ja. Da war etwas«, pflichtete der Pfarrglöckner bei. Ihn beschlich jäh ein mulmiges Gefühl. Er hatte schon so Manches erlebt bei den Beerdigungen. Und es waren nicht immer nur die Tränen und das herzzerreißende Geflenne Trauernder, was er zu sehen bekam. Doch heute kam alles ganz anders...
Schließlich horchten alle vier in die tiefe Abendstille hinein. Nein, es tat sich nichts.
»Ach, ihr spinnt doch alle miteinander«, entfuhr es Meister Tobias mürrisch.

Doch da passierte es. Die Schatten lösten sich aus den dunkelsten Winkeln der Dämmerung. Von allen Seiten sprangen sie in geduckter Haltung auf sie zu. Keiner der vier war zu einer Regung fähig. Dafür war die Überraschung viel zu groß. Ehe sie sich's versahen, waren die Angreifer mitten unter ihnen. Niemand scherte sich um ihre abgerissene Kleidung, in der sie alle steckten. Eine andere Tatsache wog vielmals schwerer. Manche von ihnen trugen Messer und Dolche!

Meister Tobias wirbelte herum. Mehr erschrocken als gezielt, ließ er seine Spitzhacke in der Luft kreisen. Es gab ein recht hässliches Geräusch, als das mit Wucht schwingende Eisen den Schädel eines Angreifers zerschlug. Trotz des Verlustes ihres Kameraden stürzte der Rest der Bande unbeirrt herbei.

Das Letzte, was Meister Tobias in diesem Leben noch fühlte, war der glühendheiße Stich, der ihm von hinten direkt ins Herz fuhr. Er war schon tot, ehe er rücklings auf den Boden schlug. Das Grab, das er eigentlich für jemand ganz anderes aushob, wurde nun sein eigenes.

»Durchsucht ihn!«, rief eine Stimme. Zwei der Jungen sprangen ins Grab und begannen, den Toten zu zerfleddern.

»Verschont mich bitte!« Flehend sank der Pfarrglöckner auf die Knie. Obwohl der alte Mann verzweifelt mit den Händen rang, versetzte ihm einer der Jungen einen brutalen Tritt von hinten, sodass er kopfüber auf den Berg frisch aufgeschütteter Erde fiel. Er verstummte.

»Seht in seinen Taschen nach!« Wieder erhob sich dieselbe Stimme wie vorhin. Dem Klang nach war es kein Junge, der da im barschen Befehlston über das Gelände des Pestfriedhofes schrie. Sie gehörte einem Erwachsenen.

Sofort stürzten sich weitere Angreifer auf den Alten. Während die einen ihn festhielten, versuchten die anderen ihn auszurauben. Er wehrte sich nicht einmal, als sie ihm das Gebetbuch aus den Händen zerrten. Es hätte ihm auch gar nichts genutzt. Vielleicht hätte es die ganze Sache auch nur verschlimmert.

»Er hat außer seinem Gebetbuch nichts bei sich!«

»Haut es ihm um die Ohren. Zieht ihm wenigstens Wams und Schuhe aus...«

Die Jungen zögerten keinen Augenblick, sie folgten dem Befehl. Niklas und Martin blieben derweil nicht tatenlos. Sie waren nicht Willens, sich einfach so kampflos zu ergeben. Wer wusste, was man mit ihnen vorhatte... Beide stiegen sie aus dem erst halbfertigen Grab. Im Nu waren sie mit einem Gegner in Raufhändel verstrickt. Zuerst sprachen die Fäuste, dann rollten sie Haare raufend in Knäueln verwickelt miteinan-

der über den Boden. Seinen um einen Kopf kleineren Gegner hatte Niklas gut im Griff. Er trug sofort ein dickes Veilchen am rechten Auge, das ziemlich schnell zuschwoll. Mit einem gut gezielten Aufwärtshaken schaltete er schließlich das wilde Bürschchen aus. Wimmernd sank der Widersacher zusammen. Ehe sich Niklas verguckte, war schon ein neuer Angreifer über ihm. Aus dem einen wurden rasch zwei, drei, die ihn in die Zange nahmen und zu Boden zerrten.
Auch Martin kämpfte wie ein Löwe, musste sich dann aber ebenfalls der feigen Übermacht geschlagen geben.
»Nehmt ihnen alles, was auch nur annähernd von Wert ist«, tönte es über die Grabreihen hinweg.
Niklas erschien es, als wollte man ihm jeden Fetzen, den er am Leibe trug, herunter reißen.
»Bei dem ist nichts zu holen!«, schrie der Räuber ins Dunkel zurück.
»Der andere hat auch nichts am Leib!«
»Seht gefälligst genauer nach, ihr blinden Füchse!«, erwiderte die Stimme des Unbekannten.
»Die Totengräber sind leer, seht selbst...«, gab der Junge zu Antwort.
»Himmelarschundzwirn, was ist denn heute nur mit euch los!«, plärrte der Mann. Langsam löste sich seine Gestalt aus dem Schutz der Schatten. Er kam näher. Niklas bekam ihn zu Gesicht. Ihn fröstelte bei jedem Schritt, den der unheimliche Fremde in seine Richtung tat. Er war von recht hoher Statur.
Mehr konnte Niklas nicht von ihm erhaschen, dafür dunkelte es zu sehr. Ihm fiel zunächst nur der krempenlose Spitzhut auf, den er trug.
»Los, zum Wagen, Leute, vielleicht haben die Totengräber dort was versteckt...« Die Bande zögerte. »Warum zum Teufel gehorcht ihr mir nicht mehr?«
»Die... die Pest... toten...«, stotterte einer der Jungen von Furcht gepackt drauf los.
»Ach, geh' mir doch aus den Augen, du weibische Memme!« Er stieß den wie Espenlaub zitternden Jungen einfach zur Seite. Haltlos stürzte er zu Boden.
Ein Licht flammte auf, der Unheimliche nahm den Kutschbock persönlich in Augenschein. Niklas und Martin wurden nach wie vor am Boden festgehalten. Gespannt verfolgten sie das weitere Geschehen.
»Schockschwerenot!« Ein lauter Freudenschrei platzte über den Friedhof. »Was sehen meine entzückten Augen? Geld! Viel Geld!« Er hatte das Versteck gefunden. Der pralle Lederbeutel, den er in den Händen hielt, wog verdammt schwer. So prall war er, dass die Nähte fast aus-

einander rissen.
»Gebt es her, es gehört meinem Herrn und mir«, schrie Martin. Ein Fausthieb brachte ihn zum Schweigen.
»Wie viel ist es denn?«, fragte einer der Jungen.
»Hinfort mit dir, du Kretin«, rief der Unheimliche empört. »Was kümmert's dich, was mein Eigentum betrifft! Füttere ich euch denn nicht genug, ihr undankbaren Bälger?«
»Ich meinte ja nur...«, klang es kleinlaut.
»Lukas, merke dir, du hast nichts zu meinen, sondern nur zu gehorchen, auch wenn du der Älteste von euch Jungen bist.« Eine wilde Schimpfkanonade hagelte auf den Jungen ein. »Wenn du dir noch einmal eine solche Frechheit erlaubst, muss ich mich von dir trennen, selbst wenn du so etwas wie meine rechte Hand sein magst. Du weißt, was das für dich bedeutet...«
»Ja Herr!« Lukas hatte es plötzlich eilig aus seinem Gesichtskreis zu kommen.
»Bleib gefälligst hier, wenn ich mit dir rede. Haben wir irgendwelche Ausfälle?«
»Ja, Heinrich ist tot. Der Totengräber hat ihn erschlagen. Dafür habe ich es ihm ordentlich heimgezahlt. Ansonsten gab es nur ein paar blaue Flecken...«
»Das schadet euch nicht, so lernt ihr wenigstens, in Zukunft besser zu kämpfen.«
»Was sollen wir mit den beiden Knechten machen?«, fragte Lukas. In seiner Rechten blitzte noch immer der blutverschmierte Dolch. Für eine Weile schwang unsichtbar, dafür umso deutlicher spürbar, das Damoklesschwert über Niklas und Martin. Ein falsches Wort aus der Kehle des Unheimlichen konnte ihr beider Todesurteil bedeuten.
»Hmm... Balgen und raufen können die zwei ja recht tüchtig, soweit ich das jetzt mitgekriegt habe...« Noch immer war keine endgültige Entscheidung gefallen, was das Schicksal der Gefangenen betraf.
»Was ist jetzt, Herr?«, fragte Lukas ungeduldig, er hatte es regelrecht eilig. Allem Anschein nach wollte er erneut Taten sprechen lassen, wohl um seinen Herrn versöhnlich zu stimmen.
»Wir nehmen sie erst einmal mit, jetzt im Dunkeln kann ich mir kein engültiges Urteil bilden. Ich will die Burschen bei Tageslicht einmal genauer betrachten. Sollten wir sie wirklich nicht gebrauchen können, weißt du ja selbst, was zu tun ist...«
Wie gut, dass Lukas' teuflisches Grinsen von der Finsternis verschluckt wurde und es so weder Niklas noch Martin zu Gesicht bekamen. Trotz-

dem sorgten die unheilschwangeren Worte auch so für allerhand Fracksausen.
»Was sollen wir mit den Pferden machen?«
»Blöde Frage! Die gehen selbstverständlich mit«, erwiderte der Unheimliche. »Wir werden die Klepper schlachten, dann haben wir für die nächste Zeit was zum Futtern. Einen solch guten Beutezug wie heute haben wir lange nicht mehr eingebracht.« Er rieb sich zufrieden die Hände. »Fesselt die beiden Gefangenen und verbindet ihnen die Augen, und dann setzt sie auf die Pferde.«
»Ja, Herr!«, stieß Lukas in unterwürfigem Tonfall hervor. Enttäuscht steckte er seinen Dolch weg. »Und was geschieht mit dem da?« Er zeigte auf den Pfarrglöckner.
Der Unheimliche ging auf den Reglosen zu und trat ihm fest gegen das Schienbein. Kein Mucks und kein Zucker.
»Lasst nur, der braucht auch nichts mehr. Los, hauen wir ab...«
Wie befohlen wurden Niklas und Martin gefesselt und geknebelt. Sie bekamen ihre Augen verbunden und wurden auf die Pferde gesetzt. Im Nu war der ganze Spuk vorbei. Ohne von einem heimlichen Augenpaar beobachtet zu werden, verließ die Bande den Pestfriedhof. Zurück blieben ein toter Totengräber, ein toter Junge und ein bewusstloser Pfarrglöckner. Und nicht zu vergessen die grausige Fracht auf dem Leichenwagen, die nun weiterhin darauf warten musste, endlich unter die Erde zu kommen - doch derlei Szenen waren in diesen Tagen beileibe keine Seltenheit.

*

Niklas waren die Augen sofort zugefallen. Und dies trotz des schreckensreichen Tages, der hinter ihm lag. Es war aber kein fester und tiefer Schlaf, den er fand. Ohne jegliche Traumbilder tauchte sein Bewusstsein für einige Zeit in ein schwarz gähnendes Loch. Bleierne Müdigkeit und pure Erschöpfung sorgten lediglich dafür, dass sein stark aufgewühltes Inneres etwas zur Ruhe kam.
Schon beim ersten Morgengrauen kehrte all das Erlebte mit voller Wucht zurück. Plötzlich schreckte er auf. Sein Puls jagte himmelhoch. Niklas lag schweißüberströmt auf seiner Schlafstätte. Das erste Bild, das seine Sinne wahrnahmen, war der Anblick der unheimlichen Gestalt auf dem Pestfriedhof. Doch es war zum Glück nur ein Trugbild, das er von gestern Abend noch in seinen Gedanken barg.
Voller Spannung schweifte sein Augenpaar von einem Winkel des stic-

kigen und schmucklosen Raumes zum anderen. Mit ihm zusammen teilten weitere Jungen den Platz in der großen Dachkammer. Sie alle lagen auf einfachen aufgeschütteten Strohhaufen auf dem staubigen Fußboden. Niklas zählte durch. Mit ihm waren es genau zehn Jungen. Für nicht einen Einzigen gab es ein Kissen oder eine Decke. Sein Platz war direkt unterhalb der Dachschräge und gleich am einzigen Fenster. Niklas setzte sich etwas auf und hob den Kopf. Er wischte die Spinnweben beiseite und fuhr kurz über die staubige gesprungene Scheibe.

Ihm stach sofort der Turm mit dem krabbenbesetzten gotischen Helm ins Auge. Die Spitze streckte sich weit über das langgezogene Dach einer großen Saalkirche. Niklas konnte genau auf das Hauptportal der Muttergottespfarrkirche sehen. Darüber prangte ein romanisches Tympanon aus dem 12. Jahrhundert mit den Figuren der thronenden Muttergottes mit Jesukind und den Heiligen Katharina und Johannes. Doch all dies war für ihn nicht von Interesse. Für Niklas zählte nur eines: Wo, zum Teufel, hatte man ihn gestern Nacht nur hingebracht?

Seine bange Frage sollte im Handumdrehen beantwortet sein. Im selben Augenblick ertönte draußen vor der Kammertüre ein tappendes Geräusch. Verwundert sah Niklas auf, er konnte es nicht zuordnen. Doch da! Mit einem heftigen Schwung wurde die Türe aufgestoßen.

»Ein früher Vogel fängt den Wurm!« Ein Mann erschien und betrat den Raum. Seine laute, alles durchdringende Stimme erfüllte auch den letzten Winkel. Seine Rechte ließ einen mit einem Elfenbeinknauf verzierten Spazierstock auf dem Holzboden tanzen. »Auf auf, ihr lahmen Säcke. Nur keine Müdigkeit vorschützen!«

Niklas erkannte den Vater der Diebe wieder. Zweifellos, es war seine Stimme, die gestern Abend über den Pestfriedhof geschallt und der Bande Befehle gegeben hatte. Ihn fröstelte.

Müde und verschlafen begannen sich die Jungen auf ihren kümmerlichen Schlafplätzen zu strecken und zu räkeln. Gähnend begrüßten sie mit ihren ungewaschenen Hälsen und verquollenen Augen den neuen Morgen. Sie wischten sich die Strohhalme aus den Gesichtern und Haaren. Ausnahmslos steckten die Jungen in ziemlich abgerissener Kleidung, die kaum besser war als Niklas zerrupftes Lumpengewand.

Währenddessen präsentierte sich der Mann in der Gestalt eines reichen Patriziers, eines vornehmen Edelmannes. Seine hoch aufgeschossene Statur war in bestes Tuch und Seide gekleidet und bis aufs Hemd ganz in elegantem Schwarz gehalten. Allein das mit Schleifbändern und blinkenden Schnallen verzierte Schuhwerk mit modischen rechteckigen

Vorderkappen mochte ein Vermögen wert sein. Dafür hätten seine Eltern gut und gerne eine ganze Milchkuh kaufen können.
An seine eigenen blutigen verwundeten Füße, die in den dreckverschmierten Verbänden steckten, dachte Niklas in diesem Augenblick gar nicht. Er musterte den etwa 40 Jahre alten Mann buchstäblich von der Sohle bis zum Scheitel aufwärts.
Seine Hosen wurden unter den Knien von Spitzenmanschetten zusammengehalten. Mit Schleifenbändern versehen, wirkten sie wie ein Rock. Eine breite Bandschleppe schlang sich um die schmale Taille. Sein kurzes blütenweißes Wams ließ viel vom Hemd sehen. Aus den weich fließenden Ärmeln streckten sich die beiden Hände. Die von prächtigen dunkelblonden Locken umwallte Fallkrause bedeckte seinen Hals.
Unter dem runden, flachkrempigen halbkegelförmigen Hut, kam ein Gesicht zum Vorschein, das von einer Hakennase beherrscht wurde. Sein rechtes Auge blieb unter einer Klappe verborgen. Wie Niklas nicht wissen konnte, hatten vor Jahren seine Großmutter und sein Vater bereits das wenig erbauliche Vergnügen gehabt, seine Bekanntschaft zu machen. Das letzte, was sie damals von ihm sahen, war sein Sprung von der Friedhofsmauer von St. Agatha.
In diesem herrschaftlichen Aufzug gehörte der Einäugige hinüber ins Schloss oder gar an den kurfürstlichen Hofstaat zu Mainz. Aber um Gottes Willen nicht hierher an diesen seltsamen Ort. Was bewog ihn, ausgerechnet hier aufzutauchen? Der Einäugige würde sich wohl kaum verlaufen haben.
»Jetzt wollen wir endlich einmal sehen, was die beiden Bürschlein machen, die uns gestern Abend ins Netz gingen.« Er schlug seinen kurzen leichten Stoffmantel zurück. An seiner linken Seite baumelte ein Degen. ›Fürwahr ein richtiger Herr!‹, durchzuckte es Niklas, der ihn plötzlich nicht mehr so unheimlich fand wie gestern in den grauen Schatten der Dämmerung.
»Was ist, Lukas? Muss ich erst lange suchen?«, brauste der Mann auf. »Du Kujon, wird's bald?«
»Herr, ich eile schon!« Taumelnd erhob sich die schlaksige Gestalt eines schwarzhaarigen Jungen. In Lukas' pockennarbigem Gesicht spross bereits der Flaum. Ein Bartscherer hätte sicherlich seine Freude an ihm gehabt. Niklas schätzte ihn so um die 16, vier Jahre älter als er selbst war. Und ein paar Köpfe größer!
»Drüben am Fenster liegen sie!« Er huschte schnell ein paar Schritte weiter und zeigte zu den beiden Siechenknechten.
»Ah-ha!« Nun war es jener Geheimnisvolle, der Niklas mit bärbeißiger

Miene in Augenschein nahm. »Was ist denn mit dir los?« Entsetzt rümpfte er die Nase. »Du scheinst ja regelrecht nur aus Lumpen und Flicken zu bestehen...«

»Ich habe schließlich auch einen weiten Weg hinter mir!«, stieß Niklas hervor.«

»Woher kommst du?«

»Aus dem Amt Affholderbach, oben vom Johannesberg.«

»Das ist doch gar nicht so weit von hier...«

»Ja schon, aber ich bin schon etliche Wochen unterwegs. Ich war bereits bis vor Hanau...«

»Was hast du dort zu schaffen?« Der Einäugige horchte auf. In seinem Gesicht zuckte es merkwürdig.

»Ich bin auf der Suche nach meiner Schwester.« Niklas schien es, als wollte das gesunde Auge des Mannes ihm bis auf die Seele blicken.

»Schockschwerenot! Dieser Aufzug, einfach grauenhaft!« Er zeigte sich von Niklas' Äußerem abgestoßen. Hinzu kam sicherlich noch der üble Gestank, der noch von den Pesttoten an ihm haftete. »Hast du irgendwelche speziellen Fähigkeiten?«

»Ich verstehe nicht...«

»Sei nicht so begriffsstutzig«, brummte er. Geduld schien nicht gerade seine große Stärke zu sein. »Kannst du etwas Besonderes?«

»Ja, rennen kann ich ganz gut. Mich holt so schnell keiner ein. Bislang habe ich noch jede Wette gewonnen!«

»Hmm, hmm...« Der Einäugige dachte nach. »Was ist, Lukas, können wir ihn brauchen?«

Niklas ahnte nicht, welch schicksalsträchtige Bedeutung diese Frage ganz allein für ihn besaß. Ein »Nein« hätte für ihn glattweg den Tod bedeutet.

»Da Heinrich tot ist, könnten wir einen Neuen gut gebrauchen«, sagte Lukas und sprach damit gleichzeitig sein Urteil.

»Aber was ist mit seinen Füßen?« Der Einäugige wies auf die blutdurchtränkten Verbände.

»Ich habe sie mir wund gelaufen«, antwortete Niklas. »Aber ich werde bestimmt bald wieder gehen können.«

»Das will ich stark hoffen! Ich unterhalte hier kein Schlaraffenland für Krüppel und Taugenichtse«, sagte der Einäugige mit eisiger Stimme und ging weiter. »Und was ist mit dir?« Sein Spazierstock deutete auf Martin.

Martin zitterte vor dem feinen Pinkel.

»Ich... ich weiß... nicht!«, stotterte er.

»Bursche, ich werde dich durchwalken, wenn du mir keine gescheite Antwort gibst.« Der Spazierstock drehte bereits bedrohliche Kreise. Martin versagte die Stimme, er zog den Kopf ein, als befürchtete er sogleich einen Hieb. Hilfesuchend sah er zu Niklas hinüber.
»Er kann gut reiten!« Niklas ergriff für ihn das Wort.
»Was meinst du, Lukas, können wir den mundfaulen Gesellen gebrauchen?«
Wiederum schwebte das Schwert des Damokles im Raum. In der Zwischenzeit hatten sich die anderen Jungen von ihren nächtlichen Schlafstätten erhoben. Neugierig umstanden sie die beiden Neuen. In ihren Mienen spiegelte sich alles Denkbare wider. Freudlosigkeit, Hoffnungslosigkeit, Melancholie, Härme, Hunger, Bitternis und Hass. Aber eines, das hatten sie gemeinsam - sie waren alle arm wie die Kirchenmäuse. Wie kamen die Jungen überhaupt zu diesem Edelmann oder umgekehrt? Sie passten doch gar nicht zusammen...
Zwei der Jungen hatten bereits ihre »Galgenweihe« hinter sich, wie die Narben des Brandeisens auf ihren Wangen oder der Stirn zeigten. Einigen standen die Blessuren der gestrigen Rauferei in die teilweise schmutzigen Gesichter geschrieben. Nicht wenige zeigten deutliche Zeichen von Unterernährung. Manche waren fast so dürr wie der Besen eines Schornsteinfegers. Wie gut, dass die hervorstehenden Rippenbögen unter Wams oder Rock verborgen blieben.
Der Jüngste in ihren Reihen, ein noch ganz kleiner Stöpsel, auf dessen Kopf - welch Graus - überhaupt kein Haar spross, zählte höchstens mal vier oder fünf Jahre. Lukas war der Älteste von allen.
»Bei dem da weiß ich nicht so recht...« Lukas zeigte auf Martin und setzte eine mehr als skeptische Miene auf. »Ich glaube, der hat was mit seinem Bein. Das könnte bei unseren Unternehmungen gefährlich werden...«
»Ihr bekommt uns nur im Doppelpack!«, warf Niklas dazwischen. Er spürte, in welch großer Gefahr Martin sich befand.
»Bist du beim Sterben auch so mutig?«, versetzte Lukas. Seine Hand fasste an den Dolch, der in seinem Hosenbund steckte. Niklas schluckte, wie viele Menschen mochte jener brutale Schlächter schon damit ins Jenseits befördert haben... Erst gestern Abend hatte er Meister Tobias feige aus dem Hinterhalt umgebracht. Lukas würde mit Sicherheit auch ihm die Kehle aufschlitzen, ohne mit der Wimper zu zucken. Ein Menschenleben schien ihm nicht allzuviel zu bedeuten.
»Ich habe dem Tod schon des öfteren ins Auge gesehen«, gab Niklas trotzig zurück. Er war nicht gewillt, seinem Gegenüber Muffe zu zei-

gen. Tat er dies, so gewann der andere zweifelsohne schnell die Oberhand, und er selbst kam nicht mehr gegen ihn an. »Ich habe sogar einen säbelschwingenden Schweden mitsamt seines Rosses bezwungen und beide getötet«, platzte es aus ihm hervor.
»Das willst du fertig gebracht haben, nimm nur deine Schnauze nicht so voll...« Lukas bedachte ihn mit spöttischem Lächeln. Doch Niklas fester Gesichtsausdruck, nahm ihm jegliche Sicherheit.
»Auch mit dir würde ich es aufnehmen, wenn es darauf ankäme«, tönte Niklas großspurig, den plötzlich nichts mehr zurückhalten konnte. Hier half nur eines - Frechheit und eine verdammt große Klappe. Ihm blieb gar keine Zeit, lange nachzudenken, welch ein Geist da auf einmal in ihn gefahren war. Bis zu diesem Zeitpunkt zeigte er sich Fremden gegenüber stets als ein Vertreter der etwas leiseren Töne. Aber hier kämpfte er um Martins Leben - und um das seine. Wahrlich, inmitten dieses schurkischen Haufens, der mit allem kurzen Prozess machte, was sich ihm in den Weg stellte, galt es, sich zu behaupten.
»Erzählst du uns da auch keine Ammenmärchen?« Der Einäugige richtete sein Auge auf Niklas, der unerschütterlich blieb wie ein Felsen. Ein schwaches Grinsen huschte über seine kantigen Gesichtszüge. Ihm schien der neue Junge zu gefallen. So einen konnte er gut gebrauchen. Sollte er eines Tages Lukas' überdrüssig werden, hatte er schon einen geeigneten Nachfolger parat.
»Gott ist mein Zeuge!«
»Lass den gefälligst aus dem Spiel«, wehrte er ab. »Ich will dir gerne Glauben schenken. Wenn du lügst, tust du weder dir noch deinem Freund einen Gefallen. Dass du kämpfen kannst, sehe ich an dem kleinen Simon. Du hast ihn ziemlich übel zugerichtet.« In der Tat, Niklas' gestriger Gegner bot einen durchaus erbarmungswürdigen Anblick. Sein rechtes, total zugeschwollenes Auge schillerte in allen Farben. Das Nasenbein schien gebrochen. Am wenigsten sichtbar war der lodernde Hass, der sich hinter Simons ramponierter Visage verbarg.
»Heißt das, ihr wollt uns beide nehmen?«
»Ja.«
Niklas verspürte keinen Triumph. Es überwog lediglich die Freude, am Leben bleiben zu dürfen. An ein Freikommen war gar nicht zu denken gewesen. Nur als Leichen hätten sie die Dachkammer verlassen. Dass er jetzt diesem Haufen von Rabauken, Raufbolden und jungen Mordbrennern angehörte, daran musste sich Niklas erst noch gewöhnen.
»Vorerst können wir die beiden Fußlahmen nicht sonderlich gebrauchen...« Der Einäugige überlegte. Seine Rechte fuhr nachdenklich über

seinen feinen Spitzbart. »Gebt ihnen einen Bogen Papier, die ›Passauer Zettel‹ sind fast alle. Sie sollen neue machen. Lukas, du zeigst ihnen, wie es geht. Anschließend kommst du mit den Anderen zu mir herab. Dann will ich euch eure Aufgabe für heute erklären.«
Ohne sich noch einmal umzusehen, verließ der Einäugige die Kammer. Das tappende Geräusch seines Spazierstocks verlor sich allmählich im Hausgang.
Es war keine allzu schwere Aufgabe, die sie zu verrichten hatten. Niklas und Martin lernten schnell. Zuallererst galt es, Papierstücke in der Größe eines Talers auszuschneiden. Dann wurden diese mit Figuren bemalt oder mit einfachen Schriftzeichen versehen.
»Was geschieht damit?«, fragte Niklas.
»Diese Zettel verkaufen wir später an die Soldaten.«
»Und zu was soll das Ganze gut sein?«
»Man trägt den Zettel auf dem Leib oder isst das Papier einfach auf. Sie glauben, dass sie dadurch gegen Hiebe, Stiche und Kugeln gefeit sind...« Lukas rang sich ein schelmisches Grinsen ab.
»Unfassbar!« Niklas schüttelte den Kopf. Wie konnten Männer, die in den Krieg zogen, einem bloßen Fetzen Papier derart viel Vertrauen schenken... Was sollte es, ihm war es egal.
Niklas hielt ein ausgeschnittenes Papierstück in der Hand, dass er soeben mit schwarzer und brauner Farbe bemalte. Es stellte einen Bären dar. Unbewusst hatte er seine unliebsame Begegnung mit einer solch wilden Bestie vor nicht allzu langer Zeit festgehalten. Allein die krallenbewehrten Pranken waren sicherlich gut genug, einen Säbelhieb abzuwehren...
»Hast du wirklich gut gemacht«, lobte ihn Lukas, »so etwas gefällt den Soldaten. Am besten, du machst gleich mehrere davon...«

*

Seine Füße heilten recht schnell. Niklas würde glücklich sein, wenn er die lausige Dachkammer endlich verlassen durfte. Egal, was ihn da draußen in der Stadt auch erwarten mochte. Ihm fiel bald die Decke auf den Kopf. Das ewige Eingesperrtsein, die Hitze und die stickige Luft hier oben waren auf Dauer kaum zu ertragen.
Jeder Morgen begann mit der gleichen Zeremonie. Der durchdringende Weckruf des Einäugigen und sein tanzender Spazierstock scheuchten die Jungen zusammen. Nach der Aufgabenverteilung machten sich Lukas und seine Bande bereits in aller Herrgottsfrühe auf die Socken

und sie kamen meist erst gegen Abend wieder zurück. Manchmal blieben sie auch tagelang weg. Man brauchte kein Wahrsager zu sein, um zu erraten, welchem Zweck diese Ausflüge dienten...
Schließlich kam der Tag, auf den Niklas so sehnlich gewartet hatte. Alles nahm seinen gewohnten Lauf...
»Heute Nacht schlagen wir wieder zu«, begann der Einäugige mit der üblichen Befehlsausgabe. »Wir werden dem alten Gevatter Mörkens einen netten Besuch abstatten.«
Er saß am Tisch, wie immer fein säuberlich herausgeputzt wie ein Edelmann. Niklas erschien diese geckenhafte Maskerade schlimmer als das stolze Gehabe eines eitlen Pfaus. Wen wollte er eigentlich damit beeindrucken? Die Jungen ganz bestimmt nicht. Hatte er vielleicht irgendwo eine heimliche Mätresse? Oder hielt sich der Vater der Diebe einfach nur für was Besseres...
Der Reihe nach umstand die Bande den Tisch. Aller Augen waren auf die Karte gerichtet, die der Einäugige vor sich auf dem Tisch ausgebreitet hielt. Er hatte den Schlachtplan grob aufgezeichnet. Skizzen zeigten den Verlauf von Gassen, Winkeln und den Standort von Häusern. Auch den der Kurie »Keulenberg«.
»Hier, von der Schlossgasse aus, steigen wir über die Gartenmauer.« Der elfenbeinverzierte Knauf seines Spazierstocks wies auf die betreffende Stelle.
»Aber die Mauer ist viel zu hoch!«, bemerkte Martin.
»Hast du denn schon einmal was von einer Spitzbubenleiter gehört, du dummer Lackes? Oder spielst du nur mit Mädchen Fangen und Suchen?«
Einen größeren Seitenhieb brauchte es nicht. Martin errötete wie ein Apfel im Herbst. Eine gewaltige Lachorgie brach sich an den Wänden. Die Jungs hatten ihren Spaß. Eine Geste des Einäugigen genügte, um sie zur Ruhe kommen zu lassen.
»Schweigt, konzentriert euch lieber auf unsere Aufgabe!« Da war sie wieder, die durchdringende Stimme. »Genau um Mitternacht brecht ihr ein. Lukas, du wirst den Trupp anführen.«
»Wer ist alles mit von der Partie?«
»Das erfahrt ihr noch früh genug. Mehr als vier Mann brauchen wir nicht. Aber jetzt an die Arbeit. Ihr geht auf Almosenjagd. Jeder kennt sein Revier. Lukas, du nimmst heute einen unserer Neuen mit...«
›Hoffentlich mich!‹, fieberte Niklas vor Anspannung. Der Einäugige hob den Spazierstock, er deutete auf... Niklas. Er kannte ihn immer noch nicht mit seinem Namen. Es schien ihn auch gar nicht sonderlich

zu interessieren. Niklas konnte sich nicht entsinnen, ob er ihn jemals danach gefragt hatte.
Der Einäugige wusste nur von wenigen, wie sie hießen. Was bedeutete schon der Name eines Einzelnen? Wie Schall und Rauch verpufften sie und gerieten alsbald in Vergessenheit. Was einzig und allein zählte, war, dass seine jungen Handlanger, die er zu Werkzeugen des Bösen erzogen hatte, gut und effektiv funktionierten. Wurden eben jene »Werkzeuge« einmal stumpf oder gingen aus irgendwelchen Gründen »verloren«, mussten sie »entsorgt« und wieder durch neue ersetzt werden. Beinahe täglich fanden sich »Rohlinge« wie Niklas und Martin, die es zu schleifen galt. Bei den meisten lohnte es sich wirklich nicht, ihren Namen zu kennen.
Niklas tat einen erleichterten Seufzer. Eine richtige Freude wollte jedoch nicht aufkommen. Jetzt wartete eine Aufgabe auf ihn, die Niklas unweigerlich zum Verbrecher werden ließ. Trotz der geborgten Freiheit, die auf ihn wartete, überkam ihn ein mulmiges Gefühl.
»Alle gehen, bis auf einen...«
Die Jungen reckten ihre Köpfe. Keiner wollte zurückbleiben. Wer war schon gerne den lieben langen Tag eingesperrt und dazu allein, »Du bleibst!« Der Spazierstock zeigte auf Martin.
»Warum ausgerechnet ich, ich kenne die Stadt wie meine Westentasche...« Der arme Kerl zitterte vor Aufregung.
»Bemal du mal lieber die Zettel!«, erwiderte der Einäugige gereizt, der alles ertragen konnte, nur keine Widerrede. Schon gar nicht von einer traurigen Figur wie dem einstigen Siechenknecht. »Als Hinkebein, bist du uns kaum von Nutzen. Du landest schneller im Gefängnis als dir lieb ist. Du brächtest uns alle in Gefahr...«
Viel fehlte nicht und Martins grenzenlose Enttäuschung hätte im Weinen geendet. Dann hätte er sich aber wohl auch das letzte Fitzelchen Respekt bei den anderen verspielt. Er tat Niklas in der Seele leid. Jetzt wurde ihm erst so richtig der Ernst der Lage bewusst. Was wäre aus dem vom Schicksal so arg gebeutelten Martin nur geworden, wenn er sich vor ein paar Tagen nicht so für ihn eingesetzt hätte. Niklas erstickte seinen finsteren Gedankengang im Keim.
»Jetzt aber los mit euch!« Der Spazierstock trommelte auf der abgewetzten Tischplatte. Es klang beinahe so, wie bei den Soldaten, wenn jene sich zum Kampf in der Schlacht bereitmachten. »Geht nicht allein. Zu zweit könnt ihr euch eher einem Überfall erwehren. Aber dass ihr mir nachher auch alle mit einem fetten Bettelbrocken im Sack zurückkommt. Wenn nicht, soll derjenige lieber für immer fort bleiben...«

Dass der Einäugige keine hohlen Phrasen drosch, dafür sprach allein schon die strenge Miene, die er dabei aufsetzte. Die Drohung stand ihm wie ein Ausrufezeichen unmissverständlich ins Gesicht geschrieben. Niklas bemerkte in den Augen der Jungen ein seltsames Leuchten. Angst und Unsicherheit irrlichterten darin um die Wette. Die Furcht vor dem Versagen ließ sie jegliche Hemmschwelle überwinden. Sie waren zu allem, aber auch wirklich zu allem bereit.

*

Jetzt sah Niklas zum ersten Mal das Haus, in dem er seit Tagen festgesessen hatte, von außen. Bei seiner unfreiwilligen Ankunft war es ja bereits dunkel gewesen. Die buntbemalte Teufelsfratze sprang ihm aus der Hausecke direkt ins Gesicht. Obwohl er in der Zwischenzeit schon allerhand Schrecknisse über sich hatte ergehen lassen müssen, taumelte er ein paar Schritte in die Metzgergasse zurück.
»Du wirst doch keine Angst davor haben?«, meinte Lukas und lachte.
»Ach woher«, tat Niklas mit abwehrender Handbewegung ab, während sein Innerstes noch etwas brauchte, bis sich der anfängliche Schrecken wieder legte. »Für was soll der Stein eigentlich gut sein?«
»Die Fratze oder Blecker, wie man dazu sagt, soll die Leute abschrecken und verhöhnen«, antwortete Lukas gelangweilt. Für ihn war das Ganze nichts Neues mehr.
So ganz stimmte es nicht, was er da von sich gab. Der in der Hausecke eingemauerte Flennels zeigte einen Narrenkopf. Jenes Zeichen fand sich normalerweise an den Toren der Stadt und sollte Gaukler, wandernde Musikanten, Zigeuner und sonstiges fahrendes Volk abweisen. Kamen jene ungebetenen Besucher dennoch in die Stadt, so warteten zum Teil empfindliche Strafen auf sie. Das hinzugefügte Zeichen eines Besens stand beispielsweise für die Strafe des Stäubens.
Wer diesen Flennels aus einem abgebrochenen oder umgebauten gotischen Tor herausgebrochen und hier am zweigeschossigen Eckhaus zur Metzgergasse eingemauert hatte, darum wusste niemand. Bestimmt war jener nicht mehr am Leben. Von den Jungen war es sicherlich keiner gewesen, der Einäugige selbst schon gar nicht. Und außer ihnen lebte niemand in dem in einer alten Urkunde von 1313 erstmals erwähnten Fachwerkhaus der »Ysindrudis.«
Die Jungen schwärmten nach allen Seiten aus. Immer zu einem Paar, so wie es ihnen der Einäugige eingebleut hatte. Lukas und Niklas liefen in Richtung Stiftskirche.

Niklas kannte den Stiftsplatz und den Pilgerbrunnen. Hier war er schon des öfteren zugegen gewesen, wenn er mit seiner Familie zum Markt hergekommen und Obst und Gemüse feilgeboten hatte. Ihm erschien es, als läge dies alles in einer Zeit, die es nur im Traum gab. Kein Krieg, kein Morden, keine Not, keinen Hunger. Welch wunderbare, längst verflossene Zeit...
Das geschäftige Treiben eines fröhlich ausgelassenen, bunten Markttages war Trostlosigkeit gewichen. Zwischen den Pflastersteinen schoss büschelweise Gras und Unkraut hervor. Lange würde es nicht mehr dauern, ehe der ganze Stiftsplatz darunter verschwunden war.
Niklas verrenkte sich fast die Halswirbel, als er den hoch aufragenden Südwestturm der Stiftskirche St. Peter und Alexander hinaufsah.
»Was hast du?«
»Ich frage mich immer wieder, wer es geschafft hat, diese Engelsfigur da oben anzubringen...«
Beide nahmen sie eine Hand schützend über die Augen und starrten staunend zum Engel hoch, dessen goldfarbener Anstrich im grellen Sonnenlicht nur so blinkte und blitzte.
»Tätest du dich fürchten, wenn du da hinaufklettern müsstest?«, fragte Lukas.
»Spinnst du? Das wagt nur jemand, der seines Lebens überdrüssig ist!« Niklas zweifelte am Verstand seines Gegenübers.
»Ich würde mich schon trauen«, sagte Lukas, ohne eine Spur von Angeberei zu zeigen.
»Ist das wirklich dein Ernst?«
»Ja, warum nicht, wenn ich dadurch meine Freiheit zurückgewinnen könnte.«
»Bist du es denn nicht frei?«
»Nein, keiner von uns ist es«, antwortete er und schlug die Augen nieder. »Auch du nicht!«
»Und wenn ich jetzt einfach abhaue, was dann? Kommt mich der Einäugige dann etwa suchen?«
»Ja. Und er würde dich auch finden, worauf du einen lassen kannst.«
Niklas schluckte schwer. Diese Stadt hatte wirklich den Teufel in sich. ›Verflucht sollst du sein, Aschaffenburg!‹ Es war mehr als nur kalte Wut, die ihn packte. Am liebsten hätte er alles kurz und klein gehauen. Als erstes hatte er das arme Bürschlein getroffen, das man vor der Brückenschanze aufgehängt hatte, dann war er an den Leichensammler und Totengräber geraten und nun gehörte er auch noch zu einer Bande von Jungen, die Betrug und Diebstahl nachgingen und nicht einmal vor

einem feigen Mord zurückschreckten!
Sie bogen in die Pfaffengasse ein. Wie der Name unschwer erraten lässt, standen hier viele Stiftshöfe, die von Stiftsherren bewohnt wurden. Um in das Stiftskapitel in Aschaffenburg aufgenommen zu werden, musste ein Kanoniker im Besitz eines solchen Hofes, eben einer Kurie sein.
In der Regel dienten die Steinbauten mehr der Repräsentation als dem Komfort. Aber man lebte immerhin tausendmal besser und sicherer als draußen auf dem Land. Eine hohe Mauer, durch die ein Tor führte, umschloss schützend Wohnhaus, Stall und Scheune und manchmal auch eine kleine Kapelle.
Am Ende der Pfaffengasse angelangt, gab sich gegenüber dem Jesuitenkolleg mit Kirche die malerische zweigeschossige Anlage eines figurierten Fachwerkhauses zu erkennen. Ein Erker ragte zur Gassenseite vor, der in verschwenderischer Zierde mit einer geschweiften Turmhaube mit spitzem Helm abgeschlossen war. Die spitzbogigen Flügel des Tores waren geschlossen. In dieses Haus also sollten sie kommende Nacht einbrechen... Niklas spürte das lähmende Gift der Angst langsam in sich aufsteigen. Er war sich ziemlich sicher, dass er diesmal zu dem Trupp der Einbrecher dazugehörte. Er hatte schon von einem Sprichwort gehört, in dem es hieß: »Mitgegangen - mitgefangen!«, was sich sehr leicht auf: »Mitgefangen - mitgehangen!« erweitern ließ. Wenn man allein schon fürs Fluchen, Raufhändeln oder einfachen Obstdiebstahl ins Gefängnis eingesperrt wurde, war es unschwer auszumachen was einem blühte, wenn man beim Einbrechen erwischt wurde.
Plötzlich lag ihm eine Frage brennend auf der Zunge. »Wie habt ihr es eigentlich bislang geschafft, dass euch noch keiner auf die Schliche gekommen ist?«
»Nach außen hin ist das Haus, in dem wir leben, ein Armenasyl für elternlose Jungen«, erklärte Lukas. Er zeigte sich recht umgänglich, anscheinend konnte er Niklas gut leiden. Vielleicht auch gerade weil er kein Ja-Sager und Duckmäuser war, wie all die anderen Jungs.
»Und was hat dabei euer Anführer, der Einäugige, zu schaffen?«
»Der stellt unseren Herbergsvater dar. Bisher machte sich noch niemand die Mühe, bei uns einmal genauer hinter die Fassade zu schauen.«
»Was wohl der Not und der Pest zu verdanken ist, was?«
Lukas nickte, mehr brauchte es nicht. »Wir hatten auch viel Glück, dass niemand von uns beim Stibitzen erwischt wurde. Halt, doch! Einmal war einer so dumm und ließ sich beim Klauen schnappen, als er ausgerechnet ins Haus des Henkers einsteigen wollte...«
»Was geschah mit ihm?«

Lukas' Miene verdüsterte sich. »Man hat ihn sofort aufgeknüpft. Ich glaube, Daniel war keine zehn Jahre alt...«
Niklas würgte es, als spürte er schon den Strick um seinen Hals.
»Pass auf, dass du keine Wurzeln schlägst«, flüsterte ihm Lukas zu und ging schnell weiter. »Wir dürfen nicht auffallen und hier irgendwelches Interesse zeigen.«
Niklas nickte, er verstand. Wenn er zusammen mit den anderen Kindern seines Dorfes bei fremden Bauern das Obst von den Bäumen stahl, war es auch nicht viel anders. Sie liefen weiter in Richtung Schloss.
»Wie heißt der Einäugige mit Namen?«
»Ich weiß es nicht, er hat ihn mir nie verraten. Selbst, als ich ihn einmal danach fragte.«
»Wie bist du denn mit ihm zusammengekommen?«
»Bist du etwa ein verfluchter Polizeispitzel, weil du mich andauernd mit Fragen löcherst?«
»Nein, das bin ich nicht«, gab Niklas trotzig zurück. »Glaubst du, ich wäre freiwillig bei diesem Totengräber und den Pesttoten gewesen?«
»Reg dich schon ab, ich glaube dir ja«, entgegnete Lukas. »Der Einäugige war eines schönen Tages einfach da!«
»Wie?!«
»So wie ich es dir sage. Ich kam vor etwa drei Jahren ganz allein in die Stadt - besaß nicht einmal das Geld, um mir einen billigen Vierpfennigweck zu kaufen. Ich sage dir, der Bettelvogt ist ein verdammt übler Zeitgenosse. Seine Peitschenhiebe tun mir heute noch weh. Ich lag schon ziemlich entkräftet in einem der ewig stinkenden Winkel der Ohmbachgasse, als er mir zum ersten Mal begegnete. Er nahm mich zu sich mit in das Haus, wo wir heute leben.« Niklas spitzte die Ohren.
»Ich müsste ihm eigentlich heute noch dankbar sein, er rettete mir damals praktisch das Leben«, erzählte Lukas weiter. »Schon nach kurzer Zeit musste ich für ihn klauen wie ein Rabe. Es hat mir nicht gefallen, aber man gewöhnt sich an alles. Eine ordentliche Tracht Prügel hin und wieder oder kein Essen sind eine harte Schule. Nach und nach machte er uns zu einer Bande kleiner Diebe und Strolche. Mir gefällt es schon lange nicht mehr bei ihm. Wenn ich könnte, würde ich durchbrennen.«
»Warum tust du es denn nicht? Hast du Angst, er könnte dich zurückholen?«
»Nein, das nicht, aber wohin soll ich denn?« Er zuckte hilflos mit den Schultern. »Man sieht überall nur das gleiche Bild. Allein da draußen in dieser grausigen Welt, da kommst du nicht weit. Wenn du nicht verhungerst, schlagen dich die Soldaten oder die Räuber tot. Oder die

Wölfe fressen dich. Hier habe ich wenigstens ein Dach über dem Kopf und bekomme zu Essen. Auch wenn es zum satt werden meistens nicht reicht.«

»Gibt euch denn der Einäugige nicht genug von eurer Beute ab?«

»Nein, er sagt, er müsse für uns alle einen Vorrat anlegen für schlechte Zeiten. Als wäre es nicht schon schlimm genug. Ich werde einfach nicht schlau aus ihm.«

»Wie meinst du das?«

»Ruhelos treibt es ihn Tag für Tag durch die stinkenden schmutzigsten Gassen. Die hintersten Winkel und Ecken sucht er auf. Selbst da, wo seit langem niemand mehr lebt...«

»Vielleicht sucht er nach etwas!«, glaubte Niklas zu wissen.

»Was denn?«

»Ich weiß nicht, du musst ihn besser kennen.«

»Manchmal läuft er zum Schloss hinüber, wo er dann stundenlang ans andere Mainufer hinüberstarrt, so als warte er auf jemanden...«

Niklas schüttelte den Kopf.

»Ein einziges Mal hat er mir von sich erzählt, als wir beide noch unter uns waren. Der Wein hatte seine Zunge gelockert. Er faselte richtig wirres Zeug, als sei er irgendwo aus einem Narrenhaus ausgebüchst...«

Sie näherten sich dem Viehhof. Niklas musste unwillkürlich an den armen Martin denken, der jetzt oben in der Dachkammer mutterseelenallein eingesperrt saß. Und er würde es wohl auch noch eine geraume Zeit bleiben. Ob es der Preis des bisschen Lebens wert war, als Gefangener kümmerlich einsitzen zu müssen? Da konnte er ja gleich ins Gefängnis gehen. Wer weiß, wie lange das noch so weitergehen würde. Abwarten, vielleicht konnte Niklas ihm ja irgendwie helfen. Aber die Geschichte, die ihm Lukas gerade erzählte, war im Augenblick von weit größerem Interesse. »Ja, erzähl bitte weiter!«

»Der Einäugige soll ein Spion gewesen sein...«

»Wirklich? Das geht auf keine Kuhhaut.« Niklas musste an sich halten, um nicht laut los zu lachen.

»Um die Sache noch verrückter zu machen, sollen sie ihn sogar zum Doppelagenten gemacht haben.«

»Wie geht denn so etwas?«

»Die Schweden haben ihn seinerzeit erwischt, als sie Aschaffenburg besetzten. Es war ihm nicht mehr gelungen, die Stadt rechtzeitig zu verlassen. Er stand bereits unter dem Querbalken des Galgens, mit der Schlinge um den Hals, als er einwilligte, für die feindliche Seite zu arbeiten...«

»Recht hanebüchen, das Ganze.« Niklas schüttelte den Kopf.
»Mehr weiß ich nicht von ihm. Nur, dass ich ihn ab und zu des Nachts schreien höre, wenn er in seiner Kammer liegt, die bislang noch niemand von uns je zu Gesicht bekam. Er sperrt sie auch immer zu. Und da ist noch etwas: Noch heute schwört er irgendwelchem Bauerngesindel bei Mark und Bein blutige Rache, weil sie ihm damals bei seinem Fluchtversuch aus der Stadt nicht behilflich waren...«
Niklas war, als träfe ihn ein heftiger Keulenhieb.
»Was hast du denn auf einmal, ist dir nicht gut?«
»Das... das waren... meine Leute! Vater und Rosina haben mir damals, als das Ganze geschah, davon erzählt. Jetzt fällt's mir wieder ein!«
»Oh weh!«, gab Lukas von sich und zog mit seinem Zeigefinger querlängs über den Hals. Diese Geste war unmissverständlich. »Lass das nicht den Einäugigen, aber auch sonst niemanden, wissen, sonst ist es aus mit dir...«
»Aber nicht, dass du mich eines schönen Tages verpetzt«, stieß Niklas besorgt hervor.
»Ich bin doch kein Bläddschmaul«, gab Lukas scheinbar beleidigt zurück.
Plötzlich erhob sich drüben auf dem Viehhof ein mordsmäßiges Geschrei. Die beiden Jungen wandten ihre Blicke.
»Hilfe, zu Hilfe, ihr guten Leute!«, gellte eine schrille Frauenstimme. »Schickt uns bitte einen Medicus.« Die Ärmste rang verzweifelt ihre Arme. »Mein Mann ist an der Pestilenz erkrankt...« Schluchzend sank sie zu Boden. An ihren Händen hielt sie zwei weinende Kinder.
Welch grausames Elend! Niklas ging es durch und durch, selbst himmlische Mächte versagten hier aufs Schändlichste. Am schlimmsten war die Ohnmacht, hier nicht helfen zu können. Seine Urgroßeltern waren auch an der Pest verstorben, wusste Niklas aus Erzählungen von daheim. Jenen tapferen und aufrechten Pierre Laurent und seine hübsche Kathérine hätte er gerne kennen gelernt. Auch weil sie die Begründer seiner Familie waren. So aber blieben ihm nur die Geschichten, wie die von »Wolf« und dem schlimmen Eiswinter.
Ob sich Martin darüber freuen würde, wenn er ihm vom Sterbenskranken Viehhofmann berichtete? Niklas grübelte. Schließlich hatte jener Martin ja zum »Krüppel« gehauen, wie er sagte...
»Zu Hilfe!« Das herzzerreißende Geplärr jagte Niklas einen eisigen Schauer über den Rücken. Er beschloss, nichts zu Martin zu sagen. Es war keine schöne Sache, sich über das Leid anderer zu freuen.
Lukas packte Niklas am Arm und zog ihn weiter. »Halte dich nicht mit

so was auf! Du als Leichensammler und Totengräber solltest dir eigentlich längst ein dickes Fell zugelegt haben.«

»An all diese unsägliche Not und Pein, nein, daran kann ich mich nie im Leben gewöhnen.«

»Das musst du aber, du zart besaitetes Seelchen. Sonst zerbrichst du eines Tages daran!«

»Ich werde mir Mühe geben...«

Ihr Dralladsch hielt an, bis sie den »Schutz« erreichten, auf dessen Hügel das Kapuzinerkloster stand. Sie staunten ganze Wagenräder, als sie die vielen Menschen sahen, die sich vor ihnen in einer endlosen Schlange vor der Pforte einfanden.

»Da müssen wir uns aber ganz schön ranhalten, wenn da noch etwas für uns abfallen soll«, gab Lukas zu verstehen. »Wenn wir nur nicht solange getrödelt hätten.«

»Wo kommen denn auf einmal nur die vielen Leute her?«, staunte Niklas, »ich denke die Stadt ist fast ausgestorben...«

»Das ist sie auch so gut wie«, antwortete Lukas. »Viele von denen, die du hier siehst, sind von Auswärts. Sobald der Morgen graut, kommen sie aus ihren Verstecken in den umliegenden Wäldern hervor, um sich bei den Kapuzinern etwas zum Beißen zu holen. Und kehren anschließend sofort in ihre Höhlen zurück.«

»Das ist ja furchtbar! Warum bleiben sie nicht in der Stadt? Die meisten Häuser stehen ohnehin leer.«

»Die Angst vor den Soldaten und der Pest hat sie zu scheuen Kreaturen gemacht.«

Ehe Niklas und Lukas bei der Essensausgabe endlich an die Reihe kamen, gab es nichts mehr. Wie viele andere Leute auch mussten sie unverrichteter Dinge wieder abziehen.

Das Donnerwetter fiel für die beiden erfolglosen Heimkehrer bei weitem nicht so schlimm aus wie befürchtet. Sie kamen noch einmal recht glimpflich davon, aber auch nur, weil die übrigen Bandenmitglieder genug Bettelbrocken mitbrachten. Ihre Strafe bestand darin, dass sie an diesem Tag nichts zu Essen bekamen. Niklas hätte auch so keinen Bissen herunterbekommen, nachdem einige Jungen untereinander erzählten, wie sie den armen »Waldmenschen« auf dem Rückweg zu ihren Verstecken heimlich aufgelauert und ihnen die wenigen Almosen weggenommen hatten.

*

Am Abend war es dann soweit. Der Einäugige stellte den Trupp der Einbrecher zusammen. Seine Vorahnung hatte ihn nicht getrogen, auch Niklas war mit von der Partie.
»Du gehst mit, weil du am besten flitzen kannst, wie du selbst gesagt hast«, sprach der Einäugige. »Sobald ihr im Besitz der Beute seid, rennst du los und bringst alles hierher. Ihr anderen seht zu, dass ihr dann schleunigst nachkommt...«
Mitternacht war längst vorbei. Die Stille, die sich bereits tagsüber lähmend über die Stadt legte, empfand Niklas nun in der Dunkelheit noch um einiges unheimlicher, um nicht zu sagen gespenstischer. Lautlos entschwanden sie barfuß in die Nacht. Lukas ging voraus. In gehörigem Abstand folgte Niklas. Hinter ihm folgten zwei Fußlatsche mit Dutzendgesicht. Sie nutzten jede Hausecke, jeden Winkel und jegliche sonst sich bietende Deckung. Geräuschlos verschmolzen ihre Körper mit der Finsternis. Der Einäugige hatte den Einbruch gut geplant, der Mond war bis auf eine kleine Sichel zusammengeschrumpft. Man konnte seine eigene Hand kaum erkennen. Niklas musste seine Augen anstrengen, damit er den Anschluss an Lukas nicht verlor.
Plötzlich rannte er gegen ein Hindernis. Beinahe hätte er laut aufgebrüllt, so durchzuckte ihn der Schrecken. Doch es blieb bei einem erstickten Schrei, aber auch nur, weil ihm Lukas die Hand fest auf den weit aufgerissenen Mund presste. Beide seufzten erleichtert auf und sanken mit dem Rücken zur Mauer. Inzwischen kamen auch die beiden anderen Jungs herbei. Nicht einer von ihnen verlor auch nur ein Wort. Es war nicht zu verhehlen, sie hatten allesamt reichlich Übung bei diesen nächtlichen Ausflügen.
Lukas gab ein stummes Zeichen, worauf einer der beiden Lulatsche in die Hocke ging und die Hände zusammen hielt. Lukas stieg auf die Spitzbubenleiter. Über die Schultern des Jungen kletterte er schließlich den Rest der hohen Mauer hoch. Niklas folgte ihm.
Sie befanden sich im Garten. Einer der vier blieb an der Mauer zurück. Nun war höchste Vorsicht geboten. Einen falscher Tritt gegen einen Eimer oder was sonst auch immer ein verräterisches Geräusch hervorrufen konnte, galt es unbedingt zu vermeiden. Gerade bei Nacht schien sich ein Klappern oder Scheppern doppelt so laut anzuhören wie sonst. Niklas pochte das Herz bis zum Hals hinauf. Wehe ihnen, sie machten einen Fehler...
Ohne auf ein unvorhergesehenes Hindernis zu stoßen, kamen sie an die Haustüre. Sie war abgesperrt, so wie es eigentlich nicht anders zu erwarten war. Plötzlich zeigte einer der Lulatsche nach oben, zum ers-

ten Stockwerk. Sein triumphierendes Lächeln verlor sich in der Schwärze der Nacht. Auch Niklas legte seinen Kopf in den Nacken und sah hoch. Der andere Junge musste wahre Luchsaugen besitzen. Beim besten Willen, Niklas konnte nichts erkennen. Vielleicht lag es auch nur an der Aufregung, dass er das weit offen stehende Fenster nicht sah. Wie gut, dass sein verstorbener Vater das ganze hier nicht miterleben musste. Er würde sich bestimmt im Grab umdrehen...
Doch Niklas blieb nicht lange Zeit, sich weiter in Grund und Boden zu schämen. Lukas stieß ihm in die Seite, auch er sah nach oben. Jetzt erst sah auch er das geöffnete Fenster. Ein paar wenige Gesten von Lukas' Händen genügten, um ihm verständlich zu machen, dass er auf ihn warten sollte. Gemeinsam mit dem zweiten Lulatsch schlich Lukas leise über den Hof. ›Was hatte er jetzt vor?‹, hämmerte es durch Niklas' Kopf. Während er den beiden hinterher sah, glaubte er plötzlich ein Geräusch zu hören. Wie gebannt starrte er auf die gähnend schwarzen Fensterhöhlen. Jeden Augenblick musste ein Licht angehen... Zum Glück tat sich nichts. Trotzdem empfand Niklas keinerlei Erleichterung, dafür war die ganze Situation viel zu ernst.
Inzwischen kamen die anderen zurück. In ihrer Mitte trugen sie eine lange Leiter. Lukas gab Niklas ein Zeichen, er solle ihm folgen. Allzugern hätte er mit dem anderen Jungen getauscht, der unten an der Leiter zurückblieb. Niklas wagte kaum einen Schnaufer. Sein Herz schlug immer heftiger. Die Handflächen fühlten sich schon ganz feucht an. Er musste aufpassen, dass er nicht von der Leiter abrutschte. Aber sie hatten gleich das Fenster erreicht. Sie stiegen ein...

*

Viele kannten Paul Mörkens als lieben, alten Mann. Der, wie es bei solchen Leuten oft hieß, keiner Fliege etwas zu leide tun konnte. Keine Frage, er war es auch. Endlich hätte Lukas hier außer Kriegsvolk, Wölfen im Schafspelz, Mordbrennern und Dieben auch einen braven Bürgersmann kennen lernen können. Nicht überall war die Welt grenzenlos schlecht und voll schmutziger Geschäfte und gefährlicher Umtriebe.
Zusammen mit seiner Frau verbrachte Mörkens hier in der Kurie »Zum Keulenberg« seine alten Tage. Nachdem der Vorbesitzer dieses schönen Anwesens verstorben war, war der ganze Besitztum zunächst ans Stift gefallen. Mörkens besaß einen ziemlich großen Batzen Geld, so dass es ihm ein Leichtes gewesen war, den verwaisten Hof käuflich zu erwerben. Als Kaufmann war er nicht nur weit gereist und hatte fremde

Länder kennen gelernt, seinen Reichtum und Wohlstand hatte er einzig und allein seiner Tüchtigkeit und Ehrlichkeit zu verdanken, woran sich die im Gnadentum von Gott und Geld badenden Kaufleute der Fugger und Welser eine gehörige Scheibe abschneiden konnten.
Doch Gevatter Mörkens erging es nicht anders als vielen im Leben erfolgreich gewordenen Menschen. Besitztum schaffte bedingungslos Neider und Feinde, insbesondere bei den »losen Buben«, die ums Verrecken nichts arbeiten wollten. Brotneid und unverständlicher Hass ihrer Nächsten trieb die harmlosen alten Leute nach und nach in bittere Vereinsamung. Selbst als großzügige Stifter von Geldern in die Armenkasse der Stadt oder für die Almosenreichung konnten sie das böse Gesindel der Taugenichtse, Faulenzer und Schmarotzer nicht zufrieden stellen. Dies würde ihnen wohl erst gelingen, wenn sie diesem Abschaum ihr ganzes Hab und Gut vermachen und als arme Bettler in der schmutzigen Gosse sitzen würden.
Weit davon entfernt war Paul Mörkens nicht mehr. Unbestritten, sein großer Hof mochte schon ein gehöriges Sümmchen wert sein. Aber was das Geld und schöne Dinge betraf, davon besaß er so gut wie nichts mehr. Mehr als einmal hatten ihm die Soldaten, egal ob Schweden oder Kaiserliche, ihren »Besuch« abgestattet. Nach und nach räumte die Soldateska sein Haus leer. Er musste froh sein, dass er sein Bett noch als das seine bezeichnen konnte. Bald würde er sich mit seiner Frau selbst zur Armenspeisung anstellen müssen. Weder Dachziegel noch Mauerstein oder Eichenbalken konnten einen hungrigen Bauch satt machen.
Zwei Kostbarkeiten, von seiner treuen Gattin einmal abgesehen, waren ihm noch verblieben. Einmal war es der dreiarmige Kerzenleuchter aus reinem Silber aus der reichen Mitte Frankreichs. Das gute Stück stand draußen im Flur auf der Kommode. Und dann die zweischüssige Radschlosspistole aus Mailand mit Perlmuttbesatz an den Griffen, die sicher mehr wert war als ein Brotlaib des Stiftspistors. Paul Mörkens hielt diese Waffe bis zuletzt in einem sicheren Versteck verwahrt. Er würde sie nur in zwei Fällen gebrauchen. Erstens, wenn die Pest mit ihren Klauen nach ihnen beiden greifen sollte – weder seine Frau noch er waren gewillt ein sinnloses Leiden zu ertragen. Und zweitens, niemand sollte ihm mehr ungestraft etwas wegnehmen. Dies hatte er sich fest geschworen. Ohne zu zögern, würde er einem jeden Schurken das Lebenslicht ausblasen...

*

Sie waren im Hausflur gelandet. Vorsichtig tasteten sich die beiden Einbrecher vorwärts. Viel war in der Finsternis nicht zu erkennen. Ohne ein Licht war ihr Auftrag kaum auszuführen. Ums Haar hätte Lukas besagten Silberleuchter aus Versehen umgestoßen. Die Kerzen waren allesamt zu kleinen Wachsstummeln heruntergebrannt. Im Nu bemächtigte sich Lukas der Beute. Der Einäugige hatte bei der Einweisung in den Plan etwas von einem alten Mann gefaselt, der hier wohnen sollte. Wenn dem tatsächlich so war, würde für Lukas und Niklas die ganze Sache lediglich ein Kinderspiel sein. Am besten war es, man machte diesen alten Datterich erst einmal unschädlich, was sicherlich ohne große Probleme machbar sein musste. Dann konnten sie in aller Ruhe das Haus ausräumen...

Der voranschleichende Lukas gab ein Zeichen. Sie horchten in die Stille des Hauses. Von irgendwoher musste doch das Schnarchen des Hausherrn zu hören sein. Niklas war es, als müsste sein wildpochendes Herz durch sämtliche Räume bis in den letzten Winkel zu hören sein, derart raste es in seiner Brust. Jeden Augenblick musste eine Gestalt aus der Schwärze auftauchen, die sich dann auf ihn stürzte.

Da! Lukas gab einen neuerlichen Wink. Er lenkte seinen Fuß zu einer geschlossenen Türe hinüber. Plötzlich knarrte eine der Holzdielen. Niklas blieb fast das Herz stehen. Vor Angst gelähmt, verharrten die zwei auf der Stelle. Nichts. Es geschah überhaupt nichts! Lukas ging weiter auf die Türe zu...

Gevatter Mörkens war wach. In dieser Nacht hatte er bislang noch kein Auge zugetan. Er wusste selbst nicht, woran es lag. Vielleicht waren es die entsetzliche Schwüle und die ekligen Schnakenbiester, die ihn keinen Schlaf finden ließen. Seine Frau hingegen lag still in ihrem Kissen. Ihr leises Atmen verriet, dass sie längst ins Schattenreich von »Bruder Schlaf« hinübergedämmert war.

Er hatte die Einbrecher kommen hören. Obwohl sie sich anscheinend größte Mühe gaben, kündete das schwächliche Quietschen der Scheunentüre von ihrem Kommen. Ein Windhauch konnte sie unmöglich aufgestoßen haben, dafür war sie zu schwer. Mit einem Satz hatte er auf den Beinen gestanden und die besagte Radschlosspistole aus der Wandtäfelung genommen. Mit der geladenen Waffe in der Hand hatte er sich zu seiner Frau ins Bett gelegt. Einen oder zwei Halunken konnte er damit leicht niederstrecken. Er würde schon treffen, auch wenn er nie damit geschossen hatte. Mörkens war die Ruhe selbst. Sollten die nächtlichen Besucher nur kommen.

Für eine Weile herrschte totale Stille. Man hätte die berühmte Stecknadel fallen hören können. Sollte er sich etwa getäuscht haben... Plötzlich versetzte ihm das Knarren der Diele einen gehörigen Schrecken. Mit einem Schlag war es mit seiner Sicherheit vorbei. Beinahe hätte er den ersten Schuss blindlings irgendwohin abgefeuert. Seine rechte Hand zitterte so sehr, dass er sie nicht mehr unter Kontrolle bekam. Es bestand größte Gefahr! Wenn er jetzt den Abzug betätigte, gefährdete er womöglich sich oder seine Frau mehr, als den oder die Einbrecher. Die Türklinke ging langsam nach unten...

Lukas hielt den Dolch gezückt. Schon mehr als einmal hatte er seine tödliche Wirkung unter Beweis gestellt. Auch diesmal würde er seinen durchstechenden Dienst nicht versagen. Niklas hielt es fast nicht mehr aus. Viel fehlte nicht und er hätte den Rückzug nach feiger Hasenmanier angetreten. Während er im Hausgang zurückblieb, schlich sich Lukas in die Schlafkammer. Es ging alles sehr schnell. Plötzlich krachte ein ohrenbetäubender Schuss. Hätte Niklas auch nur einen Finger breit mehr rechts gestanden, so läge er jetzt mausetot auf dem Boden. So aber spürte er nur den sengenden Hauch der vorbeiflitzenden Kugel an seiner rechten Schläfenseite. Ehe er sich's versah, peitschte ein zweiter Schuss durchs Haus.

»Ahhh!« Diesmal hatte es jemanden erwischt. Aber wen? Die Kugel hatte daran allerdings den geringsten »Verdienst«. Diese ging nämlich direkt in den zerberstenden Spiegel des Schlafzimmers. Zahllose Glassplitter flogen in der Kammer umher. Indirekt hatte der völlig verunglückte Schuss des »Meisterschützen« also doch getroffen, denn Lukas lag auf einmal schwer atmend auf dem Boden. In einem behänden Sprung zur Seite hatte er versucht, dem Schuss auszuweichen. Vergebens. Er kam nicht mehr hoch. Ein höllisch stechender Schmerz durchdrang seine Brust. Womöglich hatte ihn ein Splitter getroffen...

Von panischen Schreckensschreien begleitet, klammerten sich die alten Leutchen furchtschlotternd aneinander. Sie glaubten, ihr letztes Stündlein sei nun angebrochen. Sie waren den Einbrechern, wenn es denn mehrere waren, schutzlos ausgeliefert. Die leergeschossene Pistole lag mit rauchender Mündung auf der Bettdecke. Was war mit Lukas geschehen? Vielleicht war er schon tot! Niklas zeigte sich unschlüssig. Noch hatte er die Möglichkeit zur Flucht. In Bälde musste hier die Hölle los sein. Nein, so leicht durfte er es sich nicht machen. Er musste nach Lukas sehen, er konnte ihn doch jetzt nicht einfach so im Stich lassen. Ohne zu zögern eilte er in die Schlafkammer, selbst auf die Gefahr hin, dass man auf ihn schoss.

Fast wäre er über Lukas gestürzt, der noch immer vor dem Ehebett lag.

»Bitte tut uns nichts!«, flehte Mörkens. »Wir haben wirklich nichts, was wir euch geben könnten...«
Niklas nahm ihr weinerliches Geflenne überhaupt nicht wahr. Seine ganze Sorge, galt einzig und allein Lukas. »Was ist mit dir?«
»Der Dolch!« Er schrie vor Schmerzen, was die beiden Alten noch mehr in Aufregung versetzte, sie drohten überzuschnappen. Niklas Hände tasteten fahrig über Lukas Körper. Auf einmal bekam er den Griff zu spüren. Tatsächlich, der Dolch steckte dem armen Kerl fast bis zum Heft in der Seite. Ein warmes und klebriges Etwas schoss mit dem Schlag des Herzens pulsierend aus der scheußlichen Wunde. Niklas brauchte kein Licht um festzustellen, dass seine Finger in Lukas' Blut tauchten. Der Blutverlust musste enorm sein.
»Hier... nimm den... Leuchter«, stammelte der Schwerverletzte. »Wirf doch den Kram weg«, erwiderte Niklas. »Sieh lieber zu, dass du auf die Beine kommst.« Er packte Lukas und zog ihn aus der Kammer.
In einem letzten Aufbäumen, raffte Lukas noch einmal all seine Kraft zusammen. Über die Leiter zurück konnten sie nicht. Lukas würde sich zweifelsohne zu Tode stürzen. Ihnen blieb nur der Weg durchs rabenfinstere Treppenhaus hinab. Mehr als einmal knickte Lukas laut aufstöhnend mit den Füßen ein. Niklas half ihm wieder hoch. »Lass mich doch. Sieh zu, dass du dich in Sicherheit bringst...«
»Nein, entweder schaffen wir es beide gemeinsam oder gar keiner.«
»Sei nicht... dumm...«
Sie schafften es an die Haustüre. Zum Glück steckte der Schlüssel im Schloss. Kaum dass sie auf die Gasse kamen, brach Lukas mit einem Aufschrei zusammen. Niklas konnte den Stürzenden nicht mehr halten. In einem Plumps fielen die beiden wie zwei nasse Säcke zu Boden.
Unglaublich, Lukas hielt noch immer den Kerzenleuchter, die ganze mickrige Ausbeute ihres fehlgeschlagenen Einbruchs, in seiner Hand.
»Lass mich... liegen...« Lukas' Stimme sank zu einem schwächlichen Flüstern herab. »Mit mir... geht es zu... Ende...«
»Nein!« Niklas wollte es nicht wahrhaben, dass er einen Sterbenden in den Armen hielt. Seine Hände mussten inzwischen voller Blut sein. Was ihn augenblicklich überhaupt nicht kümmerte. Es ging schließlich um ein Menschenleben.
»Hier... nimm endlich... den Leuchter!«
»Mensch, schmeiß doch den Scheißplunder weg!« Mitten in Niklas' erregte Worte öffnete sich über ihren Köpfen ein Fenster.
»Mörder! Diebe! Hilfe...« Gevatter Mörkens plärrte sich die Seele aus dem Leib.

»Bring dich... in Sicherheit!« Aus Lukas Mund schoss auf einmal ein dicker Blutschwall. Durch seinen Körper lief ein heftiges Zittern. Bis plötzlich ein kurzes Strecken und das darauf folgende Erschlaffen seiner Glieder seinen Tod anzeigte. Der Silberleuchter fiel scheppernd aufs Gassenpflaster.
Gevatter Mörkens erhielt unterdessen Unterstützung. Seine Frau kam ihm zur Hilfe. Gemeinsam schrien sie, als seien beide von Sinnen. Jeden Moment musste ein Nachtwächter oder ein Häscher um die Ecke schießen...
Plötzlich spürte Niklas, wie ihm jemand seine Hand von hinten auf die Schulter legte. Er musste sich selbst am meisten darüber wundern, dass er dabei nicht zu Tode erschrak, so gleichgültig war ihm alles. Sollten sie ihn doch im Namen der Gerechtigkeit festnehmen...
»Komm mit!« Die Stimme in seinem Rücken klang aber gar nicht nach einem Erwachsenen. Nein, es war einer der beiden Lulatsche, der ihn hochzog.
»Nein, ich will nicht!«
»Sei vernünftig, du kannst nichts mehr für ihn tun!« Er schüttelte Niklas kräftig am Kragen. »Begreif doch! Lukas ist tot!«
Sie verschwanden lautlos in die Nacht. Noch lange hörten sie die alten Mörkens um Hilfe schreien. Selbst wenn jetzt Haus und Hof in hellen Flammen stünden hätte ihnen niemand geholfen. Nicht nur der Nachtwächter schien auf beiden Ohren taub zu sein. Neid schafft nun mal Feinde bis in den Tod...

*

»Schockschwerenot! Wo habt ihr Lukas gelassen?« Der Einäugige begrüßte die Rückkehrer mit dem üblichen Granteln und der gleichen bärbeißigen Miene wie immer.
Keiner der drei brachte eine Antwort zustande. Der Tod ihres Kameraden hatte sie regelrecht in den Zustand eines Schocks versetzt.
»Soll ich es aus euch herausprügeln?«, tobte er. »Und wie siehst du überhaupt aus, Niklas...« Der Einäugige betrachtete ihn im Schein der brennenden Kerzen.
Erst in diesem Moment sah Niklas, dass sein neues Wams und seine Hose, die er erst vor kurzem gegen das Lumpengewand eingetauscht hatte, über und über in hellrotes Blut getaucht waren. So wie seine beiden Hände. Fassungslos sah er an sich herunter.
Einer der beiden Lulatsche, die ihn begleitet hatten, fand schließlich zur

Sprache zurück und erstattete dem Einäugigen Bericht.
»Und was hast du dazu zu sagen?«, fuhr jener Niklas in rüdem Ton an.
Niklas hielt ihm schweigend den blutverschmierten Kerzenleuchter unter die Augen.
»Was ist damit?«
»Das ist unsere Beute von heute Nacht!« Niklas fühlte sich plötzlich unendlich leer und müde.
»Waas? Das soll alles gewesen sein?«
»Ja, das soll alles gewesen sein!« Niklas äffte ihn nach. Sein trotzbesetztes Mienenspiel, sprühte vor Zorn. »Dafür hat Lukas mit seinem Leben bezahlt!«
Für einen Augenblick geriet der Einäugige ins Wanken. Bisher hatte ihm noch niemand derart frech die Stirn geboten. »Hüte dein loses Mundwerk, sonst...«
»Was sonst...?« Niklas sah ihm ohne mit der Wimper zu zucken ins finstere Gesicht.
»Dann schlage ich dich windelweich.«
»Ja? Dann tut's doch...«
»Na warte, Bürschchen - wenn du so schön darum bittest, will ich es dir tüchtig besorgen.« Der Einäugige riss Niklas den Silberleuchter aus der Hand und schlug damit auf ihn ein... Niklas sah dem Hieb offenen Auges entgegen. Sollte er ihn doch totschlagen. Je früher desto besser. So musste er wenigstens keine alten Leute mehr überfallen und ausrauben. Er hatte dieses Scheißleben einfach satt...
Ein unbändiger Schmerz traf ihn am Kopf. Niklas stürzte haltlos zu Boden. Der Fall in tiefste Schwärze hüllte sein Bewusstsein ein.

3

»Seht euch vor vor den falschen Propheten, die in Schafskleidern zu euch kommen, inwendig aber sind sie reißende Wölfe.«

Matthäus 7, 15

Schwer und träge wälzten sich die graugrünen Wogen des breiten Stroms durch die weite Ebene. Landschaft wie Menschen prägend, nahmen die Wasser des Mains seit Alters her ein und denselben Lauf. Langsam und gleichmäßig strebend wie ein Uhrwerk, das weder Hast noch Eile kennt, zogen die Fluten flussabwärts dem Rhein entgegen.

Auf dem Wasser spiegelte sich das Licht der gleißendhellen Sommersonne. Weit und breit kein Mensch, der die Erhabenheit und herrliche Schönheit der Natur störte. Man musste schon genauer hinsehen, um den kleinen Fischernachen zu erkennen, der einer Nussschale gleich auf der Mitte des Flusses dahintrieb. Der alte Kahn wirkte im Sog der Strömung nahezu steuerlos. Und das, obwohl die beiden Mädchen an Bord ruderten, was das Zeug hielt. Ihre Kräfte reichten einfach nicht aus, um gegen die Wellen anzukommen.

Ganz schnell, ohne jegliche Vorwarnung schlug plötzlich das Wetter um. Wo vor kurzem noch das pralle Sonnenlicht strahlte, schoben sich gräuliche Wolkenfetzen ins Bild. Angefacht von einem stark blasenden Südwestwind, vertrieb die drohend heranwälzende Gewitterfront sehr bald auch den letzten Rest vom makellosen Blau des Himmels. Grell aufzuckende Blitze zerrissen das tiefe Grauviolett der Wolkenwand.

»Die Welt geht gleich unter!« Ängstlich gellte Marias Stimme über den Main.

»Brüll nicht, streng dich lieber mehr an!«, rief Malin ihr zu. »Wir müssen zusehen, dass wir schleunigst an Land kommen. Hier wird es zu gefährlich für uns. Das Wasser zieht den Blitz an...« Unermüdlich stießen ihre Holzpaddel Stich um Stich in die Fluten, die auf einmal unruhiger wurden. Ein heftiger Windstoß brachte den Nachen mächtig ins Schaukeln.

»Hilfe, ich kann nicht schwimmen!«, plärrte Maria los. »Wir sind verloren!«

»Behalte die Nerven, noch ist nichts passiert.« Malin versuchte sie zu beruhigen und stieß das Paddel ins Wasser.

Plötzlich ging es los. Dicke, schwere Regentropfen platschten herab. Zuerst einzeln, dann immer dichter werdend. Wie an endlosen Schnüren hängend goss der Regen sintflutartig nieder, so als wollte er alles Leben ertränken. Im Nu waren Malin und Maria bis auf die Haut pitschnass.
Ursus konnte sein Fell da auch noch so schütteln, er bekam es nicht trocken. Das weit hallende, aufbrüllende Donnergrollen jagte nicht nur den beiden Mädchen einen gehörigen Schrecken in die Glieder. Auch der Bär zeigte sich von der lärmenden Stimme der Urgewalt der Natur tief beeindruckt. Er hatte nichts, aber auch gar nichts mehr von der Kraft und Unerschrockenheit eines jungen und starken Bären an sich. In seinen kleinen dunklen Augen spiegelte sich grenzenlose Furcht wider, wie sie größer kaum sein konnte. Seine Pranken fuhren kratzend über den heftig schwankenden Boden des Kahns. Am liebsten hätte er sich in eine Höhle gegraben, um darin Zuflucht zu finden. Aber da waren nur die kühlen Wasser des Mains, auf die er dabei gestoßen wäre. Und jene besaßen bekanntlich weder Balken noch boten sie sonstigen Schutz. Doch darüber weiß ein Bär nicht Bescheid, schon gar nicht, wenn ihn die Panik ergreift. Ursus handelte aus reinem Instinkt. Ein in der Nähe niederfahrender Blitz ließ ihn jäh zusammenzucken. Einen großen Buckel machend, sank er winselnd zu einem kläglichen Häufchen Elend nieder.
»Endlich! Dort drüben kommt Land in Sicht.« Malin wies in die Richtung, wo sich aus dem dichten Band des Gewitterregens ein Uferstreifen zu erkennen gab. »Los, pack noch einmal tüchtig mit an! Wir haben es bald geschafft.«
»Ich kann nicht mehr.« Erschöpft ließ Maria das Paddel aus der Hand gleiten. Ehe sie sich versah, nahmen es die wild bewegten Fluten auf und trugen es mit sich fort.
»Pass doch auf, du Tölpel!«, stieß Malin ungehalten hervor. »Allein schaffe ich es nicht. Jetzt kann uns nur ein Wunder retten...«
Während Maria die ersten Tränen vergoss und sich entsetzt die Hände vors Gesicht schlug, nahm Malin allein den Kampf mit den Wellen auf. Mit dem Mute der Verzweiflung tauchte sie das Paddel ins Wasser. Ihre Arme wurden zusehends schwerer und schwerer. Sie glaubte, sie müssten ihr gleich abbrechen. Da – plötzlich verlor auch Malin ihr Paddel. Aber die »finnische Wildkatze«, wie sie vor kurzem vom Räuberhauptmann betitelt wurde, gab nicht auf. Sie versuchte, mit ihren bloßen Händen den Kahn ans rettende Ufer zu bekommen. Ein aussichtsloses Unterfangen. Die Kräfte der Natur waren einfach stärker. Sie hat-

ten keine Chance. Der Uferstreifen entfernte sich von ihnen Stück um Stück, bis ihn der Regenvorhang verschluckte. Die enorme Strömung riss den Kahn mit seinen drei ohnmächtigen Passagieren weiter flussabwärts.

*

Ein langgezogenes Schlürfen glitt unter dem flachen Boden hinweg, bis plötzlich ein fester harter Ruck durch den Kahn ging.
»Der Herrgott steh uns bei«, entfuhr es aufgeregt Marias Lippen. »Jetzt ersaufen wir wie die Ratten...«
»Du kannst deine verheulten Augen ruhig wieder aufmachen, du Angstschisserin«, lachte Malin und stieg aus dem Kahn, der in sicherer Ufernähe gestrandet war.
»Nein, ich will nicht!«
»Wenn du nicht magst, dann bleib halt alleine zurück. Ich gehe jedenfalls. Komm, Ursus!«
Das ließ der Bär sich natürlich nicht zweimal sagen. Ursus' Rachen entströmte ein zufriedenes Brummen. Er war überglücklich, das ewig schaukelnde Ding unter seinen zitternden Pranken endlich verlassen zu dürfen. In einem weiten Satz sprang er an Land. Kaum, dass seine ungefügen Tatzen den Boden berührten, tollte er wild drauf los. So sehr, dass er sich dabei mehrmals überkugelte. Niemals wieder würde er sich zu einer solch schauderhaften Höllenfahrt überreden lassen. Auch nicht von seiner kleinen Herrin, die er über alles liebte. Als dann ausgerechnet noch ein Blitz mit gleich folgendem Donnerkrachen ganz in der Nähe einen großen Weidenbaum fast der ganzen Länge nach spaltete, war es um Ursus geschehen. Ehe sich Malin versah, schlug der Bär eine Bresche durchs Schilf. Im Handumdrehen war er im Bauernwald des »Oberweihdichts« oder weiter drüben in den sumpfigen Auen des Schleifbachs verschwunden.
Der Regen hatte aufgehört, das Unwetter zog weiter. Nach wie vor überspannten die dunklen schweren Wolken den Himmel. Die graudiesige Luft gab nur auf wenige Schritte die Sicht frei. Aufsteigende Dunstschwaden hüllten die Flussniederung ein wie Watte. Der Regen hatte nicht die erhoffte Abkühlung gebracht. Feuchtwarme Schwüle legte sich fühlbar drückend auf die Landschaft.
»So warte doch bitte auf mich!« Hinter Malins Rücken ertönte das Gepitsche von hurtigen Fußtritten auf der regendurchweichten Uferwiese.
»Ich höre, du hast es dir also doch noch einmal anders überlegt!«, höhn-

te Malin mit einem verschmitzten Lächeln. Sie drehte langsam ihren Kopf beiseite, um nach Maria zu sehen. Mitten in der Bewegung, sprang sie der eisige Schrecken an. Ihr Atem stockte. Plötzlich stand ein Mann vor ihr, er schoss buchstäblich aus der Erde hervor.
Um seine ziemlich stattliche Leibesfülle schlang sich eine dunkle Kutte mit einem Skapulier, einem breiten Tuch, das von der Kapuze herunterhängend Rücken und Brustseite des Körpers verhüllte. Ein schmaler Lederriemen, den man in Kreisen der Geistlichkeit als Cingulum bezeichnete, hielt Kutte und Skapulier zusammen. Sein Träger wollte damit seine Keuschheit und sein Würdenamt betonen.
»Mein Kind, du brauchst keine Furcht zu haben. Ich tue dir nichts!« Seine helle Stimme versprühte einen Hauch von Wärme und Geborgenheit. Malins jähe Erstarrung fiel von ihr ab. Doch ihr Misstrauen, das sie jedermann gegenüber stets hegte, blieb fleißig am lodern, erst recht, wenn es einen Fremden betraf, auch wenn er eine Mönchskutte trug. Etwas störte sie an ihm, und zwar mächtig. Lag es vielleicht an seiner übertriebenen Freundlichkeit? Malins Unwillen gegen den Mönch wuchs von Augenblick zu Augenblick. Die Zeiten waren schlecht und so war es, verdammt nochmal, mit dem Wesen der Leute nicht weit her. Wer hatte schon etwas zu verschenken in dieser gottlosen Welt, und sei es nur ein Lächeln...
Sie musterte ihn vom Scheitel bis zur Sohle. Da! Jetzt stach es ihr ins Auge. Auch wenn es nur eine Kleinigkeit war, genügte es doch, um ihn als einen falschen Fuffziger zu entlarven. Inzwischen kam Maria mit keuchenden Lungen näher. Sie drängte sich schüchtern an Malins Seite.
»Da kommt ja ein weiteres verlorenes Schäfchen«, kam ihm frohlockend über seine bartlosen Lippen. »Ihr armen Seelen, wie viele seid ihr denn?«
»Wir sind nur zu zweit«, sagte Malin und wischte sich die Strähnen ihres nassen Haares aus dem Gesicht. Sie biss sich vor Zorn auf die Zunge. Um Himmels Willen, wie konnte sie ihm das gleich auf die Nase binden? Vorsicht war geboten! Er sollte kein leichtes Spiel mit ihnen haben, egal was er auch vorhatte. Am liebsten hätte sie ihm eine ganze Armee von Kindern vorgelogen.
»Bei der heiligen Ursula und den 11.000 Jungfrauen, was treibt euch denn bei diesem scheußlichen Wetter auf den Main? Ihr seid doch nicht etwa von zu Hause ausgebüchst...«
Malin brachte kein Wort heraus. Ihre aufkeimende Wut saß ihr wie ein dicker Kloß im Hals.
»Wir wollten nur auf die andere Seite des Flusses kommen«, erklärte

Maria offenherzig und trat einen Schritt mutig nach vorne. Der warmherzig lächelnde Mönch nahm ihr jegliche Scheu. »Nach einiger Suche fanden wir einen alten Kahn. Mit dem versuchten wir unser Glück, als uns urplötzlich das Unwetter überraschte...« Malin verpasste ihr einen leichten Stoß in die Rippen. Maria verstummte .
»In dulci jubilo, der Herr sei gepriesen! Mit seinem Wunder hat er euch vor dem Tod bewahrt und euch zu mir geführt.« Überschwenglich vor Freude, faltete er seine Hände. Sein verklärter Blick zum Himmel sprach Bände. »Lob und Dank dem Allmächtigen.«
»Seid ihr mit eurer Lobhudelei endlich fertig?«, bellte Malin und streifte ihn mit einem abschätzigem Blick.
Seine Jubelarie verklang. Er geriet ins Stocken, aber fing sich gleich wieder. »Welcher Teufel ist denn in dich gefahren, mein Kind?« Seine Stimme hob sich.
»Ihr seid gar kein richtiger Mönch!«
»Wieso? Was willst du damit sagen?« Er glotzte blöde mit seinen beinahe talergroßen Augen, die irgendwie gar nicht zu seinem kleinen Rundkopf passen wollten.
»Euer Haar verrät euch!«
»Ich verstehe dich nicht«, tat er verblüfft.
»Man hat es euch nicht geschoren, wie es sonst bei Mönchen üblich ist. Die Tonsur fehlt!«
»Woher willst ausgerechnet du, ein kleines Mädchen, das wissen?«
»Dragon hielt bei uns im Lager einen Franziskaner gefangen. Er blieb nur zwei Wochen, dann holte ihn die rote Ruhr.«
»Wahrhaftig, du bist ein kluges Kind«, gab er zurück. Seine billige Tarnung war aufgeflogen. Damit hatte er nicht gerechnet. Schon gar nicht, dass das so schnell ging. Er grinste trocken. »Dir kann man so schnell nichts vormachen.«
Malin glaubte das Knirschen seiner Zähne zu hören. »Was oder wer seid ihr denn wirklich?«
»Ich bin Pater Anselm und reise im Dienste des Herrn«, antwortete er in aller Seelenruhe und hielt seine Hände gefaltet.
»Wie könnt ihr euch so nennen, wenn ihr doch gar kein richtiger Geistlicher seid?«, schnaubte Malin.
Fast hätte sich Malin geirrt, aber nur fast. Zumindest was seinen Vornamen betraf, sagte der falsche Pater die Wahrheit. Sein Vater, ein einfacher Weißgerber aus dem Rechtsrheinischen, hatte ihn als seinen achten Sohn so taufen lassen.
Als junger Kerl mochte Anselms Herz noch von einem grundehrlichen

und hehren Ziel erfüllt gewesen sein. Er hatte sich anfangs tatsächlich berufen gefühlt, das Wort Gottes verkünden zu helfen und sich in den Dienst der Nächstenliebe zu stellen. Als Novize hatte Anselm Aufnahme in der Stiftsschule des Mainzer Domkapitels gefunden, doch zum Ablegen des Ordensgelübdes hatte es leider nicht kommen sollen. Er brachte die zweijährige Einführungszeit mehr schlecht als recht gerade mal zur Hälfte hinter sich als er plötzlich merkte, dass er doch nicht zu den Auserwählten zählte und bis zu seinem seligen Ende als Mönch in steter Keuschheit und Demut auf Erden wandeln sollte. Am meisten hasste er die Arbeit im großen Klostergarten. Sich unter Blut und Schweiß das bisschen tägliche Brot verdienen, das war nicht sein Ding. Lieber war er des öfteren durch eine heimliche Pforte entwischt und hatte in der Stadt dem weltlichen Leben und ihren Genüssen gefröhnt. Dazu aber hatte er Geld gebraucht, viel Geld.
Als Langfinger hatte er ein ums andere Mal nach den heiligen Messen Opferstock und Klingelbeutel erleichtert. So mancher von seinem Spender hart abgerungene Kreuzer war so unbemerkt unter Anselms Kuttenrock gewandert. Schließlich war es gekommen, wie es früher oder später hatte kommen müssen. Der ihm gegenüber stets misstrauische und gestrenge Novizenmeister erwischte Anselm in flagranti. In seiner Not sah der ertappte Dieb keinen anderen Ausweg, als seinem verhassten Vorgesetzten mit einem schweren Kerzenleuchter einen Hieb zu verpassen. Sozusagen als Starthilfe in ein neues, weniger gottgefälliges Leben ließ Anselm gleich noch das gesamte Vermögen eines frisch verstorbenen Stiftsherren mitgehen, das jener der Mainzer Domkapitularkammer vermacht hatte. Ehe der Novizenmeister mit brummendem Schädel wieder einigermaßen zu sich kam und den dreisten Raub bemerkte, war Anselm längst über alle Berge verschwunden.
»Ich will die Menschen zur Abkehr von Lastern und Sündhaftigkeit bewegen. Deus lo volt! Ich folge nur seinem Befehl!« Der unschuldig gütige Blick, den er dabei aufsetzte, konnte es jederzeit mit dem Bildnis eines Heiligen aufnehmen. Es fehlte nur eines: Der Heiligenschein.
»Kommt in meine Arme, ich will euch behüten...« Er streckte seine Hände aus. In Malins Augen glichen sie zwei großen Dreschflegeln.
»Lasst uns in Frieden!« Malin wich ein paar Schritte zurück. Sie nahm Maria bei der Hand. Sie wandten sich zum Gehen.
»Ihr beiden habt doch sicher großen Hunger. Und trockene Kleider braucht ihr auch. Ihr holt euch sonst den Tod...«
Malin sah ihm verkniffen ins Gesicht. Anselm verhielt ruhig auf der Stelle. Es wäre ihm sicher ein Leichtes gewesen, die beiden Mädchen

mit seinen dickfleischigen Fingern zu packen und ihnen womöglich auf der Stelle die Kehlen zuzudrücken. Wenn er es denn überhaupt vorgehabt hätte. Hatte er aber nicht. Pater Anselm spielte mit ganz anderen Gedanken...
»Ihr wollt doch nicht etwa zu den bösen Soldaten, die dort drüben in der kleinen Stadt hausen?« Pater Anselm setzte eine ernste Miene auf. »Diese brutalen Rohlinge, sie hätten bestimmt ihren Spaß an euch...« Er wandte seinen Kopf.

*

Aus den Schwaden des aufsteigenden Bodennebels schälten sich die Umrisse von Mauern und Türmen. Im Vordergrund tat sich die Torpforte der Oberstadt auf, die von dort aus die alte Geleitstraße in Richtung Aschaffenburg auf den Weg schickte. Rechter Hand stand der spitzkeglige Pulverturm dem Obertor wie ein Wächter zur Seite. Der Zugang in den südlichen Stadtteil war durch eine Zugbrücke, Gräben, Erdwall, Vorwerk und einen Festungsweiher - dem Pfarrbollwerk von St. Martin - gesichert. Im Hintergrund gab sich schemenhaft die Dreitürme-Gruppe der Abteikirche mit ihren niedrigen romanischen Turmhelmen zu erkennen. Von den Gebäuden des Klosters aus streckte sich ein Giebel zum Himmel. Weder Malin noch Maria wussten um den Namen dieser Stadt. Wie sollten sie auch, schließlich hatten die beiden nie ihre Gassen und Plätze durchlaufen.
Seligenstadt hatte seinen Namen der »beseligenden«, Trost und Heil stiftenden Wirkung der Verehrung von Reliquien zu verdanken. Um das Jahr 830 hatte hier am Mainbogen, in der Mainsenke zwischen Spessart, Odenwald und Taunus, der fränkische Große Einhard, ein Freund und Berater Karls des Großen, das Kloster der »Heiligen Marcellinus und Peter« gegründet.
Im zwölften Jahrhundert dann hatte Kaiser Friedrich I. Barbarossa den unbefestigten Flecken Seligenstadt vom Kurfürsten von Mainz zum Lehen genommen und das Dorf befestigen lassen. Da nun die neu gegründete Stadt der Herrschaft des Klosters entzogen war, war es in den folgenden Jahrhunderten immer wieder zu Spannungen und Streitigkeiten um Rechte und Pflichten der Bürger gegenüber dem Kloster gekommen.
Mit dem Niedergang der Staufer ging auch die Reichsfreiheit der Stadt zu Ende. Im Jahre 1309 wurde Seligenstadt dem mächtigen Kurfürstentum Mainz einverleibt. Gemeinsam mit Aschaffenburg bildete die Stadt

einen Schwerpunkt des kurmainzischen Territoriums am Untermain.
»Was sollen wir nur tun?« Maria wirkte nicht nur wie ein verlorenes Kind, nein, sie war es auch. Sie teilte das Schicksal zahlloser Kinder. Ohne Eltern und ohne feste Bleibe irrten ganze Heerscharen von Waisen in einem völlig verwüsteten Land ziellos umher. Ohne jegliche Hoffnung, vielleicht irgendwo Aufnahme zu finden, waren sie fast alle ausnahmslos einem grausamen Ende ausgesetzt.
»Da in die Stadt hinein möchte ich nicht!« Malin sträubte sich, als sei sie eine Katze die das Wasser scheut.
»Warum?«, fragte Maria.
»Mir graut davor.«
»Hast du etwa Angst vor den Soldaten?«
»Pah, ich bin beim Kriegsvolk aufgewachsen« Malin warf ihren Kopf in den Nacken. »Aber diese Häuser und Mauern und diese ganze Enge sind nichts für mich. Ich käme mir bloß wie eine Gefangene vor.«
»Warst du denn jemals in einer Stadt?«
»Nein, ich kenne nur das Lagerleben unter freiem Himmel.«
Pater Anselm ließ die beiden keine Sekunde aus den Augen. In seinem Inneren war er gespannt wie die Sehne einer Armbrust. Nach außen hin erweckte er den Eindruck, als wäre es ihm völlig gleichgültig, zu was sich die Mädchen entschieden. Wenn er sie jetzt stark bedrängte oder nach ihnen griff, lief er unweigerlich Gefahr, dass sie die Flucht ergriffen.
»Ich traue diesem komischen Vogel nicht über den Weg«, flüsterte Malin ihrer Gefährtin ins Ohr. »Wer weiß, was er mit uns vorhat...«
»Hast du noch dein Messer?«, sprach Maria.
Malin fasste sich an den Gürtel. Erschrocken fuhr ihre Hand ins Leere.
»Nein, ich muss es irgendwo verloren haben. Aber keine Bange, wir haben ja noch unseren Ursus. Der hilft uns, wenn es brenzlig wird.«
»Aber er ist doch durchgegangen...«, gab Maria traurig zu bedenken.
»Darum mach dir mal keine Sorgen, der kommt schon wieder. Spätestens, wenn er nichts zum Fressen findet und wir ihn dann füttern sollen. Wart nur ab, diesem Pater Anselm werden noch die Ohren schlackern.«
»Was tuschelt ihr beiden denn andauernd so geheimnisvoll?« wollte er wissen und zog die Brauen zusammen.
»Och, ist nichts Wichtiges!« Malin machte eine wegwerfende Handbewegung. Die beiden Mädchen sahen sich an und kicherten. Sie hatten plötzlich keine Angst mehr vor ihm.

*

Sie waren mit ihm gegangen. Nach kurzer Wegstrecke gelangten die drei unweit des Obertores an die große »Mühlenlache«, einem Festungsweiher, der dazu diente, dem Feind den Zutritt zur Stadt zu verwehren. Kurz bevor der Mühlenbach in den künstlich angelegten See mündete, stand eine Mühle. Vielmehr das, was davon noch übrig war, und dies war nicht mehr viel. Eine brennende Fackel, geschleudert von Soldatenhand, hatte aus ihr eine rauchgeschwärzte Ruine gemacht. Einmal mehr ein trauriges Bild eines sinnlosen Zerstörungsaktes, wie es eben nur ein schrecklicher Krieg hervorzubringen vermochte.

Im Schatten der Mühle tat sich vor ihnen ein kleines Feldlager auf, umgeben von einem schmalen Streifen hochstehenden Röhrichts. Der in einer Senke liegende Platz glich einer einzigen großen Seenplatte, die der Mühlenlache vor der Stadtmauer in nichts nachstand. In der Mitte etwa stand ein großer Wagen. Seine vier Räder waren bis zur Hälfte hin ins Wasser getaucht.

Der Grauschimmel, der an der Deichsel angeschirrt war, bot einen erbarmungswürdigen Anblick. Nicht dass er an Unterernährung litt, nein, das war es nicht. Das Wasser reichte ihm bis zu den Knöcheln seiner Läufe. Wie um alles in der Welt sollte das arme Tier das Gefährt ganz alleine wieder flott bekommen? Und es jemals aus der völlig überfluteten Wiese herausziehen? Dafür bräuchte das Ross Bärenkräfte.

»Warum seid ihr nicht in die Stadt gefahren?«, fragte Malin verwundert. »Dort hättet ihr bestimmt einen trockeneren Ort gefunden.«

»Seligenstadt steckt voller Soldaten. Diese verrohten Kerle sind zu allen Schandtaten fähig, müsst ihr wissen...« Die Wahrheit war jedoch eine ganz andere, die er tunlichst verschwieg. Es hätte wahrscheinlich keine Stunde gedauert und man hätte ihn samt seines Wagens mit Schimpf und Schande aus der Stadt gejagt. So wie es ihm in der Vergangenheit bereits des öfteren geschah. Warum dies so war, sollten die beiden Mädchen noch früh genug erfahren.

»Nun kommt, lasst uns zum Wagen gehen«, sagte er mit einladender Geste.

»Witzbold!«, höhnte Malin. »Von Gehen kann hier keine Rede sein. Schwimmen ist da wohl eher angesagt.«

»Soll ich euch tragen?«

»Nein!« Malin schreckte zurück. Sie wollte sich nicht von ihm anfassen lassen. Sie konnte die Berührung eines Menschen nicht ertragen, schon gar nicht von einem Fremden. Zärtlichkeit und Liebe waren ihr fremd. Das hatte wohl auch mit dem allzu frühen Ableben ihrer Eltern zu tun. Das rauhe Lagerleben trug zweifelsohne dazu bei, dass sich Malin anderen gegenüber fast wie eine Wilde verhielt. Das einzige Lebewesen, dem ihre ganze Zuneigung galt, war Ursus. Und seit kurzer Zeit auch Maria.

»Wir haben unsere eigenen Füße. Außerdem sind wir eh schon nass genug. Da kommt es auf das bisschen auch nicht mehr an...«

»Na gut, wenn ihr meint.« Pater Anselm ging voran. Unbeirrt lenkte er seinen Schritt zum Wagen. Das untere Ende seiner Kutte tauchte ein gehöriges Stück in die brauntrübe Wasserlache. Zumindest Malin empfand keine Scheu, bis zu den Knien durchs Wasser waten zu müssen. Maria zögerte. Erst als Malin sie bei der Hand packte, folgte sie ihr bedingungslos.

Der vierrädrige Wagen war mit einem hohen kastenartigen Aufbau versehen. Auf allen Seiten leuchteten die Bretterwände in grellem Rot. Das Sonnenlicht, das plötzlich durchs löchrige Wolkengebräu brach, tat das übrige hinzu. Malin und Maria sahen sich fast geblendet. Niemand konnte sich der Wirkung des Farbanstrichs entziehen.

Schon von weitem strahlten ihnen die beiden weißen Kreuze entgegen, die links und rechts das knallige Gelb eines breiten Schriftzuges flankierten.

»Sag, was steht da eigentlich geschrieben?«, fragte Malin neugierig und zeigte zur linken Seitenwand des Wagens. Sie hatte weder Lesen noch Schreiben gelernt, geschweige denn jemals einen Griffel oder ein Blatt Pergament in Händen gehalten. Auch ihre Eltern waren in jenen Künsten unkundig gewesen. Ob im Lager überhaupt einer der Leute je ein Buch zu Gesicht bekommen hatte, daran bestanden große Zweifel. Sie selbst hatte jedenfalls nie ein solches Werk gesehen.

Maria begann zu lesen: »Pater Anselms... heiliges... Reliquien... kabinett!«

»Was soll denn das bedeuten?«

»Das werdet ihr schon bald erfahren.« Sein vielsagendes Lächeln sprach Bände. »Wie heißt ihr zwei Schäfchen eigentlich?«

»Ich bin Maria und sie ist die Malin!«

Pater Anselm nickte zufrieden. Er ging zum hinteren Teil des Wagens und stieg die halb aus dem Wasser ragende Leiter hoch. Nestelnd fuhr seine Rechte ans Cingulum, an dem ein Schlüssel hing. Mit diesem sperrte er das große Vorhängeschloss auf, das den Zutritt verwehrte.

»Bei all den wertvollen Kostbarkeiten, die ich besitze, muss man vorsichtig sein. So. Kommt jetzt...« Er reichte Malin die Hand. Sie schlug sie ihm achtlos aus.

An der rechten Wagenseite öffnete Pater Anselm ein Fenster. Nur ein

schwacher Lufthauch strömte herein. In Anbetracht der entsetzlichen Schwüle war an eine Abkühlung nicht zu denken. Wenigstens entwich der stickige Mief aus dem Wageninneren.
Malins Blick schweifte prüfend wie der eines Luchses an den Wänden entlang. Neben einem kleinen Tisch und einem wackligen Holzschemel stapelten sich jede Menge Kisten, teilweise bis hoch zur Decke. In den Regalen reihten sich viele Flaschen verschiedener Größe aneinander, allesamt mit irgendwelchen Flüssigkeiten gefüllt. Jede einzelne Flasche trug einen Zettel, auf dem etwas geschrieben stand. Auf der linken Seite ragte das Gestell von drei übereinander liegenden Betten in die Höhe.
»Wo sind denn die beiden anderen?«, fragte Malin.
»Wen meinst du?«, tat er ahnungslos.
»Eure Begleiter, für die diese Betten mit den Decken und Kopfkissen gemacht sind. Oder fahrt ihr diese nur so zum Spaß durchs Land?«
»Jetzt seid ihr ja da«, antwortete er lächelnd«, ich hatte euch bereits erwartet...«
»Ich verstehe nicht ganz, wie konntet ihr wissen, dass wir mit euch zusammentreffen?« Malin beschlich ein unheimliches Gefühl.
»Der göttlichen Vorsehung sei Dank!«
»Ihr seid ja ein richtiger Wahrsager!« Maria staunte über beide Ohren.
»Du Dummchen, glaub ihm bloß kein Wort. Keine Silbe, hörst du«, zischte Malin und schob sie zur Seite. »Und nun zu euch, macht uns beiden nicht länger was vor. Wer seid ihr wirklich?« Ihre Augen rollten böse. Sie machte den Eindruck, als wollte sie ihm gleich wie eine Wildkatze an die Kehle springen.
»Wie ich euch bereits erklärte, ich wandle als Berufener im Auftrag des Herrn auf Erden«, antwortete er im aufreizend ruhigen Tonfall. »Dass für mich dabei so rein nebenher ein paar wenige Almosen abfallen, empfinde ich als Lohn für die Heilsverkündung des Allmächtigen. Und ihr beiden helft mir dabei!«
»Und wenn wir uns weigern?«, warf Malin trotzig ein.
»Das werdet ihr nicht, verlasst euch darauf.« Er bleckte die Zähne. »Ihr wollt doch sicher zu Essen und Trinken haben, oder?« Während Malin eine total versteinerte Miene aufsetzte, brachte es Maria zu einem kurzen Nicken.
»Na also, wir werden schon gut miteinander auskommen.« Grinsend zwinkerte er den beiden zu. »Zunächst will ich euch neue Klamotten zum Anziehen geben, ihr holt euch sonst noch den Tod in euren nassen Gewändern.« Er ging zu einer der vielen Kisten und Truhen und kramte daraus ein paar Röcke und Leibchen hervor.

»Igitt, das Zeug stinkt ja grauenhaft!« Malin hielt sich die Nase zu. Auch Maria ekelte davor.
»Das ziehe ich nie und nimmer an. Unsere Sachen trocknen von ganz alleine. So wie unsere Haare. « Sie schüttelte den Kopf und fuhr sich mit den Fingern durch ihr rotes Haar. Tatsächlich, ihre Haare waren schon fast wieder trocken.
»Seid nicht so empfindlich, der leicht modrige Geruch verfliegt von ganz allein. Los, nehmt schon...«
»Nein! Wir wollen nicht!« Malin wehrte ab.
»Die anderen waren nicht so zimperlich wie ihr...«
»Welche anderen?« Malin wurde hellhörig.
»Na, eure Vorgänger: Der Jan und die Hildegard.«, platzte es aus ihm heraus. Verfluchte Schwatzhaftigkeit! Ihm wurde plötzlich heiß zumute, was aber nicht am Wetter lag. Am liebsten hätte er sich selbst eine runtergehauen. Wie konnte er nur so dämlich sein? Es war ein Fehler. Er durfte die Kinder nicht schon von vorneherein scheu machen.
»Und wo sind Jan und Hildegard jetzt?«, wollte Malin wissen.
»Alles Irdische ist vergänglich!« Nach seinem kurzen Aussetzer bekam er sich wieder in den Griff. Verklärt richtete er seinen falschen Blick hoch zur Wagendecke.
»Soll das heißen, sie sind tot?«
Er nickte stumm.
»Woran sind sie gestorben?« Malin riss ihre Augen auf.
Pater Anselm seufzte, es schien, als müsste er noch lange nach einer Antwort suchen, die sie ihm auch bedenkenlos abkaufen sollten. Tat er jetzt ein falsches Wort aus seinem Mund, so blieb er zweifellos allein im Wagen zurück.
»Die Soldaten... sie haben sie... umgebracht, meine beiden braven Engel... der Herr im Himmel sei ihrer Seelen gnädig...« Er schaffte es sogar auf Kommando, seinen weinerlich klingenden Worten zwei, drei Tränen hinterher zu schicken. Malin und Maria begegneten sich mit bleichem Blick. Hätten sie die Wahrheit auch nur im Entferntesten geahnt, sie wären vor lauter Schreck von ihren Plätzen gefahren.
So blieben sie. Der Hunger hatte sie gefügig gemacht. Auch Malin wollte nicht mehr weg. Aber vielleicht auch nur, weil sie fest mit dem Erscheinen von Ursus rechnete. Er würde ihnen schon aus der Patsche helfen, sollte es wirklich eng für sie werden. Das gestrige Abendbrot war mit einem alten, mehligen Brotkanten und einem kleinen getrockneten Fisch nicht gerade opulent ausgefallen. Mehr hungrig als satt fielen Malin und Maria in ihre Betten. Während Maria ziemlich rasch von

bleierner Müdigkeit übermannt einschlief, wälzte sich Malin unruhig in ihren Kissen. Es lag beileibe nicht am laut sägenden Geschnarche des Paters, dass sie keinen Schlaf fand. Das hatte eine ganz andere Ursache. Malin hatte bislang noch nie in einem Bett geschlafen! Sie tat dies jetzt zum ersten Mal. Hätte der Platz nicht gerade unter Wasser gestanden, wäre sie nach draußen gegangen und hätte sich auf den blanken Erdboden gelegt. So wie sie es kannte und gewohnt war.

*

»Heute beginnen wir mit eurer Ausbildung. Kann eine von euch lesen?« Pater Anselm legte einen in Leder gebundenen Folianten auf den Tisch. Dem abgegriffenen Aussehen des dicken Wälzers nach musste ihn sein Besitzer stark in Anspruch genommen haben. Wer weiß, wie viele Menschen er in der Vergangenheit mit der Heiligen Schrift zu bekehren versucht hatte.

»Ich!« Maria meldete sich zu Wort.

»Dann will ich einmal hören, ob es auch stimmt, was du da behauptest.« Er schlug das Buch der Bücher an einer beliebigen Stelle auf und schob es ihr über den Tisch zu. Das Licht, das durchs offene Fenster fiel, reichte aus, um die Buchstaben und Zeilen gut zu erkennen. Nicht nur der Pater, auch Malin wartete gespannt, was Maria machte.

Nach kurzem Räuspern begann Maria zu lesen. »Thomas aber... sagte zu ihnen... wenn ich nicht an seinen Händen... das Mal der Nägel sehe... und nicht meine Hand... in seine Seite lege... glaube ich nicht...« Maria geriet ein ums andere Mal leicht ins Stocken. Dafür blieb sie fehlerfrei. Pfarrer Mehlmann verstand es also nicht nur, den Katechismus zu lehren, sondern auch, den Kindern auf dem Johannesberg ordentlich Lesen und Schreiben beizubringen.

»Halleluja!« Pater Anselm setzte zu einem mächtigen Freudensprung an, der ihn fast bis an die Decke hob. Was man angesichts seiner Leibesfülle niemals vermutet hätte. »Das ist ja vielmals mehr, als ich in meinen kühnsten Träumen gewünscht habe. Kindchen, wenn du fleißig weiterübst, kannst du bald fließend lesen. Wir werden an dir noch unsere helle Freude haben...« Maria strahlte über beide Wangen.

»Und nun zu dir, Malin. Auch du sollst eine Aufgabe erhalten...« Pater Anselm ging wieder zu seinen vielen Kisten und kam kurz darauf mit ein paar kleinen Holzkugeln zurück. Bemalt in den buntesten Farben, besaßen sie in etwa die Größe von ausgereiften Äpfeln. Er legte die insgesamt fünf Kugeln vor Malin auf den Tisch.

»Was soll ich damit machen?«, fragte Malin und gähnte müde wie ein Löwe. Unter ihren verwundert dreinblickenden Augen taten sich hässlich dunkle Ringe auf.
»Jonglieren!«
»Bitte was?« Malin zuckte zusammen.
»Du sollst mit den Kugeln spielen. Sie hochwerfen und sie in der Luft kreisen lassen«, erklärte er. »Du hast das doch sicher einmal gesehen, wenn die Gaukler ihre Künste zeigen...« Malin schüttelte den Kopf.
»Ich habe schon mal dabei zugeguckt.« Maria sah verzückt auf. »Es war zu Rogatius, auf dem Jahrmarkt. Jonglieren ist was Zauberhaftes. Aber es ist bestimmt sauschwer, all die Kugeln, Bälle und Ringe durch die Luft fliegen zu lassen. Ohne dass etwas dabei herunterfällt.«
»Ach was, Humbug! Nur Übung macht den wahren Meister«, fuhr Pater Anselm dazwischen. »Malin, am besten du beginnst erst einmal mit zwei Kugeln.«
»Und für was soll das Ganze gut sein?«
»Zur Unterhaltung der Leute natürlich.«
»Ich möchte lieber etwas anderes tun...« Malin wandt sich wie ein Aal. »Ich fange uns stattdessen ein paar leckere Fische.«
»Ja, das kannst du ruhig«, ihm lief bereits das Wasser im Munde zusammen. »Aber vorher übst du mit den Kugeln und keine Widerrede mehr, verstanden?« Pater Anselms Stimme klang auf einmal nicht mehr so freundlich wie am Anfang. Dieser Zustand sollte sich fortan auch nicht mehr groß ändern.
»Ihr selbst müsst es mir aber erst einmal vormachen!« Malin war zum Reißen gespannt. Sie hoffte, er würde jene Kunst nicht beherrschen.
»Dann schau genau hin!« Pater Anselm schnappte sich alle fünf Holzkugeln und ging damit auf die Stufen der Wagenleiter. Zuerst begann er nur mit zwei der Kugeln zu jonglieren. Kaum, dass sie seine flach ausgestreckten, tellerartigen Handflächen berührten, flogen sie auch schon wieder in die Luft. Tatsächlich - er konnte es. Noch hoffte Malin auf sein Scheitern, doch vergebens. Plötzlich schnellte eine dritte Kugel hoch. Es ging alles ganz fix. Hoch und runter, hoch und runter, immer wieder. Schließlich brachte er die vierte Kugel ins Spiel. Bald wirbelten alle fünf Kugeln scheinbar mühelos im tanzenden Reigen kreisförmig in der Luft.
»Das kriege ich niemals hin«, stöhnte Malin schwer.
»Oh doch, das kannst du, ich habe es auch gelernt«, sagte er und fing die Kugeln einzeln wieder auf. Jetzt aber drückte er sie Malin in die Hand.

*

Keine zwei Tage waren nötig und das Wasser auf dem Platz war wieder verschwunden, als hätte es den Regen nie gegeben. Die sengenden Strahlen der Junisonne hatten es regelrecht aufgesogen. Zwischen dem aufgerissenen und knochenharten Erdreich welkten bereits die ersten Grasbüschel.
Maria saß über dem dicken Folianten. Seite für Seite, las sie laut aus dem Neuen Testament vor. Manche Textstellen wusste sie schon beinahe auswendig. Wäre sie ein paar Jahre älter, so hätte sie leicht Aufnahme in einem Kloster gefunden. Die Schwarzen Beginen zu Aschaffenburg, die in ihrem Haus im Thiergarten hinten an der Eich lebten, hätten sich über Maria bestimmt gefreut. Malin versuchte sich derweil in der hohen, recht schwierigen Kunst des Jonglierens. Sie begann zuerst mit einer, dann mit der zweiten Kugel. Verflixt und zugenäht, es war schon eine verdammte Sache, mit der sie sich da auseinandersetzen musste. Mehr als nur einmal verfluchte sie diesen falschen Pater, der sich immer mehr zu einem wahren Wolf im Schafspelz entpuppte. Sie wünschte ihm die Pest in seinen fetten Ranzen. Die Ärmste war schon der Verzweiflung nahe, es wollte einfach nicht klappen. Sobald sie die Kugeln in die Luft warf, fielen sie ihr wie reifes Obst um die Ohren. Malin verbrachte bald mehr Zeit damit, den über den Boden kullernden Kugeln hinterher zu springen und sie aufzusammeln, als sie in der Luft zu halten. Wo blieb nur ihr Ursus...
Nicht nur Pater Anselm ließ die beiden Mädchen kaum aus den Augen. Ein kleiner Junge, in abgerissener Kleidung und ganz barfuß, stand am Rande des Platzes und beobachtete das seltsame Treiben. Nach einer Weile war er wieder verschwunden.
Erst zur Mittagshitze, als die Sonne gnadenlos vom Firmament knallte, hatte Pater Anselm endlich ein Einsehen. Er ließ die beiden erschöpften Mädchen ihre langen Übungsstunden beenden. Wenigstens für ein paar Stunden. Gegen Abend hin würde sich das gleiche Spiel der Schinderei für sie wiederholen. Aber mit faul auf die Haut legen war nichts. Er schickte sie zum Fluss runter, damit sie ihm ein paar Fische fingen. Trotzdem waren Maria und Malin froh und überglücklich, der ewigen Quälerei zu entrinnen.
Aus einer langen Schnur und einem kleinen Nagel, den Pater Anselm im Nu mit einem Hammer krumm klopfte, war die nötige Angel gefertigt. Die Würmer für den Köder fanden sich auch noch. Malin schnapp-

te sich auf dem Weg hin zum Mainufer außerdem eine Heuschrecke. Solche Leckerbissen liebten die Fische.
Bäuchlings lagen die beiden am Flussufer. Sie hatten sich die letzten Schritte auf den Boden gelegt und waren geräuschlos vorwärtsgekrochen. Damit die Fische nicht verscheucht wurden, wie Malin meinte. Und in der Tat, sie hatten reichlich Anglerglück. Sobald die am Haken zappelnde Heuschrecke die Wasseroberfläche berührte, schnappte auch schon der erste Fisch gierig nach ihr. Es brauchte nicht lange, und mehr als ein halbes dutzend Rotaugen, Rotfedern und Barsche wanden sich wild nach Luft schnappend neben ihnen im Gras. Der letzte - ein großer fetter Schuppenkarpfen tat soeben nach langem Todeskampf seinen letzten Zucker.
»Dieser elende Leuteschinder, wenn wir ihn nur endlich vom Hals hätten!« Malin nahm die lange Angelschnur und schleuderte sie vor Wut auf den Boden. »Die vielen Jahre über, wo ich in Dragons Lager lebte, habe ich mich niemals so plagen müssen - nur damit sich die Leute amüsieren. Auf das Geklatsche und den Beifall kann ich liebend gerne verzichten. Viele der Soldaten hatten ihre Frauen und persönliche Diener an ihrer Seite. Es gab sogar eigens Knechte, Handwerker, Metzger und Krankenschwestern, die einem zur Hand gingen...«
In Malins Augen lag ein feuchter Schimmer. Sie wusste, dass dies alles nicht mehr so sein würde. Sie hatte ihre Heimat, man konnte dies durchaus so nennen, für immer verloren. Wie Malin wurden viele Menschen in eben einer solchen Lagergemeinschaft geboren, lebten und starben dort. Es war nicht anders als in einem Dorf oder in einer Stadt. Nur, dass es halt ein Leben auf Rädern war.
»Später reparierten, nähten, wuschen und versorgten uns die Sklaven aus den niedergebrannten Dörfern...«
»Du trauerst deinen Leuten sehr nach, stimmt's?«
»Ja, es war eine richtig schöne kleine Stadt auf Reisen, wenn wir so mit unseren Wagen und Zelten durchs Land zogen...«
»Das ist bestimmt wundervoll, man bekommt viel zu sehen«, sagte Maria. »Ich war auch sehr gerne in unserem kleinen Dorf, oben auf dem Berg. Ob ich dahin jemals wieder zurückkomme?«
»Bestimmt!« Malin war kein Mensch, der lange Trübsal blies. »Weißt du was? Wir brennen einfach durch...«
»Wollen wir das wirklich?!«
»Da fragst du noch? Du willst doch nicht etwa den Rest deines Lebens bei diesem hintertriebenen Gaukler verbringen?«
»Nein!«

»Also, dann lass dich nicht lange bitten und komm mit.« Malin stand auf. »Dort drüben liegt der Kahn, wir müssen ihn nur zu Wasser bringen und schon sind wir weg...«
Beide nahmen sich bei der Hand und schlenderten vergnügt zur Stelle, wo sie das Unwetter hatte stranden lassen. Sie schoben und drückten, was die Kräfte hergaben. Der Nachen rührte sich kein Stück vom Fleck, als sei er angewachsen.
Plötzlich ging ein heftiges Rascheln durchs Gebüsch. Erschrocken warfen sie ihre Köpfe herum.
»Das ist bestimmt Ursus! Wo mag sich der Ausreißer nur wieder herum getrieben haben...«
»Hauptsache, er kommt zurück!« freute sich Maria.
Ihre strahlenden Mienen erstarrten zu steinernen Masken. Anstatt wie erhofft ihren geliebten Ursus begrüßen zu dürfen, sahen sie, bleich vor Schreck, in Pater Anselms grinsende Fratze.
»Habt wohl gedacht, ihr könnt mir einfach so davon laufen, ihr undankbaren Geschöpfe, was?«
»Ja! Und zwar auf Nimmerwiedersehen!«, schrie ihm Malin ins Gesicht und rannte zum Kahn zurück. Verzweifelt stemmte sie sich dagegen, um ihn doch noch ins Wasser zu schieben.
»Nur hinein damit, wenn ihr lebensmüde seid«, höhnte er und stellte den schweren Eisenhammer, den er bei sich trug, vor seinen Füßen ab.
»Was meint ihr damit?«
»Wirf ruhig einmal einen Blick in den Nachen, dann siehst du es...«
Ungeheuerlich! Vor Malins entgeisterten Augen tat sich die ganze üble Bescherung auf. Der Boden des flachgestreckten Nachens war übersäht mit lauter Löchern. Wahrhaft, ihre Flucht hätte mit absolut tödlicher Sicherheit ein schnelles Ende gefunden.
»Das ist ganz allein euer Werk, ihr habt den Kahn zerstört! Ihr seid ein ganz hundsgemeines Scheusal...«
»Ja, tob dich nur aus, kleiner Wildfang. Unser Herr ist gnädig, da will auch ich gerne eure Ungezogenheit verzeihen...« Ehe sich's die beiden richtig versahen, packte er sie am Kragen und schleppte sie zum Lagerplatz zurück.

*

Ein neuer Tag ging ins Land. Die letzte Nacht hatten Malin und Maria ohne Abendbrot ins Bett gemusst. Da konnte Malin auch noch so schimpfen und zetern wie ein Rohrspatz. Pater Anselm blieb stur.

»Strafe bleibt Strafe!« Sprach's, und machte sich ganz alleine über die auf dem Lagerfeuer gebratenen Fische her.
Für heute hatten sie Pater Anselm mit ihren Übungen zufrieden gestellt. Maria las inzwischen viel flüssiger. Auch Malin machte immense Fortschritte. Obwohl sie es selbst nie für möglich gehalten hätte, sie schaffte es tatsächlich, zwei der Kugeln in der Luft zu jonglieren.
Ihr beider schwer erkämpfter Lohn war nichts anderes als eine einfache Hafergrütze. Das karge Essen, das er ihnen in zwei tönernen Näpfen servierte, war längst erkaltet. Traurig und niedergeschlagen saßen die beiden auf der kleinen Wagenleiter. Um ihre Fußgelenke schlangen sich zwei lange Stricke.
»Ich mag diesen schleimigen Brabbes nicht!« Maria verzog angewidert ihr Gesicht.
»Dieser Mistkerl hält uns wohl für Hunde.« Malin zog fest am Strick. Doch dieser gab um kein Deut nach. Sie hatte sogar schon versucht, ihre Fesseln durchzubeißen. Was aber ebenso wenig gelang. Es raubte ihr fast den Verstand, wie ein Tier angebunden zu sein.
»Wo zum Henker steckt Ursus nur?« Malin sah verzweifelt zum Wald hinüber, der sich rechts von der Ruine der Schleifbachmühle zum Horizont hinzog. »Das hat er bislang noch nie gemacht, dass er solange ausbleibt.«
»Ihm ist bestimmt was Schlimmes zugestoßen«, meinte Maria und seufzte. »Vielleicht hat ihn ein Jäger erlegt oder die Soldaten haben...«
»Mal den Teufel nicht an die Wand. Das wollen wir nicht hoffen, es wäre unweigerlich unser eigenes Verderben...« Mit hasserfüllten Augen sah sie zu Pater Anselm hinüber.
Dieser saß gemütlich am Lagerfeuer. In einem kleinen Kessel schien er etwas zu kochen. Vielleicht seine nächste Mahlzeit? Nein, es war etwas anderes, sie wussten aber nicht, um was es sich handelte. Der Rauch zog in eine andere Richtung. Zuerst goss er einen vollen Eimer Wasser aus dem Main in den Kessel. Anschließend gab er aus kleinen Flaschen tröpfchenweise irgendwelche Flüssigkeiten dazu und rührte das Ganze um. Neben seinem Schemel, der schwer unter seinem breiten Hintern ächzte, stand eine seiner vielen Kisten. Ein ganzes Sortiment an leeren Flaschen kam zum Vorschein.
»Was mag er jetzt wieder aushecken, dieser Scharlatan?« Malin spuckte aus Ekel vor ihm im hohen Bogen aus.
»Ihr sündhaften Herzchen, ihr könnt noch so leise flüstern, ich höre trotzdem jedes einzelne Wort, das ihr sprecht.« Er drehte ihnen kurz seinen Kopf zu. »Wer oder was ist denn dieser Ursus, von dem ihr da

immerzu redet? Ein imaginärer Freund vielleicht, der euch befreien kommt?« Er grinste schmutzig. »Ihr seid auch nicht anders als der Rest der dummen Menschheit, die Rettung aus ihrem irdischen Jammertal durch den Herrgott erhofft. Hahaha...«

»Für diesen Frevel schmort ihr eines Tages in der Hölle«, schleuderte ihm Malin entgegen. »Euch ist wirklich nichts heilig.«

»Das allein glückselig Machende auf Erden ist das Geld, das die Leute zu mir bringen. Das Kriegsvolk frisst sich durchs Land und nimmt von den Bauern und Bürgern was es in die Finger bekommt. Ich für meinen Teil muss ja letztlich auch von etwas leben. Von Luft und frommen Gebeten kann selbst ein Heiliger nicht auf Erden wandeln. Wahrlich, es gibt keinen geeigneteren Nährboden als die Einfalt und den Aberglauben...«

»Was braut ihr denn da für eine Hexenbrühe?«

»Das, mein Kind, wird ein Elixier, es hilft gegen vielerlei Gebrechen. Ich halte die Einnahme dringend für ratsam. Es gibt nichts Besseres, mit was man sich den Schwarzen Tod vom Leibe hält. Man muss nur...«

»...ganz fest daran glauben, ihr schäbiger Giftpanscher!«, fiel ihm Malin zornig ins Wort.

»Sei bitte nicht so hart zu mir«, erwiderte er ungerührt und goss weiterhin irgendwelche Tropfen in die dampfende Wassersuppe.

»Und dass ihr es wisst, unseren Ursus gibt es wirklich!« Nun war es Maria, die endlich einmal den Mut aufbrachte, gegen ihn das Wort zu erheben. »Er ist unser Bär und stark ist er auch. Da ist nichts mit drolligen Späßen. Sobald er euch sieht, beißt er euch den Kopf ab.«

»Ohhh, mir zittern schon die Glieder«, höhnte er in gespielter Angst. In Wahrheit jedoch kroch ihm ein gehöriges Unbehagen durch seinen stark geblähten Bauch, was aber nicht an den vielen Fischen lag, die dem unflätigen Völlerer seit gestern Abend so furchtbar schwer im Magen lagen. Was war, wenn die Mädchen tatsächlich die Wahrheit sagten? Wenn nötig, musste er Vorsorge treffen. Er wusste auch schon wie...

*

Er lag still auf dem mit Blättern übersäten Boden. Sein braunes Fell strotzte nur so vor Dreck, Kletten, Grashalmen und Blättern. Hin und wieder hob er müde seinen großen Kopf und glotzte mit seinen kleinen tiefschwarzen Augen traurig zum Rand der großen Grube hinauf. Die Wände der Grube trugen überall Kratzspuren seiner Pranken. Verzweifelt hatte er versucht, aus seinem Gefängnis zu entkommen. Die Zunge

hing ihm weit aus dem Maul. Er hatte großen Durst und litt wahre Höllenqualen. Das Knurren seines hungrigen Magens war nicht zu überhören.
Wer auch immer hier das große tiefe Loch in den Boden des Bauernwaldes im Oberweihdicht gegraben hatte und welche Absicht dahinter steckte, bleibt ein Geheimnis. Doch einer wusste um die Existenz der Grube und machte diese sich zu Nutzen. Dem ausgelegten Köder, ein mit Wildhonig beschmierter Brotlaib, konnte kein Bär widerstehen. Schon von weitem, hatte Ursus den köstlichen Leckerbissen gewittert. Wo er die ganze Zeit über seit dem verheerenden Unwetter gesteckt hatte, darum wusste nur er ganz allein. Der Schreck, der ihm angesichts von Blitz und Donner in die Glieder gefahren war, musste ihn jedenfalls mordsmäßig in Panik versetzt haben. Vielleicht war er solange davongesprungen, bis ihm die Tatzen glühten. Seine Flucht hatte ihn längst außer Reichweite getragen, bisher sehr zum Leidwesen von Malin und Maria.
Das Hineinkommen in die Grube mochte für Ursus noch einigermaßen einfach vonstatten gegangen sein. An ein Herauskommen jedoch war nicht mehr zu denken. Alles Winseln, Keuchen und Brüllen brachten ihm keinen Nutzen. Er konnte sich noch so auf die Hinterbeine stellen und mit den Vorderpranken scharren und wühlen. Oder vor Wut in die Erde beißen. Die Freiheit tat sich einfach nicht auf. Es war das erste Mal für ihn, dass er in einer solch schlimmen Bredouille saß. Wer weiß, wahrscheinlich bedeutete es für ihn sogar das bittere Ende...
»Veni, vidi, vici!« Am oberen Rand der Grube erschien Pater Anselm. »Schau an, wen haben wir denn da?« Triumphgeheul lag in seiner finsteren Stimme. »Deine Keulen geben sicherlich einen schmackhaften Schinken ab...«
Sowie Ursus ihn zu Gesicht bekam, fielen jeglicher Kummer und Mattigkeit von ihm ab. Seine Halskrause sträubte sich. Er spürte die ungeheure Gefahr, die von diesem großen Zweibeiner ausging. Aus seinem Rachen strömte ein drohendes Brummen. Plötzlich, als steche ihn gleich ein ganzer Schwarm Honigbienen in seinen Pelz, sprang Ursus auf und machte einen gewaltigen Prankenhieb in die Richtung von Pater Anselm. Die gefährlichen Krallen fegten über den Grubenrand hinweg auf ihn zu. Nur durch einen beherzten Sprung zur Seite, blieb ihm die wenig angenehme Bekanntschaft mit der Bärenpranke erspart.
»Belua capitum. Du wirst noch sehen, wer hier am Ende der Sieger bleibt. Verlass dich drauf!« Mit teuflischem Grienen ging er ins Lager zurück. Ursus kam nicht umhin, ihm ein kräftiges Brüllen hinterher zu schicken.

Sicherlich wäre es für Pater Anselm ein Leichtes gewesen, den beiden Mädchen gegenüber nichts von seinem Fang zu erzählen. Was anfangs auch gar nicht auf seinem Plan stand. Ursus sollte in der Grube elendig zu Grunde gehen. Aber auf dem Weg ins Lager kam ihm eine Idee. Und diese wollte er auch durchziehen. Sein »Heiliges Reliquienkabinett« sollte an Attraktivität gewinnen. Die beiden Mädchen mussten nur noch mitziehen.

Pater Anselm traf Malin an, wie sie ihr Glück mit drei Kugeln versuchte. Maria sah ihr dabei aufmerksam zu und drückte ihr fest die Daumen. Er nickte zufrieden. Die zwei Neuen waren fast schon so gut wie ihre Vorgänger. Trotzdem war es jammerschade, dass Jan und Hildegard vor einigen Monaten von der Pest dahingerafft worden waren. Maria und Malin hatten Glück, großes Glück, als sie sich weigerten, die modrig stinkenden und pestverseuchten Kleider der Toten anzuziehen. Gott sei Dank, das Zeug war samt der verfluchten Flöhe zwischenzeitlich den Flammen zum Opfer gefallen.

Warum ausgerechnet Pater Anselm mit seinem überlangen Sündenregister noch am Leben war, hatte er wohl einzig und allein einer Laune der Natur zu verdanken. Oder lag es vielleicht doch an einer Buhlschaft mit dem Teufel, der sich die Schlechtesten bis zum Schluss aufhebt?

Pater Anselms langes Warten auf neuen Nachwuchs hatte sich also gelohnt. Nicht das kleinste Stoßgebet war über seine Lippen gekommen, wie er heuchlerisch behauptete. Die gottlose Welt da draußen war voll von elternlosen Kindern und Jugendlichen. Man brauchte eben nur Geduld, und das war schon alles. Jan und Hildegard hatten aus einem kleinen Dorf aus dem Odenwald gestammt. Und er hatte die beiden Waisenkinder nur auflesen müssen...

Langsam wurde es Zeit, die leere Geldschatulle wieder aufzufüllen sowie seinen ewig knurrenden Magen. Ständig nur Frösche und Fische zu essen, hing ihm bald zum Hals heraus. Wenn dies so weiter ging, wuchsen ihm bald Schwimmhäute. Ihm gierte nach einem saftigen Ochsenbraten. Andere, wohl die meisten seiner Zeitgenossen, waren glücklich, wenn sie ihren Bauch überhaupt voll bekamen, notfalls auch mit den Kadavern toter Katzen und Hunde. Selbst vor dem Verzehr der eigenen Spezies schreckten die furchtbar Hungernden nicht zurück!

»Meine lieben und braven Kinder, ich möchte euch mit einer guten Nachricht überraschen...«, begann er verheißungsvoll, als wollte er gleich die Bergpredigt hinausposaunen.

»Wollt ihr uns etwa die Freiheit schenken?« Malin sah auf und ließ prompt die Kugeln achtlos zu Boden fallen.

»Ihr seid doch keine Gefangenen«, beteuerte er, »ihr kamt doch freiwillig zu mir.«
»Und was ist das hier?« Malin zerrte am Strick, der sich um ihren rechten Knöchel schlang.
»Das alles dient nur eurer Sicherheit«, erklärte er, »da draußen wimmelt es nur so vor Mordbrennern, Strauchdieben, Halsabschneidern und Soldaten. Die Gefahr, dass ihr diesem finsteren Gelichter in die Arme fallt, sobald ihr von hier weglauft, ist zu groß...«
»Und wenn schon, sollte sich die Gelegenheit bieten, hauen wir von hier ab!«, schleuderte ihm Malin voller Widerborst entgegen.
»Würdet ihr das auch tun, wenn ich euch mitteilte, dass euer Ursus noch am Leben ist?«
Die Überraschung saß! Beiden kippte vor Staunen die Kinnlade herunter.
»Ihr lügt doch nur wieder!«, stieß Malin hervor.
»Obacht, leg kein falsch Zeugnis ab wider deinen Nächsten«, begann er und setzte dabei seinen berühmten verklärten Blick auf, der Malin fast zum Rasen brachte.
»Ich weiß um das achte Gebot, das der Herr auf dem Berge Sinai Mose verkündete... Nur haltet ihr es nie ein! Verschont uns bitte mit eurer falschen Frömmigkeit!« Malin hielt sich die Ohren zu.
»Wollt ihr nicht wissen, wo sich der Bär aufhält?«
Verblüfft sahen sich Maria und Malin an.
»Will er uns zum Narren halten?« Maria ließ die Kugeln ins Gras fallen, die sie für Malin aufgehoben hatte.
»Das werden wir gleich sehen«, antwortete diese und richtete ihm trotzig ihren Blick zu. »Da lachen ja die Hühner, ihr und Ursus... wenn er euch sieht, tötet er euch!«, blaffte Malin.
»Nein, das kann er nicht!« Sein Tonfall klang ernst, todernst.
»Warum?«
»Weil ich ihn in einer Grube gefangen habe und er von alleine nicht wieder herauskommt.«
Malin geriet in helle Aufregung. Verzweifelt versuchte sie, vom Strick loszukommen. Durch das ständige Gescheuere am Fußgelenk zeichnete sich bereits eine rote Strieme ab. Wenn das noch lange so weiterging, kam es bald zu einer Wunde, die sich irgendwann entzündete. Bei Maria war es nicht anders.
»Lasst mich los, ich will zu meinem Freund!« Malin plärrte wie am Spieß.
»Ich will Ursus die Freiheit zurückgeben, wenn ihr mir dafür das Versprechen gebt, nicht fortzulaufen.«

»Was nutzt es, wenn wir nicht bei ihm sein können. Er ist das Leben draußen im Wald nicht gewöhnt, er war immer nur bei Menschen – bei mir!«
»Da mach dir mal keine Sorgen«, antwortete Pater Anselm, »ich habe da eine himmlische Eingebung, womit uns allen vieren geholfen ist.«
»Und die wäre?«
»Wir nehmen Ihn hier bei uns auf. Ursus soll in unserer Schau auftreten und dem staunenden Publikum Kunststücke vorführen. So etwas will das Volk sehen...«
»Nein, niemals!«, zischte Malin. »Ich lasse nicht zu, dass ihr aus meinem Bären einen Hanswurst macht!«
»Wie du willst, mir soll es recht sein. Es ist ganz alleine deine Entscheidung, ob er am Leben bleibt...« Scheinbar uninteressiert wandte sich Pater Anselm ab.
»Dieser Meister des Lügens! Er blufft!«, sagte Malin aufgeregt zu Maria.
»Aber wenn er ausnahmsweise die Wahrheit spricht, muss Ursus leiden. Und du hast Schuld daran...« Maria kämpfte mit den Tränen .
»Also gut, du Heulsuse, ich muss dem Scharlatan halt Glauben schenken, auch wenn es mir schwer fällt. Wir haben schließlich nichts zu verlieren...«

*

Pater Anselms durchtriebener Plan schien aufzugehen. Die Mädchen willigten ein und gaben ihr Versprechen, nicht wegzulaufen, wenn Ursus dafür wieder aus seiner Falle herauskam.
Gemeinsam fällten sie einen kleinen Baum, schleppten ihn zur Grube und schoben ihn ins Loch hinab. Ursus nahm das Angebot auf der Stelle an und kletterte heraus. Jaulend und winselnd vor Freude, sprang er sogleich zu Malin und Maria. Liebkosend leckte er ihnen mehrmals mit der Zunge über Gesicht und Hände. Auch sie strahlten vor purem Glück.
Als Ursus jedoch Pater Anselm gewahr wurde, konnte er sich ein neuerliches zorniges Brummen nicht verkneifen. Pater Anselm rutschte das Herz in den Kuttenrock. Eiligst versuchte er, hinter einen Baum zu flüchten. Ursus nahm sofort die Verfolgung auf und setzte ihm nach. Sein Instinkt verriet ihm, dass er hier keinen guten Menschen vor sich hatte. Das Leben und Wohlwollen der zwei Mädchen stand auf dem Spiel. Pater Anselm war wie gelähmt vor Angst, er hielt sich hinter dem dicken Stamm einer alten Eiche versteckt. Er machte keinen Mucks, ja er versuchte, nicht einmal mehr zu atmen. Es hatte alles keinen Zweck.

Ursus fand ihn auch so. In Augenhöhe standen sie sich gegenüber. Ganze zwei Schritte trennten Mensch und Tier voneinander. Ursus stellte sich plötzlich auf die Hinterbeine und begann zu brüllen, so laut es seine Stimme nur hergab. Im Nu ergriffen im weiten Umfeld von Wald und Flur sämtliche Tiere und alles was sonst noch kreuchen und fleuchen konnte die Flucht.

Jetzt war es soweit, sein Ende nahte... In Form eines schrecklichen, furchteinflößenden Gebisses sah er dem Tod ins Angesicht. Pater Anselm schwitzte Blut und Wasser, viel fehlte nicht und er wäre allein schon vor Angst gestorben. Aber nur beinahe - der Teufel wollte ihn anscheinend jetzt noch nicht in sein höllisches Reich hinabholen.

Endlich war die Gelegenheit da! Malin und Maria konnten sich den verhassten Quälgeist vom Leib schaffen. Sie brauchten nur wegzurennen. Noch war Zeit dazu. Jeden Augenblick konnte Ursus zum tödlichen Prankenhieb ausholen...

Doch die beiden zeigten sich viel zu überrascht. Sie verharrten tatenlos auf der Stelle. Ursus zögerte, er beließ es beim Brüllen.

Trotz der mehr als heiklen Situation, in der er schwebte, ergriff Pater Anselm die Initiative und warf Malin eine Kette zu, die er die ganze Zeit über bei sich getragen hatte. Dass er diese bei seiner Flucht nicht fallen ließ, war jetzt sein Glück.

»Hier, lege sie ihm rasch um den Hals!«, rief er ihr schweißüberströmt zu.

Malin zögerte keinen Moment und nahm die Kette auf. Ohne zu Murren oder sonstige Einwände vorzubringen, führte sie seinen Befehl mit rein mechanischen Griffen aus. Vielleicht stand die Ärmste noch immer unter dem Einfluss seiner ewigen Kommandiererei und Schikane, sodass sie gar nicht anders konnte als ihm zu folgen. Sie hatten ihre einmalige Chance vertan. Anstatt in ihre wohlverdiente Freiheit zu entschwinden, führte ihr Weg zurück ins Lager. Und das mit einem Gefangenen mehr. Wenigstens hatten sie ihren geliebten Ursus wieder zurück.

Der strahlende Sieger des Tages war einmal mehr Pater Anselm. Im respektierlichen Abstand folgte er seinen unterjochten Mitarbeitern. Hin und wieder warf ihm Ursus einen drohenden Blick zu, als wollte er damit sagen: Komm mir ja nicht zu nahe!

»Lass ihn, mein Bester – er ist es nicht wert, dass du an ihm zum Mörder wirst.« Malin strich ihm sanft übers Fell.

»Wer weiß, vielleicht ist es besser so, wenn wir alle zusammen bleiben«, meinte Maria.

»Nein, lieber möchte ich tot sein als auf ewig mit diesem Gaukler

durchs Land ziehen zu müssen.« Malin zog eine verdrießliche Miene.
»Das möchte ich auch nicht«, pflichtete ihr Maria bei und lief neben Ursus her. Aus seinem Rachen strömte ein zufriedenes Brummen. Noch ahnten sie nicht, dass zumindest für eine von ihnen das Zusammenleben mit Pater Anselm noch für eine sehr, sehr lange Zeit andauern sollte...
Anfangs blieb Ursus an einer langen Eisenkette gefesselt. Dafür verschwanden die Fußfesseln bei Malin und Maria. Innerlich litt Pater Anselm wahre Höllenqualen. Er fürchtete sich vor Ursus, deshalb bauten sie einen großen Käfig für ihn. Es wäre besser so, meinte er, denn ein Tier hinter Gittern strahle mehr Gefährlichkeit aus und bereitete den Menschen einen zusätzlichen Nervenkitzel. Trotz allen Unbehagens, das ihm die Anwesenheit des Bären bereitete, bedeutete er für Pater Anselm ein ganz gewichtiges Faustpfand. Blieb der Bär, so blieben auch die Mädchen bei ihm. Und nur mit ihnen konnte seine Schau beginnen, die ihm - und da war er sich todsicher - viele klingende Münzen einbringen würde. Wäre Ursus wirklich so wild und roh, wie es sein Gefängnis vorgaukeln sollte, so hätte er dieses im Handumdrehen mit ein paar wenigen Prankenhieben auseinander genommen und kurz und klein gehauen - und hätte das Weite gesucht.

*

Nun war auch Ursus an der Reihe. Er musste ebenfalls hart arbeiten, wollte er etwas zum Fressen haben. Zum Glück studierte Malin all die Kunststücke mit ihm ein, nach denen Pater Anselm unnachgiebig verlangte. Malin zweifelte, ob diese unsägliche Tierquälerei je ein Mensch sehen wollte. Wieder einmal schwang sich der Mensch als das angeblich intelligenteste Lebewesen auf dem Erdball auf, um eine niedere Kreatur zu seinem Werkzeug, zu einem willenlosen Sklaven zu machen, und dies mit dem einzigen Gedanken, möglichst viel Kapital daraus zu schlagen.
Obwohl es eigentlich überhaupt nicht erforderlich war, bestand Pater Anselm beharrlich darauf, dass Ursus fortan einen Maulkorb tragen musste. Er sollte sich daran gewöhnen, bevor er dann vor dem Publikum auftrat. Zuschauern dürfe kein Leid geschehen. Es würde ihrer aller Kopf kosten, sollte jemand bei der Schau zu Schaden kommen. In Wirklichkeit jedoch lag es nur an Pater Anselm, der sich vor Ursus mit allen Mitteln schützen wollte.
Ursus lernte, große und kleine Bälle über den Boden zu rollen. Und wie ein Mensch eine Treppe hoch und wieder herunter zu gehen. Oder sich

in aufrechter Haltung auf den Hinterbeinen im Kreis zu drehen. Er begriff seine Lektionen ziemlich schnell. Nur wenn er gut arbeitete, erhielt er auch einen Happen zu Fressen. Eine ganz einfache Rechnung, die dem tierischen Sklaven ins Blut überging.
Aus dem kleinen Jungen, der als Erster neugierig dem seltsamen Treiben auf dem Platz beiwohnte, wurde mit den Tagen regelrecht eine große Kinderschar. Nach und nach trauten sie sich immer mehr in die Nähe. Hätte es da die Armenspeisung des nahen Klosters nicht gegeben, so wären die verlorenen Seelen längst ihren Eltern ins Grab gefolgt. Staunend und applaudierend verfolgten sie mit Spannung und Interesse die zauberhaften Kunststücke, die Malin und Maria mit Ursus darboten.
»Kommt ruhig her zu uns!« Pater Anselm winkte die Kinder zu sich. Sie folgten seiner Einladung. Ursus rückte wie immer in den Mittelpunkt des Geschehens. Pater Anselm wollte ihn schon in den Käfig sperren lassen, doch Malin wehrte ab. Ursus tat keinem etwas zuleide. Er war die kleinen Zweibeiner ja bereits gewöhnt, er liebte sie, wie man an Malin und Maria sah.
Ursus hoffte, auch von seinem Publikum ein paar köstliche Leckerbissen zu bekommen. Schon stellte er die tollsten Sachen an. Er erhob sich auf seine Hinterbeine und ruderte bettelnd mit den Tatzen in der Luft herum. Die Kinder kreischten vor Vergnügen. Ursus schlug Purzelbäume und tanzte wild umher. Leider konnten sie ihm für seine Kunststücke keine Leckerbissen zuwerfen. Sie hatten ja selbst nichts zum Beißen. Wenn denn Ursus' Quälerei vielleicht für etwas gut war, dann war es die Freude, die er jetzt den Kindern mit seinen spaßigen Clownereien bereitete. So konnten sie wenigstens für kurze Zeit ihr trauriges Los vergessen.
»Ihr wollt doch sicher noch viel mehr von unserem Ursus sehen?«, fragte Pater Anselm mit listigem Lächeln.
»Jaaa!«, schallte es ihm aus unzähligen Kehlen begierig entgegen.
»Morgen früh, gleich nach dem Angelusgebet, beginnt unsere Schau. Jetzt lauft aber rasch in die Stadt zurück und sagt jedem Bescheid, mein heiliges Reliquienkabinett ist für jedermann geöffnet. Vergesst aber ja nicht auszurichten, dass ich ein wundersames Elixier gegen die Pest verkaufe...«
In der Kürze eines Augenzwinkerns, sprangen die Mädchen und Jungens lärmend vor Begeisterung nach Seligenstadt zurück.
»Heute kommt also endlich der große Tag, auf den wir alle schon so lange hin gearbeitet haben.« Pater Anselm zeigte sich tatendurstig. Er

streckte die Arme weit von sich, dass die Gelenke krachten. »Oh je, ich bin ja regelrecht eingerostet...«

»Das glaube ich euch gerne«, gab Malin kaltlächelnd zurück.

»Wie meinst du das?«, verwundert schüttelte er den Kopf. Inzwischen trug er eine Tonsur, wie es sich für einen richtigen Mönch gehörte. Maria hatte ihm hilfreich zur Hand gehen müssen, damit das Schafskleid dem Wolf ja richtig passte.

»So wie ich es euch sage«, erwiderte sie. »Während Maria, Ursus und ich uns Tag für Tag abrackerten, habt ihr die meiste Zeit über nur auf eurer faulen Haut gelegen und uns bei der Arbeit zugesehen...«

»Favete linguis!«, schimpfte er und rollte böse mit den Augen. »Ich will noch einmal Gnade walten lassen, weil du inzwischen mit vier Holzkugeln jonglieren kannst. Damit zeigt sich also, welch guter Lehrmeister ich bin. Jetzt könnt ihr wenigstens etwas...«

»...ja, die armen Leute beschummeln und sie mit irgendwelchem Hokuspokus hinters Licht führen«, gab ihm Malin aufmüpfig zur Antwort. »So wie ihr es mit den vielen Kröten vorhabt, die wir für euch fangen mussten und die ihr dann alle getötet habt.«

»Die Tiere sind ein Geschenk des Herrn! Sie sind nicht umsonst gestorben. Gedörrte Frösche helfen gegen die Pest. In Essig gebeizt, legt man sie auf die eitrigen Beulen und Geschwüre. Dadurch wird aus dem kranken Leib des Patienten das Gift herausgezogen...«

»Wenn man euch so zuhört könnte man meinen, ihr seid der gescheiteste und klügste Medicus aller Zeiten!«

»Du freche Rotzgöre, was weißt du schon von den Heilkräften von Mutter Natur? Nichts!«, stieß er wütend hervor.

»Dafür ich umso mehr!« warf Maria ein.

»Duuu?«, fragte er ungläubig mit langgezogener Stimme.

»Ja, ich habe bei meiner Großmutter Rosina gelernt, welche Kräuter und Pflanzen bei kleinen Zipperlein oder bei größeren Gebrechen helfen...« Pater Anselm horchte auf.

»...aber gegen das Wüten der Pest ist kein Kraut gewachsen!«, fuhr Maria fort. »Da nützt selbst der beste Theriak nichts.«

»Ach, du neunmalkluger Naseweis«, blaffte er, »wenn die Kunst der Medizin versagt, so kann oftmals auch der Glaube Berge versetzen.«

»Ihr meint, so wie bei euren Amuletten, die ihr ans Volk verkaufen wollt.«

»Ja, diese kleinen Herzsäcklein, die ich mit Melisse, Majoran, Rosmarin, Negelein und Zittwenkraut gefüllt habe. Sie verleihen eine hohe Schutzkraft.«

»Ich sehe schon den Tag kommen, an dem ihr für eure Lumpereien eingesperrt werdet.«
»Mundus vult decipi«, gab er grinsend zurück. »Ergo decipatur!«
»Erspart euch euren Kauderwelsch«, ereiferte sich Malin.
»Wehe euch, ihr macht mir nachher die Kundschaft abspenstig...« Pater Anselm hob drohend seinen Finger.
Plötzlich ertönte aus dem Bärenkäfig ein knurrendes Brummen. Ursus meldete sich zu Wort. Er tat dies immer, sobald der Pater laut wurde und mit den Mädchen schimpfte. Oft schlug er auch mit seinen Pranken zwischen den Gitterstäben hindurch. Für Anselm war es dann am besten, wenn er sich dabei nicht gerade in Ursus' Nähe aufhielt. So schlug das Schlotterbein einen weiten Bogen um den Käfig.

*

Ein großes Publikum säumte das ovale Rund des Platzes. Er reichte fast nicht aus, um alle Menschen zu fassen. Nicht nur die Seligenstädter hatten sich eingefunden. Auch aus Froschhausen, Kleinwelzheim, Steinheim und anderen Ortschaften, in denen es noch Leben gab, waren Leute gekommen.
In den Kreis der Bauern, einfachen Bürger und der großen Zahl an Kinder reihten sich allerhand Soldaten. Auch eine Hand voll Mönche des Benediktinerordens wohnten dem Schauspiel bei. Im Gegensatz zu Pater Anselm waren es richtige Geistliche. Sie verteilten missbilligende Blicke. Ihnen kam das Ganze nicht geheuer vor.
Pater Anselm schleppte noch schnell ein ordentliches Trumm von Holztruhe heran. Deckel wie Seitenwände waren reich mit vielerlei christlichen Symbolen verziert und trugen Schriftzüge in lateinischer Sprache. Dies war sein »Allerheiligstes«, wie er es stets nannte. Die gespannte Menge würde gleich erfahren, was er damit meinte... Er klatschte ein paar Mal fest in die Hände und gab Maria ein Zeichen. Das Stimmengewirr des Volkes verstummte. Neugierig reckten die Menschen ihre Hälse.
»Die Soldaten flochten einen Kranz aus Dornen und legten ihm einen purpurroten Mantel um...« Maria saß über dem Folianten und las laut daraus vor. Im Hintergrund begann Malin ihr Spiel mit den bunten Kugeln. In diesem Moment zog Pater Anselm einen kleinen, kaum sichtbaren Gegenstand aus der Truhe.
»Seht, ihr Gläubigen, das ist ein Zweig von der Dornenkrone Christi!«, trompetete er verheißungsvoll.

Die Zuschauer versanken ins Staunen. Ehrfurchtsvoll trug er die Reliquie im Kreis herum. Er hob das gute Stück weit in die Höhe, sodass es auch jene sehen konnten, die in den hintersten Reihen gedrängt standen. Die ersten bekreuzigten sich, mancher weinte, andere fielen vor Andacht auf die Knie.

»Thomas aber... sagte zu ihnen: Wenn ich nicht an seinen Händen... das Mal der Nägel sehe... und nicht meine Hand in seine Seite lege... glaube ich nicht...«, las Maria weiter. Erneut hielt Pater Anselm einen Gegenstand in seiner Rechten. Bei genauerem Hinsehen entpuppte er sich als langer, rostiger und verbogener Nagel, der unter unzähligen »Ohhhs« und »Ahhhs« von der gerührten und seufzenden Masse bestaunt wurde. Maria und Malin kam diese »Reliquie« irgendwie bekannt vor.

»Blasphemie! Gott lässt sich seiner nicht spotten!«, schrie einer der Mönche mit hochrotem Gesicht. Doch sein Ruf ging im Raunen und Geklatsche unter. Die wundersame Reliquienschau war aber längst nicht zu Ende. Während Maria weiterhin Stellen aus dem Neuen Testament vortrug, zeigte Pater Anselm dem verzückten Publikum Heiligtum um Heiligtum.

Einmal waren es die Holzsplitter vom Heiligen Kreuz. Dann gab es in einer Phiole Wasser aus dem Jordan zu sehen, wo der Schrift nach einst Johannes der Täufer Jesus getauft hatte. Die angeblichen Würfel, mit denen die römischen Soldaten um den ungeteilten Leibrock Christi losten, stammten wohl aus einer billigen Schenke, in der der Scharlatan irgendwann unterwegs Einkehr gehalten hatte.

Die zahlreichen Knochensplitter von Heiligen waren ebenso leicht zu besorgen wie all das andere. Friedhöfe, auf denen oftmals die Toten gar nicht mehr bestattet wurden, weil einfach keiner mehr da war, der sie unter die Erde brachte, gab es in den deutschen Landen zu Genüge. Da brauchte man nicht erst lange ins Heilige Land zu pilgern, um diese recht makabren Reliquien zu besorgen. Selbiges galt für den Sand, der von den Ufergestaden des Sees Genezareth stammen sollte, auf dem einst Jesus gewandelt war.

Die armen, im Aberglauben gefangenen Menschen bekamen im wahrsten Sinne des Wortes Sand in die Augen gestreut. Aber besonders in Zeiten der Not waren eben alle Mittel und Wege recht, mit denen man Rettung und Hoffnung aus dem Jammertal erlangen konnte. Die Bevölkerung wusste es verdammt noch mal eben nicht besser. Obrigkeit und Klerus hielten das normale Volk der Bauern und einfachen Bürgersleute künstlich auf geistig niedrigem Niveau. Krieg, Hunger,

Krankheit - dies alles seien Strafen des Herrn für ihre Sündhaftigkeit. Wer dem keinen Glauben schenkte, sah sich ruckzuck als Ketzer angeklagt. Für den Unglücklichen folgte dann die Strafe geistlicher und weltlicher Herren. Nur die Inbrunst eines gottgefälligen Lebens könne der im Zorne des Herrn auferlegten Pein Linderung verschaffen...
Niemand wollte die Wahrheit darüber wissen, woher der »Zahn des Heiligen Sebastian«, dem Schutzpatron der Soldaten und Schützen wirklich stammte. Pater Anselm stellte ihn in einem kleinen, gläsernen Kästchen zur Schau.
»Der heilige Sebastian hat durch seine Anrufung hin zu Gott schon des öfteren die Geißeln der Pest abgewendet. So wie im letzten Jahr, als Regensburg davon bedroht wurde...« Pater Anselm log, dass sich die Balken bogen. Er wurde nicht um einen Hauch röter im Gesicht. Vielleicht glaubte er schon seine eigenen Sprüche, die er den Leuten vorgaukelte. In Wahrheit fielen im Herbst 1634 allein in Regensburg um die 10.000 Seelen der Pest zum Opfer.
»Habt ihr auch ein Wundermittel, das einen vor dem Schwarzen Tod bewahrt?«, kreischte eine Stimme schrill über den Platz.
»Ja, ein solches besitze ich«, antwortete er vollmundig. In seinen Gesichtszügen blitzte ein schelmisches Grinsen. »Mein Acetum Theriacale ist ein wahres Zauberelixier!« Die Arme weit von sich gestreckt, gebärdete er sich wie ein wahrhaftiger Heilsbringer. »Ganze Armeen habe ich schon damit kuriert...«
Plötzlich ging ein heftiger Ruck durch die Reihen. Alles schob und drängte nach vorne. Geschrei brandete auf. Es kam zu Handgreiflichkeiten. Eine regelrechte Hysterie befiel das Publikum. Mancher war bereit zu töten, nur um an das Elixier zu kommen. Die Wand aus Menschenleibern kam zusehends näher. Maria und Malin wurde es langsam aber sicher bang ums Herz. Ängstlich wichen sie zum Wagen zurück. Er war ihre letzte Zuflucht...
»Ruhig, ruhig ihr guten Leute!« Pater Anselm geriet mächtig ins Schwitzen. Damit hatte er wirklich nicht gerechnet. Nur mit Müh und Not konnte er die aufgewühlten Leute einigermaßen im Zaum halten. »Jeder soll seine Wundermedizin bekommen!«
Alsbald verteilte er aus den längst bereitstehenden, aufgestapelten Kisten seine Wunderarzneien. Malin und Maria kamen zurück und halfen ihm dabei. Sie kamen fast nicht nach, den ungestümen Andrang der Kunden zu bewältigen.
Wer zum Zahlen kein Geld besaß, durfte auch ruhig in Naturalien seinen Obulus entrichten. Butter, Eier, halbe Hühner, einen Schoppen

Wein, aus dem Mehl von Eicheln gebackenes Brot, Krautköpfe - das alles und so manches andere, wechselte seinen Besitzer. Und was bekamen die Leute dafür: Nichts und nochmals nichts!
Das »Pestwässerchen«, das ihnen der betrügerische Quacksalber als Heilmittel anpries, war nichts anderes als ganz gewöhnliches Wasser aus dem Main. Damit das Ganze etwas an Geschmack und Farbe gewann, half der abgekochte Sud aus der bunten Mixtur von Kamille, Johanniskraut, Teufelskralle und Petriblume - und was Pater Anselm oder den Mädchen auf ihren Streifzügen in Wald und Wiese sonst noch so in die Finger kam. Die Ärmsten würden sich höchstens eine Reizung des Magens oder der Blase holen, wenn sie das Zeug zu sich nahmen. Die erhoffte Wirkung hingegen würde niemals eintreten. Die in Essig gebeizten, gedörrten Frösche fanden als Verkaufsschlager ebenso reißenden Absatz, genau wie die Amulette.
»Ich habe auch eine gute Arznei für unsere tapferen Herrn Soldaten!«
Während sich die meisten von ihnen beim Kaufrausch bislang noch etwas zurückgehalten hatten, drängten sie jetzt neugierig nach vorne.
»Ich habe hier auch Holunderöl!«
»Was sollen wir damit?«, schnarrte unwirsch ein zwiebelbärtiger Unteroffizier aus der mansfeldschen Armee.
»Damit guter Freund, könnt ihr Schusswunden kurieren!«
»Wie soll das gehen?«
»Das Schießpulver vergiftet eure Wunden. Wenn ihr diese mit siedendem Holunderöl ausgießt, bleibt euch der Tetanus oder die Blutvergiftung erspart!«, erkläre Pater Anselm.
»Rückt alles heraus, was ihr von diesem Zeug habt!«, stieß der Soldat hervor.
»Die Medizin ist teuer...« Er hielt eine ganze Kiste voll mit Holunderöl in den Händen.
»Das ist egal, wir lassen uns bei der Zahlung nicht lumpen«, erwiderte der Unteroffizier. »Ich denke, ein halbes Säugekalb reicht wohl im Tausch dafür, oder?«
»Ja, das wird es sicher!« Pater Anselm lief bereits das Wasser im Munde zusammen. Endlich kam er zu seinem heiß ersehnten Braten. Bei ihm wurde der Reim: »Sobald das Geld im Kasten klingt, die schwarze Seel' aus dem Fegefeuer springt« genau ins Gegenteil gekehrt! Tausend Fegefeuer würden wohl nicht ausreichen, um ihn jemals von seiner schweren Schuld rein zu waschen.
Die Mönche warfen ihm und seinem üblen Blendwerk der Hölle vernichtende Blicke zu. Wie konnte ein einzelner Mensch nur so verdammt

lügen. Bei dieser empfohlenen Behandlungsmethode trat genau das Gegenteil ein. Der Verwundete würde, da gab es überhaupt keine Zweifel, an einer Infektion zugrunde gehen.
Während sich die Soldaten fleißig in die Schlange der Kauflustigen einreihten, begann Malin mit der Vorführung der »wilden Bestie«. Nun kamen endlich auch die Kinder zu ihrem Vergnügen. Sie hatten lange darauf gewartet. Gespannt verfolgten sie, wie Ursus seine Kunststücke zeigte.

*

Der Platz hatte sich inzwischen wieder geleert, die Zuschauer waren nach Hause gegangen. Zufrieden und von neuer Hoffnung beseelt, trugen sie ihre unter großen Opfern erstandene Medizin wie ein Schatz mit sich...
»Bravo! Ihr habt eure Sache gut gemacht.« Pater Anselm grinste zufrieden bis über beide Ohren.
»Ich möchte nicht in eurer Haut stecken!«, mahnte Malin. »Man wird sie euch bei lebendigem Leib abziehen, sobald die Leute den ganzen Schwindel bemerken...«
»Wer ist in dieser Welt schon ohne Sünde«, tat er unschuldig und zuckte kurz mit den Schultern.
»Verschont uns bitte mit euren Sprüchen«, bat Malin. »Und außerdem rühre ich nichts von dem Essen an, was ihr den armen Menschen abgenommen habt. Lieber verhungere ich...«
»Pecunia non olet!«, antwortete Pater Anselm in aller Seelenruhe. Der prall gefüllte Geldbeutel in seinen Händen wog unheimlich schwer. Manch bravdumme Seele hatte heute ihren letzten Albus, Kreuzer oder Pfennig aus seinem Sparstrumpf zusammengekratzt, nur um in den Besitz eines Wundermittels zu kommen. Sie hätten ihr Geld genauso gut zum Fenster hinaus werfen können.
»Was soll der geheimnisvolle Spruch bedeuten?«, krächzte Maria. Ihre lange Leserei war sehr anstrengend gewesen und hatte somit ihre Stimmbänder arg in Mitleidenschaft gezogen.
»Das heißt soviel wie: ›Geld stinkt nicht‹. Es ist schlicht egal, wie man es verdient, Hauptsache, man muss nicht wie ein lumpiger Bettler um Almosen flehen«, erklärte er, und schob sich genüsslich eine dicke mit Butter beschmierte Scheibe eines Leimsamenkuchens in den Mund.
»Sobald sich deine Stimme bessert, will ich dir Latein beibringen«, sprach er mit vollem Mund, »ich kenne da ein schönes Kirchenlied von

Arnulph von Löwen.«
»Wie heißt es denn?«
»Oh Haupt voll Blut und Wunden...«
Während er in weiteren Plänen schwelgte, spülte er mit einem tüchtigen Schluck Wein nach. Malin und Maria zogen sich derweil in eine schattige Ecke unter den Wagen zurück. Die in ihrem Zenit stehende Sonne schickte ihre sengenden Strahlen zur Erde. Seit des vergangenen Unwetters hatte es keinen einzigen Tropfen mehr geregnet. Das Erdreich wies mittlerweile lange und tiefe Risse auf. Der Boden war hart wie der Panzer einer Rüstung,
Sie schwitzten aus allen Knopflöchern, so als säßen sie inmitten einer heiß dampfenden Badestube am »heißen Stein« zu Aschaffenburg. Ursus lag wie tot in seinem Käfig. Die Tiraden von Fliegen, die sich unablässig auf ihn herabstürzten, störten ihn nicht mehr. Er war einfach zu müde und erschöpft, um unnötig seine Kräfte zu vergeuden.
»Ich will auch nichts zum Essen haben«, meinte Maria und kauerte sich neben Malin auf den Boden. »Gemeinsam halten wir das bestimmt aus...«
Länger als zwei Stunden dauerte es nicht, und ihr beider Hungerstreik war beendet. Wie zwei hungrige Wölfe stürzten sie sich auf ihr Essen. Der Tisch im Wagen war bereits gedeckt, es war die bislang einzige gute Tat, die Pater Anselm für seine zwei fleißigen Mitstreiter vollbracht hatte. Sie hatten es auch verdient.
»Mit leerem Bauch lässt es sich schlecht kämpfen, um das Wort Gottes in die Herzen der Menschen zu tragen...«, sagte Pater Anselm und sah den Mädchen schmunzelnd beim Essen zu. Noch am selben Abend, bei Einbruch der Nacht, brachen sie das Lager ab. Sie verließen die Seligenstädter Gemarkung. Der große Wagen von »Pater Anselms Heiligem Reliquienkabinett« verschwand in der Dunkelheit. An der Kette angeleint, folgte Ursus dem Tross.

4

»Auch weiß der Mensch seine Zeit nicht, sondern wie die Fische gefangen werden mit dem verderblichen Netz und wie die Vögel mit dem Garn gefangen werden, so werden auch die Menschen verstrickt zur bösen Zeit, wenn sie plötzlich über sie fällt.«

Der Prediger Salomo 9, 12

Vom Dorf aus war die einsame Winzerhütte kaum zu erkennen. Man musste sich schon auf die Füße machen und ein Stück weit in die Weinberge hochsteigen. Vorausgesetzt, man war erpicht darauf, ein Bild des Jammers zu betrachten. Umgeben von endlosen Reihen knorriger Rebstöcke duckte sich der kleine windschiefe Bau an die steilen Hängen des Räuschberges. Niemand wusste, wie lange die Ruine eigentlich schon stand. Dem trostlosen Aussehen nach zu urteilen reichte die Errichtung weit in längst vergangene Generationen zurück. In Hörstein war keiner mehr am Leben, der sich daran erinnert hätte. Insbesondere die Herbststürme und die schwere Last von Eis und Schnee in den harten Wintermonaten hatten ihre zerstörerischen Spuren hinterlassen.

Der Abriss der Hütte aus verwitterten, losen und stark verzogenen Holzbrettern und Latten mit dem löchrigen Schildgiebeldach, auf dem bereits die meisten Schindeln fehlten, lohnte allemal. Höchstens ein Tier suchte hier vielleicht noch Zuflucht, wenn es sonst keinen anderen Ausweg mehr sah.

Einen Menschen würde es kaum hierher verschlagen. Es sei denn, außergewöhnliche Umstände zwangen ihn dazu. Doch die Zeiten waren reich an schweren Schicksalen und Nöten. Deshalb war es nicht verwunderlich, an einer solch kümmerlichen Stätte tatsächlich eine Menschenseele - oder auch zwei - anzutreffen.

Niemand anderes als die liebe, gute Rosina hatte gemeinsam mit ihrem jüngsten Enkel, dem kleinen Alexander, in der alten Winzerhütte Quartier bezogen. Beinahe ein ganzes Menschenleben war es mittlerweile her, seit sie das letzte Mal hier oben gewesen war. Um genau zu sein, im Herbst des Jahres 1569, wo sie ihrer Mutter bei der Traubenlese geholfen hatte. Knapp ein Vierteljahr später war die Winzerin gar nicht weit von hier auf dem Spiegelsberg als Hexe verbrannt worden.

Im Winter 1605 war es dann das letzte Mal, dass der scheußliche Geruch verbrannten Menschenfleisches vom Windhauch über die Rebhügel geblasen worden war. Erst das furchtbare Schreckgespenst der Pest hatte durch die sieben Tore Hörsteins treten müssen, um die Menschen zur Vernunft zu bringen, dass die Scheiterhaufen endlich zum Erlöschen kamen.

Die grausigen Ereignisse von einst blieben in Rosinas Bewusstsein stets wach. Trotzdem zerbrach sie sich in diesem Augenblick nicht ihren Kopf darüber. Sie hatte ganz andere Gedanken. Ihre einzige Sorge galt dem kleinen Alexander. Sie hielt ihn in ihren Armen. Er schlief fest, so wie die meiste Zeit, wenn sie ihn gefüttert hatte. Vorhin hatte er an einem süßlichen Rübensaft genuckelt, den sie ihm anhand eines kleinen getränkten Fetzen Leinentuchs reichte. Die großzügige Ration an Verpflegung, die sie von den Kroaten als Gegenleistung für die Aufnahme des pestkranken Meldereiters erhalten hatte, hatte Rosina zusammen mit einem kleinen Kochkessel auf einen Handwagen geladen und bis hoch in den Wingert gezogen.

Jetzt aber neigten sich die Essenvorräte dem Ende entgegen. Mit Kuhmilch, Brei und Krautsaft hatte sie Alexander die ganze Zeit über am Leben gehalten. Für sich selbst kochte Rosina seit Tagen lediglich eine dünne, bitter schmeckende Suppe aus Brennesseln und Kräutern. Sie spürte, wie sie zusehends schwächer wurde, kein Wunder bei dem großen Mangel an Nahrung. So durfte und konnte es einfach nicht weitergehen. Gerne hätte sie Elisabeth und die anderen Frauen aufgesucht. Aber sie konnte es nicht wagen, in den Ort zu gehen. Da war es viel zu gefährlich. Wer wusste, wer nicht schon alles mit der tödlichen Seuche infiziert war. Womöglich hatte der Schwarze Tod auch den letzten Rest der Bevölkerung ausgelöscht .

Auf ewig hier bleiben, nein, das konnte Rosina auch nicht. Das lag nicht nur allein daran, dass der Essensvorrat zu Ende ging. Die beiden hatten großes Glück, dass es seit etlichen Wochen nicht mehr geregnet hatte und kein Sturmwind blies, sonst wäre vermutlich die Hütte über ihnen eingestürzt und sie lägen jetzt unter den Trümmern begraben.

Ihr kummervoller Blick schweifte über die Weinberge und blieb schließlich an einem Bildstock hängen. Ihre Mutter hatte den Gedenkstein mit einem Kruzifix errichten lassen. An dieser Stelle sollte ihr Vater von einem Blitz erschlagen worden sein. Das einzige Zeugnis jenes Stephan Hartmann blieb sein Name, eingemeißelt im roten Sandstein. Es war abzusehen, dass er irgendwann vom Zahn der Zeit für immer ausgelöscht werden würde, wie eben alles Vergängliche auf Erden.

Einmal mehr wurde es Rosina schwer ums Herz. Ihr Seelenleben glich wie ein Spiegelbild der dunklen Wolkenwand, die sich von Südwesten gegen die Ausläufer des Hahnenkamms schob. Wahrlich, um ihre Zukunft war es nicht zum Besten bestellt. Um Himmels Willen, was sollte nur aus Alexander werden...

Diese bange Frage sollte sie in Windeseile beantwortet sehen. Während Rosinas gedankenversunkener Blick über Hörsteins Dächer und den Kirchturm von Maria Himmelfahrt kreiste, trat ein Mann in ihren Gesichtskreis. Dem Aussehen nach schien auch er nicht mehr der Jüngste. Die grauen Schläfen trugen die Zierde des Alters. Er schwitzte mächtig, der Schweiß benetzte sein blitzsauber herausgeputztes Wams. In diesem Sonntagsstaat würde er jetzt wohl kaum im Wingert arbeiten wollen. Und dies schon gar nicht bei dieser Hitze und dem herannahenden Gewitter.

Rosina stutzte. Das Gesicht kam ihr irgendwie bekannt vor. Sein Antlitz hatte sich unauslöschlich tief in ihr Gedächtnis eingegraben. Nein! Sie verwarf ihre Eingebung. Der Mann, den sie vor sich glaubte, war mit Sicherheit nicht mehr am Leben. Der wahre Schuldige am Tod ihrer Mutter war längst zur Hölle gefahren, wo er verdammt nochmal auch hingehörte.

Rosina hielt sich ihre Hand über die Brauen, um sich gegen das Sonnenlicht zu schützen. Mit jedem Schritt, mit dem der Ankömmling auf sie zuhielt, zweifelte sie mehr. Seine Ähnlichkeit mit dem alten Winzerbaron Matthes war wirklich verblüffend. Plötzlich fing Alexander an, mit seinen kleinen Füßchen zu strampeln und zu schreien. Was war nur in ihn gefahren? Rosina versuchte, ihn zu beruhigen.

Philipp schwitzte nicht nur wegen der verfluchten Hitze. Die Angst kochte in seinem Inneren hoch, sie erreichte fast den Siedepunkt. Was war, wenn Rosina ihn mit einem Schadenszauber belegte? Er wollte noch nicht sterben oder wie sein Vater als hilfloser Versehrter enden. Warum verwandelte sie sich nicht in eine Maus und verschwand einfach in einem Loch, wie es die Hexen machten, wenn sie in Gefahr gerieten? Zumindest hatte es ihm so sein Vater stets erklärt. Das wäre Philipp auch am liebsten gewesen. So aber war er ihr auf Gedeih und Verderb ausgeliefert.

Der Auftrag seines Vaters, die Hexe aufzusuchen, hatte ihn schon von Anfang an nicht sonderlich begeistert. Er hatte lange Zeit gezögert, um das Geheiß auszuführen. Eben auch, weil sein alter Herr ohne Unterlass vom Listenreichtum des Teufels und seiner Buhlinnen predigte. Neben den besonders hübschen Frauenzimmern seien insbesonders die alten Weiber seine unterwürfigsten und fähigsten Helferinnen. Seine nie ver-

stummenden Hasstiraden gipfelten schließlich stets in der finalen Anklage, Rosina bedrohe als Oberhexe die ganze Welt.
Wenn man vom Teufel sprach, war er meist auch prompt zur Stelle. Oder eine seiner Hexen. Da war sie auch bereits. Rosina saß im Schatten der halb verfallenen Weinbergshütte auf einer Bank und hielt die unheilige Teufelsbrut in den Händen.
Plötzlich begann der Säugling zu schreien. Ein eisiges Schaudern durchlief Philipps Körper. Jetzt war er geliefert, er rechnete mit dem Schlimmsten...
»Ihr seht aus, als fürchtet ihr euch vor mir und dem Kind...« Rosina glitt ein müdes Schmunzeln über die abgehärmten Wangen. Alexander trat ihr fest gegen den Leib. Seine Händchen ruderten wild in der Luft. Alle Versuche, ihn wieder zur Ruhe zu bringen, schlugen fehl. Er schrie immer lauter.
»Vielleicht fürchtet sich der Kleine vor mir«, sprach Philipp und blieb ein paar Schritte vor der Hütte stehen um Rosina nur ja nicht zu Nahe zu kommen. Allein schon der »böse Blick« einer Hexe konnte ungeahnte Folgen mit sich bringen. Sein Vater war ein trauriges Beispiel.
»Sollte er denn?«
»Der Herr bewahre, ich sagte dies nur im Spaß. Ich will euch doch nichts zu Leide tun«, entgegnete er und wischte sich mit einem Taschentuch den Schweiß von der Stirn. Seine Beine zitterten vor Angst. Gleich würde ein alles vernichtender Strahl aus ihren Augen hervorblitzen und ihn treffen...
Er konnte es nicht fassen, es geschah überhaupt nichts. Vielleicht war alles nur Tarnung und sie verstellte sich. Zauberer und Hexen waren wahre Meister in solchen Dingen. Das Tod und Verderben bringende Maleficium kam wahrscheinlich erst noch...
»Was wollt ihr von uns?«, fragte Rosina und schaukelte den kleinen Schreihals auf ihren Armen. »Ihr habt doch sicher nicht zum Vergnügen den beschwerlichen Weg hier herauf gemacht, oder?« Obwohl in ihrer Stimme nicht der Hauch von gefährlicher Bedrohung schwang, empfand Philipp ihre Rede wie das Grollen eines Wolfes.
»Man hat mir aufgetragen, euch zu Hilfe zu kommen.«
»Wer?«
»Eine Frau...« Philipp geriet ins Stocken.
»Heißt sie etwa Elisabeth?«
»Ja, so ist ihr Name. Sie ist es, die mich schickt...«
Rosinas Miene hellte sich auf. »Wo ist sie jetzt?«
»Im Dorf, ich soll euch zu ihr führen!«

»Wie steht es mit der Pest?«, fragte Rosina besorgt. »Tagelang war die Totenglocke nicht verstummt...«
»Dem Allmächtigen sei Dank, die Seuche hat ein Ende«, antwortete er. »Die meisten Opfer hatten die kroatischen Dragoner zu beklagen. Unter den Einwohnern selbst gab es nur wenige Tote.«
»Wenn das so ist, will ich die Gute nicht warten lassen.«

*

Sie näherten sich der Elmertspforte. Philipp achtete darauf, dass zwischen ihm und Rosina mit dem aufgebrachten Teufelsbalg genügend Abstand gewahrt blieb. Bereits die kleinste Berührung durch die Hexe konnte schreckliche Folgen für ihn haben. Den Handkarren mit dem Kochkessel und sonstigem Krimskrams hatten sie zurückgelassen. Man brauchte die Sachen nicht mehr, hatte Philipp gesagt. Wo sie jetzt hinkämen, wäre bestens für sie gesorgt...
Ihre Füße weit von sich gestreckt, saßen zwei Soldaten im Schatten der Elmertspforte. Die Weinflaschen, die neben ihnen auf dem Boden lagen, hatten sie schon vor einer ganzen Weile geleert. Sie hoben kaum ihre müden Häupter, als sie Philipp und Rosina zu Gesicht bekamen. Sowohl Hitze wie auch der geistvolle Gehalt des Hörsteiner Rieslings lähmten ihre Glieder und Zungen. Ungehindert konnten die beiden das Tor passieren.
Sie mussten den Elmertsberg nicht ganz hinunterlaufen. Etwa auf halber Höhe schob sich linker Hand ein Hof bis vor an die schmale Gasse. Mit seiner festen und hohen Steinmauer, dem dreigeschossigen Fachwerkhaus, Weinscheune, Stallungen und einem großen Garten war dieses stolze Besitztum das mit Abstand größte Anwesen in ganz Hörstein. Nicht einmal der Zentgraf konnte es mit dem Vermögen dieses Winzers aufnehmen.
Rosina war zum Verzweifeln zumute. Je weiter sie sich dem Dorf und jenem Hof näherten, um so schlimmer gebärdete sich Alexander. Er glühte förmlich, er schrie sich fast die Stimme aus dem kleinen Leibchen. Hunger litt er keinen, sie hatte ihm ja vorhin erst was gegeben. Auch Fieber plagte ihn nicht. Weder Biene noch Wespe konnten ihn gestochen haben. Rosina achtete wie ein Luchs darauf, dass ihm keines dieser Insekten zu nahe kam. Auch Zähnchen bekam Alexander noch keine. Der arme Wurm war kaum auf der Welt, und schon musste er Leid verspüren. Was peinigte ihn nur?
Mitten in ihre Gedanken schlug der rechte Flügel des schmiedeeisernen

Tores laut scheppernd hinter Rosinas Rücken ins Schloss. Rosina blieb gar keine Gelegenheit sich darüber zu erschrecken. Zu sehr war sie mit ihrem Enkel beschäftigt. Erst als sie sah, wie ihr Begleiter den Schlüssel im Torschloss herumdrehte und ihn zur Verwahrung unter sein Wams zurückschob, gingen ihr die Augen auf. Zu spät!
»Was soll das? Warum sperrt ihr ab?«
»Es ist nur zu eurer Sicherheit!«
»Wo sind Elisabeth und die Frauen und Kinder?«
»Ach die! Die sind schon lange tot!«
»Waaas?!«
»Sie waren die letzten, die wir unten im Pestfriedhof an der unteren Pforte beerdigen mussten. Es war dein eigenes Werk, du vermaledeite Hexe!«
Rosina war fassungslos! In diesem Augenblick fiel es ihr wie Schuppen von den Augen. Der teuflisch grinsende Blick, den er ihr zuwarf, ließ die Erinnerung an Matthes, den Winzerbaron, aufleben. Sie hatte sich also vorhin im Wingert doch nicht getäuscht. Wie konnte sie diesem Scharlatan nur auf den Leim gehen und blindlings ins Verderben rennen. Alexanders Geschrei hätte sie vorsichtig machen müssen. Womöglich hatte er die heraufziehende Gefahr gespürt...
»Ihr könnt doch unmöglich... Matthes sein...« Grenzenlose Verwunderung nahm von ihr Besitz.
»Nein, das nicht. Aber ich bin sein Sohn, der Philipp!« Seine Fratze strahlte vor Siegesfreude. Er hatte die Hexe in die Falle gelockt. Endlich konnte der Alte seine ewig offene Rechnung mit ihr begleichen. Dann würde es nicht mehr lange mit seinem Ableben dauern und er würde endlich das heiß ersehnte Erbe antreten...
Entsetzt wich Rosina zurück. Sie drückte Alexander fest an sich. Nein, ihm durfte kein Leid geschehen. Philipp hielt unbeirrt auf sie zu. Plötzlich empfand er keine Furcht mehr vor ihr. Ihre Zauberkraft war gebrochen, er läge sonst sicher längst tot am Boden .
Dafür packte jetzt Rosina das Grausen, sie ging Schritt um Schritt nach hinten, ohne sich dabei umzusehen. Als sie es bemerkte, war es schon zu spät. In ihrem Rücken tat sich, einem unheimlichen Rachen gleich, die gähnende Schwärze des Kellergewölbes auf. Auf dem Scheitel des steinernen Rundbogens, hatte ein Steinmetz mit den Zahlen 1549 eingehauen, das Erbauungsjahr dieses Hauses. Rosina sah sich am Abgrund. Vielleicht lag es am ganzen Schrecken oder weil ihr einfach nur die Kräfte nachließen, dass sie plötzlich den Halt verlor. In einem erstickten Aufschrei, fiel sie hintenüber in den Keller hinab.

*

Stockfinstere Dunkelheit hüllte sie ein. Nur langsam kam Rosina wieder zu sich. Sie lag auf dem Boden. Ihr taten alle Glieder weh, auch der Kopf dröhnte. Etwas Klebriges lief ihr die rechte Schläfenseite herunter - Blut! Was war mit ihr? Sie konnte sich nicht mehr bewegen. Arme wie Beine versagten ihr den Dienst. Rosina wandt sich hin und her, sie kam einfach nicht frei. Plötzlich durchzuckte sie ein eisiger Gedanke - Alexander! Wo um alles in der Welt steckte der Kleine? Egal wohin sie auch sah, nichts als Schwärze tat sich vor ihr auf. Erst jetzt bemerkte Rosina, dass sie in Fesseln lag. Der Strick schnitt ihr fest ins Fleisch ihrer Handgelenke. Auch ihre Füße waren gebunden. Dies war sicher Philipps Werk. Warum tat er dies alles, was hatte er nur mit ihr vor?

Plötzlich flammte dicht vor ihr ein kleines Feuer auf. Jemand steckte den Docht einer Kerze in Brand. Das Licht warf einen gespenstischen Schein. Rosina sah sich auf einmal um Jahre zurück versetzt. Damals, im Folterturm zu Aschaffenburg, hatte sie voller Angst in die grausige Fratze eines gewissen Pater Imbert gestarrt. Diesmal sah sie sich erneut einem Dämon in Menschengestalt gegenüber. Sie fröstelte, das nackte Entsetzen sprang sie an. Für einen Moment glaubte sie, einen Totenschädel vor sich zu haben. Aber der Mensch, zu dem dieser Kopf gehörte, steckte voller Leben, aber auch voll blindwütigem Hass! Ihr Verstand stand still. Das gab es doch nicht... Matthes, der alte Winzerbaron, er lebte!

»Endlich haben wir dich, du verruchtes Hexenweib!« Fast wie auf Bestellung setzte plötzlich das gewaltige Krachen eines Donners ein. Das Gewitter musste inzwischen Hörstein erreicht haben. Jetzt schien sich das Unwetter erst so richtig auszutoben.

Er saß auf einem Stuhl, vor sich ein Tisch, auf dem der Kerzenleuchter stand. In seiner Rechten blitzte ein Dolch. Seine Stimme klang, als käme sie aus der Gruft. Und Rosina fühlte sich mitten drin, in all der Dunkelheit und Kühle. Dennoch wurde ihr siedend heiß zumute.

»Was habt ihr mit meinem Enkel gemacht?« Sie zerrte an ihren Fesseln.

»Du meinst wohl eher deinen satanischen Teufelsbalg...« Erneut folgte Donnergrollen.

»Was redet ihr da für ein wirres Zeug?«, stieß sie hervor. »Alexander ist ein unschuldiges Kind, er ist viel zu klein, als dass er etwas anstellen könnte. Schon gar nicht ein Maleficium...«

»Schweig, Hexe! Er hat mit der Pest schon genug Unheil angerichtet. Und du hast ihm dabei geholfen!«, brüllte Matthes.

»Seid ihr denn ganz von Sinnen?«
»So klar wie jetzt war ich noch nie!«
»Wo habt ihr Alexander?«
»Zeig ihn ihr, Philipp!«, sagte Matthes und grinste. »Sie soll ihn noch ein letztes Mal zu Gesicht bekommen, bevor sie zur Hölle fährt.«
Philipp, der die ganze Zeit über im Finsteren stand, trat ins schummrige Licht. Auf seinen Händen lag Alexander. Sein Schreien war einem leisen Wimmern gewichen.
»Bevor Rosina stirbt, soll sie mit ansehen, wie die unheilige Brut des Teufels aus der Welt verschwindet...« Er hob den Dolch...
»Neiiin!« Ihr entsetzter Schreckensschrei brach sich an den Wänden.
»Ja, schrei nur, Hexe! Euer beider Schicksal ist besiegelt!« Matthes lachte ihr ins Gesicht. »Wir machen wenig Federlesens mit euch, so wie bei...« Ein lauter Donner verschluckte seine Worte.
»...meiner Mutter, wolltet ihr sagen, ihr Scheusal!«
Er nickte. »Einen hast du aber noch vergessen...« Plötzlich klapperte die geschlossene Kellertüre. Draußen musste ein unheimlich starker Sturmwind im Gange sein.
»Wen?«
»Deinen Vater... Stephan!«
»Waaas?!« Sie begriff nicht.
»Ich habe ihn mit meinen eigenen Händen erwürgt!«
»Warum?«
»Dieser traurige Tagelöhner! Er hatte sich geweigert, seinen Weinberg an mich abzutreten. Obwohl ich mein Angebot mehrmals um einige Gulden erhöht habe!«
»Deswegen bringt man doch nicht gleich jemanden um! Bedeutet euch ein Menschenleben denn nichts?«
»Hahaha! Es gibt Situationen, da bleibt einem keine andere Wahl, als eben auf solchem Weg seinem Glück etwas nachzuhelfen. Gut, dass ich meine Spitzhacke dabei hatte, so konnte ich das Ganze wie einen Unfall aussehen lassen. Ein aufziehendes Gewitter kam mir da gerade recht...«
»Vater! Du bist ja ein... Mörder!« Philipp zeigte sich entsetzt.
»Tu bloß nicht so scheinheilig!«, erwiderte der Alte gereizt. »Du hast dich die ganzen Jahre über auch keinen Dreck darum geschehrt, als wir wie die Maden im Speck gut leben konnten!«
»Das hätte ich niemals geduldet!«, warf Philipp angewidert ein.
»Pah! Du Feigling hättest dir wohl eher in die Hosen geschissen, als zum Zentgrafen zu laufen. Hahaha!« Sein Lachen nahm sich an wie das Triumphgeheul sämtlicher Höllenfürsten. Philipp standen die Haare zu Berge.

Das letzte Mal, dass Rosina ihre Hände zum Gebet gefaltet hatte, war jener kalte Jännerabend 1569 gewesen, als die Schergen des Zentgrafen ins Haus gekommen waren, um ihre Mutter in den Hexenturm in der Abtsbergshohle zu werfen. Die Macht der Menschen hatte sich hier auf Erden stärker als jede Himmelsmacht erwiesen. Nicht, dass Rosina wegen der fehlenden Hilfe von Oben besonders verbittert gewesen wäre und seitdem jegliche Verbindung zu Gott gebrochen hätte. Nein, die Schule des Lebens und ihr Realitätssinn hatten sie hart gemacht. Sie vertraute einzig und allein Albert und ihrer eigenen Kraft.
Doch plötzlich, geboren aus reiner Not, ohne jegliche Überlegung und ohne groß nachzugrübeln, schrie ihr Innerstes nach Hilfe - zu Gott nach Hilfe! Aber nicht für ihr eigenes Leben, was allein zählte, war Alexander. Er durfte nicht durch die Hand des Mörders sterben. Leise bewegten sich ihre Lippen...
»Was flüsterst du da vor dich hin, Teufelsbuhlin?«, höhnte Matthes. »Flehst wohl um den Beistand des Teufels, was?«
Sie gab ihm keine Antwort. Wenn jetzt kein Wunder geschah, löschte der zweifache Mörder zwei weitere Menschenleben aus...
»Los, gib mir den Balg, damit ich ihn erstechen kann!«, befahl Matthes. Sein Griff um den Dolch wurde fester. »Wir müssen verhindern, dass sie sich in eine Maus oder in eine Fliege verwandeln können und uns dann im letzten Augenblick entrinnen...«
Philipp zögerte. Er glaubte auf einmal, keine Hexe vor sich zu haben, sondern eine Frau aus Fleisch und Blut, ohne jede Fähigkeiten, Menschen oder Dinge zu verzaubern oder sonstiges verderbliches Zeug in die Welt zu bringen. Nein! Es war schon zu viel Blut geflossen durch die Hand seines Vaters. Er wollte nicht ebenfalls solch schwere Schuld auf sich laden...
»Worauf wartest du denn noch?«
Urplötzlich ging ein ohrenbetäubender Schlag durchs Haus. Die Grundfeste des Kellers erzitterten. Von der Kellerdecke lösten sich Staub und kleine Gesteinsbrocken. Volltreffer! Ein Blitz hatte ins Haus eingeschlagen. Sie waren alle buchstäblich wie vom Donner gerührt. Klirrend fiel Matthes der Dolch aus der Hand. Hatte Rosinas Flehen um himmlischen Beistand wirklich Gehör gefunden? Oder lag es an einer rein zufälligen elektrischen Entladung über dem Haus des Winzerbarons? Doch jetzt war nicht der richtige Zeitpunkt, um sich darüber den Kopf zu zerbrechen. Der Erste, der wieder begriff, was überhaupt vor sich ging, war Philipp. Den kleinen Alexander auf dem Arm, stürmte er die Kellertreppe hoch, die hinauf ins Wohnhaus führte.

»Du Narr, wohin willst du?«, schrie ihm Matthes nach. »Bedenke, wir haben noch eine wichtige Aufgabe zu erledigen. Alleine kann ich die Welt nicht vom Teufel befreien...«
Oben im Wohnhaus ertönten auf einmal das Krachen eines herunterfallenden Balkens und Deckenteile. Mitten ins Bersten der Trümmerteile mischte sich ein langgezogener Schrei. »Ahhh...!«
Dann herrschte Stille. Dafür machte sich nun Brandgeruch bemerkbar. Die Kellertreppe zogen plötzlich Rauchschwaden herunter. Es brannte wahrscheinlich lichterloh!
Rosina hüstelte. Hoffentlich war Alexander nichts passiert. Dem Schrei nach war es Philipp gewesen, der ihn ausgestoßen hatte. Wahrscheinlich hatte ihn ein Teil des zusammen stürzenden Hauses getroffen.
»Das alles ist nur dein Werk, du verfluchte Hexe!« Matthes zitterte vor lauter Erregung am ganzen Leib. Er blieb am Tisch sitzen, seine Beine trugen ihn nicht mehr. Er war auf Philipps Hilfe angewiesen. »Mein Junge! Du kannst mich doch jetzt nicht im Stich lassen...«
Rosina wälzte sich über den Boden. Trotz ihrer Fesseln versuchte sie, auf die Füße zu kommen. Der erste Versuch scheiterte, sie kippte haltlos ins Leere. Weitere Qualmwolken drängten sich in den Kellerraum. Sie rappelte sich wieder auf, ihre neun Leben schien sie nicht ausgekostet zu haben, noch nicht... Sie kam zum Stehen. Als Matthes sie plötzlich dicht vor seinen Augen vom Boden hochschießen sah, fühlte er einen tiefdringenden Schmerz durch sein Herz rasen.
»Jetzt ist es aus mit mir! Die Teufelin kommt aus der Hölle, um mich zu holen. Arghhh...!« Matthes sackte in sich zusammen. Sein Kopf fiel nach vorne auf die Brust.
Rosina nahm nicht die geringste Notiz von ihm. Ihr gierte überhaupt nicht nach seiner finsteren Seele. Ihr blieb gar keine Zeit, sich mit ihm abzugeben. Alles, was sie suchte, war die Kerze. Gut, dass sie noch brannte. Jetzt hieß es tapfer sein! Rosina drehte sich mit dem Rücken der Kerze zu. Sie musste mit dem Strick, der ihre Handgelenke umschlang, an die Flamme herankommen.
»Auuuh!« Es tat verflucht weh. Auch wenn sie als junge Frau selbst einmal kurze Bekanntschaft mit einem lodernden Scheiterhaufen gemacht hatte, an Schmerzen vom Feuer verursacht konnte sie sich nicht gewöhnen - kein Mensch konnte das. Sie wagte es erneut und hielt ihre Fesseln ins Feuer. Rosina schrie vor Pein. Sie zerrte verzweifelt am Strick, warum löste er sich denn nicht? Da - endlich riss er entzwei. Sie hatte es geschafft. Mit ihren Händen löste sie ihre Fußfesseln und eilte durch die immer dichter werdenden Rauchwolken die Kellertreppe hoch. Die

ersten Trümmerstücke säumten ihren Weg. Plötzlich schlug ihr eine heiße Feuerwand entgegen. Alles stand in Flammen.
Schützend riss sie sich ihre Hände vors Gesicht. Die Hitze des Feuers war schier unerträglich. Schlimmer konnte es in der Hölle auch nicht sein. Nein, hier kam sie nicht mehr durch! Zudem versperrten herabgefallene Balkenreste den Weg. Einen Weg da hindurch zu suchen, wäre reiner Selbstmord gewesen...
»Alexander! Jetzt habe ich dich auch noch verloren. Alles war umsonst...«
Am liebsten hätte sich Rosina in die Flammen gestürzt, um ebenfalls den Tod zu finden. Was sollte sie alleine noch auf der Welt...
Ihre grenzenlose Niedergeschlagenheit währte nur für Bruchteile von Augenblicken. Einer plötzlichen Eingebung folgend, stürzte sie in den Keller zurück. Inzwischen war auch der letzte Winkel mit Rauch gefüllt. Es raubte ihr fast den Atem. Das Licht der Kerze sank zu einem schwächlichen Glimmen herab. Der alte Winzerbaron war fast nicht mehr zu erkennen. Er hing nach wie vor auf seinem Stuhl. Mochte er einen gnädigen Richter bekommen...
Rosina nahm den Kerzenleuchter vom Tisch und suchte den Ausgang des Kellers. Ihr drohten die Füße einzuknicken. Wenn sie jetzt schlapp machte, wäre es um sie geschehen... Da - sie bekam die Türklinke zu fassen. Hoffentlich war nicht abgeschlossen. Doch die Türe war zu! Sie bekam kaum noch genügend Luft, sie drohte zu ersticken...
In einem letzten Aufbäumen, warf sie sich gegen die Türe... sie gab nach! Rosina stürzte auf allen Vieren ins Freie. Luft! Endlich Luft! Rosinas Lungen taten einen tiefen Zug, sie keuchte. Der Kerzenleuchter kullerte zu Boden. Ein Gewitterschauer, mit Hagelkörnern so groß wie Taubeneier, nahm sie in Empfang. Der Blick über den Hof blieb ihr verwehrt, derart dicht ging der Vorhang des Hagels herunter. Hinter ihr gab es einen lauten Schlag. Erschrocken wirbelte sie herum. Ein brennender Balken schlug keine zwei Ellen hinter ihr auf dem Boden auf. Nur weg von hier!
Nur wenige Schritte vor sich sah sie ihn liegen. Philipp - er hatte es also doch geschafft, dem flammenden Inferno zu entkommen. Aber wo war Alexander? Hatte ihn der Schuft etwa im Haus zurückgelassen...
Rosina bückte sich zu ihm nieder. Eine klaffende Wunde tat sich auf seinem Schädel auf. Es musste ihm etwas auf den Kopf gefallen sein. Vom letzten Lebenswillen beseelt, hatte er es noch hierher geschafft, bis er letztlich zusammengebrochen war. Er war tot. Seine Augen sahen bereits in eine andere Welt.
Rosina war im Begriff, weiter zu rennen, doch eine innere Stimme hielt

sie zurück. Sie drehte den Toten auf den Rücken – da war er ja! Alexander! Er gab nur ein krächzendes Weinen von sich. Egal, Hauptsache, er lebte.
Philipps Rechte hielt ihn mit langsam eintretender Todesstarre an seine Brust gedrückt. Rosina löste seinen Griff. Obwohl er sich fast am Tod zweier Menschen schuldig gemacht hätte, war ihm sein falsches Handeln in den letzten Momenten seines Daseins bewusst geworden und er hatte durch seine gute Tat dem kleinen Alexander das Leben gerettet. Rosina drückte ihm die Augenlider herunter, mehr konnte sie nicht mehr für ihn tun. Sie verzieh ihm, was er ihr und Alexander antun wollte. Der wahre Schuldige an allem war und blieb sein Vater. Und dieser trat nun seine eigene Höllenfahrt an...
Rosina spürte weder ihre schmerzenden Lungen noch die Prellungen, die sie sich beim Sturz in den Keller zugezogen hatte, ebenso wenig wie den niederprasselnden Regen und die Hagelkörner. Sie war nur noch glücklich. Sie barg Alexander in ihren Armen. Tief geduckt rannte sie den Elmertsberg hinunter, Rosina lief einfach drauf los. Sie suchte Schutz gegen die Unbilden des Wetters. Guter Rat war teuer. Wo sollte sie jetzt Unterschlupf finden? Die sintflutartigen Regenschauer schwemmten das Wasser in wahren Sturzbächen in Richtung Weyte Gasse. Genau da hin lenkte sie ihren hurtigen Schritt.
»Halt, Mütterchen! Komm her zu mir!« Ein Soldat winkte ihr plötzlich zu, als sie die große Zehntscheune passieren wollte.
Rosina stutzte und blieb stehen. Bevor sie begriff, was um sie vorging, packte er sie und zog sie die Kirchentreppe hoch, an der »Traubenmadonna« vorbei, die in einer Bildnische in der Scheunenmauer stand. Pfui Teufel, in der Kirche sah es vielleicht übel aus. Kaum eine der Fensterscheiben war heil geblieben. Anstatt des Geruchs nach Weihrauch schlug ihr ein penetranter Gestank nach Pferdeäpfeln und Urin entgegen. Statt der Kirchenbänke reihten sich jetzt dichtgedrängt die Pferdeleiber. Stroh und Heu übersähten den zerkratzten Steinboden. Rosina kauerte sich umweit des Eingangs neben einem Weihwasserstein nieder. Hier wollte sie das Unwetter abwarten.
»Da, Mütterchen, nimm!« Der Soldat, der sie zu sich gewunken hatte, reichte ihr ein einigermaßen sauberes Leinentuch. Sie sah auf und dankte ihm. Oh Gott, was war er noch so jung. Das zarte Bürschlein mochte höchstens zwei, drei Jahre älter sein als ihr Niklas.
»Was hast du bei den Soldaten verloren?«, fragte sie ihn verwundert .
»Ach, Mütterchen, meine Leute sind alle tot. Haus und Hof zerstört, was sollte ich tun? Ich stand mutterseelenallein auf dieser beschissenen

Welt. Mir blieb nur die Armee des Kaisers. Sie sorgt für ihre Soldaten...«, antwortete er und fuhr mit einem Striegel über einen Pferderücken. »Die Werber für den Kriegsdienst nehmen auch viel Jüngere wie mich...«

Rosina war erschüttert, die Fürsten schreckten wirklich vor nichts zurück. Jetzt ließen sie sogar Kinder für sich kämpfen - und sterben. Schlagartig drängte sich Niklas in ihr Bewusstsein. Würde sie denn nie zur Ruhe kommen? Die ganze Welt war total aus den Fugen geraten. Was war, wenn er seine Schwester Maria nicht fand? Er wollte nur dann nach Hause kommen, mit ihr an der Hand. Und was, wenn sie inzwischen wirklich nach Hause kamen und keiner mehr da war?

Rosina wurde es wieder einmal, wie so oft in ihrem aufregenden Leben, bang ums Herz. Sie sah plötzlich keinen anderen Ausweg: Ob sie wollte oder nicht, sie musste nach Affholderbach, auf den Johannesberg zurück.

5

»Die Kirche lehrt, man soll Gott bitten
für seinen Feind. Ich sage euch:
Unrecht und Schmach, die ich erlitten,
werf ich auf Gott im Himmelreich.«

Francois Villon, 1461

Schon seit etlichen Tagen verspürte der Einäugige große Unruhe. Die Nervosität wuchs sprunghaft. Er tat nachts schon kein Auge mehr zu. Wenn die Gerüchte wirklich stimmten, dass die Schweden von Hanau aus einen Streifzug in die Stadt planten, war es um seine eigene Haut schlecht bestellt. Vielleicht kamen sie ja gerade wegen ihm und...

An letzteres durfte und wollte er gar nicht erst denken. Sein Herz verkrampfte in der Brust. Schon bevor die goldrote Sonne hinter den östlichen Ausläufern der nahen Spessartwälder ihre Reise für diesen neuen Tag antrat, hatte er das Haus verlassen. Wie sonst auch ging er in Richtung Schloss, von wo aus er einen guten Blick zur Mainbrücke und hinüber ins Leiderer Feld hatte. Seine Gedanken schweiften zurück. Es war an jenem bitterkalten Novembertag des Jahres 1631 gewesen, als das ganze unsägliche Leid für die inzwischen nahezu ausgeblutete Bevölkerung von Aschaffenburg begonnen hatte.

»Die Schweden kommen, die Schweden kommen!«, tönte der Alarmruf von damals in seinen Gedanken. In heilloser Aufregung und Angst hatten die Herren der geistlichen und weltlichen Obrigkeit die Stadt verlassen. Ein paar Worte zuviel aus dem Munde des Stadtschultheiß' ihm gegenüber hatten genügt, um aus dem kaisertreuen Gefolgsmann und Spion einen gedrungenen Verbrecher werden zu lassen. Während Rei-gersberger die letzten Vorbereitungen zur Flucht getroffen hatte, hatte er wohl er wohl im Eifer des Gefechts die kostbare Fracht auf einem seiner Wagen erwähnt, die in der Großen Metzgergasse abfahrtbereit standen...

Der Einäugige musste sich ein schelmisches Grinsen abringen, als er an seine eigene Schlagfertigkeit dachte. Um den Wagen auch sicher ans Ziel zu bringen, dürfe man nicht jeden hergelaufenen Fuhrmann auf den Kutschbock setzen, hatte er zum Doktor gesagt. Der Einäugige selbst hatte sich zu dessen Freude als Fahrer angeboten. Mit seinen insgesamt vier Kutschen und Wagen war Doktor Reigersberger über die Brücke gejagt, hinüber ans andere Ufer, wohin der Einäugige jetzt sah. In all der heillo-

sen Aufregung und Panik hatte niemand bemerkt, am wenigsten der Doktor, wie der letzte Wagen plötzlich aus der Kolonne ausgeschert war und kehrt gemacht hatte. Keiner kümmerte sich um den einsamen Einspänner, der in aller Seelenruhe in die Stadt zurückfuhr, während aus der entgegengesetzten Richtung der Flüchtlingsstrom nicht abebbte.
Der ganze Coup war leichter gewesen als jedes Kinderspiel. Der Einäugige hatte zufällig um das leerstehende Haus der Ysindrudis gleich neben der Muttergottespfarrkirche gewusst. Ein besseres Versteck für die frisch geraubte kostbare Fracht konnte er nicht finden. Bis zu diesem Tag blieb sein Schatz unentdeckt und es sollte, verdammt nochmal, auch weiterhin so bleiben. Von ihm aus bis in alle Ewigkeit...
Bislang hatte der Einäugige noch keine Mücke ausmachen können, die versucht hätte, ihm auf die Schliche zu kommen. Doch Holzauge sei wachsam – Spitzel konnten in der unmöglichsten Verkleidung oder Erscheinung auftreten. Ihm waren alle Tricks bekannt, um im schmutzigen Spiel von Verrat und Intrige die Oberhand zu behalten. Gerade weil er sich nicht von seinem Schatz trennen konnte, musste der Einäugige in der Stadt zurückbleiben. Als er dann aber doch zusammen mit einem kaiserlichen Kurier, der ihn nach Wien bringen sollte, hatte flüchten wollen, war er den Schweden in die Falle gegangen. Schuld daran trugen also Jörg und Rosina, die der Einäugige glücklicherweise weder kannte noch dem jungen Niklas zuordnen konnte. Seine Faust ballte sich um den Spazierstock, so sehr, dass das Weiß seiner Knöchel zum Vorschein kam.
Er hätte seinen geliebten Kaiser niemals verraten. Viele seiner Mitstreiter waren für den Habsburger mit einem letzten Schrei auf den Lippen gestorben, ohne ihn jemals zu Gesicht bekommen zu haben. Viele Tausende sollten ihnen ins Grab folgen, ehe dieser elende Krieg endlich zu Ende gehen würde...
Der Einäugige fand es jedoch gar nicht so heldenhaft, sein Leben sinnlos wegzuschmeißen. Auch als Doppelspion schlug sein Herz weiter. Schließlich wartete ja ein reicher Schatz auf ihn. Er war nicht unglücklich darüber, dass die Schweden ihn ausgerechnet in Aschaffenburg fest hielten. Seine Aufgabe bestand fortan darin, haufenweise falsche Nachrichten über die protestantische Besatzungsmacht am fränkischen Untermain weiterzuleiten. Die Schweden zeigten sich zufrieden. Als die Kaiserlichen zurück kamen, stand er, Bäumchen wechsel dich, plötzlich wieder der anderen Seite zu Diensten. Auch sie ließen ihn weiterhin in der Stadt wirken. Dadurch wurde er zum Hüter des großen Schatzes...
Wenn aber jetzt die Schweden in die Stadt zurückkamen, war sein Leben keinen Pfifferling mehr wert, daran gab es mit absolut tödlicher Sicher-

heit kein Deuteln. Aber auch das Versteck mit dem Schatz war in großer Gefahr. Der Folter ausgesetzt, würde er singen wie ein munteres Vögelchen im Lenz.
Während sein Blick über die Dächer der Stadt schweifte, fiel ihm die krabbenbesetzte Turmspitze der Muttergottespfarrkirche ins gesunde Auge. Ein verschmitztes Lächeln huschte über sein griesgrämiges Gesicht. Jetzt wusste er, wo er die Kornkiste mit den 8.000 Gulden zu verstecken hatte...

*

Niklas ging es schon wieder besser. Von seiner dicken Beule am Kopf war schon fast nichts mehr zu sehen. Hätte er nicht in allerletzter Sekunde seinen Kopf zurückgezogen, wäre er jetzt sicherlich längst tot. Doch ein toter Held nützt nichts – wer außer ihm sollte seine verschwundene Schwester Maria suchen und nach Hause bringen? Die rosafarbene Narbe, die sich in voller Länge über sein rechtes Auge hinwegzog, würde ihn sein Leben lang an den Wutausbruch des Einäugigen erinnern. Und auch wenn die Narbe noch so weh tat, der Schmerz über Lukas' Tod wog vielmals schwerer.
»Wohin gedenkt ihr, uns heute auszuschicken?«, fragte Niklas, als der Einäugige ihre Dachkammer betrat. Er war unerwartet lange ausgeblieben. So manchem in ihrer Mitte wäre es ganz recht gewesen, wenn er nicht mehr zurückgekommen wäre. Auch Niklas gehörte zweifelsohne dazu. Er zeigte inzwischen nicht mehr die geringste Furcht vor ihm. Mehr als totschlagen konnte er ihn ja nicht. Dies hatte er doch auch bereits getan, oder? Die Beförderung zu seiner rechten Hand ließ Niklas völlig kalt. Er tat nicht mehr oder weniger als vorher. Von ihm aus hätten auch der kleine Simon oder Martin der Nachfolger des toten Lukas sein können. Egal wer es auch war, es änderte sich nichts, für keinen von ihnen.
Keiner der Jungen lag mehr auf seiner Bettstätte, allesamt standen sie bereit, um ihre neuen Order entgegen zu nehmen.
»Ihr geht heute nirgendwo hin«, keuchte der Einäugige kurzatmig. Der Sturmlauf zurück ins Haus und die steile Treppenstiege hoch hatte ihn einiges an Puste gekostet.
»Keiner verlässt das Haus, weder jetzt noch die nächsten Tage...«
»Ist man uns denn auf die Schliche gekommen?«, fragte Niklas, ohne dass er dabei besonders besorgt klang.
»Ach was«, wehrte er mit grantiger Geste ab, »es gibt wichtigere Dinge,

die anzupacken sind.«
»Um was handelt es sich?«
»Frag nicht lang und komm mit. Ihr anderen auch – alle!«
Sie stiegen bis ins Kellergewölbe hinab. Der Einäugige ging mit brennenden Kerzen voran. Diese steckten mit flackerndem Licht auf dem dreiarmigen Silberleuchter, für den Lukas mit seinem Leben bezahlt hatte. Der schummrige Lichtschein verlor sich beinahe in der stockdunklen Finsternis. Nur schwach leuchteten die Kerzen ihren Weg. Sie mussten sich mühsam vorwärts tasten. Alles war voller Spinnweben. Fast ellendick lag der Staub auf leeren Fässern, Kisten und alten Gerätschaften, an denen längst der Rost nagte, und sonstigem vergammelten Plunder und Gerümpel. Wer wusste, wie lange all das Zeug hier schon herumlag.
Ein paar aufgeschreckte Mäuse nahmen vor den Eindringlingen in ihr Reich reißaus und verschwanden flugs in irgendwelchen Löchern und Ritzen. Der Einäugige hielt inne, er schien zu überlegen, bis er schließlich zu einer ganz bestimmten Stelle an der Kellerwand ging. Genau in dieser Richtung musste die Kirche stehen, die mit ihrem Hauptportal direkt auf die Türe ihres Hauses, der als Herbergsstätte für Waisenknaben getarnten Räuberhöhle, zeigte.
Die Entfernung, die zwischen den beiden Gebäuden lag, betrug höchstens fünfzehn Ellen. Das war noch gut zu schaffen, der längste Weg lag aber dann erst noch vor ihnen. Seinem Plan nach mussten sie sich unter dem Chorraum der Kirche bis zum Altar vorarbeiten.
»Hier, an dieser Stelle fangt ihr an zu graben!« Mit einem abgebrochenen Kreidestück zeichnete er grob den Umriss des Loches an die Wand. »Kleiner darf der Tunnel nicht werden!«
»Ich verstehe nicht ganz, sollen wir da nach etwas suchen?« Niklas sah ihn mit großen Augen fragend an.
»Wenn man es so betrachtet – ja«, antwortete der Einäugige und griente. »Wie gut, dass wir im letzten Jahr beim Kerzengießer in der Strickergasse ordentlich aufgeräumt haben. Hier liegen einige Schaufeln und Spitzhaken herum. Mit dem Zeug lässt es sich gut einen unterirdischen Tunnel graben.«
»Aber wofür?«
»Du elender Kribbes, du nervst mich mit deinen ewigen Fragen. Dafür greifst du nun als Erster zur Hacke!«, stieß der Einäugige hervor und wandte sich den anderen Jungen zu. »Macht euch mit den Kerzen Licht, aber seid sparsam, sonst müsst ihr im Dunkeln weiterarbeiten. Ihr löst euch gegenseitig ab. Wehe, ihr faulenzt! Ich komme alle paar Stunden nachsehen, wie weit ihr gekommen seid!«

Ringsum herrschte nur Schweigen. Ihre stummen Blicke blieben in der Schwärze verschluckt.
»Wo sollen wir mit den Erdbrocken und den Steinen hin?« Wieder war es Niklas, der das Wort ergriff.
»Den abgeschlagenen Schutt schafft ihr erst einmal in die hinteren Ecken. Sobald es draußen dunkel wird, bringt ihr den Dreck außer Haus. Nicht das kleinste Steinchen darf zurückbleiben, das womöglich auf unsere Arbeit hier unten schließen lässt.« Bevor er ging, deutete er aus der Reihe der Jungs die drei Kleinsten und seiner Meinung nach auch Schwächsten heraus. »Und ihr kommt mit mir!«

*

Schade, dass Niklas hier nicht mit von der Partie sein durfte. Der Auftrag, den die drei Auserwählten bekamen, war tausendmal besser, als sich in der finsteren Unterwelt kreuzlahm schuften zu müssen.
Einer dieser drei Jungs setzte sich lümmelnd auf die gegenüberliegende Kirchenmauer. Er saß da nicht etwa nur so zum Spaß untätig herum. Nein, er stand, oder vielmehr: er saß Schmiere. Das verräterische Geklopfe der Spitzhacke, war bis zur Gasse hoch zu hören. Kam jemand des Weges, was zum Glück nur selten vorkam, gab dieser Posten ein Zeichen. Ein kurzes Strecken seiner scheinbar müden Glieder genügte, um dem anderen Ausguck, der drüben im Haus am Fenster lauerte, Bescheid zu geben. Auch er schien sich recht zu langweilen. Der dritte im Bunde sprang dann eiligst die Kellertreppe hinunter. Ein kurzer Pfiff genügte, damit die Maulwürfe ihre Graberei vorübergehend einstellten.
Dieses vom Einäugigen ausgeklügelte Warnmeldesystem klappte hervorragend. Sie arbeiteten mit Hochdruck. Lange hielt jedoch keiner der Jungens diese quälende Schufterei durch. Ohne Ablösung im Rücken kam man kaum eine Elle voran. Auch Niklas sank schon nach relativ kurzer Zeit mit schmerzenden, schweren Armen schlaff zu Boden. Allein schon bis sie endlich die feste Kellermauer durchbrochen hatten brauchte es etliche Stunden. Liegend oder kniend bissen sich die Jungs, jede Menge Staub schluckend, vorwärts. Die einzige Luftzufuhr ins stickige Gewölbe bildete ein schmales Loch, welches die schwindend geringen Ausmaße von gerade mal einer halben Schuhlänge besaß. Wahrlich, in einem Verließ sah es nicht viel anders aus.
Sie arbeiteten nahezu in völliger Dunkelheit. Der funzlig trübe Lichtschein reichte höchstens, um die Stelle des unterirdischen Tunnels zu erhellen, damit sie wenigstens sahen, in welche Richtung sie eigentlich

gruben. Untereinander nahmen sie sich nur an den Umrissen ihrer Konturen wahr. Wen sie aber wirklich vor sich hatten, wusste keiner. Allein an ihrem Gestöhne, Gekeuche oder an ihren Stimmen erkannten sie sich gegenseitig. Nicht nur die Jüngeren unter ihnen vergossen Tränen, hier war die Dunkelheit wenigstens mal für etwas gut.
Niklas musste an die Erzählungen der alten Leute aus seinem Dorf denken, wenn sie ihm von ihren Frondiensten für die Landesherren berichtet hatten. Oder von dem alten Galeerensträfling Chrysostomus, der in den Armen seines Urgroßvaters gestorben war. Das, was er hier zu leisten hatte, war wohl genauso arg, wenn nicht sogar schlimmer. Mit jedem Hieb, den er mit der Spitzhacke in den mit Gneis, Quarz und Granit durchsetzten Felsen tat, wuchs sein abgrundtiefer Hass gegen den Einäugigen. Sein Herz war eine richtige Mördergrube. Diesen elendigen und schäbigen Leuteschinder, den wahren Schuldigen an Lukas' Tod, wünschte er sehnlichst zur Hölle.
Er ließ die Jungen rund um die Uhr arbeiten. Die »Wühlmäuse« merkten bald gar nicht mehr, ob es draußen dunkelte oder heller Tag war. Wie angekündigt stieg er alle paar Stunden ins Kellergewölbe hinab. Ein Donnerwetter nach dem anderen prasselte auf die bis zum Umfallen rackernden Jungs nieder. Auf die Schimpfkanonaden, die in die allerübelsten Beleidigungen gipfelten, wollen wir gar nicht erst eingehen. Nicht einer aus Niklas' Kreis hatte es verdient, mit derart abgründigen und ehrabschneidenden Titeln belegt zu werden.
Endlich! Nach vier schier endlosen Tagen und Nächten, bekamen sie Ruhe. Sie hatten sie auch bitter nötig. Zumindest für einen halben Tag. Da konnte der Einäugige auch noch so fluchen und einen Veitstanz nach dem anderen aufführen, er fand kein Gehör, weder von himmlischer noch von teuflischer Seite. Der Geistliche Kommissar Wolfgang Sigismund von Vorberg ließ von allen Kirchenkanzeln der Stadt das »Sechsstundengebet« abhalten. Die andächtige Feier sollte zur Abwendung der nach wie vor ungebremst wütenden Pest dienen.
Von zwölf Uhr am Mittag bis abends um sechs Uhr fand sich das letzte Häuflein der in Aschaffenburg verbliebenen Seelen in der Muttergottespfarrkirche ein. Viele Lücken taten sich in den Reihen der Kirchenbänke auf. Bis zum kommenden Herbst sollten kaum mehr als 30 Familienväter aus der Stadt am Leben bleiben. Aber auch von den Pfarrern waren die meisten nicht mehr am Leben. Bis die Seuche endgültig zum Stillstand kommen würde, sollte kein einziger mehr leben. Da die unerschrockenen Gottesmänner sich kaum der Versehung eines Sterbenden verweigerten, wurde einer nach dem anderen mit der tödlichen Seuche infiziert, eben-

so standen sie bei Raubüberfällen und Plünderungen mit an erster Stelle. Seit nunmehr drei Jahren wurden in Aschaffenburg keine Gottesdienste mehr abgehalten, bis auf jene »Sechsstundengebete«.
Fast alle Jungen, bis auf zwei, durften sich für kurze Zeit oben in ihrer muffigen und stickigen Dachkammer auf ihren Strohschütten ausruhen. Niklas und der kleine Simon, dem er seinerzeit beim nächtlichen Überfall auf dem Pestfriedhof die Nase gebrochen hatte, die ihm seitdem ziemlich schief im Gesicht stand, gehörten leider nicht dazu. Obwohl sie nicht weniger abgeschafft waren wie ihre Leidensgenossen, ließ sie der Einäugige nicht zur Ruhe kommen. Seiner Ansicht nach hatten die beiden noch mit das meiste Standvermögen. Solch unverwüstlich erscheinende Burschen brauchte er. Deshalb schickte er sie zur Kirche hinüber, wo sie dem Gottesdienst beiwohnen sollten. Aber weniger, um für ihr aller Seelenheil zu beten, als vielmehr, um die Gläubigen zu bestehlen.
Doch der Auftrag war das eine, die Wirklichkeit eine andere. Niemand machte den Versuch, die beiden dreckverschmierten, klapperdürren Lumpengestalten auf der hintersten Kirchenbank in ihrem Schlaf zu stören. Ihre von vielerlei Spuren gezeichneten und abgehärmten Gesichter sprachen Bände. Die harten Unterlagen der Kirchenbank störten sie nicht im geringsten, sie hätten selbst aufrecht stehend geschlafen.
»O Allmächtiger, gerechter Gott, barmherziger Vater, ich armer Sünder, komme zu dir in gegenwärtiger Not und Gefahr, erkenne und bekenne von Herzen, dass ich mit meinen vielen schweren Sünden die gegenwärtige Plage der giftigen Seuche und Pestilenz leider mehr als verdient habe...«
Weder Niklas noch Simon, die Schulter an Schulter gegeneinanderkauerten, bekamen auch nur eine Silbe der von allerhand Verzweiflung und Hoffnung erfüllten Gebete mit. Kein Wechselgesang und Orgelspiel und auch nicht das helle Klingeln der silbernen Glöckchen oder der würzige Geruch des Weihrauchs vermochten es, die Jungen aus ihrem fast todesähnlichen Schlaf zu reißen.
»Hochgelobte Gottesgebärerin, himmlische Patrone – Sebastiani, Rochi, Alexii, Caroli Borromaei, Francisci, Xaveri und alle anderen dergleichen Gottesheiligen, wir erflehen eure Fürbitte. Herr, allmächtiger Vater, befehle deinem Würgeengel, dass er sein Schwert einstecke und aufhöre uns zu schlagen. So es aber dein Heiliger Wille ist, dass ich mit dieser Rute geschlagen werde, verleihe mir Geduld und Standhaftigkeit. Lindere, o himmlischer Arzt, die Schmerzen und verkürze die Qual des Todes...«
Erst nachdem der letzte Kirchenbesucher gegangen und die letzte Kerze gelöscht war, weckte der Küster die zwei Schlafenden. Zu ihrer größten Überraschung fanden sie neben sich auf der Bank ein paar Lebensmittel,

die in ein Tuch gewickelt waren. Irgendeine gute Seele hatte sich der beiden erbarmt und ihnen etwas geschenkt. Niklas würgte es gewaltig vor lauter Ekel - und zwar vor sich selbst. Zum Stehlen waren sie in die Kirche gekommen, wenn auch nicht aus freien Stücken, und ausgerechnet mit einer unverdienten Belohnung in der Tasche schickte sie der Küster wieder weg.
Während Simon voller Heißhunger schnell ein paar Bissen vom halben Brotranken abbiss, verspürte Niklas nicht den geringsten Appetit. Er hasste sich inzwischen fast mehr als den Einäugigen, der ihn zum gemeinen Verbrecher gemacht hatte.

*

Aus Zorn, dass die beiden keine größere Beute, vor allem keine klingenden Münzen einfuhren, schickte sie der ewig brebelnde Einäugige gleich wieder in die finstere und staubige Tunnelröhre hinab. Während die beiden umgehend zur Knochenarbeit krochen, zog er sich in seine Kammer zurück, wo sich sein Gaumen am Inhalt des Tuches erfreute.
Sie kamen voran, wenn auch nur langsam. »Der Herrgott hat die Welt auch nicht an einem Tag erschaffen!«, sagte Niklas trotzbesessen des öfteren zu seinen Mitstreitern, wenn sie wieder einmal der Verzweiflung nahe kamen und ihre Angst vor dem Einäugigen sie lähmte.
Von Tagen war längst keine Rede mehr, die sie inzwischen am Tunnelbau zugebracht hatten. Keiner wusste, wie lange sie sich eigentlich schon wie Maulwürfe durchs felsige Erdreich vorwärts gruben. Nicht wenige hatten Furcht, sie würden das Tageslicht überhaupt nicht mehr zu sehen bekommen.
Tagsüber gruben, buddelten und kratzten sie mit ihren mit blutigen Schwielen und Blasen übersäten Händen und Fingern, bis sie zur Ohnmacht erschöpft zusammenbrachen und von den anderen an den Füßen gepackt aus dem Tunnel herausgezogen werden mussten. Nachts, wo es ja wieder dunkel war, trugen sie in schweren Körben oder Säcken den mühsam ausgegrabenen Schutt von Erde und Gestein die Webergasse vor, um das Ganze von der Schlossmauer aus auf die Mainwiesen hinabzukippen.
Zwar gab es zur Genüge Wasser, doch bekamen sie nur wenig zu essen. Dafür hagelte es um so mehr Zeter und Mordio, weil »das mit Abstand faulste Gesindel auf Gottes Erdboden« nicht schnell genug vorankam. In Niklas' Leib und Seele gähnte bald eine große Leere. Ja, er empfand nicht einmal mehr Hass gegenüber dem Einäugigen. Zusammen mit seiner

Kraft hatte er seine ärgsten Mordgefühle beim Tunnelbau verloren. Ihm war alles gleichgültig geworden. Er würde hier unten elendig zugrunde gehen, dessen war er sich ziemlich sicher. Und seine Schwester Maria, deren Bild vor seinem geistigen Auge immer mehr verblasste, sie würde er niemals finden. Er wünschte sich, der Tunnel würde über ihm zusammenbrechen und es wäre alles aus.

*

Wieder einmal steckte Niklas ganz vorne in der Röhre. Seine Knie waren fast schon bis auf die Knochen aufgeschürft. Schmutzige Verbände schlossen sich über die blutigen Wunden. Brocken um Brocken löste er mühsam mit der Spitzhacke aus dem felsigen Hindernis. Verfluchte Schinderei! Wie weit sollten sie denn noch graben – vielleicht bis ans Ende der Welt?

Plötzlich traf Niklas auf eine harte Stelle, er kam einfach nicht mehr weiter. Kraftlos ließ er das Werkzeug fallen. Seine Kumpels mussten ihn, wie so oft, hinten an den Füßen packen und aus dem Tunnel herausziehen.

»Hat wieder einmal schlapp gemacht, der Knorrnkopp, was?« Der Einäugige kam wie bestellt herbei und leuchtete Niklas ins Gesicht.

»Da, wo wir jetzt sind, kommen wir niemals durch«, stöhnte Niklas und wälzte sich auf den angehäuften Schutthaufen.

»Spielt mir nur keine Komödie vor, ihr verfluchten Bengels! Ihr müsst es doch bald geschafft haben...«

»Uns ist sehr wahrscheinlich ein dickes Mauerwerk im Weg«, resignierend schüttelte Niklas mit dem Kopf.

»Was sagst du da? Eine Mauer?« Es klang fast nach einem Freudenschrei. »Dann haben wir es ja gleich!«

Die Jungen konnten kaum begreifen, dass ihre knochenschindende Plagerei endlich ein Ende gefunden haben sollte. In keinem von ihnen flammte auch nur ein Funken Freude auf. Dafür waren sie alle viel zu müde und erschlagen. Ehe sie sich's versahen, schickte der Einäugige die nächsten in die lange Tunnelröhre. Ihre Bewegungen funktionierten nur rein mechanisch. Ihre Gedanken verloren sich in tiefster Abgestumpftheit.

»Das letzte Stück packt ihr auch noch. Dann könnt ihr Zores euch schon wieder auf eure faule Haut legen...« Sein Undank kannte keine Grenzen. Für den Moment eines Augenaufschlages war er wieder da, der wütende Hass. Niklas ballte seine Rechte, wenn auch nur schwächlich, zur Faust. Er glaubte, im fahltrüben Licht das Zähneblecken des Einäugigen

zu sehen. Dieser gottverfluchte Schinder sollte an seinem eigenen Spott ersticken. Niklas hätte es ihm am liebsten lauthals ins Gesicht geschrien. Selbst auf die Gefahr hin, erneut von ihm niedergeschlagen zu werden. Er schwieg, er hatte einfach keine Kraft mehr.
Der Einäugige verließ das Kellergewölbe und ließ die Jungen in all ihrer Armseligkeit zurück. Niklas verlor plötzlich das Bewusstsein. Es war halt alles zuviel für den kleinen, tapferen Kerl vom Johannesberg. Von niemandem beobachtet, brach er lautlos in sich zusammen.

*

Der kühle Inhalt eines Wasserkübels brachte Niklas wieder zur Besinnung. Prustend schreckte er aus den finsteren Schleiern seiner Ohnmacht auf.
»Seht, welch Wunder - die Welt hat ihn wieder!« Ausgerechnet die Fratze des Einäugigen tat sich vor ihm im gespenstischen Lichtschein auf, als er die Augen aufschlug. Am liebsten hätte er sie gleich wieder zugemacht. Der Alptraum nahm einfach kein Ende.
»Jetzt aber hoch mit dir, du Faulpelz, ich brauche dich jetzt!« Erst jetzt fiel es Niklas auf, dass außer ihm und dem Einäugigen, niemand zugegen war.
»Wo sind die anderen?«, fragte er und starrte in die Dunkelheit, in der Hoffnung, dass doch noch jemand von den Jungs hier war. Ihn beschlich ein ungutes Gefühl. Warum war er jetzt mit ihm ganz alleine? Hatte ihm Lukas vielleicht doch von seinem Vater und Rosina erzählt? Womöglich wollte er sich jetzt an ihm rächen... Niklas fühlte einen eisigen Schauer.
»Keine Sorge, ich habe die Bengels in ihre Kammer hochgeschickt«, erklärte der Einäugige und griff nach Niklas.
Erschrocken fuhr er zurück. Doch die feuchtkühle Kellerwand ließ ihm keine Möglichkeit zur Flucht.
»Los, gib mit schon deine Hand, ich will dir auf die Füße helfen!« Ehe sich Niklas versah, packte ihn der Einäugige am Schlafittchen und zog ihn hoch. Er schien es sehr eilig zu haben. Kein Wunder, ein neuerlicher Drohbrief des schottischen Generalmajors Jakob Freiherr von Ramsay, dem Kommandanten von Hanau, war in der Stadt eingetroffen, wonach die Schweden Aschaffenburg baldmöglichst einen »Besuch« abstatten wollten. Jedermann, selbst der Einfältigste, wusste ohne Umschweife, was dann die Stunde geschlagen hatte...
»Du kannst nachher gleich zu den anderen gehen«, sprach der Einäugige, »vorerst brauche ich dich aber noch. Denn jetzt kommt der wichtigste

Teil unserer Aufgabe überhaupt.«
Niklas wollte gar nicht wissen, was dieser Erzhalunke schon wieder im Schilde führte. Mit müden Schritten folgt er ihm ins obere Stock werk. Das helle Tageslicht stach ihm schmerzend in die Augen. Er brauchte eine Weile, bis er sich daran gewöhnte. Der Einäugige zog ihn in seine Kammer. Niklas stockte der Atem. Seine Kinnlade kippte herab. Das gab es doch gar nicht – ihm verschlug es regelrecht die Sprache.
Während er mit den anderen Jungs die ganze Zeit über bei Ratten und Mäusen und sonstigem Ungeziefer hauste und sich mit dem Bau des Tunnels abplagte und vor Hunger beinahe krepierte, lebte dieser vermaledeite Schuft wie eine Made im Speck. Unglaublich, allein die mit vielerlei Kostbarkeiten ausgestattete Räumlichkeit konnte es durchaus mit einer Kammer im Schloss in Aschaffenburgs besten Tagen aufnehmen. Die edelsten Wandbehänge, Bilder, Vorhänge. Kerzenleuchter, Teppiche einschließlich Bett und Tisch, dies alles zeigte eine verschwenderische Pracht, wie sie nur aus bestem und vor allem reichem Hause stammen konnte. Das war aber beiweitem nicht alles, was den wackeren Niklas in ungläubiges Staunen versetzte. In der hintersten Ecke baumelten an einer Stange aufgehängt gleich ein ganzes Dutzend armdicker Würste von der Zimmerdecke. Von den weiteren Essensvorräten, die in den Truhen ruhten oder die sich auf dem Tisch stapelten, gar nicht erst zu reden. Genauso wie die Vielzahl an Wein- und Schnapsflaschen, die der Reihe nach ein breitausladendes Regal der Länge nach füllten. Welch ein Schlaraffenland! Jetzt fehlten nur noch die gebratenen Tauben, die einem angeblich von selbst in den Mund flogen.
Niklas fühlte auf einmal ein furchtbar drückendes Gefühl im Magen, was aber weniger am ewig quälenden Hunger lag. Nein, es kotzte ihn regelrecht an, dass sich dieser schäbige Lump hier in all dem zusammengeraubten Diebesgut suhlte und daran erfreute, während sich draußen in der Stadt der Rest der Bevölkerung elendig zugrunde hungerte. Warum erwischte der Würgeengel des Herrn ausgerechnet ihn nicht?
»Staune jetzt keine Bauklötze, sieh zu, dass du vorwärts kommst!« Der Einäugige versetzte ihm einen tüchtigen Schubser, sodass er weit in den Raum taumelte. Ausnahmslos alles, was Niklas hier zu Gesicht bekam, gehörte zum Eigentum fremder Leute. Die Raubzüge der Jungen waren vielfach von Erfolg gekrönt gewesen, wie man an der Hülle und Fülle der gesammelten Dinge ersehen konnte. Der Diebstahl der Kornkiste war wohl nur der Anfang gewesen. Als sei der Einäugige dem Spielteufel verfallen, trieb ihn die Gier nach weiterem Besitztum immer weiter auf die dunkle Seite der Finsterlinge. Die Sinne vernebelt, ließ er die Jungen ohne

Unterlass für sich rauben und stehlen.
»Komm, hilf mir!« Die beiden schoben eine Kommode in prächtigem Renaissancestil beiseite. Wer wusste, woher dieses kostbare Teil stammen mochte. Eine mittelgroße, schwarze, eisenbeschlagene Kiste kam zum Vorschein - keine andere, als die Kornkiste selbst.
Niklas musste alle Kraft aufwenden, wollte er das überschwere Trumm auf seiner Seite wenigstens über den Boden schieben. Von Heben konnte keine Rede sein.
»Was ist los mit dir, du Schwächling?«, herrschte ihn der Einäugige an.
»Ich kann die Kiste nicht richtig hochheben. Wir brauchen dringend Verstärkung. Wartet, ich hole geschwind noch ein, zwei Jungs zu Hilfe...«
»He, nichts da!«, rief er. »Je weniger Augenzeugen, umso besser.« Sie schoben die Kiste Stück für Stück die Kellertreppe hinab. Die Tunnelröhre wies genau die richtige Größe auf, so dass ein Erwachsener hindurchkriechen konnte. Auch für die Kiste war genügend Platz, um sie da hindurchzuschieben. Der Einäugige kroch mit dem brennenden Kerzenleuchter als Erster in den Tunnel. Er hatte sich die Kornkiste an die Füße gebunden. Während Niklas den Schluss machte und von seiner Seite aus die Kiste nach vorne schob und drückte. Es war mehr als ein mühevolles Unterfangen, das die beiden hier vollzogen. Tiere quälte man nicht schlimmer.
Die Mauer, an der Niklas vor kurzem noch gescheitert war, hatten seine Kumpels doch noch durchbrechen können, während ihn seine Bewusstlosigkeit außer Gefecht gesetzt hatte. Sie erreichten das andere Ende des Tunnels. Man konnte bequem in aufrechter Haltung stehen. Plötzlich wurde es hell. Der Einäugige entzündete mit seinem Licht die Kerzen eines Kronleuchters, der von der stark gewölbten Decke hing. Die schwarzen Schatten der Dunkelheit wichen zurück. Die Wände und die größtenteils mit Steintafeln versehenen Einwölbungen bestanden ringsum aus einfachem Ziegelmauerwerk.
Niklas empfand die Kühle hier als ausgesprochen angenehm, wenn er sie mit der schrecklichen brütenden Hitze oben in der Stadt verglich.
»Wo sind wir hier?«, fragte Niklas.
»Das hier, mein Guter, ist die Gruft der Muttergottespfarrkirche«, erklärte der Einäugige mit zufriedenem Grinsen. Plötzlich fand es Niklas gar nicht mehr so schön hier unten. Ihn fröstelte, aber ganz gewaltig. Allein schon die schaurige Vorstellung, sich inmitten von Gräbern zu befinden, sorgte für allerhand Unbehagen. In zwei übereinander angeordneten Reihen schoben sich die Grabkammern im ovalen Rund seitlich ins Mauerwerk. Sie hatten unverschämtes Glück gehabt, dass sie bei ihrem Tun-

nelbau haargenau zwischen zwei Grabkammern direkt in die Gruft gelangt waren. Womöglich wäre sonst ihr Tun kurz vor Erreichen des Ziels gescheitert. Ein unvorstellbarer Gedanke, dass hinter einer jeden Grabplatte die Gebeine eines Menschen liegen sollten. Überall standen Nummern in römischer Schrift geschrieben.

»Wer sind all die Leute gewesen, die hier begraben liegen?«, wollte Niklas wissen.

»Pfaffen, was sonst!«, zischte der Einäugige verächtlich. »Aber auch Adlige und hohe Beamtenärsche vom mainzischen Hof hat man hier bestattet. Und was bleibt uns armen Schluckern? Pah, ein bescheidenes Loch in der Erde, das nachher vielleicht die Säue aufbuddeln...«

Niklas schluckte. Ihm schossen die Tränen in die Augen. Ein Loch in der Erde, ja, das hatte er seinem armen Vater mit eigenen Händen auch gegraben. Das Ganze schien vor einer Ewigkeit passiert zu sein. Dabei lag Jörg Laurents Tod nur wenige Monate zurück. Niklas sah beschämt zur Seite, der Einäugige brauchte nicht zu sehen, wenn er am flennen war.

»Was soll's, ist doch letztlich egal, wo wir eines Tages mal liegen«, sagte der Einäugige, »wir merken da eh nichts mehr, wenn uns die Würmer auffressen. Mögen diese reichen Stinker ruhig hier unten vermodern. Aber einem von euch will ich's verderben mit der ewigen Ruhe...«

»Was meint ihr damit?«

»Das wirst du gleich sehen«, erwiderte der Einäugige mit einem scheelen Grinsen. »Vorher kriechst du noch schnell in unseren Keller zurück und bringst ein Stemmeisen und einen Hammer mit.« Er überlegte kurz. »Vergiss nicht einen großen Leinensack mit herüber zu nehmen. Aber beeil dich!«

Niklas brachte das gewünschte Zeug mit in die Gruft.

»Jetzt wollen wir einmal sehen, in welche der Grabkammern unsere Kiste am besten passt.« Er schritt die Reihen ab. Plötzlich blieb er vor einer besonders großen Steintafel stehen. Er verschwendete keinen Moment darauf, was auf der Vorderseite der weißgekalkten Platte geschrieben stand, und wer hier eigentlich dem Jüngsten Tag entgegenschlummerte. Vorsichtig meißelte er die Grabkammer auf.

»Pass auf, das die Platte nicht herausfällt. Sie darf nicht zerbrechen, sie ist uns sonst nicht mehr von Nutzen...« Ein paar wenige Schläge genügten und die Kammer lag frei vor ihnen. Niklas fing die Platte auf und legte sie beiseite. »Und nun, halte den Leinensack parat!«

Niklas schwante nichts Gutes. Ohne groß Federlesens zu machen, griff der Einäugige in die geöffnete Kammer und zog ein Skelett hervor. Als sei es nur ein bloßer Haufen Kehrricht, ließ er die sterblichen Überreste eines einstmals mit Fleisch und Blut besetzten Menschen auf den Steinboden fallen. Allein schon das hässliche Geräusch klappernder und zerbrechender Knochen ließ Niklas die Haare zu Berge stehen. Als dann auch noch der Totenschädel wie ein Spielball vor seine Füße kullerte, war er einem Schreikrampf nahe.

»Als Leichensammler und Totengräber müsstest du genug solcher Dinge gesehen haben, dass du nicht mehr darüber erschrickst...«, grinste er. »Weg mit dem Zeug, dafür ist jetzt kein Platz mehr!«

Beide sammelten sie die Knochen ein. Wenn man dieses vor einiger Zeit zu Niklas gesagt hätte, wäre er lauthals schreiend die Wände hochgegangen. So aber folgte er brav dem barschen Befehl des Einäugigen. Niklas sah zu, dass er seine Arbeit so schnell wie möglich hinter sich brachte. Dabei stellte er sich vor, er lese irgendwelche Holzstücke auf und keine Menschenknochen. Nur den Totenschädel fasste er nicht an, diesen überließ er dem Einäugigen.

»Du Schlotterbein, jetzt zeig mir wenigstens, dass du noch genug Mumm in den Muskeln hast.« Er ging zur Kiste. Sie mussten sie ein gehöriges Stück hochnehmen, damit sie diese in die obere Reihe der Grabkammern, in die frisch entweihte Ruhestätte schieben konnten.

»Hoffentlich passt die Kiste da auch hinein«, meinte der Einäugige mit skeptischem Blick. »Heb an!«

Niklas glaubte, seine Leisten würden brechen, derart strengte er sich beim Hochheben der schweren Kiste an.

»Los, höher... nur noch ein kleines Stück...« Der Einäugige verlangte schier Übermenschliches von ihm, so wie schon die ganze Zeit, seitdem er sich in seinen Klauen befand. Niklas schwitzte Blut und Wasser. Die Muskeln schmerzten ungemein und er drohte schlapp zu machen. Wenn er jetzt die Kiste aus der Hand fallen ließ, würde sie ihn vermutlich erschlagen. Wenn nicht, würde dies dann spätestens der Einäugige besorgen... Puuuh! Sie schafften es!

»Schockschwerenot, wie abgemessen. Keine Hand hätte da noch Platz!« Der Einäugige zeigte sich zufrieden. »Auf die Idee kommt niemand, was hier jetzt versteckt liegt.«

Niklas verspürte plötzlich so etwas wie Neugierde aufflammen. Seine Frage blieb ihm aber auf der Zunge liegen. Er bekäme doch nur seinen üblichen Anschiss. Und außerdem war es vielleicht gar nicht so ratsam, wenn man so viel wusste. Es hatte schon so mancher sein Leben verloren, wenn es um die Bewahrung eines Geheimnisses ging. Aber er konnte es sich auch so denken, welchen Inhalt die Kiste barg. Sicher war sie bis zum Rand hin mit Geldstücken, Gold und Silber gefüllt.

Sie löschten das Licht des Kronleuchters, schnappten sich den Sack mit den traurigen Skelettresten und krochen in den Tunnel. Aber sie mussten noch einmal in die Gruft zurück. Ein paar wenige Kellen Mörtel genügten, um die Schatzkammer mit der unbeschädigten Grabplatte zu verschließen. Die Gebeine des Unbekannten - Mann oder Frau, davon hatte Niklas nicht die geringste Ahnung - versanken eines Nachts mit ein paar Wackersteinen im Sack beschwert im Main.
Die Jungen um Niklas waren allesamt heilfroh, die üble Schinderei endlich hinter sich zu haben. Die Sache mit dem Tunnel und der Gruft geriet schnell in Vergessenheit - zunächst. Doch vorerst ging man im Haus der Waisenjungen wieder zur Tagesordnung über. Endlich kamen sie aus der schrecklichen Unterwelt ans Tageslicht zurück. Betteln, Stehlen und Leute hinters Licht führen oder anzippeln, ja, da taten sie sich alle sehr viel leichter. Die meisten der Jungen kannten schließlich nichts anderes als diese Untaten. Auch dem armen Niklas kam es bald vor, als hätte er in seinem Leben nie etwas anderes getan, als mit seinem Nächsten kräftig Schindluder zu treiben.

*

Der Gewittersturm war über den Hahnenkamm weiter in Richtung Kahlgrund gezogen. Trotz des enormen Regens, der in wahren Sturzbächen vom Himmel gefallen war, herrschte draußen in Hörsteins Winkeln und Gassen weiterhin eine entsetzliche Schwüle. Während es hingegen in der Pfarrkirche St. Mariä Himmelfahrt angenehm kühl war. Wäre da nur nicht der alles durchdringende Gestank nach Pferdemist gewesen, man hätte es hier ganz gut aushalten können.
»Mütterchen, mit dem Braunen da reite ich dem Teufel glatt ein Ohr ab, so hat er Feuer, stimmt's, Braver?« Der junge Soldat grinste über beide Ohren. Er streichelte dem Pferd liebevoll über die Kruppe. Es wieherte laut und scharrte dabei wild mit seinem rechten Vorderhuf über den Steinboden der Kirche. Allem Anschein nach verstand es die Worte seines Reiters ganz genau. Das Tier spürte, dass in Kürze ein Ausritt bevorstand. Der Sattel lag schon bereit.
»Und du willst uns wirklich nach Hause reiten?«, fragte Rosina.
»Ja, und zwar bei Einbruch der Dämmerung«, antwortete er, »da kommt man am ehesten durch. Zumindest sieht man einen nicht so schnell.«
»Ich möchte nicht, dass du dich wegen uns unnötig in Gefahr begibst.« Über Rosinas Stirn zog sich eine breite Sorgenfalte. »Bleib lieber hier bei deinen Leuten.«

»Ich habe es dir versprochen, Mütterchen, dabei bleibt es auch«, erwiderte er und kümmerte sich weiter um das Pferd. »Ruh dich noch eine Weile aus, bevor es los geht. Ich hole dich dann...«
Rosina setzte sich auf einen kleinen Strohhaufen. Sie spürte die begehrlichen Blicke, die ihr die Dragoner heimlich nachwarfen. Trotz ihres Alters war Rosina noch eine sehr schöne Frau, nach der so manches Männerherz lechzte. Für nichts in der Welt würde sie sich einem von ihnen freiwillig hingeben. Man müsste sie schon gewaltsam schänden. Allein der Gedanke bescherte Rosina ein unangenehmes Frösteln. Sie schloss ihre Augen und zog den kleinen Alexander behütend an ihre Brust.
Normalerweise fackelten diese brutalen Rohlinge nicht lange und nahmen, wonach ihre geilen Lenden gelüsteten. Vielleicht schreckten sie auch nur davor zurück, weil sie sich inmitten einer Kirche befanden, die zumindest früher einmal eine solche war. Anscheinend war die letzte Hemmschwelle in den finsteren Herzen jener Fieslinge noch nicht gefallen. Trotzdem war es nicht ratsam, das Ganze unnötig herauszufordern.

*

Hinter ihrem Rücken verschwand das große Dorf mit seiner festen Ringmauer in den Schatten der Abenddämmerung. Rosina sah nicht ein einziges Mal zurück. Sie würde nie wieder einen Fuß nach Hörstein setzen, wo man sie einst als kleines Mädchen auf dem Scheiterhaufen verbrennen und sie so ihrer Mutter in den Tod hinterherschicken wollte. Jetzt, so viele Jahre später, wäre sie ebenfalls fast zu Tode gekommen. Glücklicherweise war die Rechnung des alten Winzerbarons nicht aufgegangen. Wie so oft war Rosina von den Launen des Schicksals zum Spielball auserkoren worden. Aber Hauptsache, Alexander und sie lebten noch. Für ihre Schwiegertochter Anna, Elisabeth und die anderen Frauen und Kinder war es eine Reise in den Tod gewesen.
Der junge Bursche ritt wirklich wie der Teufel. Rosina musste sich mit ihrer linken Hand fest um seinen Leib krallen, um nicht aus dem Sattel zu fallen, während sie in ihrer Rechten Alexander hielt. Anfangs kamen sie noch recht flott voran, bis sich ihnen plötzlich jede Menge Hindernisse in den Weg stellten, als ob es eine unheimliche Macht im Sinn hätte, Rosinas Flucht mit allen Mitteln zu vereiteln. Womöglich lag es am rachsüchtigen Geist des toten Winzerbarons, oder die Schuld daran trug einzig und allein das Unwetter. Das schmale Band der Landstraße, das sich wie ein endloser Lindwurm durch das weite, grenzenlose Waldgebiet des Vorspessarts zog, war gesäumt von talabwärts geschwemmten Erd-

und Gesteinsmassen. Starke Windböen hatten desweiteren dafür gesorgt, dass zahlreiche Bäume wie Streichhölzer umgeknickt oder entwurzelt worden waren. Die umherliegenden Stämme und Äste machten die Straße nahezu unpassierbar.
Rosina und ihr Begleiter sahen sich gezwungen, ihren weiteren Weg querfeldein durch den Wald zu suchen. Der junge Dragoner stieg ab und führte das Pferd, während Rosina und Alexander darauf sitzen blieben. Wegen der Dunkelheit und des zum Teil dichten Geästs brauchten sie für ihr Vorwärtskommen länger als gedacht.
»Lass mich absteigen. Ich will versuchen, mich alleine durchzuschlagen«, sagte Rosina. »Und du, sieh zu, dass du zu den Soldaten zurückkommst. Nicht, dass man dich nachher als Fahnenflüchtiger vors Kriegsgericht stellt.«
»Mütterchen, wo denkst du hin? Ich kann dich doch jetzt hier nicht einfach so mit dem Kleinen in deinem Schoß dem Schicksal überlassen. Denk nur an die wilden Tiere...«
»Danke, du hast schon viel für uns getan, aber nun müssen wir wirklich getrennter Wege gehen. Dein Offizier kennt bestimmt kein Pardon.«
»Ach, bevor der vom vielen Weinsaufen wieder auf die Beine kommt, bin ich längst wieder zurück. Und habe selbst ein paar Mützen voll Schlaf genommen...« Der junge Dragoner ging unbeirrt weiter und zog sein Pferd hinter sich her.
Oberhalb Rückersbachs, eines recht kleinen Fleckens auf der Landkarte, kamen sie aus dem Wald. Die Handvoll talabwärts gebauter Höfe blieb ebenso im Dunkeln der Nacht verschluckt wie die kleine Siedlung des nicht weit davon entfernt gelegenen Sternbergs. Es wäre müßig gewesen darüber nachzudenken, ob auf diesen völlig schutzlosen Gehöften überhaupt noch menschliches Leben existierte. Gerade hier, am Rande der Landstraße, wo ein jegliches Gesindel schnelle und leichte Beute fand, war alles längst ausgestorben. In den niedergebrannten Häusern, Stallungen und Scheunen konnte ehedem niemand mehr hausen.
Sie passierten gerade den späteren »Königsstein«, als urplötzlich Alexander am ganzen Leib zu zittern begann. Rosina konnte die kleine Gewalt kaum noch bändigen, derart strampelte und ruderte er mit seinen Beinchen und Ärmchen. Alexander war total aus dem Häuschen. Was hatte er denn schon wieder? Er begann zu schreien. Nicht nur Rosina blieb fast das Herz stehen. Auch der Dragoner zuckte wie unter einem Peitschenhieb erschrocken zusammen.
»Bring ihn zum Schweigen, Mütterchen«, zischte er mit halblauter Stimme. »Da vorne ist ein Feuer, da sind bestimmt Soldaten...«

Rosina hielt Alexander ihre Hand vor den Mund, aber so, dass er noch genügend Luft bekam.
In der Tat, am »Seiles«, wo der Wald halbseitig ans Band der Landstraße traf, loderte ein Feuer auf. Bei genauerem Hinsehen gaben sich im aufleuchtenden Lichtschein einige dunkle Gestalten zu erkennen, die plötzlich in Bewegung kamen. Allem Anschein nach hatte man sie bemerkt.
»Es muss eine ganze Abteilung sein«, meinte der Dragoner und verhielt auf der Stelle.
»Zu wem mögen sie nur gehören?«, fragte Rosina mit höherschlagendem Herzen. »Sind sie Freund oder Feind?«
»Meistens sind es welche von uns. Aber auch die Schweden unternehmen von Hanau aus Steifzüge bis vor die Tore Aschaffenburgs«, antwortete er. »Ich möchte das aber lieber nicht auf die Probe stellen.«
Drüben am Feuer war alles in heilloser Aufregung begriffen. Das laute Stimmengewirr und ein plötzliches Kommando brachen sich als Echo in die angrenzende steil abfallende Talmulde, dort wo die alten Fuchslöcher lagen.
»Mütterchen, es geht um euer beider Haut«, presste der Dragoner aufgeregt hervor.
»Was sollen wir nur machen?«
»Nimm das Kind und schlage dich zu deinem Dorf durch. Ich will derweil versuchen, die Horde dort abzulenken...«
»Aber wir können...« Ihre Worte blieben ihr auf der Zunge kleben. Der Dragoner hob Rosina aus dem Sattel. Für lange Erklärungen und Abschiednehmen blieb ihnen keine Zeit mehr. Die ersten Hufe trommelten bereits auf dem nassen Geläuf der Graswiesen. Die Reiter hielten genau auf sie zu. Der Dragoner schwang sich aufs Pferd und gab ihm die Sporen. Er ritt in Richtung der Soldaten.
»He da! He da!«, rief er lauthals den Verfolgern entgegen. »Kriegt mich doch, wenn ihr könnt, ihr Lahmärsche...« Er zügelte das Pferd und jagte anschließend querfeldein, weit weg von Rosina. Die List schien wirklich aufzugehen, nicht ein einziger Mann blieb am Lagerfeuer zurück. Die ganze Schwadron nahm die Verfolgung auf. Welch mutiger Teufelskerl, empfand Rosina. Sie konnte ihm aber nicht länger hinterher sehen, die Finsternis hatte ihn rasch samt seiner Verfolger in sich aufgesogen. Jetzt galt es, sie musste die Gunst der Stunde nutzen.
Während der Dragoner sein Leben riskierte, blieb ihr die Chance, unbemerkt die nächtliche Sperre zu passieren. Rosina wusste nicht, wann sie das letzte Mal so ihre Füße in die Hände genommen hatte wie in dieser Nacht. Der Geruch des gebratenen Wildschweins auf dem Spieß war

mehr als verlockend. Aber nicht verlockend genug, um dafür vielleicht ihr Leben aufs Spiel zu setzen. Rosina sah, dass sie weiterkam. Sie durfte so ziemlich alles, nur nicht schlapp machen. Jeder einzelne Herzschlag und jede Elle, die sie zwischen sich und die Reiter brachte, konnte die Rettung bedeuten.
Alexander wurde plötzlich still. Er hatte sich wieder beruhigt. In diesem Moment wusste sie, ihr kleiner Enkel besaß die Gabe des zweiten Gesichts! Auch diesmal hatte er die Gefahr gespürt, die unmittelbar am Seiles auf sie gewartet hatte.
Rosina konnte nicht sagen, wie lange sie inzwischen schweißgebadet und mit keuchenden Lungen durch die Nacht rannte. Irgendwann verließen sie ihre Kräfte. Erschöpft sank sie neben einem Baum zu Boden. Nur langsam beruhigte sich das wilde Hämmern ihres jagenden Pulses. Sie sah auf. Nur wenige Steinwürfe von ihr entfernt hoben sich die schemenhaften Konturen eines kleinen Hofes leicht vom Nachthimmel ab. Ein merkliches Zucken huschte über ihre angestrengten Gesichtszüge. Sie hatten es wirklich geschafft! Sie hatten nach Affholderbach, zu ihrem Dorf, zurückgefunden.
Vom furchtbaren Schrei, der sich unten in der Talsohle, am Fuße des Sternbergs, als vielfältiges Echo brach, bekam Rosina nichts mit. Sie sah auch nicht, wie der junge Dragoner samt seines feurigen Rosses in die Rückersbacher Schlucht hinabstürzte. Der mutige Reiter hatte die ganze Meute der Verfolger mit einem billigen Trick hereingelegt und sie auf seine Fährte gelockt. Sein Plan ging auf, aber er musste mit dem teuersten bezahlen, was er besaß - mit seinem Leben. Die Soldaten hatte er trügen können, der Teufel hingegen ließ sich so schnell kein Ohr abreiten.

*

Trotz der stockfinsteren Nacht fand Rosina ihren Weg auf der Dorfgasse ins Unterdorf. Ihr war unheimlich zumute. Außer ihren eigenen Schritten herrschte Totenstille. Nirgends gab es einen Hofhund, der anschlug. In den Ställen herrschte ebenfalls Ruhe. Kein Ton, der aus Freude oder Leid über die Lippen eines Menschen kam, drang hinaus ins Freie. Nirgendwo eine menschliche Seele, die sich in der lauen Sommernacht noch einmal schnell die Beine vertreten wollte. Alles war noch genau so, wie als sie ihre Heimat verlassen hatte - eine einzige trostlose Einöde.
Sie stand an der Einfahrt zu ihrem Heim, dem Laurenthof. Bei ihrer Flucht damals hatten an dieser Stelle die Toten des Überfalls gelegen. Man hatte sie wohl längst irgendwo begraben. So wie... Rosina stockte,

ihr fiel plötzlich das einsame Grab ein, das hinten im Hof lag. Sie hatte es die ganze Zeit über kaum aus ihren Gedanken verloren. Es war kein Tag vergangen, wo sie nicht daran dachte. Die Zweifel und das Grübeln, wer denn eigentlich darunter begraben lag, hielten Rosina bis jetzt in Spannung.

Sie lenkte ihren Schritt in den Hof. Soweit sie in der Dunkelheit sehen konnte, waren alle Gebäude heilgeblieben. Der rote Hahn auf dem Dach war ihnen erspart geblieben, was bei vielen anderen Häusern leider nicht der Fall war. Auch die Fensterhöhlen ihres Hauses waren finster. Rosina schmerzte es in der Brust. Sie sah sich einer großen Hoffnung beraubt. Vielleicht war es ja auch zu vermessen von ihr gewesen zu glauben, ausgerechnet bei ihr daheim noch jemanden anzutreffen der am Leben war, während ringsum nirgends mehr ein Hauch von menschlicher Existenz geblieben war.

Rosina fühlte sich plötzlich unsagbar müde. Sie hatte alles gewagt - und am Ende alles verloren. Wo sollte sie jetzt noch hin? Sie ging zum Grab. Das Kreuz stand noch, wie sie im Dunkeln erkennen konnte. Wäre es jetzt heller Tag gewesen, so hätte sie auch die blühenden Feldblumen auf dem Grabhügel gesehen.

»Was würden sie sich freuen, wenn sie dich jetzt sehen dürften, kleiner Alexander«, sprach Rosina und kniete sich vors Grab. »Es wird wohl ein ewiges Geheimnis bleiben, wer von deinen Vorfahren hier zur letzten Ruhestätte gebettet wurde...«

»Ich bin es jedenfalls nicht!« Hinter Rosinas Rücken erklang plötzlich eine Männerstimme.

»Albert...?« Sie wirbelte herum. Sie glaubte, ihren Ohren nicht zu trauen. Narrte sie vielleicht der Wunsch, etwas gehört zu haben? Aber nein, für ein Trugbild erschien die Stimme viel zu real. Aufgeregt starrten ihre Augen in die Dunkelheit. Doch beim besten Willen konnte sie niemanden sehen.

»Jetzt höre ich auch schon Stimmen!« Entsetzt schlug sich Rosina die Hand vor den Mund. »Bin ich denn schon verrückt geworden...?«

»Nein, du hast dich nicht geirrt. Mich gibt es noch!« Von Neuem erhob sich die geheimnisvolle Stimme aus dem Dunkeln.

Albert! War das denn die Möglichkeit? Sie wagte den Gedanken gar nicht erst aufkeimen zu lassen. Doch spätestens als sich eine Hand sanft auf ihre rechte Schulter legte, wusste sie um die Wirklichkeit. Ein nicht enden wollendes Glücksgefühl durchströmte Rosinas Herz.

»Albert!«

»Rosina!«

Auch Albert verlor vor lauter Freude mehr als nur eine Träne. Er schloss

sie herzend in die Arme, sie waren so stark wie ehemals, als er sie vom Scheiterhaufen in Aschaffenburg heruntergetragen hatte. Beinahe hätte er seinen kleinen Enkel erdrückt, der sich mit einem leisen Schrei im letzten Moment bemerkbar machte.
»Wen haben wir denn da?«, fragte er völlig überrascht.
»Das ist Alexander, der jüngste Spross der Laurents«, erklärte Rosina voller Stolz. Albert bemerkte aber auch die Wehmut und Trauer, die in Rosinas Worten unüberhörbar mitschwangen.
»Sind Maria und Niklas schon zurückgekommen?«, fragte Rosina, während sie langsam Arm in Arm zum Wohnhaus gingen.
»Nein.« Seine Stimme klang hart. »Komm erst einmal herein in die Stube. Ihr habt bestimmt Durst.«
»Ja, wie ein ganzes Wolfsrudel. Das wird eine lange Nacht...«
»Ja, das wird sie sicherlich, wir haben uns viel zu erzählen.«

*

»Ein Gaukler hat vor den Toren der Stadt sein Lager aufgeschlagen!« Schnell machte diese Kunde unter den Jungen ihre Runde. Ihre Mienen bekamen einen verklärten Blick. Das war ganz nach ihrem Geschmack, endlich gab es tolle und spannende Sachen zu sehen. Einzig Niklas zeigte sich nicht sonderlich begeistert davon. Nicht, dass er etwas gegen eine freudvolle Ablenkung einzuwenden gehabt hätte - er ahnte im Stillen, was das Ganze bedeuten würde. Sicher stand wieder eine äußerst riskante Sache auf dem Programm. Der Schrecken um Lukas' Tod steckte ihm nach wie vor in den Knochen. Es ging nicht immer gut, wie man sah. Einmal würde auch seine zweifelhafte Karriere als Einbrecher und Dieb zu Ende sein. Und dies kam vielleicht schneller, als ihm lieb war.
»Ihr wisst, was ihr zu tun habt«, schnarrte der Einäugige. »Sobald die erste Vorstellung beginnt, schwärmt ihr aus und mischt euch unters Volk.« Die Jungen zogen plötzlich wieder ihre freudlosen und enttäuschten Mienen. Nichts war es also mit Spaß und Fröhlichkeit. Niklas hatte mit seiner Vermutung richtig gelegen. Die Bande sollte wieder auf Raubzug gehen.
»Niklas! Du kümmerst dich persönlich um den Wagen der Gaukler. Da wird wohl das allermeiste zu holen sein...«
Dass dort auch die mit Abstand größte Gefahr bestand, auf frischer Tat erwischt zu werden, erwähnte der Einäugige nicht mit einer Silbe. Er hatte gut reden und kommandieren, wie immer. Er musste ja nicht seinen eigenen Kopf in die Schlinge halten, wenn die Sache schief ging...

Kein geringerer als der »gute« Pater Anselm hatte als besagter Gaukler sein Lager drüben auf dem Leiderer Feld aufgeschlagen. Unweit der Brückenschanze stand sein »wundersames Reliqiuenkabinett« unter dem schattenspendenden Geäst einer ganz bestimmten Eiche. Von der Leiche des jungen Stückmeisters der Artillerie war weit und breit nichts mehr zu sehen. Die umherstreunende Hundemeute hatte sich längst des letzten Knochens des zerfallenden Gerippes bemächtigt und ihn aufgefressen.
Unter den neugierigen Blicken der Soldaten baute der Pater gemeinsam mit Malin und Maria das kleine Lager auf. Ursus bekam wieder einmal seinen obligatorischen Käfig gebastelt, aus dem er bislang nicht ein einziges Mal ausgebrochen war. Ob das auch weiterhin so blieb, musste man abwarten.
Die Vorräte an heilbringenden Mitteln aller Art waren reichlich gefüllt. Sie konnten mit ihrer Schau jederzeit loslegen. Wenn da nur nicht plötzlich ein unvorhergesehener Vorfall dazwischen gekommen wäre. Kaum, dass der letzte Zeltpflock in die Wiese eingeschlagen war, begann Maria, sich nicht gut zu fühlen. Sie musste sich setzen.
»Was ist denn los mit dir?« fragte Malin. »Dein Gesicht hat die Farbe eines frischen Ziegenkäses...«
»Mich friert es so«, krächzte sie und klapperte mit den Zähnen. »Mir tun alle Glieder weh...«
Malin blieb der Schalk in der Kehle stecken. Besorgt sah sie zu ihrer Freundin hinab, die wie ein Häuflein Elend vor ihr im Gras kauerte und zitterte.
»Hat da nicht jemand soeben was von Ziegenkäse gesprochen?« Pater Anselms Gehörgang funktionierte noch einwandfrei. Mit aufgehellter Miene eilte er mit einem Eimer voller Wasser vom Main herbei. »Schämt ihr euch denn nicht, dass ihr immerzu nur ans Essen denkt?«, blaffte Malin und legte Maria eine Decke über die Schultern. »Speis und Trank haltent Leib und Seele zusammen, wussten schon die alten Leute zu sagen«, erklärte er. »Nun, wo habt ihr das Essen stehen?«, fragte er mit komischblödem Gesichtsausdruck.
»Nirgendwo!« entgegnete Malin zickig. »Maria ist krank.«
Sein Entsetzen hätte nicht größer sein können. Der Wassereimer blieb keine Sekunde in seiner Rechten, flugs tränkte der Inhalt die ausgedörrten Grasbüschel. Wie vom Donner gerührt verharrte der Pater auf der Stelle. Er riss die Augen weit auf.
»Hast du Maria berührt?«, fragte er mit scharfer Stimme.
»Nein. Warum?«
»Frag nicht lange, bleib weg von ihr!«

»Aber was hat sie denn?«
Er wagte es nicht auszusprechen. Langsam ging er auf Maria zu. Zwei Schritte vor ihr, blieb er stehen. Herr im Himmel, lass diesmal bitte diesen bitteren Kelch an uns vorüber gehen, flehte er innerlich. Ein zweites Mal wollte er den Tod seiner jungen Helfershelfer nicht ertragen.
»Zieh dich aus«, sprach er zu Maria.
»Was soll das Ganze?« Mit völlig verwundertem Gesichtsausdruck, starrte ihn Malin an.
»Tue bitte einmal, was man dir sagt, und schweige!«
Drüben im Käfig wurde es unruhig. Ursus' Stimme hob sich zu einem lauten Knurren. Er tat dies immer, wenn er glaubte, die beiden Mädchen seien in Gefahr.
»Und du, sei endlich auch mal still!«, schrie der Pater zum Käfig hinüber. Und siehe da, es geschahen noch Zeichen und Wunder. Ursus verstummte. Doch Anselm fühlte weder Triumph noch Genugtuung, dass er die Bestie zum Schweigen gebracht hatte. Dafür war die Lage viel zu ernst - todernst.
»Nun mach schon endlich, Maria...«, drängte er.
Maria folgte seinen Worten. Auch wenn sie sich noch so schrecklich fühlte, sie begann, sich ihrer Kleider zu entledigen.
»Was habt ihr mit ihr vor?« Malin kreischte vor Aufregung.
»Ich will sehen, ob sie irgendwo am Körper eitrige Geschwüre hat«, erklärte er. Maria verschlug es die Sprache. »Es muss einfach sein, es ist zu unser aller Sicherheit!«
Maria hatte sich vollständig ihre Sachen vom Leib genommen. Splitterfasernackt, wie Gott sie geschaffen hatte, kniete sie vor ihm auf dem Boden. Sie hielt sich mit ihren Händen Brüste und Scham bedeckt.
»Jetzt heb die Arme!«
Maria schüttelte verneinend den Kopf.
»Nun mach schon, ich muss sehen, ob du die Pest hast...« Ein Schwall Tränen rann Maria über die Wangen. Es geschah mehr aus reinem Schamgefühl als wegen des Verdachts, dass sie vielleicht todkrank sei.
»Nun stell dich nicht so an.«
Maria hob ihre beiden Arme. Sein prüfender Blick galt einzig und allein dem unverkennbaren Kainsmal der Pestbeulen in den Achselhöhlen... Seine todernste Miene hellte sich etwas auf.
»Und nun die Leisten...« Wiederrum war nichts Auffälliges zu sehen.
»Mensch, was hast du ein Riesenglück!« Gleich eine ganze Wagenladung an Wackersteinen fiel ihm vom Herzen.
»Du kannst dich jetzt wieder anziehen.« Maria wurde von einem hefti-

gen Hustenkrampf gepackt. »Malin, hilf ihr bitte dabei. Und dann ab mit ihr ins Bett. Maria hat sich wahrscheinlich nur beim Baden im Fluss eine Erkältung eingefangen...« Malin brachte Maria zum Wagen.
»Sei tapfer Kleine, ich werde dir gleich etwas zubereiten, was dir hilft«, rief er ihr nach.
»Aber nehmt bloß nichts von eurem zusammengepanschten Zeug an Elixieren und Heilwässerchen«, mahnte Malin, während sie Maria beim Gehen stützte. »Nicht, dass es ihr am Ende noch schlechter geht...«

*

Alles nahm seinen gewohnten Lauf, wie sonst auch, wenn Pater Anselm mit seinem Wagen vor den Toren einer Stadt aufkreuzte. Zuerst ließ sich ein neugieriges Gesicht blicken, bis schließlich eine ganze Horde an Kindern die Nachricht vom »wundersamen Reliquienkabinett« auch hinter die Stadtmauern Aschaffenburgs trug. Auch wenn Maria fehlte, die Vorstellung fand schon am darauffolgenden Tag statt. Die Reliquienschau war bereits in vollem Gang, als sich die acht Jungens aus der Bande des Einäugigen unbemerkt unter das schaulustige Volk mischten. Außer Martin waren alle mit von der Partie.
Von zahllosen »Ohhhs« und »Ahhhs« begleitet, zeigte Pater Anselm von seinem neuen Holzpodest aus eines seiner Heiligtümer. Der Junge, der abseits der Masse gemächlich über die Mainwiesen schlenderte, hatte nicht das geringste Interesse, den rostigen Angelhaken zu sehen, den der Gaukler als einen der Heiligen Nägel vom Kreuze Christi in seinen fleischigen Fingern präsentierte.
Niklas' Ziel war der große Wagen. Er tat so, als scherte er sich einen Dreck um das Ganze, was sich hier auf der Wiese abspielte. Ein schneller, prüfender Blick in die Runde und schon stand er auf der Wagentreppe. So lässig, wie er nach außen hin wirkte, so aufgeregt war er in seinem Inneren. Er musste sich mächtig ranhalten. Das Gejauchze und Gejohle der Leute steigerte sich allmählich seinem Höhepunkt entgegen. Pater Anselms Vorrat an Reliquien war wohl keineswegs so groß, wie es der mächtigste aller deutschen Kirchenmänner, jener berühmte Kardinal Albrecht von Brandenburg, einst in der Stiftskirche zu Halle besessen hatte. Ein Großteil jener »Abgötterei« - wie Martin Luther diese kostbare Sammlung bezeichnet hatte - brachte der »Scheißbischof« - wie ihn der Protestant beschimpfte - 1541 mit ins Exil nach Aschaffenburg. Damit der größte Kirchenschatz an Heiligtümern zustande kommen konnte, hatten die Gläubigen einen Ablass erbringen müssen, wofür ihnen im

Gegenzug die Vorhölle auf vierzig Millionen Jahre hinweg erspart bleiben sollte.

Für Niklas ging es hingegen um ganz andere Dinge. Wenn man ihn jetzt erwischen würde, blieb es ihm sicherlich nicht erspart, die Braut des Seilers zu heiraten. Er sah noch einmal zurück. Die Luft war rein. Er konnte zuschlagen!

Maria lag im Bett und schlief. Das Fieber war zum Glück über Nacht schon wieder gesunken. Sie war aber noch zu schwächlich, um bei der Schau mit ihren anstrengenden Vorlesungen auftreten zu können. Vielleicht morgen oder an einem der nächsten Tage wäre sie wieder dabei. Jetzt aber hatte sie erst einmal Ruhe. Sie konnte von Glück sagen, dass der Pater so auf sie Rücksicht nahm. Sie war einfach zu wichtig für ihn, als dass er ihre Gesundheit unnötig aufs Spiel setzen konnte. So ein kostbares Juwel, das Lesen und Schreiben konnte, durfte und wollte Pater Anselm nicht verlieren.

Plötzlich schreckte Maria auf. Das leise Knarren der Wagentüre genügte, um ihr den Schlaf zu rauben. Die Vorstellung konnte doch unmöglich schon zu Ende sein, der Pater lobpreiste seine Heiltümer ja noch in den allerhöchsten Tönen. Und die begeisterte Menge spendete ungebremst ordentlich Beifall. Kam denn etwa Malin zurück, um etwas zu holen?

Insgeheim hatte Niklas gehofft, die Türe sei abgeschlossen. Sodass er gar nicht erst in Versuchung kommen konnte. Zu seiner großen Überraschung jedoch gab die Türklinke nach. Der Besitzer dieses Wagens war ein Leichtsinnsvogel, wie es keinen größeren mehr gab. Wer so schludrig mit seinem Zeug umging, der hatte es gar nicht anders verdient, als dass man ihn bis aufs Hemd auszog, dachte Niklas.

Die Türe ging auf. Vom Schwall des gleißenden Lichtes etwas geblendet, sah Maria eine Gestalt. Sie konnte nur nicht genau sehen, um wenn es sich handelte. Doch wenn das Malin sein sollte, musste sie sich doch sehr verändert haben. Soweit sie erkannte, war das ein fremder Junge, der soeben in ihren Wagen stieg. Er kam bestimmt nicht in bester Absicht, um ihr einen schönen Tag zu wünschen. Sicherlich führte er etwas ganz anderes im Schilde.

»Pater Anselm! Malin! Kommt zu Hilfe! Einbrecher! Diebe!« Maria fuhr wie von einer Wespe gestochen hoch und schrie, was ihre angegriffene Stimme hergab.

Niklas fielen alle Todsünden ein. Dass sich da noch jemand im Wagen befand, damit konnte er wirklich nicht rechnen. Er konnte den elenden Schreihals nicht sehen, der sich in einer dunklen Ecke versteckt hielt. Die Erstarrung des jähen Schreckens hielt ihn einige Augenblicke auf der

Stelle. Just in diesem Moment schob sich eine Wolke über den ewigen Glut ball der Sonne. Dies genügte, um Maria ein fassungsloses Staunen auf ihre bleiche Miene zu zaubern. Ihr Verstand weigerte sich schier, zu glauben, dass sie keinem anderen als ihrem Bruder leibhaftig ins Antlitz sah! Keine drei Schritte waren sie voneinander getrennt. Maria öffnete schon ihren Mund zum alles befreienden Freudenschrei, als sie plötzlich keine Stimme mehr hatte. Vielleicht lag es an der völlig unverhofften Überraschung, dass ihre Zunge lahmte. Sie konnte sich anstellen wie sie wollte, sie bekam nicht eine Silbe heraus. Im selben Moment, als sie von ihrem Bettlager aufsprang, putzte Niklas die Platte.
Keine Sekunde zu früh sprang er, alle Stufen auf einmal nehmend, die Wagentreppe hinab. Der Platz ähnelte einem aufgewühlten Ameisenhaufen. Marias Hilferufe hatten an allen Ecken und Enden Gehör gefunden. Niklas sah sich im Fokus des Volkes. Auch Ursus meldete sich brüllend zu Wort. Nur um Haaresbreite verfehlte seine Pranke Niklas' Bein. Der Bär beließ es aber nicht bei diesem Schlag durch die Gitterstäbe seines Käfigs. Jetzt zeigte Ursus die ganze Kraft, die tatsächlich in ihm steckte. Bevor man auf Drei zählen konnte, befand er sich im Freien. Wenige Hiebe genügten, um sein Gefängnis zu Brennholz zu verarbeiten.
»Da seht! Dort läuft der gemeine Dieb!« Der Oberschurke von Anselm hatte es gerade nötig, seinen Mund am allerlautesten aufzureißen. Mit einem Armknochen, den er, wusste der Himmel wo, auf einem Friedhof ausgegraben hatte und nun dem Volk als Reliquie vorführte, zeigte der falsche Blender von seinem Podest aus auf Niklas, der von Ursus verfolgt wurde. Die ersten Männer lösten sich aus den Reihen des Publikums und hetzten ebenfalls hinter Niklas her. Nach und nach wurden es ihrer mehr. Bald heftete sich das halbe Volk an Niklas' Fersen. Maria rannte dem losgelösten Haufen hinterher.
»Wo willst du denn hin?« Malin kreuzte ihren Weg.
»Ich muss zu ihm...«
»Was zum Teufel willst du von diesem schuftigen Kerl?«
»Es ist... mein Bruder!«
»Der Dieb dort soll Niklas sein, von dem du mir immerzu erzählt hast? Bist du dir da auch ganz sicher?«
»Ja! So sicher wie das Amen in der Kirche!«
Mittlerweile näherte sich Niklas der Brückenschanze. Wieder einmal schlug seine große Stunde als Läufer. Sein Wettlauf mit dem schwedischen Reiter war angesichts dessen, was sich jetzt hinter ihm abspielte, fast schon wie ein Kinderspiel gewesen. Einer solch großen Meute an Verfolgern konnte sich ein Einzelner wohl kaum lange erwehren. Seine

Chance auf ein Entkommen tendierte gegen Null. Die Soldaten hinter der Brückenschanze waren bestimmt keine bloßen Bohnenstangen, die sich einfach so nebenbei umkurven ließen.
Niklas glaubte einem Trugbild zu unterliegen, als er sah, wie die Soldaten plötzlich Reißaus vor ihm nahmen und über die Mainbrücke der Stadt entgegeneilten. Das wilde Brüllen des Bären in seinem Rücken war die Erklärung dafür - brachte ihm aber auch die jähe Erkenntnis, dass er wieder einmal die verdammte Bestie auf dem Hals hatte. Jene fürchtete er mehr als den ganzen Haufen an Verfolgern, die ihm nacheilten.

*

»Halt! Hier geblieben, ihr beiden!«, rief Pater Anselm, der außer ein paar wenigen Leutchen fast alleine auf dem Platz zurückblieb.
»Nein! Das tun wir nicht«, erwiderte Malin, »wir müssen Ursus zurückholen.
Von einem gewaltigen Donnerwetter an Schimpfkanonaden begleitet, rannten Malin und Maria der Meute nach.
Niklas konnte unmöglich auf dem direkten Weg zu ihrer Räuberhöhle zurück. Dafür waren die Verfolger zu dicht an ihm dran. Er gefährdete ihr aller Leben, wenn sie ihn ausgerechnet dort am Schlafittchen packten. Allein dem Einäugigen hätte er das Ende am Galgen gewünscht. Aber er musste an die Jungen denken. Sie fristeten ohnehin ein Dasein auf der Schattenseite des Lebens. Ein grausiges Ende, wie das des jungen Stückmeisters unten auf der Brücke, hatte keiner von ihnen verdient.
Die Strecke den Löhergraben hinauf war viel zu lang, da konnten sie ihn zu schnell einholen. Er schlug einen anderen Weg ein - den Windfang hoch. In der Altstadt war es ihm bestimmt leichter, die Meute abzuschütteln. So wie einst seine Großmutter Rosina als junges Frauenzimmer nach Meister Quirins Tod um ihr Leben gerannt war, so eilte nun auch ihr Enkel durch die Gassen. Während die ersten Verfolger, heftig nach Luft schnappend, nach und nach erschöpft zurückblieben, tollte ihm Ursus als hartnäckigster Widersacher hinterher.
Am Maintorturm war für die Soldaten die Jagd auf den Dieb zu Ende. Sie mussten unverrichteter Dinge den Rückzug antreten. Der Befehl ihres Kommandanten verbot es ihnen wegen der Pest, die Stadt zu betreten.
Der Metzgertorturm war schnell passiert. Der steile Anstieg die Große Metzgergasse hinauf verlangte jetzt auch Niklas seinen Tribut ab. Er wurde langsamer. Dafür machte Ursus umso mehr Boden gut. Ein kurzer Blick über die Schulter zeigte ihm, wie bedrohlich nahe ihm die Bestie

inzwischen kam. Außer ihr folgten ihm zwei kleinere Gestalten, die sich vom Hauptfeld des Mobs abhoben. Dem ersten Anschein nach waren es vermutlich Kinder - Mädchen. Doch Niklas hatte keine Zeit, sie genauer zu betrachten. Wie konnte der arme Kerl auch ahnen, dass er ausgerechnet vor seiner eigenen Schwester auf und davon lief.

Niklas bog um die alte Fleischschirne und wählte den Weg in die enge Straße, die »Neben der Großen Metzgergasse« hieß. Von da aus floh er weiter in die Stiftsgasse. Zum Glück hastete er nicht kopflos durch die Gegend. Denn dies wäre zweifellos sein Ende gewesen, wenn er dann plötzlich irgendwann in eine Sackgasse gerannt wäre und nicht mehr weitergekonnt hätte. Wenn ihn nicht der Bär tötete, würde es dann spätestens der aufgebrachte Pöbel besorgen.

Niklas wusste um den halbverfallenen Stiftshof »Zur alten Münze«. Er wusste auch um den geborstenen Mauerring. Der enge Riss war gerade breit genug, damit er hier Rettung finden konnte. Ab da konnte ihm der Bär nicht mehr folgen. Niklas beließ es aber nicht dabei, sich hinter der Mauer zu verstecken. Der Bär hatte zweifellos seine Witterung in der Nase und würde solange am Mauerspalt umhertollen, bis der Rest der Verfolger vor Ort war. Und diese wussten dann, wo sie zuzuschlagen hatten.

Niklas eilte über die angrenzenden Weinberge, bis er schließlich in der alten Grafengasse im Haus der Vikare »Sankt Johannes Evangelista und Sankt Leonhard« einen geeigneten Unterschlupf fand.

Wie die übrigen Gebäude im »Sack« hatte man auch jenes zum Teil abgebrochen. Das meiste Holzwerk war herausgerissen worden und hatte teilweise zu Schanzenzwecken Verwendung gefunden. Inmitten des finsteren Gewölbekellers würde ihn so rasch keiner aufspüren. Auch nicht diese Bestie von Bär. Hier harrte Niklas nun geduldig aus, bis sich der ganze Sturm um seine Person wieder gelegt hatte. Erst bei Einbruch der Dunkelheit würde er sich aus seinem Versteck aufmachen. Lieber ein paar Stunden als Feigling abgetaucht als ein Leben lang tot. So legte er sich auf den kühlen Steinboden und schlief ein.

»Niklas! Niklas!« Das verzweifelte Rufen seiner Schwester drüben in der Stiftsgasse, wo Ursus seine spitze Schnauze in den Maueraufbruch steckte und wild mit den Pranken scharrte, verhallte ungehört.

*

Stunde um Stunde verrann in der unsichtbaren Glasuhr der Zeit. Maria und Malin zwängten sich durch die Maueröffnung, während Ursus winselnd und bellend wie ein Hund zurückblieb. Doch ihre ganze Sucherei

brachte nichts, Niklas blieb einfach wie vom Erdboden verschluckt. Maria heulte sich fast die Augen aus.
»Warum habe ich im Wagen nur kein Wort herausbekommen?«, schluchzte sie, während sie zusammen mit Ursus die Stiftsgasse zurückgingen. »Es war, als hätte ich einen dicken Kloß im Hals stecken.«
»Vielleicht war er es ja auch gar nicht.« Malin versuchte sie zu trösten.
»Doch! Ich kenne doch meinen eigenen Bruder«, erwiderte Maria und sah mit trotziger Miene unter dem viel zu großen, breitausladenden Schwedenhut hervor, den sie vorhin auf der Brücke aufgehoben hatte. Einer der Soldaten hatte das gute Stück bei der Verfolgungsjagd nach Niklas verloren. Nun gehörte er Maria, die sich damit gegen die Sonne schützte.
»Pater Anselm wird sicher mächtig fluchen, wenn wir nicht bald zu ihm ins Lager kommen«, bemerkte Malin.
»Und wenn schon, der soll froh sein, wenn überhaupt noch jemand von uns beiden zu ihm zurückkommt.«
»Was willst du damit sagen?« Malin begegnete Maria mit staunendem Blick.
»Ich gehe nicht mehr zu euch zurück!«
Malin traute ihren Ohren nicht. Auch Ursus hob verwundert seinen dicken Schädel. Ein enttäuschtes Brummen entstieg seinem aufgesperrten Rachen. »Meinst du das wirklich ernst?«
»Ja. Ich will nach Niklas suchen«, sagte sie mit fest entschlossener Stimme. »Und ich werde ihn auch finden...«
»Hast du dir das auch gut überlegt?«
»Ja!«
»Ich würde dir ja gerne helfen«, sagte Malin, »aber ich kann unmöglich mit Ursus in der Stadt bleiben. Das Ganze hier ist nichts für mich. In den Mauern eines Hauses fühle ich mich wie eingesperrt.«
»Ich verstehe dich.«
»Außerdem muss wenigstens einer von uns beiden zu unserem ›lieben Pater‹ zurück«, meinte Malin, die auf einmal Gefühl zeigte. Und der die Tränen in die Augen schossen. Die finnische Wildkatze hätte es selbst nie für möglich gehalten, jemals wegen eines anderen Menschen flennen zu müssen. Nun traten die beiden unterschiedlichen Mädchen in vertauschte Rollen. Maria schlüpfte in die Haut der wilden, mutigen Malin und umgekehrt.
»Wohin gehst du, wenn du deinen Bruder wirklich finden solltest?«, fragte sie tieftraurig.
»Nach Hause!«

»Und wo ist das?«
»Affholderbach.«
Malin versuchte das Wort zu wiederholen, brach sie dabei aber fast die Zunge ab.
»Ist das auch eine Stadt?«
»Nein, ein kleines Dorf auf dem Johannesberg. Ich habe dir doch davon schon erzählt.«
»Vielleicht habe ich es eines Tages satt, mit diesem Gaukler übers Land zu fahren und komme dich dann mal besuchen!«
»Das würde mich riesig freuen...«
Die beiden Mädchen, die so viel miteinander erlebt und durchgemacht hatten wie andere Menschen ihr Lebtag nicht, fielen sich herzend in die Arme. Ursus meldete sich brummend zu Wort und stieß Maria mit seiner Schnauze in die Seite. Auch er wusste um die Bedeutung des bitteren Augenblicks.

*

Das helle Licht des Vollmonds ergoss sich aufs Gassenpflaster. Niklas konnte sich nicht entsinnen, ob die Scheibe am finsteren Nachthimmel jemals so groß und so zum Greifen nahe gewesen war. Fasziniert starrte er aus dem Fenster der Dachkammer.
Er fand einfach keinen Schlaf, was nicht verwundern konnte. Schließlich hatte er zahllose Stunden in seinem Versteck verbracht und dort die meiste Zeit über geschlafen. Der Einäugige war sichtlich erleichtert gewesen, als Niklas unbehelligt und unversehrt in die Räuberhöhle zurückgekommen war. Er hätte gut und gern die Hälfte der anderen Jungs für Niklas gegeben, so viel bedeutete er ihm, was er jedoch nie zugegeben hätte, und das obwohl er ihn vor nicht allzu langer Zeit aus Zorn beinahe erschlagen hätte. Die übliche Schimpfkanonade blieb aus, obwohl niemand Beute einbrachte. Sie mussten halt ein andermal zuschlagen. Aber es wurde von Tag zu Tag alleweil schwerer auf ihren Streifzügen, Ernte einzubringen. Die Pest raffte weiterhin zahllose Menschen hinweg. Was sollte aus den Jungen werden, wenn es irgendwann nichts mehr zu rauben gab...
Hierüber machte sich Niklas keine Gedanken. Er schien regelrecht vom Mond angezogen zu werden. Außer ihm war keiner mehr wach. Alle schliefen, manche fantasierten in wahren Fieberträumen und hatten es schwer, ihre Erlebnisse der letzten Tage zu verarbeiten. Niklas wusste nicht, wie lange er schon gebannt auf die große, gelbe Scheibe gestarrt

hatte, als sich plötzlich eine kleine Gestalt direkt in den Mittelpunkt des Mondes schob und dort verhielt. Der riesige Schwedenhut war viel zu groß für die kleine Person, die da oben auf einem Dach der angrenzenden Nachbarshäuser nachtwandelte. Ein Schwede auf dem Mond – eine lustige Vorstellung. Niklas schmunzelte. Die Gestalt verharrte auf der Stelle. Plötzlich hörte er etwas rufen, er konnte es aber nicht richtig verstehen. Das Fenster ließ sich nicht öffnen. Neugierig legte er sein Ohr auf die gesprungene Fensterscheibe, aber er hörte nichts. Als er sich schon abwenden wollte, drangen ihm die Laute ans Ohr.
»Niklas! Niklas! Wo bist du?«
Es überkam ihm eiskalt. Das war doch Maria, die soeben in die Nacht hinausschrie! Jetzt gab es für ihn kein Halten mehr. Hals über Kopf, verließ er die Dachkammer. Mit höher schlagendem Herzen sprang er die Stiege hinab. Er war so schön in Schwung und wollte die Haustüre aufreißen, als er merkte, dass diese zugesperrt war und der Schlüssel fehlte.
»Suchst du vielleicht den hier?«
Niklas wirbelte herum. Im Lichtschein des Kerzenleuchters, erkannte er den Einäugigen. In seiner Linken hielt er den Schlüssel.
»Du wolltest wohl türmen, was?«
»Nein, ich will zu meiner Schwester.«
»Ach, papperlapapp, erzähle mir keine Ammenmärchen«, blafft er abschätzig. »Da musst du dir schon einen Dümmeren suchen, der dir deine Sprüche abnimmt.«
»Hört ihr sie denn nicht rufen?«, warf Niklas ein.
Der Einäugige horchte auf. Tatsächlich, da draußen tat sich was.
»Sie plärrt ja alles zusammen. Wir müssen sie zum Schweigen bringen. Los, schnapp sie dir...« Der Einäugige sperrte auf und schob Niklas ins Freie. »Aber dass du mir ja wieder zurückkommst, denk an deinen Freund Martin...«, rief er ihm noch hinterher. Die Drohung saß, auch wenn ihn momentan nur ein Gedanke beseelte: Maria!
Maria war der Verzweiflung nahe. Sie hatte alles riskiert und, wie es schien, leider auch alles verloren. Seit sie sich von Malin getrennt hatte, suchte sie ohne Unterlass nach ihrem Bruder. Nirgends war auch nur eine Spur von ihm zu sehen. Was war, wenn sie sich wirklich getäuscht hatte? Hier in Aschaffenburg kannte sie niemanden. In dieser menschenleeren Stadt war sie zweifellos verloren .
Die nackte Verzweiflung war es schließlich, die Maria auf das Dach eines leerstehenden Hauses steigen ließ. Sie ließ ihrem ganzen aufgestauten Gefühlswust von Enttäuschung, Frust und Sorge freien Lauf.
»Niklas! Niklas!«

»Du brauchst nicht mehr länger zu rufen, ich bin da!«
Maria fiel vor lauter Schreck der große Hut vom Kopf. Lautlos segelte er auf die Gasse hinab. Allein seine vertraute Stimme, die ihr in ihrem Rücken aus der Dunkelheit entgegendrang, versetzte Maria in einen unermesslichen Rausch voller Glückseligkeit. Haltlos stürmte sie auf die schemenhafte Gestalt zu. Sie hatte sich nicht geirrt, er war es tatsächlich!
»Endlich haben wir uns wieder!« Sie fielen sich in die Arme. So wie es nur zwei Menschen können, die sich liebten und fast schon tot geglaubt hatten.
»Was wolltest du im Wagen von unserem Pater?«, fragte sie. »Hast du nach mir gesucht?«
»Ja!«, stieß Niklas hervor. Seine vor Lüge schamrot glühenden Ohren konnte sie zum Glück nicht sehen. Den wahren Grund seines Besuches im Wagen wollte er ihr nicht gerade auf die Nase binden. Sie sollte nicht wissen, welch gemeiner Schuft er inzwischen geworden war. Damit das Geheimnis dieses schwarzen Kapitels seines Erdensaseins gewahrt bliebe, wäre er am liebsten mit ihr auf und davon. Spätestens morgen früh, nach Öffnung der Stadttore, hätten sie Aschaffenburg verlassen können und noch am selben Tag den Johannesberg erreicht. Aber das Vorhaben konnte er vergessen. Das Leben von Martin stand auf dem Spiel. Kam Niklas nicht mehr zurück, würde ihm der Einäugige mit Sicherheit etwas Schlimmes antun. Und was, war unschwer auszurechnen.

*

»Dich sticht wohl der Hafer! Was wollen wir denn mit einem Mädchen?«, tobte der Einäugige, als die beiden zurückkamen.
»Ihr habt doch selbst gesagt, ich soll sie hierher bringen«, erwiderte Niklas und hielt seinen Arm schützend um Maria.
»Davon war nie die Rede, du solltest sie lediglich zum...« Sein wilder Veitstanz kam zur Ruhe.
»Maria ist meine Schwester!« Niklas Stimme klang fest entschlossen. »Nichts auf der Welt kann uns mehr trennen.«
Auf der Wange des Einäugigen zuckte es kurz auf, es blieb dabei. Diese Kröte musste er unweigerlich schlucken, wollte er Niklas nicht verlieren. Auch wenn er dieses Mädchen nicht leiden mochte, so bekamen sie wenigstens eine Köchin ins Haus. Und jemanden, der ihnen ihr dreckiges Zeug wusch und die zerrissenen Klamotten flickte.
In Windeseile merkte Maria, in welch eine entsetzliche Bruthöhle von Vipern und Natterngezücht sie ihr Bruder eigentlich gebracht hatte. Da

war sie ja bei Pater Anselm besser aufgehoben gewesen als hier. Aber sie hatte Niklas wieder, allein diese Tatsache zerstreuten alle Zweifel und Übel.

*

Die Wochen des gnadenlosen Glutsommers verloschen, und mit ihm auch etliche Menschenleben. Erst als es dem Herbst zuging, kam das Morden der Pestilenz allmählich zum Stillstand. Zwei der Jungen aus dem Kreis der Räuberbande kamen irgendwann von ihren »Ausflügen« nicht mehr zurück. Während einer jener Namenlosen von den Soldaten beim Klauen erwischt und sofort gehängt worden war, hatte der andere arme Kerl in irgendeiner Ecke sein Leben ausgehaucht. Sie sahen ihn Tage später auf einem Leichenkarren liegen, als wieder einmal ein neuer Totengräber die Pesttoten aufsammelte. Der Einäugige fand aber rasch Ersatz für seine verlorenen Werkzeuge.
Es kam, wie schon so oft in der Vergangenheit, wieder einmal eine Drohung aus Hanau, dass die Schweden der Stadt einen »Besuch« abstatten wollten. Zwei Jahre später erst sollten sie jedoch wirklich kommen. Im Frühjahr 1637 stiegen an die zweihundert Schweden bei der Kapuzinerkirche über die Stadtmauer und drangen raubend und plündernd in die Stadt ein. Sie töteten unter anderen den Jesuitenpater Rektor Liebst und nahmen einige hohe Herrschaften als Geiseln mit, um ein entsprechendes Lösegeld für sie einzufordern. Bei dieser Gelegenheit ließen die verwegenen Eindringlinge einen Teil des Stiftsarchivs und der Stadtbibliothek mitgehen, um das Ganze nach Schweden zu bringen. Das Schiff, das die wertvolle Ladung nach Uppsala schaffen sollte, ging jedoch unterwegs mitsamt seiner Ladung verloren.
Der Einäugige zeigte sich natürlich wenig erbaut von der neuerlichen Drohung aus Hanau. Die Kornkiste war ja bereits ausreichend unter Dach und Fach, aber all das andere Raubgut sah er in Gefahr. Auch das wollte er unbedingt in sicherer Obhut verwahrt sehen. Er drohte schier seinen Verstand zu verlieren. Von heute auf morgen drehte sich alles nur noch um seine Schätze. Hinter jedem der Jungen glaubte er einen Schweden oder einen feindlichen Spion. Wehe dem, der sich verdächtig machte, ihm etwas stehlen zu wollen. Er drohte, jeden umzubringen!
Einer der Neuzugänge bekam den aufkeimenden und nicht mehr zu stoppenden Wahnsinn des Mannes am eigenen Leib zu spüren. Aus einem völlig nichtigen Grund heraus prügelte er den Jungen fast zu Tode. Wochenlang musste der bedauernswerte Kerl auf seiner Bettstatt zubrin-

gen, ehe er endlich wieder halbwegs auf seinen Füßen stehen konnte.
»Habt ihr seinen Blick gesehen? Dieses seltsame Leuchten in seinen Augen macht mir Angst.« Niklas sah in die Runde. Aus dem Halbdunkel der Dachkammer starrten ihm die Mienen von Maria und den Jungen entgegen. Es war nicht zu übersehen, dass auch sie denselben sorgenvollen Gedanken hegten wie Niklas.
»Aber was sollen wir tun?«, fragte Martin, der seine Lagerstätte mit Maria getauscht hatte, damit sie neben ihrem Bruder liegen konnte.
»Wir bräuchten endlich Kissen und Decken«, warf einer der Jungen ein. »In den Nächten gibt es bereits den ersten Rauhreif. Wenn ihr es nicht bemerkt habt, es wird langsam kalt. Ich möchte mir hier oben in der zugigen Kammer nicht den Tod holen...«
»Den erfährst du sowieso, wenn uns der Einäugige bald erschlägt«, stieß Martin hervor. Der Junge sah ihn verdutzt an.
»Ja. Das wird er mit Sicherheit«, sprach Niklas. »Ihr seht doch alle, wie eigenartig er sich in letzter Zeit benimmt. Sobald alle Schätze irgendwo gut verborgen sind, wird er einen nach dem anderen von uns umbringen...«
In diesem Augenblick zuckten nicht wenige Adamsäpfel. Maria verließ ihren Platz und kroch zu Niklas, um sich an ihn zu klammern. Wenn doch jetzt nur Ursus da gewesen wäre, das Problem sähe sich bestimmt im Handumdrehen gelöst.
»Warum?«, fragte doch tatsächlich einer.
»Ganz einfach! Es darf keine Wissensträger geben«, erklärte Niklas. Auch er war bedroht, sogar wie kein anderer aus ihrer Reihe. Er musste nur an das Versteck in der Gruft denken. Das allein war ein triftiger Grund, dass ihm der Einäugige das Lebenslicht ausblasen würde.
»Deshalb habe ich einen Plan gefasst...« Er spürte, wie sie alle mit ihren Augen an seinen Lippen klebten. »Wir müssen aber unbedingt alle zusammenhalten. Ein falsches Wort zur falschen Zeit genügt, und alles fliegt auf. Ihr wisst, was es dann für uns alle bedeutet.« Niklas' todernster Blick schweifte in die Runde.
»Warum siehst du denn gerade mich so an?«, platzte es aus dem kleinen Simon heraus.
»Ein getroffener Hund bellt«, entgegnete ihm Niklas scharf. »Ich sage es dir auf den Kopf zu, dass ich dir am allerwenigsten traue.«
»Es mag ja sein, dass ich dich hasse, woran du selber Schuld hast«, sagte Simon trotzig und fasste sich kurz an die Nase, die ihm anscheinend immer noch wehtat. »Aber ich bin kein gottverdammter Verräter!«
»Du tätest auch gut daran, denn sonst wäre dein verpfuschtes Leben kei-

nen Pfifferling mehr wert. Glaube ja nicht, der Einäugige würde auch nur einen von uns am Leben lassen. Jetzt aber zu meinem Plan...«

*

Ihre ganze Hoffnung ruhte auf einem kleinen länglichen Gegenstand. Von ihm hing sozusagen alles ab. Zwar wenig an Gewicht, wog er aber umso bedeutungsvoller für ihr Schicksal. Sie hatten mächtig Glück. Der Einäugige hatte die Haustüre zugesperrt, den Schlüssel jedoch ließ er im Schloss stecken. Sie konnten es gar nicht fassen. Niklas traute dem Braten nicht. Womöglich stellt er ihnen eine Falle und lauerte ihnen irgendwo auf...

Plötzlich durchdrangen einige seltsame Laute die Stille. Ihre Füße waren wie angewurzelt. Niklas gewann als erstes die Fassung zurück. Das gleichmäßige Schnarchen, das durch die geschlossene Zimmertüre drang, hinter der der Einäugige schlief, nahm ihnen jegliche Furcht. Einige der Jungen entschwanden lautlos in die kühle Nacht. Doch diesmal war weniger Mut als vielmehr Stärke gefragt. Zur gleichen Zeit stieg Niklas gemeinsam mit Simon klammheimlich in das Kellergewölbe hinab. Simon wollte unbedingt mit dabei sein, um zu zeigen, dass man mit ihm rechnen konnte. Auf der anderen Seite hatte er auch keine andere Möglichkeit, wollte er überhaupt überleben. Entweder zogen alle an ein und demselben Strang oder sie waren ohne Ausnahme rettungslos verloren.

Die beiden arbeiteten nahezu geräuschlos. Sie brauchten für ihr geheimnisvolles Treiben nicht mehr als eine Stunde. Auch die anderen Jungen führten ihren Auftrag gemäß Niklas' Plan ohne Schwierigkeiten aus.

Alle waren froh, als am nächsten Tag endlich der Morgen graute. Einen ganz so sonnigen Herbsttag wie die vorausgegangenen Tage würde es heute mit Sicherheit nicht geben, allein schon wegen des zähen Nebels, der von den Mainauen aus bis hoch in die Stadt zog und sich dort wie zäher Leim in den Gassen hielt - als gelte es, etwas zu verbergen, so wie die Schätze des Einäugigen. Die Stimmung unter Maria und den Jungen war bis zum Äußersten gespannt. Kaum einer von ihnen hatte die vergangene Nacht auch nur ein Auge zugetan. Fiel heute vielleicht schon die Entscheidung über ihr Leben?

Insgeheim hoffte jeder, dass Niklas mit seinen Vermutungen Unrecht hatte. Er nicht weniger. Und wenn doch? Daran mochte niemand denken. Jetzt hieß es Nerven bewahren, was in erster Linie für Simon und Martin galt. Hoffentlich machten diese beiden unsicheren Wackelkandi-

daten ihnen allen keinen Strich durch die Rechnung, indem sie in ihrer Aufregung dem Einäugigen gegenüber etwas ausplauderten. Das Tappen seines Spazierstockes draußen auf der Treppenstiege kündete wie immer von seinem Erscheinen.
»Alles bleibt auf seinen Plätzen«, flüsterte Niklas, als er sah, wie die ersten Jungen, gepackt von Nervosität, im Begriff waren aufzustehen. »Tut so, als wärt ihr alle noch müde und verschlafen...«
Keine Sekunde später flog auch schon die Kammertüre in einem weiten Schwung auf. Sein finsteres Dreinblicken passte sehr gut zu seiner schwarzen Kleidung. Niklas konnte es an seinen Augen sehen. Vom Irrsinn gepackt, starrten sie irrlichternd aus ihren Höhlen. Vorsicht war geboten! Sein durchdringender Blick schien bis auf den Grund ihrer Seelen zu sehen, als ob es dort ein Geheimnis zu ergründen gebe. Wahrscheinlich hatte er in der letzten Nacht etwas bemerkt, weil er gar so miesepetrig dreinschaute. Sie mussten sich völlig ruhig verhalten. Schon der geringste Grund konnte eine furchtbare Katastrophe heraufbeschwören.
Die atemlose Stille zerriss. Plötzlich meldete sich der kleine Simon zu Wort. Niklas glaubte, ihm reiße auf der Stelle der Herzbendel ab. Alle Augenpaare richteten sich vor Schreck auf Simon.
»Welche Aufgabe gedenkt ihr uns heute zu geben, Herr?«, fragte er völlig unaufgeregt und grinste.
Der Einäugige blieb ihm die Antwort schuldig. Noch immer stierte er von einem bleichen Jungengesicht zum anderen. Maria schlug ihre Augen nieder. Sie konnte die furchtbare Anspannung nicht mehr länger ertragen. Jeden Moment würde sie losheulen. Niklas gab ihr einen schnellen Schubs. Wenn er dachte, dass dies dem Einäugigen entging, so sah er sich getäuscht. Geschwind hielt er auf das Geschwisterpaar zu.
»Was ist mit euch beiden?«
»Nichts. Was soll sein«, erwiderte Niklas gelassen. »Meine Schwester fühlt sich heute nur nicht gut, das ist alles...«
»Warum? Was ist mit ihr?«
»Maria hat in den letzten Tagen zu wenig zum Essen bekommen.«
»Ihr seid selber schuld, wenn ihr mehr Almosen nach Hause brächtet, könntet ihr euch auch einige Bissen mehr in eure Münder schieben!«
Niklas ballte hinter seinem Rücken die Faust. ›Du elender Lump‹, empfand er angewidert. Unten in deiner guten Stube hängen die dicken Würste und uns setzt du eine fade, salzlose Krautsuppe vor.
»Du kommst mit!« Sein Spazierstock zeigte auf Niklas. »Der Rest von euch bleibt vorerst mal hier. Dann werden wir weitersehen. Ich glaube es ist an der Zeit, dass ihr alle endlich euren Lohn erhaltet, den ihr ver-

dient...« Sein schurkisches Grinsen verhieß nichts Gutes.
Der Einäugige ging voran. Niklas zögerte einen Moment, was ihm die Gelegenheit gab, den anderen einen kurzen Wink zu geben. Simon sprang behände wie eine Wildkatze herbei.
»Ich weiß genau, was er jetzt wieder vorhat«, flüsterte er ihm leise zu. »Ihr folgt mir dann, aber nehmt euch ja in Acht!«
»Was ist denn los, du Trantüte?« schrie der Einäugige auf der Stiege. »Muss ich dich denn etwa von da oben herunterprügeln?«
»Herr, ich komme ja schon!« Niklas eilte ihm hinterher.
Niklas hatte sich nicht geirrt. In der Tat, der Einäugige wollte nach der Kornkiste nun auch seine weiteren Schätze ins Versteck bringen, zumindest was das weitere Barvermögen betraf. Und es war schon Einiges, was die Bande, vom andern Raubzeug einmal abgesehen, die Jahre über in rechtem Fleiß zusammen getragen hatte – allen voran Lukas, der Herr sei seiner finsteren Seele gnädig...
Die prall gefüllten Lederbeutel mit den klingenden Münzen wogen schwer in Niklas' Händen. Den anderen Teil trug der Einäugige, während er ihnen mit dem Silberleuchter den Weg in den Keller wies. Niklas war es sofort aufgefallen. Der Schlüssel an der Haustüre war abgezogen. Also doch! Dem »dankenden Lohn« des Einäugigen sollte niemand entrinnen. Niklas schluckte, ihm wurde kalt ums Herz, allein schon wegen Maria. Endlich hatten sie sich nach ihren langen Wegen durchs Labyrinth wieder gefunden, nur um am traurigen Ende einen schmächlichen Tod zu erleiden... Nein, das durfte nicht geschehen!
Beim ersten Teil seines Vorhabens wollte Niklas dem Einäugigen noch behilflich sein. Zur Fortsetzung, die unschwer auszumalen war, durfte es dann gar nicht erst kommen. Es musste alles ganz schnell gehen. Bevor der Einäugige Lunte roch, sollte es bereits um ihn geschehen sein...
»Ich gehe als Erster!«, sagte der Einäugige. Er machte schon einen Buckel, um in die Tunnelröhre hineinzukriechen, als er plötzlich zögerte. »Was war das?!«
»Ich habe nichts gehört.« Niklas schüttelte den Kopf und ärgerte sich innerlich grün und blau über den Tölpel, der gerade kurz vor dem Kellereingang vermutlich über seine eigenen Füße gestolpert und hingefallen war. Wenn der Einäugige jetzt nachsah, war alles verloren... Nach einigem Innehalten kroch er aber doch in den Tunnel. Ihm pressierte es. Von Niklas fiel alle Last der Welt ab, er hätte schreien können vor Glück. Sein Plan schien zu funktionieren.
»Wo bleibst du denn, Kerl?«, tönte es barsch aus dem Tunnel. »Sieh zu, dass du endlich mit meinem Geld nachkommst...«

»Ja, ja! Ich eil mich schon«, rief Niklas, der ihm einige Ellenlängen entfernt hinterher robbte. Der Einäugige quittierte dies mit einem zufriedenen Grunzen. Plötzlich spürte Niklas, wie ihn jemand von hinten an den Füßen packte. Endlich! Dies war das verabredete Zeichen! Niklas ließ das Geld Geld sein und trat ohne die Beutel den Rückweg an. Er hätte die Münzen auch mitnehmen können, aber was sollte der ganze Reichtum, wenn man sah, welch bitteren Fluch er über die Menschen brachte. Das beste Beispiel dafür kroch vor ihm im Tunnel auf die Gruft der Muttergottespfarrkirche zu. Vom Wahnsinn benebelt bemerkte der Einäugige nicht, wie er ganz alleine seinem Verderben entgegen strebte...

»Ums Haar wäre es doch noch schief gegangen«, raunte Niklas den Jungen zu, die ihn mit brennenden Kerzen in den Händen in Empfang nahmen. »Was war denn passiert?«

Niklas brauchte nicht länger zu fragen. Ein Blick in Simons schuldbewusste Miene sagte alles. »Dein allzu forsches Draufgängertum wird dir noch einmal zum Verhängnis«, orakelte Niklas und gab ihm einen gutgemeinten Klaps auf die Schulter. »Jetzt aber los! Her mit euren Steinen!«

Der nächtliche Ausflug hin zum Schloss hatte sich gelohnt. Ganze Häuser ließen sich bauen von all den Steinen, die vom Schlossbau her übrig waren und die noch hinter der alten Kranenmauer lagen. Sie brauchten aber nur soviel, dass sie den Eingang des Tunnels versperren konnten – und zwar für immer. Ihre Mühe war nicht umsonst gewesen. Die schweren, zu Quaderblöcken gehauenen Sandsteine konnte ein Einzelner unmöglich vom Fleck schieben. Erst recht nicht, wenn sie in zwei, drei Lagen der Länge nach die Tunnelröhre verstopften.

Kaum, dass sie den letzten Stein in die richtige Position gerückt hatten, ertönte aus der Ferne ein von purem Entsetzen geprägter Schrei.

»So, das dürfte es für ihn gewesen sein«, sprach Niklas ohne jegliche Gefühlsregung. Er empfand nicht den geringsten Triumph, er wusste, dass er soeben einem anderen Menschen ein schreckliches Schicksal beschieden hatte. Ihm blieb aber keine andere Wahl. Um ihr aller Leben zu retten, musste der Einäugige das seine wohl oder übel geben.

Simon brach als erster der Jungen in ein frenetisches Freudengeheul aus. Die Bande folgte. Glücklich fielen sie sich in die Arme. Endlich hatten sie ihren Peiniger und Schinder vom Hals. Vom frohen und ausgelassenen Geschrei angelockt, kamen nun auch Maria und Martin ins Kellergewölbe.

»Glaubst du wirklich, er kann dieser Falle nicht entkommen?«, fragte Martin mit skeptischer Stimme.

»Nein, niemals!«, gab Niklas zu verstehen und begegnete ihm mit sicherem Blick. Er nahm Maria und Martin in seine Arme. »Das andere Ende des Tunnels habe ich gemeinsam mit Simon zugemauert. Wir haben den Einäugigen bei lebendigem Leib begraben.«

*

Während die Jungen die Kammer des Einäugigen aufbrachen und sich mit Heißhunger über die Lebensmittel hermachten, hauchte der Einäugige sein schuftiges Leben aus. Die Luft in der Tunnelröhre hatte sicherlich noch für die eine oder andere Stunde gereicht. Das schreckliche Ende, elendig ersticken zu müssen, war ihm jedoch wohl nicht erspart geblieben. Ob der dem Wahnsinn Verfallene in seinen letzten Augenblicken auf Erden seine Untaten bereute, bleibt wohl für immer sein Geheimnis. Vielleicht benetzte er auch den Degen, der eigentlich den Jungen den Garaus machen sollte, mit seinem eigenen Blut. Doch die Ereignisse um seine Todesstunde behütete fortan sein recht ungewöhnliches Grab.

Der Wunsch des einäugigen, ehemals kaiserlichen Spions, dass die Kornkiste mitsamt der 8.000 Gulden auf ewiglich im Versteck verborgen bleiben sollte, war in Erfüllung gegangen. Erst recht, nachdem mit dem Neubau der Muttergottespfarrkirche die alte Gruft für immer verschlossen wurde und sie seitdem auch nicht mehr von einem Menschen betreten werden kann. Den Schatz, vor allem die berühmte Kornkiste, musste der Einäugige drüben im Jenseits später mit einem gewissen Doktor Reigersberger teilen, der - welch groteske Fügung des Schicksals - nicht weit entfernt Jahre später sozusagen Grabkammer an Grabkammer mit dem Bandenführer seine letzte Ruhestätte bekommen sollte.

*

»Und was geschieht jetzt mit uns?«, fragte Simon, nachdem sich der erste Freudensturm einigermaßen gelegt hatte. Sie alle saßen pappsatt auf dem Boden der Stube. Den ersten wurde es bereits schlecht, weil sie so lange Zeit über keine üppige Nahrung mehr zu sich genommen hatten. Wie Gierschlunde hatten sie nun all die guten Sachen in sich reingestopft.

»Ich weiß es nicht«, antwortete Niklas. »Da ich Gott sei Dank meine Schwester wiedergefunden habe, werde ich euch verlassen.«

Die Enttäuschung hätte nicht größer sein können. Jähe Ernüchterung ergriff die Jungen. Ihr Sieg über den Einäugigen schien plötzlich nichts mehr wert. So manchen würgte das Essen.

»Und wer soll sich jetzt um uns kümmern?« Simons Stimme klang beinahe vorwurfsvoll.
»Vertraut auf Martin!«, gab Niklas zurück. »Er ist der Älteste und hat sicher von euch allen hier auch den meisten Grips im Kopf.« Niklas zwinkerte Martin zu. Dieser wusste, dass ihm sein einstiger Gefährte im Dienste des Leichensammlers damit das Leben rettete. Als »Krüppel« hatte er im Kreis der Bande, wie hinlänglich bekannt, das mit Abstand schlechteste Los, so aber wuchs für ihn die Möglichkeit zum Überleben. Aus dem Kreis der Jungen regte sich keinerlei Widerstand. Mucksmäuschenstill hörten sie Niklas zu.
»Seht zu, dass ihr fortan etwas ehrlichere Wege geht. Ich möchte später einmal keinen von euch an irgendeinem Baum oder Galgen hängen sehen. Vielleicht kommen ja bald wieder bessere Zeiten ins Land...«
Niklas reichte jedem Einzelnen von ihnen zum Abschied die Hand. Nur mit Müh und Not konnte er die Tränen zurückhalten. Er sah nicht zurück, als er mit Maria das Haus verließ. Er wusste, dass sie ihm jetzt vom einzigen Fenster der Dachkammer aus alle nachsahen. Ihre Blicke brannten ihm wie Feuer auf der Haut seines Rückens. Bestimmt drückten sie sich an der gesprungenen Fensterscheibe ihre Nasen platt. Nein, er brachte es einfach nicht fertig, in die enttäuschten Gesichter der verlorenen Seelen zu sehen. Den trostlos bitteren Anblick,wollte er nicht zeitlebens mit sich herumtragen müssen.
Unbeirrt lenkte er gemeinsam mit Maria seine Schritte in Richtung Große Metzgergasse. Auch Maria war schließlich froh, als sie endlich um die Ecke bogen. Obwohl sie nur kurz bei der Bande gelebt hatte und der Abschiedsschmerz um Malin unvergleichlich war, taten ihr die Jungen von Herzen leid. Vor ihnen lag eine Zukunft, die so schwarz war wie die Nacht. Weder Maria noch Niklas sollten jemals wieder einem jener Jungen begegnen.

*

Brausend fegte der stürmische Ostwind durchs Geäst des Spessartwaldes. Ein bunter Blätterregen stob über die leeren Äcker und Felder. Die meisten von ihnen lagen seit Jahren brach, weil einfach niemand da war, der sie bewirtschaften konnte. Aber hin und wieder gab es kleine Lichtblicke zu verzeichnen. Von unermüdlichem Lebenswillen beseelt, pflanzte der eine oder andere Bauer etwas an, in der vagen Hoffnung, dass die Ernte hielt und nicht gleich wieder von einer wilden Soldateska niedergebrannt oder mutwillig in Grund und Boden geritten wurde. Auch die

Handvoll Menschen um Albert und Rosina hatten auf dem Johannesberg im letzten Frühjahr die Aussaat bestellt. Viel war es wirklich nicht, was von der Ernte übrig blieb. Das meiste ging in der Gluthitze des Sommers und im Hagelschlag zugrunde. Zum Sterben zuviel, zum Leben zu wenig, reichte es geradeso von der Hand in den Mund. Die meisten der leid- und notgeprüften Leute hatten nur einen Gedanken: Wie überlebt man den nächsten Tag? Länger in die Zukunft dachte kaum einer.
»Bald wird es Winter und die Kinder sind immer noch nicht zurück.« Die Falten in Rosinas Gesicht zogen große Furchen. Die Kümmernis und Sorge um ihre beiden verschwundenen Enkel drückte sie schwer auf die alte Holzbank vor dem Wohnhaus. Sie fröstelte. »Ob sie überhaupt noch am Leben sind?«
Albert zog die Decke über ihre Schulter und schlang seinen Arm um sie. »Ja, ich glaube fest daran.« Seine Worte klangen im Brustton der Überzeugung nach. Aber er war sich plötzlich nicht mehr ganz so sicher, wenn er sich die harten und langen Winter in Erinnerung rief.
»Was soll nur aus dem kleinen Alexander werden, wenn es uns nicht mehr gibt?«, seufzte Rosina und sah in die kleine Wiege, die vor ihnen stand. Alexander ruderte mit den Ärmchen, er tat dies immer, wenn ihm der Hunger langsam in seinen kleinen Körper kroch. Bald würde er zu schreien beginnen. Rosina würde ihm gleich etwas geben.
»Vielleicht schenkt uns der Herrgott ja noch ein paar Jahre, bis der jüngste Spross von uns Laurents halbwegs auf eigenen Füßen stehen kann...« Albert sah zum östlichen Horizont, wo ein Wolkenband nach dem anderen über das herbstliche Land hinwegzog. Sein völlig belanglos schweifender Blick geriet auf einmal ins Stocken. Seine Augen blieben auf einem bestimmten Punkt haften. Ein Ausdruck grenzenlosen Staunens prägte sein Gesicht.
»Was hast du?«, fragte Rosina, die soeben den schreienden Alexander aus der Wiege nahm.
Albert brachte kein Wort über die Lippen. Er schien wie gelähmt. Seine Hand zeigte in Richtung des Heunefelds. Die beiden Punkte hielten schnell auf den Krummersgrund zu. Da schien es jemand sehr eilig zu haben... Er wagte seine Vermutung kaum auszusprechen. Allzu rasch konnte die Freude, die von ihm Besitz ergriffen hatte, in bittere Enttäuschung umschlagen.
»Da laufen gerade zwei auf unseren Hof zu...«, sagte er schließlich. »Einer der beiden trägt einen Schwedenhut...«
»Wo?« Rosina folgte seinem ausgestreckten Zeigefinger. Jetzt erkannte sie ebenfalls die beiden Punkte, die inzwischen die Konturen zweier klei-

ner Menschen annahmen.
»Sie kommen heim! Endlich!« Rosina schrie ihre Freude lauthals in die Welt hinaus.
»Du meinst doch nicht etwa, diese beiden zerlumpten Elendsgestalten dort...« Albert bekam seinen Mund vor lauter Staunen nicht mehr zu.
»Ja, das sind sie – Maria und Niklas!«
Wäre da nicht sein quälender Hunger gewesen, hätte man glauben können, der kreischende Alexander hätte sich nun ebenfalls über die glückliche Heimkehr seiner größeren Geschwister gefreut.
»Kommt nur her, meine Lieben!« Für Rosina gab es kein Halten mehr. Mit Alexander in ihren Händen, lief sie den Heimkehrern entgegen, so schnell wie sie ihre alten Füße tragen konnten. Albert folgte ihr. Auch Niklas und Maria begannen zu rennen, was das Zeug hielt. Der Schwedenhut flog davon und fiel aufs staubige Band der Dorfstraße, dorthin, wo ihr allergrößtes Abenteuer begonnen hatte.
»Großmutter! Ich habe Wort gehalten! Sieh, ich bringe dir Maria zurück!«, sprach Niklas mit einem leichten Anflug von Stolz.
›Oh mein Bub, was bist du so dürr geworden‹, dachte sie, als sie seine eingefallenen Wangen sah. Es fiel ihr schon beim ersten Blick auf. Er hatte sich verändert. Niklas war als Junge fortgegangen, doch als Mann kehrte er wieder zu ihr zurück. Zusammen mit Maria schloss sie ihn herzend in die Arme. Grenzenloses Glück durchfloss ihrer aller Herzen.
»Wir sind so froh, dass wir wieder daheim sind!«, schluchzte Maria und vergoss eine Freudenträne nach der anderen. Wohl den allerwenigsten Familien war ein solch glückliches Schicksal beschieden.
Die Freude über das unerhoffte Wiedersehen währte noch Stunden und drängte alles andere vorerst weit in den Hintergrund. Noch Tage brauchte es, bis allmählich der harte Alltag mit all seinen Nöten und Plagen sie wieder einholte. Die Laurents waren beileibe noch längst nicht alle Sorgen los. Ihre eigentliche Arbeit, der unermüdliche Kampf ums Überleben, lag weiter vor ihnen. Es war noch ein langer und steiniger Weg, den sie zu gehen hatten. Er sollte von vielerlei Rückschlägen und Enttäuschungen geprägt sein, wie Missernten und dem neuerlichen Durchzug von Krankheiten, Hunger und Krieg.
Wenige Wochen später, sie saßen gerade beim kargen Abendbrot zusammen, horchte Maria plötzlich auf. »Habt ihr das auch gehört?«
»Was denn?«, gab Niklas verdutzt zurück und tauchte seinen Holzlöffel in die dampfende Kohlsuppe.
»Na, was wohl? Das war Ursus, der da soeben brüllte!«
»Ich habe nichts gehört!«

Maria sah zu Rosina und Albert, aber die beiden schüttelten nur mit dem Kopf.
»Warum wollt ihr mir denn nicht glauben?« Maria sprang von ihrem Schemel auf und eilte aus der Küche. Niklas folgte ihr an die Haustür. Der erste Wintersturm wehte ihnen nicht nur einen Schwall Schneekristalle in die Gesichter.
»Ja, jetzt höre ich ihn auch...«

Historischer Hintergrund

»Die Türme stehn in Glut,
die Kirch ist umgekehret,
das Rathaus liegt in Graus,
die Starken sind zerhaun,
die Jungfern sind geschändt,
und wo wir hin nur schaun,
ist Feuer, Pest und Tod,
der Herz und Geist durchführet!«
Andreas Gryphius, aus: »Tränen des Vaterlandes«, 1636

Im Jahre 1962 wurde unter der ländlichen Bevölkerung des Bundeslandes Hessen die Umfrage durchgeführt, welche Katastrophe im Verlauf der deutschen Geschichte ihrer Meinung nach wohl am schwersten wog. Obwohl viele der Gefragten die unheilvollen Tage des Dritten Reiches sowie den unmittelbar damit verbundenen Krieg an Front und Heimat hautnah am eigenen Leib erfahren mussten, bekam dennoch die unselige Zeit des Dreißigjährigen Krieges und die zweite große Pestwelle die höhere Gewichtung.
Auch nach weit über 300 Jahren haben sich die Wirren und Schrecken über unzählige Generationen hinweg bis heute tief im Bewusstsein der Menschen lebendig gehalten. Allein schon das Hörensagen und das Studium zeitgenössischer Berichte und Bilder über Not, Elend, Hunger, Pest und Tod in all seinen vielfältig grausigen Facetten erfüllt den Betrachter mit allerlei Schaudern und Graus.
Die Ursachen und Hintergründe, die zum Ausbruch des »Großen Krieges« führten, reichen weit in die Vergangenheit zurück. Bedeutende Historiker sprechen deshalb sogar vom »Hundertjährigen Krieg«, der letztendlich die deutschen Lande aufs Furchtbarste verwüsten sollte.
Die Wurzeln reichen zurück in die Zeit, als der große Reformator Martin Luther (1483 – 1546) noch gar nicht lebte. Heute ist es selbstverständlich, dass hierzulande jedermann über seinen eigenen Glauben entscheiden darf. Doch dies war nicht immer so. In Deutschland gab es eine Ära, in der die Mächtigen des Landes – geistliche wie weltliche Herren – über den »rechten Glauben« ihrer Untertanen in böser Willkür bestimmten. Damit die »richtige Konfession« gewahrt blieb, schreckten die Fürsten auch vor der Anwendung rohester Gewalt nicht zurück.
Am 25. September 1555 beendete der Augsburger Religionsfrieden die

Glaubenskriege der Reformationszeit und bestätigte unter rechtsstaatlicher Anerkennung das Recht auf Konfessionsfreiheit. Doch dieser mehr als unsichere Frieden blieb keine endgültige Lösung. Nach wie vor kam es zu heftigen Streitigkeiten zwischen den schier unversöhnlichen Glaubensgegnern. Den vorläufigen Höhepunkt bildete die Verhängung der Reichsacht über Donauwörth, weil man hier einer katholischen Prozession den Durchzug verweigert hatte. Die vormals protestantische Reichsstadt verlor daraufhin ihre Religionsfreiheit.

In den Niederlanden erkämpfte sich die unterdrückte Bevölkerung 1581 die religiöse Unabhängigkeit von Habsburg-Spanien. In Frankreich traten Hundertausende der Lehre Calvins bei. Blutige »Hugenottenkriege« erschütterten 1562 - 1598 das Land. Auch England blieb nicht frei von religiösem Hader. Im Norden Deutschlands fanden sehr viele geistliche Fürstentümer den Weg ins evangelische Lager. Aber auch in den Erblanden des Kaisers, vor allem in Österreich und Böhmen, fasste die Reformation festen Fuß. Unter dem größten Teil der Bevölkerung, mitsamt dem Adel, fand der neue Glauben seine Anhänger. Deutschlands mächtigstes Herrschergeschlecht - die streng katholischen Habsburger - sahen sich dadurch unmittelbar ihrer Macht bedroht.

Herzog Maximilian I. von Bayern (1593 - 1651) gründete unter der Vereinigung aller katholischen Stände Süddeutschlands 1609 die »Katholische Liga«. Ihr gegenüber stand der Bund der protestantischen Reichsstände (außer Kursachsen), die »Evangelische Union« (1608) unter der Führung des Kurfürsten Friedrich V. von der Pfalz, dem »Winterkönig« (1596 - 1632). Die Spaltung in zwei feindliche Lager trat deutlich zutage. Bereits der geringste Anlass konnte einen gewaltsamen Konflikt auslösen.

Das Königtum Böhmen, das seit 1526 zum Reich der Habsburger gehörte, wollte den Erben der Wenzelskrone selbst bestimmen und so die Einsetzung eines katholischen Landesherrn verhindern. Doch dem Bestreben der Protestanten kam Kaiser Matthias von Habsburg (1557 - 1619) zuvor. 1617 ließ der Monarch den Erzherzog Ferdinand von der Steiermark (den späteren Kaiser) zum König von Böhmen ausrufen .

Der einst 1609 vom alten Kaiser Rudolf II. (1576 - 1612) den böhmischen Ständen gegenüber gewährte »Majestätsbrief« zur freien Religionsausübung war plötzlich das Papier nicht mehr wert, auf dem er geschrieben stand. Erzherzog Ferdinand von der Steiermark (1578 - 1637), ein fanatischer Vorkämpfer der Gegenreformation, sah sich nicht an die frühere Zusage der Habsburger gebunden. Vom blinden Bekehrungseifer beseelt, »einem Ketzer brauche man das Wort nicht zu halten«,

heizte der neue Regent Böhmens die ohnehin angespannte Lage nur unnötig auf.
Doch der Widerstand der Böhmen war damit keineswegs gebrochen. Als auf Geheiß der katholischen Obrigkeit die Zensur ketzerischer Bücher sowie die Zerstörung und Schließung zweier protestantischer Kirchen befohlen wurde, war es mit der trügerischen Ruhe gänzlich vorbei.
Im Mai 1618 luden die lutherischen »Defensoren«, die gewählten Verteidiger der im »Majestätsbrief« festgelegten Rechte, die Stände zu einem Protestantentreffen - obwohl vom Kaiser verboten - ins Palais Wilhelm von Lobkowitz' nach Prag ein.
Am 23. Mai 1618 kam schließlich der Tag, der Deutschland ins blanke Chaos stürzen sollte. Bereit zur offenen Rebellion, stürmten Abgesandte der Versammlung unter der Führung des Grafen Matthias von Thurn den Prager Hradschin. Die lange Jahre von gegenseitigem Haß und religiösem Eifer regierten aufgestauten Konflikte kamen endgültig zum Ausbruch. Die beiden kaiserlichen Statthalter Graf von Martinitz und Graf von Slavata landeten samt ihres Schreibers Fabritius im vierzig Ellen tiefen Burggraben in einem Misthaufen. Der Explosion eines hochbrisanten Pulverfasses gleich war der Religions - und Staatenkrieg geboren.
Am 28. November 1617 hatte der in Staatsdingen wohlbewanderte Kurfürst Johann Schweikardt von Kronberg (1553 - 1626) im neuen Schloss Johannisburg zu Aschaffenburg zu einem glänzenden Fest geladen. Seine Gäste waren sowohl katholische als auch protestantische Fürsten. Trotz bester Absichten des mächtigsten Staatsoberhauptes aller Bundesstaaten des damaligen Reiches mit dem Ziel, die freundliche Nachbarschaft zu erhalten, blieb es Schweikardt von Kronberg nicht vergönnt, den Ausbruch des drohenden Krieges zu verhindern. Die Fäden des Schicksals lagen wie bekannt in den Händen anderer.
Bedingt durch die geographische Lage Aschaffenburgs im Übergang vom Main zum Rhein mit seinen guten Verkehrsverbindungen - Maintalstraße, Sälzerweg und Birkenhainerstraße - eignete sich die Gegend um die Stadt bestens als Durchzugs- und Quartiergebiet für Truppenaufmärsche.
In den ersten Kriegsjahren verspürte man in unserer Heimat kaum etwas von den bitteren Schrecknissen des Krieges. Aber bereits 1621 brannte die Kriegsfackel am bayerischen Untermain. Auch die Spessartdörfer bekamen die Lasten von Einquartierungen, Durchmärschen und Requisitionen zu spüren.
Bayerische, uniierte und spanische Truppen von Tillys Armee überschwemmten das Land. Obwohl es durch die Soldateska vorerst noch zu

keinerlei Übergriffen auf die Zivilbevölkerung kam, blieb nach Abzug der Soldatenverbände das Gespenst von Not und Pestfurcht zurück .
Bereits 1605 - 1608 hatte eine verheerende Pest im Spessart gewütet. Im Aschaffenburger Umland blieb es ruhig, bis plötzlich 1625 eine neue Seuche ausbrach, die bis in die entlegendsten Dörfer des Spessarts hinein für unsägliches Leid sorgte. Unzählige Menschen und Tiere wurden vom »Schwarzen Tod« hinweggerafft. Es folgten Jahre schwerer Not und kümmerlichster Lebenshaltung. Während der »Große Krieg« weit ab vom Untermain in den deutschen Landen tobte, machte sich das abergläubische Volk durch den nach wie vor nicht verlöschenden Teufelsglauben und Hexenwahn selbst das Leben unnötig schwer. Binnen zweier Jahre (1628 und 1629) fanden 42 unschuldige Bürgerinnen und Bürger als Hexen und Zauberer in Aschaffenburg den Tod auf dem Scheiterhaufen. Mit dem Erscheinen des Schwedenkönigs Gustav Adolf (1594 - 1632) in Aschaffenburg im November 1631 begann sich dann auch der enorme Kriegsdruck auf die ohnehin ärmliche und durch Pest- und Hungersnot geschwächte Spessartbevölkerung zu legen. Einquartierungen, Requisitionen und Kontribution belasteten die Menschen aufs Neue.
Nach der Niederlage der Schweden 1634 bei Nördlingen begannen die Kriegsdrangsale erst in ihrer ganzen Schwere, als die Kaiserlichen des Grafen Mansfeld ins Freigericht rückten und Hanau belagerten. In Hörstein, Wasserlos, Alzenau, Kälberau und Michelbach lagerten mehrere Reiterregimenter.
In der Neujahrsnacht 1634/1635 überfiel der schwedische Oberst Bouillon von Hanau aus die kaiserlichen Offiziere in der Burg Alzenau und machte viele Gefangene und reiche Beute. Wilmundsheim sah sich nahezu dem Erdboden gleichgemacht. Damit waren die Kämpfe eröffnet, die in der Folge während einer mehrjährigen Greuelzeit Land, Volk und Kultur des Freigerichts zertraten.
Die Flut des Brand- und Mordwahns brach alle Dämme und spülte ihre zerstörerischen Wellen in das kleinste Spessartdorf. Die Apokalypse mit ihren drei gefürchteten Reitern Krieg, Pestilenz und Not trieb die kleine Schar der Überlebenden an den Abgrund. Wahrlich eine furchtbare Zeit, in der die Lebenden die Toten beneideten.
Die Besatzung von Hanau machte fortan öfters Streifzüge in den Spessart. Sie griff beispielsweise 16 Kroatenkompanien bei Hörstein an. Doch waren die Kaiserlichen vom Überfall unterrichtet, sodass den Schweden nur ein geringer Erfolg beschieden blieb. Im Mai 1634 griffen sie marschierende Kaiserliche im Teufelsgrund bei Geiselbach an, wo-

bei es neuerlich zu blutigen Gefechten kam. Ende Mai 1634 eroberten die Schweden Gelnhausen und raubten, was ihnen in die Hände fiel.
Um die schwedische Besatzung Hanaus auszuhungern, musste man der Festung die Lebensmittelzufuhr abschneiden. Deshalb vernichteten die Kaiserlichen kurzerhand die ganze Ernte in der Umgegend, sofern die Soldaten nicht selbst etwas davon zur eigenen Verpflegung benötigten. Dass damit den Bauern die Lebensgrundlage entzogen wurde, nahm das Soldatenvolk billigend in Kauf.
Die Bevölkerung litt ungemein unter furchtbaren Entbehrungen, Getreide, Obst und Wein, Vieh, Haus und Hof gehörten den rohen Söldnerhorden. Die Überlebenden flüchteten ins tiefe Dickicht der Wälder, wo sie wie wildes Getier in Höhlen versteckt hausten. Mit Pflanzenwurzeln und dem Wenigen, was sie von Äckern und Feldern heimlich unter höchster Lebensgefahr holen konnten, fristeten die Menschen ein mehr als jämmerliches Dasein.
Die widerlichsten Dinge wurden mit Heißhunger verzehrt: Tote Katzen, Hunde, Fleisch verendeter Pferde und sogar Menschenleichen. So mancher kehrte von der Nahrungssuche nicht mehr zurück. Wehe der armen Seele, wenn sie in die Hand von Landsknechten fiel. In grausamster Marter quälte die blutlüsterne Soldateska den Unglücklichen zu Tode.
Trotz alldem trieb es die Überlebenden immer wieder in die traurigen Ruinen der ehemaligen Heimstätten. Hatten sie sich ein wenig häuslich eingerichtet, in unsagbarer Mühe und Plage ein Stückchen Land mit dem Notdürftigsten bebaut und etwas Nahrungsvorrat angesammelt, kamen die Soldatenhaufen aufs Neue zurück, oder plündernde Trupps entlaufener Soldatenknechte brachten neuerliches Leid und Elend. Wieder gingen die Dörfer in loderndem Feuer auf.
1635 brach zum wiederholten Mal die Pest aus. Vielerorts gelobten die leidgeplagten Leute, den »Hellfeiertag« zu halten (einen Tag, an dem keinerlei Feldarbeit vorgenommen und kein Feuer auf dem Herd angezündet werden durfte). Menschen wie Tiere fasteten gleichwohl. In Hörstein, wo die Seuche aufs Neue übel hauste und 400 Menschen binnen vier Wochen starben, nahm die geängstigte Einwohnerschaft Zuflucht beim Hl. Bernhard, errichtete einen Votivaltar und gelobte den Bernhardustag zu einem Feiertag. In Aschaffenburg wurde in den Kirchen die Feier des »Sechsstundengebetes« abgehalten. Und dennoch, die alles Leben verschlingende Epedemie wütete weiter, schlimmer als je zuvor.
Auch Aschaffenburg sah sich am 20. April 1637 einem Angriff des gefürchteten Generals James Ramsay ausgesetzt. Von Hanau aus kommend drangen die Schweden in die Stadt ein. Die Plünderer nahmen

die vornehmsten Geistlichen, Beamten und Bürger als Geiseln mit. Erst am 13. Mai durften die Entführten zur großen Freude ihrer Landsleute in die Heimat zurückkehren.
1637 kam es bei Kahl zu einem heftigen Scharmützel verfeindeter Soldatenverbände.
Erst 1638 trat etwas Ruhe ein, aber sieben Jahre später ging noch einmal die Kriegswelle über das schwer geschändete Land. Im Juni 1645 marschierte der Genaral Francois de Mercy mit seinem bayerischen Reichsheer durch den Kahlgrund und setzte auf einer Schiffsbrücke bei Seligenstadt über den Main. Auch er benutzte den Sälzerweg als Heerstraße. Im Juli lagerten bei Kahl und Dettingen Franzosen und Schweden. Zwei Regimenter schwammen bei Dettingen über den Main und plünderten Seligenstadt. 1647 lagerten wieder weimarische Regimenter im Freigericht.
Dann aber herrschte in den Ortschaften des Spessarts, Bachgaus und Kahlgrunds Frieden und Stille – Friedhofs- und Grabesstille...

*

»Gott Lob!
Es ist erschollen
das edle Fried- und Freudenwort,
dass nunmehr ruhen sollen,
die Waffen und des Krieges Mord...«

Paul Gerhardt, 1648

Zwar lässt sich der Dreißigjährige Krieg insgesamt nicht allein als Religionskrieg erklären, weil es die als unerbittliche Gegner gegenüberstehenden konfessionellen Bündnisse und Lager nur zeitweilig gab. Aber die Unvereinbarkeit der Konfessionen trug zweifellos zu diesem sinnlosesten und wohl auch schrecklichsten aller Kriege bei.
Man spricht heute von vier sogenannten »Unterkriegen«. Dem Böhmisch-Pfälzischen Krieg 1618 - 1623, dem Niedersächsisch-Dänischen Krieg 1625 - 1629, dem Schwedischen Krieg 1630 - 1635 und dem Schwedisch-Französischen Krieg 1635 - 1648.
Der Konflikt um Glaubensdinge führte rasch zu einem Kampf um die Macht der Staaten. Bald griffen auch ausländische Mächte wie Dänemark und Schweden aufs Stärkste ein. Schließlich kämpfte später auch das katholische Frankreich gegen den katholischen Kaiser. Letzten En-

des dienten und fochten Katholiken im schwedischen Heer und andersrum Protestanten im kaiserlichen Lager...
In Anbetracht des großen Aufwandes an finanziellen Mitteln, allein die kaiserlichen Kriegskosten bezifferten sich auf eine geschätzte Gesamtsumme von 110 Millionen Gulden, bedeutete der Krieg nicht nur für die europäische Hochfinanz eine lukrative Gewinnquelle. Der Handel mit Schießpulver, Kanonenkugeln und Salpeter blühte auf. Die Fabrikation moderner Feuerwaffen versprach hohe Geschäftsgewinne. Der Einsatz großer Söldnerheere gaben dem Moloch Krieg ein neues Gesicht und übertraf alles zuvor Dagewesene bei weitem. In Europa entstanden ganze Schiffsflotten, um den Kriegsparteien das dringend benötigte Kriegsmaterial zu liefern. Diese neue, in unermesslichen Wahn überschwappende Dimension blutiger Auseinandersetzungen geriet unter den Begriff der »kommerziellen Kriegsführung«. Eben einem Krieg, der den Krieg ernährt. Dieses System erfuhr im »Krieg aller Kriege« seine Hochblüte. Deshalb war dieses Blutvergießen und Morden auch ein Krieg der Söldner und Kaufleute!
Ganze Söldnerheere aus allen Ländern Europas überschwemmten das Land. Ihr Geschäft war das Töten. Für wessen Seite sie ihr blutiges Handwerk ausübten, war diesen Soldaten egal. Hauptsache, man bezahlte sie gut dafür. Meist standen sie jedoch in kaiserlichem Sold, weil die katholische Seite mehr Geld besaß. Gerieten Söldner in Gefangenschaft, traten sie einfach in die Dienste des einstigen Feindes und kämpften fortan für die andere Seite, was man natürlich nur für Geld tat. Wer es wagte, den Söldnern den Lohn für ihre Taten vorzuenthalten, machte jene zu einer wilden unberechenbaren Soldateska, die vor nichts zurückschreckte. Söldner kannten und machten keine Unterschiede, weder bei Katholiken noch bei Protestanten.
Raub, Plünderung, Schändung und Tötung der meist hilf- und schutzlosen Zivilbevölkerung blieben nicht bloße Begleiterscheinungen, sondern waren durchaus ins Kalkül miteinbezogen. Stellvertretend hierfür sei die Eroberung und Zerstörung Magdeburgs durch den kaiserlichen General Johann Tserclaes von Tilly zu erwähnen. Das Bild vom brennenden Magdeburg wurde zur Metapher des Schreckens. Sie bewegte Katholiken wie Protestanten gleichauf. Sie wurde schlichtweg zum Vorstellungsmodell im reichen Angst- und Schreckenshaushalt des dreißigjährigen Völkermordens. Beim Untergang der evangelisch-christlichen Stadt Magdeburg am 20. Mai 1631 sollen allein 25.000 Menschen umgekommen sein. Eine für die damalige Zeit unvorstellbare Zahl an Toten.

Wieviele Menschen in Deutschland im Dreißigjährigen Krieg schließlich und letztendlich ihr Leben verloren, kann heute nur geschätzt werden. Es sollen sechs Millionen Todesopfer gewesen sein, was mehr als einem Drittel von Deutschlands Gesamtbevölkerung vor 1618 entspricht.
Vor allem traf es auch diesmal die wirtschaftlich und sozial Schwachen in der Gesellschaft. Bauern- und Bürgertum wurden völlig vernichtet. Die Verluste der Bevölkerung in den Städten lag bei 33 %, der auf dem Land bei 40 %. Dabei ist aber zu beachten, dass es jeweils regional davon abhing, in welchen Gebieten des Heiligen Römischen Reiches Deutscher Nation die Durchmarschgebiete der Truppenverbände und die Schlachtenorte lagen und wo marodierende Deserteure ihre Überfälle starteten. Hier stieg die Todesrate dementsprechend sogar bis auf 75 %.
Auch bei den Soldaten aller kriegführenden Parteien können die Verluste nur annähernd geschätzt werden. 1,7 Millionen Männer sollen im Dienst unter der Waffe gefallen sein.
Im Durchschnitt lebte ein schwedischer Soldat noch lediglich drei Jahre und vier Monate. Anders ausgedrückt: Wer das Soldatenleben wählte, ging einem recht sicheren Tod entgegen. 10 % der Schweden starben in Gefangenschaft. Bei direkten Kampfhandlungen fielen »nur« 15 % dem Alltag des Krieges zum Opfer. Jedoch 75 % aller Todesfälle waren auf Krankheiten und Entbehrungen zurück zu führen. Ein eindeutiges Indiz, wie schlimm neben den Kriegsgreueln vielerorts der Totentanz der Pest unter den Menschen wütete. Und dies ohne jede Rücksicht, wen es traf. Egal ob Reich oder Arm, Soldat oder Bauer. Viele Seuchen wie etwa der »Schwarze Tod«, Typhus, Fleckfieber, Ruhr, Pocken und Cholera, für die allesamt die Sammelbezeichnung »Pestilenz« gebräuchlich war, fielen über die ausgehungerten Menschen her. Und dabei wurden mehr Opfer gefordert als aus Soldatenhand. Ganze Familien, Sippen und Dorfgemeinschaften wurden ausgelöscht. Mancherorts wechselten die Totengräber solange, bis schließlich niemand mehr am Leben war, der die Toten begraben konnte.
Der hohnspöttelnde Ausspruch Kaiser Ferdinands II. (1578 - 1637): »Ich will lieber über eine Wüste herrschen als über ein Land voller Ketzer«, sollte am schrecklichen Ende auf das Bitterste in Erfüllung gehen. Sein Nachfolger Ferdinand III. von Habsburg (1608 - 1657) musste das traurige Erbe eines langen Krieges antreten, der 30 Jahre zuvor in blindem Bekehrungseifer vom Zaun gebrochen worden war.
In kirchlicher Hinsicht hatte keine Partei gesiegt. Katholiken und Protestanten mussten einfach lernen, nebeneinander in Toleranz zu leben. Wohl nicht zu Unrecht schrieb der englische Historiker W.E.H. Lecky,

»dass die Kirche den Menschen ein größeres Maß unverdienten Leids zugefügt hat als irgendeine andere Religion.« Die Habsburger hatten ihr Ziel, die Niederringung der lutherischen Lehre in Deutschland, verfehlt. Ebensowenig wie es gelingen sollte, die absolutistische Herrschaft über die Fürsten zu stärken. Durch die Bestimmungen des »Westfälischen Friedens« (24. Oktober 1648) gewannen Letztere nahezu ihre Souveränität. Deutschland verfiel in zahllose Klein- und Kleinststaaten. Die Vormachtsstellung des Hauses Habsburg war endgültig gebrochen. Das Reich existierte nur noch dem Namen nach, die Kaiserwürde war lediglich noch ein Titel ohne Macht und Geltung.

Letztlich sah sich Ferdinand III. gezwungen, in die Abtretung wichtiger Gebiete einzuwilligen. Die Niederlande und die Schweiz erklärten sich unabhängig und schieden aus dem Deutschen Reich aus. Die Schweden ließen sich die Mündungen der Elbe, Oder und Weser abtreten und wurden somit Herren des deutschen Seehandels. Die Franzosen erhielten umfangreiche Gebiete links des Rheins. Auf diesem Gewinn aufbauend, rissen sie sich später das ganze Elsass mit Straßburg und Lothringen an sich. Ferner mussten Kaiser und Reich gewaltige Kriegskosten in barer Münze aufbringen. Anstatt des Heiligen Deutschen Reiches Römischer Nation übernahm Frankreich die führende Rolle der Hegemonialmacht in Europa.

Der Frieden ließ die Menschen zwar aufatmen, doch der jahrzehntelange Schrecken mit all seinem Leid, Not, Elend und Tod war keineswegs überwunden. Inmitten eines zerstörten und entvölkerten Landes mussten sich die Überlebenden mühsam aus kümmerlicher Armut wieder hocharbeiten.

Mehr als andere Fürstentümer hatte das Erzstift Mainz unter Krieg und Pest zu leiden gehabt. Um die trostlose und verwüstete Einöde des zugrunde gerichteten Landes wieder zu bevölkern, warb Kurfürst Johann Philipp von Schönborn um Neusiedler. Er stellte den Menschen eine zweijährige Befreiung von allen Abgaben und Steuern in Aussicht, wenn diese sich in seinem Land niederlassen und es zu neuer Blüte bringen wollten.

Allein das Volksvermögen sah sich um die Hälfte vernichtet. Die Beschäftigung mit Kunst und Wissenschaft war in Vergessenheit geraten, Sitten und Moral verroht. Es sollte über 150 Jahre brauchen, ehe Deutschland in Dichtung, Musik und Philosphie eine neue Blütezeit erlebte und insgesamt 250 Jahre, ehe die Deutschen ihre Macht wiedererlangten und zur Einheit fanden.

Es ist heute kaum mehr möglich nachzuempfinden, welch grausige

Tragödien sich damals in unserer Heimat abspielten. Die Eintragungen des Jurisdiktionalbuches des Vizedomamtes in Aschaffenburg lesen sich fast wie ein Totenbuch, so wenige Überlebende finden sich in der Auflistung nach dem Ende des Dreißigjährigen Krieges. Der wenngleich auch recht nüchterne Zahlenspiegel spricht für sich.
Der Kahlgrund wurde durch Pest, Hunger und Krieg fast gänzlich verödet, wobei 1635 die Seuche am heftigsten wütete. Im Land um Alzenau lagen Felder und Äcker brach. Die oftmals leerstehenden Häuser waren Wind und Wetter preisgegeben.
In Aschaffenburg erreichte die Zahl der Bürger kaum 100. In Amorbach verstarben 1635 an die 1.000 Menschen an der Pest. In Damm waren bereits 1606 keine 100 Leute mehr am Leben. Über 350 Tote hatte die furchtbare Seuche der Pestilenz gefordert.

*

Nachstehend sind die einzelnen Ortschaften aufgeführt, bei denen aufgrund von Quellenforschungen die Anzahl der Überlebenden bzw. »Ausfälle« feststellbar waren.

Daxberg	6	Dettingen	4
Dörrmorsbach	ausgestorben	Dörnsteinbach	ausgestorben
Blankenbach	ausgestorben	Breunsberg	ausgestorben
Brücken	1	Eichenberg	1

In Erlenbach verloren 125 Personen durch die Pest ihr Leben.
Auch das Elsavatal hatte schwer zu leiden.

Glattbach	10	Goldbach	3
Großwelzheim	ausgestorben	Grünmorsbach	ausgestorben
Gunzenbach	3 - 4	Heimbach	1

Hörstein hatte den Tod von 400 Einwohnern binnen weniger Wochen zu beklagen.

Hösbach	5	Hohl	ausgestorben
Kahl	ausgestorben	Karlsberg	ausgestorben
Kleinostheim	ausgestorben	Krombach	ausgestorben
Laufach	2	Leider	3
Mainflingen	3	Mainaschaff	6
Molkenberg	ausgestorben	Nilkheim	ausgestorben
Mömbris	ausgestorben	Johannesberg	5
Rappach	1	Ringheim	ausgestorben
Rückersbach	6	Rothengrund	2

Rottenberg	5	Streit	ausgestorben

In Orb (Bad Orb) blieben nur 10 Familien und der Pfarrverweser am Leben.

Rucheinheim	ausgestorben	Bikinheim	ausgestorben
Stockstadt	10	Strötzbach	1
Schimborn	1	Sternberg	ausgestorben
Steinbach	ausgestorben	Schöllkrippen	10
Wenighösbach	3 - 5		

In Seligenstadt waren von einstmals 350 Herdstätten noch 50 übrig (Eine Herdstätte entsprach einer Familie mit durchschnittlich fünf Personen.)

»Ausgestorben« bedeutete nicht, dass von den einstigen Einwohnern der einzelnen Ortschaften niemand Krieg, Hunger und Krankheiten überlebt hatte. Oftmals war es einigen, wenn auch nur wenigen Menschen gelungen, woanders hinzufliehen und sich dort in Sicherheit zu bringen. Entweder kamen diese später wieder in ihre zerstörten Dörfer zurück oder sie ließen sich an anderer Stelle nieder.

*

In Aschaffenburg in der Dalbergstraße (frühere Große Metzgergasse, Hausnummer 41) steht das sogenannte »Reigersbergerhaus«. An der Fassade des alten Fachwerkbaus erinnert ein kleines Messingschild an seinen einstigen Besitzer. Um 1628 erworben, konnte es die in die Geschichte eingegangene Persönlichkeit wegen ihrer zahlreichen Reisen jedoch nur für wenige Jahre selbst bewohnen.
Als eines von insgesamt 13 Kindern eines einfachen Metzgers aus dem lothringischen Thionville brachte es Dr. Nikolaus Georg Reigersberger (Doktor der Rechte, Universitätsstudium um 1598) zum gelehrten Juristen, Hofrat und Stadtschultheiß, zum geadelten Diplomaten im Dienste des Mainzer Kurfürsten und bis zum hochdekorierten kaiserlichen Günstling.
Reigersberger gehörte zweifellos zu den seinerzeit herausragendsten und berühmtesten Figuren auf der Bühne europäischer Diplomatie. Der Höhepunkt seiner atemberaubenden politischen Karriere bildete die Mitunterzeichnung des epochalen Vertragswerkes von 1648. Als Vertreter des Mainzer Kurfürsten Erzbischof Johann Philipp von Schönborn (1647 - 1673) setzte Reigersberger am 24. Oktober 1648 im »Bischofshof« zu Münster an erster Stelle der Reichsstände seine Unterschrift unter den Westfälischen Friedensvertrag.

Als einer der wohl wichtigsten Kongressteilnehmer der Friedensverhandlungen von Münster und Osnabrück hat sich Reigersberger für immer einen Platz in der Geschichte verschafft. Doch allem Ruhm zum Trotz gibt es aus dem Leben und Wirken des einstigen Stadtschultheiß von Aschaffenburg nicht nur Gutes zu berichten. Wie bei nicht wenigen Politikern aus heutiger Zeit fällt auch bei ihm so manch dunkler Schatten auf seine Taten.

Dr. Nikolaus Georg Reigersberger ist unzweifelhaft als ein Großverdiener der Hexenprozesse zu bezeichnen. Ins Gewicht fällt hierbei, dass die Einnahmen jener Verfahren gleich ein Mehrfaches seiner regulären Hofratsbestallung ergaben und die Tagesausflüge nach Großkrotzenburg und Wörth tatsächlich ein einträgliches Zubrot ermöglichten.

Die Ausgaben seiner Haushalts- und Vermögensführung 1628 betrugen 1.020 fl., was also beinahe die Hälfte der durch die Hexenprozesse »verdienten« Gelder verschlang. Angetrieben durch seinen Ehrgeiz, sich für höhere Aufgaben zu empfehlen, zeigte Reigersberger besondere Fähigkeiten bei der Durchführung der Hexenprozesse.

Nach seiner Flucht aus Aschaffenburg kurz vor dem Einmarsch der Schweden führte sein Weg nicht nur nach Köln, wohin bereits Kurfürst Anselm Casimir geflohen war. Reigersberger reiste zeitweise auch ins heimatliche Thionville (Diedenhofen), wo er auf der Flucht die mitgeführten Wertsachen der Stadt und die Kirchenornate des Stifts für die nächsten Jahre deponieren ließ. Unter den vor den Schweden geretteten städtischen Wertsachen befand sich auch die sogenannte Kornkiste mit den städtischen Geldreserven in Höhe von mehreren Tausend Gulden.

Nachdem 1637/38 die ausgelagerten Wertgegenstände der Stadt und des Stifts wenigstens teilweise wieder zurückgeführt worden waren, erhob sich einige Jahrzehnte später der Vorwurf, Reigersberger habe die Kornkiste zwar nach Thionville schaffen lassen, sie jedoch von dort nicht wieder zurückgebracht.

Eine im Jahre 1676 diesbezüglich angestellte Untersuchung bestätigte, dass Reigersberger die städtische Kornkiste vor dem »Schwedischen Wesen« nach Diedenhofen salviert habe. Es konnte aber so viele Jahre nach den Vorfällen keine hinreichende Klärung zum Verbleib des Geldes mehr erzielt werden und Reigersberger posthum nicht gänzlich vom Verdacht der persönlichen Bereicherung befreit werden. Seine diplomatischen Dienste an Kurfürstentagen, Reichstagen und letztlich bei den Verhandlungen in Münster und Osnabrück ließ er sich von interessierter Seite fürstlich honorieren. Was ihn eindeutig zum persönlichen Nutznießer des Dreißigjährigen Krieges werden ließ.

Am 7. Juni 1651 verstarb der »Röm. Kaiserl. Majestät weylands Reichs, Hof- und auch Chur.Fürstl. Mayntzzischer Geheimer Rath und Cantzler« in Frankfurt am Main. Sein Leichnam wurde in der Aschaffenburger Muttergottespfarrkirche beigesetzt.
Das Geheimnis um die verschwundene Kornkiste nahm er sehr wahrscheinlich mit in sein Grab. Vielleicht ruhen die 8.000 Gulden aus der Stadtkasse ja wirklich mit ihm zusammen in der Gruft, nur durch ein paar Grabkammern voneinander entfernt...

*

Die folgenden Seiten enthalten die Namen der als »Hexen« oder »Hexenmeister« hingerichteten Personen aus Aschaffenburg, Damm, Leider und Gailbach, sowie aus Kleinostheim, Großostheim, Pflaumheim, Kleinwallstadt und Mainaschaff und einigen anderen Ortschaften, von denen z. T. noch Protokolle existieren.
Die Hexenverfolgungen im Vizedomamt Aschaffenburg traten in vier Wellen unterschiedlicher Intensität auf. Zu ersten nachweisbaren Verfahren kam es 1592/94, diese blieben trotz merklichen Drucks aus der Bevölkerung auf wenige Einzelfälle beschränkt. Die zweite Verfolgungsperiode von 1602 - 1604 entwickelte sich dagegen zu einer regelrechten Prozesslawine, die in ihrem Ausmaß nur von der nächsten, beinahe zwei Jahre andauernden Prozesswelle von 1611 - 1613 übertroffen wurde. Die vierte und letzte Welle 1628/29 verlief hingegen deutlich träger und fand glücklicherweise bereits nach nur einem Jahr ein relativ schnelles Ende.
Der älteste Beleg über eine Hinrichtung in Aschaffenburg durchs Feuer geht auf das Jahr 1450 zurück. Schon damals verurteilten Inquisitoren des Erzbischofs Berthold von Henneberg einen Mann namens Conz wegen angeblicher Ketzerei in Aschaffenburg zum Tod.
Der heute vorhandene Aktenbestand ist unsystematisch über viele Archive verstreut, sodass im Ergebnis die Hexenprozesse nur aus einem Sammelsurium verschiedener Quellenfragmente und verstreuter zufälliger Hinweise rekonstruiert werden können. Die für den Aschaffenburger Bereich vorhandenen Quellen wurden in der bisherigen Forschung nur zu einem Bruchteil ausgewertet. Anzumerken sei an dieser Stelle, dass der Großteil der Prozessakten Kriegen, Bränden oder anderen Ursachen (auch absichtlicher Vernichtung) zum Opfer fiel. Das meiste hiervon bleibt wohl für immer im Dunkel der Geschichte verschwunden. Doch das Wenige, was hiervon noch vorhanden ist, gibt

uns einen Einblick in eine düstere Zeit, in der Aberglauben, Rachsucht und Geldgier den Verstand der Menschen verdunkelten und zahllose Unschuldige auf den lodernden Scheiterhaufen sterben mussten.

Aschaffenburg

Becker Georg
Becker U.B. (Frau d. Georg)
Bertz Agnes
Bertz Barbara
Bertz U.B. (»die alte Bertzin«)
Börner Katharina
Brodt Barbara
Brodt Margarethe
Brodt U.B. (Witwe d. Konrad)
Carle Katharina
Christoffel Katharina (»Schwertwirtin«)
Diethmar U.B. (Frau d. Michael)
Eisinger U.B. (Frau d. Konrad)
Emmerich Katharina
Erbacher Anna
Feldmann Ottilia
Fischer Veronika
Gröbin Gertrud
Geiger Maria (»Bretzelwirtin«)
Geltmann Agnes
Germann Katharina (die »Hartkette«)
Germann Katharina (Frau d. Johann)
Glau Anna
Götz U.B. (Frau d. Georg)
Grünwald Johann (Wirt)
Grünwald U.B. (Frau d. Johann)
Hammel Anna
Haus Maria
Heil Appolonia (die »Wäschappel«)
Heil Kilian
Hertelin U.B.
Heßler Anna
Hippel Gertrud
Hofmann U.B. (Frau d. Johann)
Hornung U.B. (Frau des Johann)
Jung Magdalena
Kirchgässner Anna
Klingenberger Elisabeth
Klug Barbara
Kratz Barbara (alte Wasserzöllnerin)
Kreß U.B. (»Ochsenwirtin«)
Kunckel Gertrud
Luck Barbara
Maierhöfer Margarethe
Mayer Anna
Messerschmidt Elisabeth
Messerschmidt U.B. (Witwe d. Johann)
Müller Barbara
Müller Johann (Stiftspistor)
Müller Margarethe (Frau d. Johann)
U.B. Barbara (»Kronenwirtin«)
U.B. (»Bretzelwirtin«)
U.B. (die »Kutschenstoffelin«)
U.B. (»Ochsenwirtin«)
U.B. (die »Otten-Eva«)
U.B. (die »schlechte Beckerin«)
U.B. (die »Schmiedin«)
U.B. (»Steltzenwirtin«)
U.B. (Tochter der »Otten-Eva«)
U.B. (Frau d. »Braunhans«)

Österling Margarethe
Pfraum Eva
Rauschard Katharina (die »Zißlerin«)
Reinhardt Margarethe
Reinhardt U.B. (Frau d. Michael)
Ripperger Magdalena
Rücker Johann (»Karpfenwirt«)
Rücker Margarethe (»Karpfenwirtin«)
Schadt U.B. (Frau d. Dionysius)
Schnabel Anna
Schnabel Christina
Schneider Anna
Schönig U.B. (Frau d. Caspar)
Seitz Agnes
Sommer Margarethe
Sommer U.B. (Frau d. Jost)
Stallberger Balthasar
Strauß Elisabeth
Uhl Nikolaus
Völcker Leonhard (Ratsmitglied)
Völler Katharina
von Gülchen U.B. (Malerin, Witwe d. Johann)
Wagner Elisabeth (in der Haft verstorben)
Weigandt Leonhard
Weiß Margarethe
Weißmann Regina (alte Hofmetzgerin)
Welzbacher Anna
Wolff Katharina (die »lange Zieglerin«)
Woltzbach Katharina
Zettel Gertrud (»Rosenwirtin«)
Zettel Peter
Zinck Katharina
U.B. (eine Hebamme)

Damm

auf der Heidt Anna
auf der Heidt Irmel
Faust Johann
Heidelberger Adam
Höflich Anna
Höflich Ciliox
Höflich Nikolaus
Munckel Katharina
U.B. Katharina (die »Schneideram«)
U.B. (die »Lauck«)
U.B. (eine Hebamme)
Rücker Johann
Uhl Anna
Uhl Michael
Vetter Katharina
Weber Konrad
Weintranck Margarethe
Wombacher Katharina

Leider

Beck Agatha
U.B. (die Nilkheimer Hoffrau)
Schöffer Barbara
Schöffer Johann

Gailbach

U.B. (ein Spielmann)

Kleinostheim

Brümmer Elisabeth
Faust U.B. (Frau d. Johann)
Guth U.B. (Frau d. Johann)
Hauck Ciliox
Hauck Johann
Heidt U.B. (Frau d. Johann)
Kob Anna
Kob Johann
Kümmel Barbara
Meisenzeil Margarethe (Frau d. Georg)
Meisenzeil U.B. (Frau d. Peter)
Meisenzeil Peter
U.B. Maria (eine Dienstmagd)
Schlett U.B. (Tochter d. Schultheißen)
Schwartz Adam, der Junge
Schwartz Katharina (Frau d. Nikolaus)
Schwartz Johann, der Mittlere
Schwartz Nikolaus
Weyler Magdalena

Großostheim

Blümler Anna
Brandes Anna
Düllerin Margarethe
Goldstein Margarethe
Grünwald Elisabeth
Scherter Barbara
Hofmann Margarethe (Frau d. Centgrafen)
U.B. (die Pfaffenköchin)
U.B. (ein Gastwirt)

Pflaumheim

Karn (?) Elisabeth
Weiß Anna

Kleinwallstadt

Appel Margarethe
Berninger Katharina (die »Götzin«)
Dölcher Katharina (die »Steitzenketter«)
Dölcher Leonhard (Schöffe)
Eichel Agnes
Eichel Barbara
Gampel Katharina
Grawel Margarethe
Leeb Barbara
Leeb Margarethe
Metzger Georg (ein Spielmann)
Müller Elisabeth (erhängt)
Müller Johann (Sohn d. Baders)
U.B. Katharina (Frau d. »Zilchen«)
U.B. (die » alte Steitz«)
U.B. (die »Benderin«)

U.B. (die »junge Baderin«)
U.B. (die »Sauhirtin«)
Schmidt Jacob
Stumpff Kunigunde
Wieß Elisabeth
Wieß Johann (»Hasenwirt«)
Wießmann Katharina (die »alte Kuhhirtin«)

Mainaschaff

Höflich Valentin
Höflich Nikolaus
Juncker U.B. (Frau d. Konrad)
Kullmann U.B. (der »Wendelin«)
Mangoldt Elisabeth
Weigandt Elisabeth

Haibach

U.B. (der »Bornscheuerge«)

Bessenbach

Hasenstab Elisabeth

Niedernberg

U.B. (die »Fritzenketter«)

Leidersbach

Körner Heinrich (ein Spielmann)

Sulzbach

U.B. Gertrud (Tochter d. Marg. Körner)
Helferich Elisabeth
Körner Margarethe (Frau d. Peter)
Stegmann Katharina

Stockstadt

Kob Peter

Cent Ostheim (?)

U.B. (der »Schaffpetge«)

Cent Spessart

U.B. (ein Landschöffe)

Personen, die keinem Ort zugeordnet werden können

Roth Johann
Schneider U.B. (Witwe d. Johann)
Vaydt U.B. (die »Veitin«)

*

Nachstehend die Liste der während der Hexenprozesse 1602 - 1604 und 1611 - 1613 verhörten, inhaftierten oder zur Verhaftung vorgesehenen Personen, deren Verfahrensausgang nicht überliefert ist.

Aschaffenburg

Brantz (?) U.B. (Witwe d. Johann) / verhaftet
Bürger Katharina / konfrontiert
Elbert U.B. (Frau d. Georg) / verhaftet
Fuchs U.B. (Frau d. Peter) / verhaftet
Hardt Eva (die »Zöllerin«) / peinlich verhört
Horneck Eva / verhaftet
U.B. (Frau d. Furiers) / verhaftet
U.B. Katharina (die »Schwebelskett«) / verhaftet
Schwartz U.B. (Witwe d. Nikolaus) / verhaftet

Damm

auf der Heidt U.B. (Frau d. Nikolaus) / verhaftet
Bender U.B. (Frau d. »Benderhanschen«) / verhaftet
Bieber U.B. (Witwe d. Nikolaus) / verhaftet
Höflich Elisabeth / konfrontiert
Maurer U.B. (Frau d. Georg) / verhaftet
Schmidtner U.B. (Frau d. Johann) / verhaftet

Großostheim

Morhardt Margarethe / peinlich verhört

Storck Margarethe / peinlich verhört
Waldt Barbara / konfrontiert

Großwallstadt

Drach Joachim / peinlich verhört

Kleinwallstadt

Jung U.B. (Frau d. Leonhard) / peinlich verhört
Reinfartin U.B. / verhaftet
Roth Leonhard / konfrontiert
Wohlfahrt Anna / peinlich verhört

Mainaschaff

Kob Anton (Stiftsschultheiß) / verhaftet
Thimont (?) Agatha / verhaftet

Insgesamt fanden durch die Hexenprozesse in und um Aschaffenburg rund 320 Menschen den Tod, darunter etwa 140 aus der Stadt, einschl. Damm. Weitere Schwerpunkte der Verfolgungen sind in Kleinwallstadt, Kleinostheim und Mainaschaff auszumachen, während die östlich und nördlich gelegenen Gebiete der Cent vorm Spessart kaum berührt wurden.

*

Das Jahr 1634 brachte für Aschaffenburg eine große Hungersnot, die bis ins Frühjahr 1635 andauerte. Die Bevölkerung schrumpfte bis auf 150 Bürgersfamilien zusammen. Die meisten der Menschen fielen der Beulenpest zum Opfer. Nachstehend das Verzeichnis der von Juni bis November 1634 verstorbenen Bürger. Nur die Namen der »wirklichen Bürger« sind aufgeführt. Frauen und Kinder sowie Soldaten sind laut überlieferten Akten nicht genannt.

Juni

Simon Blasius Raw
Caspar Eschweig
Hanns Metger

Juli

Peter Weitz
Michel Schöffer
der Koch (?)
Adam Rüger
Lyborius Zweybrück
Hr. Hann Conrad (Kappes -/Stadtrat)

August

Hanns Stein (Strohschneider)
Nikolaus Väth
Hanns Arnoldt
Hr. Hartheisser (Canonikus)
Hanns Diessler (Freyhäuser)
Endres Erbacher
Conradt Dölcher
Andreas Grobe
Kilian Steigerwald
Valtin Schüler
Hanns Wilhelm Bechtholdt

September

Nicolaus Graber
Nicolaus Koch
Johann Sendelbach
Ulrich Feick
Reinhardt Seitz
Jakob Eichhorn
Conradt Schilling
Theobald Hock
Casper German
Georg Trucklauer
Hanns Volck
Nicolaus Schöffer
Wendel Zweybrück
Johann Elbert
Adam Müller
Pfarrherr B.B. zu St. Agatha

Oktober

Hr. Andreas (Schlosser des Raths)
Conradt Fuchs
Herr Wildt (Vicarius)
Philips Grenderich
Wendell Schaaff (Landsknecht)
Nicolaus Müller (Zue Kahl)
Endres Bürger
Hanns Henrich Köller

November

Caspar Steichleder
Peter Staab
Veith Fuchs
Herr Doktor Waldenberger
Thismann Bawer

Wort- und Begriffserklärungen

Ahne	Großmutter
Albus	Währungseinheit, silberne Scheidemünze; 1 Albus = 8 leichte Pfennige = 2 Kreuzer = ½ Batzen; 30 Albus = 1 Gulden
Arme(r) Sünder(in)	Verurteilte(r), auch Delinquent(in), Maleficant(in)
Beginen	Weltlicher Nonnenorden ohne strengere Ordensregeln, 1492 von Gelnhausen nach Aschaffenburg gekommen
Brandschatzung	»Schutzgelderpressung«
Bintscher	Rattenfänger, Schreibweise in Aschaffenburger Mundart
Blinder Hess	Wird von Jahn auf heinz heiß = Pferd zurückgeführt; gilt nicht als Vorwurf für den Volksstamm
»Bienbacher Hof«	Stäblerhaus, romanischer Steinbau aus dem 12. Jh.; infolge Kriegszerstörungen 1953 Abriss der Ruine
Captur	Hinrichtung
Elle	Längenmaß; 1 Elle = 57,04 cm
Faselvieh	Zuchtvieh
Fuder	Maß für Flüssigkeiten, u.a. für Wein; 1 Fuder = 6 Ohm = 900 Liter
Feng	Hiebe, Schläge
Gulden	Währungseinheit; 1 Gulden = 30 Albus (im 16. Jh. nur 27 Albus)
Hugenotten	Frz.: »hugenots«, aus dem Dt.: »Eidgenossen«; zunächst Spottname, später allg. Bezeichnung für die frz. Protestanten
Kurfürst	Adelstitel; einer von damals sieben, später zehn Fürsten und Erzbischöfen, die den Kaiser wählten
Johannispferde	Libellen
Koldern	Decke
Knippes	Kleiner Mensch

Kiepenkerp	Rückkorbträger
Kriwwelbisser	Tunichtgut
Maleficium	Schadenszauber
Malter	Maßeinheit für Getreide
Morgen	Maßeinheit für die Größe eines Ackers oder Weinbergs; auch: Joch
Muhme	Tante
Ohm	Maß für Flüssigkeiten, siehe »Fuder«
Peinliche Befragung	Folter der Inquisition mit dem Ziel, die Urgicht zu erpressen
Schuh	Längenmaß; 1 Aschaffenburger Schuh = 0,288 m
Torquierung	Folter

»Vincit post punera virtus.« = »Die Tugend siegt aach dem Tod.«
»Alea jacta est.« = »Die Würfel sind gefallen.«
»Deus lo volt.« = »Gott will es.«
»Veni, vidi, vici.« = »Ich kam, sah und siegte.«
»Mundus vult decipi.« = »Die Welt will betrogen sein.«
»Ergo decipatur.« = »Also soll sie betrogen sein.«

Das Gasthaus »Zum Schwert«: Erstmals erwähnt 1560, bestand das »Werberhaus« bis etwa 1753 (»Werberhaus«, weil hier Männer und junge Burschen als Soldaten gemustert wurden). Später »Hofapotheke Zum Schwanen«, 1945 Totalzerstörung durch Luftmine. Die Grundfläche ist Bestandteil des heutigen Rathauses.

Bei den Textstellen des »Sechsstundengebetes« handelt es sich um Originalzitate, ebenso bei den Eintragungen in der Aschaffenburger Stadtchronik. Das angeblich von Wolfgang von Dalberg verfasste Dokument, das Rosina dem Schwedenkönig überreicht, wurde in dieser Form nie verfasst und ist ebenso wie die Romanfiguren – außer den historischen Persönlichkeiten – frei erfunden.

Gemäß eines Eintrages in einem alten Martrikelbuch blieb Pfarrer Mehlmann bis zum Jahre 1637 auf dem Johannesberg als Seelsorger tätig. Ab diesem Zeitpunkt verlieren sich seine Spuren in Richtung Obernau.

Quellen - und Literaturverzeichnis

- Morsheuer: Aschaffenburg im 30-jährigen Krieg. In: Aschaffenburger Geschichtsblätter, Nov. 1931.
- Morsheuer: Kriegsnot und Pest im Spessart. In: Aschaffenburger Geschichtsblätter, Okt. 1933.
- Helmut Winter: Der Dreißigjährige Krieg im Freigericht. In: Unser Kahlgrund - Heimatjahrbuch 2004. Hrsg: Arbeitsgemeinschaft für Heimatforschung und Heimatpflege Kahlgrund e.V., Alzenau.
- Gertrud Lindner: Die Pest in Aschaffenburg und Mainviereck. 1948/49
- Benigna Krustenjern und Hans Medick: Zwischen Alltag und Katastrophe - Der Dreißigjährige Krieg aus der Nähe. Veröffentlichungen des Max Planck-Institutes für Geschichte 148. Vandenhoeck und Ruprecht Verlag, Göttingen 1999.
- J. A. Eichelsbacher (Hrsg.): Heimatjahrbuch des Kahlgrundes. 1. Teil: Geschichte und Sagen. Druck und Verlag: J. Götz und A. Hammer, Alzenau 1928.
- Hans Dollinger: Schwarzbuch der Geschichte. KOMET - MA - Service und Verlagsgesellschaft, Frechen 1999.
- Der Dreißgjährige Krieg. In: P.M. History, Juli 2004. Gruner u. Jahr AG München.
- Geschichte: Das große Morden. Sailer Verlag, Nürnberg, Juni 2002.
- Gerhard Nees und Hermann Kehrer: Alzenauer Wetterchronik. Reinhold Keim Verlag, Groß-Krotzenburg 2002.
- Zimmermann: Hanau - Stadt und Land. Dr. Hans Peters Verlag, Hanau 1919.
- Hoffmann und Brückner: Einst und jetzt. Verlag Moritz Diesterweg, Frankfurt 1963.
- Die Reise in die Vergangenheit. Westermann Verlag, Braunschweig 1974.
- Heinrich Fußbahn: Dr. Nikolaus Georg Reigersberger. In: Aschaffenburger Jahrbuch Nr. 20. Hrsg: Geschichts- und Kunstverein Aschaffenburg e.V., 1999.
- Ricarda Huch: Der Dreißigjährige Krieg. Insel Verlag, Frankfurt am Main und Leipzig 1912/14.
- Angelika Röhrs-Müller: Johannesberg. Hrsg: Gemeinde Johannesberg 1991.
- Eduard Wagner: Ars Bella Gerendi. Artia Verlag, Prag 1980.

- Marcus Junkelmann: Gustav Adolf. Verlag Friedrich Pustet, Regensburg 1993.
- Alois Grimm: Aschaffenburger Häuserbücher. Hrsg.: Geschichts- und Kunstverein Aschaffenburg e.V., Aschaffenburg 1985 - 2001.
- August Eichelsbacher: Hörstein im Freigericht. In: Sonderheft zu den »deutschen Gauen«, Nr. 85. C.Frank-Verlag, Kaufbeuren 1910.
- Willi Kohl: Aschaffenburg. Druck und Verlag: Weilandtsche Druckerei, Aschaffenburg 1935.
- Carsten Pollnick: Aschaffenburg – Eine Reise durch die Zeit. Geschichts- und Kunstverein Aschaffenburg e.V., Aschaffenburg 2002.
- Rien Poortvliet: Das Erbe. Paul Parey-Verlag, Hamburg/Berlin 1992.
- J. Baierlein: Kultur- und Geschichtsbilder, II. Teil. Aschaffenburg 1891.
- Josef Schopp: Die Seligenstädter Stadtbefestigung. Heimatbund Seligenstadt e.V., Seligenstadt 1982.
- Der Dreißigjährige Krieg. In: PAX - Geschichte. Historisches Fachmagazin. Ludwig Fischer Verlag, Mechernich-Kommern 2007.

Die Namen der angeklagten oder verurteilten Hexen und Hexenmeister entstammen folgender Quelle:

- Heinrich Fußbahn: Die Hexenprozesse im Vizedomamt Aschaffenburg. In: Aschaffenburger Jahrbuch, Band 25. Kunst- und Geschichtsverein Aschaffenburg e.V., Aschaffenburg 2006.

Das Verzeichnis der von Juni bis November 1634 an der Pest verstorbenen Aschaffenburger Bürger beruft sich auf:

- Gertrud Lindner: Die Pest in Aschaffenburg und Mainviereck. 1948/49.

Die einzelnen Kapiteln vorangestellten Zitate aus der Bibel entstammen der Übersetzung von Martin Luther in der revidierten Fassung von 1984. Hrsg: Deutsche Bibelgesellschaft, Stuttgart 1984.

Bilderverzeichnis

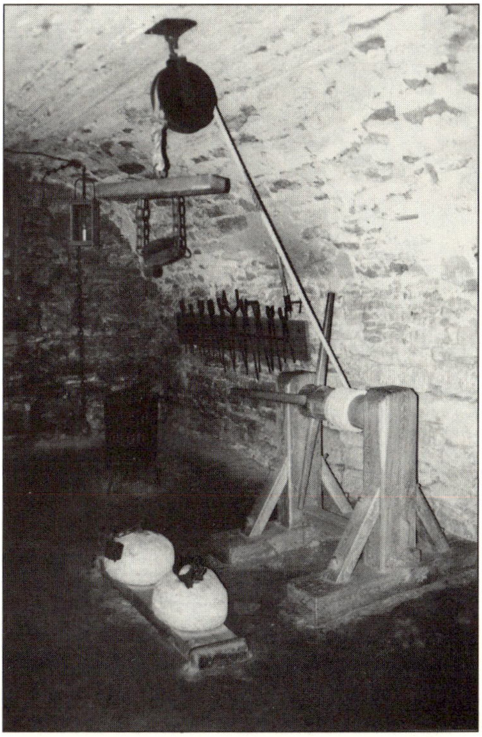